ULLSTEIN

Das Buch

Nach einem enttäuschenden Aufenthalt in Schottland zieht Catherine LeVendeur mit ihrem Mann Edgar und den zwei Kindern heim nach Paris, wo sie endlich Frieden zu finden hofft. Doch es ist die Zeit der Kreuzzüge und die Stimmung antijüdisch. Catherines Schwester Agnes verleugnet die eigene Familie. Nachdem sie sich für die Hochzeit mit einem deutschen Burggrafen entschieden hat, verschwindet sie mit ihrer Mitgift, ohne sich noch zu verabschieden. Doch kurze Zeit später kommt böse Nachricht aus Deutschland: Der Burggraf ist tot und Agnes wird der Hexerei verdächtigt. Catherine glaubt an ihre Unschuld und macht sich auf nach Trier. Dort begegnet man ihr nicht gerade freundlich ... Die Fortsetzung der beliebten Serie um Catherine LeVendeur.

Die Autorin

Sharan Newman promovierte in mittelalterlicher Geschichte. Bekannt wurde sie vor allem durch ihre historischen Kriminalromane um die Heldin Catherine LeVendeur. Sharan Newman lebt in Santa Barbara, Kalifornien.

In unserem Hause sind von Sharan Newman bereits erschienen:
Die Familienfehde
Das Geheimnis von Abaelard und Heloïse
Der Pilgermord
Die Suche nach dem goldenen Schrein
Das Tor des Teufels

Sharan Newman

Das Heiligenbild

Roman

Aus dem Amerikanischen
von Christiane Bergfeld

Ullstein

Für Claire Eddy,
die darauf vertraut, dass ich es richtig mache.
Ich danke ihr dafür,
dass sie mir durch sechs Bücher die Treue gehalten hat.

Ullstein Taschenbuchverlag
Der Ullstein Taschenbuchverlag ist ein Unternehmen
der Econ Ullstein List Verlag GmbH & Co. KG, München
Deutsche Erstausgabe
2. Auflage 2001

Titel der amerikanischen Originalausgabe: *The Difficult Saint*
(Tor Books, a trademark of Tom Doherty Associates, New York)
Übersetzung: Christiane Bergfeld
Redaktion: Martina Sahler
Umschlagkonzept: Lohmüller Werbeagentur GmbH & Co. KG, Berlin
Umschlaggestaltung: Init GmbH, Bielefeld
Titelabbildung: Arthotek, Peissenberg
Gesetzt aus der Sabon, Linotype
Satz: Josefine Urban – KompetenzCenter, Düsseldorf
Druck und Bindearbeiten: Elsnerdruck, Berlin
Printed in Germany
ISBN 3-548-25134-X

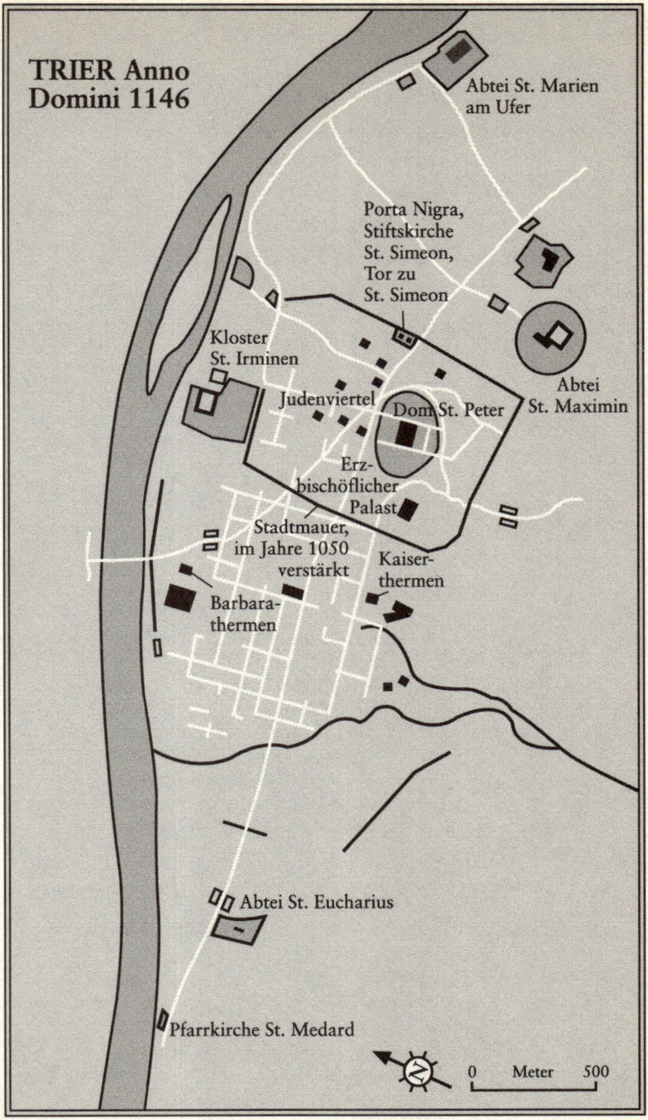
TRIER Anno Domini 1146
Abtei St. Marien am Ufer
Porta Nigra, Stiftskirche St. Simeon, Tor zu St. Simeon
Kloster St. Irminen
Judenviertel
Dom St. Peter
Abtei St. Maximin
Erz-bischöflicher Palast
Stadtmauer, im Jahre 1050 verstärkt
Kaiser-thermen
Barbara-thermen
Abtei St. Eucharius
Pfarrkirche St. Medard
N
0 Meter 500

Erstes Kapitel

Paris, im Haus des Hubert LeVendeur und seiner Familie. Montag Quinquagesima, Tag 2 vor den Iden des Februars (11. Februar) 1146; 27. Shewat 4906. Der dritte Geburtstag von James, Sohn von Catherine und Edgar.

אכתוב ספר זכירה פקודה
מקרה חנורה רעה וצרה שהוקרה יתר פלטה הנשארה מגזרה הראשונה המרה. ברוך ה נאמרה יען קיימנו לזוכרה ברחמיו ינקמו במהרה משופכי דמינו

Ich werde ein Gedenkbuch schreiben über die Schicksalsschläge, das Unheil und die Widrigkeiten, welche einige erleiden mussten, nachdem sie vom ersten schlimmen Los verschont geblieben waren. »Gesegnet sei der Herr«, erklären wir, »welcher uns am Leben erhielt, auf dass wir seiner Gnade gedenken und unser vergossenes Blut rächen.«

Rabbi Ephraim von Bonn
Sefer Zekirah

Mit einem tiefen Seufzer lehnte sich Hubert auf seinem Stuhl zurück. »Das wird uns noch zum Verderben, es treibt uns in den Ruin.«

Seine Tochter Catherine sah von ihrer Näharbeit auf. »Nur weil König Ludwig einen neuen Feldzug ins Heilige Land plant, heißt das noch lange nicht, dass sich ihm andere anschließen werden«, beruhigte sie den Vater. »Nur Edessa ist gefallen, nicht Jerusalem. Man munkelt, der Adel sei nicht sonderlich erpicht darauf, mit den Vasallen gegen die Sarazenen zu kämpfen – und Abt Suger auch nicht.«

Hubert ließ sich nicht beschwichtigen.

»Mitten im Winter will niemand kämpfen«, brummte er. »Aber warte nur bis zum Frühjahr. Wenn der erste schöne Tag kommt, werden alle ihre Schwertklingen wetzen, begierig, etwas zu erobern.«

»Ich würde mir keine Sorgen machen, Hubert«, ließ sich Edgar, Catherines Mann, aus der Ecke vernehmen, wo er seine Schnitzwerkzeuge aufgebaut hatte. »Die zahlreichen Kleinkriege hier in Frankreich dürften sie ausreichend in Anspruch nehmen.«

Hubert schüttelte den Kopf. »Du weißt nicht, wie das ist: Heere, die durch die Lande ziehen, entschlossen, die Ungläubigen zu vernichten. Ich erinnere mich ...«

Er schwieg einen Augenblick. Dann richtete er sich wieder auf.

»Schlecht fürs Geschäft«, stellte er fest. »Keine Waren kommen mehr durch; es wird uns an den Bettelstab bringen. Wir enden noch alle als zerlumpte Gestalten am Straßenrand.«

Catherine legte das Nähzeug hin und ging zu ihrem Vater hinüber. Sie legte die Arme um ihn; ihr war klar, dass er nicht die geschäftlichen Verluste befürchtete, sondern eine Wiederholung der Massaker von 1096, in denen er Mutter und Schwestern und auf lange Zeit auch seinen Glauben verloren hatte.

»Es wird nicht wieder geschehen«, flüsterte sie. »Der König hat sich gegenüber den Juden nicht feindselig gezeigt. Manche halten ihn in der Beziehung sogar für allzu duldsam.«

Sie wollte den Vater daran erinnern, dass er in den Augen der Welt ein Christ war, wie sie und Edgar. Aber sie drückte ihn nur fester. Obwohl es Catherine tief bekümmerte, verstand sie sehr wohl, wie sehr es Hubert beschämte, von den Soldaten gerettet, getauft und als Christ erzogen worden zu sein. Jetzt war es zu spät, um öffentlich zum Glauben seiner Väter zurückzukehren. Er hatte eine Christin geehelicht, hatte drei Kinder und jetzt auch Enkelkinder, deren Leben sich für immer ändern würde, falls die Wahrheit ans Licht käme.

Hubert ließ sich umarmen, trösten jedoch nicht. »Den König fürchte ich nicht, aber die Soldaten, die Mitbürger – die gesichtslose, aufgebrachte Volksmasse, Menschen, die ich vor kurzem noch kannte, manche sogar meine Freunde«, sagte er kopfschüttelnd.

»Hubert!«, wies Edgar ihn in scharfem Ton zurecht. »Das ist fünfzig Jahre her. Jetzt sind die Leute vernünftiger. Es geschieht nie wieder. Jetzt haben wir drängendere Probleme.«

Catherine warf ihrem Mann einen wütenden Blick zu. Doch die Worte veranlassten Hubert, sich zu schütteln, tief Luft zu holen und sanft ihre Arme von seinen Schultern zu lösen.

»Ganz recht, Edgar«, sagte er. »Wir wollen den Teufel nicht an die Wand malen. Welche Probleme hattest du denn im Sinn?«

Edgar legte die Zange ab, mit welcher er Golddraht auf den Deckel einer Holzschatulle gelegt hatte.

»Eines davon ritt soeben am Fenster vorbei.« Er verzog das Gesicht. »Ich habe ihn durch den Spalt im Fensterladen gesehen.«

Seine Worte gingen in dem heftigen Pochen am äußeren Tor beinahe unter.

»Wer ist das?«, fragte Catherine, durch das vorangegangene Gespräch beunruhigt. »Wo sind die Kinder?«

»Alle oben«, antwortete Edgar. »Sie sind nicht in Gefahr. Aber ich kann nicht glauben, dass dieser Bastard wieder da ist. Was kann er nun wieder von uns wollen?«

»Welcher Bastard denn?«, erkundigte sich Hubert. Catherine lief es kalt über den Rücken, trotz des lodernden Feuers. In den sieben Jahren, seit sie Edgar kannte, waren ihnen schon allerhand Bastarde begegnet.

Man hörte Stiefel im Flur stampfen, und einen Augenblick danach wurde der Gast gemeldet.

»Monsieur Jehan de Blois.« Ullo, der Page, schaffte es kaum, die Worte herauszubringen, bevor er beiseite geschubst wurde.

Der Mann, der ihnen vom Türeingang her finstere Blicke zuschoss, war von mittlerem Wuchs und schlanker Gestalt; sein Gesicht war von den vielen Kämpfen und Reisen bei Wind und Wetter zerfurcht.

Hubert sprang auf. »Agnes?«, fragte er. »Ist sie wohlauf?«

Die Miene des Gastes verfinsterte sich noch mehr.

»Eure Tochter erfreut sich bester Gesundheit, Meister Hubert«, sagte er. »Euch zum Trotz. Sie schickt mich, um Euch an Eure Pflicht ihr gegenüber zu gemahnen. Sie wurde lange genug vernachlässigt.«

»Sprich nicht so mit meinem Vater, Jehan.« Catherine konnte die Schmähung nicht unwidersprochen lassen. »Agnes hat uns zurückgestoßen. Sie hat sich selbst nach Blois in die Verbannung geschickt.«

Der Ritter weigerte sich, sie anzusehen. Er konzentrierte sich auf Hubert.

»Mademoiselle Agnes schickt Euch eine Botschaft. Sie will Euch wissen lassen, dass ihr Großvater, Herr Garnegaud, eine Ehe für sie arrangiert hat«, begann Jehan steif.

»O nein! Nicht mit dir!«, entfuhr es Catherine in bedauerndem Ton.

Sofort durchbohrte Jehan sie mit einem Blick voller Verzweiflung und Wut.

»Ach«, sagte sie jetzt leiser. »Nicht mit dir.«

»Falls sie sich um ihre Mitgift sorgt«, sagte Hubert, »so kann ich Euch versichern, dass es keine Schwierigkeiten gibt. Sie bekommt Land von ihrer Mutter, und ich versorge sie mit allem, was sonst Not tut.«

Jehan unterdrückte einen Seufzer über die Unterbrechungen. Catherine empfand beinahe Mitleid mit ihm. Sie wusste, wie lange er Agnes schon liebte, beinahe so lange, wie er Catherine hasste. Und nun musste er dabei helfen, Agnes einem anderen zu geben.

»Darf ich fortfahren?«, fragte der Ritter. Hubert nickte.

»Sie wünscht sich eine Mitgift, wie sie sich schickt, außerdem den Schmuck, welchen ihre Mutter beim Eintritt ins Kloster zurückließ«, sagte Jehan.

»Gewiss«, antwortete Hubert. »Obwohl Catherine über

den Schmuck mit entscheiden sollte. Wann wird die Hochzeit stattfinden und wer ist der Bräutigam?«

»Sie heiratet einen Herrn Gerhardt von Trier.« Jehan schluckte. »Sein Lehen liegt offenbar nicht weit von jener Stadt.«

»Trier? Aber das ist ja in Deutschland!«, sagte Hubert. »So weit weg! Und Agnes spricht kein Deutsch. Was hat sich Garnegaud nur dabei gedacht?«

»Das hat er mir nicht erzählt.« Jehan starrte über Huberts Kopf hinweg. Offenbar wünschte er sich von hier fort.

»Nein, natürlich nicht.« Hubert war ganz in Gedanken versunken. »Die Mitgift besteht vornehmlich aus Land, welches in Blois liegt. Will sie den Gegenwert in Geld, oder bevorzugt sie die Einkünfte aus Pachtzinsen?«

Jehan seufzte. »Darüber bin ich nicht unterrichtet. Falls Ihr sie jedoch selbst danach fragen wollt, so wird sie Euch heute Abend empfangen.«

»Sie ist in Paris?«, rief Hubert aus. »Und ist nicht zu uns gekommen?«

Hubert schluckte den Schmerz hinunter. Damit hätte er rechnen müssen. Er wusste wohl, warum sein jüngstes Kind sich weigerte, ihn zu besuchen, warum sie sich erlaubt hatte, sich ohne seine Einwilligung zu verloben.

Das Geheimnis von Huberts jüdischer Geburt hatte jener nur mit seiner Frau und später mit seinem Bruder Eliazar geteilt, der lange in dem Glauben lebte, Hubert sei mit dem Rest der Familie umgebracht worden. Als Catherine von der Verwandtschaft erfuhr, hatte sie sie akzeptiert, teils weil sie ihre jüdischen Verwandten mochte, teils wegen der Einstellung ihrer Lehrer, Abaelard und Heloïse. Dank ihrem Vorbild hatte sie auch nie den Judenhass der meisten Christen geteilt.

Einige Jahre zuvor war Agnes hinter das Geheimnis gekommen und hatte mit Entsetzen und Abscheu reagiert. Soweit Hubert wusste, hatte sie niemandem davon erzählt. Doch das Wissen um seine Abkehr vom christlichen Glauben und die Überzeugung, dass jener wohl zum Teil ihre Mutter in den Wahnsinn und in die Obhut der Nonnen getrieben habe, hatten in Agnes alle Liebe und Achtung für den Vater ausgelöscht. Selbstverständlich würde sie sich weigern, sein Haus zu betreten.

Edgar hatte sich nicht aus seiner Ecke bewegt. Er kannte Jehan von früher, hauptsächlich als den Mann, der ihn mit einem Messer bedroht hatte. Jehan schien eine unheimliche Begabung dafür zu haben, gegen diejenigen zu sein, die Edgar liebte. Und Jehan besaß keinerlei Skrupel, alles niederzumachen, was sich ihm entgegenstellte. Je weniger Edgar mit ihm zu tun hatte, desto besser.

Unterdessen wartete Jehan auf Antwort. Hubert war anscheinend in Gedanken versunken, und Edgar wusste sehr wohl, dass Catherine im Begriff war, etwas zu sagen, was den Besucher nur noch weiter gegen sie aufbringen würde.

»Wenn du uns sagst, wo sie ist, Jehan«, sagte er ruhig, »hast du deine Pflicht erfüllt und kannst gehen.«

Edgar verkrampfte sich, während Jehan ihn und seine schmutzige alte Arbeitskleidung musterte. Die Augen des Mannes weiteten sich, als er den mit glattem Leder bezogenen Stumpf an Stelle von Edgars linker Hand bemerkte. Schnell wandte er den Blick ab und sah in Edgars Gesicht.

»Sie weilt im Kloster von Monmartre und erwartet Euch heute Abend zwischen Vesper und Komplet.«

»Sag ihr, wir kommen oder schicken ihr eine Nachricht«, erwiderte Edgar.

Jehan nickte, dann drehte er sich um und ging ohne Verbeugung oder förmlichen Abschiedsgruß hinaus. Draußen hörte man ihn eine Verwünschung ausstoßen. Dann fiel die äußere Tür krachend ins Schloss; der Klopfer schepperte anklagend.

Einen Augenblick später wurde der Vorhang zum Saal langsam aufgezogen.

»Na, was willst du denn ...«, begann Catherine. Dann sah sie, wer es war. »Ach, Solomon, einen schlechteren Augenblick hättest du nicht wählen können!«

Solomon ben Jacob hielt sich als Einziger von Huberts jüdischer Verwandtschaft noch in Paris auf. Zwei Jahre zuvor hatte Huberts Bruder und Teilhaber Eliazar die jüdische Gemeinde in Troyes gebeten, dort hinziehen zu dürfen, und war akzeptiert worden. Der Umzug war durch eine anonyme Anzeige gegen die beiden Männer erzwungen worden, wodurch ihre Verwandtschaft beinahe publik geworden wäre. Solomon, Huberts und Eliazars Neffe, pendelte seitdem zwischen den beiden Städten, wenn er sich nicht auf Geschäftsreisen befand.

Er war auch Catherines und Edgars bester Freund. Sonst fiel die Begrüßung immer sehr viel freudiger aus.

»Deine Schwester heiratet nach Trier? Das ist ja wunderbar!«, rief er aus, als sie ihm erzählt hatten, warum Jehan ins Haus gekommen war. »Welche Laus ist euch denn über die Leber gekrochen?«

»Sie hat nur nach ihrer Mitgift gefragt. Nicht einmal zur Hochzeit hat sie uns eingeladen«, sagte Catherine. »Mit den Kindern hätte ich ohnehin nicht hinfahren können ...« Doch ihre Miene verriet, wie verletzt sie war. »Das ist wirklich unvernünftig von ihr«, sagte Solomon. »Warum sollte sie dich schneiden, nur weil sie sich schämt, mit *mir* verwandt zu sein? Mich ficht das nicht an, warum denn *sie?*«

»Da wir wahrscheinlich nichts mehr mit ihr zu schaffen

haben werden, verstehe ich eigentlich nicht, warum du dich über die Heirat freust«, bemerkte Hubert.

»Wegen der Stadt natürlich.« Solomon setzte sich auf einen niedrigen Hocker am Feuer und sah sich erwartungsvoll um. »Wo steht denn der Krug?«

»Ach, Verzeihung.« Catherine schlüpfte wieder in die Rolle der Gastgeberin. »Ich hole ihn. Wein oder Bier?«

»Jetzt Bier«, antwortete Solomon. »Aber in Trier möchte ich Wein. Verstehst du denn nicht, Hubert? Wenn deine Tochter dort wohnt, öffnet uns das eine Tür zum Weinhandel an der Mosel. Mit Burgund laufen unsere Geschäfte gut, aber wir würden uns einen ganz neuen Markt erobern, wenn wir so weit östlich einkaufen und vielleicht sogar Burgunderwein bis nach Dänemark und in die nordischen Länder exportieren könnten.«

Hubert strich sich übers Kinn. »Aber Agnes hilft dabei nicht. Sie schämt sich, dass ich Kaufmann bin, auch ohne meine jüdische Geburt. Und was ist mit der *Kehilla* in Trier? Wir können nicht im Revier unserer jüdischen Brüder wildern.«

»Das nicht, aber wir könnten es einrichten, dass sie ihren Handel bis nach Burgund und in die Champagne ausdehnen«, argumentierte Solomon. »Das wäre für alle vorteilhaft. Und wenn du da auftauchst, was könnte Agnes dagegen tun?«

»Das Argument zieht nicht, Solomon«, sagte Hubert. »Wenn du in Trier Geschäfte machen willst, dann geh. Aber aus Agnes' Anwesenheit lässt sich kein Profit schlagen. Ich werde sie nicht in eine Lage bringen, in der sie mich entweder verleugnen oder so tun muss, als ob sie mich willkommen heißt.«

»Ganz meine Meinung«, sagte Catherine. Sie schniefte und kämpfte mit den Tränen.

Edgar stand auf und ging zu Catherine, legte den Arm um ihre Schultern. Catherine rieb ihre Wange an der hohlen Stelle, wo seine Hand hätte sein sollen. Er wich ein wenig zurück, und sie seufzte. Zwei Jahre war es her, dass er die Hand verloren hatte, und sie musste ihn immer noch daran erinnern, dass sie die Berührung nicht erschreckte. Warum konnte er ihr nicht glauben, dass sie ihn liebte, einerlei, wie das Leben seinem Leib zusetzte?

Lächelnd blickte sie ihn an.

»Äh … Catherine.« Solomons Stimme ließ sie aufschrecken. »Keine Frau sollte ihren Mann so ansehen. Das verdrießt andere Leute nur.«

Edgar lachte. »Wenn du lange genug an einem Ort wärst, hättest du vielleicht auch eine Frau.«

»Ach, aber auf was für eine könnte ich hoffen?«, versetzte Solomon lachend. »Bei meinem Glück könnte sie wie Agnes sein.«

Hubert hatte das Gespräch nicht verfolgt. Seine Gedanken gingen wirr durcheinander, und seine Kehle war wie zugeschnürt von dem Schmerz, den er über die Ablehnung seiner Tochter empfand. Er nahm den Bierkrug auf und schüttelte ihn. Leer. Er warf Solomon einen düsteren Blick zu.

»Das hat bis morgen Zeit«, verfügte Hubert. »Wir schicken Agnes eine Nachricht, dass wir sie morgen statt heute Abend sehen werden. Ich muss das überschlafen. Wenn ich daran denke, dass ich gerade noch keine anderen Sorgen hatte als Krieg und Verelendung! Ich hätte jauchzen und frohlocken sollen.«

Solomon verabschiedete sich kurz darauf, und Catherine und Edgar gingen zu den Kindern hinauf und machten sich bereit fürs Bett. Im Alkoven lag James und hielt im Schlaf ein Spielzeugpferd fest umklammert. Neben ihm lag Margaret,

Edgars Halbschwester, einen Arm schützend um ihren Neffen geschlungen. Edana, die Tochter, die in England mitten im Krieg entstanden war, lag etwas tiefer in einem Bett auf Rädern. Sie war jetzt anderthalb Jahre alt und würde mit den anderen zusammen schlafen, sobald sie trocken war.

Edgar zog den Vorhang auf, hinter dem sich das Ehebett verbarg. Er hatte ein Kohlebecken mitgebracht, um die Laken anzuwärmen, hoffte aber, Catherine würde ihn noch heißer machen.

Catherine nahm sich Zeit beim Auskleiden und Neuflechten ihrer Zöpfe. Edgar spürte, dass sie etwas auf dem Herzen hatte.

»Du kannst jetzt nichts für deine Schwester tun«, sagte er leise. »Es sei denn, du sagst dich von uns anderen los.«

»Ich weiß.« Catherine schlüpfte ins Bett und rollte sich zur Wand, um ihm Platz zu machen.

Edgar ließ seine *Brais* zu Boden fallen und stieg ins Bett. Sie rollte wieder auf ihn zu, legte den Kopf an seine Brust.

»Es kommt mir so seltsam vor, dass Agnes so weit weg geht, um einen Ausländer zu heiraten«, fuhr sie fort. »Sie ist doch keine Prinzessin oder eine feine Dame, die einen Pakt mit ihrem Leib besiegeln muss. Sie hätte doch jemanden wählen können, den sie bereits kannte.«

»So wie du?«, sagte Edgar lächelnd.

»Na, da du dich beim ersten Kontakt auf mich geworfen und mich zu Boden gestoßen hast, würde ich das nicht empfehlen.«

»Sonst wäre jemand anderes auf dich gefallen«, erinnerte Edgar sie. »Ich wollte nur verhindern, dass du verletzt wirst.«

»Das kann man hinterher immer sagen.« Spielerisch zog sie mit dem Finger Kreise um seinen Bauchnabel. »Ich glaube, du wolltest einfach nur auf mir liegen.«

Die Kreise bewegten sich spiralförmig bis zu seinem Bauch hinunter, und Catherine fand etwas, das sich zu ihrer Begrüßung erhob.

»Wie nett.« Sie lächelte zufrieden. »Manche Dinge ändern sich nie.«

Edgar griff nach oben und zog den Bettvorhang zu.

In der Abtei von Clairvaux in der Champagne gab es auch Sorge über das Vorhaben des Königs, Krieg im Heiligen Land zu führen. Abt Bernhard betrachtete es nur als billig, dass Ludwig ziehen sollte. Der König hatte immer noch keine Buße für seine Sünde getan, das Niederbrennen einer Kirche voller Menschen in Vitry, während er mit dem Grafen Thibault von der Champagne Krieg führte. Eine Stadt für Gott zu retten wäre das Mindeste, was er nach einer derartigen Gräueltat würde tun können. Allerdings zeigte Bernhard sich wenig begeistert über die Gerüchte, dass Königin Eleanor ihren Gemahl begleiten wolle.

Wie üblich war dem Abt auferlegt worden, die Christenmenschen zur Teilnahme an diesem großen Feldzug aufzurufen.

Sowohl sein früherer Akolyth und gegenwärtiger Papst Eugenius III. als auch König Ludwig hatten ihn gebeten zu predigen. Allein sein Einfluss, so beharrten sie, würde Obrigkeit und Untertanen gleichermaßen dazu bringen, diesem Unternehmen ihre Unterstützung zu gewähren.

Bernhard saß im Audienzzimmer, inmitten von Mönchssekretären und Stapeln von Pergament und Schreibtafeln. Er war ein Mann von mittlerer Körpergröße, dünn und blass vom asketischen Fasten. Doch an Geist war er keineswegs schwach. All die Energie, die er andernfalls als Krieger, Vasall und Ehemann verbraucht hätte, hatte er in die Suche nach Gott und den Dienst des Glaubens gelenkt.

Der Abt sah von dem Brief auf, den er gerade las.

»Nicholas?«, sagte er.

Der Schreiber war sofort an seiner Seite.

»Sind die Enzykliken versandfertig?«, erkundigte sich Bernhard. »Hast du die Briefe kopiert, sodass ich sie unterschreiben kann?«

»Alle fertig, Herr Abt«, antwortete Nicholas. Er war ein energiegeladener junger Mann mit scharfem Blick und einem Air von Kompetenz.

»Halte sie nach den morgendlichen Arbeiten für mich bereit«, ordnete Bernhard an. »Hast du die Kreuze in Auftrag gegeben, welche an die Pilger verteilt werden sollen?«

»Ja, Herr, der Kellermeister hat die Nonnen von Jully mit der Herstellung betraut.«

Nicholas verbeugte sich und wartete auf weitere Anweisungen, um sie perfekt auszuführen.

Bernhard nickte nur. »Ausgezeichnet, wie immer, mein Sohn. Nun, ich sollte mich für eine Weile in meine Zelle zurückziehen, um allein zu meditieren. Habt Dank für eure Hilfe.«

Die anderen Mönche verbeugten sich und gingen fort. Nicholas blieb zurück.

»Kann ich noch etwas für Euch tun, Herr?«

Der Abt schüttelte den Kopf. Seine Augen hatte er schon geschlossen, um zu beten. Jetzt schlug er sie wieder auf.

»Ja, Nicholas«, sagte er ruhig. »Bitte schließe die Tür, wenn du hinausgehst.«

Nicholas ging ins Skriptorium zurück, wo ein Dutzend Männer die Schriftstücke des Abtes kopierten.

»Bruder Geoffrey«, sagte er mit einem Blick über die Schulter des Mönchs. »Ich glaube, hier sollte ein Ablativ stehen.«

Geoffrey sah auf. Nicholas spürte wohl, dass Geoffrey sich

fast die Zunge zerbiss, um darauf nicht scharf zu reagieren.

»Meiner Meinung nach wäre der Akkusativ hier angebrachter«, sagte Geoffrey mit Nachdruck. »Aber natürlich werde ich es deinem Wunsch gemäß ändern.«

»Nicht nach meinem Wunsch, sondern dem des Abtes!« Nicholas hob abwehrend die Hände. »Ich handle stets nur in seinem Auftrag.«

Geoffrey nahm seine Arbeit wieder auf. Sobald er sicher sein konnte, dass Nicholas den Saal verlassen hatte, erlaubte er sich, seinen Unglauben zu bekunden. Der Mönch neben ihm stieß ihn in die Seite.

»Mach dir nichts draus, Geoffrey«, sagte er. »Der Abt ist zu vertrauensselig, aber eines Tages wird er die Wahrheit über Nicholas erkennen.«

»Und bis dahin?«, murrte Geoffrey.

»Mach's wie ich«, riet ihm der Mönch lächelnd. »Betrachte die Zeit, die du mit ihm verbringst, als Bußübung.«

Geoffrey dachte nach. »Ja, und ich könnte auch dafür beten, dass er den Märtyrertod stirbt, wie es einem Heiligen wohl ansteht.«

Besser gelaunt als vorher widmete er sich wieder seiner Arbeit.

Jehan kehrte ins Kloster zurück, um Agnes auszurichten, dass ihre Familie sie aufsuchen werde. Sie traf sich mit ihm bei der Pförtnerin. Wie immer raubte ihm ihre zerbrechliche blonde Schönheit den Atem. Er verstand überhaupt nicht, wie sie Catherines Schwester sein konnte, die doch dunkel und dickköpfig war. Jehan hatte lange geargwöhnt, dass Catherine eine Art Dämon sei, der Hubert als falsche Tochter untergeschoben worden war, um die Welt zu zerstören. Sie schaffte es ohne Mühe, seine Welt zu zerstören.

»Ich weiß nicht, warum du unbedingt deine Familie sehen musst«, beschwerte er sich bei Agnes. »Die hat sich überhaupt nicht verändert. Ich habe diesen Juden bei ihnen gesehen, als ich dort war. Er benahm sich so, als ob er zu ihnen gehören würde.«

Agnes zuckte zusammen.

»Darum will ich auch nicht, dass sie sich in mein Leben einmischen«, sagte sie. »Ich will ja nur, was mir rechtmäßig zusteht. Danach beabsichtige ich, so weit weg wie möglich zu gehen, damit sie mir vor der Familie meines Ehemanns keine Schande bereiten.«

Jetzt zuckte Jehan zusammen.

Agnes bemerkte es. Sie legte die Hand auf seinen Arm. »Es tut mir Leid, Jehan«, flüsterte sie, vor den Augen der Pförtnerin, welche auf Schicklichkeit achtete. »Und ich bin sehr stolz auf dich, weil du dich den Soldaten Christi anschließen und Ruhm im Heiligen Land suchen willst.«

»Ja«, antwortete Jehan, eingedenk der Zuhörerin. »Das ist natürlich so nahe, wie ein Mann meines Schlags an das geistliche Leben herankommen kann.«

Seine Miene drückte aus, dass es viel näher war, als er es je beabsichtigt hatte.

»Ich habe vor, nach Vézelay zu kommen«, versuchte Agnes ihn aufzumuntern. »Um zu sehen, wie du das Kreuz aus Abt Bernhards Händen empfängst.«

»Der Tag wird durch deine Anwesenheit viel heller sein«, antwortete er mit tonloser Stimme.

Als er fort war und Agnes sich allein im Gästehaus befand, ließ sie sich auf das Bett sinken. Nach einem Augenblick griff sie nach den Vorhängen und zog sie zu. Dann legte sie sich flach hin, vergrub das Gesicht in den Kissen und weinte lautlos, aber lang anhaltend vor sich hin.

Der Winterregen fiel in Strömen auf das Haus herab und ließ Dampf aus dem Herd aufsteigen. Die Mittagszeit war kaum vorüber, aber draußen war es düster und trübe. Catherine, Solomon und Edgar saßen auf Kissen am Feuer, die kleine Edana schlief in Catherines Schoß. James, dessen braune Locken meistens verstrubbelt waren, wurde von der zwölfjährigen Margaret ständig durch den Saal gejagt. Edgar und Catherine hatten sie nach dem Tod von Margarets Mutter aus Schottland mitgebracht. Ihre langen roten Zöpfe hatten sich gelöst, und wenn sie an Solomon vorbeilief, versuchte er ihre Haare zu packen, doch sie entwischte ihm immer lachend im letzten Moment.

Hubert saß auf dem einzigen bequemen Stuhl beim Feuer und beobachtete sie mit einem Kloß im Hals.

So sollte es immer sein, dachte er. Warum dauern solche Augenblicke nicht ewig?

Als James vorbeiflitzte, fing ihn Edgar mit der guten Hand ab und warf ihn auf die Kissen.

»Noch nicht bereit für dein Schläfchen, junger Mann?«, fragte er.

»Nein, Papa.« James grinste. »Ich muss erst noch den Drachen töten.« Sofort stand er wieder auf und raste laut schreiend im Zimmer herum.

»Ich glaube fast, er sieht wirklich einen Drachen«, sagte Catherine.

»In seinem Alter habe ich ständig welche gesehen«, erwiderte Edgar schmunzelnd.

Catherine warf ihm einen Blick von der Seite zu. Da sie Edgars Onkel Æthelred kennen gelernt hatte, war sie halb geneigt, es ihm zu glauben. Sie beschloss, das Thema zu wechseln.

»Sollen wir heute Abend Agnes besuchen?«, fragte sie. »Vielleicht wird ihr Herz beim Anblick der Kinder weich.«

»Oder bestärkt sie in dem Wunsch, nie eigene zu bekommen«, warf Solomon ein, als James auf ihn zuwankte. »Ich bin nicht Euer Drachen, Monsieur James!«

James, die Rolle wechselnd, brüllte ihn an.

Edgar sah ihnen zu. »Ich glaube, James und Edana können hier bleiben«, befand er. »Ich kann mich nicht erinnern, dass Agnes kleine Kinder mag, du etwa?«

Catherine schämte sich, dass sie es nicht wusste. »Es ist so lange her«, sagte sie. »Ich kenne meine eigene Schwester nicht mehr.« Bekümmert biss sie sich auf die Lippe. »Was soll ich nur anziehen?«

Catherine entschied sich für einen schicklichen, matronenhaften *Bliaut* in Grün und Blau, bestickt mit Frühlingsblumen an Kragen und Saum. Mit etwas Mühe gelang es ihr, ihr ganzes Haar zu flechten und zu bedecken, sodass keine vorwitzigen Locken unter dem Tuch hervorlugten. Dennoch war sie seltsam nervös, als man sie und die anderen zu Agnes in den Besucherraum des Klosters führte.

Agnes musterte sie alle, als ob sie Fremde wären. Dann weiteten sich ihre Pupillen, als sie Edgars linken Arm sah.

»Bei der dreischwänzigen Peitsche des heiligen Ambrosius!«, rief sie aus. »Was ist dir zugestoßen?«

Sie hielt inne. »Ich meine ...«, begann sie von neuem. »Schon gut, Agnes«, sagte Edgar. »Ich bin zwischen einen Mann mit einem Schwert und sein Opfer geraten. Nichts weiter.«

»Ach ... so ...« Agnes konnte ihren Blick nicht von der leeren Stelle am Ende des Arms reißen.

»Hast du uns deshalb herkommen lassen?«, fragte Catherine, stets darauf bedacht, Edgars Gefühle zu schonen. »Dann können wir nämlich sofort wieder gehen.«

»Catherine!« Huberts Stimme klang scharf. »Das ist für

sie genauso schwer wie für uns. Agnes, ich freue mich sehr, dich wiederzusehen. Du bist schöner denn je, genau wie deine Mutter.«

Ihre Miene ließ ihn verstummen. Madeleine hätte er besser nicht erwähnen sollen.

Agnes holte tief Luft. »Vater, Schwester, ich wollte, dass ihr euch mit mir über meinen Ehevertrag freut. Ich erbitte nichts von euch als die Mitgift und den Besitz, der rechtmäßig mir gehört.«

Sie wollte sie zum Widerspruch herausfordern.

Hubert nickte bedächtig. »Ich vertraue darauf, dass dein Großvater den Mann überprüft hat, bevor er dir erlaubte, dem Vertrag zuzustimmen.«

»Gewiss«, antwortete Agnes. »Großvater ist alt, aber so gewieft wie immer. Schärfer noch. Dieses Mal vergewisserte er sich, dass Gerhardts Familie auch über jeden Zweifel erhaben ist.«

»Agnes!«, schrie Catherine. »Wie kannst du Vater so verletzen?«

Sie wünschte, sie wäre noch jung genug, um Agnes an den Haaren zu ziehen und ihr das Gesicht in den Dreck zu drücken.

Agnes fixierte sie mit kaum gezügelter Wut. »Ich sehe, dass du zumindest genauso bist wie eh und je, geliebte Schwester.«

Catherine hörte die Geringschätzung aus Agnes' Stimme heraus. Sie presste die Lippen zusammen, um nicht im Zorn zu antworten. »Das war ich einmal, Agnes«, sagte sie leise. »So wie du meine geliebte Schwester warst.«

Ihre Schwester schloss rasch die Augen, aber keine Tränen kamen. »Das ist lange her«, stellte Agnes fest. »Jetzt verbindet uns nur noch die Pflicht. Ich bin hier, damit ihr sie mir gegenüber erfüllt.«

Hubert antwortete im Namen aller. »Nimm dir gern alles, was wir haben, Agnes, um deinen Ehemann zu beeindrucken. Ich werde eine Schar bewaffneter Männer zu deiner Begleitung schicken und Zofen für dich suchen. Wir wünschen dir alles Gute für dein neues Leben.«

Agnes verzog keine Miene. Sie hätte ebenso gut aus der Wand gemeißelt sein können, vor welcher sie stand.

»Nun denn«, antwortete sie. »Mehr brauche ich von euch nicht. Ihr könnt gehen.«

»Bitte, Agnes!« Catherine trat einen Schritt auf sie zu.

»Rührt mich nicht an!« Agnes war drauf und dran, loszuschreien. »Keiner von euch! Versucht nicht, mich zu beschwichtigen. Ihr könnt nichts ausrichten. Ich will nur meinen Anteil an Mutters Juwelen und keinen von euch je wieder sehen.«

»Gewiss, mein Kind«, sagte Hubert. »Wenn du darauf beharrst. Aber du musst verstehen ...«

»Ich verstehe nur zu gut.« Agnes kehrte ihm den Rücken zu. »Du hast jene Ungläubigen statt meiner gewählt, statt meiner armen Mutter und statt Unseres Herrn. Ich weigere mich, dir in die ewige Verdammnis zu folgen. Mehr gibt es nicht zu sagen.«

Sie machte sich am Türriegel zu schaffen und fluchte leise vor sich hin. Dann öffnete sich die Tür, und Agnes war verschwunden.

Edgar, Catherine und Hubert sahen sich an.

»Das ist ja nicht gut gelaufen«, meinte Edgar.

Huberts Gesicht war aschfahl. »Mein wunderschönes Goldkind. Was habe ich dir angetan?«

Catherine legte ihm die Hand auf die Schulter. »Wir tragen alle eine Mitschuld«, sagte sie. »Ich hätte ihr gut zureden müssen, als sie herausfand, dass Eliazar dein Bruder ist. Auch schon vorher, ich habe sie nicht beachtet, nur meine Bücher im Sinn gehabt. Ich hätte ihr mehr helfen sollen, als es mit Mutter bergab ging. Aber die Reue kommt zu spät.«

Hubert seufzte. »Meine arme Agnes. Ich wünschte nur, ich könnte ihre Liebe zurückgewinnen.«

»Vater«, sagte Catherine. »Sie hat es klargestellt. Sie will unsere Liebe nicht. Sie will uns überhaupt nicht.«

In ihrem Zimmer saß Agnes und entfaltete ein quadratisches Pergamentstück. Sie berührte das Wachssiegel, tastete das Muster ab. Es war ihr Verlobungsvertrag, ihre letzte Chance auf Geborgenheit, nach der sie sich so sehnte.

So etwas wie Glück vermochte sie sich gar nicht vorzustellen.

Die Burg des Gerhardt von Trier ragte nördlich der Stadt hoch über dem Ostufer der Mosel. Erst zehn Jahre zuvor hatte sein Vater sie in Stein neu erbauen lassen. Die Mauern waren noch unbehauen, wie aus dem Steinbruch gekommen, und auf der Straße hatten die Blöcke tiefe Spuren hinterlassen, als man sie den Berg hinauf schleifte. Den Hang überzogen Rebstöcke bis hinunter zum Uferweg. Trauben waren das Gold seiner Familie. Das Land war ein Lehen des Erzbischofs, dem sie auch Militärdienst schuldeten, aber die Reben befanden sich schon seit Konstantins Zeiten in ihrem Besitz. Gerhardt war stolz auf seinen Wein wie ein Handwerker auf seiner Hände Arbeit. Und das sollte er auch; der Wein zählte zu den besten aus der Region. Gerhardt wachte persönlich über die Herstellung. Ihm oblag es, die Tage für die Lese und die Kelterung zu bestimmen und bis wann man den Wein auf Fässer ziehen sollte. Das war eine lange Familientradition.

An diesem Tag wurde er jäh an eine andere lange Tradition in seiner Familie erinnert.

»Wie konntet ihr das tun, ohne mich zu fragen!«, beklagte er sich bei seinem Bruder Hermann.

»Wir haben dich doch gefragt«, erwiderte Hermann geduldig und sah sich im Familienkreis um. Dieser bestand aus seiner Schwester Maria, deren Ehemann Folmar und Peter, Gerhardts dreizehnjährigem Sohn.

»Das stimmt, Vater«, bestätigte Peter. »Ich habe gesagt, ich wünsche mir eine neue Mutter. Und Ihr sagtet, Euch würde es an Zeit fehlen, mir eine zu suchen, und da meinte Onkel Hermann ...«

Gerhardt hielt sich die Ohren zu.

»Ich weiß, was Hermann gesagt hat.« Böse sah er in die Runde. »Aber ich glaubte einfach nicht, dass er danach handeln würde. Ich will keine neue Frau. Ich kann nicht wieder heiraten.«

»Aber Gerhardt, du hast doch den Vertrag unterschrieben!« Maria war bestürzt. »Du kannst doch jetzt deine Meinung nicht ändern!«

»Aber ich hatte doch überhaupt keine Meinung!«

Gerhardt nahm die Hände von den Ohren und raufte sich stattdessen die langen blonden Haare. »Wie hätte ich denn einen Vertrag unterzeichnen können?«

Hermann hüstelte. »Nun, du erinnerst dich, dass ich dir jene Dokumente gab, welche mit dem Kauf des Besitzes in Köln zu tun hatten?«

»Die Häuser, welche ich den Mönchen von Regensburg abkaufte?« Gerhardt nickte. »Gewiss. Du und Folmar, ihr habt das gut gedeichselt, Bruder.«

»Ja, danke.« Hermann lächelte gezwungen. »Der vierte, und das habe ich dir klar und deutlich zu verstehen gegeben, war der Verlobungsvertrag mit Agnes de Bois Vert aus Blois.«

Gerhardt saß wie versteinert da. Damals hatte er der Sache

keinen großen Wert beigemessen. Es gab ja so viele andere Dinge zu tun. Könnte er sich selbst, Leib und Seele, an eine Frau aus Frankreich verschrieben haben? Ihn schauderte. Möglich war es schon. Und auch unmöglich. Er drehte sich zu seinem Schwager um, der bis jetzt geschwiegen hatte.

»Folmar, wie konntest du deine Einwilligung geben?«, fragte er. »Du weißt genau, dass ich jetzt nicht wieder heiraten kann!«

Folmar machte eine hilflose Geste. »Mich hat man nicht gefragt, Gerhardt.«

Gerhardt hob die Augen zum Himmel, aber kein Rat kam aus jener Richtung. Deshalb hämmerte er mit der Faust an die Wand.

»Unter gar keinen Umständen eheliche ich diese Frau!«, schrie er.

Maria nahm seine Hand und untersuchte sanft seine Finger auf Verletzungen.

»*Wie gehabest du dich so?*«, fragte sie ihren Bruder. »Nach allem, was man hört, ist Agnes wunderschön, fügsam und fromm. Sie kommt mit einer hübschen Mitgift und einem vorzüglichen Stammbaum mütterlicherseits. Ihr Vater ist ein wohlhabender Kaufmann in Paris – sehr wohlhabend sogar. Ich glaube kaum, dass du etwas an unserer Wahl aussetzen kannst, Gerhardt. So hochwohlgeboren ist unsere Familie nun auch nicht.«

»Darum geht es nicht.« Gerhardt wusste, dass er den wahren Grund für seine Abneigung nicht nennen durfte. Den würden sie nie und nimmer akzeptieren. »Ich will nicht wieder heiraten. Ich bin zufrieden mit meinem Leben. Ich habe einen prächtigen Sohn. Mehr brauche ich nicht, am wenigstens von allem eine französische Braut. Ihr müsst den Vertrag annullieren.«

Hermann schürzte die Lippen. »Das geht nicht, Bruder«,

erklärte er. »Wir haben vor Zeugen einen Eid geleistet, und du hast den Vertrag unterschrieben. Inzwischen hat das Mädchen höchstwahrscheinlich neue Kleider bestellt und mit dem Packen begonnen. Nein, wenn du nicht wieder heiraten willst, musst du es Agnes persönlich sagen und die Folgen tragen.«

Gerhardt stöhnte. Seine Not verblüffte, nein, belustigte die anderen offenbar. Selbst Peter, sein eigenes Kind! Sie dachten alle, wenn er erst einmal sähe, dass sie eine rundum liebenswürdige junge Frau war, würde er sich in sein Schicksal fügen und freudig die Ehe schließen. Doch wusste Gerhardt auch, dass er dann unweigerlich in der Hölle landen würde. Sollte er jedoch seine Gründe enthüllen, dann würde ihm schon zu Lebzeiten das Feuer drohen.

Zweites Kapitel

Ein Feld außerhalb von Vézelay. Sonntag vor den Kalenden
des Aprils (31. März) 1146; 15. Nisan 4906.
Ostersonntag; erster Tag des Pessachfestes.

Anno Verbi incarnati millesimo centesimo quadragesimo sexto, gloriosus rex Francorum et dux Aquitanorum Ludovicus, regis filius Ludovici, cum esset viginti quinque annorum, ut dignus esset Christo, Vezeliaco in Pascha baiulando crucem suam, agaressus est eum sequi.

Zu Ostern des Jahres 1146 nach der Fleischwerdung des Wortes beschloss Ludwig, der glorreiche König der Franken und Herzog von Aquitanien, König Ludwigs Sohn zu Vézelay, um sich Christi als würdig zu erweisen, ihm nachzufolgen, indem er die Bürde seines Kreuzes auf sich nahm.

Odo von Deuil
I. Buch
De profectione Ludovici VII in orientem

Die Menge auf dem Feld stand so dicht gedrängt, dass Catherine die Männer auf dem Podium nicht sehen konnte. Jemand rempelte sie an, und sie wäre gefallen, wenn es Platz gegeben hätte. So wurde sie nur in Edgars Arme zurückgeschubst.

»Ich bin jetzt froh, dass wir die Kinder bei Willa und Margaret im Gasthof gelassen haben«, sagte er und half ihr mit seiner guten Hand hoch.

»Wahrscheinlich sind sie ohnehin noch zu klein, um sich später daran zu erinnern«, stimmte Catherine zu. »Ich wollte ja nur, dass sie ihren Kindern davon erzählen können, dass sie Bernhard von Clairvaux haben predigen hören.«

»Vielleicht sind wir jetzt zu weit hinten, um sie selbst zu hören«, meinte Edgar. »In dieser Menge können wir nicht hoffen, nach vorn zu gelangen.«

Catherine sah zu dem Podium an der Nordseite des Feldes hinauf. Jenes hatte man eilends dort errichtet, als sich abzeichnete, dass die Masse der Wallfahrer, die das Kreuz nehmen wollten, nicht genügend Platz in der Kathedrale finden würde. Kopfschüttelnd betrachtete Edgar das wackelige Gerüst und murmelte, die heilige Maria Magdalena, die Schutzpatronin von Vézelay, möge die Anwesenden schützen, denn es würde ein Wunder sein, wenn etwas so grob

Gezimmertes auf dem feuchten abschüssigen Erdboden lange halten würde.

Catherine fühlte sich fehl am Platze unter der Masse der Gläubigen. Sie und Edgar hatten nicht die Absicht, sich zur Wallfahrt zu verpflichten. Sie waren schon nach Compostela gepilgert und mit dem Wunder von James' Geburt belohnt worden, nachdem sie die Hoffnung auf ein überlebendes Kind fast aufgegeben hatten. Es käme einem Frevel gleich, Gott um ein weiteres zu bitten. Aber dieser bewegende Moment ließ sie jenen zujubeln, die das Kreuz nehmen wollten.

Alle Wallfahrten waren natürlich gefährlich. Traditionsgemäß stellte man sich darauf ein, nie wieder davon zurückzukehren. Aber hier ging es um einen Kreuzzug, sodass der Märtyrertod noch wahrscheinlicher war. Nachdem die christliche Stadt Rohes, einst Edessa genannt, im Vorjahr an die Sarazenen gefallen war, sah sich der junge König bemüßigt, ein Heer zur Befreiung der Stadt auszuheben.

Edgar bemerkte, wie viele Männer im wehrfähigen Alter um ihn herum standen. Er konnte ihre Anspannung spüren, ihre Visionen von Eroberung und Ruhm. Er würgte die Galle hinunter, die ihm in der Kehle aufstieg. Er sagte sich, dass er selbst nie ein großer Kämpfer gewesen sei. Nun gab es dafür auch keine Gelegenheit mehr. Ein Soldat mit nur einer Hand war so nutzlos wie ein dreibeiniges Pferd.

Manchmal schien es ihm, als sei sein Leben eine Aneinanderreihung plötzlicher Veränderungen. Als er Catherine kennen lernte, war er von dem Weg abgekommen, den sein Vater ihm vorgezeichnet hatte, ein Bistum in Schottland. Er hatte gehofft, deshalb drechseln und schmieden zu können, was einem Edelmann sonst verwehrt blieb. Dann hatte ein einziger Schwerthieb ihn gezwungen, neu zu beginnen und sich beizubringen, nur mit der rechten Hand zu arbeiten. Sein

Zorn über den Verlust brodelte noch dicht unter der Oberfläche.

Seine bitteren Gedanken wurden unterbrochen, als der Pulk der Umstehenden ihn und Catherine vorwärts drängte. Der Abt von Clairvaux hatte in Begleitung des Königs, des Bischofs von Lüttich und anderen Würdenträgern das wackelige Podium bestiegen und das Wort ergriffen.

Catherine stand auf Zehenspitzen und kniff die Augen zusammen, um das Gesicht des Abtes klar zu erkennen. Sie hatte ihn seit dem Tag zu Sens nicht mehr gesehen, an dem Bernhard gegen ihren Lehrer Peter Abaelard gesprochen hatte. Es war ihr schwer gefallen, dem Mann freundliche Gefühle entgegenzubringen, obwohl er nach allgemeiner Auffassung ein lebender Heiliger war. Aber als sie erfuhr, dass Abaelard und Bernhard sich unmittelbar vor Abaelards Tod ausgesöhnt hatten, beschloss sie, ihm auch zu verzeihen.

Die Blicke der Menschen richteten sich nach oben, wie um die Worte aufzufangen, die wie Regen auf trockene Erde fielen. Doch sie konnte nichts hören. Der Abt breitete die Arme aus, er lud alle ein, sich dem König auf seiner Wallfahrt anzuschließen. Dann hielt er inne und wartete.

Die Antwort kam spontan.

»Gib uns Kreuze!«, brüllte die Menge. »Kreuze, Kreuze!«

Die Menschenmasse wogte auf das Podium zu, was die oben Stehenden in Alarmbereitschaft versetzte. Das Gerüst schwankte heftig und stürzte an einem Ende plötzlich ein. Entsetzt stöhnte die Menge auf, als der Abt gänzlich verschwand und der König vom Geländer herabhing, während der Boden unter ihm wegbrach. Er konnte sich selbst hochziehen, während Gefolgsleute herbeieilten, um den Pöbel abzudrängen und den Abt zu retten.

»Heilige Jungfrau, hilf!«, stimmte Catherine in den vielstimmigen Chor mit ein.

Atemlos warteten sie, bis das Haupt des Abtes Bernhard auftauchte und er ihnen zum Zeichen seiner Unversehrtheit zuwinkte.

Catherine atmete erleichtert aus und jubelte mit den anderen.

»Ich dachte, er würde zermalmt!«, sagte sie zu Edgar. »Ein Wunder, dass es nicht dazu kam.«

»Es ist ein Wunder, dass dieses Gebilde nicht schon vorher eingestürzt ist«, erwiderte Edgar. »Und sieh mal, diese Einfaltspinsel bauen es wieder auf, damit Bernhard seine Predigt beenden kann. Nur ein Tor würde wieder hinaufklettern!«

»Oder ein Mann des Glaubens«, gab Catherine zu bedenken. Edgar warf ihr einen wütenden Blick zu. »Carissima, der Glaube an die Vorsehung ist eine Sache, der an die Kunst jener Zimmerleute eine andere.«

Dennoch war das Podium binnen kurzem wiederhergestellt, und Bernhard und Ludwig stiegen die Leiter hoch, um fortzufahren.

Der Menge gefiel es, dies als glückliches Omen für die Wiedereroberung der Stadt zu werten, und der Erregungspegel erhöhte sich um das Zehnfache.

Nachdem der Abt seine Rede beendet hatte, griff er in einen Sack zu seinen Füßen und begann, die Stoffkreuze an die Männer und Frauen zu verteilen, die sich nach vorn drängten, um sie in Empfang zu nehmen. Bald streute er sie wie Samen auf die unter ihm wogende Volksmenge, bis der Sack leer war. Noch mehr Menschen streckten die Arme aus. Bernhard sah sich nach Hilfe um, und da keine kam, setzte er seine Kapuze ab und zerriss sie, um mehr Kreuze für die Gläubigen zu machen.

Unwillkürlich ließ sich Edgar von der Begeisterung der anderen mitreißen. Für einen Augenblick schien es ihm, dass er etwas tun könne, dass er nicht zurückbleiben dürfe. Er brach in Richtung Tribüne auf.

»Edgar?« Catherine wurde abgehängt und versuchte sich durchzudrängeln, voller Angst, ihn im Gewühl zu verlieren. »Edgar!«

Er hörte sie nicht. Jemand stieß sie beiseite, und sie fiel ins matschige Gras. Trotzdem bewegte sich die Menge vorwärts, stieg erst über sie und dann auf sie, wann immer sie aufzustehen versuchte.

»Edgar!«, schrie sie wieder.

Sie spürte, wie jemand sie an der Taille von hinten zog und auf die Füße stellte.

»Danke«, keuchte sie. »Ich dachte, sie würden mich tottrampeln ...« Doch als sie das Gesicht ihres Retters sah, riss sie die Augen weit auf.

»Jehan! Dich wähnte ich in vorderster Reihe!«

Der Mann hatte sie auch erkannt und beehrte sie mit einem Blick wie wenn er selbst auf sie getreten wäre, hätte er gewusst, wer sie war.

»Ich habe mein Kreuz gestern Abend vom Abt persönlich empfangen«, antwortete er stolz.

»Ist meine Schwester bei dir?«, fragte Catherine. Vielleicht würde sie sich hier unter den inbrünstigen Gläubigen mit ihm aussöhnen können.

Jehans Miene verdüsterte sich. »Heute habe ich sie noch nicht gesehen. Wie versprochen war sie gestern Abend hier, um mich bei der Kreuznahme zu sehen, aber dann verschwand sie. Ich weiß nicht, wo sie ist.«

»Aber irgendwo muss sie doch sein!« Catherine sah sich unwillkürlich um, obwohl die Sichtweite nur Armeslänge betrug, und sie lief Gefahr, wieder hinzufallen, da sich die Menschen um sie herum drängten. »Hilf mir doch, sie zu suchen!«

Jehan würdigte sie keiner Antwort. Er sah sie nur noch einmal voller Verachtung an und verschwand in der Menge.

Catherine drängte gegen die Menschenmasse, drückte sich zwischen Leiber, bis sie auf ein weniger bevölkertes Gebiet kam. Dann holte sie tief Luft, ebenso sehr über den Anblick von Jehans Pilgerkreuz erschüttert wie dadurch, beinahe in dem wilden Ansturm der Massen, die ihre Abzeichen holen wollten, zerquetscht worden zu sein.

Jehan, Soldat, Ritter, Krieger. Unversöhnlicher Feind. Er hatte sich jahrelang im Dunstkreis ihrer Familie aufgehalten, zunächst als Freund ihres Onkels Roger, dann als Bote für ihren Vater und Großvater und dann als Leibwächter für Agnes. Durch eine Verkettung unglücklicher Umstände kam Jehan dazu, Catherine die Schuld für jedes einzelne Unglück zu geben, das ihm je widerfahren war, nicht zuletzt für die Tatsache, dass er keine Chance hatte, jemals Agnes zu heiraten.

Catherine versuchte, so viel Nächstenliebe aufzubringen, ihn zu bedauern. Kurz darauf schüttelte sie den Kopf. So eine gute Christin war sie nun doch nicht.

Sie stieg auf eine Erhebung am anderen Ende des Feldes und versuchte, Edgars blonden Schopf über den anderen zu erspähen. Ein hoffnungsloses Unterfangen. Wie hatte er sie nur so zurücklassen können? Hoffentlich würde er sie später finden.

In diesem Getümmel war es aussichtslos, nach jemandem zu suchen. Catherine beschloss, sich einen weichen Platz zum Sitzen zu suchen und von dem Brot und Käse zu essen, welche sie sich des Morgens in ihren Ärmel gesteckt hatte. Unter einem Baum fand sie ein moosiges Plätzchen, ließ sich nieder und schüttelte während des Essens die Krümel vom Stoff. Früher oder später würde sie schon jemand finden.

Auf einem anderen Teil des Feldes beobachtete Solomon die eskalierende Tollheit mit wachsendem Entsetzen. Unter vielen Christen fühlte er sich unbehaglich. Nur weil sein Onkel Eliazar ihn gebeten hatte, die Veranstaltung zu beobachten und ihm davon zu berichten, war er hier. Während immer mehr Wallfahrer vorbeizogen, die Gesichter von der Vision der Erlösung verklärt und mit angesteckten Kreuzen, spürte Solomon die Unruhe auch körperlich.

»Warte, bis sie merken, dass ein Stofffetzen keinen Pfeil aufhalten kann«, raunte er seinem Freund zu.

Der Mann neben ihm lächelte. Es mag seltsam anmuten, dass ein Geistlicher so milde auf eine Verunglimpfung seines Glaubens reagierte, aber Astrolabe kam aus einer unkonventionellen Familie, und er kannte Solomon seit langem.

»Ich bin mir sicher, dass sie das merken und sich ein Kettenhemd und einen Schild holen, um sich zu schützen«, sagte er zu Solomon. »Übrigens sehen dich die Leute an.«

Eine alte Frau starrte ihn wahrhaftig an. Sie fing Solomons Blick auf.

»Was fehlt dir denn«, schrie sie. »Ein großer starker Jüngling wie du zieht nicht mit dem König? Was ist denn los? Meinst du, du hast keine Sünden zu bereuen?«

Solomon wich vor ihr zurück. »Wenn ich dächte, ich könnte das Heilige Land befreien, würde ich es tun, das versichere ich Euch, *bonne feme*. Noch heute Abend würde ich losziehen.«

Sie wollte weiter auf ihn einreden, doch Astrolabe zog seinen Freund weg.

»Fang bloß nicht damit an«, schimpfte Solomon. »Ich werde mir keines von den Dingern anstecken, nicht einmal, um mein Leben zu retten.«

»Das erwarte ich nicht von dir, aber andere werden sich darüber wundern.« Astrolabe grinste über eine plötzliche

Vorstellung. »Ich weiß. Wenn dich noch jemand fragt, warum du das Kreuz nicht nimmst, kann ich ihnen sagen, dass du eine schwere Krankheit hast, die dich kampfuntauglich macht.«

»Beschneidung?«, fragte Solomon.

Dieses Mal musste sein Freund schallend lachen. »Ganz und gar nicht. Die tödliche Krankheit der Leichtfertigkeit«, sagte er. »Die wird dich noch den Kopf kosten.«

Solomon schüttelte den Kopf. »Ich nehme das gewiss nicht auf die leichte Schulter. Ich frage mich nur die ganze Zeit, wie lange es wohl dauert, bis jemand auf die Idee verfällt, es sei leichter, die Juden in Franzien anzugreifen, als den weiten Weg ins Heilige Land zu den Sarazenen auf sich zu nehmen?«

»Dazu wird es dieses Mal nicht kommen, Solomon«, beruhigte ihn Astrolabe. »Abt Bernhard lässt das nicht zu. Er äußerte sich klar darüber, wer der Feind ist, und erwähnte keine Juden.«

Solomon warf ihm einen verächtlichen Blick zu. »Das brauchte er auch nicht, Astrolabe. Was war denn der Predigttext der letzten Woche? Euer Gott, welcher durch die Hand der Juden starb. Glaubst du etwa, keiner der Anwesenden hätte zugehört?«

Astrolabe blieb das Lachen in der Kehle stecken. »Nein, so naiv bin ich nicht, Solomon«, räumte er ein. »Ich weiß, dass viele dieser Leute keinen Unterschied zwischen den Juden in ihrer Mitte und den Pharisäern im alten Jerusalem sehen. Die Logik hat keinen Platz in ihrer Welt. Das hat mein Vater am eigenen Leib erfahren.«

»Und ich glaube, dass auch er seinen Überzeugungen treu blieb«, sagte Solomon leise.

»Ja, er söhnte sich mit Bernhard aus, aber er fühlte sich nur Gott verantwortlich«, stimmte Astrolabe zu. »Sehr wohl, ich verstehe den Wink. Ich verspreche, es nicht wieder zu erwähnen.«

»Danke, wenn du nur meine Kusine Catherine dazu bringen könntest, nicht mehr meine Seele in ihren Himmel holen zu wollen, wäre ich dir sehr verbunden.«

»Eine Frau, die Schülerin meines Vaters *und* meiner Mutter war, bist du von Sinnen?«, stieß Astrolabe in gespieltem Entsetzen hervor. »Lieber würde ich eine Horde Sarazenen überzeugen, die mit Schwertern auf mich einstürmt.«

»Warum gehen wir dann nicht in den Gasthof zurück und trinken Bier, bevor der Pöbel das ganze Dorf leer säuft?«

Astrolabe hielt das für eine gute Idee, und so stiegen die beiden Männer einträchtig miteinander den Berg hinauf. Hinter ihnen standen Menschen, die stolz die Stoffkreuze an sich pressten und vom künftigen Ruhm träumten, wenn sie triumphierend durch das Heilige Land marschieren würden.

Edgar kam schnell wieder zur Vernunft, als der erste Mensch ihn anrempelte und ihm seine fehlende Hand einfiel. An die Verhöhnungen von Fremden würde er sich nie gewöhnen können. Alle hielten ihn für einen Dieb, der seine gerechte Strafe bekommen hatte.

»Weg da, du stinkender *Mesfetor!*« Der frisch gebackene Soldat Christi schubste Edgar beiseite. »Mach den ehrlichen Menschen Platz!«

»Mesel!« Edgar schubste ihn zurück. »Wofür hältst du dich denn?«

Der Mann wirbelte herum, um etwas zu kontern. Edgar merkte, dass er von gut bewaffneten Menschen umringt war, die man soeben streng ermahnt hatte, die Ungläubigen zu töten. Vielleicht hätte er einfach beiseite treten sollen.

»Was hast du gestohlen?«, höhnte eine Frau. »Den Kirchenteller? Warum konntest du nicht arbeiten wie wir alle?«

Edgar beachtete sie nicht. Der Ring zog sich zusammen. Edgar wandte sich dem ersten Mann zu, der sich auf ihn stürzte. Jemand hob einen Stein auf.

»Halt! Aufhören!« Die Stimme kam von oben, eine Stimme, die Gehorsam gewöhnt war. »Was ist denn das? Ein Angriff auf Christenmenschen? Schande über euch!«

Einen Augenblick lang dachten alle, die Stimme komme aus dem Himmel. Dann seufzten sie vor Erleichterung, als sie merkten, dass es ein Mann auf einem schwarzen Schlachtross war. Das tat ihrem Gehorsam keinen Abbruch. Berittene Männer übten eine Justiz, die sicherer war als göttliche Rache.

Während die Menge sich auflöste, sah Edgar zu seinem Retter hoch. Von der Sonne geblendet, konnte er dessen Züge nur schwer erkennen. Dann beugte sich der Mann hinab und streckte die Hand aus, um ihm hoch zu helfen.

»Walter von Grancy!«, rief Edgar erfreut aus. »Beim verfolgten Priester des heiligen Alban! Bin ich froh, dich zu sehen!«

Walter, der doppelt so lang und breit wie Edgar war, zog seinen Freund mühelos hinter sich aufs Pferd. Edgar bemerkte, dass auch Walter ein Kreuz trug.

»Ich gehe für die Seele meiner Alys«, erklärte Walter. »Konnte ich schon nicht ihr Leben retten, kann ich wenigstens helfen, ihr einen Platz im Himmel zu sichern.«

»Ein hehres Motiv«, sagte Edgar voller Anteilnahme. Er und Catherine hatten Walter vor sechs Jahren geholfen, Alys' Mörder zu überführen, und dabei Freundschaft geschlossen.

»Gib mir noch nicht Palme und Krone«, sagte Walter lachend. »Ich werde mit Freunden ein paar Sarazenenköpfe einschlagen. Das muss ich auch, nur um gegenüber den anderen Wallfahrern Nächstenliebe walten zu lassen, besonders in jenem Fall.«

Er deutete auf einen anderen Reiter in der Nähe. Edgars Kinnlade fiel herunter.

»Raynald von Tonnerre!«, stöhnte er. »Ich glaube es nicht! Aber er ist doch ein Mörder!«

Walter zuckte mit den Achseln. »Umso mehr Grund, ins Heilige Land zu ziehen. Wie sonst könnte jemand solch ein Verbrechen sühnen?«

Edgar konnte sich verschiedene Möglichkeiten denken, darunter diejenige, welche sein Vater jetzt erlitt, nämlich als Laienbruder und mit niederen Arbeiten unter dem strengen Blick eines englischen Abtes. Im Vergleich dazu war ein Tod in der Schlacht vorzuziehen.

»Immerhin«, sagte er laut. »Ich vermute, das ist der einzige Weg, der für Raynald und seinen Vater annehmbar ist. Zieht Graf Wilhelm auch mit?«

»Nein, nur seine beiden Söhne«, antwortete Walter. »Nun, wie bist du denn diesem Pöbel wütender Bauern in die Hände gefallen?«

Edgar erklärte es ihm und schämte sich jetzt seines momentanen Überschwangs. »Catherine ...?« Er drehte sich um. »Catherine! Walter, ich dachte, sie sei hinter mir. Beim mächtigen Organ des heiligen Ethelwold! Ich habe sie verloren. Wie konnte ich nur so töricht sein?«

»Das wird sie dir gewiss erzählen.« Walter lachte. »Nun, wo hast du sie denn zuletzt gesehen? Wie ich sie kenne, brauchen wir nur nach einer Stelle zu suchen, wo jeder über jeden stolpert.«

»Ja, so ist Catherine«, sagte Edgar, ohne zu lachen. »Aber wie finden wir sie in diesem Getümmel? O *leoffest,* hoffentlich wacht deine Schutzpatronin über dich.«

Catherine befand sich tatsächlich einmal außerhalb der Gefahrenzone. Jedoch gesellte sich ihr bald eine Schar von Bettlern hinzu, als diese sahen, dass sie mehr Essen hatte, als sie brauchte.

»Bitte, gute Dame«, flehte eine Frau. »Um der Liebe Christi willen, hilf mir, mein Kind zu füttern.«

Catherine gab ihr die Hälfte vom Käse ab.

»Ich hatte seit Donnerstag nichts mehr.« Ein Mann, dessen Leib mit offenen Schwären bedeckt war, näherte sich. »Und niemand gibt mir einen Platz, wo ich ruhen kann.«

Catherine warf ihm ihr Brot hin und betete, dass er weggehen möge.

Eine andere Frau glotzte sie wortlos an, ihre Augen waren viel zu groß für das hagere Gesicht. Unter ihren Lumpen zeichnete sich das Ende einer Schwangerschaft ab, wie Catherine sehen konnte, falls sie denn so lange überleben würde. Sie gab ihr den Rest des Käses und ihr Leinenkopfband.

Es blieb noch ein Mann übrig, der sich neben ihr niedergelassen hatte. Er war so dünn wie die anderen und bleich wie ein Gefangener.

»Bedaure«, sagte Catherine. »Ich habe nichts zu essen mehr. Ich hätte vermutet, dass gerade hier genug Almosen gegeben würden.«

»Almosen gibt es nie genug, liebe Dame«, antwortete der Mann mit mitleidigem Blick.

Jetzt schämte sich Catherine, dass sie als Wohltäterin aufgetreten war. Seine Kleider waren so zerlumpt wie die aller Armen, aber er strahlte eine ruhige, ausgeglichene Zufriedenheit aus, wie sie sie selten bei einem Menschen außerhalb der Klostermauern erlebt hatte.

»Aber wir geben so viel«, sagte sie. »Man könnte meinen, dass niemand hungern sollte, außer wenn alle hungern.«

»Solange die Messkelche mit Gold und Juwelen verziert sind und Frauen *Bliaux* aus Seide mit Pelzbesatz tragen, wird es Armut unter uns geben«, sagte er traurig. »Aber das muss nicht so sein.«

Schuldbewusst sah Catherine an ihren Kleidern hinunter, dann fiel ihr ein, dass sie Wolle und Leinen trug. Aber der Mann bemerkte ihre Miene und lächelte.

Sie musterte ihn argwöhnisch. »Bist du ein Jünger des Arnold von Brescia oder gehörst du der Pataria an?«, fragte sie. »Willst du, dass alle Menschen alles gemeinsam besitzen und keine Könige oder Herren über sich haben?«

»Vielleicht bin ich nichts weiter als ein Mönch, der glaubt, dass wir alle wie Mönche leben sollten.« Er machte sich über sie lustig, das spürte sie, obwohl sein Gesicht freundlich blieb.

»Wenn du ein Mönch bist, warum trägst du keine Tonsur?«, gab sie zurück. »Und wenn wir alle im Kloster und im Zölibat leben würden, wäre bald niemand mehr auf der Erde. Wo wären wir dann?«

»Im Himmel, Madame.« Er erhob sich. »Bestimmt. Der Herr sei mit Euch!«

»Und mit dir«, ergänzte sie unwillkürlich.

Als er fort war, blieb sie einige Zeit sitzen und dachte über das Gespräch nach.

Er ist ein Ketzer, sagte eine Stimme in ihr.

Aber er hat nichts gegen den Glauben gesagt, widersprach Catherine.

Wenn er meint, dass alle wie Mönche leben sollen? Dass alle arm sein sollen? Das ist keine Ketzerei? Die Stimmen waren entsetzt.

Viele der Kirchenväter waren derselben Meinung!, argumentierte Catherine.

»Catherine! Gott sei Dank!«

Catherine schreckte hoch. Edgar sprang vom Pferd und schloss sie in die Arme.

»Ich habe mich so gesorgt«, sagte er und drückte sie fest. »Ich dachte, man hätte dich zerquetscht. Stattdessen sitzt du hier allein und hältst Selbstgespräche.«

»Na, du hast mich ja in der Menge allein gelassen«, erwiderte sie. »Willst du, dass ich mit Fremden rede? Wo warst du denn?« Sie sah hinauf und erkannte den Mann auf dem Pferd. »Walter! Wie schön, dich wiederzusehen. Willst du heute Abend mit uns essen?«

Walter nickte grinsend.

Edgar trat einen Schritt zurück, ließ aber Catherines Hand nicht los.

»Du bist also wohlauf?«, fragte er. »Es tut mir so Leid, ich hätte auf dich aufpassen sollen.«

Catherine streichelte ihm die Wange. »Mir geht es gut«, sagte sie. »Ich hatte nur Angst um dich.«

Er zog sie wieder an sich. »Dich zu verlieren wäre das Schlimmste, das mir zustoßen könnte.«

Hoch oben wandte Walter sein Gesicht ab. Er wusste genau, was Edgar meinte.

In diesem Augenblick vergaß Catherine den Mann, der kein Bettler war.

Das Zimmer im Gasthaus bestand nur aus einem durch einen Vorhang abgeteilten Stück des Dachbodens, der den Lärm von unten nicht im Mindesten dämpfte. Doch wenigstens war es ein privates Plätzchen. Als Catherine und Edgar hinaufstiegen, fanden sie, dass Solomon schon mit Astrolabe eingetroffen war, der kein Bett bei den anderen Geistlichen hatte finden können. Sie spielten ein Klatschspiel mit den Kindern, das sogar Willa, der jungen Magd, die sich um die Kleinen kümmerte, Spaß machte.

Catherine hob ihre kleine Tochter hoch. Sie war den ganzen Tag von ihr getrennt gewesen, das war zu lang, obwohl sie zugeben musste, dass die Freiheit, die ihr das Abstillen gebracht hatte, angenehm war.

»Edana, *ma doux,* warst du heute brav?«

Edana brabbelte etwas Unverständliches. Catherine wandte sich an James für eine Übersetzung.

»Sie sagt, sie war sehr brav, Mama«, sagte James, »aber das stimmt nicht. Sie hat auf den Soldaten herumgekaut, die Papa für mich geschnitzt hat. Sie sind ganz nass und angeknabbert.«

»Edana!« Catherine war nicht so empört, wie ihr Sohn es sich gewünscht hätte. »Ja, sie zahnt. Ich hätte einen Lederriemen dalassen sollen. Papa kümmert sich um deine Soldaten oder schnitzt dir neue. Das weißt du doch, James.«

Der kleine Junge schmollte, jammerte aber nicht mehr.

Solomon setzte sich neben Margaret, die sich an seine Schulter lehnte. Sie war sein besonderer Liebling, und sie waren einander sehr zugetan. Catherine wusste, dass ihr Cousin Margarets Mutter Adalisa versprochen hatte, sich immer um das Kind zu kümmern. Da jener eine tiefe Zuneigung für sie empfand, war Catherine sich sicher, dass er den Schwur halten würde. Edgar nahm an, dass dies so war, weil Solomon Adalisa nicht vor ihren Angreifern hatte retten können, aber Catherine fragte sich oft, ob nicht noch mehr dahinter steckte. Sie fragte sich auch, was Solomon in ein paar Jahren tun würde, wenn es für Margaret an der Zeit wäre zu heiraten.

Sie saß auf den Decken und betrachtete sie alle. Diese kleine Schar aus ungleichen Menschen war ihre Welt. Trotz allem konnte sie nicht verstehen, warum Agnes ihre Familie und Heimat verlassen und in ein fremdes Land ziehen konnte.

Man munkelte, dass die Mutter des Königs und auch seine Gemahlin ihn begleiten würden. Vielleicht konnte Königin Adelhaide Catherines Gefühle verstehen, auch wenn Ludwig nicht nur erwachsen, sondern auch ein gesalbter Herrscher war. Wenn auch Königin Eleonore mit ins Heilige Land zöge, würde sie ihre Tochter Marie mitnehmen? Nach so vielen Jahren der Unfruchtbarkeit, wie konnten sie da ihr einziges Kind zurücklassen?

Andererseits – wie könnten sie jenes Kind in solche Gefahr bringen?

Catherine strich Edanas dunkle Locken glatt. Trotz des Lärms unten im Schankraum schlief das Kind bald fest. Catherine küsste es.

Warum gab es nie mehr klare Antworten? Alles war einmal so leicht gewesen, und sie war so sicher wie jener Fremde an diesem Nachmittag auf dem Feld. Jetzt überschattete jede Entscheidung ein Zweifel. Sie betete die ganze Zeit, aber falls die Heiligen ihre Schritte lenkten, dann hielten sie sich sehr bedeckt.

In einem anderen Gasthof aß Agnes in einem Privatzimmer mit den Männern aus Blois, die das Kreuz genommen hatten, und den Frauen, die gekommen waren, um bei der Zeremonie zuzuschauen. Jehan zeigte sich wie immer aufmerksam.

»Dein Großvater ließ seine Männer benachrichtigen, dass wir dich nach Paris und dann nach Trier begleiten sollen«, sagte er. »Wir haben noch knapp ein Jahr, bevor sich der Kreuzzug in Marsch setzen kann. Bis dahin stehe ich dir zu Diensten.«

»Es ist sehr großzügig von Großvater, so für mich zu sorgen«, bemerkte Agnes.

Schweigend aßen sie weiter, bis Jehan wieder sprach.

»Wusstest du, dass deine Schwester und ihr verkrüppelter Mann hier sind?«, fragte er.

Agnes ließ den Löffel in die Suppe fallen.

»Warum denn nur?«, fragte sie. »Verfolgen die mich etwa?«

Jehan zuckte mit den Achseln. »Ich habe keine Ahnung. Vielleicht gehen sie nach Jerusalem, um von Gott eine neue Hand für den englischen *Mesel* zu erbitten.«

Agnes fischte den Löffel aus der Suppe und versuchte, sich auf das Essen zu konzentrieren. Edgars handloser Arm hatte sie erschreckt. Solcherlei geschah Kriegern und Dieben. Teilweise dachte sie, es sei die gerechte Strafe, weil er Catherines Meinung über das Verweilen im Kloster geändert hatte. Er hatte sie Gott gestohlen und die Familie all der Gebete beraubt, welche Catherine für sie gesprochen hätte. Catherines Rückkehr in die Welt hatte ihre Mutter in den Wahnsinn getrieben. Dadurch waren auch alle Geheimnisse aus der Vergangenheit ihres Vaters ans Licht gekommen, die besser verborgen geblieben wären.

An allem war nur Edgar schuld.

Und doch erinnerte sie sich, wie Catherine ihn verteidigt hatte, wie er immer ganz nahe bei ihr gestanden hatte, wenn sie ihn brauchte. Agnes merkte, dass sie die dicke Suppe nicht schlucken konnte, weil ein Kloß in ihrer Kehle saß. Insgeheim wünschte sie sich, so zu lieben und geliebt zu werden.

Und alles, was sie hatte, war Jehan.

Am Rand des Feldes, das jetzt bis auf wenige Feuerstellen und Abfälle von Tausenden leer war, kauerte eine Gruppe von Menschen um ein kleines Feuer herum. Sie kauten tapfer auf trockenem Brot, das sie in Bier getunkt hatten, bis es beinahe genießbar war. Unter ihnen war der Mann, der nachmittags mit Catherine gesprochen hatte.

»Lanval.« Die Stimme seiner Frau zitterte vor Sorge. »Du warst doch heute nicht draußen und hast gepredigt? Ich dachte, wir hätten uns darauf geeinigt, uns nur denen zu nähern, die für unseren Glauben aufgeschlossen sind, und nur privat mit ihnen zu sprechen.«

»Nur das habe ich getan, liebe Denise«, versicherte ihr Lanval. »Ich hielt nur nach jenen Ausschau, die nicht im selben Zustand heiligen Eifers schienen, und grüßte sie freundlich.«

»Ich sah dich im Gespräch mit einer Frau«, warf ihm ein anderer vor. »Ihrer Miene nach hast du sie nicht nur begrüßt.«

Lanval strafte den Freund mit einem bösen Blick. »Ich gestehe, dass sie meine Neugier erregte. Sie gab alles Essen, was sie hatte, den Bettlern, sogar einen Teil ihrer Kleidung.«

»Also hast du sie für ihre Großzügigkeit gelobt?« Denise' Stimme verriet den anderen, dass sie dieses bezweifelte.

»Nein, ich gebe zu, dass ich ihr vorwarf, so viel zum Wegschenken zu haben, ohne dafür leiden zu müssen.« Lanval ließ den Kopf hängen.

»Ich hab's doch gewusst. Mein Liebling, du darfst nicht solch ein Wagnis eingehen, noch nicht. Willst du verdammt sein, bevor man dich auch nur gehört hat?«

Lanval war nicht völlig überzeugt. »Wenn man uns nie hört, dann wird unsere Sache sterben und die Welt in ihrem Schmutz weiter bestehen. Wollt ihr, dass ich tatenlos zusehe, wie sich die Seelen selbst verdammen, und nichts dazu sage?«

»Nein, Lanval«, sagte Denise zärtlich. »Ich möchte nur, dass du wartest, bis wir in Köln unter Glaubensgenossen sind. Dann können wir mit so lauter Stimme predigen, dass uns die gesamte Christenheit hört.«

»Amen«, fielen die anderen ein.

Sie aßen ihr Brot auf, belegten das Feuer mit Asche und rollten sich in den dünnen Umhängen für die Nacht ein.

Vézelay beherbergte viele Pilger, und manchen war es einerlei, ob Edessa frei war oder nicht, denn die Apokalypse würde bald alle Städte dem Erdboden gleichmachen, und die Auserwählten würden überleben.

Drittes Kapitel

Troyes, Champagne, im Haus des Eliazar, Catherines Onkel. Donnerstag, Tag 2 vor den Nonen des Aprils (4. April) 1146; 19. Nisan 4906. Am Tag des heiligen Ambrosius, welcher dem Papst den Wiederaufbau einer Synagoge untersagte, welche die Bewohner Roms niedergebrannt hatten; 5. Tag des Pessachfestes.

1146: Ex libris Sibillinis ad votum interpretatis regi Franciae ituro Iherusolimam magnificam falso promuntur.

1146: Fälschlicherweise sagten die sibillinischen Bücher einen Erfolg für den vom französischen König gelobten Feldzug nach Jerusalem vorher.

Lamberti Parvi Annales A

Huberts Bruder Eliazar sah seine Frau Johanna über das Tischchen hinweg an. Der Kerzenschein glättete die Runzeln in ihrem Gesicht. Fast glaubte er, das scheue, aber hoffnungsfrohe Mädchen wieder vor sich zu sehen, welches er vor so vielen Jahren geheiratet hatte. So lang war das her.

Die beiden saßen allein beieinander, aßen das ungesäuerte Brot mit Hühnchen. Sie hätten Kinder und Kindeskinder um sich haben sollen, aber der Allerhöchste, geheiligt werde sein Name, hatte es nicht für passend erachtet, ihnen welche zu schenken. Stattdessen hatte man ihnen ihren Neffen Solomon an Kindes statt gegeben, als dessen Vater verschwand und seine Mutter gestorben war. Er hatte ihnen dieselbe Freude wie ein Sohn, aber auch alle Sorgen bereitet.

Johanna lächelte ihrem Mann zu. Sie wusste, weshalb er sich grämte.

»Solomon ist ein guter Junge«, sagte sie. »Er ist klug genug, keinen Streit anzufangen, wenn er unter Christen ist.«

Eliazar brummte: »Er fängt zwar nicht an, aber er geht ihm auch nicht aus dem Weg.«

»Stimmt.« Johanna nahm die Schüsseln und stand auf, um sie in die Küche zu bringen. Heute Abend hatten sie keine Dienstmagd. Dann blieb sie stehen und zögerte, bevor sie fragte: »Aber, mein Liebster, wünschst du dir denn nicht, dass mehr von uns so wären wie er? Geht es dir nicht gegen den Strich, dass unsere Sicherheit von der Macht eines Fürsten oder Bischofs abhängt, welcher sich jeden Augenblick gegen uns wenden kann?«

»Gewiss hasse ich das!« Eliazar stieß beim Aufstehen seinen Hocker um. »Aber wir müssen uns darauf verlassen, genau wie die Priester und Bauern, oder ständig der Gefahr ausgesetzt sein. Solomon hätte in den Tagen des Makkabäus leben sollen, als wir ein Heer aufstellen und die Ungläubigen vertreiben konnten. Aber die Zeiten sind vorbei ...«

»Und sein Mut bringt uns alle in Gefahr«, endete Johanna. »Ich weiß und bin seinetwegen in ständiger Sorge. Aber ich bin so stolz auf ihn.«

»Ich auch«, gab Eliazar zu. Er blickte sich in der Stube um, als ob er sie zum ersten Mal sehen würde. »Hier ist es einsam.«

Es war einsam und so ruhig, dass das Quietschen der Vordertür sie beide zusammenzucken ließ.

»Tante Johanna? Onkel?«

Der junge Mann, über den sie gerade noch gesprochen hatten, betrat das Zimmer. Solomons Gesicht drückte Enttäuschung aus, als er sah, dass sie mit dem Essen fertig waren.

»Mein lieber Junge«, rief Johanna aus. »Du hast mich erschreckt! Wir haben dich nicht vor Freitag hier erwartet. Schau nicht so finster drein. Ich finde etwas zu essen für dich. Weiß Gott, was für *Trejfe* du bei den Edomitern gegessen hast.«

Solomon lächelte schief. »Denk lieber nicht darüber nach, Tante.«

Johanna eilte in die Küche und murmelte kopfschüttelnd, dass in ihrer Erziehung wohl etwas falsch gelaufen sei.

Mit einem erschöpften Stoßseufzer ließ sich Solomon auf ein Sitzkissen am Boden fallen.

»Hat sie Zimtweinsoße gemacht?«, fragte er seinen Onkel.

»Ja.«

Der Neffe seufzte vor Behagen und lehnte den Kopf an die Wand. Die Augen fielen ihm zu.

Eliazar wartete ein Weilchen.

»Wir haben auch Betten, weißt du«, sagte er leise.

Solomon setzte sich wieder auf. »Und es wird ein seltenes Vergnügen sein, darin zu schlafen, aber ich will erst essen. Tante Johannas Matzen schmecken wie Manna.«

»Solomon, was ist los?«, beendete Eliazar das belanglose Gerede.

Sein Neffe trug eine Miene zur Schau, die Eliazar nicht an ihm kannte. Solomon hatte immer eine Ader der Unduldsamkeit für die Welt, in der er lebte, aber dies war mehr als Verachtung.

»So schlimm war es da draußen noch nie«, berichtete Solomon. »Bernhard von Clairvaux könnte einen Sarazenen dazu bringen, gegen den eigenen Bruder die Waffen zu erheben. Diese Menschen hören ihm zu und haben in ihren Herzen die Erinnerung an alle Übeltaten, welche begangen wurden, nicht nur an der Kirche oder den Christen im Heiligen Land, sondern an dem Leib ihres Erlösers vor über tausend Jahren. Und du weißt ja, wem sie daran die Schuld geben.«

Eliazar sah in Richtung Küche und dämpfte seine Stimme. »Gab es irgendwelche Zwischenfälle?«

»Noch nicht, aber ich glaube, es ist nur eine Frage der Zeit, bevor jemand beschließt, dass die Juden getötet oder zumindest getauft werden sollten, bevor die Soldaten die weite Reise ins Heilige Land unternehmen.«

Eliazar schloss die Augen. Er war in Paris gewesen, als sich die Kunde verbreitete, dass seine Mutter und Schwestern und, wie er glaubte, auch sein kleiner Bruder von den Fanatikern auf ihrem Weg nach Jerusalem 1096 hingemetzelt wurden. Wenn die Soldaten die Städte von Juden säubern wollten, wusste er, dass er lieber mit seinem Volk sterben als noch einmal solche Nachrichten erhalten wollte.

»Solomon.« Er schluckte, um seine Stimme nicht zittern zu lassen. »Gehe nicht wieder hinaus. Bleibe in der Gemeinde. Graf Thibault und Bischof Heinrich werden nicht zulassen, dass uns jemand etwas zu Leide tut. Wer weiß, was da draußen unter Wahnsinnigen geschehen kann?«

»Onkel! Deine Angst gebiert Gespenster«, erwiderte Solomon. »Ich kann selbst auf mich aufpassen. Und ich lehne es ab, mich hinter einem Bischof zu verstecken. Die meiste Zeit weiß ohnehin niemand, was ich bin. Ich trage ja kein Abzeichen auf der Brust, auf der zu lesen stünde: ›Hier kommt ein Jude.‹«

»Das tröstet mich nicht«, sagte Eliazar.

Solomon stand auf und umarmte seinen Onkel. »Ich weiß, wovor du dich am meisten fürchtest, und ich kann dir versprechen, dass ich nie konvertieren werde, für niemanden, auch nicht mit einem Messer an meiner Kehle. Ich mag zwar kein guter Jude sein, welcher den Talmud auswendig kennt, aber ich bin ein fest entschlossener.«

»Das weiß ich, Solomon«, flüsterte Eliazar. »Möge Gott mir verzeihen, aber was ich für dich wahrhaftig fürchte, ist der *Kiddusch Haschem.*«

»Weißt du, den habe ich nie in Betracht gezogen.« Solomon klang überrascht. »Ich würde lieber in den Kampf ziehen, als mich selbst zu opfern. Aber wäre es dir nicht lieber, ich stürbe durch eigene Hand in der Heiligung des göttlichen Namens, als dass ich mich taufen ließe?«

»Das hoffe ich«, antwortete Eliazar. »Aber du bist alles, was wir haben. Ich weiß nicht, ob ich so rein in meinem Glauben bin wie Abraham, welcher Isaak opfern wollte.«

Solomon klopfte ihm auf den Rücken. »Dann nehmen wir mal an, dass sich die Frage nie stellt. Nun, wo bleibt denn mein Essen?«

Eliazar versuchte, die Sorge zu verscheuchen, aber sie lag die ganze Nacht auf der Lauer und weckte ihn am folgenden Tag. Er war bereit, den Märtyrertod für den Glauben zu sterben, falls nötig. Aber in Zeiten wie diesen würde er sich lieber mit seinen Lieben verstecken, bis die Gefahr vorüber wäre, als mit dem Märtyrertod zu liebäugeln. Er hoffte, der Herr würde ihm vergeben, aber sterben wollte er als Allerletztes, und er wollte es noch auf viele Jahre hinauszögern.

Agnes war mit dem getreuen Jehan nach Paris zurückgekehrt, auch die Wachen und Zofen aus Blois. Jetzt, da sie ihr Gefolge hatte, traf sie ernsthafte Reisevorbereitungen.

Catherine und Edgar brachten ihre Familie zurück, zufrieden, Augenzeugen großer Ereignisse gewesen zu sein und wieder ins Alltagsleben zurückzukehren.

Ein paar Tage darauf erschien Walter von Grancy vor ihrer Tür. Catherine grüßte ihn freudig überrascht.

»Was führt dich nach Paris?«, fragte sie. »Ich dachte, du seist bis zur Einberufung nach Grancy zurückgekehrt?«

»Eigentlich frage ich mich, ob deine Schwester jemanden braucht, um auf der Reise nach Trier auf sie aufzupassen.«

»Das weiß ich nicht«, antwortete Catherine. »Wir können nachfragen. Aber warum solltest du die Mühe auf dich nehmen?«

»Es wird Monate dauern, bevor der König marschbereit ist«, erklärte Walter. »Aber ich bin jetzt schon soweit. Ich habe den größten Teil meines Landbesitzes durch die Mönche von Cluny an St. Peter gestiftet. Ich habe meine Schulden beglichen. Vermutlich könnte ich auch allein abreisen, aber ich wäre lieber in Ludwigs Heer. Doch bis dahin habe ich nichts zu tun. Wenn ihr also jemanden sucht, der deine Schwester nach Deutschland begleitet, erbiete ich mich gern. Ich habe einige Jahre in Diensten des Herzogs von Burgund verbracht, und der alte Kaiser und ich beherrschen die Sprache.«

Hubert war über das Angebot sehr erfreut, da Walter nicht nur von edler Geburt, sondern groß, stark und im Kampf ausgebildet war. Ihn hatte noch niemand im Turnier besiegt, wie es Jehan schon geschehen war. Ihn an der Seite zu haben, war so gut wie mit einem ganzen Gefolge zu reisen. Aber Hubert wusste, dass die letzte Entscheidung bei Agnes lag.

»Ich verstehe«, sagte Walter. »Ich gehe sie sofort fragen.«

»Sagt ihr, ich werde Eure Unkosten tragen«, erklärte Hubert. »Ihr und ich, wir regeln das unter uns. Sie braucht sich nicht darum zu kümmern.«

Walter war den Nonnen bekannt und wurde ohne weiteres vorgelassen. Agnes hatte von ihm gehört und schien erfreut, ihn kennen zu lernen. Sie sagte sofort, dass sie sich über seine Begleitung glücklich schätzen würde. Es ging ihm durch den Sinn, dass sie nichts von seiner Freundschaft mit Catherine und Edgar wusste, und hielt es für richtig, sie darüber aufzuklären. Sie nahm es ruhig auf, unter einem Vorbehalt.

»Beeinträchtigt das Eure Loyalität mir gegenüber?«, fragte Agnes.

»Keineswegs«, beteuerte Walter.

»Dann reden wir nicht mehr davon.« Entschlossen beendete Agnes dieses Thema.

Walter war neugierig, warum Agnes sich so weit weg verheiraten wollte. Bevor er ging, fragte er sie nach dem Grund.

»Mein Großvater kannte Herrn Gerhardts Onkel aus dem Kampf um Antiochia. Er hält es für eine vorteilhafte Verbindung«, antwortete sie.

Walter befriedigte es nicht. »Aber die Sprache wird euch schwer fallen«, sagte er. »Die Deutschen haben andere Sitten als wir und setzen ihrem Bier einen Bitterstoff zu. Aber am schlimmsten ist, dass kein Verwandter in Eurer Nähe ist, wenn Ihr Hilfe braucht.«

Agnes presste die Lippen zusammen. »Davor fürchte ich mich nicht«, sagte sie. »Auch nicht vor der Sprache. Wenn Edgar Französisch lernen kann, dann kann ich gewiss auch Deutsch lernen.«

»Gewiss«, sagte Walter. »Aber das Leben so fern der Heimat ist doppelt schwer. Ich habe niemanden, und doch schmerzt es mich, meine Heimat zu verlassen, selbst für das Heilige Land.«

Agnes wirkte gekränkt. »Meine Gründe gehen Euch nichts an«, sagte sie. »Und ich kann nicht weit genug von meiner Familie weg sein. Wenn alle Formalitäten hier erledigt sind, werde ich froh sein, sie nie wiederzusehen.«

Walter schüttelte den Kopf. Ihre Worte ergaben für ihn keinen Sinn. »Dabei fällt mir ein, dass ich noch eine Nachricht von Eurer Schwester habe. Sie will wissen, wann Ihr sie treffen möchtet, um den Schmuck Eurer Mutter aufzuteilen.«

»Sagt Catherine, sie soll morgen kommen, damit wir eine Liste aufstellen können«, antwortete Agnes. »Ich will es hinter mich bringen.«

Edgar wartete draußen, als Walter aus dem Kloster kam.

»Sie ist schön«, murmelte Walter. »Aber überhaupt nicht wie Catherine.«

»Sie ist so hochmütig wie die Kaiserin Matilda«, sagte Edgar. »Und doch liebt Catherine sie immer noch.«

»Seltsam«, meinte Walter. »Ich hatte nie den Eindruck, dass es deiner Frau an Menschenkenntnis mangelt. Vielleicht ist ihre Schwester doch nicht so hochmütig, wie sie scheint.«

Edgar wollte sich nicht mit Walter streiten, darum sagte er nichts mehr. Die beiden Männer schlenderten über die Brücke zur Île, blieben stehen, um sich einige Stoffmuster anzusehen und einem Prediger zu lauschen, welcher auf eine Holzkiste zwischen zwei Ständen geklettert war.

»Brüder! Hört auf meine Worte!«, mahnte der Prediger. »Das Jüngste Gericht ist nahe herbeigekommen! Die Menschheit suhlt sich in Gier und Gotteslästerung. Ketzer und Ungläubige ziehen unbehelligt durch die Lande. Die heilige Stadt Rom hat sich in Sodom verwandelt. Die Zeit für die Säuberung naht. Werdet ihr unter den Erretteten sein?«

Walter schüttelte den Kopf. »Ich wünschte, sie würden etwas Genaueres predigen. Jene Zeichen gibt es schon seit langem. Nun, wenn es ein Erdbeben geben oder Blut aus der Sonne tropfen würde, dann wüsste ich, dass das Jüngste Gericht herannaht.«

»Manche sagen, der Fall von Edessa sei so ein Zeichen.« Er hatte den Mund voll heißer *Gauffre,* welche er sich gerade gekauft hatte. Dabei verbrannte er sich die Zunge am Honig auf der Waffel.

»Das reicht nicht«, antwortete Walter. »Eine Seuche, dann würde ich es glauben, oder wenn es Frösche regnen würde.«

»Dir kann man es schwer recht machen, Walter«, sagte Edgar und keuchte, um sich den Mund zu kühlen. »Und es ist gefährlich. Wer auf ein verhängnisvolles Zeichen pocht, wird höchstwahrscheinlich eines empfangen.«

»Dann halte Abstand von mir.« Walter lachte. »Der Blitz könnte mich ja jeden Augenblick treffen.«

Sie schlängelten sich quer über die Île de la Cité, hielten bei einer Schenke, die Edgar gut aus Studententagen kannte, und kehrten endlich heim, als es dämmerte.

Hubert empfing sie mit bösem Knurren.

»Ihr riecht nach Bier«, sagte er.

»Wir haben dir einen vollen Krug mitgebracht«, sagte Edgar.

»Nun, wenn das so ist.« Hubert nahm einen tiefen Zug und wischte sich den Mund ab. »Danke. Das tut gut.«

»Was habt Ihr denn, Monsieur?«, erkundigte sich Walter.

Hubert deutete auf einen Haufen Schreibtafeln auf dem Tisch vor sich. Listen und Zahlen waren eng darauf gekritzelt.

»Agnes hätte sich keinen ungünstigeren Zeitpunkt zum Heiraten aussuchen können«, sagte er. »Besonders so weit weg. Seht euch diese Preise an! Aller Reisebedarf wird von den Pilgern aufgekauft. Und alles, was ich verkaufe, wird als frivoler Tand verdammt. Heute forderte mich ein Mann auf, ihm einen Ballen meines besten schottischen Wolltuchs zu schenken, weil er sich anschicke, für meine Sünden zu sterben! Ich sagte ihm, ich würde meine eigene Buße tun und er solle sich um seine eigenen Sünden kümmern. Er soll in Kleidern sterben, welche er sich leisten kann.«

Edgar unterdrückte ein Lachen. Es war nicht lustig. Er vergaß manchmal, dass ihr Lebensunterhalt vom Handel abhing. Sein eigener Vater hielt das für eine Schande, doch Edgar war zu dem Schluss gelangt, dass es nicht schlimmer war, als von der Güte von Königen oder der Loyalität von Bauern abzuhängen, und verlässlicher. In der Regel.

»Wird es schwer sein, alles, was Agnes braucht, zu beschaffen?«, fragte er Hubert.

»Schwierig ist es immer.« Hubert trank noch einen Schluck Bier. »Aber ich glaube, ich schaffe es, wenn sie keine weiteren extravaganten Forderungen stellt. Wenigstens habt ihr beide, du und Catherine, nicht auf derlei Tand wie Perlengehängen und vergoldeten Hochzeitstruhen bestanden.«

»Vergoldet?« Edgar fing sofort Feuer. »Möchte sie ein Ornament darauf haben? Mit Edelsteinen geschmückt? Vielleicht bleibt mir noch Zeit, bevor sie abreist.«

»Nein, die bleibt dir nicht.« Catherines Stimme kam von der Tür her. »Du hast versprochen, den Hostienschrein für Mutter Heloïse fertig zu stellen. Ich würde sie diesen Sommer sehr gern besuchen. Sie hat die Kinder noch nie gesehen.«

»O ja.« Edgar verzog das Gesicht. »Er ist fertig, bis auf die Griffe. Dafür brauche ich noch ein paar Tage, denn ich habe keine fertige Lötmasse. Ich würde den Schrein gern selbst den Nonnen übergeben, also sehe ich keinen Grund, warum wir nicht ein paar Tage im Paraklet verbringen sollten, falls sie uns alle beherbergen können.«

»Ich wünschte, ich könnte mitkommen, um an Alys' Grab zu beten«, sagte Walter leise. »Es ist einige Zeit her, seit ich zuletzt dort war, obwohl ich den Nonnen jeden Monat zehn Hühnchen schicke, damit sie sie in ihre Gebete einschließen.«

Hubert versuchte sich zu erinnern, wer Alys gewesen war. Walters Schwester? Nein. Etwas hatte Catherine ihm doch erzählt. Natürlich, die arme Frau, die totgeprügelt worden war.

»Bedaure, Walter, das hatte ich vergessen.« Catherine schämte sich. »Wie konnte ich nur! Ich weiß, dass die Schwestern nie vergessen würden, für Alys zu beten, selbst wenn du ihnen nichts schickst.«

Es schmerzte sie zu sehen, wie Walter immer noch um die geliebte Frau trauerte. Alys hatte einen reicheren und höher gestellten Mann als Walter geheiratet, aber ihr Gatte hatte gar nichts für sie empfunden. Und sie starb, ohne je zu wissen, dass sie für jemanden so wichtig war, oder wie es war, geliebt zu werden.

Und Agnes? Ob sie auch in solch eine Falle tappte? Was

wusste man überhaupt von jenem Mann, den sie heiraten würde?

Catherine unterdrückte ihre Ängste und reichte Walter ein Tuch. Er wischte sich die Augen ab und gab es ihr zurück.

»Man sagt, Gott weiß, was am besten ist, aber ich erwarte, dass er mir einiges erklärt, wenn ich ihn treffe«, murmelte Walter und schniefte laut.

»Ich denke, es ist an uns, etwas zu erklären«, meinte sie. »Aber ich hoffe, einige Dinge werden sich als gerechtfertigt erweisen. Ich habe die Vorlesungen der Meister gehört und die Kirchenväter gelesen, aber keiner hat mir wirklich erklärt, warum es solches Leiden auf der Welt gibt. Wie könnten wir so schwer gesündigt haben?«

Walter zuckte verlegen mit den Achseln. Seine Theologie war viel schlichter als Catherines. Gott war sein Herr, man musste ihm gehorchen. Was irdische Herrscher betraf, so fühlte Walter, dass Gott sich manchmal irrte. Das änderte jedoch nichts an der Gehorsamspflicht. Walter schuldete seinem Herrn Gefolgschaft, ob richtig oder falsch, und erwartete eine Belohnung für seine Loyalität. Statt einer Beute war sein Lohn von Gott ewige Glückseligkeit im Himmel. Hoffentlich bedeutete das, wieder mit Alys vereint zu sein.

Catherine merkte, dass sie Walter überfordert hatte. Sie lächelte entschuldigend und lenkte das Gespräch auf das Wetter.

»Man sagt, der Sommer wird heißer als sonst.« Sie führte sie in den Saal, wo der Tisch gedeckt war und eine Suppe aus Ei, Graupen und frischem Grünzeug in Schalen gegossen wurde. Es gab auch Roggenbrot von letzter Woche zum Eintunken.

Margaret und die Kinder saßen schon am Tisch. Das heißt, Margaret hielt die strampelnde Edana auf dem Schoß, und

James krabbelte unter dem Tisch hinter seinem neuen Hündchen her, das Drachen hieß.

»Hoffentlich stören dich die Kinder nicht«, sagte Edgar. »Wir lassen sie nur oben essen, wenn Hubert andere Kaufleute oder Edelleute bewirtet. Ach, verzeih. Ich meine damit nicht, dass du kein ...«

Walter lachte. »Du solltest mich doch besser kennen. Es schmeichelt mir, an eurer Familienmahlzeit teilhaben zu dürfen.«

»Warte nur ab, bis du eine überlebt hast«, sagte Catherine, als sie ihren Sohn mit einer Hand und das Hündchen mit der anderen wieder zum Vorschein brachte und sie bat, für das Tischgebet still zu sein.

Das war der letzte ruhige Moment für den Rest des Abends.

Agnes war allein in dem Zimmer, das man ihr im Gästehaus des Klosters zugewiesen hatte. Die meisten Frauen, die Paris besuchten, fanden Aufnahme bei Verwandten oder Freunden. Normalerweise war das Gästehaus den Familienangehörigen der Nonnen vorbehalten. Es war schlicht: ein Bett, ein Tischchen, ein Kohlebecken, falls es in der Nacht Frost gab, ein paar Bücher und ein Kreuz an der Wand.

Agnes hatte ihren eigenen Spiegel mitgebracht.

Jetzt starrte sie hinein, ihr Bild waberte in dem unebenen Silber und der Flamme der Öllampe.

Alle hassten sie. Das wusste sie genau. So sehr sie Catherine dafür verachtete, dass sie ihre jüdische Herkunft akzeptierte, so sehr sie sich über den Glaubensabfall ihres Vaters entsetzte, machte es ihr immer noch zu schaffen, dass man sie jetzt so sehr ablehnte.

Hätten sie sie doch nur um Verzeihung gebeten! Sie hätte sie gern gewährt. Vielleicht hätte selbst ihre arme Mutter wieder nach Hause kommen können. Wenn Hubert sich von seinen Ahnen lossagen und ein guter Christ würde, fände Madeleine vielleicht den Verstand wieder und alles wäre wieder so, wie damals, als Agnes ein Kind war.

Agnes schüttelte den Kopf über solch eine unmögliche Hoffnung. Sie musste sich der Realität stellen. Sie hatten auch Angst vor ihr. Vor dem, was sie ihnen antun könnte. Das erzürnte Agnes. Wie konnten sie es wagen zu glauben, dass sie ihre Familie verraten würde! Alle wussten, dass das schlimmer als jedes andere Verbrechen war. Der Erlöser hatte gesagt, dass man Vater und Mutter verlassen muss, um ihm nachzufolgen, aber in den Geboten stand nichts davon, dass man sie der Obrigkeit ausliefern sollte.

Catherine war nicht die Einzige, die Theologie studiert hatte.

Agnes' Bild war mehr von ihrer Wut verzerrt als durch die Fehler im Spiegel. Sie übte sich darin, eine ausdruckslose Miene zur Schau zu tragen.

Wichtig war, dass sie fähig wäre, ihre Gefühle zu verbergen, ihre Ängste. Niemand durfte je erraten, dass ihr Herz ihren Worten Hohn sprach.

Es klopfte an der Tür. Agnes ging sie öffnen, in Erwartung einer der Schwestern.

»Wie bist du denn hereingekommen?«, stieß sie hervor.

Jehan zwängte sich durch die Tür, bevor sie sie zuschlagen konnte.

»Nicht schreien«, flehte er. »Es wäre für uns beide ein Skandal.«

»Hast du denn etwas vor, das mich zum Schreien bringen würde?«, fragte Agnes kühl.

»Nein, ich schwör's«, antwortete Jehan. »Bitte, ich bestach die Pförtnerin, sagte, ich sei dein Bruder. Sie glaubte mir nicht, aber sie nahm meine Münze an.«

»Wunderbar. Jetzt glaubt sie, ich empfange einen Liebhaber. Wie lange, glaubst du, schweigt sie? Was, wenn Herr Gerhardt davon erfährt? Vielleicht genügt ihm das, um unseren Vertrag für ungültig zu erklären?«

Agnes rückte so weit wie möglich von ihm weg, nahe ans schmale Fenster, welches zur Straße lag. Da gingen Leute vorbei, falls sie Hilfe brauchen würde. Jehan erriet ihre Gedanken.

»Agnes!« Jehan fiel auf die Knie. »Du weißt, dass ich nie etwas tun würde, um dich zu entehren! Ich will nur, dass du mir deinen Segen gibst, bevor ich ins Heilige Land ziehe.«

»Das konntest du nicht öffentlich tun?« Agnes' Stimme hätte eine Eiche verdorren lassen können. »Warum, glaubst du, bin ich nach Vézelay gekommen? Du hast meinen Segen bereits. Nun geh.«

»Bitte, meine Teuerste!« Jehans Pose hätte Catherine in Erstaunen versetzt, die ihn immer nur höhnisch erlebt hatte.

Agnes seufzte. »Jehan, du weißt, dass ich für dich nur freundschaftliche Gefühle hege, und selbst die sind im Schwinden begriffen.«

»Und wenn ich eine Burg in Antiochia bekomme?«, sagte Jehan flehentlich. »Würdest du kommen und meine Dame sein?«

»Nein«, antwortete sie. »Ich bin offiziell verlobt. Ich habe vor Zeugen in die Ehe eingewilligt und hege nicht die Absicht, den Eid zu brechen. Bitte, bitte, Jehan, steh auf! Habe ich nicht genug Kummer im Leben, ohne die Last deiner Zuneigung?«

Der Soldat blieb auf den Knien liegen und hielt das Haupt gesenkt.

»Ich wollte den Schmerz heilen, den deine Familie dir zugefügt hat«, flüsterte er. »Was immer es sein mag.«

Trotz aller Entschlossenheit fühlte Agnes Mitleid mit ihm. Sie streckte die Hand aus und zog sie wieder zurück, wagte nicht, ihn zu ermutigen.

»Bitte geh«, sagte sie stattdessen. »Ich wünsche dir alles Gute auf deiner Pilgerfahrt. Mögest du Ruhm erwerben, eine stolze Burg und eine schöne Braut. Ich kann dir nichts gewähren, nicht einmal Hoffnung.«

Jehan warf den Kopf in den Nacken. Agnes befürchtete schon, er würde wie ein verwundeter Wolf losheulen. Doch er stand nur auf, mit einem Blick, der sie noch wochenlang verfolgen würde. Und einer Drohung, die sie noch viel länger in Erinnerung behalten sollte.

»Einst kommt der Tag, Agnes, an dem du dir wünschen wirst, heute Abend freundlicher zu mir gewesen zu sein.«

Agnes verriegelte die Tür, als er gegangen war. Den Rest des Tages verbrachte sie auf Knien und betete um Führung.

Catherine flocht sich die Haare vor dem Schlafengehen.

»Edgar, glaubst du, der Tisch hält Walters Gewicht aus?«, fragte sie. »Vielleicht sollten wir eine massivere Schlafstelle für ihn finden.«

»Wenn nicht, hören wir ihn von hier aus fluchen«, antwortete er. »Beeil dich. Mir ist kalt.«

Sie lächelte.

»Weißt du«, sagte sie, während sie sich schrecklich lange Zeit nahm, um ihre Schlafhaube zuzubinden, »Agnes und ich haben als Kinder immer im Hemd geschlafen. Jetzt trage ich nur eine Haube. Ist das nicht komisch?«

»Kommst du jetzt ins Bett, oder soll ich dich holen?« Edgar versuchte, eine drohende Miene aufzusetzen. Catherine lachte.

»Da ich auch friere, komme ich zu dir«, sagte sie und blies die Kerze aus.

Kurz darauf schmiegte sich Catherine an ihren Mann.

»Schläfst du schon?«, fragte sie.

»Mmmmf«, antwortete er.

»Gut. Wir hatten noch keine Zeit, darüber zu reden. Ich sorge mich um Agnes. Ich glaube, sie macht sich keine Vorstellung von ihrem Leben in Trier. Was, wenn dieser Gerhardt grausam zu ihr wäre?«

Edgar wollte ihr mit der linken Hand den Mund zuhalten. Als der Stumpf in ihr Gesicht schlug, wurde Edgar blitzartig hellwach.

»*Carissima!*«, rief er. »Verzeih mir. Habe ich dir wehgetan?«

»Natürlich nicht«, log sie und hoffte, dass ihre Lippe nicht schwellen würde. »Vermutlich möchtest du erst morgen darüber reden?«

»Nein.« Er gähnte. »Jetzt bin ich wach. Aber ich sehe nicht, was wir tun können. Agnes hat ihre Wahl getroffen.«

»Ich weiß«, sagte Catherine und zog seinen Arm fest um sich. »Ich dachte nur gerade daran, wie schwer es auf unserer Reise in England war, als ich merkte, dass ich auch für James und Margaret verantwortlich war. Ohne Englischkenntnisse begriff ich nie so recht, was vor sich ging. Ich fühlte mich so hilflos. Deutschland ist vielleicht genauso für Agnes. Und wenn Gerhardt nicht freundlich ist...«

»Es wird nicht so sein wie England«, gab Edgar zu bedenken. »Zum einen herrscht da meines Wissens kein Krieg. Sie wird Zofen und ein Gefolge haben, welche sich um sie kümmern. Und Walter wird sie erst verlassen, wenn er sie in sicherer Obhut weiß.«

»Ich glaube, ich will einfach nicht, dass Agnes etwas zustößt«, sagte Catherine, die nun selbst müde wurde. »Einerlei, was sie von mir hält, sie bleibt meine kleine Schwester. Ich fühle mich für sie verantwortlich.«

»Warum betest du dann nicht für sie«, gähnte Edgar. »Stumm. Nun schlafe, *carissima*. Ich liebe dich.«

Er rollte auf seine Seite hinüber. Catherine rückte an ihn heran und legte den Arm über seine Brust.

»Ich liebe dich auch«, murmelte sie. »Gute Nacht.«

Allein im schmalen Klosterbett lag Agnes dagegen die ganze Nacht wach.

Gerhardt von Trier blickte auf seine knospenden Reben und die Mosel hinab. Er hatte es aufgegeben, sich mit seiner Familie wegen der Heirat zu streiten. Aber sie hatte nicht locker gelassen. Die ständigen Vorwürfe zermürbten ihn. Als sein eigener Sohn ihn um eine neue Mutter bat, konnte er es ihm schwer abschlagen. Vielleicht gab es einen Weg, alle zufrieden zu stellen und dennoch sein Gelübde zu halten.

Er war versucht, einfach wegzulaufen, bevor dieses französische Mädchen kam. Er könnte das Land Peter übertragen und Hermann als Vormund einsetzen, bis sein Sohn volljährig wäre. Aber Gerhardt entstammte einer langen Linie von Kriegern. Wie Agnes war er in ferner Vergangenheit um mehrere Ecken mit einem Intimus Karls des Großen verwandt. Schon früh hatte man ihm eingebläut, dass seine Abstammung es ihm unmöglich mache, wie ein Feigling zu handeln.

Wären seine Eltern doch bloß Ziegenhirten gewesen!

Es gab zu viele andere Pflichten, als dass er hiermit behelligt werden düfte, dachte Gerhardt. Bischof Alberos Ansprüche auf das Land waren lachhaft. Gerhardt hatte sich in dieser Angelegenheit mit seinen Nachbarn beraten. Ausnahmsweise waren sie sich mal alle einig. Selbst die Bürger der Stadt, selbst die Juden stimmten zu. Der Bischof trieb mit der Steuerschraube alle in die Armut, und wofür? Baute er etwa einen Dom? Nein. Die Kirche, die Kaiser Konstantin erbaut hatte, war noch in Gebrauch. Wozu brauchte er das Geld, außer so viel wie möglich aus seinen Ländereien zu pressen? Er wollte nicht einmal für die Erneuerung der Stadtmauern zahlen. Die Bürger hatten sie aus eigener Tasche bestreiten müssen. Und für die Verteidigung der Stadt in Alberos Dauerfehde mit Graf Heinrich von Luxemburg. Gerhardt wollte das bald klären. Es war beunruhigend, nur einen Pfeilwurf vom Feind entfernt zu wohnen.

»Ah, da bist du ja, Bruder. Das hätte ich mir denken können.« Hermann war die Wendeltreppe zu dem Turm hinaufgestiegen, der Aussicht auf den Fluss bot. »Heute sieht man nicht viel, bei dem Regen.«

»Heute interessiert mich nicht«, sagte Gerhardt.

»Ach ja, du hast wohl immer schon die Ernte im Auge.« Hermann wollte seinen schwermütigen Bruder unbedingt aufheitern. »Ein guter heißer Sommer, und wir bekommen immer noch die beste Ernte. Wir werden Hubert LeVendeur einen Wein kredenzen, dass er darum betteln wird, ihn in Paris verkaufen zu dürfen.«

»Hubert wer?«, fragte Gerhardt. »O ja, der Vater der Französin. Wann werden sie erwartet?«

»Mitte Mai, wenn die Straßen trockener und die Flüsse ruhiger sind«, antwortet Hermann und musterte ihn forschend. »Du hast dich endlich mit der Heirat abgefunden, ja? Wir haben sie nur für dich und deinen Sohn arrangiert, weißt du. Peter braucht eine gütige Stiefmutter.«

Gerhardt zog die Brauen hoch. »Du dachtest nur an Peter?«

»Und an dich, Bruder«, sagte Hermann. »Du brauchst noch mehr Kinder. Alle meine Versuche, eine passende Verbindung für mich zu finden, sind fehlgeschlagen. Mein bisschen Land ist für keine Frau attraktiv genug. Wenn Peter ohne Erben stirbt, was geschieht dann mit dem Anwesen, das unsere Familie in den letzten vierhundert Jahren geschaffen hat?«

»Vielleicht bekommt unsere Schwester noch Kinder«, meinte Gerhardt.

»Maria ist jetzt seit fünf Jahren verheiratet. Sie müsste sich erst dieses Dummbarts von einem Ehemann entledigen, bevor wir die Chance auf einen Neffen hätten.« Hermann schien diese Vorstellung nicht zu missfallen.

»Ja, diese Partie war ein Missgriff«, sagte Gerhardt. »Aber sie scheint Folmar zu mögen. Und mir war er eine große Hilfe beim Kauf und Verkauf. Du hättest nach Köln ziehen müssen, wenn er sich nicht erboten hätte, die Immobilienangelegenheiten dort für uns zu regeln. Er kann außerordentlich gut feilschen.«

»Vielleicht beging seine Mutter einen Fehltritt mit einem Juden«, meinte Hermann und lachte.

»Das ist doch absurd«, wehrte Gerhardt ab.

Beide Männer schwiegen. Der Regen tropfte durch die undichten Stellen im Holzdach herein. Hermann starrte zum Fenster hinaus, sah, wie das Land langsam im Regen verschwand. Er bildete sich ein, den Fluss weit unten rauschen zu hören, unterwegs zum Rhein und dann in die Nordsee, wie er den Wein mitnahm und Pelze, Bernstein und Gold zurückbrachte. Hermann fand nicht, dass Folmar durch seine Handelsbegabung anziehender war. Doch er war Marias Ehemann und sie hatten ihn am Hals, selbst wenn er ihr keine Kinder schenken konnte.

Deshalb war Hermann überzeugt, dass Gerhardt gar keine andere Wahl hatte, als sich wieder zu verheiraten. Das Erbe musste gesichert sein. Hermann würde nicht zulassen, dass dieses Land der Familie verloren ginge. Das musste er seinem Bruder unmissverständlich klar machen! Er musste Gerhardt zeigen, wie wichtig es war!

»Hermann! Du brauchst nicht auf den Tisch zu hauen, damit ich weiß, was du denkst.« Gerhardt seufzte. »Ich habe nachgedacht. Du hast Recht. Ich muss Rücksicht auf die Familie nehmen. Ich habe den Vertrag unterzeichnet, auch wenn ich mir dessen damals nicht bewusst war. Wenn das Mädchen nur die Hälfte von dem hält, was du versprichst, werde ich meine Pflicht tun und sie heiraten.«

»Ja?« Hermann zog Gerhardt vom Hocker und umarmte ihn stürmisch. »Ich wusste doch, dass du am Ende Vernunft annehmen würdest! Maria wird so erleichtert sein. Sie hat schon die Gaukler bestellt!«

Er konnte in diesem Augenblick nicht die Miene seines Bruders sehen. Andernfalls hätte er gewusst, dass es zu früh war zu frohlocken. In Gerhardts Gesicht spiegelte sich Panik.

Viertes Kapitel

Paris. Mittwoch, Tag 4 vor den Iden des Aprils (10. April)
1146; 25. Nisan 4906. Tag des heiligen Hesekiel,
des jüdischen Propheten, welcher gefeiert wird,
weil jener die Geburt Christi weissagte.

Inter haec Radolfus monachus, vir quidem religionis habitum religionisque severitatem sollerter imitans, sed litterarum noticia sobrie imbutus, est partes Gallias quae Rhenum attingunt ingreditur multaque populorum milia ex Agrippina, Maguntia, Warmatia, Spira, Argentina, aliique vincis civitatibus, oppidis sue vicus ad accipiendam crucem accendit.

Indes betrat der Mönch Radulf, ein Mann, welcher das geistliche Gewand trug und die Strenge der Religion nachahmte, dabei aber nicht sehr gelehrt war, jene Teile Galliens am Rhein und entflammte viele der Einwohner von Köln, Mainz, Worms, Speyer, Straßburg und anderen Nachbarstädten, Städten und Dörfern derart, dass sie das Kreuz nahmen.

Otto von Freising
Gesta Friderici I imperatoris
Buch I, XXXIII

Warum hast du sie mitgebracht?«, fragte Agnes Catherine und betrachtete das strampelnde Bündel in ihren Armen mit Abscheu.

»Die Kinder sollten dich kennen lernen«, antwortete Catherine ruhig und zog den wollenen Umhang aus. »Und Margaret wollte dich sehen. Sie ist Edgars Schwester, aber sie ist auch Französin und sollte mehr Zeit mit Menschen ihres eigenen Standes verbringen. Keine Angst, *ma douz*«, sagte sie an Margaret gewandt, »meine Schwester wird dir nichts tun.«

Mit schüchternem Kopfnicken hielt das Mädchen Agnes die Hand hin.

»Ihr seht nicht wie Catherine aus«, bemerkte sie. »Seid Ihr Halbschwestern, so wie Edgar mein Halbbruder ist?«

»Nein«, sagte Agnes. »Wir sind nur verschieden.«

Agnes schien sich weder für Margaret noch die kleineren Kinder zu interessieren. James war zum Glück müde von dem Fußmarsch durch die Stadt, aber Edana war auf dem Arm getragen worden und wollte gern hinunter und spielen.

»Sind die Binsen sauber?«, fragte Catherine. »Ich habe eine Decke, aber seit sie laufen kann, bleibt sie nicht mehr darauf.«

Agnes blickte von ihr zu dem zappelnden Kind. Sie schüttelte verwundert den Kopf.

»Die Nonnen sind sehr penibel mit dem Fegen«, sagte sie zu Catherine. »Wer hätte das gedacht? Meine gelehrte Schwester, die immer Tintenkleckse an den Fingern hat und deren Kopf ein Irrgarten der Philosophie ist, ist jetzt wenig mehr als eine Amme für ihre eigenen Kinder.«

Catherine war gekränkt. »Sie haben eine Amme. Die habe ich zu Hause gelassen. Und ich lese immer noch und gehe zu den Vorlesungen der Meister, wenn ich kann. In vier Jahren wird James zu Pflegeeltern geschickt. Ich will so viel wie möglich von ihm haben, bevor er weggeht. Ich bereue nichts, Agnes. Ich weiß, du wünschtest, dass ich im Paraklet geblieben wäre und mein Gelübde abgelegt hätte, aber ich glaube, dieses Leben war für mich vorgesehen. Ich habe es gut.«

Agnes' Miene drückte Unglauben aus. Sie bedeutete ihr, sich zu setzen und reichte ihnen Dörrobst und Nüsse auf einem Teller, den die Nonnen für Gäste dagelassen hatten. James legte sich auf die Decke schlafen, während Edana den Raum erforschte.

»Warum bist du gekommen?«, fragte Agnes.

»Wegen Mutters Schmuck«, erinnerte Catherine. »Wenn du magst, kannst du alles haben. Da ist ein goldenes Kreuz, das ich gern für Edana aufheben möchte und das unserer Großmutter gehörte, aber den Rest brauche ich nicht.«

»Du wirst einiges brauchen, um unter Vaters Freunden einen anständigen Eindruck zu machen«, beharrte Agnes. »Die Leute dürfen dich nicht für eine Dienstmagd halten.«

»Vielleicht käme dir das sehr gelegen«, versetzte Catherine scharf. Sie brauchte ihre ganze Geduld für die Kinder. Für Agnes blieb da nicht viel übrig.

»Ich kann dir gar nicht sagen, wie ich mich freue, dass ich an einen Ort gehe, wo niemand dich kennt.« Agnes stand auf, als wollte sie gehen. »Es scheint dir solche Freude zu machen, mir Schande zu bereiten.«

»Catherine würde mit ihrem Benehmen nie jemandem Schande machen!«, rief Margaret aus. »Ihr hättet das Kleid sehen sollen, welches sie auf unserer Burg trug. Und die Juwelen. Sie war so schön wie eine Königin! Meine Mutter war sehr beeindruckt.«

Catherine lächelte. »Danke, Margaret. Ich habe mich seit Kindertagen gebessert, Agnes. Die meiste Zeit bedecke ich mein Haar, ich denke daran, bei Tisch ein Mundtuch zu benutzen, und ich führe keine theologischen Streitgespräche, wie sehr man mich auch provozieren mag. Wenigstens nicht oft.«

Agnes schien zu zweifeln, ging aber wieder an die Schatulle, die Catherine mitgebracht hatte. Sie sah eine Bewegung in der Ecke. »Sollte deine Tochter das essen?«

Sie deutete auf Edana, die ein Stück Metall untersuchte, das sie aus den Binsen und Kräutern hervorgezogen hatte.

Catherine sprang auf, um dem Kind das Ding wegzunehmen, bevor es sich verletzte.

»Nein, nein!«, sagte sie. »Nicht in den Mund stecken!«

Sie untersuchte, was Edana gefunden hatte. »Du sagtest doch, dass die Nonnen hier sauber machen. Was ist das denn?«

Es war ein grob viereckiges Stück Metall, etwa halb so groß wie ihr Handteller. Es hatte eine scharfe Kante und Löcher in zwei der Ecken.

Margaret betrachtete es von weitem.

»Es sieht aus, als ob es von einer Ledertunika abgefallen ist«, mutmaßte sie. »Vielleicht vom Gewand eines Soldaten?«

»Vermutlich«, sagte Catherine. »Mich erinnerte es an

etwas anderes. Ich werde es Edgar zeigen. Der wird es wissen.«

Sie wollte es in ihren Ärmel einbinden, aber Agnes sprang vom Hocker auf und entriss es ihr.

»Das gehört dir nicht«, beharrte sie. »Du kannst dir nicht einfach alles nehmen.«

»Es ist nur ein Stück Abfall vom Fußboden«, sagte Catherine. »Irgendein Besucher muss es verloren haben. Es ist ja schließlich kein Rubin.«

»Darum geht es nicht.« Agnes blieb fest. »Ich werde es den Nonnen geben. Der Besitzer wird vielleicht danach fragen.«

Catherine nickte. »Natürlich«, sagte sie begütigend. »Man kann ja nie wissen. Es kann ein sehr strategisch platziertes Stück Metall gewesen sein, wie man es zum Beispiel über dem Herzen trägt.«

Agnes' Hand zitterte, als sie das Metall in ihren eigenen Ärmel einband. Ihre Reaktion überraschte Catherine, aber es passierte so häufig, dass sie ihre Schwester nicht verstand.

Catherine nahm James hoch, der sich in tiefem Schlaf über ihre Schulter fallen ließ. Margaret holte Edana aus der Ecke, wo sie immer noch auf Entdeckungsreise war.

»Wenn du eine Liste der Schmuckstücke aufstellst, welche du ausgewählt hast, schicke ich einen von Vaters Männern, um den Rest abzuholen. Ich denke, wir sollten jetzt gehen. Du weißt, dass du gern bei uns wohnen kannst. Margaret hat unser altes Zimmer, aber sie kann es mit dir teilen oder unten bei uns schlafen.«

»Ich werde nie wieder kommen, bevor ihr euch nicht völlig von jenen Juden losgesagt habt«, antwortete Agnes. »Trotz der Blutsbande sollte es keine geistige Verwandtschaft und mit Sicherheit keine Freundschaft zwischen uns geben. Dir liegt vielleicht nichts an deinem Seelenheil, aber ich werde nicht mit dir die ewige Verdammnis riskieren.«

»Um meine Seele fürchte ich nicht«, antwortete Catherine stolz. »Wenigstens nicht durch die Argumente der Juden. Ich liebe unseren Cousin und werde weiterhin Umgang mit ihm pflegen, so wie ich auch nie aufhören werde, für ihn zu beten, damit er zum wahren Glauben findet. So wie ich für dich bete, dass du wieder zu der Liebe deiner Familie zurückfindest.« Ihre Stimme wurde leise. »Und zu meiner Liebe, Agnes. Du wirst mir immer teuer sein. Du bist meine einzige Schwester.«

Agnes biss sich auf die Lippe und wandte den Blick ab. »Ich kann meine Seele nicht für ein Gefühl aufs Spiel setzen«, erwiderte sie.

Catherine hatte beabsichtigt, würdevoll zur Tür herauszurauschen, aber das war schwer, während sie mit einem schlafenden Dreijährigen belastet war und ihr Mantel noch auf dem Haken an der Wand hing. Also begnügte sie sich damit, eine scharfe Erwiderung zu unterdrücken und alle Gewänder möglichst schnell zu raffen.

Schließlich waren sie bereit für die Heimkehr zum Grève, dem Viertel der Kaufleute am Nordufer der Seine. Es dauerte länger als auf dem Hinweg, denn Catherine trug an Agnes' Feindseligkeit ebenso schwer wie am Gewicht ihres Sohnes. Als sie auf der Rue de la Lanterne in Richtung Grand Pont gingen, hörte Catherine Lärm von rechts. Sie versuchte, um James' Kopf herum zu sehen.

»An der Synagoge ist ein Menschenauflauf«, sagte Margaret. »Was können die nur wollen?«

»Ich weiß es nicht«, antwortete Catherine, obwohl sie fürchtete, den Grund zu wissen. »Ich glaube, wir sollten vorbeieilen, nicht wahr?«

Im Vorbeigehen hörte sie Wutgeheul und dann, wie Steine auf hölzerne Fensterläden prasselten. Ihr erster Gedanke war, die Kinder in Sicherheit zu bringen. Der zweite war

Erleichterung darüber, dass sich Solomon und Onkel Eliazar in Troyes aufhielten, weit weg von der Gefahr.

Aber wenn dies im besonnenen Paris vorkam und Wochen nach Ostern, was mochte andernorts geschehen? Konnte die Familie ihres Vaters denn nie wahrhaft sicher sein?

Sie kämpften sich durch die entgegenkommenden Menschen über die Brücke. Jene hatten den Lärm gehört und wollten nachsehen. Erst als sie in ihrer eigenen Straße waren, mit dem Tor in Sichtweite, verlangsamte Catherine den Schritt. Sie hörte Margaret hinter sich keuchen.

»Vater! Edgar!«, rief sie beim Betreten des Hauses. »Ein Pöbel greift die *Juiverie* an!«

Niemand antwortete. Es war still im Haus.

»Samonie! Willa!« Catherine rief nach den Mägden. Immer noch keine Antwort.

»Wo können sie nur alle sein?«, fragte Margaret. »Von den Jungen ist auch niemand da!«

Catherine biss sich vor Angst auf die Lippe. Es war unerhört, dass das Haus leer war. Sie setzte James auf einen Haufen Kissen am Boden und ging nachsehen.

»Margaret, kümmere dich um die Kleine und gehe nicht hinauf, bis ich sehe, was hier los ist.«

»Ja«, antwortete Margaret. »Ich meine nein.«

Das Zittern in ihrer Stimme verriet Catherine, wie verängstigt sie war.

Stulta!, schimpfte sie mit sich selbst. *Margaret hat so viel durchgemacht. Wir haben sie hierhergebracht, damit sie allem entflieht. Du kannst nicht von ihr erwarten, dass sie immer tapfer ist.*

Vielleicht wäre sie glücklicher an einem sicheren Ort wie einem Kloster.

Fluchend stieg Catherine die Treppe hoch. Sie hatte jetzt keine Zeit für Selbstgespräche.

»Samonie!«, rief sie ihre Magd. »Ullo! Hugo! Martin! Ist da jemand?«

Alle Zimmer in den oberen Stockwerken waren leer. Catherine lief wieder hinunter, vergewisserte sich, dass Margaret zurechtkam, und ging in die Küche. Dort war auch niemand. Ein eiserner Kessel hing an einem Haken über dem Feuer, welches vor kurzem noch geschürt worden war. Sie konnten noch nicht lange fort sein.

Sie spähte aus dem hinteren Fenster. Die Obstbäume trugen schon Knospen. Der Bach führte Hochwasser vom Winterregen und hatte den Garten überflutet. Im Sommer würde er wie der Garten Eden sein. Jetzt aber lag er einsam und verlassen da.

Sie ging in den Saal zurück.

»Ich weiß nicht, wohin sie gegangen sind«, sagte sie zu Margaret. »Aber es gibt keinen Grund, jetzt draußen überstürzt nach ihnen zu suchen, wenn wir nicht wissen, wo wir anfangen sollen. Wir bleiben einfach hier und warten ab. Irgendwer wird sicher bald zurückkommen.«

Das entsprach nicht im Mindesten Catherines natürlicher Neigung. Früher wäre sie sofort zur Synagoge gelaufen, um Näheres zu erfahren. Aber jetzt war das Leben anders. Sie saß neben James und legte die Hand auf seine braunen Locken. Er bewegte sich im Schlaf. Margaret hatte Edana auf den Topf gesetzt und ermutigte sie, ihn zu benutzen. Das Kind war davon nicht angetan. Es ließ lieber kleine Geschenke in den weichen Binsen zurück, statt sie in dem kalten irdenen Topf abzulegen.

Catherine seufzte. Ja, die Dinge waren jetzt anders. Und sie würde warten. Aber nicht geduldig.

Es war beinahe dunkel, bevor sie Schritte im Eingang hörten. Catherine hatte alle in die Küche gebracht, wo sie das Feuer unterhielt und getrocknete Kräuter hackte, um sie mit Honig und Essig für eine Fleischsoße zu vermengen.

»Ich gehe da nicht hinaus«, sagte sie zu Margaret. »Die können uns jetzt auch einmal suchen.«

Doch sie ließ das Messer fallen und lief, als Edgar rief: »Catherine! Schnell! Er ist verletzt!«

Catherine blieb im Türeinang stehen. Edgar blutete aus einer Schnittwunde in der Wange, aber Hubert hing bewusstlos zwischen Ullo und Hugo. Die Jungen bemühten sich, ihn aufrecht zu halten, bis sie ihn auf ein Bett legen konnten.

»Margaret, hole die Soße, die ich gerade zubereitet habe, und etwas altes Brot«, befahl Catherine. »Ullo, lege meinen Vater neben den Herd. Edgar, ich helfe dir, das Bett aufzustellen. Hat jemand einen Arzt gerufen?«

»Mutter und Willa«, sagte Hugo keuchend. »Wir haben sie auf dem Markt getroffen.«

Margaret kam mit der Schüssel zurück. Catherine breitete eine Matratze auf dem Tisch aus, den sie gemeinsam mit Edgar aufgebaut hatte, und gab dem Mädchen gleichzeitig Anweisungen.

»Brocke das Brot in die Soße, bis du eine Paste hast. Nein, es macht nichts, wenn es schimmelig ist. Das sind nicht die richtigen Kräuter, aber Honig und Essig sollten reichen.« Sie war mit der Matratze fertig. »So, jetzt könnt ihr Jungen ihn darauf lagern. Ullo, hole eine Decke aus der Lagertruhe. Hugo, hole Wasser aus dem Bach.«

Sie beugte sich über Hubert, um ihn zu untersuchen. Seine Haut war blass, sein Atem ging flach. Sie tastete seinen Kopf durch das dichte graue Haar ab, fand aber keine Verletzung.

»Was hat er denn?«, fragte sie. »Was ist geschehen, Edgar? Ach, *carissime!* Wie geht es dir denn?«

Edgar kniete neben ihr nieder und wischte sich mit dem linken Arm das Blut von der Wange.

»Der Tuchhändler Isaac kam zu uns und meldete, dass der Pöbel vor der Synagoge ist. Er wollte, dass dein Vater hilft«, begann Edgar.

»Und natürlich seid ihr gegangen«, sagte Catherine. »Und habt nicht daran gedacht, die Palastwachen zu rufen.«

»Wir wollten erst sehen, wie schlimm es war.« Edgar zuckte zusammen, als Catherine ihm die Wunde mit einem sauberen Lappen abwischte und die Paste darauf schmierte.

»Es wird bald trocknen und Fäulnis verhindern«, erklärte sie ihm. »Rühr es nicht an. Ich wusste, dass sich an der Synagoge etwas zusammenbraute. Wir sind auf dem Rückweg von Agnes dort vorbeigekommen. Wie hat es denn angefangen?«

»Dessen bin ich nicht sicher«, sagte Edgar, »wahrscheinlich aber in einer Taverne. Nach dem, was ich hörte, sagte jemand, viel mehr Menschen könnten an der Wallfahrt des Königs teilnehmen, wenn sie das Geld der Juden hätten. Dann meinte ein anderer, es sei nicht recht, dass Juden Nutzen aus dem Unglück des Königs von Jerusalem ziehen. Dann wieder erwähnte jemand Judas und die Kreuzigung. Eins ergab das andere, bis schließlich eine Masse da war, entschlossen, die Synagoge zu stürmen und alles Gold und die Juwelen daraus zu stehlen ...«

»Aber Edgar, es gibt doch nichts in der Synagoge außer den Büchern, die sie im Gottesdienst benutzen«, unterbrach ihn Catherine.

»Das versuchte ihnen der Weinhändler Abraham auch begreiflich zu machen, als sie Gold verlangten«, sagte Edgar. »Und dann kam dein Vater. Er drängte sich durch die Menge zu Abraham vor und schrie, ob sie denn von Sinnen seien, ihre Nachbarn zu überfallen. Die Worte waren nicht klug gewählt.«

Beide sahen Hubert an.

»Irgendjemand brüllte, dass er selbst nicht besser als ein Jude sei«, fuhr Edgar fort. »Ich dachte, Hubert würde etwas wirklich Gefährliches sagen, also versuchte ich, ihm Einhalt zu gebieten. Da fingen sie an, mit Unrat zu werfen. Du würdest staunen, wie viele harte Gegenstände einfach so auf der Straße herumliegen, die jeder Tor als Wurfgeschoss verwenden kann. Ich glaube, mich hat ein spitzer Knochen getroffen.«

»Und Vater?«

Edgar schüttelte den Kopf. »Das weiß ich nicht. Ich habe nicht gesehen, was vorgefallen ist. Ich stand zwischen ihm und der Menge, daher glaube ich nicht, dass er getroffen wurde. Er sank nur plötzlich an der Wand nieder, kurz nachdem die Wachen des Königs eintrafen und die Versammlung auflösten. Die Jungen und ich hielten es für das Beste, Hubert heimzubringen, aber es dauerte eine Weile, ihn durch die Straßen zu tragen.«

»Und niemand hat euch Hilfe angeboten?« Catherine presste die Lippen zusammen.

»Wir waren schon fast hier, als wir Samonie sahen und sie zu Meister Clement schickten«, endete Edgar. Er wollte weder darüber sprechen, wie lange es gedauert hatte, Hubert heimzutragen, noch über die Dinge, die ihnen die freundlichen Bewohner von Paris an den Kopf geschleudert hatten.

Catherine beugte sich erneut über ihren Vater. Er atmete, aber die Haut war klamm und grau.

»Es gibt keine Spur von einem Schlag, aber er ist so still. Ich weiß nicht, was ich tun soll.« Catherine schluckte ihre Tränen hinunter. »Wo bleibt denn nur der Arzt?«

Es schien ewig zu dauern, bevor Samonie mit dem Arzt kam, obwohl es in Wirklichkeit nur wenige Augenblicke waren. Indes konnte Catherine nur daran denken, ihren

Vater warm zu halten und ihm Kräuterkompressen auf die Füße zu legen, um jedwedes Übel herauszuziehen, das ihn am Aufwachen hindern mochte.

Die Magd hatte den Arzt von seiner Mahlzeit geholt und darauf beharrt, dass er mitkäme. Er versuchte nicht, seinen Ärger darüber zu verbergen.

»Sie hat behauptet, Meister Hubert liege im Sterben«, rief er. »Wehe, wenn das nicht stimmt! Meine Frau hat ein Ei mit Quittenmarmelade aufgeschlagen und über die Lammkeule gegossen. Könnt Ihr euch vorstellen, wie das kalt schmeckt?«

»O Gott!«, sagte er bei Huberts Anblick. Er wurde sofort ernst. »Wie lange ist er schon in diesem Zustand?«

»Vielleicht seit einer Stunde«, meinte Edgar. »Da war eine Menge und schrie und bewarf uns mit Abfällen von der Straße, aber ich glaube nicht, dass er getroffen wurde.«

»Das glaube ich auch nicht.« Der Arzt zog Umhang und Tunika aus und krempelte sich die Ärmel hoch. Er lauschte auf Huberts Atem und sein Herz. »Wann wurde er zum letzten Mal zur Ader gelassen?«

»Das weiß ich nicht«, sagte Catherine.

»Dummkopf! Als ich ihn das letzte Mal traf, sagte ich ihm, dass ein Mann in den Fünfzigern auf sich Acht geben muss.« Der Arzt wandte sich an Edgar. »Ich brauche eine Urinprobe. Ich glaube jedoch, dass er seine Säfte aus dem Gleichgewicht geraten ließ und die Aufregung heute das Ihrige beitrug. Wie Ihr seht, ist er kalt und feucht, dabei sollte er warm und trocken sein.«

»Was können wir tun?«, fragte Catherine flehentlich. »Wird er wieder zu sich kommen?«

Der Mann schürzte die Lippen. »Das glaube ich schon, aber dann muss er sofort einen Aderlass haben. Wenigstens habt Ihr ihn warm gehalten. Nehmt ihm den Umschlag von den Füßen und legt ihm einen auf den Kopf. Wenn er aufwacht, gebt ihm eine Brühe aus Rebhuhn mit Fenchel, Majoran und Lauch. Morgen komme ich wieder.«

»Rebhuhn!«, sagte Edgar, als der Mann fort war. »Wo können wir zu dieser Jahreszeit denn Rebhühner auftreiben?«

»Kalbfleisch tut's auch«, erwiderte Catherine. »Es muss nur warme und trockene Eigenschaften haben. Ullo, lauf hinunter zum Metzger und sieh, ob du einen Suppenknochen bekommst.«

Sie schloss die Augen, aber die Tränen quollen dennoch hervor. »Edgar, was sollen wir tun, wenn er nicht aufwacht?«

Edgar hielt sie fest. »Im Augenblick können wir nur für ihn beten.«

Das Zisterzienserkloster von Clairvaux war schmucklos – kein Glockenturm, keine prächtigen Gemälde oder Schnitzereien. Alles darin erfüllte nur einen praktischen Nutzen und war nicht zur Erbauung oder zum Behagen der Insassen gedacht. Doch wenn man auf die Felder hinaussah, die die Mönche und Laienbrüder gerodet hatten, wo Korn und Reben in Reife standen und wilde Blumen blühten, war Astrolabe von der Schönheit dieses Ortes überwältigt.

Er hatte einige Zeit in der Pförtnerloge warten müssen. Das überraschte ihn nicht. Es gab weit wichtigere Menschen hier, die den Abt sehen wollten. Da er sich überdies geweigert hatte, Bernhards Wachhund Nicholas den Grund für seinen Besuch zu nennen, gab es keine Möglichkeit für irgendjemanden, dessen Bedeutung einzuschätzen. Und irgendwie argwöhnte Astrolabe, dass Nicholas kein Interesse daran hatte, ihn zu seinem Meister vorzulassen.

Er bemühte sich, keinen Anstoß daran zu nehmen. Seit er alt genug war zu begreifen, wer seine Eltern waren, hatte er mit der Tatsache leben müssen, dass die Feinde seines Vaters und sogar einige seiner Freunde Astrolabe nicht seine Existenz verzeihen konnten. Abaelards und Heloïses Sohn hatte die Bürde ihres Fehltritts zu tragen, indem er einfach weiterlebte. Um seinen Eltern Gerechtigkeit widerfahren zu lassen, so hatten sie ihm anlässlich der wenigen Male, an welchen er ihnen begegnet war, nur Liebe gezeigt. Seine Mutter schien seine Besuche immer noch zu schätzen. Es war der Rest der Welt, der ihm die Lage schwer machte.

Geoffrey, der Mönch, der gerade das Zimmer betreten hatte, war Teil dieses Problems. Ein ehemaliger Schüler Abaelards, war er nun ein strammer Anhänger Bernhards von Clairvaux. Und da er seinen früheren Lehrer verachtete, hatte er auch eine starke Abneigung gegen Astrolabe entwickelt.

Als deshalb Geoffrey Astrolabe bedeutete, ihm zu folgen, erwartete dieser beinahe, zum Ausgang gebracht zu werden.

Stattdessen führte ihn der Mönch in das Refektorium des Abtes im Gästehaus, wo Abt Bernhard selbst sich bald bei Brot und Suppe zu ihm gesellte. Niemand sprach ein Wort, jedoch nickte der Abt Astrolabe zu. Nur die Stimme des Lektors war zu hören, wie jener eine Textstelle aus dem Leben des heiligen Antonius vorlas. Beim Zuhören dachte Astrolabe darüber nach, dass im Vergleich zu dem, was der Einsiedler damals gegessen hatte, Brot und dünne Suppe ein Festmahl war.

Nach dem Mahl erhob sich der Abt und winkte Astrolabe, ihm zu folgen. Sie gingen durch einen Raum im Gästetrakt, wo Bernhard ihm bedeutete, Platz zu nehmen.

Astrolabe reichte Bernhard den Brief, den seine Mutter ihm mitgegeben hatte. Der Abt erbrach das Siegel und las ihn schnell, dann schmunzelte er.

»Ich hätte dich auch ohne den Brief von deiner Mutter

erkannt«, sagte er. »Du hast ihre Augen, aber sonst trägst du die Züge deines Vaters.«

»So hat man es mir erzählt.« Astrolabe wand sich unbehaglich unter dem Blick des Abtes.

»Und wie sieht es drinnen aus?« Bernhard musterte ihn neugierig.

»Ich bin kein Gelehrter wie mein Vater«, antwortete Astrolabe. »Noch verspüre ich das Bedürfnis, den Willen des Schöpfers zu verstehen. Aber ich habe ihn sehr geliebt und bewundert und schäme mich nicht, wenn man glaubt, dass ich ihm ähnlich sei.«

»So ziemt es sich«, antwortete Bernhard. »Nun, welche Nachricht lässt deine Mutter mir überbringen? Sie erwähnt nur, dass es dringend ist.«

»Vielleicht habt Ihr schon von anderer Seite davon erfahren«, begann Astrolabe, »aber sie wollte sicher sein, dass Ihr von der wachsenden Bedrohung in Lothringen und im Rheinland wisst.«

»Bedrohung?« Bernhard schien überrascht. »Welcher Art? Wieder einmal Ketzer?«

»Nein, Herr Abt. Es ist meiner Mutter zu Ohren gekommen, dass ein Mann, der sich als Mönch ausgibt, über den bevorstehenden Feldzug ins Heilige Land predigt und im Verlauf seiner Predigt die Leute aufwiegelt, die Juden, welche unter ihnen leben, anzugreifen.«

Sofort war Bernhard sehr aufmerksam. »Das ist unmöglich!«, sagte er. »Ich habe allen Bischöfen einen Brief geschickt, der es allen untersagt, die Juden zu belästigen. Wir wünschen keine Wiederholung der schändlichen Vorfälle des Jahres 1096.«

»Das weiß ich«, sagte Astrolabe. »Doch anscheinend weiß dieser Bruder Radulf nichts davon. Man sagt, er predige in Eurem Namen.«

»Nein!«

Der Abt erhob sich plötzlich, die Rechte zur Faust geballt. Astrolabe trat einen Schritt zurück.

»Meine Mutter erfuhr es von Ohrenzeugen«, sagte er zu Bernhard. »Von Kaufleuten, die aus Metz zurückkehrten. Sie hatten Radulf gehört und fürchteten den Schaden, den er anrichten könnte.«

Der Abt zwang sich, ruhig zu bleiben. »Meine Gesandten haben noch nicht die Bischöfe von Lothringen und Deutschland erreicht«, sagte er. »Doch gewiss werden sich die Landesherren erinnern, dass sie ihren Juden Schutz gewähren müssen.«

»Ja, Herr Abt«, antwortete Astrolabe. »Soll ich zum Paraklet zurückkehren und meiner Mutter ausrichten, dass ihre Befürchtungen jeder Grundlage entbehren? Dass Ihr ihr versichert, niemand werde es wagen, die Juden entgegen Euren Anweisungen zu überfallen?«

Bernhard sah ihn scharf an. »Vielleicht hast du doch etwas von deinem Vater. Ich höre aus deinem Ton heraus, dass du die Kompetenz der Bischöfe anzweifelst.«

»Nein, Herr Abt«, sagte Astrolabe rasch. »Aber nichts ist so gefährlich oder tödlich wie ein böses Gerücht, und ich fürchte, dass dieser Mönch eines verbreitet.«

Bernhard dachte kurz darüber nach, dann nickte er zustimmend. »Ich werde Nachforschungen anstellen«, versprach er. »Und jetzt gab es noch etwas im Brief deiner Mutter.«

Astrolabe sah zu Boden und seufzte tief. Er liebte seine Mutter und wusste, dass sie nur sein Bestes wollte, aber dass sie diesen Mann bat, ihm zu helfen? Was dachte sie sich bloß dabei?

Der Abt lächelte. »Ich nehme an, dass dir bekannt ist, worum sie mich bittet?«

»Leider ja«, antwortete Astrolabe. »Sie sorgt sich, weil sie nichts hat, was sie mir vererben kann. Sie möchte, dass ich eine Pfründe bekomme. Sie bat schon den Abt von Cluny darum, aber der hat nichts. Ich habe versucht, ihr zu sagen, dass ich ganz gut über die Runden komme. Ich unterrichte ein wenig und schreibe Briefe und Urkunden für die, welche sie brauchen. Eigentlich kann ich auf eine Pfründe verzichten.«

»Das freut mich zu hören, mein Sohn.« Bernhard hob die Hand zum Abschiedssegen. »Denn leider habe auch ich nichts zu geben. Aber ich werde an dich denken, falls sich etwas ergibt.«

Astrolabe versuchte, seine Grimasse wie ein dankbares Lächeln aussehen zu lassen.

»Danke, Herr Abt.« Er verbeugte sich und ging fort.

Wieder allein, faltete Bernhard Heloïses Brief sorgfältig zusammen. Eine schöne Frau, erinnerte er sich, erfüllt von einer Leidenschaft, die jetzt in den Dienst Gottes gestellt war. Vielleicht würde er einen Weg finden, ihrem Sohn zu helfen. Und was diesen Mönch aus eigenen Gnaden betraf...

»Potter!«, rief er. »Hol Bruder Nicholas. Ich brauche ihn, damit er einen weiteren Brief an die Bischöfe in Deutschland schreibt! Auf der Stelle!«

»Ich glaube, er kommt zu sich!«

»Pst! Erschrecke ihn nicht!«

Hubert hörte die Stimmen, aber er war nicht wach genug, um antworten zu können. Er fror. Mit großer Mühe gab er einen Laut von sich. »Ghharr.«

»Vater?« Catherine beugte sich über ihn. »Vater, was ist geschehen? Alles in Ordnung mit dir?«

»Gib ihm etwas Wein. Seine Kehle ist ausgetrocknet«, sagte Edgar.

»Brühe.« Catherine blieb hart.

Hubert wünschte, sie würden aufhören zu streiten und ihm etwas einflößen. Das Gefühl kehrte jetzt in seine Glieder zurück. Er hatte keine Schmerzen. Er war nur müde, als ob er stundenlang ohne Unterbrechung gelaufen wäre. Er spürte einen Löffel zwischen den Lippen. Er öffnete den Mund und schluckte.

»Mehr«, röchelte er.

Bald fühlte er sich gut genug, um sich aufzurichten und zu trinken, ohne die Hälfte der Brühe über das Kinn und in sein Hemd rinnen zu lassen.

»Wir konnten keine Verletzung finden«, erklärte ihm Edgar. »Hast du etwas abbekommen?«

Hubert versuchte sich zu erinnern. »Nein, ich glaube nicht. Mir schwindelte nur plötzlich, und ich fror und war zu schwach zum Stehen. Dann bin ich hier wieder aufgewacht.«

Catherine biss sich auf die Lippe. »Wir holen noch einmal den Arzt«, sagte sie. »Er meint, deine Säfte seien aus dem Gleichgewicht geraten. Du brauchst einmal im Monat einen Aderlass.«

»Humbug!«, sagte Hubert. »Das ist nur etwas für Schreiber und Mönche, die den ganzen Tag beten und fasten. Ich bin wohlauf. Wahrscheinlich habe ich etwas Falsches gegessen. Es geht mir schon wieder besser.«

Er wollte aufstehen, aber drei Armpaare hielten ihn auf.

»Ruhe dich jetzt aus, Hubert«, beschwor ihn Edgar, da er protestierte. »Du hast uns Angst eingejagt. Wir wollen, dass du wieder zu Kräften kommst. Ich lasse dich nur aufstehen, wenn du versprechen kannst, dass dies nicht wieder geschieht. Kannst du das?«

Widerstrebend gab Hubert zu, dass er dazu nicht fähig war, da er keine Ahnung hatte, wieso er das Bewusstsein verloren hatte. Auch ihm machte das Angst, umso mehr, da er seit einiger Zeit merkwürdige Gefühle hatte: ein Prickeln in den Händen und Füßen, leichte Schwindelanfälle und einen verlangsamten Herzschlag, selbst unter Belastung. Er hatte niemandem davon erzählt, und als er die besorgten Mienen um sich herum sah, gelobte er sich, es niemals zu erwähnen.

»Sehr wohl«, sagte er. »Heute Abend dürft ihr mich päppeln, aber morgen muss ich arbeiten. Wenn Agnes mitsamt ihren Siebensachen und Kisten erst weg ist, verspreche ich euch, dass ich eine lange Ruhepause einlege. Vielleicht besuche ich Eliazar für den Rest des Sommers. Ist euch das recht?«

Catherine runzelte die Stirn, nickte aber. »Man könnte meinen, wir wollten dich bestrafen«, beklagte sie sich.

»Ich will nicht wie ein kranker alter Mann behandelt werden«, antwortete Hubert milde. »Wenn es soweit ist, sage ich Bescheid. Versprochen.«

Dennoch gestattete er Ullo und Hugo, ihm nach oben ins Bett zu helfen, und nachdem er eine Schale mit heißem Wein und Kräutern getrunken hatte, schlief er wieder ein.

Edgar merkte, wie sehr der Vorfall Catherine erschüttert hatte.

»Sorge dich nicht, *leoffest«,* murmelte er, als er sie an diesem Abend hielt. »Er ist noch nicht so alt. Vielleicht war es nur die Bestürzung über den Anblick des wütenden Pöbels und die Erinnerung an das, was er als Kind erlebte.«

»Vielleicht.« Catherines Stimme kam wie von fern. »Aber die Symptome sind so seltsam. Es ist wie keine andere mir bekannte Krankheit. So als ob ihn etwas niedergestreckt hätte.«

»Catherine«, warf Edgar ein, »es war schönes Wetter. Willst du behaupten, Gott habe einen Blitzstrahl geschleudert, um ihn dafür zu bestrafen, dass er sich schützend vor die Juden stellte?«

»Nein, das würde Gott nicht tun«, sagte Catherine. »Jedenfalls glaube ich das nicht. Ich dachte an einen Menschen. Wir haben nie geklärt, wer ihn vor zwei Jahren beim Bischof denunziert hat.«

Edgar gefiel die Richtung nicht, die dieses Gespräch nahm.

»Du glaubst, dass jemand ihn verflucht hat?«, fragte er. »Das ist doch Unsinn.«

»Wieso?«, fragte Catherine. Sie zitterte in seinen Armen. »Es gibt doch Menschen, die sich dunkler Mächte bedienen, um Böses zu tun. Das weißt du auch.«

»Nun, das habe ich gehört«, sagte Edgar vorsichtig. »Aber gesehen habe ich es noch nie. Ich glaube, so etwas tut niemand mehr. Nicht ernsthaft. Erinnere dich an die Geschichte von unserm Freund John. Von dem alten Priester, der sich in der Zauberei versuchte. Und kein Zauber wirkte. Wir leben schließlich im zwölften Jahrhundert, Catherine. Wir erforschen die Welt mit Logik. Die Zeit wirksamer Flüche ist vorüber.«

Catherine hegte Zweifel. »Was ist mit Wundern?«

»Nun, du weißt, dass die meisten Gelehrten sagen, dass die Zeit, da Gott sich selbst in Wundern offenbart, auch vorüber ist«, erwiderte Edgar. »Aber andererseits gibt es James. Ich glaube, dass er nur wegen unserer Wallfahrt lebt. Darum glaube ich, dass kleinere Wunder durchaus noch geschehen.«

»Dann können auch kleinere Verwünschungen noch wirken«, konstatierte Catherine und rollte sich herum, den Rücken an Edgars Bauch geschmiegt. »Gute Nacht, *carissime.*«

Lange lag Edgar noch wach und überlegte, wen Catherine wohl als den Urheber des Fluchs verdächtigte, und falls sie Recht hätte, was man dagegen unternehmen könnte.

Agnes legte die Schmuckstücke, die sie ausgemustert hatte, in das Kästchen, jedes einzeln in Filz gewickelt, damit es keinen Kratzer bekäme oder anliefe. Sie hatte mehr zurückgelassen als ursprünglich beabsichtigt. Vielleicht würde Catherines Tochter sie eines Tages benötigen. Von einem Krüppel als Vater würde sie nicht viel erwarten können.

Agnes hatte Edgar nie getraut. Wenn er Catherine nicht in sich verliebt gemacht hätte, wäre sie ins Kloster zurückgekehrt. Dann hätte sie ihr Leben im Gebet verbracht, wie es dem Wunsch der Mutter entsprach. Vater und Mutter hätten Catherine zur Rückkehr zwingen sollen, dachte Agnes erbost. Alles ging schief, seit sie das Paraklet verlassen hatte. Das musste die Strafe sein.

Schniefend wischte sie sich die Tränen am Ärmel ab. Doch wenn es Catherines Sünde war, warum hatte das Verhängnis die anderen Familienangehörigen befallen? Onkel Roger – tot. Mutter in ihrem Wahn benötigte ständige Aufsicht. Gott sei Dank waren die Nonnen bereit gewesen, sie aufzunehmen. Selbst Edgars Verstümmelung war Teil davon, obwohl Agnes fand, dass er das verdient hatte. Warum nur stieß Catherine nie etwas Furchtbares zu?

Ermattet kniete Agnes vor dem Kreuz an der Wand über ihrem Bett und betete um Erleuchtung.

»Wenn ich es nur verstünde, Herr«, betete sie. »Dann könnte ich es hinnehmen. Sie kann doch nicht im Recht sein. Sie hat dich für einen sterblichen Mann aufgegeben, einen Fremden dazu. Sie macht sich mit Juden gemein. Du kannst ein solches Verhalten doch nicht vergeben!«

Im Zimmer blieb es still. Agnes schaute auf das Kreuz, hoffte fast, die Antwort auf dem Holz lesen zu können.

»Herr!«, betete sie. »Bitte sag mir, warum. Oder gib mir wenigstens ein Zeichen, dass ich recht daran tue, so weit fort zu gehen. Lasse mich wissen, dass mein neues Leben glücklich wird. Süßer Jesus, heilige Jungfrau, ich habe solche Angst.«

Stille.

Also war auch Gott böse auf sie. Agnes konnte nicht weinen, doch in ihrer Kehle saß ein heißer Kloß, der ihre Lippen beben ließ. Sie riss sich den *Bliaut* ab und warf ihn auf den Boden. Da klimperte etwas. Sie hob das Überkleid hoch und knotete den Ärmel auf. Als sie in dem Stoff herumtastete, spürte sie einen stechenden Schmerz im Finger. Blutend zog sie ihn heraus.

Am Finger lutschend, tastete sie vorsichtiger mit der anderen Hand, bis sie das Stück Metall fand, das Edana in den Binsen gefunden hatte.

»Armer Jehan«, flüsterte sie. »Hoffentlich kam das nicht von dem Stück über deinem Herzen. Du brauchst den Schutz. Ich wünschte, ich könnte so für dich empfinden wie du für mich. Sonst liebt mich ja niemand. Nicht einmal Gott.«

Fünftes Kapitel

Herrn Gerhardts Burg nahe Trier. Sonnabend,
Tag 12 vor den Kalenden des Mais (20. April) 1146;
5. Iyyar 4906. Tag des heiligen Marzellin, Bischof
von Embrun, Schutzpatron seines Volkes. Das Öl
der Lampe an seinem Grab heilt jedwede Krankheit.

*Audivimus et gaudemus, ut in vobis ferveat zelus Dei:
sed oportet omnino temperamentum scientae non deesse.
Non sunt persequendi Judaei, non sunt trucidandi sed
nec effugandi quidem.*

Wir haben gehört und darob frohlockt, dass der Eifer für
Gott in euch brennt; doch man sollte keineswegs vom Pfad
der Weisheit abweichen. Die Juden sollen weder verfolgt,
getötet noch vertrieben werden.

Bernhard von Clairvaux
Brief 363
Den Menschen von Ostfranzien, sowohl geistlichen
als auch Laien

Gerhardt kniete neben einer Reihe knospender Reben. Der Tag war nebelig, und seine Kleider und sein Gesicht trugen schon eine leichte Schmutzschicht. Zum ersten Mal seit seiner Einwilligung in die Ehe mit der Französin hatte Gerhardt wieder inneren Frieden gefunden.

»Schau mal her, mein Sohn.« Er hob die neuen Blätter, um Peter die winzigen grünen Kügelchen zu zeigen, die schon darunter wuchsen. »Das ist unser Schatz, so gut wie Gold. Und wir müssen dafür sorgen, dass er weiter gedeiht. Kein Aufseher oder Verwalter kann sich je so um unsere Weinstöcke kümmern wie wir selbst.«

Peter streichelte mit einem Finger die kleinen Träubchen. »Ja, Vater«, sagte er. »Ihr braucht Euch keine Gedanken zu machen. Ich liebe das Land so sehr wie Ihr. Ich lasse es uns von niemandem wegnehmen, noch werde ich es gegen Geld oder Macht eintauschen.«

Gerhardt setzte sich auf die Fersen und klopfte seinem Sohn liebevoll-anerkennend auf den Rücken.

»Sehr gut, *mîn liebelin!*«, rief er. »Dann brauche ich mich um die Zukunft nicht mehr zu sorgen.«

Peter stand da, wischte sich den Schmutz von den Knien, schmierte ihn aber nur noch fester in seine wollene Hose. Er sah seinen Vater beunruhigt an.

»Warum solltet Ihr Euch denn vor der Zukunft fürchten?«, fragte er. »Es dauert noch lange, bis ich hier Herr bin, und da Ihr nun heiratet, bekomme ich vielleicht noch viele Brüder, welche an meine Stelle treten können, falls ich ausfalle.«

»Du wirst nicht ausfallen«, sagte Gerhardt fest. »Und ich würde nicht auf Brüder zählen, welche uns entlasten. So jung bin ich nicht mehr. Muss ich doch meine Gelenke allabendlich mit einer Salbe einreiben, damit sie nicht knirschen. Du gewöhnst dich besser an den Gedanken, dass du dies hier eines Tages übernehmen wirst.«

Peter war verwirrt. »Wenn Ihr meint, Vater. Ihr solltet nur wissen, dass es mir wichtiger ist, was wir haben, als die Vorstellung, dass ich es eines Tages alles selbst haben werde. Solange einer von unserem Blut Herr ist, kümmert mich nicht, ob es ein jüngerer Bruder ist.«

Darüber musste Gerhardt lachen, worüber der Junge errötete. »Peter, ich habe die Dame noch nicht gesehen, und du machst uns beide schon zu vielfachen Eltern! Man sollte auf die Zukunft vorbereitet sein, aber man kann es auch übertreiben. Komm, lass uns mal nachsehen, wie weit der Wein vom Vorjahr ist.«

Als er Peter vor sich her gehen sah, so zuversichtlich und vertrauensvoll, verwünschte sich Gerhardt wieder einmal für die Schwäche, mit welcher er seiner Familie nachgegeben hatte. Es musste doch irgendeine Möglichkeit geben, den Konsequenzen seines Eheversprechens zu entfliehen.

Die beiden machten sich auf den Weg zur Scheune, wo der junge Wein in großen Eichenfässern lagerte. Unterwegs hörten sie Hermann rufen.

»Gerhardt! Komm schnell! Etwas Schreckliches ist geschehen!«

Gerhardt fing an zu laufen, voll böser Vorahnungen. Er erreichte die Hütte des Pförtners vor der Burg, wo Hermann neben einem Mann kniete, der am Boden lag. Die beiden Feldarbeiter standen unbehaglich daneben.

»Was ist denn?«, keuchte Gerhardt. »Ist er verletzt?«

»Mehr als verletzt«, sagte Hermann. »Tot. Diese beiden Männer haben ihn aus dem Fluss gefischt, aus Wurzeln, die entlang dem Ufer wachsen. Ich glaube, er war ein Bote. Er trug dies hier in Wachsleinwand gewickelt und hatte es mit einer Schnur um den Schenkel gebunden.«

Er stand auf und hielt ein Stück gefaltetes Pergament in der Hand. Ein rotes Band und ein graues Wachssiegel hingen daran.

Gerhardt sah von dem Mann auf das Siegel, unsicher, was er zuerst untersuchen sollte.

»Von außen ist gar nicht zu erkennen, für wen die Botschaft ist«, sagte Hermann. »Und an der Leiche ist nichts, was sie identifizieren könnte. Ich erkenne das Siegel nicht. Sollten wir es erbrechen? Vielleicht erklärt uns das, wer er war und wohin er wollte.«

Gerhardt sah sich die Leiche gut an. Niemand, den er kannte, Gott sei Dank. Aber er wusste sofort, dass der Mann nicht ertrunken war. In seinem Hals klaffte ein Schlitz.

»Er lag nicht lange im Wasser«, sagte einer der Männer. »Die Leiche ist nicht aufgedunsen. Er muss hier in der Nähe und erst kürzlich getötet worden sein. Soll ich den Landvogt holen?«

Gerhardt nickte.

»Ja, und warne die anderen Dörfler, dass sie nicht allein oder unbewaffnet weggehen sollen, bis wir aufklären, was geschehen ist.«

Er wandte sich an Hermann.

»Trug er irgendetwas anderes bei sich, einen Ring oder ein Zeichen, das uns verrät, woher er kam?«

Hermann schüttelte den Kopf. »Wer auch immer ihn tötete, muss ihm die Börse und den Schmuck gestohlen haben. Ich glaube, wir müssen den Brief öffnen.«

»Gib ihn mir«, sagte Gerhardt. »Ich kümmere mich darum. Oskar, Gerd, holt den Priester und lasst die Leiche in die Kapelle schaffen. Wer auch immer er war, er sollte ein christliches Begräbnis bekommen. Peter, komm her und bleibe bei uns. Ich will dich in Sicherheit wissen.«

Das raue Pergament war noch trocken genug, um in seiner Hand zu rascheln. In Gerhardts Ohren klang es wie knisternde Flammen in zundertrockenem Holz. Ihn schauderte. Er hoffte, dass der Absender Vorsicht hatte walten lassen; nicht etwas geschrieben hatte, was einen ähnlichen Flächenbrand auslösen würde. Wie könnte er den Brief ohne Zeugen öffnen? Er schauderte bei der Erkenntnis, dass der Mann wahrscheinlich auf dem Weg zu ihm gewesen war.

»Wohin wollte er wohl?«, fragte Peter mit vorsichtigem Seitenblick auf den Brief.

»Da kommen viele Orte in Frage«, antwortete Gerhardt. »Wir wohnen an einer viel genutzten Durchgangsstraße. Aber ich vermute, dass uns das hier Aufschluss gibt.«

Sie erreichten den Hof innerhalb der Steinmauern.

»Hermann«, sagte Gerhardt. »Würdest du Peter zu seiner Tante Maria bringen und ihr sagen, was geschehen ist? Sieh, ob sie Stoff für ein Leichentuch hat.«

Hermann sah aus, als ob er protestieren würde. Er war so neugierig wie Gerhardt, was den Inhalt der Botschaft betraf. Doch vor seinem älteren Bruder nahm er sich in diesen Tagen in Acht. Er nickte.

Gerhardt ging in den Bergfried und in sein Schlafgemach. Er setzte sich auf einen Faltstuhl am Fenster und hielt das Siegel ins Licht.

Durch die Reise war es rissig und angestoßen, doch das

Zeichen war immer noch klar zu sehen. Es war ein Kreuz mit gleich langen Querbalken.

Gerhardt biss sich auf die Lippe. Es war harmlos genug für die, die das Zeichen nicht kannten. Er schob sein Messer unter das Wachs und öffnete den Brief. Als er den Inhalt sah, erschrak er und schnappte nach Luft.

Auf dem Papier war eine große Zeichnung von einem Mann, der für die Jagd gekleidet war. Aber er trug keine Waffe. Seine Hände, riesige Pranken, waren mit den Handflächen nach außen erhoben, wie um sich zu ergeben oder zu beten. Gerhardt kratzte mit dem Messer auf dem Pergament, bis alle Spuren des Bildes verschwunden waren. Dann zerknüllte er es mit zitternden Händen.

Der Botschafter hatte sicher versucht, zu ihm zu kommen. Aber was hatte die Botschaft zu bedeuten?

Gerhardt trommelte mit den Fingern nervös auf dem Fensterbrett. Seine Verbündeten wären nicht so unvorsichtig, eine allgemein verständliche Botschaft zu schicken. Darum war die eigentliche Nachricht wohl mit dem armen ermordeten Kurier verloren gegangen. Es sei denn, jemand hatte ihn zum Reden gebracht, bevor er ihm die Kehle durchschnitt. Dieser Gedanke jagte ihm eiskalte Schauder über den Rücken. Er rieb sich die eigene Kehle, als ob dort das Messer zum Schlitz ansetzte.

Nun hatte er viel größere Sorgen, als sich jener unerwünschten Braut zu entledigen. Wenn sein Geheimnis entdeckt würde, bevor er bereit war, dann bestünden gute Chancen, dass er seine ganze Familie und all seine Habe verlöre.

Wer hatte ihn so dringend erreichen müssen, dass sie das aufs Spiel setzten?

Es war der erste sonnige Frühlingstag in Paris. Mit allen anderen Frauen in der Straße hatte Catherine die Fenster aufgestoßen und das ganze Bettzeug zum Lüften hinausgehängt. Das Licht hereinlassen, um die Schatten des Winters zu verscheuchen! Als Catherine die Zimmer im Sonnenlicht sah, merkte sie, dass es auch den ganzen Schmutz zu Tage brachte. Rußige Streifen zogen sich über Zimmerdecken und Wände, von den Öllampen und Kerzen. Der Boden, wo die Binsen hochgefegt waren, wies Flecken auf, über deren Herkunft sie lieber nicht nachdachte, welche wahrscheinlich aber von Edana und dem Hündchen herrührten.

Wie hatte sie bloß annehmen können, dass sie von Hausarbeit befreit wäre, wenn sie das Kloster verließe?

Samonie, einstmals Catherines persönliche Magd und jetzt die Haushälterin, sowie deren drei Kinder, Willa, Hugo und Martin, machten sich mittlerweile sehr nützlich. Dennoch gab es viel Arbeit für Catherine, und aus vielerlei Gründen bevorzugte es Hubert, nicht zu viele Außenstehende in seine Familiensitten einzuweihen.

Deshalb hatte Catherine mehr zu tun, als nur den Frühjahrshausputz zu überwachen.

»Hoffentlich hat Agnes Bedienstete dafür«, murmelte Catherine, während sie noch eine Matratze ans Fenster schleppte. »Sie ist sich gewiss zu fein dafür geworden, sich mit Federn im Haar sehen zu lassen.«

»Wie ich sie kenne«, kommentierte Samonie, während sie Seifenwasser auf den Holzfußboden goss, »könnte sie das hier schaffen, ohne Federn fliegen zu lassen.«

Düster stimmte Catherine ihr zu. »Agnes war in der Hausarbeit immer besser als ich.«

Samonie hielt mit dem Schrubben inne, um sich den Schweiß von der Stirn zu wischen. Sie rief dem jüngeren Sohn, der gerade an der Tür vorbeirannte, zu: »Martin! Komm, hilf Madame Catherine, das Bettzeug zu heben!« Zu Catherine meinte sie: »Ihr macht Euch Gedanken um Agnes, nicht?«

»Sie hätte uns sagen können, wann sie abreist«, erwiderte Catherine, als Maria versuchte, einen Teil der Matratze hochzuziehen. »Statt dass wir es von den Nachbarn erfahren mussten. Und natürlich erwarte ich nicht, dass ich Kunde von ihr erhalte, wenn sie glücklich angekommen ist. Wo sie so über uns denkt.«

»Herr Walter wird es Euch wissen lassen«, versicherte Samonie.

»Der liebe Walter!« Catherine lächelte, als sie den Kampf mit dem Bettzeug wieder aufnahm. »Ich wünschte, Agnes hätte schon längst jemanden wie ihn kennen gelernt. Doch jetzt ist es zu spät, jetzt fährt er ins Heilige Land, und sie geht diese Ehe ein.«

Sie grübelte weiter, während sie den Staub aus den Wandbehängen klopfte und alle Bettvorhänge abnahm, um sie zur Wäscherin bringen zu lassen. Warum konnte das mit dem Schicksal nicht besser eingerichtet sein? Catherine wusste, dass das Leben der Menschen einem bestimmten Weg folgen sollte, aber wenn es überhaupt so etwas wie einen freien Willen gab, dann musste es auch möglich sein, den Weg umzuleiten.

Wenn sie nur klug genug wäre zu wissen, wann man was tun musste!

»Catherine! Es ist fertig! Komm es anschauen!«

Edgars Stimme klang sehr froh. Catherine ließ den Teppichklopfer sinken und lief zu ihrem Mann. Er hatte niemanden die Pyxis für das Paraklet sehen lassen, während er daran arbeitete. Sie befürchtete schon, er habe Angst, seinen Misserfolg mit anderen teilen zu müssen. Es hatte Monate der Vorbereitung gekostet, bevor er überhaupt anfangen konnte. Er hatte eine ganze Reihe von Greifwerkzeugen ersinnen müssen, welche er an Stelle der fehlenden Hand benutzte. Das Haus hallte immer noch von seinen Flüchen wider, welche er dabei ausgestoßen hatte, und die Kinder hatten einen reichen Wortschatz englischer Obszönitäten dabei erworben.

Das Behältnis, das er ihnen nun zeigte, war geräumig genug, um genügend Hostien für die Nonnen und die Stadtbevölkerung aufzunehmen, die der Messe beiwohnten. Edgar hatte ihm die Form eines bedeckten Servierbretts gegeben, nur in Silber über Zedernholz. Die Scharniere des Deckels waren aus Gold. Der Deckel selbst zeigte Szenen aus den Ereignissen der Karwoche, welche ins Metall geätzt waren, mit Heiligenscheinen aus Golddraht um die Köpfe von Christus und der Jungfrau.

»O Edgar!«, rief Catherine voller Bewunderung aus. »Das ist wunderschön! Dein allerschönstes Stück bisher!«

»Bei der verpfuschten Enthauptung der heiligen Cäcilie!«, rief Hubert aus, als er hereinkam. »Das ist ein Wunder, mein Sohn. Ein Silberschmied hätte es nicht besser machen können.«

Edgar sah von einem zu anderen. So viel Lob machte ihn misstrauisch. Besonders, wenn er selbst jeden Makel sehen konnte.

»Meint ihr nicht, die Scharniere sind ein bisschen rau?«, fragte er.

»Nein, das finde ich nicht«, erwiderte Hubert, »sonst würde ich es sagen. Du bist oft mit mir auf den Jahrmärkten gewesen und weißt daher, dass ich den Unterschied zwischen guter und schlechter Handwerksarbeit kenne. Ich kaufe keine Waren in Lehrlingsqualität. Die Schwestern im Paraklet werden sich durch das Geschenk geehrt fühlen.«

Catherine nickte nur. Dem hatte sie nichts hinzuzufügen. Anerkennung vonseiten ihres Vaters bedeutete Edgar mehr als alles, was sie über seine Arbeit sagen könnte. Er hatte lange das Gefühl gehabt, dass Hubert ihn nur Catherine zuliebe duldete. Am Anfang traf das auch zu, doch Catherine spürte wohl, dass sich die beiden Männer in den letzten Jahren zu achten und zu mögen gelernt hatten.

»Ich möchte, dass Mutter Heloïse es sofort sieht«, sagte sie. »Wann können wir aufbrechen?«

Hubert überlegte. »Ich habe hier noch einiges zu erledigen, aber wir könnten Ende der nächsten Woche gehen«, sagte er. »Ich muss unterwegs in Provins Geschäfte tätigen, aber ihr könntet weiterreisen. Und bis zum Himmelfahrtstag im Kloster bleiben. Dann könntet ihr mich bei Eliazar in Troyes treffen.«

»Hältst du es für klug, dass wir uns dort in aller Öffentlichkeit treffen?«, fragte Edgar.

Hubert reagierte betroffen. »Wieso denn nicht? Schämst du dich plötzlich meines Bruders?«

»Nein, gewiss nicht, aber ich bin vorsichtig, wenn es um meine Kinder geht«, antwortete Edgar. »Solomon sagte uns, dass sich die Lage in der Champagne beruhigt habe, aber wer weiß, was noch geschieht? Haben wir nicht alle Gerüchte über den Mönch gehört, der gegen die Juden in Lothringen und Deutschland predigt? Wie lange es wohl dauert, bis der Funke überspringt?«

Hubert lief vor Wut rot an. »Du vergisst dich, junger Mann! Wie kannst du mir unterstellen, dass ich meine Familie in Gefahr bringe! Besonders nach den Strapazen, denen du sie in England ausgesetzt hast!«

»Vater!« Catherine packte ihn am Arm. »Beruhige dich! Denk an deine Gesundheit! Edgar sorgt sich gerade wegen der Vorfälle in England. Er will nicht Gefahr laufen, dass wir wieder voneinander getrennt werden, mitten in einem Krieg, welcher uns gar nichts angeht.«

Edgar erhob sich von seiner Werkbank, beunruhigt über Huberts Reaktion. »Ja, gewiss«, wiegelte er ab. Du hast natürlich Recht. Ich bin sicher, dass in Troyes nichts passiert. Schon gut, Hubert. Jetzt trink ein wenig kühles Bier und gönne dir etwas Ruhe.«

»Hör auf, mich zu verhätscheln!«, schimpfte Hubert. »Ich bin doch kein Greis, den man bei Laune halten muss. Und mich trifft auch nicht der Schlag, wenn man mir widerspricht.«

Er stieß die Schale Bier beiseite, die Catherine ihm bringen wollte. Das Bier ergoss sich über ihr Gewand. Entgeistert starrte sie von dem Flecken zu ihrem Vater. Das beruhigte ihn endlich. Wenn Catherine sich so um seine Gesundheit sorgte, dass sie nicht einmal mehr böse auf ihn wurde, dann musste sie ihn wahrhaftig für sehr krank halten.

»Verzeih mir, *ma douz*«, sagte er. »Aber es geht mir gut. Zieh dir etwas Trockenes an, dann reden wir vernünftig darüber.«

»Wir brauchen nicht mehr darüber zu sprechen, Hubert«, sagte Edgar. »Ich weiß, dass du die Kinder ebenso sehr liebst wie wir. Wenn du sagst, dass es im Judenviertel von Troyes sicher ist, dann brauchen wir keine weitere Beteuerung.«

Besänftigt gestattete Hubert Edgar, ihm neues Bier einzuschenken, während Catherine zum Umziehen nach oben ging und den anderen von der bevorstehenden Reise erzählte.

Die beiden Männer tranken schweigend. Hubert hielt die Schale mit beiden Händen und ließ die süßen Kräuter und den Alkohol seinen Zorn kühlen. Er sah, wie mühelos Edgar die große Schale mit nur einer Hand hielt. Nie zuvor war ihm aufgefallen, wie groß Edgars Hände waren. Seine Finger waren lang und anmutig wie die eines Königs. Wie es sich für einen geborenen Edelmann ziemte, der Edgar war.

Verdammt noch mal, dachte Hubert, doch laut sagte er: »Es ist eine schöne Handwerksarbeit.« Er deutete auf die Pyxis.

»Danke«, sagte Edgar.

Beide spürten, dass ein vorsichtiger Friede wiederhergestellt war.

Agnes hatte so weit wie möglich Flussboote genommen, aber am Ende mussten sie die Reise doch auf dem Landweg fortsetzen. Die anderen Frauen fanden bislang Gefallen an der Reise, machten den Männern in ihrer Begleitung schöne Augen und verteilten zarte Winke an Jehan und Walter, die jedoch kein Interesse bekundeten.

Agnes hielt für sich eine gewisse Zurückhaltung für geboten, sollte sie doch einen vornehmen Herrn ehelichen. Doch ertrug sie Jehans vorwurfsvollen Blick und das Vergnügen der anderen Frauen an der Reise schlecht.

Walter von Grancy ritt die meiste Zeit an ihrer Seite. Agnes wusste, dass er auch immer wachsam war für jede Gefahr. Sie erinnerte sich an Kindheitstage, als Onkel Roger sie von Paris nach St. Denis gebracht hatte. Da hatte sie sich immer so sicher gefühlt. Aber Roger war schon lange tot, und sie war kein Kind mehr, das man vor der Angst schützen konnte.

Agnes taxierte Walter, der so fest wie eine Burg war. Sie stieß einen tiefen Seufzer aus, und die Anspannung in ihren Schultern lockerte sich. Vielleicht könnte sie sich noch ein paar Tage länger wieder als Kind fühlen.

Walter bemerkte ihren Blick und lächelte.

»Seid Ihr müde, Agnes?«, fragte er. »Wir können ein Weilchen hier rasten, wenn Ihr mögt, aber es ist nicht mehr weit bis zu dem Dorf Jarny. Wir können dort die Nacht verbringen und bis morgen Abend in Metz sein. Von dort nehmen wir wieder den Fluss bis nach Trier.«

»So bald?« Je näher sie kamen, desto unsicherer wurde Agnes. Sie musste sich sammeln. »Müde? Nein, überhaupt nicht«, sagte sie. »Die Reise war dank Euch höchst amüsant und bequem. Es überrascht mich, dass sie so schnell vorüberging.«

Walter verbeugte sich sehr elegant für einen Mann, der im Sattel sitzt.

»Ich versichere Euch, es ist mir ein Vergnügen, Euch und Eurer Familie zu Diensten zu sein. Ich habe Eurer Schwester und deren Ehemann viel zu verdanken.«

»Wahrhaftig?« Agnes versteifte sich.

»Ohne sie würde ich vielleicht immer noch unter Mordanklage stehen«, erklärte er. »Catherine überführte den wahren Täter.«

»Wahrhaftig?«, wiederholte Agnes in einem anderen Ton. »Catherine lässt nicht locker. Ihre Neugier war immer ihr Unglück.«

»Für mich war sie Glück«, sagte Walter. »Sie und Edgar waren damals gerade erst frisch verheiratet... Ja, eine unbeschwerte Reise im Frühling und in Gesellschaft einer schönen Frau ist das Mindeste, was ich tun konnte, um mich für ihre Güte zu revanchieren.«

Etwas zitterig stimmte sie in sein Lachen ein. Die Vorstellung, dass Catherine durch ihre ständige Einmischung in Dinge, die sie nichts angingen, tatsächlich jemandem geholfen hatte, schockierte sie.

Ihr zweiter Gedanke erschreckte sie nicht minder. Es tat ihr wohl, dass Walter sie für schön hielt.

Wie Walter vorhergesagt hatte, erreichten sie Metz spät am folgenden Nachmittag. Die ganze Reise über waren Jehans und Walters Kreuze mit Ehrerbietung und Bewunderung begrüßt worden. Aber in Metz waren sie nur zwei unter hunderten von Kreuzfahrern. Es schien Agnes, als ob jeder Mann im wehrfähigen Alter sich an der Heiliglandfahrt beteiligen wollte.

Der Grund dafür wurde klar, als sie in der Herberge des Klosters von St. Pierre les Nonnains ankamen.

»Abt Bernhards Stellvertreter ist hier«, informierte Jehan sie, nachdem sie mit einem der Geistlichen gesprochen hatte. »Er verlas gestern die Enzyklika auf dem Marktplatz der Stadt. Man konnte nur mit Mühe die gesamte Einwohnerschaft von Metz abhalten, das Kreuz zu nehmen.«

»Glaubt Ihr, dass der Abt selbst bald predigen wird?«, fragte Agnes. »Ich habe ihn in Vézelay verpasst.«

»Das weiß ich nicht. Dieser Tage scheint er überall gleichzeitig aufzutauchen«, sagte Jehan. »Man munkelt, er wolle nach Deutschland reisen und den Kaiser überreden, König Ludwig zu unterstützen. Und dann hört man auch Neues aus dem Rheinland.«

»Nämlich was?«, fragte Walter ungeduldig.

»Ach, wieder etwas über die Juden.« Jehan schnitt eine Grimasse. »Es gab Übergriffe, und jetzt flehen sie ihre Bischöfe um Schutz an. Als ob jene *mavaises bestes* Schutz verdienen würden.«

»Jehan!«, sagte Walter überrascht. »Natürlich verdienen sie Schutz. Alle Kirchenväter waren der Meinung, auch Abt Bernhard. Wie werden sie je zum wahren Glauben finden, wenn man sie verfolgt und umbringt?«

»Nur mit einem Schwert kann man diese sture Brut bekehren«, versetzte Jehan.

Agnes begann, sich in dieser Unterhaltung unbehaglich zu fühlen.

»Ich mag sie auch nicht, Jehan«, sagte sie. »Aber ich glaube nicht, dass man sie durch Einschüchterung in ihren Herzen überzeugen kann.«

Jehan starrte sie erschrocken an, als hätte sein Lieblingsjagdhund ihn plötzlich zu beißen versucht.

»Außerdem«, fuhr Walter fort, »haben die Bischöfe einen

Eid geschworen, dass sie die Juden in ihrem Bistum beschützen wollen. Durch einen Eidbruch würden sie ihr Seelenheil aufs Spiel setzen.«

»Ja, gewiss.« Jehan nickte. »Einen heiligen Eid muss man einhalten, einerlei wie töricht er ist.«

Er wandte sich Agnes zu, um ihre Reaktion zu sehen, aber die hörte keinem von beiden zu. Einer der Wachen hatte ihr vom Pferd geholfen, und sie war damit beschäftigt, Anweisung für das Abladen des Gepäcks zu geben, während sie auf die Pförtnerin wartete, die sie und die anderen Damen einlassen sollte.

Walter schüttelte mitfühlend den Kopf.

»Richte deinen Sinn gen Himmel, Jehan, so wie ich«, sagte er. »Sonst findest du keinen Frieden auf Erden.«

»Ich habe weder Hoffnung auf den Himmel noch auf Glück«, erwiderte Jehan düster.

Walter beugte sich über ihn und klopfte ihm auf den Rücken, dass er fast aus dem Sattel geflogen wäre.

»Wenn das so ist, könnten wir uns ebenso gut um die Frauen kümmern und dann in der ersten Schenke am Weg versacken.«

Jehans Miene hellte sich etwas auf. »Das ist die beste Idee seit Beginn dieser Reise.«

Agnes bemerkte nicht, dass sie fortgingen. Es gab zu viel zu tun. Ihre Zofen waren insgeheim der Überzeugung, dass Agnes ihren Haushalt besser führen würde als Könige ihre Heere. Sie behielt alles im Blick. Zwar gestanden sie ihr zu, gerechte Forderungen zu stellen, vermissten aber in ihrem Wesen jegliche Wärme. Agnes' zukünftigen Mann bedauerten sie daher aufrichtig.

Agnes ließ sich nichts anmerken. Sie gab die Anweisungen für die vorübergehende Lagerung ihrer Sachen und erlaubte der Pförtnerin dann, sie zur Äbtissin zu führen, bevor sie sich auf ihr Zimmer zurückzog.

Die Zofen hielten kurz inne, nachdem sie fort war.

»Glaubst du, dass sie sich einem Priester anvertraut?«, fragte Laudine.

»Phhh! Die würde nicht einmal der Jungfrau ihre Geheimnisse beichten«, behauptete Lisette.

Eine dritte Frau bückte sich und begann, die Kleiderbündel und Toilettenartikel aufzusammeln, die sie für die Nacht brauchen würden. »Sie ist verschlossen«, meinte auch diese Zofe. »Aber ich glaube, sie muss so einsam wie Eva sein ohne eine andere Frau, mit der sie ihre Sorgen teilen kann.«

Die anderen hielten das für ein entsetzliches Los und setzten ihre Arbeit in einem Geist der Dankbarkeit fort.

Nachdem Walter seine eigenen Vorbereitungen für die Nacht getroffen und Jehan mit einem Schlauch Wein zu Bett gebracht hatte, beschloss er, die Stadt zu erkunden. Metz lag auf kaiserlichem Gebiet und hatte erst kürzlich die Freiheit gewährt bekommen, nur Kaiser Konrad III. und keinem Landesherrn unterstellt zu sein. Ein Herrscher war unter den örtlichen Adligen erwählt werden, aber nicht nach dem Erbfolge- oder Territorialprinzip. Walter kam es vor wie die Anarchie, die gegenwärtig in Italien herrschte, und er war neugierig, wie die Einheimischen sich unter solch einem System einrichteten.

Er schlenderte durch die Straßen mit der Zuversicht eines Mannes, der Schwert und Messer trug und wusste, dass nur ein Wahnsinniger es wagen würde, ihn zu behelligen. Es herrschte buntes Treiben, die Fensterläden standen weit offen, um die Frühlingsluft hereinzulassen, und auf den Straßen standen Tische, sodass es nur eine enge Gasse zum Durchgehen gab. Walter stieß an und entschuldigte sich unablässig, hielt dann und wann ein, um eine Wurst oder eine Schale Bier zu kaufen.

Er wollte sich gerade umdrehen, die Wurst halb gegessen, als er einen Mann sah, der ihm sehr bekannt vorkam.

»Pardon«, sagte der Mann und wollte weitergehen.

»Gewiss«, antwortete Walter und schluckte den Rest der Wurst schnell hinunter. »Kennen wir uns nicht?«

Der Mann lächelte, offenbar war er an die Frage gewöhnt. »Das glaube ich nicht«, antwortete er. »Vielleicht kanntet Ihr meinen Vater. Nach Eurem Akzent zu urteilen, kommt Ihr aus Dijon, ja?«

»Aus Grancy«, sagte Walter. »Ich besitze dort Land.«

Der Mann nickte. »Nun, ich glaube nicht, dass wir ... wartet.« Er sah Walter noch einmal an. »Ihr wart nicht in Sens, als mein Vater von den Bischöfen verurteilt wurde?«

»Das ist es!« Walter war entzückt, das Rätsel gelöst zu haben. »Ihr seid Abaelards Sohn, nicht wahr?«

»Astrolabe«, antwortete jener lächelnd. »Jetzt erinnere ich mich. Ihr wart ein Freund der armen Frau, die im Kloster meiner Mutter verstarb. Catherine LeVendeur war sehr besorgt um sie.«

»Catherine und Edgar habe ich erst kürzlich in Paris gesehen!« Walter hatte das Gefühl, einen verschollenen Verwandten wiedergefunden zu haben. »Ihr habt von seinem Unfall gehört, ja?«

Sie gingen gemeinsam die Straße entlang und stapften unbekümmert durch den Unrat, der im Mittelgraben schwamm. Walter erklärte Astrolabe, warum er in Metz war.

»Das ist gütig von Euch, diese Mühe auf Euch zu nehmen«, sagte Astrolabe. »Es wird Catherine beruhigen, wenn Ihr über ihre Schwester wacht.«

»Und seid Ihr im Auftrag der Kirche hier?«, fragte Walter.

Astrolabe wirkte verlegen. »Nein. Eigentlich bin ich auf Abt Bernhards Wunsch gekommen. Ich weiß, das ist seltsam angesichts der Beziehung zwischen ihm und meinem Vater, aber ich war zufällig in Clairvaux, als er einen Überbringer für seine Briefe hierher brauchte und ich erbot mich. Meine Mutter meint, dass ich eine Pfründe brauche, beziehungsweise eine Position als Lehrer oder Schreiber. Der Abt könnte vielleicht bereit sein zu helfen.«

»Was hält er von der Nachricht, dass die Juden wieder angegriffen werden?«, fragte Walter.

»Ich bin mir nicht sicher, ob er das glaubt«, sagte Astrolabe. »Er schickte überall Briefe hin und gab Anweisung, die Juden in Frieden zu lassen. Ihm scheint es unmöglich, dass man sich über seine Anordnung hinwegsetzt.«

»Ich hörte, dass einer seiner eigenen Mönche an der Spitze der Verfolgungen steht.«

»Das ist nur ein Gerücht.«

»Doch Euch versetzt es in Unruhe?«, las Walter aus Astrolabes Miene.

»Ja.« Astrolabe blieb stehen und rieb sich die Stirn. »Ich stimme meinem Vater und Abt Bernhard zu, dass Juden kraft der Vernunft und göttlichen Gnade zu Christus geführt werden sollten, nicht durch Zwang. Und ich habe Freunde unter ihnen, die ich nicht verletzt sehen möchte.«

»Ja«, sagte Walter. »Ich auch.«

Sie kamen in die breitere Zone vor der Kirche von Notre Dame de la Ronde. Dort verabschiedete sich Astrolabe von Walter.

Walter wollte eben Adieu sagen, doch dann biss er sich auf die Lippe, als ob er eine Entscheidung treffen wolle. Das geschah schnell. Er musste einfach fragen.

»Astrolabe, weiß Eure Mutter, dass Ihr im Dienst des Mannes steht, der Euern Vater verurteilte?«

Astrolabe schmunzelte. »Es war ihre Idee, dass ich ihn um Hilfe angehen sollte. Wenn ich ihre Natur nicht besser kennen würde, hätte ich gedacht, sie würde versuchen, Abt Bernhard zur Reue zu bewegen, damit er etwas wieder gutmacht.«

»Bereut er sein Vorgehen denn?«

»Ganz und gar nicht«, sagte Astrolabe grinsend. »Er erwähnte das Konzil kein einziges Mal und begegnete mir mit der gleichen christlichen Güte wie allen anderen.«

»Ach!« Walter war irgendwie enttäuscht.

»Wie allen, die seiner Meinung sind, heißt das«, fügte Astrolabe im Gehen hinzu.

Walter dachte auf dem ganzen Rückweg zur Herberge darüber nach.

»Bist du endlich fertig?«, fragte Hubert. »Warum dauern Reisevorbereitungen so lange? Deine Mutter schaffte das mühelos an einem Tag.«

»Vater«, sagte Catherine gereizt, während sie eine weinende Tochter trösten und dem Knecht fünf Fragen auf einmal beantworten musste. »Wenn der ganze Haushalt irgendwo hinreist, bist du immer lange vor dem Rest der Familie aufgebrochen. Mutter hatte mehr Hilfe und mehr Erfahrung, und es herrschte dennoch immer noch ein Durcheinander, bis sie die Tür hinter uns schloss.«

Hubert war verblüfft. »So habe ich das nicht in Erinnerung. Nun, einerlei. Wann können wir denn aufbrechen?«

»Sobald Edgar zurückkommt«, sagte Catherine. »Alles ist gepackt oder gelagert, bis auf seine Werkzeuge. In letzter Minute meinte er, dass er noch ein Messer schleifen muss. Ja, James, du kannst mit Großvater reiten. Nein, das Hündchen wird sich hier wohler fühlen. Es wartet bei unserer Rückkehr auf uns. Es sind ja nur ein paar Wochen. Edana, sei still! Das

Holzkaninchen steckt schon in meiner Satteltasche. Jetzt kannst du es nicht haben.«

Das Weinen des Kindes schwoll an. Hubert hielt sich die Ohren zu.

»Wo ist die Tasche?«, rief er. »Ich hole das verdammte Kaninchen!«

Catherine war wütend. Wo war Edgar nur? Was war in ihn gefahren, dass er einfach verschwand! Wenn sie nicht so müde wäre, würde sie ihn suchen und ihm tüchtig einheizen, so wie ein Eheweib aus einem Spielmannslied.

Doch als er endlich eintraf, zerknirscht und außer Atem, verzieh sie ihm, wie er wohl gewusst hatte. Er hatte für alle süßen *Pagnon* mitgebracht, mit Honig und genau die richtige Größe, die in Edanas Mund passte und sie aufhören ließ, nach dem Kaninchen zu quengeln, das Edgar für sie geschnitzt hatte.

»Wo warst du denn?«, fragte sie aber dennoch. »Es ist fast None, und wir haben alle auf dich gewartet.«

»Ich weiß«, sagte Edgar. »Es tut mir Leid. Ich habe mich mit dem Silberschmied unterhalten. Sein Sohn studiert jetzt in Köln, und Samuel sorgt sich, weil die Familie seit vor Septuagesima nichts von ihm gehört hat.«

»Hast du ihn beruhigt?«, fragte Catherine. »Briefe gehen oft verloren. Die Hälfte der Nachrichten, welche wir Vater aus Schottland schickten, sind nie angekommen.«

Edgar half Hubert beim Wiedereinpacken aller Sachen aus Edanas Tasche, damit sie aufbrechen konnten. Alle anderen saßen bereits zu Pferde. Er reichte James zu Hubert hoch, half Catherine aufs Pferd, und schließlich hängte er seinen Arm in die Schlinge an seinem Sattel, die es ihm ermöglichte, mit nur einer Hand aufzusitzen. Er stellte sich noch ungeschickt dabei an, und die Erwachsenen bemühten sich, wegzusehen, bis er fertig war.

Sie ritten hintereinander durch die Stadt, zu der römischen Straße, die nach Osten führte, vorbei an dem neuen Kloster des Johanniterordens und in den Wald. Hubert nahm ungern den Landweg, denn da lief man ständig Gefahr, von Gesetzlosen im Wald überfallen zu werden. Aber es war einfacher, als die Seine stromaufwärts zu fahren. Er beabsichtigte, die Pferde in Troyes zu verkaufen und die Familie mit dem Schiff heimkehren zu lassen. Sie würden alle bis zum Sommer bei Eliazar wohnen, dann wäre der Fluss langsam und ruhig.

Als sie ins Dunkel der Wälder eintauchten, wurden alle still. Die Kinder schliefen ein, selbst Margaret, die sich an Edgars Rücken lehnte. Catherine erinnerte sich an ihren ersten Ritt zum Jahrmarkt von Provins. Sie war damals kaum älter als James, und es verlangte die vereinten Anstrengungen ihres Vaters, Eliazars und Solomons, sie am Herunterfallen zu hindern, oder wegzulaufen und verloren zu gehen.

Ganz anders war die Reise ins Paraklet, als sie fünfzehn war. Sie hatte geglaubt, dass sie diesen Weg nie wieder nehmen, sondern ihr Leben im Kloster beschließen würde. Damals hatte sie sich nichts Schöneres vorstellen können, als eine Braut Christi zu werden.

Catherine gedachte wehmütig des Kindes, welches sie einst gewesen war. So sehr sie ihren Heiland liebte, Edgar liebte sie noch mehr. Das mochte ein Sakrileg sein, aber sie konnte nichts dagegen tun.

Dieser Gedanke erfüllte Catherine mit leichten Gewissensbissen. Sie hatte Mutter Heloïse ihr Kommen angekündigt, jedoch keine Antwort erhalten. Plötzlich kam ihr in den Sinn, dass sie den Nonnen mit ihrer wachsenden Familie und dem kleinen Gefolge nicht willkommen sein könnte.

Sechstes Kapitel

Herrn Gerhardts Burg bei Trier. Freitag, Tag 5 vor den Nonen des Mais (3. Mai) 1146; 19. Iyyar 4906. Gedenktag an die Auffindung des Wahren Kreuzes durch die heilige Helena, von welchem ein daumengroßes Stück nach Trier gebracht wurde, zusammen mit den Nägeln des Kreuzes, der Dornenkrone und Fetzen der Kleider, welche Jesus trug.

Treviris alma per hunc major, tibi Roma Quirites
Transmisit cives, fecit et esse tuos.
Hucque caput mundi veniens, hic esse cor orbis
Non negat, et nomen Roma secunda tuum.

Freundliches Trier, größer durch diesen Mann [Albero]; Rom schickte dir Quiriten und machte sie zu deinen Bürgern. Wer hierher kommt, bestreitet nicht, dass du die Hauptstadt, das Herz der Welt bist und dein Name »zweites Rom« ist.

Das Leben des Erzbischofs Albero
Metrische Version

Maria, können wir irgendwo unter vier Augen sprechen?« Hermann hielt seine Schwester auf dem Weg in den Kräutergarten an.

»Wenn es wieder um Gerhardt geht«, antwortete sie und entzog sich seinem Zugriff, »dann gibt es nicht mehr viel zu sagen. Wir haben alles getan, was in unserer Macht stand. Er hat eingewilligt, das Mädchen zu heiraten. Es wäre wohl zu viel verlangt, wenn er deshalb wohlgemut sein soll. Vielleicht kommt das, wenn er sie sieht.«

»Nein, dieses Mal ist es nicht wegen Gerhardt«, sagte Hermann. »Wenigstens nicht direkt.«

Maria seufzte. »Nun denn. Komm, hilf mir, die Minze zu pikieren, dabei kannst du mir erzählen, was dich bedrückt.«

Der scharfe Geruch des Krautes stieg um sie herum auf, als Hermann und Maria in dem eingezäunten Garten knieten. Um sie herum waren geflochtene Zäune, und auf der anderen Seite beschattete eine große Ulme das Beet und ließ die Minze wild wuchern. Maria atmete den Duft tief ein. Es war eine Abwechslung vom scharfen Geruch gärenden Weins.

Hermann zupfte nervös an einer Pflanze. Er warf sie über die Schulter. Maria sah ihn böse an.

»Wofür habe ich deiner Meinung nach denn den Korb dabei?«, fragte sie.

»*Ez ist mir leit,* ich dachte an etwas anderes.« Hermann ließ einen Erdklumpen mit Minze hineinfallen. »Nun, es geht um den Boten, den man am Flussufer aufgefunden hat.«

»Ich dachte, die Angelegenheit sei an Bischof Albero weitergeleitet worden«, antwortete Maria ohne großes Interesse. »Wir haben für den armen Mann gebetet. Was können wir sonst noch tun?«

»Herausfinden, was er auf unserem Land zu suchen hatte«, antwortete Hermann. »Er war nicht zufällig hier. Dessen bin ich sicher. Gerhardt weiß mehr, als er uns oder dem Bischof erzählt hat. Ich glaube nicht, dass die Botschaft abgewaschen oder das Siegel unleserlich war, denn als ich es Gerhardt übergab, war es noch intakt.«

»Willst du behaupten, dass unser Bruder gelogen hat?« Maria zog die Brauen hoch.

Hermann blickte stur geradeaus. Diesen Blick kannte Maria noch gut aus Kindertagen.

»Ich weiß, was ich gesehen habe«, sagte er. »Das Pergament war trocken und das Siegel nicht erbrochen, als Gerhardt es an sich nahm. Und warum wollte er es unbedingt allein öffnen? Er verbirgt etwas vor uns. Etwas, dessen er sich schämt, fürchte ich.«

Maria wollte ihn auslachen oder böse werden, aber beides gelang ihr nicht. Selbst vor dieser Hochzeitsgeschichte hatte sich Gerhardt seltsam aufgeführt. All die Reisen nach Köln. Die Gäste, die nur für eine Nacht blieben und vor Sonnenaufgang wieder gingen. Hermann bildete sich nichts ein. Etwas stimmte nicht, und es verletzte sie zutiefst, dass Gerhardt ihr nicht genug vertraute, um ihr zu sagen, was es war.

»Du glaubst doch nicht, dass er eine Verschwörung gegen den Bischof ... oder den Kaiser plant?«, fragte sie zaghaft.

»Ich weiß es nicht!« Hermanns Stimme wurde lauter, und

sofort blickte er sich um, ob jemand ihn hörte. »Er hat sich nie zuvor eines Verrats schuldig gemacht. Warum auch? Was hätten die beiden ihm denn angetan?«

»Aber was könnte es sonst sein?« Maria zerrte an der Minze und zog ein dickes Büschel auf einmal heraus. »Er würde nicht riskieren, dass das Land beschlagnahmt wird. Er liebt es über alles. Aber dennoch ...«

»Aber dennoch ...!« Hermann schüttelte sich, denn von der Baumkrone tropfte Wasser auf ihn herab.

Er stand auf und nahm den Korb.

»Wir müssen ihn dazu bringen, sich uns anzuvertrauen«, sagte er. »Was auch immer es ist, er darf es nicht vor seiner Familie verheimlichen. Wir hatten doch vorher nie Geheimnisse voreinander. Vielleicht hat er nur eine Konkubine in Köln und schämt sich, es einzugestehen.«

Diese Vorstellung erheiterte ihn, doch Maria hegte ihre Zweifel. Sie wünschte, Hermann hätte sie nicht mit seinen Sorgen aus dem Gleichgewicht gebracht. Doch wenn das Problem nichts weiter als eine Frau war, dann würde die Ankunft der französischen Braut dieses lösen.

Die beiden kehrten in den Bergfried zurück. Von einem schwankenden Ast der Ulme aus beobachtete sie Peter und sah ihnen nach, bis sie drinnen verschwunden waren. Dann glitt er hinab. Tante und Onkel hatten ihm viel Stoff zum Nachdenken gegeben.

Catherine besuchte gern Jahrmärkte, vor allem im Frühling. Dort gab es immer etwas Neues zu sehen, und man lernte interessante Leute kennen. Sie kümmerte sich nie um Geschäfte und die ewigen Fehden zwischen den Händlern. Da die Wachen ihres Vaters immer in ihrer Nähe waren, hatte sie auch keine Angst vor Räubern. Und nun, als James alles ausprobieren wollte und Edana vor Entzücken über die Gaukler oder aus Angst vor dem zahmen Bär juchzte, wurde sie selbst wieder zum Kind.

»Mama! Ball haben!« Edana fiel beinahe aus Catherines Armen, als sie versuchte, den Ball im Vorbeifliegen zu fangen. Lachend warf der Jongleur die Bälle wieder in den Sack und zog eine hölzerne Stabpuppe heraus. Wenn man an der Schnur zog, tanzte die Puppe.

»Mama!«, schrie Edana wieder. »Puppe haben.«

»Nur einen halben Pariser Pfennig«, sagte der Mann lächelnd.

»Edana, dein Vater schnitzt dir so viele Puppen, wie du haben willst.« Catherine wollte dem Kind gut zureden, doch musste sie wieder einmal erkennen, dass ihre Tochter mit anderthalb nicht vernünftig sein wollte.

»Ich habe kein Kleingeld«, sagte sie zu dem Mann. »Lasst mich meinen Mann fragen.«

Sie sah sich nach Edgar um, der mit Margaret, James und Hubert zu den Pferden gegangen war. Der Gaukler schien es zufrieden, hinter ihr herzulaufen, bis sie Geld auftrieb. Um Edanas Interesse wachzuhalten, hielt er die Puppe hoch und ließ sie die ganze Zeit in der Hand hampeln und dann seinen Arm hinauf auf die Schulter klettern.

»Ich weiß, dass sie vor kurzem noch hier waren«, sagte Catherine, als sie mit einer Frau zusammenstieß, die ein Stück Stoff hoch hielt, um es im Sonnenlicht zu betrachten. »Verzeihung.«

Die Frau beachtete sie nicht. Der Gaukler blieb ihnen dicht auf den Fersen. Catherine blieb stehen und verschloss ihr Herz gegen Edanas Bettelei. Sie wollte nicht den Rest des Vormittags nach Pfennigen jagen, um alles zu kaufen, was ein Kinderherz begehrt.

»Es tut mir Leid«, sagte sie zu dem Gaukler. »Ich kann meinen Mann nicht sehen, und meine Tochter braucht überhaupt kein neues Spielzeug. Ihr versucht Euer Glück besser anderswo.«

Die freundliche Miene des Mannes wurde zornig.

»Warum verschwendet Ihr dann meine Zeit und zerrt mich aus meiner Ecke!«, schrie er. »Jetzt habe ich meinen Platz verloren und vielleicht das Einkommen eines ganzen Tages! Seid verflucht mit Eurer ganzen Brut!«

Catherine war über diesen heftigen Ausbruch bestürzt. Kurz zuvor war er ihr noch so freundlich erschienen. Sie wich vor ihm zurück und hielt die Arme schützend um ihr Kind.

»Es tut mir Leid«, sagte sie.

Mit einem höhnischen Grinsen machte er auf dem Absatz kehrt und marschierte davon. Catherine sah ihm nach. Sein Benehmen verwirrte sie. Es waren doch nur wenige Minuten gewesen. Da würde er kaum seine Tageseinnahmen verlieren. Warum fiel er nur so über sie her?

Sie versuchte, das Erlebnis abzuschütteln, doch jetzt war der Jahrmarkt für sie verdorben. Das Gelächter klang hohl, und die Waren dünkten sie fade. Sie wollte nur noch Edgar finden und sich wieder geborgen fühlen.

So bemerkte sie nicht, wie der Gaukler seinen bunten Umhang wendete, sodass nur das schmutzigbraune Futter zu sehen war. Er nahm die Schellenkappe ab und setzte sich eine Mütze aus weichem Leder auf. Dann folgte er Catherine.

Als Catherine James auf den Schultern seines Vaters sah, kam sie sich wegen ihres Unbehagens etwas albern vor. Der Gaukler mochte fest mit ihrem Geld gerechnet haben. Vielleicht hatte er bisher wenig eingenommen. Wenn so viele an eine Reise ins Heilige Land dachten oder befürchteten, einen lieben Menschen zu verlieren, dann saßen die Münzen vielleicht nicht so locker für allerlei Tand. Kein Wunder, dass der Gaukler so zornig war.

»Wir haben auf dich gewartet«, sagte Edgar. »James will eine Wurst und ich ein Bier.«

»Klingt gut.« Catherine reichte Edana an Margaret weiter und schüttelte ihre müden Arme aus. Das Kind wurde allmählich zu schwer zum Herumtragen.

»Alles in Ordnung mit dir?« Edgar spürte immer, wenn sie bedrückt war.

»Es ist nichts«, sagte sie. »Ein Streit mit einem Spielzeugverkäufer.«

»Du hast ihr doch keins gekauft?« Edgars Stimme klang hart.

»Keinen Pfennig habe ich ausgegeben«, sagte Catherine. »Und was habt ihr getrieben?«

»Dein Vater hat ein Pferd aus Spanien gekauft«, berichtete Edgar. »Er kennt einen Mann in Paris, der gut dafür zahlen wird. Ich habe mit einem Käufer wegen Weinfässern verhandelt, welche an Eliazar in Troyes geschickt werden sollen. Nichts besonders Spannendes.«

»In den letzten Tagen hatten wir genug Aufregung«, sagte Catherine. »Ich freue mich mal wieder auf das ganz Alltägliche.«

»Mit dir wird es nie alltäglich«, sagte Edgar grinsend auf eine Art, bei der Catherine immer noch weiche Knie bekam. »Komm, ich habe einen Bärenhunger.«

Sie trommelten die Familie zusammen und machten sich auf die Suche nach einem Wurstverkäufer.

Der Gaukler beobachtete sie und wartete.

Der Abend war sommerlich warm, und das Zelt, das sie mitgebracht hatten, war bequemer als die Gasthöfe, in denen die Händler sonst unterkamen. Die Kinder schliefen früh ein. Hubert war mit Kaufleuten, die gerade mit Bernstein vom Balkan zurückkamen, trinken gegangen.

»Hoffentlich bekommt er welchen ab«, war Edgars Kommentar. »Ich würde gern etwas aus Bernstein schnitzen.«

»Ich hätte gern eine Brosche aus Bernstein«, sagte Catherine. »Könntest du mir eine in Gold fassen?«

»Könnte ich jeden Preis dafür bekommen, den ich will?« Er lächelte spitzbübisch.

Catherine sah nach den schlafenden Kindern. »Hättest du gern eine Vorauszahlung?«, fragte sie und hielt ihm die Hand entgegen.

»Woher wusstest du, was ich verlangen würde?« Er nahm ihre Hand und ließ sich ins Zelt ziehen.

Kurz darauf kehrte Hubert auf etwas unsicheren Beinen ins Zelt zurück. Einer der orientalischen Händler war bei ihm, der ihn immer noch überzeugen wollte, dass der bevorstehende Krieg dem Geschäft nur zuträglich sein könne.

»Und ich sage dir, die Soldaten werden in Konstantinopel und Bagdad Gefallen an den dortigen Düften finden. Nach ihrer Heimkehr werden sie nach Seide und indischen Gewürzen verlangen. Warum solltest du nicht bereit sein, sie zu beliefern?« Er rülpste und klatschte sich auf den Bauch.

Hubert schüttelte den Kopf. »Aus dem Tod lässt sich kein Kapital schlagen, Alexis«, antwortete er. »Die Heimkehrer werden ihren Geschmack verfeinert haben, doch bedeutet das keineswegs, dass sie sich den auch leisten können. Die Hälfte der Heiliglandfahrer hat all ihre Habe verkauft, um an dem Kreuzzug teilnehmen zu können. Nein, ich bleibe bei Wein und Waren für die Klöster. Was auch immer geschieht, sie brauchen ständig mehr, und irgendwann zahlen sie auch immer.«

Alexis rülpste erneut. »Ich kann sehen, dass du keine Geschäfte mit Peter von Cluny gemacht hast. Er ist verschuldet und verpfändete den größten Teil seines Besitzes für den Wiederaufbau seiner Kirche. Du solltest hören, wie er über die Juden herzieht. Angeblich will er König Ludwig dazu bringen, sie die Kosten der Wiedereroberung von Edessa tragen zu lassen.«

»Tatsächlich?« Hubert war vor Schreck fast wieder nüchtern. »Ich weiß, dass die Zinsen auf jüdische Darlehen ausgesetzt wurden, mehr nicht. Du glaubst doch nicht, dass der König das tun wird?«

»Nein, alle wissen, dass er die Juden liebt«, sagte Alexis. »Sie zahlen ja Steuern an ihn. Cluny liegt in Burgund, nicht in Franzien, daher bekommt Ludwig nichts von Peter.«

Hubert hoffte, dass das stimmte. Er und Eliazar hatten versucht, den Geldverleih zu vermeiden, was in letzter Zeit schwerer geworden war. Er hatte viele jüdische Freunde, die allmählich dazu gezwungen wurden, während Christen größeres Geschick im Handeln entwickelten. Jahr für Jahr wuchs auch Huberts Schuldgefühl, weil er einer jener christlichen Kaufleute war, zumindest in den Augen der Welt. Es drehte ihm den Magen um, zustimmen zu müssen, wenn andere Händler sich darüber beklagten, dass die Juden sie angeblich um das Geschäft brachten und nebenbei auch noch ihre Frauen, Töchter und gelegentlich Pferde nahmen.

Alexis fuhr fort: »Doch selbst unter dem Schutz des Königs wissen sie, woher der Wind weht.« Er tippte sich an die Nase. »Hast du bemerkt, wie wenige von denen es wagen, ihr Gesicht hier zu zeigen? Wer würde bei ihnen kaufen?«

Ja, das hatte Hubert bemerkt. Er hatte mehrere Aufträge von Freunden übernommen, die in der zunehmend von Hass vergifteten Atmosphäre lieber nicht selbst in Erscheinung treten wollten. Er war erleichtert, als Alexis vor seinem Zelt stand und er in Frieden zu seinem eigenen wanken konnte.

Er band die Zeltklappe auf und kroch hinein, lockerte den Gürtel, bevor er sich hinlegte. Erst dann merkte er, dass dieser leichter wog als sonst. Er tastete nach der Börse, die dort hängen sollte, bekam aber nur den Lederriemen zu fassen. Man hatte den Geldbeutel sauber abgeschnitten, ohne dass er etwas gemerkt hatte.

»*Enondu!*« schrie er. »Man hat mich beraubt!«

Um ihn herum schreckte die Familie aus dem Schlaf hoch. Edana fing an zu weinen.

»Vater?«, fragte Catherine verschlafen. »Was ist denn los?«

»Irgendein *Cavete* hat mir in der Schenke die Börse gestohlen!«, brüllte Hubert. »Ruft die Wachen! Ich will, dass man ihn fängt!«

Er kroch rückwärts aus dem Zelt und brüllte immer noch.

Edgar setzte sich auf. »Was machst du da, Hubert?«

»Ich will den Dieb fangen, bevor er mein ganzes Geld ausgibt.« Brummend zog sich Hubert den Gürtel stramm.

»Vater!«, rief Catherine von der Rückseite des Zeltes. Sie hatte sich in eine Decke gehüllt, ihre Zöpfe waren gelöst. »Edgar kommt mit. Er zieht sich schon an. Wie viel war denn in der Börse?«

Hubert dachte nach. »Eigentlich nicht viel«, gab er leiser zu. »Nur ein paar Sou. Das meiste habe ich heute Nachmittag für den Kauf der Pferde ausgegeben. Aber das spielt keine Rolle.«

»Sonst noch etwas?«, fragte Catherine.

»Nein, nur ein Stück Pergament mit einer Notiz.« Er hielt inne. »Eine Notiz von Eliazar mit Spezifikationen für einen Kandelaber, welchen der Graf in Auftrag gab.«

Hubert biss sich auf die Lippe. »Es war französisch, aber in hebräischer Schrift.«

Catherine überlegte. »Der Dieb wird die Buchstaben nicht erkennen«, meinte sie. »Er wird die Notiz einfach wegwerfen. Und selbst wenn er sie einem anderen brächte, wie könnte er erklären, wo er sie gefunden hat?«

Hubert war jetzt ruhig.

»Ja, da magst du Recht haben«, sagte er. »Aber das heißt, dass es nicht klug wäre, diesen *Putier* zu verfolgen. Ich müsste den Inhalt identifizieren, aber ich will nicht, dass mich jemand fragt, warum ich hebräisch lesen kann.«

»Aber alle wissen doch, dass du und Eliazar Teilhaber seid«, sagte Edgar. Er zögerte noch, ob er in die Stiefel schlüpfen sollte.

Hubert seufzte. »Nein, nicht seit jenem Vorfall vor zwei Jahren. Alle denken, ich hätte jede Verbindung zu ihm abgebrochen. Und ich kenne keine christlichen Kaufleute, die Botschaften in hebräischer Sprache bei sich tragen.«

»Vater«, fuhr Catherine verwirrt fort. »Warum hast du uns das mit Eliazar nicht erzählt? Was ist denn mit Solomon? Nein, komm erst wieder herein. Wir dürfen nicht alle aufwecken.«

Hubert sah das ein und kehrte ins Zelt zurück. Er hoffte, dass Edanas Weinen seine Schreie übertönt hatte. Er tätschelte dem Kind den Kopf.

»Ich habe mich geschämt, es euch zu sagen«, räumte er ein. »Eliazar und ich waren der Ansicht, es sei allmählich zu gefährlich für uns, aber meinen eigenen Bruder den Feinden zu überlassen ...! Es ist eine schreckliche Schande. Was Solomon betrifft, reist er so oft unter Christen, dass er gar nicht mehr auffällt.«

Catherine küsste ihn auf die Wange.

»Onkel Eliazar versteht, wie du dich fühlst, und ich auch«, sagte sie. »Doch wir leben ohnehin in unsicheren Zeiten, auch ohne die zusätzliche Angst vor Entdeckung. Ihn würde es härter treffen, wenn eure Beziehung bekannt würde. Und es könnte uns allen schaden, auch meinem Bruder und seiner Familie, obwohl sie nichts von deiner Vergangenheit ahnen.«

»Ja, du hast Recht«, gab Hubert widerwillig zu. »Aber das bedeutet, dass der Räuber ungestraft davonkommt.«

»Aber nicht doch!« Catherine legte sich wieder neben Edgar. »Gott wird ihn richten.«

Gut, dass sie im Dunkeln nicht Huberts Miene sah. Sie drückte nur zu klar aus, was er davon hielt, Gott die Strafe zu überlassen.

Außerhalb des Kreises von Händlerzelten, außerhalb der Stadtmauern, fast am Rand der dunklen Wälder befand sich ein anderes Lager. Niemand hier konnte sich ein Zelt leisten, obwohl manche sich einen Unterschlupf aus Stöcken und alten Lappen errichtet hatten. Das Feuer war klein und gerade warm genug, um die erstarrte Graupensuppe wieder flüssig zu machen. Sie hatten keine Wache, denn es gab nichts zu stehlen, außer ihrem Leben, und dieses hatten sie längst dem Schicksal überlassen.

Dennoch saß ein Mann mit dem Rücken zur erlöschenden Glut und hielt eine Art Wache. Den Kopf hatte er zurückgeworfen, sein Blick war auf die Sterne gerichtet, aber er lauschte auf jedes Geräusch. Deswegen überraschte es ihn nicht, als der Gaukler wieder auftauchte.

»Matfras«, begrüßte er den Neuankömmling. »Ich dachte, du hättest uns verlassen? Was hielt dich denn so lange auf?«

Matfras hockte sich neben ihn und versuchte, sich die eiskalten Hände am Feuerchen zu wärmen.

»Ich bin in ein Fass gefallen«, antwortete er. »Zum Glück aber kopfüber.«

»Schlechten Tag gehabt?«

»Nicht einen Brotkanten habe ich verdient«, schimpfte Matfras. »Zu viele andere Gaukler, einer verkaufte auch noch Messer und Flaschen. Keiner wollte mein Spielzeug. Es war schon spät am Tag, bevor ich überhaupt mal Glück hatte, und dann reichte es nur dafür, meinen Durst zu löschen.«

Der Mann wartete.

»Aber ich habe etwas gefunden, das du sehen solltest«, fügte Matfras hinzu.

»Ja.« Er hatte es gewusst, als Matfras ankam.

Der Gaukler zog ein Stück Pergament aus dem Ärmel und entfaltete es.

»Ich habe es einem Mönch gezeigt, und der konnte sich keinen Reim darauf machen«, sagte er zu dem Wachhaltenden. »Ich glaube, es ist ein Zauber. Kannst du etwas damit anfangen?«

Er hielt ihm das Schriftstück mit Eliazars flüchtigem Gekritzel hin. Der Wächter drückte es sich an die Stirn und schloss die Augen.

»Ja«, sagte er schließlich. »Das ist ein sehr mächtiger Zauber. Die Tinte wurde aus den verkohlten Gebeinen von Ketzern und Sarazenenblut gemischt. Doch wirkt er nicht, es sei denn, man kann die Worte aussprechen und weiß die richtige Zeit, um sie zu sagen.«

»Du weißt das aber doch«, sagte Matfras eifrig. »Was gibst du mir dafür?«

»Ein ewiges Leben«, flüsterte er, während sein Messer das Herz des Gauklers durchbohrte.

Es war Sonntagvormittag. Catherine und ihre Familie packten ihre Habe und bereiteten sich auf die Reise zum Paraklet vor. Die Leiche eines Gauklers aus dem Süden lag unter einem voll erblühten Fliederbaum verscharrt. Erst im Herbst würde man seine Gebeine finden. Und das Boot, das Agnes moselabwärts zu ihrem neuen Heim brachte, legte gerade rechtzeitig in der Stadt Trier an, sodass sie der Messe beiwohnen konnte.

»Es unterscheidet sich nicht sehr von anderen Städten, welche ich kenne«, sagte sie tapfer, als Walter ihr auf das Ufer half. »Es ist ja viel kleiner als Paris. Man sagte mir, dass mich die Nonnen von St. Irminen beherbergen, bis Herr Gerhardt kommt. Könnt Ihr herausfinden, wo das liegt?«

Einer der Schiffer hatte sie gehört.

»Ihr könnt es von hier aus sehen, Madame.« Er zeigte nach oben. »Dort unmittelbar innerhalb der Stadtmauern.«

Agnes sah es sich genau an. Der trutzige altehrwürdige Klosterbau strahlte Wohlstand aus. Sicher würde sie dort jemand über die örtlichen Sitten belehren können. Sie wollte nicht unabsichtlich Anstoß erregen, bevor sie sich mit den Gebräuchen ihrer neuen Heimat vertraut gemacht hätte.

Als sie durch die Stadt zum Kloster gingen, versuchte Agnes, nicht zu auffällig zu starren. Sie wusste, dass Trier einmal eine große Hauptstadt gewesen war. Konstantin der Große hatte hier geherrscht, bevor er die nach ihm benannte Stadt erbaute. Im Dom befand sich noch der Heilige Rock Christi, um den die römischen Soldaten gewürfelt hatten. Konstantins Mutter, die heilige Helena, hatte ihn aus Jerusalem mitgebracht, und als Konstantin fortging, war der Rock zurückgeblieben. Das ganze Jahr über kamen Pilger, um ihn zu bestaunen.

Außerdem hatte auch der Kaiser Spuren hinterlassen, die riesige Kirche, die wohl geordnete Anlage von Straßen und Marktplatz, die sich sehr vom chaotischen Grundriss von Paris unterschied. Römische Spuren waren hier nicht verwischt worden. Hier florierte die Wirtschaft. Das konnte Agnes an der Kleidung der Bürger erkennen, an den schönen Glas- und Metallbroschen und den goldenen Ohrringen.

Agnes zwang sich, königlich, ja hochmütig aufzutreten. Instinktiv wusste sie, dass sie nicht zeigen durfte, wie eingeschüchtert sie sich fühlte.

Sie klammerte sich an Walters Arm, der sie besorgt ansah.

»Vielleicht hätten wir reiten sollen«, sagte sie.

»Das können wir immer noch, wenn Ihr möchtet«, antwortete er. »Ich wusste ja nicht, dass die Straßen so breit sind. Ich dachte, es wäre einfacher, zu Fuß zu gehen.«

»Nein, wir sind fast da.« Agnes sah, dass der Marktplatz hinter ihnen lag und sie sich dem Eingang zum Kloster näherten. »Würdet Ihr bitte einen Boten zu Herrn Gerhardt schicken und ihn von meiner Ankunft unterrichten? Ich werde hier mit meinen Frauen warten.«

»Gewiss«, antwortete Walter. »Ich werde selbst hingehen und Euch dann berichten, wie Euer Gatte ist.«

Zum ersten Mal seit Wochen lächelte Agnes.

»Danke, Walter«, sagte sie, als sich das Tor auftat.

Gerhardts Land lag nicht weit von Trier entfernt, nur eben am Kloster St. Marien vorbei, doch es kostete Walter den größten Teil des Nachmittags, dorthin zu gelangen, denn die Straße schlängelte sich durch Weinberge, als ob sie aus Land herausgemeißelt worden wäre, das zum Beackern zu steinig war. Nicht einmal in Burgund hatte Walter so viele Reben gesehen. Sie erstreckten sich so weit den Berg hoch, wie er sehen konnte, und bis hinunter zum Fluss. Er fragte sich, wo sie wohl Korn anbauten, falls überhaupt. Wein war ja schön und gut, aber er selbst würde sich lieber nicht auf den Handel verlassen, um sich sein Brot zu verdienen.

Doch die neue Burg fand seine Anerkennung. Sie stand hoch über dem Fluss, mit einer klaren Sicht in drei Richtungen und dem Berg im Rücken. Mit dem reichlichen Wasservorrat konnte sie jeder Belagerung standhalten.

Bevor er mit einem einheimischen Führer aufbrach, hatte Walter sich die Zeit genommen, eine schwarze *Chainse* und eine schöne wollene Tunika anzuziehen, mit dem Wallfahrerkreuz als einzigem Schmuck. Er war sich seiner imposanten Erscheinung wohl bewusst, als er dem Torhüter seinen Namen nannte.

»Herr Walter von Grancy in Burgund«, meldete er sich an. »Gekommen, um Herrn Gerhardt eine lang erwartete Botschaft zu überbringen.«

Man ließ ihn sofort vor und führte ihn in einen Vorraum des großen Saals, in dem gerade für das Nachtmahl gedeckt wurde. Ein Diener brachte ihm Käse und Wein. Walter stellte sich auf eine lange Wartezeit ein, doch kurz darauf stürzte ein Mann zu ihm herein.

»*Wie nû?*«, platzte er heraus. »Was ist geschehen?«

Walter starrte ihn verdutzt an. Der Mann trug Leder-*Brais* und eine kurze Tunika. Ein zylindrischer Strohhut hing an einer Schnur um seinen Hals. Die Hände waren schmutzig und die Schuhe schlammverschmiert.

»Bei Sankt Menas' heiliger Quelle!«, entfuhr es Walter. »Wer zum Teufel bist denn du?«

»Ich bin Herr Gerhardt«, antwortete das Individuum.

Er folgte Walters Blick auf seine verdreckte Gewandung. »Ich dachte, es handelt sich um eine dringende Nachricht?«, erklärte er.

»Nein«, sagte Walter. »Nur um eine erwartete. Zumindest nehme ich das an. Ich komme, um die Ankunft von Madame Agnes de Bois Vert in Trier zu melden.«

Gerhardt schien verwirrt. »Ja?«

Walter erhob sich. »Ihr beabsichtigt doch, sie zu heiraten, oder nicht?«

»O mein Gott! Agnes!«, stieß Gerhardt hervor. »Sie ist schon hier? Ach du liebe Zeit, lasst mich meine Schwester holen. Sie wird wissen, was zu tun ist.«

Im Gehen wandte er sich noch einmal um.

»Ich entschuldige mich für meinen Aufzug«, sagte er. »Ich hielt Euch für ... nun ja. Ich schicke Euch meine Schwester und gehe mich umziehen. Braucht Ihr ein Bett für die Nacht?«

Walter schüttelte den Kopf, aber Gerhardt war schon fort. Durch den Vorhang hörte er den Herrn der Burg den Dienern Befehle zurufen. Am lautesten war die Anweisung, seine Schwester zu suchen und sofort herzubringen.

Interessant, dachte Walter. Ganz und gar nicht, was ich erwartet habe. Es verhieß nichts Gutes für die arme Agnes, wenn sich ihr künftiger Mann nicht einmal spontan ihres Namens erinnern konnte. Er widmete sich wieder dem Käse und wünschte, man hätte ihm zu dem Becher auch einen Krug Wein gebracht.

Als ob man seinen Wunsch geahnt hätte, kam ein Junge mit einem Tonkrug herein. Er setzte ihn vor Walter auf dem Tisch und blickte sich verdutzt um.

»Ich dachte, sie hätten gesagt, dass meine neue Stiefmutter angekommen ist«, sagte er. »Ich bin Peter, Gerhardts Sohn.«

Er reichte Walter die Hand und verbeugte sich leicht. Walter nahm sie.

»Wollt Ihr wirklich Edessa befreien?«, fragte Peter und zeigte auf das Kreuz.

»Sobald König Ludwig den Rest des Heeres aufgestellt hat«, erwiderte Walter. »Doch wenn er zu lange braucht, ziehe ich vielleicht auf eigene Faust los.«

Peter betrachtete den Mann vor sich, zu groß, um bequem in den Klappstuhl zu passen, den man ihm zugewiesen hatte. Das Schwert an Walters Seite war fast so hoch wie Peter selbst.

»Ich würde sehr gern mit Euch ziehen«, sagte er. »Braucht Ihr keinen Knappen?«

Walter schmunzelte. »In Burgund wartet schon einer auf mich, aber ich komme auf dein Angebot zurück, falls ihn der Mut verlässt. Möchtest du dir gern das Schwert ansehen?«

Peter hatte seinen Blick kaum davon abwenden können. Walter schnallte es sich ab und reichte es ihm in der Scheide.

»Habt Ihr viele Schlachten damit geschlagen?«, fragte Peter. Er brannte darauf, es auszuprobieren, wusste jedoch, dass es hinter ihm her schleifen oder ihn gar zum Stolpern bringen würde.

»Überhaupt keine«, sagte Walter. »Dies wurde eigens für den Kreuzzug geschmiedet. Ich habe einen Freund, der Handel in Spanien treibt. Der fand einen Schwertschmied, einen Meister seines Fachs. Das Schwert ist stark und leicht und rostet nicht, sagt man.«

»Wie heißt es denn?«, wollte Peter wissen.

»Weißt du«, meinte Walter nach kurzem Nachdenken, »es kam mir nie in den Sinn, ihm einen Namen zu geben. Vielleicht fällt mir einer ein, wenn ich es zum ersten Mal benutze.«

»Ja«, überlegte Peter, »vielleicht sollte man etwas erst dann benennen, wenn man weiß, wozu es gut ist.«

In diesem Augenblick ging der Vorhang auf, und Maria trat ein, gefolgt von ihrem Mann Folmar und Hermann. Alle waren förmlich gekleidet, wenn auch etwas nachlässig, was auf Eile schließen schließ.

»Herr Walter.« Maria verbeugte sich vor ihm und stellte sich vor. »Willkommen in unserem Haus. Wir wissen, dass Ihr ausgezeichnet Deutsch sprecht. Heißt das, dass auch Fräulein Agnes unsere Sprache beherrscht?«

Walter erhob sich und machte eine Verbeugung.

»Höchst erfreut«, sagte er. »Leider hat man sie diese Sprache nicht gelehrt, aber nach der Unterzeichnung der Verlobung hat sie damit begonnen und wird sich bald mit Euch unterhalten können. Eine ihrer Zofen spricht fließend Französisch und Deutsch.«

»Wo hält sie sich jetzt auf?«

Walter erklärte es. »Sie würde sich höchst glücklich schätzen, wenn Herr Gerhardt sie persönlich willkommen hieße. Morgen vielleicht?«

Er fing den Blick auf, den die drei untereinander austauschten. »Gewiss. Wir werden sie gemeinsam begrüßen kommen. Ihre Ankunft wurde mit Spannung erwartet. Meine Schwester trifft schon seit Quinquegesima Vorbereitungen.«

Walter fragte sich, ob Gerhardt davon Kenntnis hatte.

»Werdet Ihr bei uns übernachten?«, fragte Maria.

»Nein, danke, aber bevor es dunkel wird, muss ich zurück sein, um Madame Agnes Bericht zu erstatten«, antwortete er. »Sie hat eine weite Reise hinter sich und ist verständlicherweise neugierig, was ihre neue Familie betrifft.«

»Gewiss. Bitte sagt Ihr, dass wir uns freuen, sie kennen zu lernen und sie ehrenvoll zu empfangen«, sagte Maria. Hermann und Folmar nickten zustimmend.

»Wir haben ein kleines Stadthaus«, erklärte Hermann. »Dort könnt Ihr gerne bleiben. Wir kommen unsere neue Schwester morgen zur Zeit der Sext besuchen und werden sie mit ihrem Gefolge am Abend unterhalten. Vermutlich wäre es schicklicher, wenn sie bis zur Hochzeit bei den Nonnen wohnen würde, aber wir haben ein Zimmer für sie und ihre Zofen hergerichtet, falls ihr das lieber wäre.«

»Ich werde sie fragen«, versprach Walter.

Er wartete noch ein Weilchen, dass der Herr des Hauses wieder auftauchen würde, aber von Gerhardt gab es keine Spur, obwohl Ulrich irgendwann verschwand, vermutlich, um nach ihm zu suchen. Schließlich verabschiedete sich Walter. Die anderen brachten ihn zum Tor. Im Weggehen sah er einen Mann in dreckigem Leder und mit Strohhut aus einem der Außengebäude auftauchen.

»Das schmeckt mir nicht«, murmelte Walter, als er fortritt. »Anscheinend wird die arme Agnes mit einem Wahnsinnigen vermählt.«

Siebtes Kapitel

Im Kloster Paraklet. Montag, Tag 2 vor den Nonen des Mais (6. Mai) 1146; 22. Iyyar 4906. Tag des heiligen Johannes vor dem Lateinischen Tore.

Magisterium habetis in matre quod omnia vobis sufficere ... que non solo Latine, sed etiam tam Ebraice quam Grece expers litterature ...

Die beste aller Lehrmeisterinnnen habt ihr in eurer Mutter, welche nicht nur die lateinische, sondern auch die hebräische und griechische Sprache beherrscht.

Peter Abaelard
9. Brief
An die Nonnen im Paraklet

Die Äbtissin Heloïse saß in ihrer Schreibstube. Sie hatte an ihrer wöchentlichen Ansprache an die Nonnen arbeiten wollen, nämlich einer Auslegung einer besonders obskuren Textstelle aus Jesaja. Stattdessen ertappte sie sich dabei, wie sie wieder die Schatulle mit den Briefen ihres einstigen Ehemannes, Peter Abaelards, und den Abschriften ihrer Antworten öffnete. Jetzt war Peter tot. Man hatte ihr seine Leiche geschickt, in Anerkennung des Umstandes, dass niemand größere Rechte daran besaß. Immer wieder las sie sie, obwohl sie sich gelobt hatte, es zu unterlassen, denn der Schmerz über den Verlust war so groß wie die Freude an der Erinnerung, und beide stritten miteinander um die Herrschaft über ihre Seele.

Sie war so tief in vergangene Zeiten versunken, dass sie den Lärm vor ihrer Tür zunächst nicht wahrnahm. Doch dann stand Heloïse auf, um nachzusehen, was der Grund für die allgemeine Aufregung war. Beim Gästehaus standen mehrere Leute. Als sie Heloïse gewahrten, löste sich eine Frau von ihnen und kam auf sie zugelaufen.

»Catherine!«, rief Heloïse.

Catherine umarmte sie, bevor sie sich ihrer guten Manieren entsann. Demütig kniete sie nieder, um sich segnen zu lassen.

»Tausend gute Wünsche!«, sagte Heloïse. »Mich deucht, du bist schon reichlich gesegnet.«

Sie nickte in Richtung Gästehaus, wo Edgar und Hubert auf einer Bank bei der Tür saßen. Die Nonnen brachten ihnen Waschwasser. Doch Heloïse bemerkte sehr wohl, dass sie mehr als die Regel der Gastfreundschaft dazu drängte. Sie sah, was die eigentliche Attraktion ausmachte.

»Arm!« Edana brauchte nur einmal zu bitten. Vierzig Armpaare wollten sie gern hochheben.

»O Mutter«, sagte Catherine lachend. »Ich darf nicht zulassen, dass sie Edana jeden Wunsch erfüllen. Sie ist schon verwöhnt genug! Sie braucht vielmehr eine kleine Prise von Schwester Bertradas strenger Zucht.«

»Schwester Bertrada gebraucht ihren Rohrstock dieser Tage mehr als Krücke denn zur Züchtigung der Novizinnen«, sagte Heloïse. »Du warst lange weg.«

Catherine senkte den Kopf. »Verzeiht, Mutter. Aber die Nachricht vom Tode Meister Abaelards erreichte uns in Spanien, und anschließend musste ich während meiner Schwangerschaft mit James strenge Bettruhe einhalten. Ich hatte ja so viele vor ihm verloren. Aber gleich nach Edanas Geburt hätte ich herkommen sollen. Ich war sehr nachlässig. Vergebt mir.«

»Unsinn«, sagte Heloïse. »Das war kein Tadel, sondern eine Feststellung. Du bist jeder Zeit mehr als willkommen.«

»Danke, Mutter, das weiß ich.« Catherine hielt inne. »Das ist zum Teil der Grund meines Kommens. Aber darüber können wir später sprechen. Ich wollte, dass Ihr die Kinder kennen lernt. Sie sind nicht vollkommen, aber es sind unsere eigenen, und ich hänge sehr an ihnen.«

»So sollte es sein.« Heloïse ging mit ihr zum Gästehaus hinüber. »Mich dünkt es jetzt seltsam, dass ich meinen armen

Astrolabe von seiner Tante aufziehen ließ. Wie jung ich doch war! Manchmal frage ich mich, was geschehen wäre, wenn ich bei ihm in Le Pallet geblieben und nie nach Paris zurückgekehrt wäre.«

Sie verscheuchte den Gedanken, sobald sie ihn ausgesprochen hatte. »Unser Herr wusste es gewiss am besten«, fügte sie hinzu. »Dieses hier war es, was er mir vorherbestimmt hat.«

»Glaubt Ihr, Mutter, dass es mir nie vorherbestimmt war, den Schleier zu nehmen?«, fragte Catherine.

»Gottes Wille ist unerforschlich, Catherine«, sagte Heloïse lächelnd. »Aber ich vermute, dass auch du seinen Plan erfüllst. Nun«, fügte sie in einer ganz anderen Stimme hinzu. »Und Ihr, junger Herr, mit den Locken seiner Mutter und den Augen seines Vaters müsst Ihr wohl James sein?«

James sah zu ihr auf, fixiert von ihren riesigen braunen Augen. Zum ersten Mal in seinem jungen Leben war er sprachlos. Edgar kam ihm zu Hilfe.

»James ist eigens gekommen, um Euch und den Schwestern ein Geschenk zu übergeben, nicht wahr?«

James nickte. Edgar reichte ihm den Kasten, und James hielt ihn hoch.

»Das hat Vater für Euch gemacht«, sagte er mit etwas Nachhilfe. »Es ist eine Pyxis, und ich habe ihm dabei geholfen.«

Heloïse öffnete den Kasten und bewunderte die meisterhafte Ausführung, umso mehr, da Edgar sie mit nur einer Hand gelungen war.

»Immer wenn mir meine Arbeit hier über den Kopf wächst und ich das Gefühl habe, nie fertig zu werden, werde ich mir diesen Hostienschrein ansehen. Das wird mich daran erinnern, was man kraft des Glaubens und mit Beharrlichkeit erreichen kann«, sagte sie zu ihm.

»Nicht zu vergessen die Geduld der Menschen aus dem Umfeld des Künstlers«, fügte Hubert hinzu. »Seine Flüche zu erdulden, während er arbeitete.«

Edgar stimmte in das Lachen mit ein. Er fühlte sich unwohl, wenn man ihn lobte oder das Fehlen seiner Hand bemerkte. Es reichte, dass er damit leben musste.

Man servierte ihnen das Abendessen im Gästehaus, in Anwesenheit der Äbtissin und mehrerer Nonnen. Schwester Melisande, die Infirmarin, die Catherine in Heilkunde unterrichtet hatte, wurde während der Mahlzeit an Schwester Bertradas Krankenlager gerufen.

»Ist sie sehr krank?«, fragte Catherine. Bertrada war einmal der Fluch ihres Lebens gewesen, doch da Catherine mittlerweile von der scharfen Zunge und dem harten Stock der Nonne befreit war, konnte sie sich barmherziger zeigen.

»Bertrada liegt im Sterben«, sagte Heloïse schlicht. »Sie baut schon seit einiger Zeit ab. Der Schmerz in ihren Gelenken ist sehr schlimm, sodass ihr jeder Schritt zur Qual wird. Aber sie singt immer noch das Offizium mit. Wir haben ihr ein Zimmer unmittelbar neben der Kapelle gegeben, damit sie nicht weit gehen muss. Doch es fällt ihr von Tag zu Tag schwerer, und sie hat jetzt keinen Appetit mehr. Ich glaube, es dauert nicht mehr lange, bis sie endlich aus dem Kerker ihres Leibes befreit wird. Wenn du es ertragen kannst, Catherine, würde sie dich, glaube ich, gern sehen.«

»Mich?«, wunderte sich Catherine. »Aber ich war doch so eine Enttäuschung für sie.«

»Wie kommst du nur darauf?«, sagte Heloïse. »So manches Mal erzählte sie mir, du seist das gescheiteste, ungeschickteste Mädchen, das sie je unterrichtet habe, und dass du uns eines Tages davonfliegen würdest, weil unsere Mauern zu eng für deinen Geist seien.«

»Für meinen Geist nicht, Mutter«, sagte Catherine traurig.

»Die Seele spürt weder Mauern noch Riegel. Es war mein Eigensinn, der mich in die Welt zurückgeschickt hat. Ist es Unrecht, dort solch ein Glück gefunden zu haben?«

»Ich würde dich gern beruhigen, *ma douz!*« Heloïse tätschelte ihr die Wange. »Aber ich weiß es wahrhaftig nicht. Ich kann nur glauben, wie ich schon sagte, dass wir den Weg gehen, der uns vorherbestimmt ist.«

»Nun, ich wünschte, ich könnte ein wenig weiter voraussehen«, seufzte Catherine. »Mit jedem Jahr dünkt mich der Weg verschlungener, ständig erscheinen neue Seitenpfade, die sich als Hirschfährten erweisen und im Nirgendwo enden. Und nun bin ich verantwortlich für so viel mehr als mein eigenes Leben.«

»Ich auch, Catherine«, seufzte dieses Mal Heloïse. »Darum frage ich mich, ob Einsiedler nicht nur heilig, sondern auch selbstsüchtig sind. Ein paar Tage in einer einsamen Hütte im Wald erscheinen mir wie der Himmel.«

In früheren Zeiten hätte Catherine ihr aus tiefstem Herzen beigepflichtet. Doch ihr Leben war jetzt so mit dem ihrer Lieben verwoben, dass sie unweigerlich eingehen und sterben würde, falls man sie ihr entrisse.

Sie ließ ihre Gedanken zu Agnes wandern, die sich nun einem neuen Land und einem fremden Mann gegenüber sah, ohne jede Familienbande. Es hätte sich für Catherine gehört, ihre Schwester zu begleiten, trotz des Bruchs zwischen ihnen. Catherine spürte Gewissensbisse. Von ganzem Herzen wünschte sie Agnes alles Gute.

Agnes dachte überhaupt nicht an Catherine. Nun, da der Augenblick gekommen war, ihren Bräutigam zu treffen, überfiel sie schreckliche Angst.

»Meint ihr, dies ist elegant genug?«, fragte sie ihre Zofen. »In Paris trägt man die Ärmel länger, aber in Trier habe ich noch keine Frau in so einem *Bliaut* gesehen. Und der Schmuck? Gerhardt soll nicht denken, dass ich mittellos zu ihm komme, doch er soll mich auch nicht für hochmütig halten.«

»Ich glaube, Ihr solltet ihn blenden – mit allem, was Ihr besitzt«, riet ihr Laudine. »Das goldene Smaragddiadem mit dem Perlenanhänger ist wunderbar und betont Eure Augen. Möchtet Ihr auch etwas Kajal für die Augen?«

Agnes war sich den ganzen Tag unschlüssig, aber als Walter und Hermann kamen, um sie endlich abzuholen, hatte sie eine gelassene Fassade aufgebaut. Walters bewundernder Ausruf bei ihrem Anblick verriet ihr, dass sie es richtig gemacht hatte.

»Madame Agnes.« Er verbeugte sich. »Darf ich euch Hermann von Hauptmergen, Herrn Gerhardts Bruder, vorstellen?«

Hermann verbeugte sich gleichfalls, und Agnes streckte die Hand aus.

»*Ich grüeze iuch*«, brachte sie vorsichtig heraus. »Ich freue mich, endlich hier zu sein, und hoffe, dass wir nicht nur Verwandte, sondern auch Freunde sein werden.« Sie sah Walter an, der den französischen Teil übersetzte.

»Ich erzählte euch ja bereits, dass sie eifrig Deutsch lernt«, fügte er an Hermann gewandt hinzu, »aber sie hatte wenig Zeit vor ihrer Abreise.«

»Sicher wird sie keine Schwierigkeiten damit haben. Selbstverständlich werden wir ihr alle nur zu gern dabei helfen.« Hermann bot Agnes seinen Arm und führte sie in die Frühlingsdämmerung hinaus.

Sie spürte die Blicke auf sich ruhen, als sie den freien Marktplatz zu Gerhardts Stadthaus überquerten. Ihre Pantöffelchen aus weichem Leder und Seide eigneten sich nicht für die Straße. Sie versuchte, sich auf die Unbequemlichkeit des Wegs zu konzentrieren, nicht auf ihr stark klopfendes Herz.

Walter staunte, wie gefasst sie wirkte. Er selbst hätte lieber vor einem Sarazenenheer gestanden, als mit einem Fremden die Ehe einzugehen. Hoffentlich würde Agnes ihm zu bleiben gestatten, bis König Ludwig ihn zu der Heiliglandfahrt einberief. Nach dem Empfang, den man ihm am Nachmittag bereitet hatte, fürchtete er, dass sie nicht nur einen Dolmetscher, sondern auch einen Freund brauchen würde.

Zu ihrer Linken ging Hermann, entzückt über seine Wahl. Der Abgesandte von Agnes' Großvater hatte nicht über ihre Schönheit und Ihr Auftreten gelogen, die süße, feine Stimme geziemte einer Jungfrau. Wie könnte Gerhardt ihr widerstehen?

Der Page öffnete die Türen zum Saal, in welchem Gerhardt im Kreis von fünfzig Freunden und Verwandten wartete, alle ganz gespannt auf seine Miene beim ersten Anblick der Braut. Einer von ihnen sah noch sehr viel aufmerksamer hin als die anderen. Was würde geschehen, falls Gerhardt die Ehe tatsächlich vollziehen würde? Könnte er denn so treulos sein? Und falls ja, sollte man ihn am Leben lassen?

Der Bräutigam wirkte nach außen ebenso still und gefasst wie Agnes. Doch Gerhardts Mut war im Keller und seine Gedanken ein Labyrinth der Schrecken. Er versuchte, Luft zu holen, als sich die Tür auftat, doch es wurde ein Ausruf der Bewunderung, welcher ihm in der Kehle stecken blieb. Und so reagierte er auf den ersten Blick mit einem Hustenanfall.

»Aaaah!«, ging es durch die Versammelten.

Agnes hielt den Blick züchtig gesenkt. Sie biss sich auf die Lippen, um sie am Zittern zu hindern. Was, wenn er hässlich wäre? Oder gar grausam?

Die Prozession hielt an. Sie konnte es nicht länger hinauszögern. Agnes stand ihrem Verlobten gegenüber.

Sie sah einen Mann um die dreißig, hoch gewachsen und blond mit hellen Augen, von der Art, die ihre Farbe je nach Gemütslage verändern. Sie fand, dass er gut aussah, und seine Miene war gütig, wenn auch traurig.

Agnes schenkte ihm ein aufrichtiges Lächeln, nicht nur mit den Lippen, sondern mit ihrem ganzen Wesen.

Gerhardt erwiderte ihr Lächeln, bevor er sich bremsen konnte.

Was hast du mir da geschickt, o Herr?, dachte er voller Angst. *Welche Prüfung erlegst du mir auf? Sie ist wunderschön, wie man es mir erzählt hat. Wie kann ich mein Gelübde halten, wenn sie mein Lager teilt?*

Die Vorstellungen bekam er nicht mit. Er nahm nur ihr Antlitz wahr, bis Maria ihn in die Seite stieß. Jemand lachte anzüglich.

»Ach ja, meine Schwester Maria«, stellte Gerhardt sie vor. »Und mein Sohn Peter.«

Peter verneigte sich vor Agnes und bot ihr seinen Arm.

»Vater sagte, ich darf Euch heute Abend beim Nachtmahl bedienen«, verkündete er. »Gestattet Ihr?«

Walter wiederholte es auf Französisch.

Agnes nickte. »Es wäre mir eine Ehre«, sagte sie.

Neunundvierzig Gäste nahmen an den Tischen Platz. Einer schlüpfte unbemerkt hinaus. Diese Französin brachte sie alle in Gefahr, fürchtete er, am meisten jedoch Herrn Gerhardt. Sie musste weg, bevor sie ihn ins Verderben stürzen würde.

Mühelos fiel Catherine wieder in den Rhythmus im Paraklet. Doch es war schwierig, Mutter Heloïse zu erklären, was sie sich wünschte.

»Einen Zufluchtsort, Mutter«, sagte Catherine ängstlich. »Ich bange um die Sicherheit meiner Familie. Das letzte Jahr über habe ich gefühlt, dass sich die Menschen in Paris verändern, verhärten, misstrauischer werden. Hässliche, anonyme Anschuldigungen zwangen Vater, seine fünfundzwanzig Jahre währende Teilhaberschaft mit dem Juden Eliazar zu beenden. Doch es richtet sich nicht nur gegen ihn. Allenthalben munkelt man von Ketzerei und Abfall vom Glauben. Im Vorhof der Kirche schreit immer mindestens ein Mensch, es sei nötig, Buße zu tun. Und Edgar ...« Sie brach ab.

»Man bezichtigt Edgar doch nicht etwa der Ketzerei!«, rief Heloïse aus.

»Nicht direkt.« Catherine mied Heloïses Blick. »Es ist seine Hand. Die Leute sehen, dass sie fehlt, und nehmen an, er sei für ein schreckliches Verbrechen bestraft worden. Dabei wollte er nur ein Leben retten!«

Heloïse saß auf ihrem Bett und Catherine auf einem Hocker neben ihr. Jetzt beugte sich die Äbtissin über Catherine und umarmte sie. Catherine ließ den Tränen freien Lauf, die sie Edgar nie sehen lassen würde.

»Ich kann es nicht ertragen, dass man ihn so verletzt!«, schluchzte sie. »Reicht es denn noch nicht, dass er zum Krüppel wurde? Muss er auch noch den Spott der Toren erdulden, die nichts davon wissen?«

»Ja, das ist schwer zu ertragen«, pflichtete Heloïse ihr bei. »Mein Abaelard und ich mussten auch unter dem Verlust und der Schande leiden, obwohl wir beide es weit mehr als dein armer Mann verdient hatten. Doch was kann ich tun, meine Liebe? Ich habe das jetzt hinter mir gelassen, wenn auch nicht so weit, wie ich gern möchte.«

Catherine wischte sich Augen und Nase am Ärmel ab. »Ich möchte wissen, ob wir hier einen Platz haben, wenn es zu gefährlich wird. Wenn meine Kinder in Gefahr sind. Wenn man Edgar für seine fehlende Hand geißelt, wenn Vater ... wenn man ihn fälschlich bezichtigt, dann bitte ich Euch um Schutz.«

»Catherine«, sagte Heloïse, »das Paraklet ist keine Festung.«

Catherine schniefte und lächelte dann. »Doch, Mutter. Die Mauern sind der Glaube, und die Verteidigung sind Frömmigkeit und Gebet. Ihr könnt kein Heer besiegen, aber Ihr habt schon bewiesen, dass Ihr Euch gegen die, die Euch mit Flüstern und übler Nachrede verfolgen, zur Wehr setzen könnt. Ich glaube, bei Euch wären wir in sicherer Hut.«

Heloïse legte ihre Wange an Catherines vorwitzige Locken. »Ich kann dir nicht gestatten, solches Vertrauen in mich zu setzen. Doch verspreche ich: Wenn du oder die Deinen je eine Zuflucht brauchen, werde ich alles in meiner Macht Stehende tun, dass man sie euch gewährt.«

»Nur darauf hoffte ich, Mutter. Ich danke Euch.« Catherine hob den Kopf, um die Wange der Äbtissin zu küssen. »Nun, seid Ihr sicher, dass Schwester Bertrada mich sehen wollte?«

»Ganz sicher.« Heloïse stand auf. »Und dass du hingehst, verlange ich als Preis für mein Versprechen. Nimm deine Kinder mit.«

»Mutter! Wollt Ihr, dass sie schneller stirbt?« Catherine lachte. »Warum sollte man die der armen Frau zumuten?«

Doch Heloïse blieb fest, und so bereitete Catherine Edana und James darauf vor, die Nonne zu besuchen, die der Schrecken ihrer Schulzeit war. Gern hätte sie James eingeschärft, keine unhöflichen Bemerkungen zu machen, fürchtete jedoch, dass sie ihn nur auf Gedanken brächte, auf die er selbst nicht gekommen wäre.

Man führte sie in ein Zimmer, in dem es dunkel und heiß war. Trotz der milden Frühlingsluft glühte dort ein Kohlebecken, und Schwester Bertrada war in Decken gehüllt. Neben dem Bett stand ein Krug mit einer Kräutersalbe, deren ausströmender Duft die schlechte Luft des geschlossenen Zimmers überlagerte. Schwester Melisande saß dabei. Sie winkte Catherine näher ans Bett heran.

»Sie ist sehr schwach«, flüsterte die Infirmarin. »Aber ich weiß, dass sie sich über dein Kommen freut.«

Catherine trat ans Bett, halb in der Erwartung, dass die alte Frau aufspringen und den Stock schwingen würde. Doch die Zeiten waren für Bertrada längst vorbei. Die Hände mit den krummen Fingern und den geschwollenen Knöcheln lagen auf der Bettdecke. Auf ihren Augen lag ein Schleier, doch ihr Hörvermögen musste so scharf wie eh und je sein, denn auf Melisandes Flüstern hin schnaubte sie.

»Ich bin nicht taub«, sagte sie. »Und nicht so schwach, als dass ich mich nicht wenigstens aufsetzen und dich sehen könnte.«

»Bertrada«, sagte Melisande warnend, doch sie half ihr, sich aufzurichten, und stützte sie mit vielen Kissen.

»Es ist lange her, Schwester. Habe ich mich sehr verändert?«, fragte Catherine.

Schwester Bertrada kniff die Augen zusammen, um sie besser zu sehen. »Du bist älter geworden«, verkündete sie. »Zu deinem Vorteil, würde ich sagen. Wenigstens bist du nicht mehr so verdreckt. Doch wenn dein Mann sich einbildet, dich gezähmt zu haben, dann wird er bitter enttäuscht sein.«

»Edgar hat keine Illusionen über mich«, versicherte Catherine.

James zupfte an ihren Röcken. »Hier riecht es so komisch«, sagte er.

Catherine schloss die Augen. »Das ist mein Sohn James«, gestand sie. »Und seine Schwester Edana. James, grüße, wie es sich ziemt.«

James verzog das Gesicht, doch dann legte er sich die Hand aufs Herz und verbeugte sich.

»Möge unser Herr Jesus Euch beschützen«, sagte er. »Und alle hier an diesem Ort.«

Bertrada hielt ihm die Hand hin. James wich davor zurück, als sei es die Klaue eines Drachens. Catherine hielt ihn fest, damit Bertrada ihm über die Locken streichen konnte.

»Henri«, murmelte sie. »Mein wunderschönes Kind. Und Adèle! Ich wusste, dass ihr am Ende zu mir kommen würdet. Aber wo sind die anderen?«

Besorgt sah Catherine zu Melisande hinüber. Wovon redete Bertrada? Edana ging näher ans Bett, fasziniert von dem glänzenden Silberring an Bertradas knotigem Finger.

»*Bel joie!*«, sagte sie und streckte die Hand danach aus.

Bertrada hob die Hand, sodass Edana sie ergreifen konnte.

»Adèle, *ma douz*«, sagte sie. »Ich wusste doch, dass du wieder zu mir zurückkommst.«

Dann schüttelte sie kaum merklich den Kopf und ihre Augen schienen klar zu werden. Sie sah Catherine an.

»Gräme dich nicht, wenn sie als Pagen in den Dienst gehen«, sagte sie. »Schicke sie weit weg voneinander, dann wird wenigstens eins davon lange genug leben, um heimzukehren. Vergiss das nicht und lerne aus meinem Leid. Melisande, ich friere.«

Catherine schickte die Kinder eilends hinaus, während Melisande noch mehr Decken um Schwester Bertrada wickelte.

Als Catherine aus dem stickigen Zimmer wieder in die Sonne kam, fühlte sie sich wie neu geboren. Edgar und Hubert standen im Garten vor der Kapelle zusammen, und Catherine ließ James zu ihnen laufen.

Bald darauf kam Melisande heraus.

»Es tut mir Leid, Catherine«, sagte sie. »Hoffentlich haben dich ihre Worte nicht zu sehr belastet. Ich gestehe, dass ich schon befürchtete, sie würde beim Anblick deiner Kleinen an ihre eigenen Kinder denken. Doch ich glaube, es hat ihr geholfen. Sie hat sich nie verziehen, dass sie sie bei sich behielt. Als das Fleckfieber kam, sind alle fünf in weniger als einer Woche daran gestorben, eins nach dem anderen.«

Catherine war überrascht. »Das hat mir nie jemand erzählt«, sagte sie. »Ich dachte, Schwester Bertrada verbrachte ihr ganzes Leben hier?«

Die Infirmarin lächelte. »Nur wenige von uns sind als Kinder ins Kloster eingetreten. Bertrada hat Mutter Heloïse in Argenteuil mit großgezogen und folgte ihr dann hierher. Doch davor war sie eine Burgherrin mit Kindern, die sie abgöttisch liebte. Es tröstet mich zu wissen, dass sie bald wieder mit ihnen vereint sein wird.«

An diesem Abend erzählte Catherine Edgar von Heloïses Versprechen, sie im Notfall alle aufzunehmen. Edgar war nicht erfreut.

»Glaubst du etwa, ich bin so verkrüppelt, dass ich nicht für euch alle sorgen kann?«, fragte er.

»Gewiss nicht!« Das war ihr nie in den Sinn gekommen. Sie verwünschte ihre Dummheit. »Doch wenn ein Pöbel uns überfiele, wie jener bei der Synagoge von Paris, was könnten wir tun?«

»In dem Fall bliebe uns wohl keine Zeit mehr, in die Champagne zu fliehen«, meinte Edgar.

Catherine schlang die Arme um seinen Hals. »Es tut mir Leid. Ich habe nicht logisch gedacht. Aber in letzter Zeit habe ich Angst und spüre Grausamkeit in Menschen, die ich bisher für gütig hielt. Ich musste einfach wissen, dass es einen Ort gibt, der dauerhaft sicher ist und uns in stürmischer Zeit aufnimmt.«

Edgar küsste sie als Abbitte für seinen Ausbruch und las in ihrer Miene.

»Catherine, bist du etwa wieder schwanger?«, fragte er.

»Ich glaube nein«, sagte sie. »Das hätte ich dir gesagt. Warum?«

»Weil du dann irrationaler wirst«, sagte er. »Und das sind deine Sorgen auch. Nichts Neues ist geschehen. Das Böse kommt und geht, aber es ist in letzter Zeit nicht schlimmer geworden. Es gehört nicht viel dazu, dass es den Leuten in den Sinn kommt, über die Juden oder sonst irgendwen herzufallen. Wir haben es schon erlebt. Dieses Mal ist es auch nicht anders. Du grübelst zu viel darüber nach.«

Er hielt sie fester. Catherine spürte seinen regelmäßigen Herzschlag an ihrer Wange. Natürlich hatte er Recht. Sie geriet zu schnell in Panik, wegen Kleinigkeiten. Doch Edgar war das Gegengewicht, er brachte sie immer wieder ins Lot. Seine Säfte mussten in vollkommener Harmonie sein. Ein Wunder, dass von all den Männern auf der Welt, die man ihr hätte geben können, gerade Edgar sie gefunden hatte. Wie hatte sie je daran zweifeln können, dass Gottes Hand sie zueinander geführt hatte?

»Es tut mir Leid«, murmelte sie an seinem Hals. »Du hast Recht. Ich rege mich über nichts auf. Ich sollte mehr Glauben haben.«

»Gut«, antwortete er. »Wenn sich dein Geist in dieser Hinsicht beruhigt hat, können wir dann endlich ins Bett gehen?«

Es soll nicht unerwähnt bleiben, dass Catherines Antwort es entschieden an Ehrerbietung fehlen ließ.

In Trier war es Agnes beinahe leicht ums Herz. Diese Menschen waren nicht anders als jene in Blois. Mode und Sitten ähnelten sich sehr. Die meisten Gäste waren Edelleute aus der Umgebung, ein paar Geistliche vom Hof des Bischofs, welche man nur an ihrer kleinen Tonsur erkannte. Sogar ein paar

Mönche waren zugegen. Walter wies auf den Abt von St. Maximin, der ihr freundlich zugenickt hatte. Bisher hatte sie offenbar noch nichts falsch gemacht. Und was Gerhardt betraf, so hatte Agnes keine Angst mehr vor ihm. Er war alles, was sie sich erhoffen konnte.

Alles würde gut.

Lächelnd nahm sie die Bratenscheiben entgegen, die Gerhardt ihr von seinem eigenen Teller schicken ließ. Peter musterte sie ernsthaft, als er ihr das Servierbrett reichte. Ihr Lächeln bebte ein wenig.

»*Vürhtet iuch niht*«, flüsterte er.

Sie verstand die Worte nicht, doch der Ton klang ermutigend.

Gerhardt beobachtete die beiden zusammen. Offensichtlich war sein Sohn von Agnes angetan. Sie schien nicht die Art Frau zu sein, die einen Stiefsohn ablehnt. Natürlich änderte sich das oft, wenn die Frau eigene Kinder bekam. Gott sei Dank, dachte Gerhardt, bestand diese Möglichkeit nicht. Er streckte den Arm nach Peter aus.

»*Liebechîn!*«, rief er. »Wenn Fräulein Agnes sich bedient hat, würdest du mir den Rest zurückbringen?«

Peter errötete.

»Verzeiht mir, Vater.« Er widmete sich wieder seiner Pflicht. Doch als er nahe genug an Gerhardt war, flüsterte er: »Ich mag sie, Vater. Sie ist schön. Findet Ihr nicht?«

»O ja, wunderschön«, sagte Gerhardt.

Am anderen Ende des Tisches wandte sich Hermann mit zufriedener Miene an Maria.

»Das haben wir gut gemacht, nicht?«, sagte er. »Jetzt wird es keine heimlichen Besuche in Köln mehr geben. Sie ist bezaubernd genug, um jeden Mann im Haus zu halten.«

»Die Beschreibung war nicht übertrieben«, gab Maria zu. »Ich hoffe nur, dass Gerhardt von ihr ebenso angetan ist wie du. Und das Problem mit der Botschaft des Toten aus dem Fluss ist noch ungelöst.«

Hermann winkte ab. »Ich habe dem zu viel Wert beigemessen. Vielleicht habe ich mich über den Zustand der Botschaft geirrt, und sie war doch durch das Wasser verdorben. Nichts ist dabei herausgekommen. Wir werden wohl nichts mehr davon hören.«

In diesem Augenblick gab der Zeremonienmeister das Zeichen für den Beginn der Abendunterhaltung. Marias Erwiderung ging in dem einsetzenden Schellengeläute und den Klängen eines Rebecs unter, zu denen die Spielleute die Geschichte von dem Schwanenritter vortrugen, welcher an der Seite Karls des Großen gegen die Sarazenen kämpfte.

Es war schon längst dunkel, als das Mahl endete, und wenige Menschen waren auf der Straße, als Agnes mit ihrem Gefolge ins Kloster zurückkehrte. Beschwingt von dem Wein, den sie getrunken, und von dem Empfang, den man ihr bereitet hatte, schwebte Agnes förmlich dahin. Nun sah sie sich neugierig in diesem Ort um, der ihre neue Heimat werden sollte.

Im Dunkeln konnte sie wenig erkennen; die Umrisse von Häusern, Bäumen, einen Dungsammler, der seine Runden machte. Sie kamen an einem Steintor vorbei, das zu beiden Seiten mit Fackeln erleuchtet war. Agnes warf einen Blick hinein, als ein Mann herauskam. Sie stieß einen spitzen Schrei aus. Wie konnte er es wagen, hierher zu kommen! Und wieso?

Agnes ganze Freude schwand dahin und löste sich in Angst auf, als ihr Cousin Solomon sich grinsend vor ihr verbeugte.

Achtes Kapitel

Trier, am Tor vor dem Judenviertel, zur selben Zeit.

ברוך אתה יי אלוהינו מלך העולם
אשר ברא יין עסיס / ותירוש טוב מעצי גפנים /
והוא ערב לנפש טוב לאדם / ומשמח לב ומצהיל פנים/
והוא תנחומין לאבלים / ומרי נפש ישכחו רישן /
והוא רפואה לכל שותיו

Gesegnet seist du, o Herr, unser Gott, König des
Universums, Schöpfer des Asis-Weins, des edlen
Rebensaftes, so den Menschen an Leib und Seele erfrischt.
Freude bringt er ins Herz und wärmende Glut.
Trost ist er jenen, die da trauern, die Armen lässt er
Vergessen finden, eine Labsal allen, so ihn trinken.

Yên der Karäer
Cairo Geniza

Mit gezogenem Schwert drehte Jehan sich um. Er wollte herausfinden, was Agnes erschreckt hatte.

»*Bewau!*«, rief er aus. »Dreckiger Ungläubiger! Wie wagst du es, uns hierher zu folgen!«

Solomons rechte Hand lag schon am linken Handgelenk und löste die Scheide, in welcher er sein Messer verborgen hielt. Doch bevor er es zücken konnte, trat Walter vor Jehan hin.

»Solomon!«, rief er. »Gut, dich zu sehen! Ich vergaß, dass du Agnes auch kennen musst, da eure Familien doch gemeinsame Geschäfte machen. Bist du zur Hochzeit gekommen?«

Seine Unschuldsmiene verwunderte die anderen. Jehan und Solomon gaben ihre Kampfhaltung auf. Agnes nahm Walter am Ellenbogen und versuchte erfolglos, ihn fortzubewegen. Es stand unverrückbar wie ein Felsen.

Solomon schüttelte Walters Hand.

»Schön, Euch zu sehen«, sagte er herzlich. »Ich hörte, Ihr wäret ins Heilige Land aufgebrochen. Und Ihr auch.«

Er starrte viel sagend auf Jehans Kreuz. Jehan herrschte ihn jedoch an:

»Nicht nötig, wenn es hier noch Unrat zu beseitigen gibt.«

Walter beachtete ihn nicht. »Ich erwarte den Rest des Heeres von König Ludwig. Daher erbot ich mich, Mademoiselle Agnes nach Trier zu begleiten.«

Agnes war die Höflichkeit satt. Sie ging um Walter herum und trat vor Solomon.

»Wenn meine Familie dich herschickt, um mir die Hochzeit zu verderben, bitte ich dich um deinen Kopf als Morgengabe«, warnte sie ihn.

Solomon musterte sie verächtlich.

»Was geht es mich an, wen du heiratest«, fragte er unwirsch. »Ich bin hier in eigenen Geschäften. Dass du kommen würdest, war mir bekannt, aber gewiss habe ich nicht auf dich gewartet oder damit gerechnet, dich zu treffen. Sei's drum, ich wünsche dir mehr Glück, als du je anderen gebracht hast, und eine gute Nacht.«

Er nickte Walter zu und ging weiter.

Agnes weigerte sich, Fragen zu beantworten, obwohl Walter mehrere gehabt hätte. Er hielt jedoch den Mund und nahm sich vor, Solomon später zu suchen und den Rest der Geschichte von ihm zu erfahren.

Die Damen in Agnes' Gesellschaft ließen derlei Zartgefühl allerdings vermissen. Kaum waren sie in ihrem Zimmer, als ihre Kommentare zu der Begegnung auf Agnes herabprasselten.

»Wo habt Ihr nur solch einen Mann kennen gelernt?«, fragte eine. »So einen habe ich am Hofe Eures Großvaters nie gesehen.«

»Habt Ihr deshalb Paris verlassen?«, fragte eine andere.

»Will er, dass Ihr mit ihm durchbrennt?«

Die entsetzte Agnes konnte nur alles abstreiten.

»Lisette! Laudine! Wie könnt ihr so etwas nur von mir denken?«

Das entmutigte die beiden ganz und gar nicht. »Ach, sieh doch!«, flötete Laudine. »Sie errötet ja! Es muss wahr sein.«

»Ihr Törinnen!«, schrie Agnes schließlich. »Ihr beide seid ja völlig *mesacointe*. Seht ihr denn nicht, was er ist?«

»Ein unglaublich schmucker Mann«, sagte Lisette grinsend. »Er sieht wie ein griechischer Pirat aus.«

Agnes verdrehte die Augen. »Du hast zu oft den Spielleuten gelauscht, Lisette«, spottete sie. »Er ist nur ein Botenjunge für meinen Vater und ...«, sie legte ein Kunstpause ein, »er ist Jude!«

Die Frauen wichen in frommem Entsetzen zurück, doch Agnes merkte nur zu gut, dass es der Faszination kaum Abbruch tat. Sah Solomon wirklich so gut aus? Sie versuchte, ihre Antipathie zu vergessen und ihn mit den Augen einer Frau zu betrachten. Das war schwer. Sie nahm an, dass seine dunklen Locken und grünen Augen auf manche anziehend wirkten und er gut gebaut war. Aber dennoch ...

»Wenn ihr es unbedingt wissen müsst«, sagte sie kalt, »habe ich Paris verlassen, weil ich nicht mit den jüdischen ›Teilhabern‹ meines Vaters verkehren wollte. Ich will mich nicht mit jenen Leuten beschmutzen.«

Lisette schämte sich gehörig. »Ich bitte um Verzeihung, Mademoiselle Agnes. Das wusste ich nicht. Es war sehr tapfer von Euch, dem üblen Einfluss zu entfliehen.«

»Danke.« Agnes senkte den Kopf. »Nun helft mir, mich für die Nacht vorzubereiten.«

Hinter ihrem Rücken knuffte Laudine Lisette. »Für eine Nacht mit jenem Mann lohnt sich vielleicht ein bisschen Verdammnis«, sagte sie kichernd. »Und wer weiß, ich könnte vielleicht der Weg zu seiner Rettung sein.«

Beide unterdrückten ein Lachen, aber Agnes hörte es. Die Freude und Erleichterung, die sie an diesem Abend empfunden hatte, schien lange, lange her. Nun war sie nur noch entsetzt darüber, dass die, vor denen sie geflohen war, ihr hierher folgen würden. Aus Rache für die Gemeinheit der Zofen rollte sie sich mitten im Bett unter der Decke zusammen und zwang die beiden, sich zu ihren Seiten zu legen und sich der Kälte auszusetzen.

Solomon zügelte seinen Ärger, als er weiter seinem Ziel zustrebte. Agnes war ein hochmütiges Biest, das stand nun einmal fest. Dass sie annehmen würde, er sei den weiten Weg nach Trier gekommen, nur um ihre Pläne zu durchkreuzen, bewies ihre Arroganz. Als ob er nichts Besseres zu tun hätte!

Er rückte seinen Mantel zurecht und glättete sich den Bart, bevor er klopfte. Sie mussten ihn schon erwartet haben, denn die Tür wurde sofort geöffnet.

»*Bruchim habaim,* Solomon ben Jacob!«

»Schalom, Simon«, begrüßte Solomon den Freund. »Mina! Ich habe dir Pfeffer und Zimt mitgebracht!«

Simons Frau kam aus dem Saal gerannt, um Solomon zu küssen und das Päckchen entgegenzunehmen.

»Du vergisst es niemals, lieber Freund«, sagte sie. »Komm herein. Gib mir deinen Mantel. Die Kinder werden dir Wasser zum Waschen bringen. Bald essen wir.«

Mit dem Mantel streifte Solomon auch seinen Ärger ab. Einerlei, welcher Hass und Dummheit draußen hinter ihm lagen; hier war er wieder unter seinesgleichen, innerhalb der Thora, der Verheißung des Heiligen, gepriesen sei sein Name. Hier drinnen herrschten Sicherheit und Frieden.

Am nächsten Morgen betete Solomon mit den anderen Männern in der Synagoge. Es war das erste Mal seit vielen Wochen und besänftigte sein zorniges Herz. Er verbrachte zu viel Zeit unter den Edomitern, merkte er, selbst guten wie Edgar und Catherine. Darüber vergaß er leicht, dass es einen Ort gab, wo er wirklich hingehörte.

Bei ihrer Rückkehr warteten Mina und die drei Kinder schon auf sie.

»Schnell, Papa, ich habe Hunger«, jammerte Ascher, der Kleinste.

»Und was hast du getan, dass du so hungrig bist?«, schalt ihn Mina. »Dein Vater hier muss für uns alle beten und jetzt auf eine lange Reise, nur um für das Essen zu bezahlen, mit welchem du dir den Bauch voll schlägst. Erweise ihm mehr Respekt.«

Ascher hörte nur einen Teil ihres Tadels. »Du gehst fort, Papa?«

Simon hob seinen Sohn hoch und küsste ihn. »Nur nach England«, erklärte er. »Bis zum 9. Aw bin ich wieder da.«

»Aber das dauert ja noch Wochen«, entfuhr es seiner Tochter Rebecca.

Simon sah seine Frau an. »Ich freue mich, dass ich im Leben unserer Kinder einen wichtigen Platz einnehme.«

Mina schniefte. »Sie wissen eben, dass du sie noch mehr verwöhnst als ich.«

Doch Simon sah, dass sie die Tränen zurückhielt.

»Nun«, sagte er mit gespielter Munterkeit. »Was gibt es denn zum Frühstück? Ah, Brot, Wurst und Bier, genau wie jeden Morgen. Können wir nicht von Glück sagen, dass wir so reichlich gesegnet sind?«

Sie aßen schnell und dann stoben die Kinder davon, um zu lernen oder Aufgaben im Haus zu erledigen. Simon goss sich eine letzte Schale Bier ein und ergriff die Hand seiner Frau.

»Soll ich lieber gehen?«, fragte Solomon.

»Natürlich nicht«, antwortete sie. »Wir haben gestern alles Notwendige gesagt. Und Simon hat Glück, wenn bei seiner Rückkehr kein weiteres Kind unterwegs ist.«

»Sollten wir solche Dinge vor Solomon sagen, meine Liebe?«

»Ich sage alles, was ich kann, um ihn zum Heiraten und zur Gründung einer eigenen Familie zu überreden«, meinte

Mina. »Du bist jetzt dreißig, Solomon. Worauf wartest du noch?«

»Auf eine nettes sittsames jüdisches Mädchen wie dich, Mina«, sagte Solomon lachend. »Aber sie sind schwer zu finden.«

»Du suchst eben nicht an der richtigen Stelle«, erwiderte Mina. »Nette jüdische Mädchen verkehren nicht in christlichen Schenken.«

Sie stand auf und brachte das letzte Servierbrett in die Küche. Simon schickte ihr einen liebevollen Blick hinterher.

»Sei vorsichtig in England!«, bat Solomon. »Dort gibt es viel böses Blut gegen uns. Wie diese Sache in Norwich zum Beispiel.«

»Das ist doch schon zwei Jahre her«, sagte Simon. »Und kaum jemand glaubte den Unsinn, dass die Juden ein Kind für irgendein barbarisches Ritual töten. Die Vorstellung ist selbst für leichtgläubige Edomiter grotesk.«

»Mag sein«, meinte Solomon. »Aber dieses ganze Gerede von einem neuen heiligen Krieg hat der Irrationalität Vorschub geleistet. Denk nur an die Geschichten vom Kreuzzug vor fünfzig Jahren, als hunderte von Einfaltspinseln sich von einer Gans den Weg weisen ließen. Denk daran, wie viele von uns von diesen Eiferern ermordet oder in den *Kiddusch Haschem* getrieben wurden. Die Gemeinde in Metz hat sich von den Verlusten damals nie wieder erholt.«

»Ich weiß, hier in Trier tragen wir noch die Narben jener dunklen Zeit. Aber wir haben aus den furchtbaren Ereignissen gelernt«, versicherte ihm Simon. »Die meisten Christen waren über die Grausamkeiten entsetzt. Es wird nicht wieder geschehen.«

Solomon verfolgte das Thema nicht weiter, denn Mina kam zurück, um die Schüsseln zu holen, und scheuchte sie hinaus, damit sie sauber machen konnte. Sie öffnete die Tür, um die schlechten Gerüche aus dem Haus zu lüften, und ein kalter Wind wehte herein.

Solomon zitterte. Plötzlich kamen ihm die Mauern, hinter denen er sich sicher verstecken wollte, sehr dünn vor.

Catherine fand ihren Besuch im Paraklet zu kurz. Sie wusste, dass Edgar und ihr Vater damit beschäftigt waren, die Artikel zu kaufen, welche das Kloster brauchte. Hubert plante, dass sie nach Troyes weiterreisen und den Jahrmarkt dort besuchen sollten, aber ausnahmsweise freute sich Catherine nicht darauf.

»Jetzt verstehe ich, warum Solomon es nicht leiden konnte, auf mich aufpassen zu müssen«, gestand sie Heloïse. »Nachts wache ich zitternd auf, weil ich geträumt habe, dass ich eines der Kinder in der Menschenmasse verlor. Der Jahrmarkt in Troyes ist viel größer als der von Provins. Und Margaret hat sich im vergangenen Jahr so entwickelt! Ich sehe die Blicke der Männer und wünschte, sie würden zur Strafe für ihre Gedanken erblinden.«

Sie saßen auf der Steinmauer, die den Küchengarten umgab. Die Kinder halfen den Laienschwestern beim Jäten.

Heloïse folgte Catherines Blick. Margarets leuchtend rote Zöpfe schwangen wie Kupferketten, wenn sie sich bewegte. Heloïse lächelte traurig. »Und die Männer würden ihr die Schuld daran geben, dass sie jung und schön ist. Sie ist erblüht. Habt ihr schon Pläne für sie?«

»Das ist noch ein Grund, nach Troyes zu reisen«, gestand Catherine. »Ich möchte sie dem Grafen Thibault vorstellen. Er ahnt nichts von ihrer Existenz, aber sie ist seine Enkelin.«

»Fürwahr?«

»Edgars Stiefmutter Adalisa war das Produkt einer Jugendsünde des Grafen in Blois«, erklärte Catherine. »Ich glaube, er erkannte sie als seine Tochter an, obwohl ihre Mutter später einen anderen ehelichte. Hoffentlich erkennt er auch Margaret an. Sie ist uns lieb und teuer, doch steht ihr eine bessere Partie zu, als wir für sie arrangieren könnten.«

»Sie hat wohl kein Interesse am Klosterleben bezeugt?«, erkundigte sich Heloïse vorsichtig.

»Nein, Mutter«, sagte Catherine und zuckte innerlich zusammen, wenn sie an Solomons mögliche Reaktion darauf dachte. »Sollte sie dies jedoch tun, suche ich umgehend Euren Rat.«

Heloïse sah Margaret zu, wie jene einen Korb mit Unkraut, Erde und einer dreckverschmierten Edana hob. Sie trug schwer an der Last, beklagte sich aber nicht, bis eine der Frauen es bemerkte und sie von dem lebenden Teil der Bürde befreite. Dann wandte sich Heloïse wieder an Catherine.

»Weiß Margaret, dass Thibault ihr Großvater ist?«, fragte sie.

»Nein, ich hielt es für das Beste, zuerst mit ihm zu reden«, antwortete Catherine. »Das Treffen mit Thibault habe ich nicht einmal Edgar gegenüber erwähnt. Er würde lieber alles vergessen, was mit der Familie in Schottland zusammenhängt.«

»Dann höre auf meinen Rat und gehe zuerst zur Gräfin Mahaut, bevor du ihren Gatten aufsuchst. Sie weiß sehr wohl von Thibaults natürlichen Kinder, hat jedoch ein gütiges Herz, besonders da diese Liason lange vor ihrer Ehe bestand. Ihre Sympathie für die Lage des Kindes würde Margarets Anerkennung gewährleisten.«

»Gewiss!«, rief Catherine aus. »Ich hätte selbst daran denken sollen. Die Gräfin ist gütig. Ich habe sie Gericht halten sehen. Sie ist wahrhaftig nicht die Art von Mensch, der Margaret für die Sünden ihrer Großeltern strafen würde. Danke,

Mutter. In dieser Sache habt Ihr mir einen Stein vom Herzen genommen.«

»Gibt es denn noch etwas?« Heloïse zog die Brauen hoch.

»Ich fürchte ja.« Catherine senkte die Stimme. »Schwester Bertrada hat da etwas gesagt ... Natürlich sind meine Kinder beide noch zu jung, um in Pflegefamilien geschickt zu werden. Andere wiederum halten es für Wahnsinn, sie mit in ferne Länder zu nehmen, und doch bringe ich es nicht über mich, sie der Pflege anderer zu überlassen. Wer liebt sie mehr als ich? Wer würde so sorgsam über sie wachen wie ich?«

Heloïse seufzte tief. Sie legte ihre Hand auf Catherines.

»Darauf habe ich keine Antwort, meine Liebe«, sagte sie. »Was immer du tust, irgendjemand wird dich dafür tadeln. So viel ist gewiss. Du kannst nur um göttliche Weisung beten. Ist dein Glaube stark genug, wird sich dir ein Weg auftun. Ich kenne dich zu gut, Catherine. Du wünschst dir endgültige Antworten auf alles. Wir tadelten dich immer wegen deines intellektuellen Hochmuts, aber der wirkliche Fehler ist nicht, dass du alles zu wissen glaubst, sondern nicht hinnehmen willst, dass manche Dinge unverständlich bleiben. Mein armer Abaelard hat dich zu gut gelehrt. Er fühlte immer, dass Gott ihm Verstand gab, damit er unseren Schöpfer verstehen könnte.«

»Ist das denn nicht richtig?«, fragte Catherine. Das hatte sie auch immer geglaubt.

»Ich bin mir dessen nicht mehr sicher«, sagte Heloïse leise. »In jüngster Zeit frage ich mich, ob wir den Verstand nicht bekommen haben, damit wir einander verstehen.«

Sie küsste Catherine auf die Wange und ließ sie im sonnendurchfluteten Garten sitzen und über die Möglichkeit nachdenken, ihre Mitmenschen zu verstehen.

Nach reiflicher Überlegung gelangte Catherine zu dem Schluss, es sei womöglich leichter, Gott zu verstehen.

Es war Anfang Juni, als die kleine Gruppe wieder packte und aufbrach. Es war ein sonniger Tag, und Catherine war wieder heiteren Sinnes. Die Nonnen hatten ihnen hart gekochte Eier und Brot als Proviant mitgegeben, und die Kinder lutschten an einem Stab mit Honig und Kräutern, was laut Schwester Melisandes Beteuerung dem Sommerfieber vorbeugen sollte.

Edgar half Catherine auf sein Pferd und reichte ihr das kleine Mädchen.

»Bedauerst du, deinen Zufluchtsort zu verlassen?«, fragte er.

Sie lachte: »Keine Angst, *carissime,* es reut mich nicht, dass ich das Gelübde nicht abgelegt habe. Doch es war schön, alle wiederzusehen. Dies wird immer mein zweites Zuhause sein.«

Die Reise nach Troyes dauerte weniger als drei Tage, trotz der Lasttiere und häufigen Rastpausen. Als sie sich der Stadt näherten, wurde der Verkehr immer dichter; sie mussten an den Straßenrand ausweichen, um an Ochsenkarren vorbeizukommen, die mit Korn oder Wein oder gar Bausteinen beladen auf dem Weg in die Stadt waren.

»Glaubst du, Solomon wird dort sein, um uns zu begrüßen?«, fragte Margaret Catherine, als sie durch ein Dorf nahe der Stadtmauern kamen.

Das hatte sich Catherine auch schon gefragt.

»Das hoffe ich«, antwortete sie. »Vielleicht hat er Neuigkeiten von Agnes. Seltsam, dass sie jetzt wohl schon verheiratet ist.«

Hubert hatte mitgehört. »Sie hätte uns wenigstens eine Nachricht schicken können, dass sie sicher angekommen ist«, beklagte er sich.

»Hast du das wirklich von ihr erwartet?«

Hubert zuckte mit den Achseln. »Einst hätte ich gesagt,

dass sie Paris nie ohne meine Zustimmung durchquert hätte. Vielleicht sehne ich mich einfach nur nach jenen Zeiten zurück.«

Catherine fand die Vorstellung zwar auch ganz schön, aber eigentlich wünschte sie sich ihre Kindheit nicht zurück. Ihr Vater war damals oft monatelang auf Geschäftsreisen. Und ihre Mutter, wie sie im Nachhinein wusste, verfiel allmählich in Schwermut, lange bevor sie wahnsinnig wurde. Das Kloster, in dem sie jetzt wohnte, lag nicht weit entfernt, doch Catherine wusste, dass Madeleines Verwirrung beim Anblick ihrer Tochter sich nur verschlimmern würde.

Nein, es war besser, in der Gegenwart zu leben.

Sie stellten die Lastpferde bei Huberts Geschäftspartnern unter, die sich bereits auf den Jahrmarkt vorbereiteten, obwohl jener offiziell erst in der Johannisnacht anfangen sollte. Dann eilten sie zu Eliazars Haus, wo sie freudig begrüßt wurden.

»Ach, wie groß die Kinder geworden sind!«, rief Johanna aus. »Edana, mein Schatz, komm zu deiner Tante Johanna.«

»Johanna!« Vor Schreck über Eliazars Aufschrei hätte sie beinahe das Kind fallen lassen. Etwas leiser fuhr er fort: »Was denkst du dir denn dabei? Was, wenn jemand Edana dich ›Tante‹ nennen hört?«

Johanna erbleichte. »Wie dumm von mir«, flüsterte sie. »Macht nichts, Edana, wir finden schon einen Namen für mich.«

»Wie wäre es mit ›nurtrix‹«, schlug Catherine vor. »Das bedeutet Amme.«

»Oder gar ›nutricula‹«, warf Edgar ein.

Das gefiel Johanna nicht. »Nutricula Johanna?«

»Tricula«, juchzte Edana.

Johanna herzte sie. »Nun, das ist nicht ganz so schlimm. Also schön, mein Schatz, komm zu deiner Tricula.«

Seufzend folgte Catherine Johanna in das Esszimmer. Es bereitete ihr großen Kummer, die Verwandtschaft zu Johanna und Eliazar leugnen zu müssen. Wenn sie sich doch nur taufen ließen!

Das brachte sie auf etwas anderes.

»Ist Solomon schon zurück?«, fragte sie. Unversöhnliche Gegensätze im Glauben ließen sie immer gleich an ihn denken.

»Er ist vor zwei Tagen zurückgekehrt«, sagte Eliazar. »Jetzt ist er mit Freunden unterwegs, die mit einigen Ballen ägyptischen Baumwolltuchs aus Arles hier sind. Ihr solltet die Farben sehen! Heute Abend kommt er wieder.«

»Er sagt, dass deine Tochter eine schöne Braut war«, antwortete Johanna. »Der Hochzeitszug ging durch die ganze Stadt bis zur Kirche. Sie strahlte wie eine Prinzissin. Die Leute dort scheinen sehr zufrieden mit ihr.«

Hubert stieß einen Seufzer aus. »Wenigstens etwas, worüber ich mich freue.«

Solomon sahen sie an jenem Abend nicht. Er kam lange nachdem das Tor geschlossen war und schnarchte noch, als Catherine und Margaret am nächsten Morgen zum Badehaus gingen.

»Ich verstehe nicht, warum ich zur Gräfin soll«, sagte Margaret, als Catherine ihr die Haare wusch. »Ist sie mit dir befreundet?«

»Nicht direkt«, sagte Catherine. »Vater hat geschäftlich mit ihr und dem Grafen Thibault zu tun, und die beiden waren im Lauf der Jahre gut zu unserer Familie. Es ist nur ein Höflichkeitsbesuch.«

»Wir müssen also nett zu ihr sein, damit sie bei deinem Vater kauft.« Margaret nickte wissend.

»Ja.« Catherine wurde wankend in ihrem Entschluss. Dies vor Edgar geheim zu halten belastete sie sehr. Verbot ihm sein Stolz doch, jemals jemanden um eine Gefälligkeit zu bitten.

Catherine schrubbte Margaret den Kopf, bis diese vor Schmerz aufschrie. Dann verbrachten sie eine weitere Stunde mit dem Auskämmen der Knoten und dem Flechten der Zöpfe. Zurück im Haus vergewisserte sich Catherine, dass die Männer fort waren, und legte dann mit Margaret zusammen den Sonntagsstaat an.

»Ich habe der Gräfin einen Boten geschickt«, sagte sie zu Margaret. »Wir müssen bereit sein, wenn er uns abholen kommt.«

»Und wenn sie heute keine Zeit für uns hat?«, sagte Margaret, während sie mit dem ungewohnt reichhaltigen Schmuck spielte.

»Dann versuchen wir es morgen noch einmal«, beharrte Catherine.

Schweigend saßen sie da und warteten, zu elegant für irgendwelche Arbeiten.

»Margaret«, leitete Catherine das Gespräch ein. »Bald wirst du dreizehn. Hast du dir schon überlegt, was du tun möchtest, wenn du erwachsen bist?«

»O ja«, sagte Margaret zuversichtlich. »Ich heirate Solomon und reise mit ihm nach Bagdad, und dann reite ich auf einem Kamel.«

Catherine staunte mit offenem Mund.

»Hm, weiß Solomon davon?«, brachte sie hervor.

Margaret runzelte die Stirn. »Nicht direkt. Aber er hat versprochen, mich eines Tages mitzunehmen, und ich weiß, es schickt sich nicht, wenn er nicht mein Ehemann ist.«

Diese Enthüllung ließ Catherines Gedanken fieberhaft in eine ganz andere Richtung laufen. Sie gelobte sich, mit Solomon ernsthaft über Margaret zu reden, bevor der Tag zu Ende ging. Sie versuchte es auf anderem Weg.

»Weißt du, was deine Mutter für dich plante?«, fragte sie.

»Sie meinte, dass ich Nonne werden soll«, seufzte Margaret. »Natürlich liebe ich Gott, aber ich möchte nicht mitten in der Nacht aufstehen und will auch nicht ganz allein in einem schmalen Bett schlafen.«

Das klang eher vage.

»Hat sie nie davon gesprochen, dich nach Frankreich in eine Pflegefamilie zu schicken?«, probierte Catherine es erneut.

Margaret versuchte, sich zu erinnern. »Sie hat gesagt, dass sie sich wünscht, ich könnte lernen, wie andere Menschen leben. Ich weiß, dass es im Bergfried meines Vaters nicht sehr ...«

»... zivilisiert zuging«, ergänzte Catherine. »Nein, gewiss nicht, obwohl deine Mutter sich Mühe gab. Ich glaube, sie hätte es gern gesehen, wenn du die Fertigkeiten einer Dame erlernen würdest: Musik und Stickerei und derartige Dinge.«

Plötzlich begriff Margaret.

»Du willst mich bei der Gräfin lassen?« Aus ihrer Stimme klang leise Panik.

Catherine nahm das Kind in die Arme und drückte es an sich, trotz der schönen Kleider.

»Nicht jetzt, *ma douz,* überhaupt nicht, wenn es dich so ängstigt«, tröstete sie. »Doch bevor wir deine Zukunft in Betracht ziehen, ist die Protektion des Grafen der Champagne eine wichtige Angelegenheit.«

Margaret sah ein, dass dies klug war, auch wenn es ihr Angst machte. Kaum hatte sie sich einigermaßen gefasst, kehrte der Bote zurück und meldete, die Gräfin würde sich freuen, wenn sie sofort zu ihr kämen.

Draußen vor der Stadt war das große weite Feld, auf dem der Jahrmarkt stattfand, schon mit Zelten übersät, Pfähle waren mit Seilen bespannt, um Bereiche für die Kühe, Schafe und Pferde abzugrenzen. Hubert, Solomon und Edgar hatten James dabei, damit er zusehen konnte, während sie ihre Standplätze inspizierten und ihre Handelsware prüften. Edana war bei ihrer neuen »Amme« zu Hause geblieben und ließ sich von ihr verwöhnen.

James wollte sofort auf einem Pferd sitzen. Breitbeinig thronte er dort oben und drohte mit einem Stock unsichtbaren Feinden.

Hubert sah amüsiert, Edgar missbilligend zu.

»Das ist alles, was er jemals spielt: Krieger und Drachen oder Ritter und Sarazenen«, kommentierte er kopfschüttelnd.

»Das tun doch alle kleinen Knaben«, sagte Hubert.

»Und in meiner Familie wurde aus Spiel Ernst«, erinnerte sich Edgar. »Ich will nicht, dass James so ein Mann wie meine Brüder wird, die ihre Macht missbrauchen, um zu morden und zu vergewaltigen. Solche Spiele ermuntern ihn ja dazu.«

»Weißt du, es gibt auch edle Ritter, welche die Schwachen beschützen«, meinte Hubert. »Nehmen wir deinen Freund Walter. Und überhaupt – was soll James denn sonst spielen? Geldwechsler? Er ist doch erst drei. Wenn er bei meinem Sohn Guillaume in die Ausbildung geht, wird er vielleicht später Burgvogt. Lass ihn doch jetzt.«

Edgar unterdrückte eine scharfe Erwiderung. Hubert hatte Recht. Doch es ärgerte ihn. Ein Teil von ihm wollte, dass James das bekam, was ihm von Geburt zustand, selbst wenn er nur der Sohn eines jüngeren Sohnes eines Lords war. Er versuchte, diese Gefühle in sich abzutöten, wusste jedoch, dass sie wieder ausbrechen würden, wenn er am wenigsten darauf gefasst war. Sein Verstand sagte ihm, dass James in Paris ein viel besseres Leben als Enkel eines Kaufmanns führte, als es ihm in Schottland vergönnt wäre, wo er wegen seiner Geburt tausende von Feinden hätte.

Lautes Rufen tönte plötzlich über den Platz. Männer rannten an ihnen vorbei, um zu sehen, was los war. Edgar und Hubert gingen in Richtung der Schreie, bis sie die Worte verstehen konnten.

»Himmelherrgottnochmal! Das ist meine Stelle, sage ich. Verschwinde, oder ich lasse dich von den Mannen des Grafen abholen!«

»Wir sind schon seit zwanzig Jahren hier, Hugues!«, brüllte eine andere Stimme. »Das weißt du sehr wohl!«

»Das hört sich nach Yehiel an!«, sagte Hubert und lief los.

»Hubert, warte!« Edgar rannte ihm nach. »Vergiss nicht, was letztes Mal geschehen ist!«

Hubert lief weiter, und Edgar schnappte sich James und rannte hinterher, aus Angst, dass Hubert zusammenbrechen und nicht wieder aufstehen würde. Der Lärm wurde immer lauter, je näher sie an die Stelle kamen.

Yehiel war einer der jüdischen Händler aus Troyes. Er stand mit Solomon und ein paar anderen Juden in dem Bereich, den man ihnen zugewiesen hatte. Ihnen gegenüber stand eine Gruppe anderer Kaufleute und einige Männer aus dem nahe gelegenen Dorf. Edgar beobachtete, dass sich auf beiden Seiten einige Männer mit Holz- und Eisengeräten bewaffneten.

»Was ist los mit dir, Hugues?«, fragte Solomon. »Die Juden von Troyes waren immer hier. Das ist so Brauch.«

»Nicht mehr«, verkündete Hugues. »Gestern Abend haben wir uns getroffen und beschlossen, dass ihr Christusmörder hier nicht erwünscht seid. Wir haben euch lange genug geduldet. Warum solltet ausgerechnet ihr am Verkauf von Proviant an Wallfahrer verdienen?«

»Und warum ihr?«, erwiderte Solomon. »Ich dachte, sie wollen für den Ruhm eures falschen Gottes kämpfen.«

»Solomon, nicht!«, warnte Edgar leise.

Hugues trat mit erhobener Sichel vor.

Yehiel packte Solomon am Arm, bevor jener sein Messer ziehen konnte.

»Bist du von Sinnen?«, knurrte er. »Zeig eine Waffe und wir sind alle tot.«

Hubert drängte sich durch den Kreis örtlicher Christen, die gespannt zusahen.

»Hugues de Chappes!«, wandte er sich an den Anführer der Schar. »Was ist in dich gefahren? Letztes Jahr habt ihr alle zusammen getrunken. Jetzt wollt ihr diese Männer vom Jahrmarkt ausschließen? Wem willst du dann dein Leinen verkaufen? Und wer kauft Goldgarn für dich?«

»Es gibt genug christliche Käufer.« Hugues Miene war voller Groll. »Und wenn es heißt, von Ungläubigen zu kaufen, dann verzichte ich eben auf Goldgarn.«

Es gab zustimmendes Gemurmel von den Umstehenden.

Edgar berührte Huberts Schulter.

»Mit vernünftigen Argumenten richtest du hier nichts aus«, sagte er. »Diese Männer sind für Vernunft unempfänglich.«

Yehiel kam näher zu ihnen. »Ich habe nach den Männern des Grafen geschickt«, flüsterte er. »Ich bete, dass sie kommen, bevor dies hier ausartet. Edgar hat Recht, Hubert. Die lassen nicht mit sich reden. Dieses Jahr wurden die Standgebühren erhöht, darum brauchen sie jetzt einen Sündenbock.«

Hugues bekam den letzten Teil mit. »Stimmt. Warum sollten wir mehr zahlen? Die Juden kommen her, verdienen an uns und verschwinden wieder. Sie sollten eine Sondersteuer entrichten.«

»Hugues«, sagte Yehiel entnervt. »Ich wohne zwei Straßen weiter als du. Ich bin jeden Dienstag auf dem Markt von St. Jean.«

»Du sagtest doch, Vernunft richtet nichts aus«, erinnerte ihn Hubert.

Yehiel warf die Hände in die Luft. »Nein.« Er deutete auf einen Mann, der etwas hielt, was wie ein Teil eines mit Dornen bestückten Hackbretts aussah. »Sie sind gekommen, um uns zu verletzen und gehen erst, wenn Blut geflossen ist.«

Edgar merkte, wie James sich angstvoll an ihn klammerte.

»Hubert«, sagte er. »Wir müssen deinen Enkel in Sicherheit bringen.«

»Genug geredet!«, donnerte Hugues plötzlich, dass James zusammenzuckte. »Packt sofort eure Waren ein.«

Solomon nahm es mit ihm auf.

»Nur der Graf kann uns zwingen zu gehen«, stellte er fest. »Du hast nichts zu sagen.«

Hugues erhob die Sichel. Solomon krümmte sich, um sich auf ihn zu stürzen und zog sein Messer.

»Solomon!« Hubert schnellte vor, um ihn aufzuhalten.

Edgars Herz gefror zu Eis; er packte Hubert mit der freien Hand, während Yehiel gleichzeitig Solomon zurückriss. So flog die Sichel durch die Luft dorthin, wo eben noch Solomons Kopf gewesen war, und blieb in einem Baumstumpf stecken.

»Halt im Namen des Grafen!«, rief eine Stimme von oben herab.

Das Klirren der Kettenhemden und der dampfende Atem der Pferde reichte, um den meisten Männern Einhalt zu gebieten. Hugues bemühte sich, die Sichel aus dem Stumpf zu ziehen, alle anderen wandten sich um. Nur James weinte und wollte sich nicht von Edgar beruhigen lassen.

Die Wachen machten Platz, um Henri, den Sohn des Grafen Thibault, hindurchreiten zu lassen. Das Kreuz, das er in Vézelay genommen hatte, war auf seine Tunika genäht und mit Goldlitze verziert.

»Wo sind die Männer, die sich anmaßen, anderen die Teilnahme am Jahrmarkt meines Vaters zu verwehren?«, donnerte er.

Die Umstehenden begannen sich zu zerstreuen, doch ein paar Unentwegte hielten die Stellung.

»Wir wollen mit den Juden nichts mehr zu schaffen haben!«, rief einer. »Sie sollen ehrlichen Christen nicht das Geschäft vermasseln.«

Henris Augen funkelten. »Ah, Ithier!«, sagte er. »Ehrlichkeit ist kein Wort, das ich unbedingt mit deiner Person in Verbindung bringe. Wurdest du nicht letztes Jahr bestraft, weil du Salz mit Sand vermischt hast? Ich dachte, dir sei Platzverbot erteilt worden?«

Henri ließ den Blick über den Rest der Gruppe schweifen.

»Gewalt, welche auf den Jahrmärkten stattfindet, wird am Hof des Grafen gerichtet«, mahnte er. »Alle Teilnehmer, die die Abgabe zahlen, stehen unter seinem Schutz. Wer etwas dagegen einzuwenden hat, der möge zu mir kommen und dies tun. Oder ihr könnt sogar noch weiter mit mir kommen und mir helfen, Edessa aus den Händen der Sarazenen zu befreien, statt andere Händler zu verfolgen.«

Niemand war geneigt, diese Angebote anzunehmen. Die Schar zerstreute sich schnell. Henri wartete, bis alle Männer fort waren.

»Danke, Herr«, sagte Yehiel. »Wir sind euch für Euer Eingreifen dankbar und wünschen euch viel Erfolg auf Eurem Kreuzzug.«

»Ich werde die Wache für die Dauer des Jahrmarktes hier lassen«, sagte Henri. »Ihr wart gute und treue Untertanen, ich lasse nicht zu, dass euch ein Leid geschieht.«

Yehiel verneigte sich. »Soeben habe ich mehrere Fässer Wein aus Rabbenu Jacobs Weinberg zu Ramerupt erhalten. Darf ich euch einige davon als Geschenk schicken, als Dank für Eure Güte?«

Henri lächelte. »Die wären höchst willkommen«, sagte er.

Als er fort war, brachten Hubert und Edgar Solomon heim. Sie ließen ihn zwischen sich gehen und blieben nach Möglichkeit in offenem Gelände.

»Habt ihr etwa erwartet, dass ich mich von dem Schwachkopf-Edomiter vertreiben lasse?«, grummelte er.

»Du hast ein Messer gegen ihn gezogen«, sagte Edgar.

»Und ich wollte es auch gebrauchen.« Solomon nahm James von Edgar und setzte den Jungen huckepack. »James ist nicht der Einzige, der glaubt, dass man Drachen töten muss.«

Edgar verstand und achtete den Freund dafür. Aber Solomons Stolz konnte ihn ins Verderben führen. Er blieb sehr wachsam, bis sie alle wieder in Eliazars Haus hinter verriegelter Tür waren.

Erst nachdem er einen halben Krug Bier getrunken hatte, bemerkte er Margaret, immer noch im Sonntagsstaat.

»Haben wir einen Feiertag?«, fragte er.

»Nein, Bruder«, sagte Margaret und setzte sich neben ihn. »Catherine und ich haben heute die Gräfin Mahaut besucht.«

Edgar hielt im Trinken inne. »Wo ist Catherine?«

Margaret hörte den zornigen Ton heraus und war verwirrt.

»Ich glaube, sie badet James in der Küche. Warum?«

Wortlos stand Edgar auf und ging in die Küche.

»Catherine«, begann er.

»Ja, ich hab's getan«, sagte sie, während sie James aus der dreckigen Tunika und den *Brais* schälte. »Und ich habe dir nichts davon erzählt, damit du es mir nicht verbieten würdest.«

»Gewiss hätte ich es verboten!«, schalt Edgar. »Margaret ist meine Schwester und meine Schutzbefohlene. Du hast kein Recht, Pläne für sie zu schmieden, ohne mich zu fragen!«

»Ich weiß«, räumte Catherine ein. »Nun steig in den Zuber, James. Doch, einmal habe ich es erwähnt, und du wolltest nicht darüber reden. Ich glaube, du bist in dieser Sache nicht rational. Margaret hat ein Recht auf jegliche Hilfe, die ihr Großvater ihr zu geben bereit ist. Das ist mehr, als wir für sie tun können.«

»Du hast ihr also gesagt, wer er ist?« Edgar erinnerte sich in letzter Minute, dass seine Schwester mithören könnte, und sprach leiser.

»Nein, das nicht«, sagte Catherine. »Ja, James, ich muss dich überall waschen; du bist ja auch überall dreckig. Aber die Gräfin wusste sofort Bescheid, als ich ihr sagte, wer Margarets Mutter war. Niemand hatte Thibault von Adalisas Ermordung erzählt. Der arme Mann! Sie meint, dass er Margaret gern kennen lernen möchte. Die Entscheidung liegt nicht nur bei dir, Edgar. Der Graf hat auch ein Wort mitzureden.«

Sie lag auf den Knien neben dem flachen Holzzuber und sah zu Edgar auf, halb trotzig, halb ängstlich. Er war erzürnt. Und mit Recht. Sie wusste, was sie gewagt hatte.

»Sieh mich nicht so an«, befahl er. »Ich bin kein Ungeheuer wie mein Vater. Ich werde dich nicht schlagen.«

Sie biss sich auf die Lippe. »Das weiß ich. Ich fürchte mich nicht vor solchem Schmerz.«

Catherine verbarg ihr Gesicht, als sie ihren Sohn abschrubbte, der die ganze Zeit über protestierte. Sie wusste, dass sie gleich in Tränen ausbrechen würde, und das war eine Waffe, die sie verachtete.

Doch Edgar wollte sich nicht besänftigen lassen. Wortlos kehrte er in den Saal zurück. In diesem Moment schwang die Küchentür auf, und zu beider Erstaunen platzte Walter herein.

»Edgar, Catherine«, sagte er ohne Umschweife. »Ihr müsst sofort mit mir kommen. Herr Gerhardt ist tot, und man behauptet, Agnes habe ihn getötet!«

Neuntes Kapitel

Troyes, im Hause des Eliazar. Dienstag, Tag 14 vor den Kalenden des Juli (18. Juni) 1146; 5. Tammuz 4906. Tag der heiligen Marina der Verkleideten, welche bis an ihr Ende als Mönch lebte, ohne dass sie jemand als Frau erkannte.

Sic inclusa ... sola sedeat et taceat ore, ut spiritu loquantur, et credat se non esse solam, quando sola est. Tunc enim cum Christo est, qui non dignatur in turbis esse cum ea.

So möge die Eingeschlossene allein sitzen und schweigen, auf dass sie mit der Seele Zwiesprache halte und sich selbst nicht allein dünke, selbst wenn sie allein ist. Dann nämlich ist sie bei Christus, welchem es nicht gefällt, mit ihr in einer Menge zu sein.

Aelred von Rievaux
Das Leben einer Einsiedlerin

Zuerst war ich in Paris«, erklärte Walter. »Man sagte mir, wo ihr seid, also eilte ich sofort hierher. Dennoch ist es schon über eine Woche her, seit ich Trier verließ. Ihr müsst mit mir zurückkehren. Agnes hat keinen Fürsprecher.«

Alle hatten sich um ihn versammelt, und die Fragen schwirrten durcheinander. Schließlich gebot Hubert Schweigen.

»Johanna, könntest du Walter etwas zu essen und zu trinken bringen?«, fragte er. »Er ist fast ohne Rast gereist. Seid jetzt alle still und lasst ihn erzählen, was geschehen ist.«

Walter leerte die Schale, die Johanna ihm vorsetzte, in einem Zug, dabei lief ihm das Bier über den Bart. Er hielt sie ihr zum Nachschenken hin und begann mit seinem Bericht.

»Alles schien in Ordnung, Agnes bezauberte alle, sogar Gerhardts Sohn. Ich hatte sie einige deutsche Sätze gelehrt, welche sie gut aussprechen konnte. Sie war begierig, mehr zu lernen, und die Leute schlossen sie deshalb ins Herz. Kein Wölkchen trübte den Himmel. Sie heiratete am Himmelfahrtssonntag. Ich fand, dass alles gut lief. Gerhardt bestellte Weinfässer aus seinem eigenen Keller und feierte zwei Tage lang. Die ganze Stadt nahm teil. Agnes war wunderschön und charmant zu allen. Die ganze Zeit hörte ich kein böses Wort über sie.«

Immer noch verwirrt schüttelte er den Kopf.

»Ich ging nach Köln, um einen Freund zu besuchen, welcher beabsichtigt, mit mir ins Heilige Land zu ziehen. Als ich auf dem Rückweg durch Trier kam, sagte man mir, Herrn Gerhardts junge Braut habe jenen vergiftet, und man halte sie jetzt im Bergfried bis zu ihrer Hinrichtung gefangen.«

»Das kann doch nicht sein!«, rief Hubert aus.

»Sie wollen sie töten?« Catherine konnte es auch nicht glauben.

Walter nahm noch einen tiefen Zug. »Die Leute dort vermuten, dass sie Gerhardt durch Zauberei oder Gift tötete und wollen sie dafür hängen sehen«, sagte er.

»Wie können sie es wagen!« Hubert war darüber ebenso empört wie über die Anschuldigung selbst. »Sie ist doch keine Bäurin, die man öffentlich demütigen und an der Wegkreuzung baumeln lassen kann! Solomon, hol die Pferde. Johanna, Catherine, packe mir etwas Proviant und Kleidung ein. Ich reite sofort los. Unter was für Leute ist sie nur geraten!«

»Vater, warte«, sagte Catherine. »Gewiss werden wir sie holen, aber wir müssen mehr wissen. Was war noch, Walter? Was meint Gerhardts Familie dazu? Hält sie Agnes für schuldig?«

Walter bemerkte Edgars Reaktion auf Catherines »wir«, aber er fuhr fort: »Ich sprach mit Hermann, Gerhardts Bruder. Er sagt, dass Gerhardt nachts aufwachte, vor Schmerzen schrie und unter Zuckungen und Würgen einen schrecklichen Tod starb. Allerdings ist Hermann nicht so sicher wie die Bürger, dass Agnes für seinen Tod verantwortlich ist. Ich verstehe seine Nachsicht nicht. Die meisten Männer würden sofort auf den Gedanken verfallen, dass die fremde Braut ihn tötete. Doch merkte ich gleich am ersten Tag, dass es in der Familie ein Geheimnis gibt. Ich hätte ihm nachspüren sollen.

Jedenfalls hat er sie in der Burg eingesperrt, statt sie der Gerichtsbarkeit des Bischofs zu überstellen.«

»Kann der Mann nicht an einer Krankheit gestorben sein? Oder versehentlich einen schlechten Pilz gegessen haben?«, fragte Edgar. »Gift lässt sich schwer nachweisen, Zauberei erst recht.«

»Vielleicht zögern sie deshalb auf der Burg, sie unter Anklage zu stellen«, erwiderte Walter. »Ich habe nicht gefragt, warum die Einheimischen sich so sicher waren. Ich dachte nur daran, euch so schnell wie möglich zu erreichen. Hermann meinte, dass der Verdacht logischerweise auf Agnes fällt, da sie Gerhardt räumlich am nächsten war, aber er will sie nicht vor Gericht bringen, bevor sie einen Advocatus hat. Ich glaube, er fürchtet, was sie sagen könnte, aber ich kann mir überhaupt nicht vorstellen, was das sein könnte. Ihr selbst müsst die Wahrheit dahinter aufdecken.«

»Könnte er Gerhardt selbst vergiftet haben?«, fragte Catherine. »Um die Möglichkeit eines weiteren Erben auszuschließen?«

Walter schüttelte den Kopf. »Gerhardt hatte bereits einen beinahe volljährigen Sohn. Peter ist jetzt der Herr der Burg, obwohl Hermann vielleicht den Titel beansprucht, da er ihn besser wahrnehmen kann. Doch Hermann arrangierte die Heirat. Warum hätte er das tun sollen, wenn er das Land für sich haben wollte? Ich verstehe das überhaupt nicht. Ich wollte ihn dazu bringen, Agnes mir zu überlassen, aber er versprach mir nur, dass niemand ihr etwas tun darf, bis ein Fürsprecher für sie kommt.«

»Sie liegt doch nicht angekettet in einem Verlies?« Catherine konnte den Gedanken an ihr Schwesterherz im dunklen Kerker nicht ertragen, obwohl Agnes sich so schrecklich aufgeführt hatte.

»Natürlich nicht«, sagte Walter. »Barbaren sind das nicht.

Sie wohnt in einem kleinen Turmzimmer mit ihren Zofen. Die Tür ist verriegelt, aber ich durfte sie einen Augenblick sehen, und ihr fehlt nichts. Nur verwirrt ist sie und... also...« Walter hielt inne. Ihm war das gerade erst aufgefallen. »Sie dünkte mich eher zornig als verängstigt.«

»Das hört sich ganz nach Agnes an«, murmelte Solomon.

»Mama, was ist denn?« Catherine hatte James beinahe vergessen. Er war aus dem Zuber geklettert und stand nackt und nass neben ihr.

»Bei den Milchzähnen des Jesuskindes, James!«, rief sie. »Du holst dir ja den Tod. Margaret, hole bitte seine Tunika. Sie liegt auf dem Tisch neben dem Zuber.«

Unterdessen wickelte sie ihn in ihre eigene Tunika und zog sie wie einen Korb hoch.

»Mama!«, sagte James ungehalten. »Was ist los? Wohin gehen wir?«

Alle starrten ihn schweigend an. Endlich räusperte sich Hubert.

»Ich reise nach Trier, James, um etwas zu erledigen«, sagte er vorsichtig. »Du bleibst mit deinen Eltern hier.«

»Vater!« Catherine wollte es nicht auf sich beruhen lassen. »Agnes wird mich brauchen, ob sie es zugibt oder nicht. Sie muss doch nach mir gefragt haben, nicht, Walter?«

»Nun«, sagte Walter. »Tatsächlich hat sie nach keinem von euch gefragt. Sie trug mir auf, zu ihrem Großvater zu gehen, damit er ihr einen Advocatus schickt.«

»Das ist doch Unfug!«, rief Hubert. »Was würde das nützen? Dies ist kein Streit um ein Stück Land! Sie braucht Familienangehörige, die sie vor Gericht vertreten. Mag gut sein, dass dieser Hermann unsere Rache fürchtet, falls sie Agnes zu Unrecht verurteilen.«

»So ist es«, fügte Catherine hinzu, während sie James'

Arme in die Tunika zu stecken versuchte. »Und darum sollte ich auch dabei sein. Die ganze Familie muss sie verteidigen.«

»Nicht ohne mich«, sagte Edgar.

Catherine starrte ihn entgeistert an. »Edgar, Agnes ist meine Schwester. Ich muss ihr beistehen. Du brauchst nicht einbezogen zu werden. Es hat nichts mit dir zu schaffen.«

Kaum hatte sie das gesagt, reute es sie schon.

Edgar zog die Augenbrauen hoch und presste die Lippen zusammen.

»Tatsächlich?«, sagte er. »Und Margaret ist meine Schwester. Was hast du mit ihr zu tun?«

Catherine sah ihn dann, hob James hoch und reichte ihn Hubert.

»Vater, passt du bitte eine Weile auf ihn auf?«, fragte sie. »Ich glaube, Edgar und ich müssen allein reden.«

Edgar nickte zustimmend, und so verließen sie gemeinsam das Zimmer.

Walter nutzte die Pause, um sich Bier nachzuschenken. Die anderen holten sich auch Schalen.

»Bewerfen sie sich mit Sachen?«, fragte Walter besorgt.

»Bis jetzt noch nicht«, antwortete Solomon. »Aber ich habe noch nie erlebt, dass sie sich so angesehen haben. Am besten überlassen wir das ihnen. Nun, Hubert, was soll ich denn tun, um deinem Sorgenkind zu helfen?«

Edgar führt Catherine zu einer Bank im Garten. Keiner sagte ein Wort, bis sie nebeneinander saßen, ohne sich zu berühren oder anzusehen. Endlich konnte Catherine es nicht länger aushalten.

»Es tut mir Leid, dass ich Margaret der Gräfin Mahaut vorgestellt habe, ohne dir davon zu erzählen«, sagte sie.

Er antwortete nicht sofort, und sie konnte spüren, wie er

mit seinem Zorn kämpfte. Sie wusste, dass er nicht wie der ihre war, ein Aufbrausen und dann vorbei, sondern etwas, welches schwer entflammte, dann jedoch schwer zu löschen war. Doch sie wusste auch, dass er gerecht war und gegen sich selbst so streng war wie gegen andere. Sie wartete ab, blieb regungslos sitzen, was ihr schwerer fiel, als die Initiative zu ergreifen.

»Es war nicht recht, mir nicht die Möglichkeit zu geben, über die Sache zu entscheiden«, sagte er endlich, als ob er sein Argument mit jedem Wort analysieren wollte. »Aber als ich mich weigerte, darüber zu reden, dachte ich vielleicht nicht so sehr an Margarets Interessen, als vielmehr an meine eigene Wut auf meinen Vater. Ich habe jene Welt völlig hinter mir gelassen«, sagte er lächelnd, und sie schloss erleichtert die Augen. »Ich wollte meine Schwester nicht wieder dorthin zurückkehren lassen. Aber du hast Recht. Die Wahl sollte bei ihr liegen, nicht bei uns.«

Nun wandte sich Catherine ihm zu und legte die Hand an seine Wange.

»Dann verstehst du also, warum ich zu Agnes gehen muss?«, fragte sie. »Was immer sie getan haben mag, sie ist meine Schwester, und ich kann sie nicht im Stich lassen. Wir wissen, was geschieht, wenn Familien sich untereinander bekämpfen.«

»Ja«, antwortete er. »Und darum müssen *wir* gehen.«

Er nahm ihre Hand in die seine und küsste sie.

»Dein Vater wird viel dazu sagen, aber er sollte allmählich wissen, dass er sich gegen uns beide nicht durchsetzen kann.« Er umarmte sie und zog sie an sich.

»Was wird aus den Kindern?« Catherine erwähnte sie höchst ungern. »Es ist keine beschwerliche Reise, aber wir wissen nicht, welche Feindseligkeit uns am anderen Ende erwartet.«

Edgar dachte eine Weile nach.

»Wir können bis Ende des Sommers zurück sein«, sagte er. »Daher sollte es mit dem Wetter keine Probleme geben. Die Reise wird ihnen nicht schaden. Und vielleicht wird der Anblick von Agnes' kleiner Nichte und dem Neffen die Herzen deren erweichen, die über sie richten.«

»Dagegen wird Vater gewiss opponieren«, sagte Catherine.

»Aber gemeinsam werden wir seine Einwände entkräften.« Edgar küsste sie. »Oder etwa nicht?«

So vertieft waren sie in ihre Versöhnung, dass sie alles um sich herum vergaßen, bis sie ein leises Hüsteln wieder in die Gegenwart zurückbrachte.

Solomon stand kopfschüttelnd im Torweg.

»Ich sollte nachsehen, ob ihr euch etwa prügelt«, sagte er. »Nun sehe ich, dass ihr nur einen Vorwand zum Turteln brauchtet. Ich bin schockiert.«

»Dann wirst du jetzt noch schockierter sein.« Edgar stand auf. »Wir müssen jetzt alle packen und sofort aufbrechen.«

»Alle zusammen?«, sagte Solomon zweifelnd. »Ist das klug?«

»Nein«, erwiderte Catherine. »Aber unser Entschluss steht fest.«

»Ihr seid von Sinnen«, bemerkte er.

»Ja, das wissen wir«, gab Edgar selbstgefällig zurück.

Solomon zuckte mit den Achseln. »Das kümmert mich nicht. Ich bezweifele, dass Agnes sich durch mich vor Gericht vertreten lassen will. Außerdem muss jemand hier auf dem Jahrmarkt bleiben und aufpassen, dass die Edomiter nicht etwas Neues versuchen. Aber ich werde ein Pferd bereithalten, falls euch ein Missgeschick widerfährt und ihr selbst Rettung braucht. Dann sorge ich für eine sichere Heimkehr eurer Kinder.«

»Wenn sie bei uns sind, dann sind sie daheim«, sagte Edgar.

Peter saß auf den Hängen des Weinbergs und weinte um seinen Vater. Es dünkte ihn immer noch unmöglich, dass sein Leben zwischen Sonnenuntergang und Morgendämmerung sich so vollkommen verändert haben konnte. Man redete ihn jetzt mit »Herr Peter« an und erwartete Entscheidungen von ihm. Onkel Hermann versuchte, diese Leute von ihm fern zu halten, aber Peter wusste, dass ihm nicht mehr viel Zeit zum Trauern bleiben würde. Er war fast vierzehn; Knaben seines Alters kämpften zusammen mit ihren Verwandten. Manche ließen sie sogar in den Kampf ziehen.

Peter hatte das Gefühl, schon einen Krieg erlebt zu haben. Wenn es nur eine Vorwarnung gegeben hätte. Warum hätte Agnes seinen Vater töten sollen? Sie schien glücklich mit ihm zu sein. Aber Tante Maria sagte, sie habe sie in der Hochzeitsnacht weinen gehört. Hatte sein Vater ihr etwas Schreckliches angetan? Peter wusste, was Männer und Frauen zusammen taten; er hatte erwogen, es selbst einmal zu tun. Agnes musste doch darauf vorbereitet gewesen sein. Was also war schief gelaufen?

In der Stadt nannte man sie Hexe oder munkelte, sie sei ein Flussgeist, der Gerhardt bezaubert hatte. Peter hatte auch schon von solchen Wesen gehört. Aber er wusste auch, dass man sie immer überführen konnte durch den Umstand, dass sie nie bis zur Erhebung der Hostie in der Messe blieben. Nun, Agnes besuchte die Messe nach Möglichkeit jeden Tag. Peter hatte sogar gesehen, wie sie die Kommunion empfing. Die Zunge einer Hexe wäre bei der Berührung des Leibes unseres Herrn verschrumpelt und verbrannt. Demnach konnte Agnes kein Dämon sein. Sie musste ein anderes Tötungsmotiv als pure Bosheit gehabt haben – doch welches?

Die Glocken läuteten zur Vesper. Peter rieb sich die Augen und Nase und schleppte sich zum Bergfried zurück. Er wünschte, er könnte woanders hingehen.

Tante Maria und Onkel Folmar erwarteten ihn schon mit kummervollen Mienen.

»Oh, Peter«, stöhnte Maria. »Sieh dich nur an! Schlammbedeckt! Und der Erzdiakon kommt heute Abend zum Essen.«

»Ich wasche mich und ziehe mich sofort um, Tante«, antwortete Peter matt. »Aber müssen wir denn den Erzdiakon bewirten? Weiß er nicht, dass wir ein Trauerhaus sind?«

»Gewiss, mein Lieber«, sagte die Tante. »Er hofft, uns zu trösten.«

Peter ging in das Zimmer, das seinem Vater gehört hatte und jetzt seines war. Geistesabwesend ließ er sich Waschwasser bringen. Trotz der inneren Leere begann er, sich Fragen über den Besuch des Erzbischofs zu stellen. Tante Marias Erklärung war zu leicht. Hatte es etwas mit Agnes zu tun? Vielleicht wollte Onkel Hermann, dass der Mann kraft seiner Autorität Agnes zu einem Geständnis überredete. Sie hatten das bereits mit einem französischsprachigen Priester aus St. Maximin versucht, als Agnes sich beklagte, dass zwar für ihr leibliches Wohl gesorgt werde, nicht aber für das geistliche.

Offenbar gab es kein plötzliches Geständnis, dass eine von ihnen Gift in Gerhardts Wein getan hatte, denn Pater Otto sah enttäuscht aus, nachdem er die Frauen befragt hatte.

Peter hätte Agnes gern selbst befragt, aber seine neue Stellung schien das nicht zu gestatten. Er würde auf Walter von Grancys Rückkehr mit Agnes' Familie warten müssen, damit die Gerichtsverhandlung beginnen konnte.

Er zog sich an, glättete sorgsam die gebügelte Leinentunika mit feuchten Händen, bevor er hinausging. Tante Maria legte großen Wert auf sein Äußeres. Es war schon lästig, und er fragte sich, wie viel länger er ihr würde gehorchen müssen.

Als er die Treppe hinabstieg, hörte er Geschirrklappern und das Gemurmel höflicher Stimmen. Die Hunde benahmen sich gut. Der Kontrast zu den fröhlichen Mahlzeiten mit seinem Vater war fast mehr, als er ertragen konnte.

Peter biss die Zähne zusammen und reckte das Kinn, entschlossen, dies durchzustehen, wie Gerhardt es gewünscht hätte. Aber die ganze Zeit schrie sein Herz danach, dass der Vater zurückkommen sollte.

Obwohl sie versucht hatten, sich zu beeilen, verstrich eine weitere Woche, bevor Catherine und Edgar in Metz eintrafen, wo sie sich eine Passage auf einem Schiff zu kaufen erhofften, das stromabwärts nach Trier fuhr. Hubert ärgerte sich über jede Verzögerung, drohte, sich ein paar Pferde zu nehmen und allein weiterzureiten.

»Vater, das geht nicht«, sagte Catherine. »Du darfst nicht dein Leben aufs Spiel setzen. Agnes nützt es nichts, wenn du tot am Wegesrand liegst, weil du in aller Eile zu ihr wolltest.«

»Hört auf, mich wie einen Greis zu behandeln!«, schrie Hubert. »Der Arzt in Paris ist ein Dummbart. Mir fehlt gar nicht. Nichts, außer dass mein jüngstes Kind allein in einem Barbarenland gefangen gehalten wird, wo es das Opfer übler Nachrede und des Mordes angeklagt ist.«

»Walter sagt, man behandelt sie nicht schlecht«, erwiderte Catherine. »Herrn Gerhardts Familie ist willens, sich an das Gesetz zu halten und zu warten, bis man sie der Sitte gemäß richten kann. Und wir reisen ja so schnell wie möglich. Die Kinder waren brav und haben uns überhaupt nicht aufgehalten.«

»Als ob das nicht ein noch größerer Wahnsinn wäre!«,

unterbrach Hubert und funkelte Edgar böse an, der eben die Schiffspassage gebucht hatte.

»Du hast Recht, Hubert«, sagte er. »Aber es ist *unser* Wahnsinn.« Er zögerte, fuhr sich mit der Zunge über die Lippen. »Ich weiß, dass Eliazar und Johanna sich erboten haben, die Kinder zu hüten. Vielleicht wären sie in Troyes sicherer, vielleicht auch nicht.«

Hubert setzte zu einer ärgerlichen Antwort an, aber Catherine unterbrach ihn.

»Du kannst nicht so tun, als ob du das nicht verstehst, Vater«, sagte sie. »Ich weiß, dass Abt Bernhard Briefe verschickt hat, um den Mönchen, die die Vernichtung der Juden predigen, Einhalt zu gebieten. Aber das bedeutet nicht, dass er damit Erfolg hat. Und es gibt jene, die man nicht zu drängen braucht. Ich weiß, der Graf und der Bischof von Troyes werden alles in ihrer Macht Stehende tun, um ihre Juden zu schützen, aber vielleicht ist es nicht genug. Ich will nicht, dass meine Kinder ermordet oder geraubt werden, weil jemand denkt, dass sie keine Christen sind.«

»Tut mir Leid, Hubert«, sagte Edgar leise. »Bei uns haben sie wenigstens nichts von Eiferern zu befürchten.«

Hubert hörte die unausgesprochene Feststellung heraus. So lange, wie er mit ihnen reiste, hatte er auch nichts zu befürchten. Sie waren eine gut christliche Familie. Catherine trug ein Elfenbeinkreuz um den Hals, und seine Enkelkinder lernten christliche Gebete. Daher zweifelte niemand an seiner Rechtgläubigkeit. Er schmeckte die Galle des Selbsthasses in der Kehle und schluckte sie hinunter. Er durfte nur an Agnes denken, nicht an seinen eigenen Stolz.

Edgar fuhr for: »Da ist ein Mann, der Weinfässer flussabwärts nach Trier bringt, um sie auffüllen zu lassen. Morgen fährt er ab und hat noch Platz für uns. Wir könnten unser Gepäck in den leeren Fässern verstauen.«

»Und wenn wir ankommen, stinken wir wie ein Schankraum«, knurrte Hubert.

»Walter reitet voraus und meldet Agnes unser Kommen«, fuhr Edgar fort, ohne ihn zu beachten. »Der Fluss ist jetzt ziemlich ruhig, sodass die Reise wohl bequem sein dürfte. Der Schiffer sagt, es sollte nicht länger als zwei Tage dauern.«

Noch zwei Tage. Catherines Kehle schnürte sich zu. Was, wenn Agnes über ihre Ankunft erbost wäre, beschämt, in solch einer Lage vorgefunden zu werden? Schlimmer noch, was, wenn sie ihr gar nicht würden helfen können?

Margaret spürte ihre Ängste und setzte sich neben Catherine, nahm ihre Hand. Catherine lächelte. Arme Margaret! Es hatte an Zeit gefehlt, sie dem Grafen Thibault vorzustellen. Sie hatte erwogen zu fragen, ob das Mädchen unter dem Schutz der Gräfin bleiben könne, aber Edgar hatte es verboten. Es war nicht recht, sie Fremden zu überlassen, beharrte er, nicht nach allem, was sie durchgemacht hatte. Widerstrebend gab Catherine ihm Recht. Nachdem diese Angelegenheit geregelt sein würde, könnte man sie immer noch ihrem Großvater vorstellen.

Plötzlich erhob sich Hubert. »Gut gemacht, Edgar. Das ist das Beste, auf das wir hoffen konnten. Aber wenn ich bis dahin hier sitze, verliere ich den Verstand. Ich gehe nach draußen. Ich muss etwas spazieren gehen.«

»Lass mich mitkommen, Vater«, sagte Catherine. »Ich habe auch keine Ruhe.«

Er zögerte, gab aber nach.

»Sehr wohl, wenn es sein muss«, sagte er.

Catherine schnürte sich die Straßenschuhe. Edgar hatte sie früher daran erinnert, dass wohl manch einer in Metz Hubert als jemanden in Erinnerung hatte, den man oft in der Gesellschaft von Juden sah. Der Vorfall in Paris hatte ihr

Angst eingeflößt. Wenn er allein war und dazu provoziert wurde, könnte ihr Vater gut seine jüdische Geburt verraten. Wäre sie bei ihm, würde sie das verhindern.

Zumindest hoffte sie das.

Der Nachmittag war warm, die Sonne erhitzte das Kopfsteinpflaster der Straße und ließ Kupfertöpfe blinken, die von einem Stand auf dem Marktplatz hingen. Kinder liefen an ihnen vorbei, manche rollten einen Reifen vor sich her, andere waren in ein Jagdspiel vertieft, ritten auf abgenutzten Besenstielen und schwangen Spielzeugbögen. Frauen saßen am offenen Fenster mit ihren Spindeln und plauderten mit Freundinnen, die vorbeigingen. Die Normalität der Szene beruhigte Catherines Gemüt. Sie nahm den Arm ihres Vaters.

»Weißt du noch, wie du uns an Feiertagen immer zu den Gauklern vor Notre Dame mitgenommen hast?«, fragte sie. »Agnes weiß immer noch nicht, wie der Mann ein ganzes Ei hinter ihrem Ohr finden konnte.«

»Und du wolltest, dass er das Kunststück wiederholt, bis du es durchschaut hättest.« Hubert lachte. »Selbst als Kind wolltest du nicht glauben, dass es Zauberei war.«

»Doch, das glaubte ich schon, aber ich dachte, ich könnte lernen, wie man es macht«, sagte Catherine. »Ich habe beim Üben so viele Eier zerbrochen, dass Mutter der Köchin untersagte, mir welche zu geben.«

Als sie ihre Mutter erwähnte, wusste Catherine, dass sie die gute Laune zerstört hatte. Hubert verzog das Gesicht.

»Sie war sehr geduldig mit dir«, seufzte er. »Deine Klugheit erfreute sie. Sie sah in dir die zukünftige Äbtissin.«

Schweigend gingen sie weiter, beide dachten daran, wie sich ihr Leben entgegen den Erwartungen entwickelt hatte. Eine Holzkugel rollte vor Catherines Fuß, und sie stieß sie zu dem kleinen Mädchen zurück, das sie verloren hatte. Sie dachte an Edana. Nein, es bekümmerte sie zwar, dass ihre Weigerung, ins geistliche Leben einzutreten, zu dem Wahnsinn ihrer Mutter geführt haben könnte, aber dennoch hatte sie für sich den rechten Weg gewählt.

»Vater, grübele nicht weiter darüber nach. Du hast nach bestem Wissen gehandelt. Du hast uns allen alles gegeben, was wir uns je wünschten. Und ich weiß, wie viel du den Nonnen für Mutters Pflege gibst. Wir können nichts ändern.«

»Das weiß ich.« Hubert ließ sich nicht trösten. »Aber vielleicht kann ich den Schaden, den ich Agnes zufügte, wieder gutmachen, auch wenn sie mir nie vergibt.«

Es gab einen Weg, wie Catherine wusste. Wenn Hubert ehrlich in seiner Seele den christlichen Glauben annahm und Agnes von der Aufrichtigkeit seines Glaubens erzählte, dann würde sie ihm vergeben und ihn wieder akzeptieren. Aber dafür bedurfte es eines echten Wunders. Und jetzt betete sie so inbrünstig um das Leben ihrer Schwester, dass es ungebührlich schien, Gott mit etwas anderem zu behelligen.

Walter hatte nur eine Nacht ausgeruht, bevor er wieder nach Trier aufbrach. Obwohl er darauf vertraute, dass Hermann Agnes nichts zu Leide tun würde, fühlte er sich unbehaglich bezüglich der anderen Leute in der Burg und in der Stadt. Hexerei ließ sich schwer nachweisen, aber die Menschen neigten dazu, daran zu glauben, wenn die Beschuldigte Ausländerin war.

Er sorgte sich auch wegen Jehan. Der Ritter hatte buchstäblich sein Lager am Rand von Gerhardts Grund und Boden aufgeschlagen. Er brachte Leckerbissen oder Blumen für Agnes und verkündete laut ihre Unschuld, die er im Zweikampf beweisen wolle. Walter hatte ihn nicht davon überzeugen können, dass seine Hingabe Agnes schaden könne.

Bald würden die Leute argwöhnen, dass die beiden sich verschworen hatten, Gerhardt zu ermorden, wenn solche Gerüchte nicht bereits umgingen. Wenn man den wahren Schuldigen nicht fand, schwand die Hoffnung, dass einer von ihnen beiden Agnes' Unschuld beweisen könnte.

Walter drängte sein Pferd zu einem schnelleren Tempo. Bevor er die Diener des Satans im Heiligen Land bekämpfen konnte, würde er sich anscheinend dem Übel stellen müssen, das viel näher vor seiner Haustür lag.

Er war sich dessen sogar noch stärker bewusst, als er in Trier eintraf. Er war überrascht, dass nicht einmal sein Wallfahrerkreuz und seine imposante Gestalt ihm ein Zimmer in einem der Gasthöfe verschafften. Schließlich kam er im Kloster St. Maximin unter.

Nachdem er sein Pferd in gute Hände gegeben und sich eine frische Tunika angezogen hatte, brach Walter zur Burg auf. Nach einiger Überlegung nahm er Schwert und Armbrust mit. Er bezweifelte zwar, dass ihn jemand angreifen würde, doch wollte er signalisieren, dass man nur über seine Leiche Agnes ein Haar krümmen würde.

Der Erste, den er traf, war der Letzte, den er zu sehen wünschte.

»Walter!«, begrüßte ihn Jehan aus seinem Zelt beim Tor. »Hast du Herrn Garnegaud gesehen? Schickt er Hilfe für Agnes? Wann trifft sie ein?«

»Gott schütze dich, Jehan«, grüßte Walter. »Ich habe Agnes' Großvater nicht gesehen. Stattdessen habe ich ihren Vater aufgesucht. Er und die seinen sollten binnen einer Woche hier sein.«

Jehan war sichtlich erschrocken. »Ihr Vater? Was hast du dir dabei gedacht? Wie konntest du zu diesen Leuten gehen?«, schrie er. »Agnes würde lieber sterben, als von ihnen Hilfe anzunehmen.«

»Mit Verlaub, Jehan«, sagte Walter, während er das Tor öffnete, »ich frage Mademoiselle Agnes persönlich, ob sie so entscheidet. Denn es mag wohl die einzige Wahl sein, die sie hat.«

»Du hast ihr Schicksal besiegelt, Walter!«, jammerte Jehan. »Sie knüpfen sie auf, und das wird auf deiner Seele lasten.«

Walter stieg weiter hinauf, gab kein Zeichen, dass er es gehört hatte. Falls Jehan nicht merkte, wie sein eigenes Verhalten Agnes zum Verhängnis wurde, dann konnte jener sich kein Urteil über Hubert anmaßen.

Zuerst hatte Agnes einfach unter Schock gestanden, danach war sie verwirrt. So etwas konnte doch nicht ihr widerfahren? War es nicht schlimm genug, dass sie von Gerhardt in der Hochzeitsnacht dermaßen gedemütigt worden war? Sie hatte es ertragen, ohne jemandem etwas davon zu erzählen. Jede Nacht hatte sie gebettelt, er möge sein Verhalten überdenken. Sie konnte ihm nicht verständlich machen, dass irgendwann ein anderer davon erfahren würde und sie beide der Schande ausgesetzt wären. Doch vor seiner Familie hatte sie ihm keine Vorwürfe gemacht. Sie wusste, wo ihre Pflicht lag, und sie war willens, still zu leiden.

Und dann, wie schrecklich, war er tot. Dort auf dem Fußboden schlug er zuerst wild um sich und schrie etwas von Dingen, die nur er sehen konnte. Schließlich erschlaffte er in ihren Armen, und sie schrie in Panik.

Wie konnte irgendjemand nur denken, dass sie ihn vergiften und dann hier bleiben würde, um solchen Todeskampf mitzuerleben?

Doch irgendjemand schien das anzunehmen, sonst hätte man sie wohl freigelassen.

Sie glaubten anscheinend, sie gut zu behandeln. Man hatte

sie in ein luxuriöses Zimmer gesperrt, ihr Kleider, Handarbeiten und die Gesellschaft ihrer Zofen zugestanden. Sie weigerten sich nur, sie gehen zu lassen oder ihr zu sagen, was draußen vor sich ging.

Sie war heilfroh gewesen, als Walter aus Köln kam, nahm sie doch an, er werde bald alles in Ordnung bringen. Doch dann ritt er wieder fort, mit nur einem schnellen Wort der Ermutigung und dem Versprechen, er werde dafür sorgen, dass ihr nichts geschähe.

Und nun war sie mit Laudine und Lisette allein.

Nach der ersten Woche begann sie sich zu wünschen, Hermann hätte sie in einem fensterlosen Verlies angekettet, statt sie noch eine Minute mit diesen beiden erleiden zu lassen. Die anfängliche Furcht, wegen Mordes eingekerkert zu werden, wich der Angst, dass ihre Strafe darin bestehen könnte, den Rest ihres Lebens in Gesellschaft dieser Frauen zu verbringen.

»Du hast das ganze Blau verbraucht!«, jammerte Laudine, als sie das Stickgarn durchsah. »Du nimmst immer die Farbe, die ich haben will.«

»Du willst immer meine Farbe haben«, konterte Lisette. »Warum kannst du nicht selbst ein Muster ersinnen, statt meines immer nachzusticken?«

»Wer würde denn schon deine albernen Sachen nachmachen?« Laudine hielt ihren Stickrahmen hoch und schlug damit Lisette auf die Finger.

Lisette schrie vor Wut.

Einen Augenblick später klopfte es an der Tor. Agnes nahm die Hände von den Ohren und bedeutete Laudine, die Tür zu öffnen.

Zwei Wachen standen dort. Hinter ihnen Frau Maria, mit einem neuen Korb voller Stickgarn.

»Ich glaube, das Material geht Euch aus«, sagte sie leise.

»Ich dachte, ich bringe Euch mehr, damit Ihr Beschäftigung habt.«

Agnes erhob sich, um den Korb entgegenzunehmen. Die Worte hatte sie nicht verstanden, doch der Sinn war klar. *»Danc«,* sagte sie. »Spricht jemand in der Burg Französisch? Fränkisch?«, fragte sie verzweifelt.

Maria schüttelte den Kopf. Agnes ließ die Schultern hängen. Sie musste einen Weg finden, die Zofen loszuwerden. War es möglich, dass sie hofften, sie würde den Giftmord gestehen, nur um nicht mehr ihre ständigen Streitereien anzuhören?

Die Tür schloss sich. Agnes warf den Korb in Richtung Lisette und Laudine.

»Wie könnt ihr euch nur so aufführen?«, sagte sie. »Frau Maria muss annehmen, dass wir zwei zankende Katzen hier drinnen haben.«

Die beiden Frauen starrten sie verblüfft an.

»Ihr habt Euren Ehemann getötet und uns gezwungen, mit Euch eingesperrt zu sein«, antwortete Laudine. »Und jetzt werft Ihr *uns* schlechtes Benehmen vor? Wie könnt Ihr es wagen!«

»Wir haben Euch begleitet, weil man uns versprach, hier gute Ehemänner für uns zu suchen«, fügte Lisette hinzu. »Nun sind wir Gefangene in einem fremden Land. Und selbst wenn wir wieder heimkehren, was können wir uns erhoffen, wenn die Leute uns der Mittäterschaft verdächtigen? Ihr seid eine hochmütige, undankbare *Mordrisseuse,* und ich wünschte, man hätte euch bereits gehenkt.«

Ungläubig starrte Agnes Lisette an, die auch noch in Tränen ausbrach.

»Seht nur, was Ihr angerichtet habt!« Laudine schlang die Arme um Lisette. »Beruhige dich, *bele seur.* Ich habe zur heiligen Perpetua gebetet, dass wir bald freigelassen werden. Sie wird uns helfen.«

Agnes konnte es nicht länger ertragen.

»Ich habe Herrn Gerhardt nicht getötet«, stellte sie wutentbrannt fest. »Und du suchst dir lieber eine bessere Schutzheilige, wenn du nach Hause willst. Die heilige Perpetua wurde nicht freigelassen, sondern starb den Märtyrertod durch das Schwert.«

Ihre Mienen drückten Unglauben in beiden Punkten aus. Agnes kehrte ihnen den Rücken zu und zog sich ans Fenster am anderen Ende des Zimmers zurück. Zum ersten Mal begann sie zu verzweifeln.

»Es ist einerlei, ob meine Unschuld bewiesen wird oder nicht«, schniefte sie. »Bis die Rettung naht, bin ich längst dem Wahnsinn verfallen. Noch ein Tag mit denen da sollte genügen. Liebe, süße Jungfrau, tröste mich! Ich bin in der Hölle gelandet.«

Zehntes Kapitel

Trier, Dienstag, Tag 6 vor den Kalenden des Juli (26. Juni) 1146; 10. Tammuz 4906. Tag des heiligen Maxentius, des Soldaten, welcher bekehrt wurde, als sein Schwert in der Luft erstarrte, als er versuchte, einen Mönch zu enthaupten.

Cotidie morimur, cotidie commutamur et tamen aeternos esse nos credimus.

Jeden Tag sterben wir, jeden Tag verändern wir uns und dennoch halten wir uns für unsterblich.

Hieronymus
LX. Brief
An Heliodor, aus Anlass des Todes seines Neffen

Die Schiffsreise verlief turbulent. Edgar hatte sich schließlich ein Tauende um die Taille und das andere um James geschlungen, damit der Junge nicht ins Wasser fiel oder man ihn im Notfall herausziehen konnte. Auch Catherine war vollauf damit beschäftigt, auf Edana aufzupassen, sodass sie gar nicht dazu kam, darüber nachzudenken, was sie in Trier wohl erwarten würde. Doch als jetzt die Mauern der Stadt rechter Hand inmitten der Weinstöcke auftauchten, überkam sie die Angst.

»Ist Agnes dort drinnen?«, fragte sie. Die Steine wirkten so bedrohlich.

»Nein«, antwortete Hubert. »Gerhardts Burg liegt weiter flussabwärts, sagt Walter. Doch wir müssen auf dieser Seite der Stadt anlegen.«

Er deutete auf eine Reihe von Holzpfählen, die jetzt am rechten Ufer in Sicht kamen.

»Der Schiffer landet die Fässer hier an«, sagte er. »Wir müssen den Rest des Weges zu Fuß gehen, es sei denn, ich bekomme ein Maultier für Catherine und die Kinder und ein weiteres für das Gepäck.«

»Glaube mir«, sagte Catherine. »Nach zwei Tagen auf diesem Schiff werden wir alle nur zu froh sein, laufen zu können.«

Mithilfe des Schiffers fanden sie einen Gastwirt, der ihnen zu einem annehmbaren Preis ein Maultier überließ. Sie beluden es mit ihren Siebensachen. Er erklärte ihnen auch den Weg zur *Porta Media,* dem südlichen Stadttor von Trier, und empfahl ihnen eine Unterkunft.

»Ich würde bei den Mönchen von St. Eucharius übernachten, das liegt unmittelbar vor dem Tore«, sagte er. »Und wartet bis morgen, bevor Ihr die Stadt betretet.«

»Wir sollen einen Freund treffen, der in St. Maximin weilt«, erklärte Edgar. »Ist dieses Kloster in der Nähe?«

»Nee, St. Maximin liegt nördlich von Trier«, brummte der Mann, der bereits mit dem Löschen der Fässer begonnen hatte. »Heute Abend schafft Ihr es nicht mit den Kindern und so weiter. Seid Ihr auf einer Wallfahrt? Kann mir nicht vorstellen, warum man mit Kindern reist, wenn sie nicht krank sind.«

»Es ist eine Familienbuße«, seufzte Edgar.

Er hob seine Tochter auf den Rücken des Maultiers zwischen die Gepäckstücke. Sie verabschiedeten sich von dem Schiffer und traten die letzte Etappe ihrer Reise an. Morgen würden sie Walter in St. Maximin treffen und endlich Verbindung zur armen Agnes aufnehmen.

Die Mönche begrüßten sie freundlich und gaben ihnen eine schlichte, aber angemessene Unterkunft. In jener Nacht wälzte sich Catherine schlaflos im Bett herum. Edgar und Hubert hatte man in einen Schlafraum mit anderen Männern geschickt, doch sie war der einzige weibliche Gast. Darum hatte sie mit den Kindern ein Zimmer für sich allein. Es war einsam. Lange nachdem die Kinder eingeschlafen waren lag Catherine da und lauschte den Geräuschen der Nacht, unterbrochen von den Schritten der Mönche, wenn sie aufstanden, um das Nachtoffizium zu singen.

Gern wäre sie ebenfalls in die Kapelle gegangen, um in die Gebete einzustimmen, obwohl sie sich vor den Blicken der Mönche hätte verbergen müssen. Aber sie wagte es nicht, falls die Kinder, selbst Margaret, aufwachen und sie nicht vorfinden sollten. So lag sie denn Stunde um Stunde da und starrte in die Dunkelheit, bis es hell genug war, die strohverkleidete Zimmerdecke zu erkennen. Diese letzte Nacht war die schlimmste, denn morgen würde sie in eine fremde Welt geworfen, wieder einmal. Sie kannte weder die Sprache noch die Sitten und Gebräuche. Mehr noch, sie würde einer Schwester gegenüberstehen, die ihr völlig fremd geworden war.

In der Stille vor Anbruch der Morgendämmerung zermartete sich Catherine das Hirn, ob Agnes sich möglicherweise so sehr verändert haben könnte, dass sie tatsächlich zu einem Mord fähig war.

Als Catherine und Edgar am nächsten Morgen den Marktplatz von Trier erreichten, merkten sie sofort, dass man sie zwischen all den anderen Reisenden und Händlern kaum wahrnahm. Dies war eine Stadt des Weinhandels und überdies der Sitz eines Erzbischofs. Fremde waren hier nichts Seltenes, und ein Kaufmann aus Frankreich, selbst in Begleitung seiner Familie, erregte kein Aufsehen. Auf der Reise hatten sie gehört, dass der Handel in den letzten paar Wochen zurückgegangen war, weil sich der Erzbischof und Graf Heinrich befehdeten und die Bewohner der Täler unter einer Hungersnot litten. Doch in Catherines Augen herrschte immer noch lebhaftes Treiben auf dem Markt. Vielleicht hatte das schöne Sommerwetter die Menschen aus den nahe gelegenen Dörfern hergelockt.

Nun ging Catherine mit den Männern neben dem Maultier her, das wieder das Gepäck und Edana trug. James ritt stolz auf Huberts Schultern, strampelte hin und wieder, um auf etwas zu zeigen, was sein Interesse weckte. Margaret hing am Arm ihres Bruders, aus Angst, in der Menschenmenge von ihm getrennt zu werden.

Sie kamen an einer steinernen Säule mit einem Granitkreuz vorbei, welche offenbar ein Treffpunkt war. Mehrere Menschen saßen plaudernd darunter und hielten anscheinend nach anderen Ausschau. Hubert blieb stehen und zeigte auf die Säule.

»Wenn einer von euch verloren geht, soll er dort auf uns warten«, sagte er. »James, hast du das verstanden?«

James strampelte zur Bestätigung.

Plötzlich stürzte sich eine Frau auf Hubert, umarmte und küsste ihn auf beide Wangen. Im Schlepptau hatte sie drei Kinder, alle höchst erfreut, Hubert zu sehen.

»Hubert!«, schrie sie. »*Wîs willekomen!*«

Der Rest war eine Mischung aus Hebräisch und Deutsch. Catherine beobachtete die beiden mit wachsender Angst. Sie hatte von Kaufleuten gehört, die Ehefrauen in vielen Städten hatten, doch nie zuvor war es ihr in den Sinn gekommen, dass auch ihr Vater so etwas tun könne.

»Edgar!« Sie stieß ihn in die Seite. »*Wer* ist diese Frau?«

»Woher soll ich das wissen?«, fauchte Edgar. Auch ihn beunruhigte der vertraute Umgang der beiden. Er fragte sich, ob Hubert deshalb so gezögert hatte, Agnes nach Trier heiraten zu lassen.

Hubert spürte ihre Bestürzung. Er sah von einem zum andern und brach in Lachen aus.

»Edgar! Catherine! Ich möchte euch Mina vorstellen, die Frau von Simon, einem gelehrten Mann und gewieften Weinhändler. Sie wohnen hier.«

»Wie ... nett«, sagte Catherine mit gekünsteltem Lächeln.

»Simon ist ein guter Freund von Solomon«, sagte Hubert.

Edgar erholte sich schneller als Catherine. »Weiß sie etwas Neues über Agnes?«

»*Enondu!*«, rief Hubert aus. »Wie konnte ich das nur vergessen!«

Er wandte sich wieder an Mina und unterhielt sich leise mit ihr.

Mit ernster Miene hörte sie ihm zu. Dann schüttelte sie den Kopf und gab ihm eine kurze Antwort. Hubert schloss die Augen, und Mina ergriff seine Hand, tätschelte sie zum Trost.

»Was ist denn?« Catherines Herz gefror zu Eis.

»Agnes hält sich noch in der Burg auf«, erklärte Hubert. »Mina sagt, sie haben vor kurzem ihre Zofen in ein nahe gelegenes Kloster geschickt, also ist sie jetzt ganz allein dort. Aber es gab keine Gerichtsverhandlung und kein Gerücht, dass ihr etwas angetan wurde.«

»Noch nicht«, sagte Catherine, ohne nachzudenken.

»Noch nicht«, wiederholte Hubert.

Er sagte noch etwas zu Mina, die daraufhin Catherine an den Händen fasste und sie drückte.

»*Todah robah*«, bedankte sich Hubert. Dann eilten sie weiter. »Wir müssen auf der Stelle Walter finden«, murmelte er. »Wie konnten sie sie nur allein einsperren, ohne eine Menschenseele, mit der sie reden kann oder die für sie spricht!«

Als sie zur *Porta Nigra* kamen, dem Nordtor neben dem Bischofspalast, drehte Catherine sich um. Mina stand immer noch da und unterhielt sich mit einer anderen Frau. Sie zeigte auf Hubert und die Freundin sah kopfschüttelnd in seine Richtung.

Catherine lief es kalt über den Rücken. Bildete sie sich das ein oder hatte sie gesehen, wie die andere Frau mit den Fingern schnippte, wie um Böses abzuwehren?

Wie viele Trierer mochten Agnes für eine Zauberin halten?

Agnes marschierte in ihrem Zimmer auf und ab. Die Sonne fiel durch das Glasfenster, eines von zweien im Bergfried. Gerhardt war von ihnen begeistert gewesen, doch Agnes zog aus praktischen Erwägungen Fensterläden vor. Dieses Fenster musste man zerschlagen, um es zu öffnen, daher war das Zimmer unerträglich heiß.

Agnes war sehr stolz darauf, dass es ihr gelungen war, sich der ewig zankenden Lisette und Laudine zu entledigen, ohne sie zu kränken. Sie hatte gefleht, man möge doch die beiden nicht zwangsweise mit ihr einsperren, da sie keines Verbrechens beschuldigt wurden. Hermann hatte sich mit Maria beraten und sich darauf geeinigt, die Frauen bei den Nonnen zu lassen, bis man sie zu Gerhardts Tod vernehmen würde. Hermann versprach, dass sie danach heimkehren dürften. Agnes war offensichtlich so erleichtert über den Weggang der beiden, dass Maria zum ersten Mal Zweifel an ihrer Schuld kamen. Es schien so ein selbstloser Akt zu sein.

Doch in den Tagen darauf begann Agnes sich zu fragen, ob sie wirklich so klug gewesen war. Solange die beiden anderen sie ständig irritiert hatten, fehlte ihr die innere Ruhe, um allzu viel über ihre Lage nachzudenken. Nun aber konnte sie an nichts anderes mehr denken.

Während sie hin- und herging, rief sie sich alle Ereignisse der Todesnacht ins Gedächtnis. Sie hatte ihre Empörung über ihn während der kurzen Zeit ihrer Ehe doch gut versteckt, fand sie; sie hatte sich bemüht, sich so zu benehmen, wie es sich für eine glückliche Braut ziemt. Auch er war vor anderen stets sehr bemüht, nett zu ihr zu sein. Er führte sie überall auf seinem Besitz herum, lehrte sie mehr über Trauben und Wein, als sie jemals hatte wissen wollen. Sie lächelte und heuchelte großes Interesse. Sie tranken aus demselben Becher, und er gab ihr die feinsten Leckerbissen von seinem Teller. Das allein hätte die Leute zweifeln lassen sollen, dass sie sein Essen vorsätzlich hätte vergiften können. Doch was noch schlimmer war, wenn es ein anderer getan hatte, wie konnte Gerhardt vergiftet worden sein und sie nicht?

Sie konnte allerdings verstehen, dass die Leute dachten, sie habe ihn verhext und mit einem Zaubertrank getötet. Es war die einzige Lösung, die ihr selbst plausibel erschien. Sie war in den wenigen Wochen ihrer Ehe kaum je von ihm getrennt gewesen. Jemand musste sie abgelenkt und ihm das Gift unbemerkt verabreicht haben. Wie sonst hätte man ihn töten können?

Daher konnte Agnes sich nur denken, dass ein anderer in diesem Bergfried Hexerei praktizierte. Doch wie sollte sie irgendjemanden davon überzeugen?

In derlei Gedanken vertieft, sah Agnes, wie durch die Einwirkung der Sonne eine dünne Rauchfahne aus den Binsen vom Fußboden aufstieg.

»Sie haben meine Gedanken gelesen! Süßes Jesulein, rette mich!«, schrie sie. »Beschütze mich vor den bösen Geistern!«

Während sie betete, trat sie auf die trockenen Binsen und verstreute sie außerhalb der Sonnenstrahlen. Im Nu war das Feuer gelöscht. Die Sonne schien jetzt intensiv auf einen Brandfleck auf dem Holzfußboden. Agnes starrte darauf. Sie meinte, ein Gesicht in der Form zu erkennen. Da waren ein Kinn und eine Nase und eine Art Helm oder Krone. Doch es schien niemand zu sein, den sie kannte. War es das Gesicht eines Dämons?

Hastig ging sie zum Korb neben ihrem Bett und streute frische Kräuter über die Brandstelle. Dann leerte sie sicherheitshalber eine Flasche Weihwasser darüber.

»So«, sagte sie und bekreuzigte sich. »Das sollte genügen.«

Dennoch vermied sie es von jetzt an, auf das zugedeckte Gesicht zu treten.

Peter sah sie den Uferweg hochkommen. Zuerst hielt er sie für Pilger, doch dann erkannte er Walter von Grancy, der einen kleinen Jungen vor sich auf sein Schlachtross gesetzt hatte. Eine Dame in schöner Seide ritt auf einem Maultier und hielt ein kleineres Kind in den Armen. Zwei Männer und eine junge Frau liefen zu Fuß nebenher.

Das war also Agnes' Familie. Er sah genauer hin – seltsam, niemand hatte wirklich Ähnlichkeit mit ihr. Welcher Art mochte ihre Beziehung sein, was würden sie unternehmen, um Agnes frei zu bekommen?

Er lief zu seinem Onkel.

Hermann hatte die Ankömmlinge bereits von seinem Aussichtsposten über dem Tor gesehen. Diese Leute entsprachen auch seinen Erwartungen überhaupt nicht. War das etwa das Gefolge? Die Lasttiere mit den Betten und dem Proviant? Wieso war niemand außer Walter bewaffnet? Agnes hatte doch eine beachtliche Mitgift bekommen. War ihre Familie dadurch verarmt?

Doch die wichtigste Frage: Wie würden sie ihn dazu bringen, Agnes' freizulassen?

Als er die Leiter hinunterkletterte, warteten bereits seine Schwester und sein Schwager auf ihn.

»Kommen sie? Was sind das für Leute? Wie viele Bewaffnete haben sie dabei? Muss ich sie alle bewirten?«, bestürmte ihn Maria.

»Das wird sich zeigen. Mach dir keine Gedanken«, antwortete Hermann. »Gerd! Zieh das Tor hoch!«

Es fiel Maria nicht leicht, ihre Überraschung und Ablehnung über die kleine Schar, welche jetzt vor ihr stand, zu verbergen. Zum Glück erinnerte sie sich an ihre gute Erziehung und musterte die Leute, bevor sie sich zu einer Bemerkung hinreißen ließ, die sie bereuen müsste.

Sie trugen den Staub der Straße auf ihren Kleidern, doch diese waren aus Leinen und Seide, falls Maria nicht alles täuschte. Die Männer trugen Samttuniken, die mit Juwelen besetzten Broschen glitzerten. Vom Ohrgeschmeide der Frau hingen traubengroße Perlen, und selbst die Kinder waren ganz elegant gewandet.

Vielleicht hatten sie die Dienerschaft in Trier zurückgelassen.

Walter saß ab und grüßte.

»Meine Herren Peter, Hermann, Folmar und Frau Maria.« Er verneigte sich vor jedem einzeln. »Darf ich euch Hubert LeVendeur vorstellen, Frau Agnes' Vater? Bei ihm sind seine Tochter, Frau Catherine, deren Ehemann, Lord Edgar von Wedderlie, und Lady Margaret von Wedderlie.«

Hubert nahm eine möglichst strenge Haltung an, ohne Anstoß erregen zu wollen. Die anderen bemühten sich, vornehm zu wirken.

»Sag ihnen, Walter, dass wir gekommen sind, um für mein Kind zu bürgen und zu beweisen, dass sie ihrem Ehemann nichts zu Leide getan hat und diese Anschuldigung eine üble Verleumdung ist«, sagte er.

Walter übersetzte.

Hermann schien verwirrt. »Wie wollt Ihr das denn tun?«, fragte er. »Ihr wart doch gar nicht hier. Und Ihr sprecht kein Deutsch. Ich dachte, Ihr würdet darum bitten, dass man sie in ein Kloster schickt, oder um für den Tod meines Bruders Sühnegeld zu zahlen. Mehr steht wohl nicht in Eurer Macht.«

Hubert fegte die Einwände beiseite. »Ich werde die Umstände aufklären«, behauptete er. »Meine Tochter ist keine Mörderin. Ich habe bei mir ein Schreiben des Grafen Thibault von der Champagne und seines Schwagers, des Bischofs Heinrich von Troyes, an Euren Erzbischof. Darin bestätigen diese meine langjährigen Dienste und ersuchen Euch, mir jedwede Hilfe zur Wahrheitsfindung angedeihen zu lassen.«

»Ihr habt bereits Verbindung zu Erzbischof Albero aufgenommen?«

Hermann und Maria tauschten einen Blick aus. Catherine meinte, Angst darin zu lesen.

»Es tut nicht Not, den Erzbischof mit hineinzuziehen, es sei denn, Ihr wolltet Agnes der Demütigung eines Gerichtsverfahrens unterwerfen«, warf Hermann rasch ein. »Sicherlich wünscht Ihr das nicht. Besser wäre es, die Angelegenheit unter uns zu regeln.«

»Wir tun, was immer nötig ist«, sagte Hubert. »Nun, ich möchte Agnes sehen. Sollte man sie misshandelt haben, werde ich den Erzbischof bitten, sie unter seinen Schutz zu stellen und Euch zu bestrafen.«

»Walter«, sagte Hermann, »falls sie es sich drinnen bequem machen wollen, werde ich Essen und Wein servieren lassen. Und ich werde die Gefangene herbringen lassen. Dann können sie sich überzeugen, dass wir ihr nichts angetan haben.«

»Nein!« Hubert trat vor Walter. »Ich will sie allein sehen. Und wo man sie gefangen hält.«

Er sah Hermann unverwandt an, ohne das Ende der Übersetzung abzuwarten. Hermann biss sich auf die Lippe, doch dann nickte er.

»Folgt mir«, sagte er.

Das Fenster in Agnes' Zimmer lag nach Osten, sodass sie nur

die Sonne und Reihen von Weinstöcken sehen konnte, die sich bis zum Berg hinter dem Schloss hochzogen. Man hatte sie nicht vorgewarnt, dass ihre selbst ernannten Retter eingetroffen waren. Sie saß an einem Tisch und versuchte, sich in einem kleinen Spiegel zu betrachten. Zu ihrem Verdruss hatte all der Kummer ihr Hautunreinheiten beschert. Sie hatte einen Pickel auf dem Kinn entdeckt, der offenbar größer wurde.

Als sie Schritte und eine Tür quietschten hörte, drehte sie sich so plötzlich um, dass der Spiegel herunterfiel und klirrend auf dem Boden landete. Agnes stand, als sich die Tür öffnete. Sie war auf alles gefasst.

Ein Mann trat ein, und die Tür wurde hinter ihm geschlossen und von außen verriegelt.

Wie war das nur möglich? Wieso war er hier? Die wochenlange Angst und Einsamkeit überwältigten sie plötzlich. Mit einem Schrei warf sich Agnes in die Arme ihres Vaters.

»Ach, Papa, Papa!«, weinte sie. »Nimm mich mit nach Hause!«

Hubert drückte sie fest und streichelte ihr Haar.

»Mein Kind! Mein Herzenskind!«, sagte er mit tränenerstickter Stimme. »Verzeih mir, dass ich dich allein an diesen schrecklichen Ort ziehen ließ. Wir sind gekommen, damit sie dich frei lassen. Ich schwöre dir, *ma douz*, ich gehe nicht ohne dich von hier fort!«

Nachdem der erste Schreck vorbei war, fasste sich Agnes wieder. Sie wich zurück und sah ihn fest an.

»Wer ist ›wir‹?«, fragte sie. »Wer ist bei dir, Vater? Hat Großvater Männer geschickt, die meine Unschuld im Zweikampf beweisen sollen? Jehan wünscht sich das, doch ich lasse es nicht zu. Sag mir doch, dass du Großvaters kühnste Recken dabei hast. Bitte!«

»Walter ist hier«, erwiderte Hubert zurückhaltend. »Ich

dachte, er hätte dir gesagt, dass er zu mir gekommen ist, statt sich auf den weiten Weg nach Blois zu machen. Falls nötig, kämpft er für dich.«

»Was heißt das, ›falls nötig‹?« Agnes wich noch weiter zurück. »Wie soll ich denn sonst freikommen? Soll ich mich etwa einem Gottesurteil unterwerfen?«

»Nein, gewiss nicht! Ach, Agnes, das würde ich nie zulassen.« Hubert wollte sie erneut umarmen, doch sie wich ihm aus. »Eher würde ich selbst das heiße Eisen anfassen«, erklärte er. »Wir hatten ja gehofft, dass man den wahren Mörder inzwischen gefunden hätte. Doch wir wollen ihn finden und jeden Zweifel an deiner Unschuld aus dem Weg räumen.«

Agnes schwante nichts Gutes.

»O nein! Du hast Catherine mitgebracht!«, sagte sie vorwurfsvoll. »Du glaubst, sie stolpert einfach über eine Giftphiole oder findet ein in lateinischer Sprache abgefasstes Geständnis, und *harou!* ist der Schuldige entdeckt. Ach, Vater, wie konntest du nur?«

»Nein, Agnes, das liegt nicht in meiner Absicht«, sagte Hubert beschwörend. »Wir haben nur an dich gedacht. Sie will dir doch nur beistehen, irgendwie helfen.«

Agnes ballte die Fäuste, verkrampfte sich. Hubert bewegte sich rückwärts auf die Tür zu. Agnes holte tief Luft und spreizte die Finger.

»Vater.« Sie bemühte sich um einen gleichmütigen Ton. »Ich will keine Hilfe von Catherine. Mit all ihrem Wissen in Logik und Theologie gelingt ihr womöglich der Nachweis, dass ich doch schuldig bin. Dann finde ich mich am Ende am Pfahl wieder, inmitten züngelnder Flammen. Schick sie heim. Jetzt sofort – bevor noch Schlimmeres geschieht.«

Sie hielt inne, um nachzudenken, was wohl noch schlimmer sein könnte.

»Du hast doch nicht auch noch jenen ... Mann mitgebracht?«, fragte sie mit bebender Stimme. »Den Juden?«

Hubert wusste nicht, ob er sich für sie oder für sich selbst schämen sollte.

»Nein, Solomon ist in Troyes«, sagte er.

»Wenigstens dafür danke ich Gott.« Agnes rieb sich die Stirn. In diesem Moment schien sie der Mut zu verlassen. Sie ging zu ihrem Bett und setzte sich, ließ die Arme schlaff herunterhängen. Völlig emotionslos starrte sie ihren Vater an.

»Es tut ja nichts zur Sache«, sagte sie. »Sie bringen mich ohnehin um, einerlei, was du tust. Hermann und Maria wollen mich nicht töten, doch sie überantworten mich dem Henker, denn Ordnung muss sein. Sie können niemand anderen als mich für Gerhardts Tod zur Verantwortung ziehen. Und irgendwer muss dafür büßen. O heiliger Petrus in Ketten, ich bin so müde! Geh jetzt, Vater, ich möchte schlafen.«

Sie legte sich hin und schloss die Augen. Hubert beobachtete diesen Stimmungsumschwung mit Bestürzung.

»Agnes?«

Keine Antwort.

Er wollte schon gehen, doch da kam ihm ein Gedanke.

»Agnes?«, sagte er noch einmal. »Wieso wollen Hermann und Maria dich nicht bestrafen lassen, wenn sie glauben, dass du ihren Bruder vergiftet hast? Agnes? Antworte mir!«

Sie hielt die Augen geschlossen. »Das weiß ich nicht«, sagte sie tonlos. »Ich glaube, ich soll zuerst beichten und es bereuen, damit sie mich in ein Kloster stecken können und mein Tod nicht auf ihrer Seele lastet. Aber das tue ich nicht, weil ich unschuldig bin. Jetzt lass mich allein.«

Hubert beugte sich über sie und küsste sie auf die Wange, doch sie reagierte nicht.

»Nun denn, mein Herzenskind«, flüsterte er. »Aber wir

lassen dich nicht im Stich, und du wirst nicht sterben. Ich komme bald wieder.«

Als er fort war, rollte sich Agnes auf den Bauch und vergrub das Gesicht im Polster, damit niemand ihr Weinen hörte.

Peter wusste nicht, was er von diesen neuen Gästen halten sollte. Der Mann und das junge Mädchen hatten einen hellen Teint wie er selbst, doch der ältere Mann und die Frau waren dunkler, wie die Händler aus Aquitanien und Sizilien. Doch schienen sie aus einer Familie zu stammen. Und sie hatten Kinder mitgebracht, als ob sie ein Fest feiern wollten! Niemand hatte ihm erzählt, dass die Franzosen derart merkwürdige Bräuche pflegten.

Noch mehr erstaunte ihn, dass das Mädchen eine Sprache sprach, welche fast wie Deutsch klang. Sie hatte etwas zu ihrem Bruder gesagt. Peter hatte sie beobachtet, während Walter übersetzte, und er war sich fast sicher, dass sie verstanden hatte, bevor die französische Version kam.

Jene Margaret hatte auch das wunderschönste rotbraune Haar, das er je gesehen hatte, ihre Augen blitzten blau im Sonnenlicht und wurden im Schatten grau.

Jetzt saß sie im Schatten, wollte unbemerkt in einer Ecke bleiben. Doch Peter fühlte sich magisch von ihr angezogen. Selbst im Dunkeln leuchtete sie in seinen Augen. Er setzte sich neben sie.

»Ich heiße Peter«, sagte er und zeigte auf sich. »Ich bin jetzt wohl der Herr der Burg.«

Lächelnd erwiderte sie: »Margaret.« Sie zeigte auf sich. *»Ic beo Edgares sweostra.«*

Überrascht sah er sie an. »Du verstehst mich?«, fragte er.

Nein, das nicht. Doch ihre Worte klangen ihm sehr vertraut, auch wenn er nicht wusste, was sie zu ihrem Bruder gesagt hatte. Woher sie wohl kamen und welchen Part sie in dieser Tragödie spielen mochten?

»Peter!«, rief Tante Maria entsetzt. »Was machst du da mit Lady Margaret?«

»Wir unterhalten uns nur«, antwortete Peter.

»Wahrhaftig? Ich wusste ja gar nicht, dass du Fremdsprachen beherrschst«, sagte sie. »Komm sofort da weg. Oder willst du etwa, dass sie dich verhext, wie jene Frau es mit deinem Vater gemacht hat?«

Peter taxierte Margaret, die ihn mit unschuldigem Blick aus ihren wunderschönen Augen ansah. Vermutlich hatte sie ihn bereits verhext.

Hubert kam mit Hermann und Walter zurück. Er sprach so schnell, dass Walter kaum mit dem Übersetzen nachkam. Peter eilte auf sie zu. Er wollte jetzt alles hören und nicht abwarten, bis seine Verwandten ihm nur gerade so viel mitteilten, wie sie für richtig hielten.

Hermann antwortete auf Huberts erregte Fragen.

»Wir halten sie für schuldig«, beharrte er. »Niemand sonst hätte ihm Gift verabreichen können. Doch wir wissen nicht, was sie verwendet hat, und sie weigert sich, es zu gestehen. Auf einen Zweikampf oder ein Gottesurteil würden wir lieber verzichten. Doch wenn Ihr sie nicht zu einem Geständnis bewegen könnt und Ihr keine Wiedergutmachung leistet, dann bleibt uns keine andere Wahl.«

»Habt Ihr denn überhaupt nach einem anderen Täter gesucht?«, schrie Hubert. »Der Tote war doch ein mächtiger Mann! So jemand hat immer Feinde!«

»Nicht im eigenen Schlafgemach!«, schrie Hermann zurück.

Beide wurden immer lauter, wie um durch Lautstärke die unliebsame Notwendigkeit zu umgehen, sich durch Walter zu verständigen.

»Er wurde vergiftet, nicht erstochen«, beharrte Hubert. »Das Gift kann er überall bekommen haben!«

Hermann zögerte. Genau das hatte ihm auch zu denken gegeben.

»Dann verratet mir, wie und wo!«, erwiderte er. »Und von wem, dann gebe ich euch Eure Tochter und die Mitgift zurück und schicke euch alle frohen Herzens fort. Doch wenn Ihr das nicht könnt, dann, so schwöre ich, überantworte ich sie dem Erzbischof und seiner Gerichtsbarkeit.«

»Vater!« Catherine packte Hubert am Arm. Sie wollte verhindern, dass er durch unbedachte Äußerungen Agnes ins Verderben stürzte.

»Gestattet uns, jeden hier zu befragen«, sagte Hubert. »Dann finden wir heraus, was wirklich geschah. Falls nicht, dann könnt Ihr Agnes' Mitgift behalten, und ich schwöre, dass sie in einem Kloster Eurer Wahl bis an ihr Lebensende dafür büßen soll.«

»Das ist eine zu milde Strafe!«, widersprach Hermann.

»Onkel Hermann«, unterbrach ihn Peter. »Du vergisst, dass ich jetzt hier der Herr bin. Es geht um den Tod meines Vaters, und mir steht die Entscheidung darüber zu, wie man ihn aufklärt.«

Hermann starrte ihn mit offenem Mund an, als ob ein Schaf zu ihm gesprochen hätte.

»Ja ... ja, gewiss, Peter«, sagte er. »Verzeih mir, ich wollte dir nur den Schmerz ersparen.«

»Dafür ist es zu spät«, erwiderte Peter. Er reckte das Kinn und sah Hubert fest an.

»Ich nehme Eure Bedingungen an«, sagte er. »Ich werde veranlassen, dass alle euch höflich begegnen und alle Eure Fragen wahrheitsgemäß beantworten. Ihr dürft sie jedoch nicht bei der Arbeit stören oder sie in irgendeiner Weise einschüchtern.«

Sowohl Hermann als auch Maria wollten Einwände erheben, doch Peter brachte sie mit einer wahrhaft imposanten Geste zum Schweigen, wie Catherine fand.

»Habt Dank, Herr«, sagte Hubert.

»Noch eins«, sagte Peter. »Dies kann nicht ewig dauern. Solltet Ihr bis Michaelis nichts herausfinden, so wird meine Stiefmutter gemäß unseren Gesetzen der Prozess gemacht. Und sollte sich herausstellen, dass sie meinem Vater durch Magie oder Gift Schaden zufügte, dann muss sie sterben. Habt Ihr das verstanden?«

Catherine wollte noch etwas sagen, doch Hubert hinderte sie daran.

»Mein Kind ist eine fromme Christin und hatte keinen Umgang mit Dämonen«, sagte er. »Ich akzeptiere die Bedingungen.«

»Dann könnt Ihr gehen.« Wieder machte Peter jene Handbewegung, doch dieses Mal nicht ganz so elegant, denn er warf dabei einen Seitenblick auf Margaret.

Als sie fortreiten wollten, brüllte James, weil er das Verlies nicht sehen durfte. Auch Catherine musste unbedingt Dampf ablassen.

»Vater!«, schnaubte sie. »Wie können wir denn herausfinden, wer Herrn Gerhardt getötet hat? Wir kennen doch niemanden hier und können uns ohne Dolmetscher mit niemandem verständigen. Was, wenn die eigene Familie ihn vergiftet hat? Was, wenn sein Tod ein Unfall war? Vielleicht hat er versehentlich eins von Agnes' Gesichtswässerchen getrunken.«

Edgar mischte sich ein: »Catherine, kein Mann würde so ein Gebräu mit etwas Trinkbarem verwechseln. Ich fürchte, dass einige uns mit in die Sache hineinziehen könnten. Ich sorge mich, dass der Schutz des Erzbischofs nicht ausreichen könnte. Hermanns Miene war nicht sehr respektvoll, als du Albero erwähntest.«

»Das ist mir auch aufgefallen«, sagte Walter. »Vielleicht verwendet Ihr die Briefe vorerst nicht, Monsieur Hubert. Möglicherweise waren Gerhardt und Erzbischof Albero keine Freunde.«

»Ihr habt ja alle Recht«, räumte Hubert ein. »Ich hätte dieser Familie einfach alles, was ich habe, als Sühne für Agnes bieten sollen. Vielleicht hätte man sie ziehen lassen. Doch dann würde sie in den Augen der Welt immer als Mörderin dastehen. Es muss einen Weg geben, ihre Unschuld zu beweisen, auch wenn der Täter nie entdeckt wird.«

»Ich wünschte, Solomon wäre hier, um uns zu helfen«, seufzte Catherine. »Er misstraut von Natur aus jedem.«

Hubert nickte, doch dann hellte sich seine Miene auf. »Ich habe noch eine bessere Idee«, sagte er. »Walter, könntet Ihr Zimmer für uns finden, vielleicht für längere Zeit? Edgar, Catherine, nehmt die Kinder und geht mit ihm. Ich will mit Mina sprechen.«

In der Burg herrschte so große Missstimmung wie draußen.

»Was hast du dir dabei gedacht?«, verlangte Maria zu wissen. »Du hast den Leuten gestattet, sich frei auf unserem Grund und Boden zu bewegen und alle anzusprechen.«

Peter biss sich auf die Lippe. Jetzt, wo Margaret nicht mehr da war, kam er sich viel jünger und unsicherer vor.

»Wenn meine Stiefmutter meinen Vater nicht umgebracht hat, dann sollten wir sie frei lassen«, sagte er schließlich. »Was, wenn jemand anders ihn vergiftet hätte?«

»Aber wer denn, Peter?«, fragte Hermann. »Und wie?«

»Das weiß ich nicht«, antwortete Peter. »Ich sinne schon die ganze Zeit darüber nach. Es herrschte doch ein ständiges Kommen und Gehen, es gab so viele Bankette. Und nicht jeder kam als Freund. Das wisst Ihr doch.«

Ja, das wussten sie, doch dass auch Peter es bemerkt hatte, überraschte sie. Folmar, Marias Mann, war verblüfft.

»Du willst also Agnes' Familie nach dem Mörder suchen lassen?«, fragte er. »Doch was ist, wenn wir Recht haben und sie schuldig ist?«

»Dann müssen sie es auch glauben«, sagte Peter. »Doch vielleicht können wir wenigstens ergründen, warum sie es getan hat. Vielleicht vertraut sie sich jemandem an. Meint Ihr nicht?«

Hermann legte den Arm um seinen Neffen. »Peter, du bist jetzt der Herr im Haus, de facto und de jure«, sagte er. »Was du anordnest, werden wir tun. Zumindest kränken wir den Grafen Thibault nicht, indem wir eine seiner Schutzbefohlenen vorschnell verurteilen. Für alle Fälle haben wir die Frau noch in Gewahrsam. Falls kein anderer Tatverdächtiger auftaucht, können wir sie immer noch hängen wie ursprünglich geplant.«

Elftes Kapitel

Trier, Donnerstag, Tag 4 vor den Kalenden des Juli (28. Juni) 1146; 12. Tammuz 4906, Vorabend des Leidens von Peter und Paul

Comes vero per exploratores eius praesentiens adventum archiepiscopi, in fugam conversus, nocte illa in villam episcopi Wittlich se recepit: equos et homines reficere volens, et nihil reperiens, villam totam concremavit.

Der Graf [von Namur] aber erfuhr durch seine Kundschafter von der Ankunft des Erzbischofs [Albero], welcher sich auf der Flucht befand. In jener Nacht stellte sich ihm der Graf in der Bischofsstadt Wittlich entgegen. Neue Pferde und Männer wollte er haben, doch da er nichts bekam, brannte er die Stadt bis auf die Grundmauern nieder.

Balderich
Das Leben des Albero

Natürlich wurde getratscht«, sagte Mina. »Die ganze Stadt spekuliert über Herrn Gerhardts Tod, doch nichts davon hat meiner Meinung nach einen wahren Kern.«

Bedauernd betrachtete Mina die enttäuschten Gesichter von Edgar, Catherine und Hubert. »Nicht jeder hält deine Tochter für eine Hexe«, fügte sie noch hinzu. »Doch ihr werdet es schwer haben, die Leute davon zu überzeugen, dass sie Gerhardt nicht vergiftet hat.«

»Ich weiß«, sagte Hubert düster. »Sie ist ja eine Fremde. Da kann man ihr leicht das Schlimmste unterstellen.«

Catherine beugte sich vor. »Doch darum hat ja offenbar auch niemand nach einer anderen Erklärung gesucht. Gerhardt war ein ziemlich mächtiger Mann. Da muss er sich doch Feinde gemacht haben.«

»Nicht so viele, wie man annehmen möchte«, erwiderte Mina. »Er behandelte seine Leute gut, war ehrlich in seinen Geschäftsbeziehungen mit der Stadt, spendete großzügig für die Kirche, wenigstens bis vor kurzem. Auch gegen uns zeigte er sich tolerant.«

»Wahrlich ein Heiliger«, murmelte Edgar.

Hubert warf ihm einen säuerlichen Blick zu. »Es gibt auch Leute, die keine Heiligen mögen«, beharrte er. »Daher ist umso wahrscheinlicher, dass er andere vor den Kopf stieß.

Besonders jene, mit denen er Handel trieb. Kennt denn Simon niemanden, der es Gerhardt vielleicht übel nimmt, dass er nie einem Kuhhandel zustimmen wollte?«

Mina überlegte. »Du meinst, so etwas wie gestohlene Pferde kaufen?«

»Ja, genau!«, sagte Hubert eifrig.

»Nein«, sagte Mina. »Überhaupt keinen. Es gelang ihm, im Krieg zwischen dem Grafen Heinrich und dem Erzbischof Albero gute Beziehungen zu beiden Seiten aufrechtzuerhalten. Wir glauben, dass er deshalb seine Almosen unmittelbar an die Armen gab und nicht den Klöstern. Er wollte nicht, dass Geschenke an St. Maximin Anstoß beim Erzbischof erregten, da der Graf das Kloster in Rechtsfragen vertritt. Und dennoch stellte er sich auf die Seite der Stadt gegen Alberos Forderungen.«

»Gegen den Erzbischof?« Catherine erinnerte sich an Hermanns und Marias Reaktion auf die Nennung seines Namens. »Was forderte er denn?«

»Das Übliche«, sagte Mina vorsichtig. »Höhere Abgaben und einen größeren Anteil an allem, was wir haben. Doch natürlich ist sein Krieg gegen Graf Heinrich unsere größte Sorge.«

»Was ist das für ein Krieg?«, fragte Edgar. »Wir haben bis kurz vor unserer Ankunft noch nichts davon gehört.«

Er und Catherine waren vor zwei Jahren aus England zurückgekehrt, nachdem sie in den Bürgerkrieg dort verwickelt worden und fast darin umgekommen waren. Die Aussicht, schon wieder in einen zu geraten, stimmte ihn nicht heiter.

»Es gibt ihn schon seit Jahren«, sagte Mina. »Ich verstehe nicht ganz, worum es dabei geht. Es hat irgendetwas mit der Zuständigkeit für das Land und die Abtei von St. Maximin zu tun. Graf Heinrichs Heer fiel vor einigen Jahren ein und zerstörte die Dörfer im ganzen Umkreis. Sowohl christliche als auch jüdische Bürger sind hier zwischen Hammer und Amboss geraten. Für uns ist ein Landesherr wie der andere, daher kümmert uns nicht, wer den Sieg davonträgt, doch die Unsicherheit und die plötzlichen Überfälle sind unerträglich.«

»Vielleicht beabsichtigte Gerhardt, sich auf eine Seite zu schlagen?«, überlegte Edgar.

»Davon weiß ich nichts«, antwortete Mina. »Man hat nichts davon gesagt. Er war wirklich eher wie einer von uns, nicht wie ein Adliger. Sein größter Reichtum waren die Reben, und geschäftliche Dinge waren ihm wichtiger als die großen Kämpfe der Burggrafen.«

»Es muss doch Leute gegeben haben, die ihn nicht mochten«, beharrte Catherine. »So wunderbar ist einfach keiner.«

Mina schüttelte den Kopf. »Falls ja, dann weiß ich nichts davon. Doch ich werde mich mal in meinem Bekanntenkreis umhören.«

Edgar hatte inzwischen das Pferd von hinten aufgezäumt.

»Ich verstehe immer noch nicht, warum alle von einem Mord ausgehen«, sagte er. »Ich weiß, was Hermann uns erzählt hat, doch es gibt hier tausend Möglichkeiten. Er hätte doch etwas Schlechtes gegessen haben können, oder vielleicht hatte er eine Geschwulst oder eine andere Krankheit und wusste es nicht.«

»Das macht mir auch zu schaffen«, erklärte Catherine. »Jemand in seiner Nähe muss zumindest geahnt haben, dass es ein mögliches Mordmotiv gab, sonst wären sie nicht so schnell auf die Idee verfallen. Wir müssen herausfinden, was es ist.«

»Aber wie?« Hubert stöhnte.

Catherine dachte nach. Dann hob sie den Kopf, reckte das Kinn, kampfbereit.

»Ich muss Agnes dazu bringen, mir zu erzählen, was geschehen ist«, verkündete sie. »Und zwar alles. Nein, da gibt es Dinge, welche sie dir nicht anvertrauen würde, Vater. Vielleicht nicht einmal mir. Doch wir müssen erfahren, was für ein Mensch Gerhardt war, und sie ist diejenige, die es am besten wissen muss.«

»Catherine, dir würde sie solche Dinge zuletzt erzählen«, erwiderte Hubert.

»Ich bin ihre Schwester«, sagte Catherine. »Ich muss sie nur daran erinnern. Es gab mal eine Zeit, als wir uns alles erzählt haben. Dinge, die wir keinem anderen anvertrauen konnten.«

Die anderen hegten weiterhin Zweifel.

»Die Zeiten sind vorbei«, sagte Edgar leise. »Wie Jehan gibt sie dir die Schuld an der Veränderung in ihrem Leben, noch mehr als ihrem Vater.«

Catherine biss sich auf die Lippe. Sie war nicht überzeugt, doch ihr fiel nichts mehr ein.

»Vielleicht könntet ihr zuerst mit den Zofen sprechen«, schlug Mina vor. »Sie sind noch in St. Irminen bei den Nonnen.«

»Davon wissen wir ja gar nichts«, sagte Hubert, der nun ein wenig Hoffnung fasste. »Ja, Catherine, geh zu ihnen. Wenn jemand weiß, was zwischen Gerhardt und Agnes vorgefallen ist, dann die Frauen, die sie angekleidet haben und ihr Gesellschaft leisteten.«

Catherine fand den Vorschlag vernünftig. »Zumindest könnten sie mir so viel sagen, dass ich gegenüber Agnes so auftreten kann, als wüsste ich bereits alles. Doch falls sie sich ihnen anvertraute, warum haben sie dann nichts gesagt, als sie beschuldigt wurde?«

Was, wenn sie sie schützen?, dachte Catherine.

Wieder spielte sie im Geist die Möglichkeit von Agnes' Schuld durch. Sie verwarf die Idee. Das war eine Lösung, der sie sich nicht stellen wollte.

Vor der Stadt Trier hatte eine zerlumpte Schar Unterschlupf in einer Berghöhle gefunden. Zu der Gruppe gehörten jetzt weniger Mitglieder als in Vézelay. Die Reise hatte sich als harte Probe erwiesen, nur die wahren Gläubigen waren noch übrig. Meinten sie zumindest.

Denise behielt den Gemeinschaftskochtopf im Auge, während sie auf ihren Mann und Astolfo wartete. Sie war von allen am meisten im Glauben gefestigt.

Vor einem Jahr hatte sie das erste Mal davon gehört, in der Nacht, als sie und ihr Mann einen Wanderprediger aufnahmen, welcher den ganzen Weg aus der Lombardei nach Nantes gekommen war und die Lehre verkündete. Es klang so viel überzeugender als die Predigten ihres heimischen Priesters, obwohl jener ein guter Mann war, der bedrückt schien, weil er keine Antworten auf Denise' Fragen wusste.

Doch Astolfo verstand ihre Zweifel. Das wirkliche Problem erklärte er so: Gott wollte nie, dass die Menschen so lange auf der Erde blieben. Seit Christi Geburt stand es uns Menschen frei, zum natürlichen Zustand zurückzukehren, doch unsere fleischliche Natur hielt uns davon ab. Doch nur, wenn wir den Versuchungen des Fleisches widerstehen, kommen wir in den Himmel.

Das Böse war in der Welt, weil die Welt selbst böse war. Alles Leibliche hatte Gottes erster Sohn Luzifer geschaffen. Unsere Seelen waren im Leib gefangene Engelsgeister. Nicht Gott trug die Schuld an allem Leid auf Erden, sondern die Menschheit hatte den niedrigsten Trieben nachgegeben. Christus, ein vollkommener Geist in Menschengestalt, war gekommen, um uns zu erlösen, auf dass wir in den Himmel kämen. Wir mussten nur dem Unrat entsagen und unsere Seelen leuchten lassen, während wir dem Gefängnis unseres Leibes entfliehen.

Für Denise und ihren Mann Lanval war diese Auslegung des Durcheinanders um sie herum wie eine Offenbarung. Gewiss, es gab Krieg, Hunger und Armut. Gewiss, die Starken beuteten die Schwachen aus. Gott konnte sie nicht beschützen. Er selbst führte Krieg gegen die Finsternis, gegen die Fallen, welche uns der Teufel stellte. Nur derjenige würde gerettet werden, der die Wege der ersten Christen beschritt. Doch da wir uns seitdem noch viel mehr versündigt haben, ist es notwendig, größeren Verzicht zu üben. Wir müssen wie die ersten Christen jeglicher Habe entsagen. Wir müssen auf fleischliche Genüsse verzichten. Die wahrhaft Frommen entsagten nicht nur dem Geschlechtsverkehr, sondern auch einer jeglichen Speise, die durch Fortpflanzung erschaffen war.

Als Denise einwandte, dass sie ohnehin kaum jemals Fleisch hatten und ohne Eier oder Käse nicht überleben würden, hatte Astolfo gelächelt und ihr versichert, dass man von keinem erwartete, über Nacht vollkommen zu werden. Nur wenige seien auserwählt, doch alle könnten danach trachten.

Und es gab noch mehr zu lernen, viel mehr. Denise hatte Pater Milun von Astolfos Worten erzählt, und jener hatte sich sehr interessiert gezeigt. Sie lächelte jetzt, als sie die dünne Gemüsebrühe umrührte, welche sie heute Abend gemeinsam essen wollten. Pater Milun schnarchte jetzt auf seinem Strohsack in der Höhle. Er hatte seine Gemeinde verlassen und sich ihnen angeschlossen, als der Bischof ihm verboten hatte, sich mit dieser fremden Ketzerei zu befassen. Und während einige auf dem Weg müde geworden und umgekehrt waren, waren andere zu ihnen gestoßen. Der Mann, welchen sie vor Provins getroffen hatten, Andreas, war der stärkste der Bekehrten. Er war so eifrig, die frohe Botschaft zu verkünden, dass sie ihn gewaltsam am Predigen an jeder Wegkreuzung hindern mussten. Es war schwer, ihn zu überzeugen, dass er niemandem nützen würde, wenn er jetzt gemartert oder, schlimmer noch, als Wahnsinniger verspottet würde. Sie mussten in der Stille wirken, bis sie stark genug wären, voranzustürmen und die ganze Christenheit zu retten.

Doch Astolfo hatte ihnen versichert, es gebe viel mehr von seinem Orden in Köln. Der werde sie aufnehmen, und auf dem Weg dorthin würden sie Freunde finden. Er hatte eine Botschaft an einen von ihnen geschickt, der dort in der Nähe lebte und sich schon früher als großzügig erwiesen hatte. Nach ihrer Ankunft hier war Astolfo mit Lanval auf die Suche nach diesem Wohltäter gegangen. Er versprach, bald mit Essen und Kleidung zurückzukehren, vielleicht sogar mit einer Reisemöglichkeit auf einem Schiff, das sie endlich ans Ziel bringen würde.

Catherines Wunsch, mit Lisette und Laudine zu sprechen, war zunächst von der Pförtnerin abschlägig beschieden worden. Walter hatte fordern müssen, dass man sie zur Äbtissin bringe, bevor sie eingelassen wurde – und dann nur in das kleine Torhaus.

»Glaubst du, man lässt dich jetzt weiter vor?«, fragte Walter. »Weiter darf ich nicht.«

»Ich weiß«, sagte Catherine lächelnd. »Erstaunlich, dass die Pförtnerin dich überhaupt so weit hineingehen ließ. Vielleicht, weil du das Kreuz trägst. Falls die Äbtissin mich empfängt und gut Latein spricht, werde ich so lange auf sie einreden, bis sie mir das Recht einräumt, diese Frauen zu befragen.«

Walter verzog das Gesicht. »Viel Glück. Ein griechisches Feuer wäre mir allemal lieber als eine erzürnte Äbtissin.«

»Glaube mir, Walter, sie sind nicht annähernd so Furcht einflößend wie Novizenmeisterinnen.« Catherine tätschelte ihm die Wange. »Sie kann mich nur abkanzeln, doch das hinterlässt keinen bleibenden Schmerz. Du solltest jetzt gehen. Sicher würden Vater und Edgar deine Hilfe zu schätzen wissen.«

Allein wartete Catherine, dass sich die Tür öffnen würde, nervöser, als sie zugegeben hatte. Sie war besorgt, dass die Äbtissin es ablehnen würde, sie zu empfangen. Doch zu ihrer Überraschung kehrte die Pförtnerin mit zwei Frauen zurück, die offenbar nicht den Schleier genommen hatten.

Die beiden musterten sie verächtlich, obwohl Catherine sich sehr sorgfältig genauso gekleidet hatte wie für den Besuch bei der Gräfin Mahaut.

»Ihr müsst die Schwester sein.« Die Frau, welche gesprochen hatte, schien einem Spielmannslied entsprungen, mit rundlichem Gesicht, fliehendem Kinn und zu kleinen blauen Augen.

»Ich bin Catherine, Hubert LeVendeurs Tochter und Edgar von Wedderlies Frau.«

Die Frauen schienen nicht davon beeindruckt. Die erste sprach wieder: »Ich bin Laudine, Tochter von Reginald von Chateauroux, und das hier ist Lisette. Ihre Mutter ist Hersende, Herrin von Aubigny.«

Catherine weigerte sich, sich in einen Wettstreit über Stammbäume verwickeln zu lassen.

»Mir war nicht klar, dass ihr noch in Trier seid«, meinte sie.

»Man sagt, wir können nicht fort, bis es erwiesen ist, dass wir Agnes nicht dabei halfen, Gerhardt zu vergiften«, sagte Lisette. »Wenn diese dumme *Jael* gestehen würde, dass sie es im Alleingang tat, könnten wir nach Hause. Könnt Ihr uns helfen?«

»Pst!«, sagte Laudine. »Nach dem, was Agnes über sie erzählt hat, glaubst du etwa, die wäre zu was nutze?«

»Wie meint Ihr das?«, fragte Catherine.

»Ihr seid doch aus dem Kloster entlaufen, um zu heiraten«, sagte Laudine. »Und Ihr liebt die Juden. Ihr würdet Euch lieber mit Juden gemein machen als mit Eurer Schwester oder der Familie Eurer Mutter. Ihr solltet die Dinge hören, die Euer Großvater über Euch und Euren Vater sagt.«

Catherine wollte es lieber nicht. Sie hatte ihren pompösen Großvater immer gemocht, obwohl er klargestellt hatte, dass er weibliche Verwandte nur nützlich fand, weil man über sie Allianzen herstellen konnte.

»Ich möchte die Wahrheit finden«, sagte sie leise. »Ich glaube nicht, dass Agnes ihren Mann getötet hat, aber falls doch und ihr nichts damit zu tun habt, dann würde ich dafür kämpfen, dass man euch frei lässt.«

Lisette blickte von ihr zu Laudine.

»Ich weiß nicht, ob wir Euch glauben können«, sagte sie.

Catherine legte die Hand auf das Kreuz an ihrem Hals. »Ich schwöre beim Leib unseres Herrn Jesus und bei den Tränen Seiner Mutter, dass ich im Falle eurer Unschuld alles daransetzen werde, dass man euch sicher nach Hause schickt.«

Die beiden Zofen flüsterten hinter vorgehaltener Hand und blickten immer wieder zu Catherine, die immer noch ihr Kreuz hielt. Edgar hatte es für sie geschnitzt. Wenn sie es berührte, gab es ihr etwas von seiner Ruhe und Stärke.

Endlich verständigten sich Laudine und Lisette mit Handschlag und sie drehten sich um.

»Nun denn«, begann Laudine. »Was wollt Ihr denn wissen?«

»Setzen wir uns doch«, schlug Catherine vor. »Das kann etwas dauern.«

Edgar und Margaret warteten ungern. Catherine und Walter waren zum Kloster gegangen. Hubert unterhielt sich mit den anderen jüdischen Händlern, darum musste jemand auf die Kleinen aufpassen.

Doch James und Edana warteten auch nicht gern.

»Papa!«, quengelte James. »Ich will draußen spielen.«

»Spielen, Papa!«, rief Edana.

Margaret sagte nichts. Sie hatte das Gefühl, zu alt zum Quengeln zu sein. Doch Edgar merkte wohl, dass auch sie nicht mehr drinnen sein wollte.

»Nun, vielleicht wäre es eine gute Idee, die Stadt zu erkunden«, sagte er. »Ich habe ein paar Münzen von Trier. Wir könnten Brot und Wurst kaufen und am Fluss essen. Möchtest du die Schiffe sehen, *Deorling?*«, fragte er Edana.

»Sie sagt Ja«, antwortete James für sie.

Die Sommersonne schien heiß auf das Kopfsteinpflaster auf dem Platz, als sie ankamen. Die meisten Leute machten eine Mittagspause, nachdem sie schon vor Stunden in der Morgendämmerung aufgestanden waren. Edgar kaufte Wurst und hartes Brot und auch einen Krug Bier zum Eintunken.

Die Braumeisterin nahm weiter keine Notiz von ihm, doch als sie gehen wollten, hörten sie einen Schrei. Eine verfaulte Mohrrübe landete auf Margarets Brust, eine andere streifte Edgar an der Schulter, wo Edana hockte. Er setzte sie ab und stürzte sich wütend auf die Jungen, die gerade eine neue Salve vorbereiteten.

Ein Junge bemerkte Edgars linken Arm. Er sah auf den Stumpf und dann in Edgars zornfunkelnde Augen. Er hielt inne und zeigte darauf.

»Sî verwâzet und verfluochet!«, schrie er. *»Franzeis tiuvel!«*

Die anderen Jungen nahmen den Schrei auf, bei manchen klang es entsetzt, bei anderen schadenfroh. Edgar bückte sich nach einem Stein, um sie zu vertreiben. Da kam ein Mann aus einem der Häuser am Marktplatz. Edgar rief Margaret, die beide Kinder an der Hand hielt, auf Englisch zu:

»Bring sie weg! Sofort. Ich komme nach!«

Mit dem Stein in der Hand sah Edgar den Mann auf die Jungen zugehen. Sie redeten alle durcheinander und zeigten auf Edgar. Der Mann taxierte ihn ebenfalls, dann starrte er zu Margaret hinüber, die James daran hindern wollte, seinen Vater zu verteidigen.

Edgar brüllte wieder: »Margaret, schnell weg! Warte auf Walter und sage ihm, wo ich bin.«

Verblüfft hörte der Mann zu. Dann rief er den Jungen etwas zu, von dem Edgar nur verstand *»Engelisch! Niht franzeis!«*

Zum ersten Mal seit vielen Jahren war Edgar froh, dass er Engländer und kein Franzose war. Die Jungen ließen die Mohrrüben sinken und liefen davon. Der Mann wartete, bis sie außer Sichtweite waren. Dann kam er zu Edgar zurück und reichte ihm die Hand.

Edgar ließ den Stein fallen.

»Ihr seid weit weg von daheim«, begrüßte ihn der Fremde auf Englisch, mit starkem Akzent. »Nicht viele Männer aus dem Norden kommen so weit in den Süden Deutschlands.«

»Ich habe nicht erwartet, hier jemanden zu treffen, der auch nur die Sprache kann.« Edgar wich der implizierten Frage aus. »Sicher seid Ihr ein Kaufmann? Womit handelt Ihr denn?«

»Mit allem, was sich zu Geld machen lässt«, antwortete

der Mann, ebenfalls ausweichend. »Ich habe ein Handelshaus in Norwich und ein weiteres in Trier. Sind das eure Kinder?« Er nickte in die Richtung, wo Margaret stand. »Seltsam, sie von so weit mitzubringen.«

»Wir haben hier Verwandte«, erklärte Edgar. »Danke, dass Ihr die jungen Rabauken weggejagt habt. Heißt man hier Reisende so willkommen?«

»Ganz und gar nicht«, sagte der Mann. »Wir freuen uns über die Geschäfte mit euch, besonders in den letzten Jahren, da der Erzbischof Krieg führt. Nun, die Jungen bildeten sich ein, Ihr stündet mit einer Zauberin im Bunde.«

Edgar lachte gezwungen.

»Wenn ich das wäre, käme ich nicht mit meinen Kindern hierher«, sagte er. »Nun, ich versprach meinem Sohn, dass wir uns die Schiffe ansehen. Danke noch mal.«

»Es ist meine Pflicht, anderen Kaufleuten zu helfen.« Der Mann verbeugte sich. »Vielleicht könnt Ihr mich auch eines Tages retten.«

Catherine wurde es müde, die Litanei der Ungerechtigkeiten mit anzuhören, welche Lisette und Laudine widerfahren waren. Agnes hatte sie auf Distanz gehalten, obwohl sie von ebenso guter Geburt wie sie waren. Gerhardt hatte versprochen, ihnen geeignete Ehemänner zu suchen, und war so unhöflich gewesen, stattdessen zu sterben. Die Farben deutscher Stickarbeiten waren falsch. Vom Essen bekamen sie Blähungen. Die beiden stritten erbittert über die Qualität des Weins, wobei sie Catherine ganz ausschlossen. Durch die Androhung, sie im Kloster zu lassen und sich nicht weiter um sie zu kümmern, brachte Catherine sie schließlich dazu, auf ihre Fragen zu antworten.

»Was hieltet ihr denn von Gerhardt?«, fragte sie. »War er gut zu seinen Dienern und seiner Familie?«

»Ja, sehr!«, sagte Laudine. »Er beschenkte uns reich und ließ uns an der erhöhten Tafel bei seinem Gefolge sitzen.«

»Ich sah, wie ein Page eine Platte mit Fleischpasteten fallen ließ, und Gerhardt schlug ihn nicht, noch trat er ihn«, fügte Lisette hinzu. »Kein einziges Mal. Er lachte nur und überließ die Pasteten den Hunden. So eine Verschwendung!«

»Man merkte, dass er bei allen beliebt war«, sagte Laudine. »Er sah auch blendend aus. Ich weiß nicht, warum Agnes so unglücklich mit ihm war.«

»Tatsächlich?«, hakte Catherine sofort ein. »Woher wisst ihr das?«

»Am Morgen nach der Hochzeit war es klar, dass sie geweint hat.« Lisette beugte sich vor und sagte leise: »Aber Gerhardt hat sie gut behandelt. Er hat sie vor anderen nicht gedemütigt.«

»Warum sollte er denn?«

»Na, weil sie keine Jungfrau mehr war, natürlich«, sagte Lisette. »Auf ihrer Bettseite war kein Blut auf den Laken. Wir haben am nächsten Morgen danach gesucht. Ich weiß nicht, warum sie darauf nicht vorbereitet war. Es gibt einfache Mittel und Wege, einen Mann darüber hinwegzutäuschen.«

»Tatsächlich?« Catherine hätte sich beinahe ablenken lassen, doch Laudine unterbrach sie.

»Das war's nicht, du Gänschen!«, sagte sie. »Ich glaube, er ist gar nicht so weit gekommen, es zu bemerken.«

»Tatsächlich«, konnte Catherine nur wiederholen.

»Ich bin mir ganz sicher.« Laudine nickte wissend. »Der Mann ernährte sich nur von Brot und Kräutern. Er wollte nicht einmal Fisch anrühren. Sie luden ihm alles auf den Teller, doch er verteilte das Fleisch an andere. Er dachte, dass keiner es merkt. Aber ich schon. Jeden Tag war ein Fastentag für ihn. Ich glaube, er tat Buße für irgendetwas, und es schwächte ihn, sodass er schlaff wie ein nasser Lappen war. Arme Agnes!«, kicherte sie.

»Das wäre kaum ein ausreichender Grund, einen Mann zu töten«, sagte Catherine, dankbar, dass Edgar nie Fleisch ablehnte.

»Nun, wir wissen nicht, welche anderen Formen die Buße noch annahm, oder?«, sagte Laudine lächelnd.

Catherine bemerkte, dass ihre Spekulationen darüber nicht mehr wert waren als ihre eigenen. Sie versuchte es auf andere Art.

»Und was ist mit dem Rest der Familie?«, fragte sie. »Was hieltet Ihr von ihr?«

»Der Sohn ist liebenswürdig«, antwortete Laudine. »Aus dem wird bald ein schöner Mann.«

»Aber nicht bald genug«, versetzte Laudine säuerlich.

»Und seine Geschwister?«

Lisette schürzte die Lippen. »Der Bruder macht nicht viel her. Seine Nase ist zu groß und das Haar so schütter, dass sein Kopf oben einen Sonnenbrand bekommt.«

»Ja, aber wie war seine Beziehung zu Gerhardt?«, drängte Catherine. »Habt Ihr Anzeichen für Eifersucht oder Groll bemerkt?«

Lisette und Laudine tauschten einen Blick, dann schüttelten sie beide den Kopf.

»Natürlich würde in der Familie eines Grafen keiner überleben, wenn er jede eifersüchtige Regung offen zeigen würde«, sagte Lisette, »doch die beiden Männer schienen Freunde zu sein. Gerhardt war sehr großzügig zu ihm, glaube ich.«

»Und die Schwester?«

»Maria führt den Haushalt gut«, räumte Laudine ein. »Niemand wagt es, ihr nicht zu gehorchen. Aber ich glaube nicht, dass es ihr etwas ausgemacht hätte, die Pflicht an

Agnes zu übertragen. Falls doch, hätte sie Grund gehabt, Agnes zu beseitigen, nicht ihren Bruder. Gerhardt schien sie zu vergöttern und sie ihn auch. Er war immer sehr aufmerksam ihr gegenüber.«

War der Mann denn ganz ohne Fehl? Catherine stand vor einem Rätsel. Irgendwer musste ihn doch abgelehnt haben.

»Und der andere? Wie heißt er noch? Der Ehemann der Schwester?«

Einen Augenblick reagierten sie gar nicht. Dann erinnerte sich Laudine.

»Ach, Folmar«, sagte sie. »Aus dem werde ich gar nicht klug; er spricht kaum, läuft nur wie ein Schoßhündchen hinter seiner Frau her. Tut alles, was sie befiehlt.«

»Er führt sich wie ein Schlappschwanz auf«, meinte auch Liesette. »Ich wünsche mir einen Mann mit Rückgrat.«

»Hat Folmar euch Avancen gemacht?«, fragte Catherine.

Lisette verzog das Gesicht. »Keine einzige«, sagte sie angewidert. »Was laufen hier bloß für Männer herum? In der Richtung braucht Ihr nicht weiter zu suchen. Der würde nicht mal ohne Erlaubnis pinkeln gehen.«

»Das ist ja lächerlich!«, platzte Catherine heraus. »Es muss doch einen Diener, Nachbarn oder Verwandten geben, der einen Groll gegen Gerhardt hegte.«

»Nun, dann ist uns jener aber nie begegnet«, schloss Laudine und erhob sich. »Bleibt also nur Agnes übrig, wie wir die ganze Zeit gesagt haben. Nun, vergesst nicht, dass Ihr versprochen habt, uns hier herauszuholen. Komm, Lisette.«

Catherine brauchte ein paar Minuten für sich allein, bevor sie sich zutraute, die Pförtnerin zu rufen, damit sie sie hinausließe. Sie kochte vor Wut, die sie nicht an der armen Frau auslassen wollte. Die Aussage der Zofen war so vom Gefühl persönlicher Kränkung durchdrungen, dass es ewig dauern würde, die Wahrheit herauszusieben.

Da gab es nur eins: Um Agnes zu retten, müsste Catherine sie dazu bringen, ihr alles zu erzählen, einerlei, wie sehr sie sich genieren mochte.

Lanval und Astolfo liefen durch die Felder, rutschten auf losen Steinen aus, fielen hin, rappelten sich wieder auf, ohne auf Schrammen und Dreck zu achten.

»Was sollen wir jetzt tun?«, sagte Lanval keuchend.

»Zu den anderen gehen und von hier weglaufen«, antwortete Astolfo.

Endlich erreichten sie die Höhle. Denise sah ihnen besorgt entgegen.

»Was ist geschehen?«, fragte sie. »Habt ihr unseren Patron gesehen? War er nicht da? Hat jemand die Hunde auf euch gehetzt?«

Immer noch keuchend lehnte sich Lanval an den Höhleneingang. Astolfo schnappte auch nach Luft. Sobald es ihm möglich war, platzte er heraus: »Unser Patron! Der *Perfectus!* Er ist tot!«

Entgeistert starrte Denise ihn an. Pater Milun stieß einen Wehlaut aus und sagte sofort ein Vaterunser auf.

»Wurde er entdeckt?«, brachte Denise heraus. »Haben sie ihn etwa verbrannt?«

Astolfo schüttelte den Kopf. »Ich glaube, niemand wusste, dass er zu uns gehörte. Man munkelt, dass seine neu vermählte Frau ihn vergiftete.«

»Neu vermählt?« Denise war noch verwirrter. »Aber wie ist denn das möglich?« Sie ging zu ihrem Mann und hielt ihn fest, wie um sich zu vergewissern, dass er unversehrt sei, dann fragte sie noch einmal.

»Näheres haben wir nicht erfahren können«, sagte Astolfo. »Nur, dass man auch Paganus auflauerte und ihn umbrachte.«

»Möge seine Seele zu Gott zurückkehren dürfen«, sagte Pater Milun. »Und die Botschaft, die er bei sich trug?«

»Ich konnte nicht fragen, ohne Verdacht zu erregen. Hoffentlich ging sie verloren«, sagte Astolfo. »Doch es gibt nichts Schriftliches mit unseren Namen.« Er sah sich um. »Wo ist Andreas?«

»Er ist nach Trier gegangen«, sagte Denise. »Kurz nach dir.«

»Du hättest es nicht zulassen dürfen«, schalt Astolfo. »Sein Übereifer ist gefährlich.«

»Er versprach mir, nicht zu predigen«, erwiderte Denise. »Doch er ist der Einzige von uns mit genügend Deutschkenntnissen für den Tauschhandel. Und meine Schuhsohlen sind dünner als diese Suppe.«

»Aber er wusste, dass wir um Almosen bitten würden«, sagte Lanval. »Und der Landvogt auf dem Schloss hat uns mit Decken und Brot versorgt, für die Seele des toten Burgherrn.«

Er zeigte ihnen das Bündel auf seinem Rücken.

Denise sah nach. »Aber nichts, womit wir unsere Schuhe ausbessern könnten. Andreas' Stiefel sind völlig durchlöchert.«

»Die Apostel gingen barfuß«, begann Astolfo, doch Denise unterbrach ihn.

»Wir aber nicht«, sagte sie. »Noch ist keiner von uns vollkommen. Ich bin monatelang gelaufen und bin Andreas dankbar, dass er eine seiner wenigen Münzen für Leder ausgeben will, um meine müden Füße zu schonen.«

Lanval stimmte ihr zu. »Es war gut von ihm, aber trotzdem dumm. Besonders jetzt, da sowohl Paganus als auch Herr Gerhardt unerwartet gestorben sind.«

»Du glaubst doch nicht etwa an eine Verbindung?« Denise starrte ihn mit schreckgeweiteten Augen an.

Astolfo hatte schon mit dem Zusammenpacken begonnen. »Ich glaube, wir sollten so bald wie möglich nach Köln. In diesem Land ist etwas faul. Vielleicht streicht hier ein Dämon herum, von Luzifer geschickt, um uns zu verderben, doch vielleicht ist es nur das übliche Böse in der Welt. Aber wir sind nicht sicher. Esst die Suppe und das Brot. Sobald Andreas zurückkehrt, brechen wir auf.«

In diesem Augenblick saß Andreas, der sich der Gruppe angeschlossen hatte, nachdem er die Leiche des Gauklers in den Wäldern nahe Provins zurückgelassen hatte, vor dem Dom. Er wartete auf einen der Kanoniker und Antwort auf seine Frage.

Er rekelte sich in der Sonne und gähnte. Diese Schar von *Fluc des Fols*, mit der er umherwanderte, wurde ihm allmählich lästig, besonders in ihrer Ablehnung von Fleisch und Fleischeslust. Doch als Pilger mit ihnen zu ziehen erwies sich als praktisch. Und möglicherweise würde er eine Belohnung erhalten, wenn er sie denunzierte.

Aber noch nicht.

Sollte in Köln wirklich ein richtiges Nest von Ketzern sein, dann wäre es unter Umständen einträglicher, die Namen der Anführer, ihrer so genannten Bischöfe, auszuspionieren und sich dann mit einschlägigen Beweisen an die Obrigkeit zu wenden.

Er fragte sich, wer wohl der wichtige Anführer war, den sie hier treffen wollten. Astolfo und Lanval vertrauten ihm nicht genug, um ihn mitzunehmen, doch Andreas wusste, dass er es bald genug herausfinden würde und er sich dann ein Goldstück dazuverdienen würde.

Über dem Traum vom Reichtum hätte Andreas um ein

Haar die Rückkehr des Kanonikers verpasst. Der Mann beugte sich über ihn, seine Miene drückte Pflichtgefühl und Abscheu aus.

»Erzbischof Bolso will dich sehen«, sagte er. »Doch du musst ihm harte Fakten liefern, bevor er dir diese Geschichte abnimmt.«

Andreas erhob sich mit einer graziösen Bewegung. Er verneigte sich vor dem Kanoniker. »Ich versichere euch, der Erzbischof wird nicht enttäuscht sein.«

Er nestelte am Lederbeutel, den er um den Hals trug, und fühlte das angenehm beruhigende Knistern des Pergaments, das er dem Gaukler gestohlen hatte. Ein Fluch, in des Teufels eigener Zunge verfasst, das hatte der Priester in Metz gesagt. Dieser Fluch sollte nach Andreas' Vorstellung den Grundstock seines Vermögens bilden.

Catherine schäumte immer noch vor Wut, als sie zu ihrer Unterkunft zurückkehrte. Dort fand sie nur Hubert vor, der den ganzen Tag im Judenviertel verbracht hatte.

»Wo sind denn Edgar und die Kinder?«

»Als ich kam, waren sie nicht hier«, antwortete Hubert. »Keine Sorge. Es bleibt ja noch stundenlang hell. Haben dir die Zofen etwas verraten?«

»Ja, und zwar so viel, dass ich voraussichtlich die ganze Nacht über brauche, um die *Miuds* von Spreu von den paar Weizenkörnern zu trennen.« Catherine setzte sich an den Tisch und rieb sich die Schläfen. »Die Quintessenz war, dass alle Gerhardt liebten und die Hochzeitsnacht nicht den Erwartungen entsprach.«

»Inwiefern?«, fragte Hubert bang.

»Das wissen sie nicht, aber sie haben trotzdem darüber geredet. Vater, wir müssen einen Weg finden, Agnes zum Sprechen zu bringen.«

Hubert ließ sich auf einen Stuhl fallen. »Ich wüsste nicht wie. Ich dachte einen Moment lang, dass wir sie wiederhätten, aber sie zog sich zurück, als ich ihr sagte, dass du mitgekommen bist.«

Er warf den Kopf zurück und schloss die Augen. Zum ersten Mal spürte Catherine, dass er alt wurde. Nicht einmal sein Anfall in Paris hatte ihr so viel Angst eingejagt wie diese resignierte Haltung.

»Wo ist Walter?«, fragte sie. »Ich dachte, er würde dich suchen, nachdem er das Kloster verließ?«

Hubert öffnete die Augen und richtete sich auf. »Den habe ich den ganzen Tag noch nicht gesehen.«

»Ob er etwa mit Edgar zusammen ist?«, fragte Catherine. Der Gedanke war tröstlich. Walter würde nie zulassen, dass jemandem ein Haar gekrümmt würde.

Hubert überließ sich seiner düsteren Stimmung, und Catherine ging hinaus, um auf die anderen zu warten. Es deuchte sie eine Ewigkeit, bevor sie James' helles, aufgeregtes Stimmchen hörte, wie es den Vater zu schnellerem Tempo anspornte, »damit uns der Drachen nicht entkommt«.

Sie eilte ihnen entgegen und nahm Margaret die schlafende Edana ab.

»Ich habe mir Sorgen gemacht, Edgar.«

»Ja, das habe ich befürchtet.« Er küsste sie, und James beugte sich von seinem Aussichtspunkt herunter und tätschelte ihr den Kopf. »Es tut mir Leid. Ich habe nicht bemerkt, wie tief die Sonne schon stand. Und ich hielt es für das Beste, einige Zeit nicht in der Stadt aufzutauchen.«

»Warum? Was ist geschehen?«

Edgar erzählte ihr von den Jungen mit den Rüben und dem Englisch sprechenden Fremden. »Hier geschehen noch mehr Dinge als der Tod eines heimischen Adligen«, endete er. »Die Leute hätten nicht prompt Agnes der Zauberei bezichtigt, wenn es nicht vorher schon Gerüchte gegeben hätte. Ich glaube, wir müssen die Wahrheit hinter diesen Gerüchten entdecken. Dann bestünde Hoffnung auf Freilassung deiner Schwester.«

Im Haus sah Edgar sich um. »Warum ist Walter denn noch nicht da?«, fragte er. »Ich dachte, er wollte nur auf die Burg, um Agnes Stickgarn zu bringen.«

»Wann ist er denn aufgebrochen?«, wollte Catherine wissen.

»Heute Morgen, nachdem er sich von dir getrennt hat«, sagte Edgar. »Er wollte nach der None zurückkehren.«

»Wir haben ihn nicht gesehen«, sagte Hubert.

»Nun«, sagte Catherine. »Wenigstens wissen wir, dass er auf sich selbst aufpassen kann, einerlei, wo er ist.«

»Mir wäre es trotzdem lieber, er wäre hier, um auf uns aufzupassen«, fügte sie hinzu.

Zwölftes Kapitel

Vor der Burg, Sonnabend, Tag 3 vor den Kalenden des Juli (29. Juni) 1146; 13. Tammuz 4906. Tag des Gedenkens an Petri Martyrium, welcher mit dem Kopf nach unten gekreuzigt ward, und die Enthauptung des heiligen Paulus, ein Privileg römischer Bürger. Sein Haupt hüpfte im Rollen dreimal hoch; an allen drei Stellen entsprang eine Quelle.

Swaz er getete, swaz er gesprach,
daz dûhte und waz ouch alse guot
daz ime diu werlt holden muot
und inneclîchez herze truoc.

Was immer er tat oder sagte,
das wirkte und war so gut,
dass alle Welt ihn liebte
und hoch schätzte.

Gottfried von Straßburg
Tristan

Walters Schädel brummte, als hätte er am Abend zuvor ein ganzes Weinfass geleert. Er konnte sich nicht daran erinnern, aber das tat er hinterher nie. Gewiss erinnerte er sich nicht daran, unter einem Baum am Wegesrand eingeschlafen zu sein.

Rasch tastete er sich den Kopf ab. In der Hitze war er ohne Halsberge ausgeritten. Er war davon ausgegangen, dass er hier kein Kettenhemd brauchte. Ein fast tödlicher Fehler. Seine Finger berührten eine empfindliche Stelle und wurden klebrig von trocknendem Blut.

Er versuchte aufzustehen, doch das verursachte einen Anfall von Übelkeit, dass er sich sofort zurückfallen ließ. Die Sonne schien auf seine halb geschlossenen Augen, ließ die Welt um ihn herum in gleißendem Licht erscheinen. Stöhnend schloss er die Augen.

»Bleibt ruhig liegen!«

Walter erstarrte. Was das ein Messer an seinem Herzen? Die Stimme hörte sich nicht bedrohlich an, nein, beinahe ... mütterlich. Walter versuchte, die Augen langsam zu öffnen, und drehte den Kopf in Richtung der Stimme. Ja, es war eine Frau in Lumpen.

»Woher kommt Ihr?«, fragte sie. »Könnt Ihr mich verstehen?«

»Ja, gewiss doch«, antwortete er. Erschrocken stellte er fest, dass sie Französisch mit starkem bretonischem Einschlag sprach. Wo war er denn bloß? Was war ihm zugestoßen? Wie lange hatte er hier bewusstlos gelegen?

Die Frau hielt ihm einen Becher aus Baumrinde an die Lippen. »Wisst Ihr, wer Ihr seid? Was ist geschehen? Hat Euer Pferd Euch abgeworfen? Hat man Euch überfallen?«

Walter bewegte den Kopf und bereute es auf der Stelle. Er würgte und erbrach sich. Als er fertig war, wischte ihm Denise den Mund und die Haare mit dem Saum ihres Rocks ab.

»Ich bin Walter von Grancy«, brachte er hervor. »Ich weiß nicht, was geschehen ist. Ich erinnere mich, dass ich unterwegs zu Herrn Gerhardts Burg bin, mehr nicht. Welchen Tag haben wir denn?«

»Sonnabend«, antwortete sie. »Gestern war der Tag des heiligen Emilion. Aber falls Ihr zu Herrn Gerhardt wollt, so kommt Ihr zu spät. Er ist tot.«

»Das weiß ich. Ich wollte dort jemand anderen besuchen.« Walter tastete sich ab. »Ich hatte Stickgarn für eine Dame dabei. Ich muss sofort hin. Sicher fragen die sich, wo ich bleibe.«

Mit großer Anstrengung und Hilfe von Denise konnte er sich aufsetzen und an einen Baum lehnen. Dann ließ er seinen Blick schweifen und bemerkte, dass etwas fehlte.

»Mein Pferd!«, rief er. »O bei Sankt Vincenz' wachsamen Raben, wo ist mein Pferd? Ohne mein Pferd bin ich verloren. Es ist so viel wert wie mein halbes Lehen! So ein edles Tier finde ich nicht wieder, bevor ich mit König Ludwig ins Heilige Land ziehe.«

»Es tut mir Leid«, sagte Denise. »Aber wir haben nur Euch gefunden, kein Pferd. Oder habt Ihr eines gesehen, Pater Milun?«

Nun bemerkte Walter, dass mehr Leute um ihn herumstanden, auch zerlumpt, dünn und blass.

»Ich habe kein Pferd gesehen«, sagte Pater Milun. »Vielleicht ist es durchgegangen. Die anderen holen schon Hilfe aus dem Dorf. Habt Ihr Freunde auf der Burg? Wir möchten Euch helfen, aber wir müssen weiterziehen.«

»Meine Freunde sind in Trier«, sagte Walter. »Ist dieses Dorf weit weg? Ich brauche einen Boten, um sie zu benachrichtigen, dass ich am Leben bin.«

Er versuchte wieder aufzustehen, doch dabei wurde ihm furchtbar übel. Er lehnte sich wieder gegen den Baum.

»Lanval und Astolfo werden bald zurück sein«, sagte Denise. »Sie bringen eine Sänfte für euch mit. Legt euch wieder hin. Hier, nehmt mein Tuch für den Kopf.«

»Danke, liebe Dame«, antwortete Walter. »Ich werde dafür sorgen, dass Ihr ein viel schöneres als Dank für Eure Güte bekommt.«

Denise errötete bei der förmlichen Anrede.

»Das tut nicht Not. Ich kann dieses im Fluss auswaschen. Und wir können nicht länger warten.«

»Ach ja, vermutlich seid Ihr auf einer Wallfahrt, wenn Ihr so fern der Heimat seid. Ihr habt nicht erwähnt, wohin Ihr geht.«

»Das tut nichts zur Sache; wir suchen keinen besonderen Schrein.« Denise zupfte das Tuch zurecht, damit es Walters Gesicht vor der Sonne schützte. »Sind nicht alle Wallfahrten wirklich Reisen des Geistes statt des Leibes?«

Walter verstand nicht. »Ich dachte, man soll die Orte besuchen, an welchen sich die Heiligen aufhalten, damit man sie besser verehren kann und sie unsere Gebete besser hören.«

»Die Heiligen sind im Himmel«, sagte Denise mit Bestimmtheit. »Man kann überall zu ihnen beten, sie hören es.«

»Nun ja.« Walters Schädel brummte viel zu sehr, um sich auf dieses Gespräch konzentrieren zu können. »Aber mir hat man immer gesagt, dass die Heiligen aufmerksamer zuhören an den Orten, wo ihre Gebeine liegen. Ihr erinnert mich an eine andere Frau, die auch so redet. Ihr kann ich auch kaum folgen.«

Denise lachte, und Walter ließ die Augen wieder zufallen. Diese Leute erschienen ihm seltsam, aber harmlos. Falls sie ihn hätten ausrauben wollen, hätten sie das während seiner Ohnmacht tun können. Er fragte sich, was vorgefallen war. Hoffentlich machten sich die anderen nicht zu große Sorgen.

In Trier sorgten sich Walters Freunde gar nicht so sehr, obwohl Catherine ein schlechtes Gewissen hatte, als er am Morgen noch nicht zurück war.

»Er hat das Schwert und die Armbrust zurückgelassen.« Sie zeigte auf die Waffen, die in der Ecke standen. »Wie kann er sich verteidigen, wenn er unter die Räuber fällt?«

»Wenn es weniger als zehn sind, würde ich auf Walter und seine bloßen Fäuste wetten«, sagte Edgar schmunzelnd. »Er ist vielleicht nur länger auf der Burg geblieben als geplant und hat dann dort übernachtet.«

»Vermutlich.« Catherine beugte sich wieder über das Loch in Edanas kleiner Tunika. Sie schien fast jeden Tag etwas zu zerreißen. »Es wäre übertrieben, in diesem Fall eine Nachricht zu schicken.«

Schweigen trat ein.

»Mina möchte wissen, ob wir zum Schabbatmahl kommen«, verkündete Hubert plötzlich. »Da Simon noch in England weilt, wünscht sie sich etwas Gesellschaft. Und sie ist eine ausgezeichnete Köchin.«

Edgar runzelte die Stirn. »Ich möchte es nicht zur Gewohnheit werden lassen, dass wir an den jüdischen Ritualen teilnehmen«, sagte er. »Bei Johanna und Eliazar ist das in Ordnung, denn die Leute sind daran gewöhnt, uns mit ihnen zusammen zu sehen. Doch was werden die Bürger hier denken? Sie haben ohnehin eine schlechte Meinung von uns.«

»Viele Trierer Kaufleute setzen sich mit ihren jüdischen Freunden an einen Tisch«, erwiderte Hubert. »Niemand wird sich darüber Gedanken machen. Es ist nicht anders als in Paris.«

»Doch, Hubert.« Edgar blieb fest. »Wir sind hier fremd. Wir können uns nicht so benehmen wie in Paris. Wir sind hier schon als Zauberer beschimpft worden; soll man uns auch nachsagen, dass wir mit dem Judentum liebäugeln?«

»Er hat Recht, Vater«, sagte Catherine leise. »Wir müssen an Agnes denken.«

Gerade wollte Hubert etwas einwenden, da pochte es laut an der Tür.

Catherine stach sich an der Nadel. »Jesus!«, schrie sie.

Hubert stand auf, um zu öffnen. Dann, Edgars Warnung eingedenk, rief er zuerst, wer da sei.

Zuerst kam keine Antwort. Dann sagte eine leise Stimme auf Französisch:

»Ich bin es nur, Milun. Ich habe eine Nachricht für Hubert LeVendeur.«

»Der hört sich nicht gefährlich an«, sagte Edgar. Dennoch erhob er Walters Schwert. Es überraschte ihn, wie leicht es wog. Sein rechter Arm war seit dem Unfall anscheinend stärker geworden.

Als er den Mann sah, musste er fast über seine Angst lachen. Der Bretone war schmächtig und zitterte vor Angst beim Anblick der Männer. Milun wich zurück, als Huberts hünenhafte Gestalt über ihm ragte.

»Was wollt Ihr?«, fragte Hubert.

»Ich komme von Walter von Grancy.« Milun fuhr sich mit der Zunge über die Lippen. »Er ist verletzt. Ihr müsst kommen und ein Pferd mitbringen. Wir wollten ihn in einer Sänfte herbringen, aber das lehnt er ab.«

»Verletzt?«, wiederholte Hubert. »Wie denn? Ist es schlimm?«

»Wohl kaum, Vater, wenn er unbedingt reiten will«, sagte Catherine.

»Wir fanden ihn heute Morgen ohnmächtig auf«, sagte Milun und sah sie vorwurfsvoll an. »Jetzt ist er bei Besinnung, aber er hat eine hässliche Kopfwunde. Man sollte ihn tragen, aber als Ritter geniert er sich, lebend in einer Sänfte gesehen zu werden.«

Catherine legte sofort die Näharbeit nieder und ging nach nebenan, um ihre Hausapotheke zu holen.

»Du und Edgar, ihr geht zu ihm«, sagte Hubert, als sie zurückkam.

»Margaret und ich bleiben bei den Kindern. Ich erwarte heute Nachmittag Besuch.«

Catherine fiel es nicht ein, sich nach dem Besuch zu erkundigen. Sie wollte nur herausfinden, was Walter widerfahren war. Wer würde es wagen, ihn anzugreifen? Es wäre ja nicht nur dumm, sondern auch pietätlos, einen Ritter zu überfallen, der das Wallfahrerkreuz trug.

Sie fanden Walter unter dem Baum, doch jetzt war er von Menschen umringt. Da waren die Männer aus dem Dorf mit der Sänfte und protestierten laut, dass Walter ihre Dienste ablehnte. Denise, Astolfo und Lanval warteten, und auch Herr Hermann war zugegen. Alle diskutierten wild durcheinander. Catherine merkte, dass Walter wohl schwer verletzt war, denn normalerweise hätte er der Debatte sofort ein Ende gemacht. Sie bahnte sich einen Weg durch die Menge und kniete neben ihm nieder.

»Verzeih mir, Walter«, sagte sie, während sie Salbe für die Wunde herausholte. »Wir haben nicht daran gedacht, dich suchen zu lassen, als du nicht zurückkehrtest. Das ist ja eine hässliche Wunde. Wie hat man dich denn überfallen?«

»Das weiß ich nicht«, sagte Walter matt. »Ich erinnere mich nur noch, dass ich auf der Straße ritt und mich über den Sonnenschein freute. Ich habe niemanden gesehen. Kannst du den Leuten hier mal sagen, sie sollen still sein? Ich habe rasende Kopfschmerzen.«

»Ich versuch's, aber jetzt halte still, damit ich dich verbinden kann«, sagte Catherine. »Warum hat denn noch niemand deine Wunde versorgt?«

»Die Leute, die mich fanden, haben kaum genug Tuch, um ihre Blöße zu bedecken«, erklärte Walter. »Ich ließ nicht zu, dass sie ihre Kleider für mich zerrissen. Ich blute ja nicht stark.«

Darauf konnte Catherine nichts entgegnen. Sie küsste ihn auf die Stirn neben die Wunde und versorgte ihn weiter.

Die Dörfler hatten bereits einen Boten zur Burg geschickt, als sie von einem Verwundeten vor dem Dorf erfuhren. Sie erinnerten sich an die Leiche am Fluss und wollten sich des Schutzes des Burgherrn versichern, im Falle eines Raubüberfalls oder eines erneuten Angriffs von Graf Heinrich.

Peter hatte sofort nach dem Rechten sehen wollen. Er bewunderte Walter sehr. Nur mit Mühe konnte Hermann ihn zurückhalten, und dann auch nur, weil er ihn darauf hinwies, dass es seine Pflicht sei, die Menschen im Bergfried zu beschützen.

Hermann war erst kurz vor Catherine und Edgar bei Walter eingetroffen. Als er in dem Opfer den einzigen Menschen erkannte, der beider Sprachen mächtig war, hatte er einen Mönch aus St. Maximin holen lassen, der Französisch beherrschte. Nun kniete jener an Walters anderer Seite und sah Catherine zu.

»Haben die Pilger irgendetwas gesehen?«, fragte er.

Walter wandte ihm den Kopf zu, woraufhin Catherine ein Kraftausdruck entschlüpfte, den sie in England aufgeschnappt hatte.

»Walter, entweder rede, ohne dich zu bewegen, oder lass ihn warten, bis ich fertig bin«, befahl sie.

Hermann verstand den Ton, wenn auch nicht die Worte und entfernte sich, um geduldig auf die Ankunft des Mönchs zu warten.

Edgar unterhielt sich mit Lanval und Denise.

»Kennen wir uns nicht?«, fragte er. »Von irgendwoher?«

»Vielleicht von der Straße«, antwortete Lanval. »Wir sind schon seit Beginn des Frühjahrs unterwegs.«

Catherine blickte hoch. »Ich erinnere mich«, sagte sie lächelnd. »Ich habe in Vézelay mit dir gesprochen. Du bist doch der Mann, der glaubt, wir sollten alle wie Mönche leben.«

Lanval lächelte nervös.

»Und nun zu Walter.« Edgar kam auf den Punkt zurück. »Es war also niemand hier, als Ihr ihn fandet?«

»Niemand«, sagte Denise. »Nur der arme Mann. Wir dachten zuerst, er schläft, aber dann sahen wir das Blut.«

»Seltsam, dass seine Börse nicht geraubt wurde«, war Edgars Kommentar.

»Wir sind doch keine Diebe, Herr!« Lanval warf sich in Positur.

»Nichts für ungut«, sagte Edgar. »Aber findet Ihr es nicht auch seltsam, dass man ihn überfällt und dann nichts von ihm anrührt? Ob er sich nicht den Kopf an einem niedrig hängenden Ast gestoßen hat?«

Die Vorstellung kam selbst ihm widersinning vor, doch wie

sonst konnte ein erwachsener Mann vom Pferd fallen und nur eine Kopfwunde davontragen? Da kam Edgar eine Idee.

»Wo genau hat er denn gelegen?«, fragte er.

Denise deutete auf eine Stelle zerdrückter Pflanzen am Straßenrand. Edgar ging ein Stück auf der Straße zurück, drehte sich um und kam zurück. Unmittelbar neben der Stelle, auf die Denise gezeigt hatte, sah er nach oben. Nicht weit davon entfernt stand auf der anderen Straßenseite eine hohe Eiche mit üppigem Blattwerk. Die Äste hingen so tief, dass man hinaufklettern konnte.

Ein Mann mit zwei Händen, genauer gesagt.

In solchen Momenten konnte Edgar fast fühlen, wie sich seine verlorenen Finger ausstreckten. Würde er sich je daran gewöhnen?

»Lanval, könntest du da hochklettern?«, fragte er.

»Gewiss.«

»Dann klettere doch bitte so weit hoch, bis du einen Überblick über die Straße hast. Ich möchte prüfen, ob man dich sehen kann.«

Lanval nickte und kam zu dem Baum, er schwang sich mühelos hoch. Edgar folgte ihm.

»Halt auch nach jedem Anzeichen Ausschau, dass jemand anders dort war. Geknickte Zweige, Kratzer in der Rinde, ein *Brais*-Fetzen.«

Dann ging er wieder auf die Mitte der Straße und sah zu, wie Lanval nach oben stieg. Als jener rief, er habe einen guten Ruheplatz mit klarer Sicht gefunden, sahen Edgar und Denise ganz genau hin.

»Ich kann ihn überhaupt nicht sehen«, sagte Edgar.

»Ich glaube, ich sehe ein Stück von seinem Stiefel«, sagte Denise. »Aber nur, weil ich weiß, dass er dort ist.«

Edgar rief hinauf: »Wie viel Platz hast du über dir? Könntest du deinen Arm schwingen?«

»Etwas weiter unten schon«, rief Lanval zurück. »Doch dann habe ich keine Deckung mehr.«

»Aber wenn er sich rasch bewegte, wäre es möglich«, murmelte Edgar vor sich hin. »So könnte es gewesen sein. Nun, wenn ich nur noch den Stein fände ...«

»Was für einen Stein?«, fragte Denise.

»Aus der Schleuder«, erklärte Edgar. »Wie sonst könnte man einen Mann vom Pferd werfen? Es hängen keine Zweige über die Straße. Walter hatte mit Sicherheit keinen Turnierkampf hier, und es ist keine Pfeilwunde.«

Er kroch auf den Knien herum, zuckte zusammen, als er das Gewicht auf den Stumpf verlagerte. Denise bückte sich, um ihm zu helfen. Edgar murmelte:

»Nun, wenn er mit voller Wucht getroffen hat, dann muss er in dieselbe Richtung zurückgeprallt sein, aus der er kam, aber welche Richtung war das? Verdammt!«

Er richtete sich auf. »Catherine, bist du fertig? Du musst mir mit etwas Geometrie helfen.«

Am Ende kam ihnen nicht die Geometrie, sondern das Glück zu Hilfe. Der Stein war nicht von dem Teil der Straße. Es war ein Stückchen Quarz mit abgestoßener scharfer Kante.

Catherine spürte, wie es ihr in die Hand schnitt beim Suchen, und als sie zurückwich, bemerkte sie zuerst die scharfe Kante und dann den Flecken getrockneten Blutes auf dem rosafarbenen Stein. Sie hob ihn auf und winkte triumphierend.

»Natürlich beweist dieser Fund nicht, dass Walter mit einer Schleuder beschossen wurde; die Vermutung liegt nur nahe«, sagte Edgar, als sie ihm stolz den Stein gab. »Wir wissen immer noch nicht, wer wen oder warum angriff.«

»Selbst wenn seine Börse nicht berührt wurde, ist das Pferd Motiv genug«, sagte Catherine. »Wir sollten Herrn Hermann bitten, die Leute vor dem Ankauf eines Schlachtrosses zu warnen. Falls kein anderer *Miles* die Tat beging, ließe sich der Dieb leicht überführen. Ein Stadtbewohner oder Bauer würde ein solches Tier wohl kaum besitzen.«

»Ja, Hermann könnte das tun, falls wir ihm das Problem klar machen«, meinte auch Edgar. »Catherine, ich glaube, wir sollten nach dieser Sache daheim in Paris bleiben. Ich bin dieser ständigen Verständigungsschwierigkeiten überdrüssig.«

»Verzeiht«, sagte eine leise Stimme auf Französisch mit starkem Akzent.

Beide hielten inne und wandten sich zu dem Sprecher um.

Es war ein älterer Mann, dem man ansah, dass er schon jahrelang Barmherzigkeit gegen seine Nächsten übte. Das Klosterleben hatte seine Spuren hinterlassen. Er räusperte sich nervös.

»Monsieur Hermann sagt mir, dass ich ... ich soll ... nein ... Euch helfen.« Vor lauter Anstrengung, die richtigen Worte zu finden, zog er die Stirn kraus. »Ich heiße Berengar.«

»Danke«, sagte Edgar. »Wir sind sehr erleichtert, dass jemand für uns dolmetscht.«

Berengar riss vor Schreck die Augen weit auf. Edgar merkte, dass jener nicht alles verstanden hatte.

»Nonne habes latinam?« fragte er.

Der Mönch starrte ihn mit offenem Mund an, als habe gerade ein Hund gesprochen.

»Sic aut non?«, fragte Catherine. Allmählich riss ihr der Geduldsfaden.

»Ja, wieso«, sagte Berengar endlich in fließendem Latein. »Es fällt mir viel leichter als Französisch, doch wieso könnt Ihr ...?«

»Einerlei«, sagte Edgar. »Erkläre bitte nur Herrn Hermann auf Deutsch, wie unserer Meinung nach Walter überfallen wurde.«

Er zeigte Berengar den Stein und den Baum. Aufgeregt ging der Mönch zu Hermann und berichtete.

Hermann nickte beifällig.

»Ich glaube, wir sollten herausfinden, wo jener Wahnsinnige geblieben ist, der gestern Nacht vor unserem Tor kampiert hat«, sagte er.

»Jehan!«, sagte Catherine. »Er ist zwar verrückt, aber würde er Walter verletzen? Sie sind doch befreundet.«

»Ich selbst habe sie vor wenigen Tagen streiten hören«, beharrte Hermann. »Ich glaube, der Wahnsinnige ist eifersüchtig auf den armen Walter.«

»Eifersüchtig? Wegen meiner Schwester?« Das konnte Catherine nicht glauben. »Walter geht ins Heilige Land. Er sucht keine Ehefrau, selbst wenn Agnes frei wäre nicht.«

Hermann zuckte mit den Achseln. »Der Wahnsinnige trägt auch ein Kreuz. Doch er führt sich nicht wie ein Pilger auf.«

»Ich glaube nicht, dass wir uns momentan Gedanken um Jehan machen müssen. Eine Schleuder ist nicht seine Art Waffe«, sagte Edgar. »Wahrscheinlicher ist es, dass ein anderer Walter auflauerte. Der wollte vielleicht verhindern, dass Walter etwas unternähme, um Agnes' Unschuld zu beweisen. Schließlich kann nur er Eure Sprache sprechen.«

Berengar übersetzte. Hermann antwortete erregt, sagte etwas zu den Männern mit der Sänfte, dann bestieg er sein Pferd und ritt zur Burg zurück.

»Er sagt, er habe Euch sehr rücksichtsvoll behandelt«, erklärte der Mönch. »Er versprach, dass man euch bei Euren Untersuchungen nicht behindern würde, und Ihr beleidigt ihn sehr durch Eure Unterstellungen.«

»Wir haben ihm doch gar nichts unterstellt!«, sagte Edgar.

Catherine unterbrach ihn. »Ich weiß, wie er darauf kommt. Vielleicht kennt er jemanden, der besonders geschickt im Umgang mit der Schleuder ist.«

»Stimmt«, sagte Edgar. »Berengar, weißt du, an wen er gedacht haben könnte?«

Berengar hob abwehrend die Hände. »Ich verbringe meine Tage im Skriptorium«, erklärte er. »Ich weiß wenig von der Welt außerhalb der Klostermauern, ich schwör's!«

»Kannst du es denn wenigstens einrichten, dass uns Herr Hermann noch einmal empfängt?«, fragte Edgar. »Bitte in unserem Namen um Entschuldigung. Sag, dass wir aus Sorge um Frau Agnes voreilige Schlüsse ziehen könnten. Wir haben Angst, weil wir hier fremd sind, doch er war bereits sehr großzügig zu uns, und dafür sind wir ihm dankbar. Wir treffen ihn in der Stadt oder auf der Burg. Wir müssen herausfinden, was an dem Tag geschah, als Herr Gerhardt starb, und was für ein Mensch er war.«

»Und frage ihn, ob ich meine Schwester sehen darf«, setzte Catherine hinzu. »Bitte. Sie ist ganz allein dort.«

Widerstrebend sagte Berengar Hilfe zu.

Die Männer mit der Sänfte versuchten immer noch vergebens, Walter hineinzuhieven.

»Ihr werdet mich nicht durchrütteln!«, brüllte er.

Endlich schaffte er es, sich an dem Baum aufzurichten. Aufrecht stehend war er viel imposanter als liegend. Die Männer wichen zurück.

»Nun, wie willst du nach Trier zurückkommen?«, fragte Catherine.

Walter murrte: »Lieber reite ich auf eurem Maultier, als dass ich mich von irgendjemandem tragen lasse. Ich warte hier, während ihr es holt.«

»Du und auf einem Maultier reiten?« Das passte so schlecht zu ihm, dass Catherine sich Gedanken um seinen Geisteszustand machte. Walter las es in ihrer Miene.

»Es tut mir Leid«, sagte er. »Seit ich die Augen wieder aufschlagen wollte, war dies ein schwarzer Tag für mich.«

»Ich weiß, Walter«, sagte Edgar. »Hier, ich habe einen Schlauch Wein mitgebracht. Trink den, während wir in die Stadt gehen und das Maultier holen.«

»Bringt auch meine Armbrust mit«, rief Walter ihm nach. »Falls mir der Spitzbube begegnet, der sich mit meinem Pferd aus dem Staub gemacht hat.«

Der Heimritt kühlte Hermann etwas ab. Die Feststellung, dass Agnes' Schwester und ihr Mann gebildet waren, hatte ihn erschreckt. Vor langer Zeit hatte man einen Geistlichen aus ihm machen wollen, da er der jüngere Sohn war, doch Hermann hatte keine Neigung zur Gelehrsamkeit gezeigt. Im lag mehr der Kampf, und sein Vater hatte zugestimmt, dass es nicht schaden könne, zwei Söhne zu haben, um ihr kleines Anwesen zu verteidigen.

Doch er hatte von Kindheit an Hochachtung vor jenen, die die Kirchenväter im Original lesen konnten. Seine Zweifel hinsichtlich Agnes' Schuld wurden größer.

Sie war nur eingekerkert worden, weil man keinen anderen Verdächtigen hatte. Hermann wusste das, und er wollte sie nur den Behörden übergeben, falls er im Herzen von ihrer Schuld überzeugt wäre. Es musste Beweise geben, entweder rationale oder göttliche. Er konnte nur hoffen, dass Agnes' Familie sie liefern könnte. Er wollte ja nur ohne Zweifel sein.

Hermann biss sich auf die Lippe. Er machte sich etwas vor. Eigentlich wünschte er sich seinen Bruder zurück. Mehr als alles andere.

Maria erwartete ihn schon.

»Ist Walter schwer verletzt?«, fragte sie. »Was sollen wir ohne ihn tun?«

»Ich glaube, er erholt sich wieder«, sagte Hermann. »Und der Abt hat einen Mönch geschickt, der für uns mit den Franzosen spricht. Sag Folmar, er soll ein paar Männer schicken, um nach einem herrenlosen Schlachtross zu fahnden. Walters Pferd ist fort.«

»Hermann, mein Mann ist doch kein Knecht«, schimpfte Maria.

»Nein, die Knechte tun nützliche Arbeit«, fauchte ihr Bruder. »Warum haben wir nicht vor deiner Verlobung bemerkt, dass der Mann kein Rückgrat hat?«

»Hermann, *du bist vil alwaere!* Folmar hat viele gute Eigenschaften!«

»Zweifellos«, sagte er mürrisch. »Eines Tages musst du mir mal eine Liste davon zeigen, aber jetzt sorge dafür, dass die Suche eingeleitet wird.«

Als sie fort war, ließ er sich Wein und Wurst kommen und warf seine Reithandschuhe in die Ecke. Er setzte sich ans offene Fenster und schaute auf den Fluss und die Ländereien des Grafen Heinrich. Sie lagen so friedlich da, fast wie ein Spiegel der weinbedeckten Berge dahinter. Er versuchte, die bösen Ahnungen zu verscheuchen, doch sie wollten nicht weichen. Es gab da ein Geheimnis, etwas, das alle Geschehnisse erklären würde.

Er betete um Erleuchtung, doch sie blieb aus.

Im Burgbereich sah er Peter, wie er sich im Schwertkampf übte. Der ramponierte Strohmann war schon von allen Seiten aufgeschlitzt, stand jedoch immer noch aufrecht, trotz Peters heftiger Schläge. Die Wucht der Hiebe verriet Peters Gefühle. Hermann wünschte, es gäbe etwas, das er tun könnte, um den Kummer des Jungen zu mildern.

In der Ferne sah er eine kleine Gruppe Reisender, drei Männer und eine Frau. An der Kleidung erkannte er, dass es die Leute waren, die Walter gefunden hatte. Flüchtig dachte er darüber nach, wohin sie wohl gingen und warum. Plötzlich kam ein anderer Mann vom Flussufer dazu. Etwas Metallenes blitzte in seiner Hand auf. Hermann fürchtete einen Überfall auf die Gruppe und er würde nur von weitem zusehen können.

Doch die anderen vier begrüßten den Mann wie einen alten Freund, und nach kurzem Geplauder setzten sie ihren Marsch fort.

Hermanns ungutes Gefühl wuchs. Irgendetwas stimmte nicht bei dem letzten Mann. Er schien nicht zu den anderen zu passen. Er stand zu gerade, hielt den Kopf zu hoch. Das war niemand, der gewohnt war, Befehle zu empfangen, und sich gern unsichtbar machte. Die anderen waren Bauern. Dies hier war ein frei Geborener. Hermann versuchte zu ergründen, was ihn daran störte. Während sie immer weiter aus seinem Blickfeld rückten, wurde ihm schließlich bewusst, warum ihn die Haltung jenes Mannes so bestürzt hatte. Er bewegte sich nicht wie ein freier Mann, ein Herr, welcher niemanden über sich hat. Nein, dies war ein Mensch, der niemandem etwas schuldete. Er hatte keinen Platz in der Weltordnung. Es gab niemanden, der ihn lenken konnte und niemanden unter ihm, für den er sorgen musste. Dieser Mann war gefährlich.

Der Wein kam. Hermann erhob seinen Becher, und als er wieder hinaussah, war die Gesellschaft verschwunden. Es lief ihm kalt über den Rücken, doch dann lachte er über sich selbst. Wer würde so etwas nur aus der Bewegung eines Mannes schließen? Das war Humbug. Die innere Unruhe hatte seinen Verstand umnebelt. Er nahm einen tiefen Zug aus dem Becher. Der Wein beruhigte ihn.

Durch das Fenster hörte er Peter beim Abbauen des Strohmannes ächzen und stöhnen.

Binnen einer Woche war Walter wieder auf den Beinen. Die Demütigung, auf einem Maultier zu reiten, schien seine Genesung zu beschleunigen. Nach einem Tag hatte er beschlossen, lieber bei ihnen zu bleiben, als die Gastfreundschaft der Mönche in Anspruch zu nehmen.

»Mönche sind mir zu still«, vertraute er Catherine an.

»Das Problem haben wir hier nicht«, lachte sie.

»Aber es ist ein guter Lärm«, sagte er ernsthaft. »Selbst wenn ihr streitet, hört man Liebe heraus.«

»Bei St. Eustachius' frechem Stier, Walter! Gerade wenn ich denke, dass ich dich kenne, sagst du etwas, das mich zum Weinen bringt.« Catherine wischte sich die Nase am Ärmel ab und fragte sich, ob sie vielleicht wieder schwanger war. Vielleicht war es auch nur ihre Angst um Agnes, die einfache Dinge so bedeutsam machte.

Was, wenn die liebe süße Margaret sie eines Tages genauso verachten würde wie Agnes? Wie konnte Catherine sicher sein, dass dies nie geschehen würde? Sie hatte gedacht, dass nichts das Band zwischen ihr und ihrer Schwester zerschneiden könnte. Doch es war passiert. Wer sonst noch würde sie in Zukunft verabscheuen? Ihre Gedanken drifteten wieder in gefährliche Untiefen.

»Denk nicht einmal daran.« Die Stimmen aus ihrer Kindheit mischten sich selten in ihr Leben ein, aber dieses Mal war sie dankbar dafür. *»Was könnte denn dir und Edgar passieren, was ihr noch nicht gemeinsam durchgemacht habt?«*

Bevor Catherine antworten konnte, fuhren die Stimmen fort:

»Nichts. Also schwelge nicht in Schwermut. Es gibt Arbeit.«

»Catherine? Führst du Selbstgespräche?« Walter war halb belustigt, halb besorgt.

»Tut mir Leid«, sagte sie. »Es war eine Art stummes Gebet.«

»Beschränke es nach Möglichkeit auf die Kirche«, riet er ihr. »Ist das Hubert an der Tür?«

Catherine ging nachsehen.

»Nein, da ist nur jemand, der vorbeigeht. Vater hat viel Zeit im Gespräch mit den Kaufleuten von Trier verbracht. Ich nehme doch an, er hat jetzt alles über Herrn Gerhardt erfahren.«

»Es braucht Zeit, die Wahrheit vom Klatsch zu scheiden«, sagte Walter.

»Wir haben nur bis zum Ende des Sommers«, erinnerte ihn Catherine. »Und bisher haben wir noch nichts, was Agnes helfen würde.«

Als Nächstes hörten sie Hubert an der Tür. Sein Gesicht war so aschfahl, dass Catherines erster Gedanke war, dass etwas mit Agnes geschehen sei.

»Nein, deine Schwester ist unversehrt, soweit ich weiß«, sagte Hubert auf ihre Anfrage. »Ich habe mehr über diesen Mönch Radulf gehört, welcher gegen die Juden in Deutschland predigt. Sie sagen, er hat Lothringen verlassen und kommt nach Köln. Er soll einen anderen Mönch bei sich haben, welcher die Aufrufe übersetzt.«

»Aber hat Astrolabe Abt Bernhard nicht vor ihm gewarnt?«, fragte Catherine.

»Der Abt hat alle brieflich vor diesem Mann gewarnt«, sagte Hubert. »Doch er verspritzt immer noch sein Gift. Ich vertraue jedoch darauf, dass Graf Thibault in seinem Land keine Verfolgungen zulässt. Wir haben dir ja erzählt, wie rasch sein Sohn eingriff, als man die Juden vom Jahrmarkt vertreiben wollte.«

»Dennoch bin ich froh, dass wir die Kinder mitgenommen haben«, sagte Catherine. »Auch wenn sie kleine Nervensägen sind.«

Sie hatte lauter gesprochen, da sie James um die Tür spähen sah. Doch ihre ausgebreiteten Arme verrieten ihm, dass sie es nicht ernst meinte. Er lief auf sie zu und umarmte dann Hubert. Catherine war dankbar, dass sie James und Edana dabei haben durfte. Es war ein weites Band zu ihrem Vater und hinderte ihn vielleicht daran, völlig in den Glauben seiner Väter zurückzufallen.

»Du glaubst doch nicht, dass es hier Probleme gibt?«, fragte sie.

»Der *Parnas* der Gemeinde geht nicht davon aus«, sagte Hubert. »Die Bürger hier hegen nicht dieselbe Feindschaft gegen die Juden wie die Einwohner größerer Städte. Vielleicht sind hier zu wenige, als dass sie sich bedroht fühlten. Und das Massaker Anno 1096 entsetzte alle. Ich glaube, kaum einer wünscht sich eine Wiederholung.«

»Schön. Dann denken wir jetzt nicht mehr daran. Du siehst müde aus, Vater. Möchtest du etwas Wein und etwas zu essen?« Catherine wollte ihn ablenken.

»Nein, danke, Mina hat mich schon bewirtet«, antwortete er. »Wo ist denn Edgar?«

»Bruder Berengar kam vorbei und erbot sich, ihm die Restaurationsarbeiten an einem der römischen Gebäude zu zeigen«, sagte Catherine schmunzelnd. »Ich erwarte ihn nicht vor Anbruch der Dunkelheit zurück; er hat nämlich Wachstafel und Griffel mitgenommen.«

Hubert schüttelte den Kopf. »Du bist zu nachsichtig, meine Tochter. Es ist eine Sache, wenn dein Mann Spielzeug für die Kinder oder die Nonnen herstellt, aber das sehen unsere Freunde wenigstens nicht. Und er kann sich trotz seiner Behinderung nützlich vorkommen.«

»Vater«, sagte Catherine warnend.

»Aber du musst ihm Einhalt gebieten, was Steinmetz- und Zimmermannsarbeiten und Verbesserungsvorschläge für Bauverfahren betrifft«, beharrte Hubert. »Das ist nicht nur würdelos für einen Mann seines Standes, er könnte sich dafür auch einen Schlag auf den Kopf holen, schlimmer noch als Walter. Handwerker schätzen es nicht, wenn man die Geheimnisse ihrer Zunft ausspioniert.«

»Bist du fertig?«, fragte Catherine. »Edgar weiß das alles, aber irgendetwas kommt über ihn, wenn er *Engignors* bei der Arbeit sieht.

Wenn er in die Zunft eintreten will und sie ihn aufnehmen, werde ich so stolz sein, als würde man mir eine Burgvogtei geben.«

Hubert wandte sich Hilfe suchend an Walter. »Siehst du, was geschieht, wenn man seine Tochter aus Liebe heiraten lässt? Ihr gesunder Menschenverstand fliegt zur Tür hinaus.«

»Auch ich kann mich für Maschinen begeistern«, sagte Walter. »Ich tadele Edgar nicht für sein Interesse. Doch ich glaube nicht, dass wir uns Sorgen machen sollten. Wer hätte denn je von einem einhändigen Steinmetzmeister gehört?«

»Papa!«, rief James über Huberts Schulter hinweg.

Hubert wirbelte herum. Hatte Edgar mitgehört?

Edgar begrüßte sie wie immer, doch Catherine merkte, wie verletzt er war. Ja, er hatte es gehört. Seine Gefühle gegen Walter und ihren Vater waren nicht sehr christlich.

»Catherine.« Edgar nahm James seinem Großvater ab und dann küsste er sie. »Ich habe Neuigkeiten. Ob sie gut sind, musst du entscheiden.«

»Edgar, sprich nicht in Rätseln«, sagte Catherine. »Bist du deswegen vor Anbruch der Dunkelheit zurückgekehrt?«

Edgar überging die neckische Bemerkung. »Ein Bote war

auf dem Weg zu uns, aber dann sah er mich zusammen mit Berengar. Herr Hermann will deinem Wunsch entsprechen und gestattet dir, Agnes zu besuchen.«

»Nur Catherine?«, fragte Hubert entrüstet.

»Es scheint so«, antwortete Edgar. »Berengar sagt, dass er dich nach der Prim abholen kommt. Freust du dich denn gar nicht?«

Letzteres sagte er, weil er in Catherines Miene Bestürzung las. Sie blickte Edgar an.

»Ich weiß es nicht«, sagte sie. »Ich habe mir so lange gewünscht, sie zu sehen, dass ich jetzt Angst davor habe. Herr Herrmann mag mir ja Zutritt gewähren, aber wird Agnes mich einlassen?«

Dreizehntes Kapitel

Trier, Montag, Tag 7 vor den Iden des Julis (9. Juli) 1146;
9. Aw, Tag des Gedenkens an die Zerstörung des Tempels;
Tag des heiligen Agilulf, Bischof von Köln um 770,
gemartert in den allgemeinen Unruhen.

סֶזעלְיוֹן, נַחֵם אֹם לֹא נֻחָמָה,
פְּנֵה נָא וְרַחֵם אֶת לֹא־רֻחָמָה;
צוֹרְרִים אוֹמְרִים: „לֹא תֶחֱזִי נֶחָמָה“;—
אֲנִי־שָׁלוֹם וְכִי אֲדַבֵּר הֵמָּה לַמִּלְחָמָה.

O Höchster, tröste dein untröstliches Volk: Wende dich ihm zu, dessen sich niemand erbarmt, und sei ihm gnädig. Meine Feinde sagen: »Kein Trost soll dir je zuteil werden.« Ich bin ganz Frieden, doch wenn ich spreche, dann sind sie für Krieg.

Joseph ben Isaac ibn Abitor
Hymne nach dem 120. Psalm

Hermann schickte Berengar und eine bewaffnete Eskorte für Catherine. Ein Zwischenfall wie mit Walter sollte sich nicht wiederholen. Margaret bettelte, mitkommen zu dürfen.

»Dieses Mal nicht, *bele suer*«, sagte Catherine. »Vielleicht bin ich nicht einmal lange genug dort, um mir die Hände zu waschen. Du bleibst besser bei Edgar und Vater.«

»Aber Edgar verbringt seine ganze Zeit mit der Beaufsichtigung der Kirchenrestauration«, protestierte Margaret. »James und Edana spielen ja gern da, aber mich langweilt das so. Bitte!«

»Vater, kannst du sie nicht mitnehmen?«, fragte Catherine.

»Heute nicht, Catherine«, sagte Hubert. »Heute fasten wir zum Gedenken an die Zerstörung des Tempels. Ich werde den Tag mit Mina und ihrer Familie feiern. Margaret würde das nicht gefallen.«

»Vater!« Catherine war wütend. Sie zog ihn in den Garten hinter der Unterkunft und redete leise, aber heftig auf ihn ein.

»Das muss aufhören, Vater«, sagte sie. »Du bist doch ein getaufter Christ. Wie kannst du deine unsterbliche Seele aufs Spiel setzen, ganz zu schweigen vom Leben deiner Familie?«

»Vielleicht denke ich ja gerade an meine Seele, Tochter«, antwortete Hubert nicht minder aufgebracht.

Entnervt stieß Catherine hervor: »So eine *Merderie!* Ich liebe dich. Ich liebe Solomon und Johanna und Eliazar. Ich liebe viele andere Juden aus unserm Bekanntenkreis, aber ich will nicht, dass du zu ihnen gehörst. Sie verharren stur in ihrem Glauben – trotz jahrhundertelanger Gegenbeweise. Nicht einmal äußerlich achten sie den Wahren Glauben. Sie leben am Abgrund der Hölle. Du bist ein getaufter Christ. Wie kannst du dich an eine so verachtete und verworfene Rasse hängen?«

Hubert wich zurück. »Mich deucht, Catherine, dass all diese Dinge einst von den Christen behauptet wurden«, sagte er.

»Aber ... aber das ist etwas anderes«, erwiderte sie.

Hubert wurde ganz ruhig. »Warum? Weil ihr gesiegt habt? Ich werde heute trauern, das dünkt mich mehr als angemessen. Nimm du Margaret mit. Wenn deine Schwester eine Möglichkeit weiß, wie ich ihr helfen kann, tu ich's sofort. Du brauchst mich nicht an meine Pflicht zu gemahnen. Das ist das Kreuz, welches ich zu tragen habe.«

Er ließ sie stehen, und sie schnappte nach Luft wie eine Ertrinkende.

»Papa!«, flüsterte sie.

Sie sah immer noch hinter ihm her, als Edgar sie suchen kam.

»*Carissima!* Was hast du denn?«, fragte er.

Catherine klammerte sich an ihn.

»Wir verlieren ihn, Edgar«, weinte sie. »Er sah mich an, als ob ich seine Feindin wäre. Ach, Edgar, Agnes hasst mich, weil ich Vater nicht lassen will, und er hasst mich, weil ich nicht will, dass er Christus aufgibt. Ich kann es einfach nicht ertragen!«

»Meine Liebste.« Er strich ihr eine verklebte Locke aus dem Gesicht. »Dein Vater war nie ein wahrhafter Christ, obwohl er sich christlicher benimmt als manch andere, welche ich kenne. Du weißt, was Meister Abaelard über die Bekehrung sagte – und überhaupt alle Gelehrten in der Kirche.«

»Ja, das weiß ich: Der Glaube muss im Herzen liegen, nicht allein in Taten.« Catherine drückte ihn fester. »Aber ich dachte immer, mit dem Herzen sei er bei uns.«

»Mag sein, aber ich glaube, sein Geist ist es nicht«, sagte Edgar. »Und wir können ihn nicht zwingen. Dennoch glaube ich, dass er mehr Chancen hat, in den Himmel zu kommen, als mein eigener Vater.«

»Danke.« Catherine gab ihm einen salzigen Kuss. »Vielleicht ist es hochmütig von mir, etwas vorauszusetzen. Papa hat für alle von uns viel aufgegeben. Nun, wüsstest du nicht vielleicht etwas, was Margaret heute auch Spaß machen würde?«

Edgar lächelte. »Ja, gewiss. Eigentlich vermute ich, dass sie mit dir gehen wollte, weil sie dann den jungen Herrn wiedersehen kann.«

Catherine starrte ihn entgeistert an.

»*Carissime*, ich bin nicht bereit, auch damit noch fertig zu werden«, sagte sie. »Wollen wir uns darauf konzentrieren, wie wir sicher heimkehren – mit meiner Schwester und meinem Vater. Wenn du meinst, dass wir auch für Margaret einen Mann suchen sollten, kann das so lange warten.«

Edgar lachte lauthals. »Nun denn, wasch dir das Gesicht und bereite dich darauf vor, etwas aus deiner sturen Schwester herauszubringen, ob sie es will oder nicht.«

Kurze Zeit darauf fand sich Catherine tadellos gekleidet, aber innerlich aufgewühlt, im großen Saal der Burg wieder.

Berengar stellte sie erneut Gerhardts Familie vor. Sie überreichte Maria ein Geschenk, Ohrringe aus Silber und Onyx, welche Edgar angefertigt hatte, doch das erwähnte sie nicht. Man brachte ihr Kuchen und Wein, und sie würgte es hinunter, wie es die gute Sitte verlangte. Endlich fand sie sich vor der Tür zu Agnes' Zimmer wieder.

Hermann hob den Riegel und öffnete die Tür. Sie trat ein, gefolgt von Berengar.

»Man hieß mich bei euch bleiben und aufpassen, worüber Ihr redet«, sagte er auf Latein. »Damit Ihr keine Flucht plant. Bitte sprecht nicht zu schnell Französisch.«

Das hatte Catherine erwartet, doch sie fürchtete, dass die Anwesenheit eines Fremden Agnes noch verschlossener machen würde.

Agnes war offenbar auf ihr Kommen vorbereitet – im Sonntagsstaat, die Zöpfe zu einem kunstvollen Muster gesteckt. Sie saß im Schatten beim Fenster. Catherine konnte ihr Gesicht nicht erkennen.

»Agnes, wie geht es dir? Sie haben dir doch nichts getan?«, fragte sie. »Ich habe dir Erdbeeren mitgebracht, die haben wir heute Morgen gepflückt.«

»Man hat mich nicht misshandelt«, antwortete Agnes gleichmütig, ohne das Mitbringsel zu beachten. »Abgesehen von der falschen Anklage und von der Tatsache, dass man mir meine Freiheit nahm.«

Catherine kam einen Schritt näher. Sie hatte das Gefühl, sich einem Wild zu nähern, das bei einer plötzlichen Bewegung fliehen würde.

»Wir bleiben hier so lange, bis du entlastet und freigelassen wirst. Vater hat versprochen, alle seine Habe zu deiner Verteidigung herzugeben«, sagte sie zu Agnes.

»Ich möchte nicht, dass er für ein Verbrechen zahlt, das ich nicht verübt habe«, sagte Agnes.

Catherine trat zurück.

»Dann musst du uns helfen, Liebes.« Ihre Stimme zitterte. Sie schluchzte. »Wir sind schon wochenlang hier und können niemanden finden, der es getan haben könnte. Niemand will uns genau schildern, was eigentlich geschah.«

»Weil ich mit ihm allein war«, sagte Agnes. »Sonst weiß niemand etwas davon.«

Catherine kam wieder näher und bedeutete Berengar, in der Ecke zu bleiben, wo er sich hingesetzt hatte. Sie kniete vor Agnes' Stuhl und steckte die Arme nach ihr aus.

»Bitte, lass uns doch helfen«, flüsterte sie. »Vertraue mir wie früher. Ich möchte dich so gern aus diesem Albtraum befreien.«

Sie wartete auf eine Abfuhr, begleitet von Hohn und Spott.

Doch Agnes seufzte nur. »Du kannst nichts tun, Catherine«, sagte sie endlich. »Ich weiß selbst nicht, warum Gerhardt starb. Ich verstehe sehr gut, warum man mich verdächtigt. Niemand sonst hätte Gift in sein Essen geben können, ohne auch mich zu töten.«

»Aber das kann doch nicht sein«, beharrte Catherine. Innerlich jubelte sie, weil Agnes einlenkte und sich ihr öffnete. »Meinst du, ihr habt vom selben Teller gegessen, aus demselben Becher getrunken und wart unzertrennlich?«

»Wir waren nur drei Wochen verheiratet«, versetzte Agnes. »Habt ihr beide, du und Edgar, euch nicht auch so verhalten?«

Catherine errötete.

»Also, bei uns war kurz nach der Hochzeit der Teufel los«, sagte sie.

»Das überrascht mich nicht.« Agnes Stimme klang wieder bitter. »Gerhardt und ich waren immer zusammen.«

»Dann bin ich froh, dass ihr vor der Tragödie glücklich wart«, sagte Catherine aufrichtig.

Agnes schloss die Augen und seufzte. »Muss dieser Mann dabei sein?«, fragte sie mit Blick auf Berengar.

»Herr Hermann bestand darauf«, sagte Catherine. »Aber sein Französisch ist sehr elementar. Und ich glaube, er ist eingedöst.«

Beide sahen zu dem Mönch hinüber. Er hatte sich die Kapuze weit nach vorn gezogen und das Kinn gesenkt. Sein Atem ging langsam.

Catherine lehnte sich an Agnes. »Erzähl, was geschehen ist«, sagte sie leise. »Marie hat allen gesagt, dass sie dich in der Hochzeitsnacht weinen hörte und deine Zofen erst...! Die halten dich gleichzeitig für wollüstig und für eine Jungfrau. Hat Gerhardt dir etwas getan?«

Sie wartete so lange auf Antwort, dass sie beinahe selbst eingeschlafen wäre.

»Nein«, sagte Agnes. »Nicht so, wie du annimmst. Auf Schmerzen war ich vorbereitet, so naiv bin ich nicht. Nein, was er tat, war schlimmer. Er hat mich zurückgestoßen. Er kam nicht einmal zu mir ins Bett.«

Catherine blickte überrascht auf. »Wie ist denn das möglich? Du bist doch vollkommen. Wenn du einen Raum betrittst, rücken alle Männer ihre Gürtel zurecht.«

»Immer elegant, Catherine.« Doch es hörte sich leicht belustigt an. »Ich glaube, dass Gerhardts körperliche Reaktion auf mich auch so war. Als er hereinkam, nachdem man mich ins Bett gelegt hatte, hob ich die Decken an, damit er zu mir käme. Aber er sah mich nur an und stöhnte. Dann wich er zurück, murmelte Unverständliches. Allerdings ließ er keinen Zweifel daran, dass er nicht zu mir kommen würde, obwohl sein Leib verriet, dass er es wollte.«

»Aber wieso denn nicht?«, fragte Catherine.

»Ich brauchte einige Zeit, um dahinter zu kommen, da wir keine Lust hatten, einen Dolmetscher zu rufen«, sagte Agnes. »Als ich mich bedeckte, fasste er sich wieder. Dann machte er mir irgendwie klar, dass er nach dem Tod seiner Frau ein Keuschheitsgelübde abgelegt hatte, und flehte mich an, einer Josephsehe zuzustimmen.«

»Oh, Agnes!«

»Lach nicht, Catherine«, sagte Agnes warnend.

»Das würde mir nicht einfallen«, sagte Catherine. »Wie konnte er dir das antun? Er hätte das Gelübde doch vor der Hochzeit erwähnen können.«

»Wieso hat er überhaupt den Ehevertrag unterschrieben?« Agnes klang ganz offensichtlich gekränkt und wütend. »Ich glaube, seine Familie wusste nichts von seinem Gelübde, und aus irgendeinem Grund wollte er es auch nicht sagen. Er hat mich benutzt, Catherine. Ich war Teil einer Täuschung. Aber darum hätte ich ihn noch lange nicht getötet. Ich hätte die Ehe annullieren lassen können, da sie nie vollzogen wurde.«

»Warum hast du deinen Zofen nichts davon gesagt?«, wollte Catherine wissen.

»Aus Scham«, sagte Agnes. »Sie lieben den Klatsch, wie du ja weißt, und mich mochten sie nicht. Und ich hoffte noch, dass er seine Meinung ändern würde.«

»Du würdest einen Mann verleiten, einen solchen Eid zu brechen?« Catherine sprach leise und warf einen Blick in die Ecke. Berengar hatte sich nicht gerührt.

»Er hat auch mir gegenüber einen Eid geschworen«, gab Agnes zu bedenken. »Einen davon hätte er wohl brechen müssen.«

»Die heilige Melanie überredete ihren Mann zu einer Josephsehe«, sinnierte Catherine. »Und viele andere Paare sind unberührt gestorben: Sankt Amator und Martha, Sigolnea und Gislulf, Injuriosus und ...«

»Danke, Catherine«, unterbrach Agnes. »Aber wenn ich mir ein Leben in Keuschheit gewünscht hätte, wäre ich ins Kloster gegangen.«

»Ja, gewiss. Verzeih mir.«

»Ich wollte die Situation schon Walter erklären, als er zurückkam«, fuhr Agnes fort. »Obwohl das wohl hochnotpeinlich gewesen wäre. Aber dann starb Gerhardt plötzlich.«

Sie überlegte einen Augenblick. »Weißt du, ich glaube gar nicht mal, dass er an Gift starb, sondern dass er krank war und dies vor seiner Familie geheim hielt.«

Catherine stürzte sich sofort darauf. »Wie kommst du darauf? Kam er dir krank vor?«

»Eigentlich nicht, nur zum Schluss natürlich«, sagte Agnes. »Und ich wusste nicht, wie er vorher war. Man sollte doch annehmen, dass seine Familie Veränderungen in seinem Verhalten hätte bemerken müssen.«

»Inwiefern?«, bohrte Catherine nach.

»Nun, er war ständig in Bewegung«, erläuterte sie. »Zuerst hielt ich es für Erregung, einen Versuch, seine unkeuschen Gedanken zu zügeln. Aber manchmal rieb er sich den Kopf, wie wenn er Schmerzen hätte; und seine Hände waren kalt, selbst wenn er schnell gelaufen war. Durstig war er auch immer. Stets hatte er einen Krug Wasser oder Bier in Reichweite und leerte ihn vier- bis fünfmal täglich.«

»Das hört sich nach einer Krankheit an«, sagte Catherine. »Ich weiß, dass es schmerzlich ist, aber wie war es denn in der Nacht, als Gerhardt starb? Verschlechterte sich sein Zustand in den letzten Stunden?«

»Es war nicht schlimmer als sonst«, sagte sie. »Er versuchte, mich Deutsch zu lehren. Ab und zu hielt er inne und stierte über meine Schulter, als ob er einen Geist sähe... Ach, Catherine, du glaubst doch nicht, dass er den Geist seiner ersten Frau sah?«

»Nein, das glaube ich nicht«, sagte Catherine. »Erzähle weiter.«

»Ich versuche, mich zu erinnern.« Agnes presste sich die Finger an den Kopf. »Wir legten uns schlafen. Er hatte eine Matte auf dem Fußboden vor der Tür liegen. Vermutlich sollte niemand erfahren, dass wir das Bett nicht teilten. Wir knieten zum gemeinsamen Gebet nieder, aber er verhaspelte sich ständig. Er deuchte mich erschöpft und verwirrt. Dann blies ich die Lampe aus.«

»Und dann?«

Agnes zuckte zusammen, als ob auch die Erinnerung daran schmerzen würde.

»Mitten in der Nacht erwachte ich von seinen Schreien. Er hatte einen Anfall, schlug brüllend um sich. Ich schrie um Hilfe und lief zu ihm hin. Ich wollte verhindern, dass er sich verletzte. Soll man denen nicht etwas in den Mund stecken? Ich tastete nach einem Stöckchen, dann rang er plötzlich nach Luft. Ich dachte, er hätte seine Zunge verschluckt. Die ganze Zeit schrie er. Es dauerte eine Ewigkeit, bevor jemand kam. Aber da war er schon fast tot.«

Catherine ging alles langsam durch. »Erinnerst du dich an seine letzten Worte?«

»Nein, er nannte nur einmal meinen Namen. Dann war es nur noch Kauderwelsch. Doch ja, manchmal schrie er *›min got‹*. Das heißt, dass er Gott bat, ihn zu retten. Ich habe schon etwas von der Sprache gelernt, weißt du.«

»Ob er dich auch bezichtigte, ihn vergiftet zu haben?«

Agnes wirkte überrascht. »Ich … ich weiß es nicht«, sagte sie zögernd. »Nein, denn dann bestünde ja kein Zweifel an meiner Schuld, und ich wäre bereits tot oder läge in Ketten.«

Jetzt begann auch Catherines Kopf zu schmerzen. »Nun, das mag wichtig sein, hat jemand dann gesagt, dass er vergiftet wurde? Wer hat dich zuerst beschuldigt?«

»Das weiß ich nicht, Catherine«, sagte Agnes. »Es war entsetzlich. Gerhardt am Boden in den Binsen, wild um sich schlagend, und überall standen Menschen herum. Ich fürchtete schon, sie würden ein Feuer anzünden. Alle schrien mich an, und ich konnte nichts verstehen. Es war die Hölle.«

»Oh, Agnes, das tut mir ja so Leid!« Catherine nahm Agnes' Arme und zog sie an sich. Sie hielt die Schwester fest und wiegte sie wie Edana. »Das hätte dir nie zustoßen dürfen. Du bist doch das brave, gehorsame Kind.«

»Das war Hiob auch«, schniefte Agnes.

»Das Buch habe ich nie richtig verstanden«, sagte Catherine. »Doch am Ende wendete sich für ihn alles zum Guten. Und so wird es auch bei dir sein. Du hast mir jetzt genügend Fakten geliefert. Ich werde herausfinden, wer es war und wie er es getan hat. Oder ich beweise, dass Gerhardt eines natürlichen Todes starb. Aber ich verspreche dir, dass wir dich hier nie allein lassen.«

Agnes bemerkte plötzlich, dass der Mönch wach war und sie beobachtete. Sie zog sich von Catherine zurück und richtete sich das Kopfband. Catherine hatte ihn völlig vergessen. Sie stand auf und ging zu ihm hinüber.

»Ich weiß, dass Ihr nicht alles verstanden habt«, sagte sie auf Latein. »Aber meine Schwester hat kein Geständnis abgelegt. Was sie mir erzählt hat, wirft viele Fragen auf. Werdet Ihr mir helfen, sie zu stellen?«

Berengar ließ die Kapuze zurückgleiten. Er lächelte sie an. Sie merkte, dass er die ganze Zeit wach gewesen war.

»Ich habe nichts bemerkt, was mich annehmen lässt, dieses Kind könnte einen Mord begangen haben«, sagte er. »Ja, ich werde Euch helfen.«

Catherine war schon fast wieder in der Stadt, bevor ihr einfiel, dass weder sie noch Agnes ihren Vater erwähnt hatten.

In Trier bahnte sich Hubert einen Weg zur Judengasse. Zuerst war er so böse auf Catherine, dass er sie hätte schlagen können. Dann, als er seine Wut etwas abgekühlt war, bemerkte er, dass sie nur die Wahrheit vertrat, wie sie sie gelernt hatte und die die meisten in ihrem Umfeld offensichtlich dünkte.

Das machte es jedoch nicht weniger bitter.

Wie könnte er ihr erzählen, dass er ihr zuliebe ein guter Christ werden würde? Er hatte es bereits versucht, doch er hatte es nur geschafft, einen äußeren Anschein zu erwecken. Schon das war für ihn so schmerzhaft gewesen wie ein stumpfes Messer im Bauch. Doch in letzter Zeit war das Messer schärfer geworden, und der Schmerz ließ sich nicht länger ignorieren.

Als er sich Minas Tür näherte, war er erleichtert, dass dieser Gedenktag kein Freudentag war. Sein Kummer würde ungeheuchelt sein, obwohl die Zerstörung des Tempels für ihn persönlich nicht so sehr schmerzte wie der Riss quer durch seine Familie.

Mina begrüßte ihn im Flüsterton. »Die Männer sind alle im Bethaus«, sagte sie. »Mein ältester Sohn ist auch dort. Er vertritt die Familie, bis Simon zurückkehrt. Ich erzähle den beiden anderen Kindern Geschichten. Würdest du lieber uns oder den Männern Gesellschaft leisten?«

»Lieber euch«, sagte Hubert. »Ich habe die Gebete nie gelernt, und meine Hebräischkenntnisse reichen nur für alltägliche Dinge. Ich schäme mich deshalb. Ich war nicht viel älter als Ascher, als man mich an Kindes Statt annahm. Fast alles, was ich weiß, lernte ich erst als Erwachsener.«

»Wir werden dich deshalb nicht aufziehen«, sagte Mina und führte ihn herein. »Ascher hat noch nicht mit der richtigen Schule angefangen. Sein Vater wird ihn zum Lehrer bringen, wenn er aus England zurückkehrt.«

Ascher hatte mitgehört. »Aber wann denn? Abba hat doch versprochen, dass er bis heute zurück ist«, jammerte er.

»Das hatte er gehofft«, antwortete Mina. »Aber du weißt doch, wie viel dazwischenkommen kann.«

»Allerdings«, stimmte Hubert zu. »Kunden können sich nicht entscheiden, Händler tauchen nicht zum verabredeten Zeitpunkt auf, die Ware entspricht nicht der versprochenen Qualität, all das kostet Zeit. Und dann kommt das schlechte Wetter dazu, Umwege wegen schlechter Straßen oder Seuchen in den Städten. Da könnte ich dir so einige Jammertiraden vortragen!«

»Aber zurückgekehrt bist du doch immer«, sagte Mina.

»O ja, natürlich«, sagte Hubert hastig. »Ich musste ja nur an meine Kinder denken, die auf mich warteten, und dann belud ich mein Pferd bei jedem Wetter und blieb auf der Straße, bis ich die Kirchtürme von Paris sah.«

»Und dein Abba kommt auch wieder, Ascher«, schloss Mina. »Jetzt kannst du mit Rebecca spielen gehen ... aber leise.«

»Ich würde dir etwas anbieten«, sagte sie zu Hubert, als die Kinder fort waren. »Aber heute nicht. Ich habe dir aber etwas zu erzählen.«

Ihr Eifer ließ in Hubert ein Fünkchen Hoffnung für Agnes aufglimmen.

»Gewiss ist es etwas, was weiterhilft?«, fragte er.

»Vielleicht«, sagte sie und ließ sich am Fenster nieder, von wo sie Ascher und seine Schwester im Auge behalten konnte. »Eine Christin hat mir erzählt, dass Gerhardt etwa einmal im Monat nach Köln zu reisen pflegte; angeblich, um die Verschiffung des Weins zu regeln, doch gleich jeden Monat? Und Folmar, Marias Mann, kümmert sich eigentlich um den Versand.«

»Was war denn der wahre Grund?«, fragte Hubert.

»Das ist ja das Merkwürdige; niemand ist sich dessen sicher«, erwiderte Mina. »Zuerst glaubte man, er habe dort eine Konkubine, vielleicht eine aus unseren Reihen, deren er sich zu Hause schämte.«

»Höchst unwahrscheinlich!«, sagte Hubert.

Mina warf ihm einen spöttischen Blick zu. »Du glaubst doch wohl nicht, dass so etwas nie vorkommt? Hier in der Stadt lebt ein Mann namens Schem. Er wohnt bei seinem Vater Mosche. Seine Mutter war eine Christin aus einem Dorf weiter flussabwärts. Natürlich hat ihre Familie sie verstoßen, als sie Mosche heiratete, doch sie wurde bei uns nie heimisch. Und Schem ist auch keiner von uns. Dennoch behauptet er von sich, Jude zu sein.«

»Er bindet sich also wissentlich an eine ›verachtete Rasse‹, obwohl die ihn gar nicht haben will«, sinnierte Hubert.

»Was hast du gesagt?«

Hubert sah auf. »Nichts. Du glaubst also nicht mehr, dass es Gerhardt wegen einer Frau nach Köln zog?«

»Nicht meiner Freundin zufolge.« Mina flüsterte jetzt. »Sie sagt, ihr Bruder sah ihn aus einem Haus kommen, dessen Besitzer vor drei Jahren der Ketzerei angeklagt war.«

»Das deckt sich aber nicht mit meinen Informationen«, sagte Hubert. »Er soll überaus fromm gewesen sein.«

Sie zuckte mit den Achseln. »Ich habe gehört, dass jene Ketzer selbst für christliche Begriffe schlimm sind. Sie lehnen die Thora vollkommen ab und akzeptieren nur zum Teil die Bücher des Gekreuzigten. Sie folgen seltsamen Riten und tun Dinge, wie sie nur aus Sodom und Gomorrha überliefert sind.«

Hubert nickte. »Ich habe von diesen Dingen in den letzten Jahren gehört, aber ich hielt sie für eitles Geschwätz. Bist du sicher, dass deine Information stimmt?«

»Ich bin mir des Ortes sicher, an welchem man ihn sah«,

sagte Mina. »Den Rest kenne ich nur vom Hörensagen. Soweit ich weiß, wohnt der Mann nicht mehr dort, und sein Haus ist jetzt ein Kloster. Aber der Sache müsstet ihr doch nachgehen, nicht wahr?«

»Ja«, sagte Hubert. »Ich gehe persönlich. Danke, Mina.«

Durch schweigende Übereinkunft erwähnten Catherine und Hubert die Auseinandersetzung vom Vormittag nicht mehr. Lieber packten sie all ihre Neuigkeiten aus.

»Von dem, was Agnes mir erzählt hat, ist es möglich, dass Gerhardt an einer Krankheit und nicht durch Gift starb«, sagte Catherine. »Wir müssen herausfinden, ob er sich seltsam benahm oder Schmerzen litt, bevor Agnes nach Trier kam.«

»Und ich reise so bald als möglich auf Gerhardts Spuren nach Köln«, fügte Hubert hinzu. »Vielleicht finden wir ja doch noch jemanden, der ihm den Tod wünschte.«

Edgar und Margaret schwiegen höflich. Mitten in Huberts Rede bemerkte Edgar, dass Edana sich an einem Tischbein festhielt und sich mit hochrotem Kopf aufbäumte. Er hob sie mit geübtem Griff hoch und setzte sie auf einen Nachttopf.

»Bleib sitzen, bis du fertig bist«, befahl er. »Nun, Catherine, du hast noch nicht gefragt, was wir heute gemacht haben.«

Margaret grinste. »Nicht nur ihr könnt Informationen beschaffen!«

»Aber wie habt ihr das gemacht?«, fragte Catherine. »Mit wem habt ihr gesprochen?«

»Mussten wir gar nicht«, sagte Margaret stolz. »Wir haben nur Beobachtungen gemacht.«

Sie wollte sie aufziehen, weil man sie nicht mitgenommen hatte, doch Hubert hatte einen zu schlimmen Tag hinter sich.

»Bitte, Kind, erzähle es uns«, flehte er.

Margaret sah zu Edgar hinüber, der immer noch auf Edana aufpasste. Er bedeutete ihr fortzufahren.

»Nun«, begann sie, »wir ruhten uns unter den Bäumen beim Dom aus. James und ich zählten die Pilger. Achtzehn an Krücken, fünf Kinder, welche getragen wurden, drei tief verschleierte Frauen, elf Aussätzige mit einem Wärter ...«

»Sicher war das eine gute Zählübung für James«, sagte Hubert. »Aber was geschah dann?«

Endlich erbarmte sich Margaret. »Unter all den Pilgern entdeckten wir einen Bekannten – Herrn Hermann.«

»So?« Catherine war nicht beeindruckt. »Warum sollte er denn nicht in den Dom gehen?«

»Mit Mantel und Kapuze mitten im Sommer?«, versetzte Margaret. »Und dann durch eine Seitentür hineinschlüpfend? Er war da in geheimer Mission, da bin ich mir ganz sicher.«

»Aber warum sollte er den Dom heimlich betreten?«, fragte Hubert und sah sich nach Edgar um.

»Uns fiel kein ehrbarer Grund dafür ein«, erwiderte Edgar.

»Doch es gibt ja ständig Konflikte zwischen dem Erzbischof und den Bürgern. Was, wenn Hermann die Seiten gewechselt hätte?«

»Ich weiß nicht recht«, sagte Catherine. »Edana, bleib da, bis Papa sagt, dass du aufstehen kannst! Herr Hermann scheint ja durchaus bereit, uns Agnes' Unschuld beweisen zu lassen. Falls er aber Heimlichkeiten hat, läge es dann nicht in seinem Interesse, ihr die Schuld zuzuweisen?«

»Falls er weiß, dass sie nicht seinen Bruder getötet hat, dann lenkt allein die Tatsache, dass er sie in der Burg gefangen hält, von ihm selbst ab«, mutmaßte Edgar. »Sein Gewissen verbietet es ihm jedoch, sie an die Stadt oder den Erzbischof auszuliefern.«

»Ich halte ihn solcher Hinterlist nicht für fähig«, sagte Catherine. »Ich habe ihn genau beobachtet. Manchmal hilft es zu erkennen, was die Leute wirklich meinen, wenn man ihre Sprache nicht versteht.«

In diesem Augenblick bemerkte Hubert, dass jemand fehlte. »Wo ist denn Walter?«, erkundigte er sich.

Edgar grinste. »Er leistet freiwillig Spitzeldienste für uns und sitzt in der Schenke am Dom, quält sich durch einen Wein nach dem anderen und lauter wüste Zoten, nur um für uns Informationen zu sammeln. Ja, wenn du wirklich fertig bist, darfst du aufstehen, Edana. Womit kann ich ihr den Po abwischen?«

»Da.« Catherine gab ihm ein Büschel Stroh vom Fußboden. »Ich sehe schon, dass du Walter diese Aufgabe neidest. Ich hoffe nur, dass niemand merkt, was er tut. Schließlich weiß doch die ganze Stadt, dass er zu uns gehört.«

»Aber er ist auch adelig und außerdem Kreuzfahrer«, sagte Edgar. »Und er ist sehr groß, selbst für Deutsche. Er strahlt so eine Güte aus, ist dir das noch nicht aufgefallen? Man fasst sofort Vertrauen zu ihm.«

»Das stimmt«, räumte Catherine ein. »In diesem Fall sollte ich schon ein Gegenmittel für die Nachwirkungen des Trinkens vorbereiten. Haben wir Mandeln?«

»Catherine.« Hubert hatte wohl bemerkt, dass Catherine heiklen Themen auswich, aber er musste es wissen. »Wie geht es Agnes? War sie wohlauf? Du hast nichts über ihren Gesundheitszustand gesagt.«

»Es geht ihr gut, Vater«, sagte Catherine knapp. Etwas von dem Zorn, den sie vormittags empfunden hatte, brach wieder hervor. Dann hielt sie inne und überlegte. »Sie befindet sich bei ausgezeichneter Gesundheit. Und doch, wenn sie Recht hat und sie tatsächlich dasselbe aß und trank wie Gerhardt, vom selben Teller, sollte sie doch krank sein, oder?

Wenigstens hätte sie doch krank sein müssen, falls Gerhardt Gift verabreicht wurde, oder was meint ihr?«

»Ist das nicht auch ein Grund, warum sie unter Verdacht steht?«, fragte Hubert.

»Ja, aber niemand scheint sich gefragt zu haben, ob Gerhardt vielleicht krank war, bevor er starb«, erwiderte Catherine. »Oder hat die Möglichkeit in Betracht gezogen, dass ihm das Gift auf andere Art zugefügt wurde.«

»Glaubst du, jemand aus der Burg wird uns das sagen?«, fragte Edgar.

»Nein, aber vielleicht erzählen sie es Berengar.« Alle Blicke richteten sich auf Catherine. Sie freute sich über die überraschte Reaktion der anderen. »Er will uns bei der Wahrheitsfindung helfen.«

»Tatsächlich!«, sagte Hubert und zog die Brauen hoch. »Der Mönch ist vielleicht doch nicht so vertrocknet, wie er aussieht.«

»Ich glaube, Agnes' Frömmigkeit hat ihn beeindruckt«, sagte Catherine.

»Einerlei warum, das ist eine gute Nachricht«, sagte Edgar. »Ich hatte schon fast die Hoffnung verloren, aber das ist vielleicht eine Chance. Gewiss würde es Agnes' auch helfen, wenn jemand diesen Esel Jehan dazu brächte, sein Zelt abzubauen und nach Franzien zurückzukehren.«

»Beim brennenden Haus des heiligen Brendon!«, rief Catherine aus. »Den hatte ich ja ganz vergessen. Er hat Walter ja gar nicht besucht, als er sich von dem Überfall erholte. Bist du sicher, dass er immer noch da ist?«

»O ja«, sagte Edgar. »Den haben wir heute auch gesehen. Er stolzierte durch die Stadt wie der Sensenmann auf der Suche nach dem armen Sünderlein. Ich habe nicht mit ihm gesprochen, aber ich wünschte, jemand würde ihm klar machen, dass er Agnes keinen Gefallen tut.«

»Ich bezweifele, dass er auf irgendjemanden hört, außer auf Agnes selbst«, erwiderte Catherine. »Walter sagte mir, dass er ihn von Anfang an zum Abzug überreden wollte.«

»Dann lasst uns hoffen, dass er nur an den Burgtoren herumstreicht«, bemerkte Hubert. »Wir können ihn ja zu nichts zwingen. Wir sind nicht seine Meister.«

Catherine und Edgar pflichteten ihm bei, allerdings widerstrebend. Sie fühlten sich nicht sicher bei dem Gedanken, dass Jehan in der Nachbarschaft war und vor sich hin brütete.

»Also, wann reist du nach Köln?«, fragte Edgar.

»Ich kann am Sonntagnachmittag ein Schiff nehmen«, antwortete Hubert. »Ich kenne dort ein paar Leute, und Solomon kennt noch viel mehr. Sein Name wird mir Türen öffnen.«

Catherine wollte nicht wieder mit dem Streit anfangen, aber sie konnte nicht verhindern, dass sich die Sorge wie eine Schlange durch ihre Gedanken wand.

»Haben wir nicht gehört, dass der Mönch Radulf unterwegs nach Köln ist?«, fragte sie.

»Nur schlichte Gemüter werden auf ihn hören«, sagte Hubert.

»Aber wenn du mit einem Pöbel schlichter Gemüter konfrontierst wirst, Vater?« Catherine blickte Hubert ernst an. »Würdest du dann an uns denken und dich retten?«

»Tochter, ich würde nicht über solche Dinge spekulieren«, entgegnete Hubert mit Nachdruck. »Ich habe alle Siegel und Beglaubigungen eines Pariser Kaufmanns. Wenn jemand mich angreift, dann wegen meines Geldes, nicht wegen meines Glaubens.«

Damit musste Catherine sich bescheiden.

Viel später kehrte Walter mit kalter Suppe und Bier für alle zurück. Er freute sich über die Menge an Informationen, die sie heute zusammengetragen hatten, obwohl er wenig dazu beitragen konnte.

»Es ist unglaublich, wie sehr die Trierer Gerhardt bewunderten«, sagte er. »Keiner will etwas Schlechtes über ihn sagen.«

»Vielleicht ist man in Köln nicht so von ihm eingenommen«, bemerkte Hubert.

Nachdenklich zog Walter. »Ich sollte Euch begleiten«, sagte er. »Ich kann mit mehr Leuten sprechen.«

»Nein, Walter«, antwortete Hubert. »Ich suche mir einen Dolmetsch. Mich beruhigt es, wenn du hier bist und meine Familie im Auge behältst. Wenn ich etwas Wichtiges herausfinde, komme ich sofort zurück. Falls nicht, könnte es ein paar Wochen dauern, bevor ihr mich wiederseht.«

Catherine gab keinen Kommentar dazu ab. Im Herzen wusste sie, dass Hubert genau das tun würde, was er gesagt hatte, nämlich möglichst viel über Gerhardts Geschäft in Köln herausfinden. Doch eine innere Stimme erinnerte sie daran, wie groß die jüdische Gemeinde dort war, und so befürchtete sie, dass Hubert sich dort verlieren oder – schlimmer noch – seine wahre Heimat finden würde.

Vierzehntes Kapitel

Trier, Donnerstag, Tag 8 vor den Kalenden des Augusts (25. Juli) 1146; 25. Ab 4906. Tag des Apostels Jakobus, des Schutzheiligen von Catherines Sohn.

Tunc es ille qui mendaces facies prophetas et evacuebis omnes thesauros pietatis et misericordiae Jesu Christi?

Bist du der, welcher die Propheten Lügen straft und die Schatzkammern der Frömmigkeit und Gnade Jesu Christi leert?

Bernhard von Clairvaux
Brief 365, über den Mönch Radulf

Wäre der Grund für ihren Besuch nicht so furchtbar gewesen, hätte es Catherine gefallen, den Sommer in Trier zu verbringen. Trotz der Geschäftigkeit am Hofe des Erzbischofs und dem Weinhandel verlief das Leben hier gemächlicher als in Paris, und die Menschen suchten gern einen Vorwand, sich draußen in der Sonne aufzuhalten. Sie mochte selbst die Düfte der Stadt: von Blumen, vom Fluss und alles überlagernd das markante Aroma der Trauben in all seinen Ausprägungen.

»Ich verstehe einfach nicht, warum ich die Sprache nicht lernen kann«, beklagte sie sich bei Edgar nach einem enttäuschendem Versuch, Ersatzkräuter für ihr Medizinkästchen zu kaufen. »Ich hatte dasselbe Problem mit Englisch. Ich kann mir immer nur wenige Wörter merken. Latein ist so leicht für mich, aber es nützt nur in Diskussionen mit Gelehrten. Ich kann es nicht gebrauchen, wenn ich einkaufen gehe.«

»Margaret scheint schon einiges von der Sprache aufgeschnappt zu haben«, sagte Edgar. »Selbst James plappert es mit den einheimischen Kindern. Ich verstehe überhaupt kein Wort, aber sie scheinen es alle zu verstehen. Vielleicht sind wir zu alt, um unsere Zungen auf neue Weise zu verrenken.«

»So alt finde ich sechsundzwanzig aber gar nicht«, erwiderte Catherine. »Natürlich baut das Gehirn ab dem dreißigsten Lebensjahr ab.«

»Ach, tatsächlich?« Er zog sie an sich, sodass sie in seinen Schoß fiel. »Sonst noch etwas, das deiner Meinung nach mit dem Alter nachlässt?«

»Was ich jetzt gerade spüre, ist in ausgezeichneter Form.« Sie rutschte ein bisschen hin und her, um sicherzugehen. »Wann erwartest du die Kinder und Walter zurück?«

»Zu bald«, sagte er traurig. »Aber ich würde mich freuen, wenn du später überprüfen würdest, dass kein Teil von mir Anzeichen von Altersschwäche aufweist.«

»Ich verspreche dir eine sehr gründliche Inspektion.«

Catherine legte den Kopf auf seine Schulter. Sie schloss die Augen. Die Leute fanden es seltsam, dass sie nach sieben Jahren immer noch den größten Trost in seinen Armen fand. Catherine hielt es für unmöglich, irgendwo sonst Geborgenheit zu finden. Edgar sorgte für Ausgeglichenheit in ihrem Leben. Ohne ihn, das wusste sie, würde sie bald tief in Schwermut oder Galligkeit versinken. Manche suchten Zuflucht in Kräutern oder Reliquien, doch für Catherine war seine Anwesenheit das beste Amulett.

Das war der Grund, warum sie ihn nicht hatte verzweifeln lassen, als seine Hand abgetrennt wurde und warum sie die Geborgenheit, die er ihr bot, nicht missen mochte.

»Woran denkst du?« Er hob ihr Kinn und sah ihr in die Augen.

»An etwas Unheiliges«, neckte sie ihn.

Edgar sann darüber nach, was es sein könnte. Es wäre doch schade, es nicht herauszufinden.

»Weißt du«, sagte er. »Es könnte doch noch einige Zeit dauern, bis die anderen heimkehren.«

Walter hatte eine neue Begabung in sich entdeckt: Er gab einen wunderbaren Onkel ab. Alles, was er tat, schien den Kindern zu gefallen. Es war so, wie ständig von Schmeichlern umgeben zu sein, doch war in diesem Fall die Anerkennung ganz aufrichtig.

Heute hatte er beschlossen, alle auf das Maultier zu setzen, und mit ihnen durch ein Bächlein zu waten, das in die Mosel mündete. Er beklagte immer noch den Verlust seines Rosses, und die älteren beiden waren instruiert worden, ständig danach Ausschau zu halten.

Es war ein warmer Tag, und Walter kam in Stimmung, indem er nur in Tunika und hochgekrempelten *Brais* mit den Kleinen plantschte. Nach wenigen Stunden hatten sich James und Edana müde getobt, sodass sie am Nachmittag an Walters massigen und Ruhe einflößenden Leib geschmiegt schliefen, eingelullt von seinen rhythmischen Schnarchern.

Margaret hatte auch gespielt, aber sie war nicht müde. Sie hatte einen Beutel dabei und beabsichtigte, am Bach nach Pflanzen zu suchen, die man entweder essen konnte oder die sich für Catherines Arzneipflanzenvorrat eigneten. Das Medizinkästchen hatte sich dank der Schürfwunden und Magenverstimmungen, die im Haushalt anfallen, wie von selbst geleert.

Vergnügt stand Margaret knietief in Pfefferminze- und Blutweiderichpflanzen, als sie das unheimliche Gefühl bekam, beobachtet zu werden. Langsam sah sie sich um. Dort auf der anderen Seite des Baches stand Peter, der Junge aus der Burg. Sie lächelte ihm schüchtern zu.

Peter wurde knallrot und winkte.

»Waz tuost dû?« rief er ihr zu.

Sie hielt die Pflanzen hoch. *»Heiltranc!«*, rief sie zurück. Zumindest glaubte sie, dass dies das richtige Wort für Arznei sei.

»Kann ich dir helfen?« Er tat so, als wolle er Pflanzen sammeln.

Margaret nickte. Peter watete durch den Bach. Sie zeigte ihm, welche Pflanzen sie benötigte. Sie zupfte ein Blatt von der Pfefferminze und hielt es ihm unter die Nase. Er schnupperte und packte ihre Hand, als das Blatt ihn kitzelte. Ängstlich wie ein Hase zuckte Margaret zurück.

»*Ez ist mir leit*«, sagte Peter. »Ich wollte dich nicht ängstigen. Hier, ich pflücke welche für dich, ja?«

Margaret verstand ihn nur zum Teil, doch seine Miene machte den Rest klar. Sie lächelte zum Zeichen, dass sie seine Entschuldigung annahm, und sammelte weiter.

Peter bückte sich, beobachtete sie aber aus dem Augenwinkel. Es gefiel ihm, wie ihre Zöpfe hin- und herschwangen und manchmal ins Wasser tauchten, während sie mit einer widerspenstigen Wurzel kämpfte. Hübsche Kurven hatte sie auch, aber sie schien sich dessen nicht bewusst zu sein. Es verwirrte ihn ebenso wie die offenherzigen Avancen älterer Mädchen. Über derlei Dinge hatte er gut mit seinem Vater sprechen können. Peter scheute sich allerdings, dieses Thema Onkel Hermann gegenüber anzuschneiden.

Doch Margaret war nicht wie die einheimischen Mädchen. Sie war – Peter suchte nach dem richtigen Wort – sie war fremd, ja, rätselhaft. Sie war auch sehr hübsch, und ihre Ängstlichkeit weckte in ihm Beschützerinstinkte; er fühlte sich sehr erwachsen.

Den ganzen Nachmittag sammelten sie längs dem Ufer, ohne viel Worte, da Margarets Wortschatz noch sehr begrenzt war. Endlich war der Beutel voll, und Margaret setzte sich unter einen Baum, um die Kräuter zu sortieren und zu Sträußchen zu binden. Peter saß neben ihr und wollte helfen, aber er fühlte sich zu unbeholfen.

Margaret band die Pfefferminze zum Trocknen, die sie mit

Peter gefunden hatte. Sie steckte sich ein Pfefferminzeblatt in den Mund und genoss das würzige Aroma. Dann bot sie Peter eines an. Er nahm es und aß es auf. Daraufhin sah er sich um, weil er ihr auch etwas schenken wollte.

Er entdeckte eine Meerrettichpflanze und zog sie aus der Erde. Zwar kein so schmackhaftes Geschenk wie Minze, aber sehr nützlich. Er schnitt ein Stückchen von der Wurzel ab und gab es ihr.

Margaret hatte gerade nicht auf ihn geachtet. Geistesabwesend nahm sie das Wurzelstück und wollte hineinbeißen, als sie die Pflanze erkannte.

»Nein, Peter!« Sie stieß ihm das Stück aus der Hand, das er gerade für sich abgeschnitten hatte. »Das ist giftig!«

Sie kannte das deutsche Wort nicht. »Das ist kein Meerrettich, sondern Eisenhut! Ein Bissen davon kann dich töten!«

Sie schnitt eine Grimasse, als ob sie würgen müsste, sie streckte die Zunge heraus und verdrehte die Augen.

»Himmeltrût!«, rief Peter, und die Farbe wich aus seinem Gesicht.

»O Peter, es tut mir Leid.« Margaret fegte die Kräuter beiseite und legte die Hände auf seine Schultern. »Das war gedankenlos von mir. Wie konnte ich das tun, nachdem dein Vater so gestorben ist! Bitte verzeih mir!«

Er verstand die Worte nicht, doch die Bedeutung war klar. Er legte seine Hand an ihre Wange.

»Ich habe verstanden«, sagte er. »Du wolltest mich warnen. Danke.«

Margaret spürte die Wärme seiner Hand und roch seinen minzigen Atem, als sie sich näher aufeinander zu bewegten.

Just in diesem spannenden Augenblick tauchte Walter auf, platschte mit Edana auf dem Arm und James an der Seite den Bach herauf.

»Was ist denn hier los?«, rief er. *»Peter, wes wil du beginnen?«*

Margaret erhob sich hastig, und auch Peter stand auf.

»Ich habe Margaret geholfen«, sagte er rasch.

»Wir haben Pfefferminze gesammelt!« Margaret hielt die Pflanzen hoch.

»Das sehe ich.« Walter überdachte seinen Spaß am Onkelsein. »Margaret, würdest du die Kleinen nehmen und ihnen die Schuhe wieder anziehen? Peter, ich möchte mit dir sprechen.«

Mit bangem Blick auf Walter nahm Margaret die Kinder an die Hand und führte sie zu den Schuhen, die auf einem Haufen am Bach lagen. Peter sah zu Walter hoch.

»Wir haben nichts Unrechtes getan«, stellte er fest.

»Das freut mich zu hören«, sagte Walter. »Denn Margaret ist keine Gänsemagd, an welcher du deine Verführungskünste ausprobieren kannst. Außerdem ist sie die Tochter eines schottischen Lords. Catherine erzählte mir, dass sie auch noch die Enkelin von Thibault von der Champagne ist.«

»Vom Grafen?« Peter war erstaunt. »Das wusste ich nicht. Das hat sie nicht erwähnt. Aber das ist ja schrecklich. Das bedeutet, dass niemand jemals eine Verbindung zwischen uns in Betracht ziehen würde. Er ist fast so mächtig wie der Kaiser.«

»Du hast noch reichlich Zeit, eine Verlobung zu planen, junger Mann«, sagte Walter. »Ihr beide seid jetzt noch zu jung dafür. Und bis du sechzehn oder siebzehn bist, gibt es vielleicht eine andere, welche besser zu dir passen mag.«

Peter schien so erschüttert, dass Walter sich kaum das Lachen verbeißen konnte. Dann erinnerte er sich an Alys. Er hatte sie schon geliebt, seit er so alt wie Peter war, und liebte sie immer noch, als sie einen anderen heiratete. Er würde sie bis an sein Lebensende lieben. Wer war er denn, dass ihn die Leidenschaft dieses Jungen amüsierte?

»Vermutlich werden viele Männer um sie freien«, sagte Peter wehmütig. »Sie bekommt sicher eine große Mitgift.«

»Vielleicht auch nicht.« Walter beschloss, ihm ein bisschen Hoffnung zu machen. »Margaret ist ehelich geboren, ihre Mutter jedoch nicht. Und jetzt, wo ihr Onkel der Herr auf Wedderlie ist, trachtet jener vielleicht nicht danach, ihr viel mit in die Ehe zu geben. Natürlich könnte sie das in den Augen deiner Familie herabsetzen.«

Peters Augen leuchteten auf. Er war in einem Alter, wo solche Widerstände die Siegesprämie umso herrlicher erscheinen lassen.

»Nun«, fuhr Walter fort, »ich möchte, dass du versprichst, nicht mit ihr über solche Dinge zu reden. Nicht, bis ihr älter seid, und gewiss nicht, bis die Todesumstände deines Vaters aufgeklärt sind.«

Peter nickte, jetzt wieder ernst. Einen kleinen Augenblick lang hatte er vergessen, dass er jetzt der Herr war, obwohl Onkel Hermann die meiste Arbeit für ihn erledigte. Walters Worte erlegten ihm die Bürde wieder auf.

»Habt Ihr etwas herausgefunden?«, fragte er. »Ich will nicht, dass meine Stiefmutter bestraft wird, wenn sie nichts getan hat. Doch ich weiß nicht, wie lange wir noch in dieser Ungewissheit leben können.«

»Ja, ich weiß«, räumte Walter ein. »Wir haben einige Hinweise, welche von Agnes weg führen. Ihr Vater ist unterwegs nach Köln, um Näheres zu erkunden. Peter, was wir entdecken, könnte ein schlechtes Licht auf deinen Vater werfen. Ich habe keine Beweise oder auch nur eine Vermutung, was es sein könnte, aber du solltest darauf gefasst sein.«

»Mein Vater war ein ehrlicher Mensch.« Peter hob stolz den Kopf. »Er war gütig und tapfer. Auch wenn der Schein gegen ihn spricht, ich glaube nicht, dass er etwas Schändliches getan hat. Wer so etwas von ihm behauptet, ist ein Lügner.«

»Hubert würde keine Lügenmärchen fabrizieren«, sagte Walter. »Nicht einmal, um seine Tochter zu retten. Er ist ein ehrenwerter Mann.«

»Denkt daran, dass Eure Beweise hieb- und stichfest sein müssen, bevor mein Onkel und ich Agnes freilassen. Jemand muss für den Tod meines Vaters büßen.«

Walter las in der Miene des Jungen, was jener in den letzten Wochen durchlitten hatte. Nur zu gern hätte er ihn getröstet.

»Walter!«, rief Margaret. »Ich habe gerade die Glocken zur Vesper läuten hören. Sollen wir heimgehen?«

»Ich komme!«, rief Walter zurück. »Nun, Peter, es ist auch für Euch an der Zeit, nach Hause zu gehen.«

Traurig las Peter seine Schuhe auf und zog sie sich an. »Walter?«, fragte er noch. »Darf ich Margaret wiedersehen, bevor sie nach Franzien zurückkehrt?«

»Wenn ihr Bruder es gestattet, warum nicht«, antwortete Walter.

Damit musste sich Peter zufrieden geben.

Huberts letzter Besuch in Köln lag schon Jahre zurück. Er erinnerte sich nicht mehr so gut an die Straßen, wie er gehofft hatte. Die jüdische Einwohnerschaft war viel größer als die in Paris und verteilte sich auf mehrere Stadtviertel. Als man auf seine stockenden Nachfragen mit Unverständnis reagierte, verwünschte er sich, weil er Walters Begleitung abgelehnt hatte.

Endlich fand er jemanden, der Französisch sprach und ihm den Weg zur Synagoge wies. Der Mann taxierte ihn mit einem misstrauischen Blick, der Hubert hätte vorwarnen sollen. Er dachte jedoch nur an sein Ziel, sodass er dem Informanten dankte und eilte, seine Freunde vor Einbruch der Nacht zu erreichen.

Als er durch die Straßen ging und die Adresse suchte, kam es ihm vor, als ob viele Menschen den gleichen Weg nähmen. Er fragte sich, ob irgendwo ein Fest gefeiert würde. Alle schienen bei bester Laune zu sein.

Endlich verließ er nach der letzten Abbiegung das Gedränge. Er ging einen schmalen Gang entlang und in einen kleinen, von Häusern umrahmten Innenhof. Hubert entspannte sich. Diesen Ort kannte er. Das Haus zur Linken hatte einen Balkon mit Blumenampeln. Ohne zu zögern, klopfte er an die Tür.

Er hörte drinnen etwas, aber niemand kam. Hubert klopfte lauter. Endlich rief er auf Hebräisch:

»Hesekiah! Bist du daheim? Hier ist Chaim ben Solomon aus Paris.«

Er hörte eilige Schritte drinnen und das Ratschen eines Riegels. Die Tür öffnete sich gerade so weit, um ihn einzulassen.

»Hesekiah, was ist denn?«, fragte Hubert, als sein alter Freund ihn ins Haus zog.

»Was für eine Zeit hast du dir für deinen Besuch ausgesucht!« Hesekiah bedeutete Hubert, ihm in den Hauptteil des Hauses zu folgen. »Weißt du denn nicht, dass der Teufel in Köln weilt? Er sieht aus wie ein Mensch, aber er kläfft wie ein Hund aus dem Scheol. Er nennt sich Radulf und wiegelt die Edomiter gegen uns auf.«

»Radulf! Hier?«, rief Hubert aus. »Ich dachte, der Abt von Clairvaux hätte ihm Einhalt geboten.«

Sie waren in den Saal gekommen, wo sich die Vorsteher der Gemeinde versammelt hatten. Hubert erkannte ein paar von ihnen, aber viele junge Männer waren ihm fremd. Alle wirkten sehr besorgt.

»Gott segne dieses Haus«, sagte Hubert. »Ich entschuldige mich, dass ich die Versammlung störe. Ich bin in einer Familienangelegenheit aus Trier gekommen.«

»Hubert ist derjenige, welchen man als Kind unter das schmutzige Wasser zwang«, erklärte Hesekiah der Gruppe. »Aber er ist noch unser Bruder im Geiste. Wir können frei vor ihm sprechen.«

Allgemeines Murren erhob sich, aber schließlich rückten ein paar Männer auf der Bank zusammen, um ihm Platz zu machen.

»Lasst uns das hier zuerst beenden«, sagte Hesekiah. »Und dann erzählst du mir beim Essen, was dich herführt.«

Hubert saß da und lauschte. Er konnte zwar nicht alles verstehen, aber was er gehört hatte, machte ihm Angst.

»Viele von euch sind zu jung, um sich daran zu erinnern, wie die Anhänger des Gekreuzigten schon einmal nach Köln kamen«, sagte ein alter Mann.

»Das bedeutet nicht, dass wir in Unkenntnis aufwuchsen, Joseph«, unterbrach ihn ein anderer. »Keiner von uns steht dem Problem gleichgültig gegenüber.«

»Die Frage ist, was unternehmen wir jetzt dagegen?«, sagte Hesekiah. »Wir haben Freunde, die uns bei sich verstecken würden, aber ich möchte sie nicht in Gefahr bringen.«

»Na, wenn es darum geht, uns dem Pöbel auszuliefern oder sich das Dach über dem Kopf zerstören zu lassen – wie viele Christen werden dann noch den Mut aufbringen, uns zu beschützen?«, fragte der jüngere Mann.

»Genau meine Meinung«, sagte Joseph. »Wir haben es mit Gebeten und Bestechungsgeldern versucht, aber ich will nicht, dass meine Familie der Laune der Bischöfe und der Geldgier des Adels ausgeliefert ist. Ich sage, wir verhandeln um eine Festung, wo wir uns sammeln und unsere Verteidigung vorbereiten können.«

»Wir alle gemeinsam?« Hesekiah schien Zweifel zu hegen. »Es ist gefährlich, die Aufmerksamkeit der Soldaten auf eine Stelle zu ziehen. Wenn wir uns auf mehrere Dörfer verteilen, haben wir bessere Chancen, dass einige überleben, falls es zum Äußersten kommt.«

»Nein, ich stimme Joseph zu.« Ein anderer junger Mann, Judah, sprach: »Im Jahre 4856 schickte uns der Bischof in sieben seiner Dörfer, damit wir uns verstecken sollten. Nur ein Dorf wurde verschont. Wären wir alle zusammen geblieben, wären vielleicht alle gerettet worden.«

»Oder alle hätten den Tod gefunden«, sagte ein alter Mann. »Meine Frau und ich waren in dem geschützten Dorf. Ich trauere noch um die anderen, aber ich bin froh, dass wir überlebten.«

»Ich bin es müde, vom guten Willen der Christen abhängig zu sein«, antwortete Judah. »Ich würde lieber bei der Heiligung des Namens Gottes sterben als wie ein Karnickel leben, zitternd vor Angst, bereit, beim leisesten Geräusch in mein Loch zurückzuschießen.«

»Und ich auch«, sagte Joseph und stand auf. »Mag sein, dass unsere Ängste keine Gestalt annehmen, auch wenn dieser Schreihals von einem Mönch unsere Vernichtung predigt. Doch ich möchte lieber vorbereitet sein, als das Leben zu verlieren und die Schändung der Thora noch einmal zu erleben.«

Andere erhoben sich ebenfalls. Ein paar Minuten lang sprachen alle durcheinander, alle versuchten sich Gehör zu verschaffen. Als es Hesekiah gelang, die Ordnung wiederherzustellen, war klar, dass ein Konsens gefunden war.

»Nun denn«, sagte Hesekiah. »Wir werden darüber befinden, welche Summe wir an Erzbischof Arnold für die Nutzung einer seiner Festungen anbieten können. Wenn er einwilligt, müssen wir sofort unseren Umzug vorbereiten.«

»Vorbereiten, ja!«, sagte Judah. »Solange keine Gefahr in Verzug ist, müssen wir auch nicht fort von hier.«

»Nein! Man darf nicht warten. Gehen wir sofort!«

Aller Augen richteten sich jetzt auf Hubert.

Sie hatten wieder ins Hebräische gewechselt, und er hatte den letzten Teil verstanden. Unter den empörten Blicken wurde ihm zwar ein wenig mulmig, dennoch blieb er fest.

»Nein«, sagte er etwas leiser. »Bis man die Gefahr erkennt, ist es zu spät. Glaubt es mir. In Rouen dünkten wir uns in Sicherheit. Doch dann kamen die Soldaten ohne Vorwarnung, und als sie wieder gingen, waren Dutzende tot, auch meine Mutter und meine Schwestern.«

»Gesegnet sei ihr Angedenken«, fügte Joseph hinzu. »Meine Eltern haben auch den Tod gewählt, und ich wäre mit ihnen gestorben, hätte ich nicht in Ramerupt studiert. Dieser Mann hat Recht. Besser, durch übergroße Vorsicht etwas, als durch Leichtfertigkeit alles zu verlieren.«

Hubert sank wieder in sich zusammen. Sein Herz klopfte wieder langsam, seine Finger waren kalt. Er versuchte, tief durchzuatmen und sich zu beruhigen. Fünfzig Jahre waren vergangen, und die Erinnerung verfolgte ihn immer noch. Würde er nie Frieden finden?

Die anderen setzten ihre Diskussion fort, doch Hubert hörte nicht mehr zu. Endlich erhoben sich die Männer, um nach Hause zu gehen. Da meldete sich Hubert noch einmal zu Wort.

»Bitte, da ihr gerade alle hier seid, ich würde gern etwas anderes fragen«, sagte er. »Für die Gemeinde hat es keine Konsequenzen, aber für mich ist es sehr wichtig. Kennt jemand von euch Herrn Gerhardt aus der Nähe von Trier? Er besitzt einen Weinberg.«

Judah trat vor. »Ja, ich habe bei ihm gekauft. Ein ehrlicher Mann. Er ist doch kürzlich gestorben?«

»Ja.« Hubert fuhr sich mit der Zunge über die Lippen. »Die Todesumstände sind unklar, darum muss ich herausfinden, was der Mann in Köln trieb. Kannst du mir helfen?«

»Gewiss«, sagte Judah. »Aber heute nicht. Meine Frau denkt vermutlich schon, dass ich auf dem Heimweg in der Schenke versackt bin. Ich wollte schon längst zu Hause sein.«

Sie verabredeten sich für den nächsten Morgen. Hesekiah wünschte seinen Gästen eine gute Nacht, dann rief er nach oben seiner Tochter zu, sie solle herunterkommen und sich um Hubert kümmern.

»Danke, alter Freund«, sagte Hubert. »Ich sehe, du bist neugierig, warum ich den Tod eines deutschen Adligen untersuchen will. Morgen erkläre ich dir alles.«

»Du brauchst mir gar nichts zu erklären«, sagte Hesekiah lächelnd. »Ich weiß, dass du einen triftigen Grund haben musst, und darum werde ich dir nach besten Kräften helfen.«

In jener Nacht schlief Hubert auf einem weichen Federbett. Zum ersten Mal seit Wochen hatte er keine bösen Träume.

Peter war tief bestürzt über seine Begegnung mit Walter. Er hatte ja Margaret oder ihrer Ehre nicht zu nahe treten wollen. Eigentlich hatte er an gar nichts dabei gedacht. Jetzt aber grübelte er darüber nach. Zu viele Dinge waren zu schnell auf ihn eingestürmt. Er hatte kaum Zeit zum Trauern gehabt. Stattdessen saß er an Stelle seines Vaters am Tisch, und alle beobachteten ihn, warteten darauf, dass er einen Fehler machen würde. Oder vielleicht warteten sie darauf, dass auch sein Essen vergiftet wäre.

Er wollte einen Schlussstrich unter die Geschichte ziehen, doch das wäre erst möglich, wenn Agnes die Burg verlassen hätte. Sie musste freigelassen oder vor Gericht gestellt werden. Diesen Schwebezustand konnte er nicht länger ertragen. Falls Agnes, wie er hoffte, nichts mit dem Tod seines Vaters zu schaffen hatte, dann war ein anderer der Täter. Vielleicht jemand, welcher ihm teuer war. Jemand, von dem er glaubte, dass er ihm teuer war. Aber was, falls dem nicht so wäre? Was, wenn jemand auch seinen Tod wünschte?

Peter ging schneller durch die Rebenreihen, welche jetzt im vollen Sonnenlicht reiften. Er würde sich von niemandem umbringen lassen, sondern erwachsen werden und Margaret heiraten. Viele Söhne würden sie miteinander haben. Die Vision, die sein Vater von diesem Grund und Boden gehabt hatte, würde nicht mit ihm sterben.

Er fand seinen Onkel Folmar in den Ställen. Er sattelte gerade sein Pferd.

»Wohin des Wegs, Onkel?«, fragte er.

Folmar fuhr zusammen. »Peter! Schleich dich doch nicht immer an! Ich dachte, du wolltest nach St. Marien, um Bruder Berengar aufzusuchen.«

Peter starrte ihn mit offenem Mund an. Das hatte er vollkommen vergessen. Er hatte Bruder Berengar gebeten, ihn Französisch zu lehren, und der Mönch hatte zugesagt, ihn zur Zeit der Terz für eine Lektion zu treffen. Über der Begegnung mit Margaret war es ihm entfallen.

»Ich gehe morgen hin«, sagte er. »Es ist etwas dazwischengekommen.«

Folmar richtete die Steigbügel aus. »Ich wünschte, deine Tante würde nicht immer mein Zaumzeug benutzen, wenn sie ausreitet. Ich muss es jedes Mal wieder ändern.«

Peter versuchte es noch einmal. »Reitest du weit weg?«

»Nur nach Trier«, antwortete Folmar. »Hermann will, dass ich einiges regele.«

»Darf ich mitkommen? Ich kann in wenigen Minuten fertig sein«, bettelte Peter.

Folmar zog ein letztes Mal am Leder. »Nein, das hier ist nur geschäftlich. Und da es spät wird, übernachte ich wahrscheinlich dort. Na, jedenfalls ist es nichts von Bedeutung.«

Peter hatte es satt, wie ein Kind behandelt zu werden.

»Alles, was mit meinem Lehen zu tun hat, ist für mich von Bedeutung«, sagte er. »Vater hätte auch gewollt, dass ich meine Pflichten von allen Seiten kennen lerne. Ich komme mit. Warte, ich hole mein Reitzeug.«

Folmar stand da und schäumte vor Wut.

Als Walter Margaret und die Kleinen zurückbrachte, nahm er Catherine beiseite und erzählte ihr, was vorgefallen war.

»Ich glaube, der Junge hatte nichts Böses im Sinn«, sagte er. »Aber in dem Alter haben sie noch nicht gelernt, ihre Triebe zu beherrschen.«

»Manche lernen es nie«, sagte Catherine voller Ingrimm. »Danke für die Warnung, ich werde es Edgar erzählen.«

»Wirst du mit Margaret darüber reden?«, fragte Walter.

»Ich weiß nicht recht«, sagte Catherine. »Vielleicht mehr so im Allgemeinen, dass sie ihren guten Ruf nicht aufs Spiel setzen soll. Ich will sie nicht beschämen. Du sagst doch, dass sie nichts Unschickliches getan hat?«

»Nein, beide nicht«, sagte Walter. »Aber wenn ich etwas später dazugekommen wäre ...«

Catherine stieß einen tiefen Seufzer aus. Wie gut, dass ihr Vater nicht da war. Ihn würde ihr Unbehagen sehr amüsieren.

Am nächsten Morgen saß Edgar unter einem Baum und sah den Bauleuten auf dem Dom zu. Man hatte sich dort an ihn und die Kinder gewöhnt. Langsam änderten die Leute ihre Meinung über die Familie jener Ausländerin. Der verkrüppelte Mann deuchte sie harmlos, die Kinder wohlerzogen. Vielleicht, erzählte man sich am Brunnen, vielleicht war die Französin doch keine Zauberin, nur eine Mörderin. Und da jeder wusste, dass sie für ein Wittum nicht lange genug verheiratet gewesen war, spekulierte man jetzt, womit der noble Herr Gerhardt wohl ihren Zorn erregt haben mochte, sodass sie seinen Tod wünschte.

Das meiste davon wurde Edgar von dem Mann zugetragen, der die Mohrrüben werfenden Jungen vertrieben hatte. Er hieß Egilbert und hatte beschlossen, sich mit den Fremden anzufreunden.

»Erstaunlich, wie schnell sich die Meinungen ändern«, war sein Kommentar, als er Edgar einen Becher mit dem einheimischen Wein reichte. »Ich habe sogar einige sagen hören, man solle der armen Frau nur die Nase aufschlitzen und dann in Eure Obhut übergeben und ziehen lassen.«

»Ich glaube nicht, dass meine Frau und ihr Vater das akzeptieren werden«, antwortete Edgar. »Und mit Sicherheit nicht Agnes. Sie ist willens, dort in dem Zimmer zu bleiben, bis ihre Unschuld zweifelsfrei bewiesen ist.«

Egilbert nahm einen Zug aus seinem Becher. »Nun, ich weiß nicht, wie das gehen sollte, wenn sie sich nicht dem Gottesurteil unterwirft. Mit dem Gift ist das so eine Sache. Jeder hätte es ihm in die Fleischsoße geben können.«

»Er aß kein Fleisch«, sagte Edgar. »Auch nicht Fisch oder Käse. Er lebte nur von Bohnen, Brot, Kleie und Wein, sagt Agnes. Vermutlich eine Art Bußübung.«

»Wahrhaftig?« Egilbert überlegte. »Dann wurde er vielleicht gar nicht vergiftet, sondern hat sich einfach zu Tode gefurzt.«

Diesen Witz fand er so gut, dass er ihn für seine Freunde gleich noch mal auf Deutsch wiederholte.

Jäh erstarb das Gelächter, nur ein Mann wischte sich noch glucksend die Augen. Als er aufsah, bemerkte er den Grund für die plötzliche Stille.

Peter war gerade auf den Platz geritten. Er fühlte die Blicke auf sich ruhen und lüftete seinen Hut. Dann saß er ab, übergab die Zügel einem Diener und verschwand im Dom.

Es gab ein zustimmendes Gemurmel. Edgar spürte, wie der Wind sich zu drehen begann.

Sie mussten die Wahrheit über Gerhardts Tod rasch aufdecken. Ob Hubert wohl etwas in Köln erfahren hatte?

Peter merkte, dass alle ihn beim Betreten des Doms beobachteten. Er bekämpfte den Drang wegzulaufen. Der Lärm der Bauleute wurde leiser, als er die Tür hinter sich schloss, und die ewige Kühle der Steine sorgte für eine stille, friedliche Atmosphäre. Er durchmaß den Wandelgang und ging dann ins Mittelschiff, wo er vor dem Altar niederkniete.

Er sagte einige Ave Marias auf, doch seine Gedanken waren nicht bei Gott. Folmars Geheimniskrämerei um den Besuch in der Stadt hatte Peter zu der Annahme verleitet, sein Onkel wolle ein Freudenhaus besuchen und es ihn nicht wissen lassen. Doch dann hatte Folmar sich nur mit einem Mann auf dem Weinmarkt beraten und der Köchin im Stadthaus gesagt, dass sie zum Abendessen kommen würden.

Als Peter später im Bett lag, lauschte er angestrengt auf Schritte. Irgendwann nach Mitternacht wurde sein Warten durch ein Quietschen und Klacken belohnt: Das vordere Tor ging auf. Doch als er nach unten gehen wollte, um seinem Onkel zu folgen, hörte er Stimmen aus dem Saal und merkte, dass Folmar jemanden einließ.

Vorsichtig schlich er sich auf Zehenspitzen die Treppe hinunter und stellte sich in den Türschatten. Die Stimmen waren leise. Mit angehaltenem Atem hörte er zu. Bei dem Gast handelte es sich um einen Mann.

Er hörte das Gluckern des Weins, als Folmar seinem Besucher einschenkte.

»Danke«, sagte der Mann. »Es ist ein weiter Ritt von Köln, und die Straße war staubig. Wir brauchen bald Regen.«

»Die Trauben lieben einen warmen Sommer«, erwiderte Folmar. »Um Ostern herum war es feucht genug.«

Peter unterdrückte ein Gähnen. War er wirklich die halbe Nacht wach geblieben, um sich ein Gespräch über das Wetter anzuhören? Der Besucher redete weiter, jetzt aber in einem anderen Tonfall.

»Auch wenn der *Perfectus* nicht mehr unter uns weilt, müssen wir unsere Pläne umsetzen«, sagte er. »Gerade jetzt fallen die Leute über die Juden her. Solange sie die Aufmerksamkeit auf sich ziehen und Kreuzfahrer in Massen vorbeikommen, können wir viele bekehren. Wir brauchen deine Hilfe, Folmar. Da Gerhardt jetzt tot ist, fehlt uns eine Verbindung.«

»Ja, Gerhardt ist tot«, antwortete Folmar. »Und euer Bote auch. Was, wenn Gerhardt starb, weil euer Mann etwas ausplauderte, bevor man ihm die Kehle aufschlitzte? Der Erzbischof weiß vielleicht über uns Bescheid und wartet nur darauf, die Falle zuschnappen zu lassen.«

»Nicht nach so langer Zeit«, sagte der Fremde. »Dein Bruder war ein Märtyrer, aber nur weil seine Frau so leidenschaftlich war. Anscheinend war die Frau über seine Frömmigkeit erzürnt und beschloss seinen Tod, um einen anderen Mann heiraten zu können, der ihren schmutzigen Gelüsten willfahren würde.«

Peter schaffte es gerade noch, einen Ausruf des Erstaunens zu unterdrücken. Was konnte das bedeuten? Er wünschte, der Fremde würde sich etwas deutlicher bezüglich der Lüste äußern.

»Ich wünschte, ich wäre mir so sicher wie du«, sagte Folmar.

Die Stimmen kamen näher. Peter drückte sich tiefer in die dunkle Ecke.

»Wenn du vollkommen im Glauben wärst, hättest du Sicherheit«, sagte der Besucher. »Dies ist nicht die Zeit für Unsicherheit. Wir stehen an der Schwelle zum neuen Jahrtausend, und nur wer sich gereinigt hat, wird unter den Erlösten sein.«

»Ja, ich weiß«, erwiderte Folmar. »Danke, dass du gekommen bist, um mir die Nachricht zu übermitteln. Ich tue, was ich kann.«

»Nein, Bruder«, widersprach der Mann. »Tu, was du tun musst.«

Zu Peters Erleichterung ging Onkel Folmar nach der Verabschiedung des Gastes nicht sofort nach oben, sondern wieder in den Saal. Peter hörte, wie er sich noch mehr einschenkte. In der Hoffnung, dass Folmar den Wein auch unten trinken würde, eilte Peter in den Alkoven zurück und zog die Vorhänge rundum zu.

Er dachte, er würde nicht schlafen können, nach allem, was er gehört hatte. Sein unauffälliger Onkel war in ein gefährliches Komplott verstrickt. Das allein war schon erstaunlich genug. Doch wie konnte auch sein Vater damit zu tun gehabt haben? Hier war etwas faul. Und er würde aufdecken müssen, was es war. Um dieses Problem kreisten seine Gedanken, bis er kurz darauf einschlief.

Am nächsten Morgen hatte Peter seinen Onkel sofort verlassen und sich mit seinen Sorgen an den Einzigen gewandt, welchem er mit Sicherheit vertrauen konnte.

Hoffentlich würde Gott ihm klar zu verstehen geben, was er tun sollte.

Fünfzehntes Kapitel

Eine Straßenecke in Köln, Dienstag, Tag 7 vor den Iden des Augusts (7. August) 1146; 27. Aw 4906. Tag des heiligen Victorix, eines römischen Soldaten, hernach Bischof von Rouen, welcher Jungfrauen und Witwen vor ketzerischem Einfluss beschützte.

ונצעק אל
אלהינו ונאמר אהה ה אלהים הן עתה לא עברו חמשים שנה כשנת
היובל אשר נשפך דמינו על ייחוד שמך הנכבד ביום הרג רב. הלעולמים
תזנח ה תמשוך אפך לדור ודור

Wir schreien zu unserem Gott: »Herr Gott, nicht einmal fünfzig Jahre sind vergangen, wie der Zeitraum für ein Jubeljahr, seit unser Blut auf dem Tag des Massakers vergossen ward in der Heiligung deines Verehrten Namens. Wirst du uns ewig verlassen, o Herr?«

Ephraim von Bonn
Sefer Zekirah

Der hagere Mann in der schmutzig grauen Kutte konnte kaum von der Menge um ihn herum gesehen werden, doch seine Stimme drang bis in die hinterste Ecke des Platzes.

»Warum schicken wir die Besten unserer Ritter, welche die edelste Frucht unserer Obstgärten sind, den ganzen Weg ins Heilige Land, um gegen die Ungläubigen zu kämpfen, während wir zulassen, dass die Ungläubigen in unserer Mitte reich werden? Die Juden verlachen unsere Frömmigkeit, so wie sie unser Geld nehmen und uns weniger als den zehnten Teil des Wertes der Schätze geben, welche wir verpfänden müssen. Sollen wir solche Gottlosigkeit weiterhin dulden?«

Die Zuhörerschaft verneinte.

»Diesen Mönch umgibt eine Aura von Autorität«, sagte Lanval zu seiner Frau Denise, als sie an der Versammlung vorbeigingen. »Sieh nur, wie viele Menschen er kraft seiner Worte zusammenbringen kann.«

Denise war nicht so beeindruckt. Sie beobachtete Radulf ein Weilchen. Die Leidenschaft, mit welcher er die Bevölkerung ermahnte, das Töten der Sarazenen lange genug aufzuschieben, um erst Rache an den Juden in ihrer Mitte zu üben. Sie fragte sich, was sie ihm wohl getan haben mochten, um derlei Feindseligkeit zu erregen.

»Ihn umgibt eine Aura von Wahnsinn«, schniefte sie endlich. »Sein Worte bedeuten mir nichts. Was kümmert mich die Bekehrung der Juden zu einer bereits derart korrupten Religion? Mir würde es nicht gefallen, zwangsgetauft zu werden. Ich wünschte nur, man hätte mich gar nicht erst getauft.«

»Denise!« Lanval schaute sich um, ob jemand mitgehört hatte. »Nicht hier!«

»Gatte, wo denn, wenn nicht hier? Wann?«, gab sie zurück. »Wir sind von weither gekommen, um Gleichgesinnte zu finden. Zugegeben, es ist wunderbar, dass es so viele von uns in dieser Stadt gibt. Die Frömmigkeit unserer *Perfecti* flößt mir Respekt ein, besonders die des Bischofs. Doch wir verbergen uns immer noch in Kellern und treffen uns heimlich. Warum bringen wir nicht den Mut der ersten Christen auf, unseren Glauben offen zu verkünden und dafür zu sterben, wenn es sein muss?«

Das hatte Lanval ebenfalls bedrückt, doch er wollte es nicht eingestehen. »Astolfo sagt, die *Perfecti* wissen, wann die richtige Zeit gekommen ist. Bis dahin müssen wir warten.«

Sie beobachteten den Prediger noch eine Weile. Denise bemerkte, dass nicht jeder verzückt lauschte. Manche drückten sich am Rand der Menge herum und zeigten angewiderte oder angstvolle Mienen. Andere standen herum und lachten über Radulf, bevor sie wieder ihren Geschäften nachgingen. Wieder andere nickten grimmig bei jedem Wort. Was würden sie tun, wenn die Worte endeten?

Denise hatte die Mienen studiert. Wut machte sie hässlich. Plötzlich erkannte sie in der Menschenmenge ein bekanntes Gesicht.

»Was macht denn Andreas hier?«, fragte sie ihren Mann.

»Ich weiß es nicht«, antwortete er. »Vielleicht will er die Gefahr für uns einschätzen.«

»Das kann doch nicht sein, wenn fast niemand hier von unserer Existenz weiß«, warf sie ein. »Wir sollten da oben stehen und predigen, genau wie dieser Radulf.«

Lanval widersprach. »Ich glaube, dass unsere Anführer Recht haben«, sagte er. »Es gibt noch keinen Grund, offen zu missionieren. Wenn diese Leute keine Juden mehr zu quälen haben, wenden sie sich vielleicht gegen uns. Es jagt mir Angst ein.«

»Lanval«, sagte Denise. »Manchmal zweifele ich, ob dein Glaube vollkommen ist.«

»Ich weiß, meine Liebe«, sagte sie. »Manchmal zweifele ich auch daran.«

Über Herrn Gerhardt hatte Hubert mehr herausgefunden als nötig. Leider war alles nur positiv.

»Tut mir Leid; er war ein guter Mann«, sagte Hesekiah. »Immer ehrlich und voller Respekt in seinen Geschäften mit uns. Er würfelte nicht und besuchte keine Freudenhäuser. Wenigstens hat ihn nie jemand dabei ertappt. Die Leute, die in seinem Haus wohnen, sehen kränklich aus, doch das spricht auch für ihn, dass er sie aufgenommen hat.«

»Was für Leute?«, fragte Hubert. »Was für ein Haus?«

»Unten am Kai«, sagte Hesekiah. »Die Art Haus, welche man kauft, wenn man in der Stadt nicht mehr im Gasthof absteigen will. Dort wohnen zehn bis zwölf Leute. Ich weiß nicht, in welcher Beziehung sie zu ihm standen. Gewiss sind es keine Verwandten. Und wenigstens keine Aussätzigen. Die Bürger würden das nicht zulassen, obwohl Gerhardt fromm genug war, den Umgang mit den Unreinen zu wagen.«

»Interessant«, sagte Hubert. »Kannst du mir den Weg dorthin erklären? Ich würde sie gern besuchen. Ich frage mich, ob dieses Haus jetzt seinem Sohn gehört oder ob er es jenen Leuten geschenkt hat.«

»Du solltest nicht allein hingehen«, warnte Hesekiah. »Ich gebe dir meinen Freund Matthias mit. Er wohnt ihrem Haus vis-a-vis und ist viel in Franzien gereist, also kannst du dich mühelos mit ihm unterhalten. Und falls etwas geschieht, hast du einen Bürger aus Köln dabei.«

»*Todah robah*, alter Freund«, sagte Hubert. »Lass diesem Matthias bitte ausrichten, dass ich ihn möglichst bald treffen möchte. Ich muss bald nach Trier zurück. Ich war zu lange fort und habe keine Nachricht von meiner Familie.«

»Simon wird in wenigen Tagen hingehen«, sagte Hesekiah. »Er wartet auf ein Schiff, das seine englische Wolle und die Jagdhunde flussaufwärts bringt. Er würde sich über deine Gesellschaft freuen.«

»Simon ist heil zurückgekehrt?« Huberts Gesicht leuchtete auf. »Mina wird sehr erleichtert sein. Den Kindern zuliebe wollte sie sich nichts anmerken lassen, aber sie hat sich Sorgen gemacht.«

Matthias ließ antworten, er freue sich, Hubert kennen zu lernen. Hesekiah vertraute Hubert an, dass sie alle neugierig in Bezug auf die Bewohner von Gerhardts Haus gewesen waren, doch keinen Grund gehabt hatten, Fragen zu stellen, solange der Herr am Leben war.

Am nächsten Morgen wurde Hubert also einem stämmigen jungen Mann mit braunem Haar, hellen Augen und einem Kinn, das wie aus Stein gemeißelt schien, vorgestellt. Matthias begrüßte Hubert begeistert.

»Schon seit Monaten klatscht man über diese Leute«, sagte Matthias. »Aber man möchte sich ja nicht einmischen, solange sie niemandem Schaden zufügen. Es gibt so viele andere, vor denen man sich in Acht nehmen muss.«

»Das ist eine traurige Wahrheit in unserem Metier«, stimmte Hubert zu. »Immer müssen wir auf der Hut sein, sei es vor Wegelagerern oder den Spitzbuben in unserer eigenen

Zunft. Ich würde dich in dieser Sache nicht um Hilfe bitten, aber ich muss wissen, wer diese Menschen sind.«

»Ach, das macht doch nichts«, sagte Matthias. »Nur in letzter Zeit wurde ich misstrauisch. In den letzten Wochen scheinen sich dort mehr aufzuhalten, und die Neuen sind viel ärmer als die Ersten. Ich frage mich, ob es nicht einer dieser Orte ist, wo man entlaufene Leibeigene aufnimmt.«

»*Stadtluft macht frei!*«, sagte Hubert. »Das ist der einzige deutsche Satz, den ich kenne.«

»Ja, sie sind frei, wenn sie ein Jahr und einen Tag hier bleiben und sich selbst ernähren können«, erklärte Matthias. »Aber wir brauchen keine Straßen voller ausländischer Bettler, und diese Leute scheinen mir nicht kräftig genug für harte Arbeit.«

Unterdes hatten sie das Tor erreicht und wollten anklopfen.

»Denkt daran«, sagte Hubert zu Matthias, »ich komme per Schiff aus Rouen und habe gerade erst von Gerhardts Tod erfahren. Aber erwähnt nicht, dass ich Kaufmann bin. Vielleicht glauben sie, ich bringe Almosen, und plaudern aus, wer sie sind.«

»Ich weiß, was ich sagen muss, nur keine Sorge. Bleibt dicht hinter mir und macht einen reichen Eindruck.«

Ein junger Mann öffnete. Er war so blass wie ein Einsiedler, der nie die Sonne sah. Anscheinend war er unsicher, wie er die beiden gut gekleideten Männer behandeln sollte.

Matthias ließ ihm keine Zeit zum Nachdenken.

»Wir sind gekommen, um Euren Meister zu sehen«, sagte er zu dem Mann. »Führe uns sofort zu ihm.«

Er betrat den Innenhof, bevor man ihm die Tür vor der Nase zuschlagen konnte.

»Wer seid Ihr?« Der junge Mann hielt noch die Klinke in der Hand. »Was wollte Ihr von uns?«

»Den Anführer eurer Gruppe sehen, wie schon gesagt!«,

antwortete Matthias. »Dieser Herr hat den weiten Weg aus der Normandie gemacht, um ihn zu besuchen. Wo bleibt denn eure Gastfreundschaft?«

»Verwirrt den armen Jungen nicht.«

Hubert warf einen Blick über die Schulter des jungen Mannes. Im Eingang stand eine Frau in seinem Alter, gewiss nicht älter als Mitte fünfzig. Sie trug einen schlichten blauen *Bliaut* über einer weißen *Chainse* und keinen Schmuck, doch ihre Anwesenheit strahlte Würde und Status aus.

»Liebe Dame!« Matthias lüftete den Hut und verneigte sich. »Wir sind gekommen, um uns mit dem Herrn dieses Hauses zu beraten. Könnt Ihr uns helfen?«

Die Frau schien belustigt. »Dieses Haus hat keinen Herrn«, sagte sie. »Aber ich bin hier die Meisterin. Habt Ihr eine Frage, kann nur ich sie beantworten.«

Matthias erklärte es Hubert.

»Ist dies ein Haus des Glaubens?«, fragte er verwirrt.

»Gewiss«, antwortete sie. »Herr Gerhardt hat es vor wenigen Monaten eingerichtet. Wusstet Ihr das nicht?«

Hubert versuchte, seine Unwissenheit zu überspielen. »Mir war nicht klar, dass es offiziell war. Seid Ihr etwa Jünger des Robert von Arbrissel, dass hier eine Äbtissin Männern und Frauen vorsteht?«

»Wir haben unsere eigene Regel«, antwortete die Frau ernst. »Darf ich euch eine Erfrischung anbieten, während Ihr mir den Zweck Eures Besuchs mitteilt?«

Sie nahmen dankend an und wurden ins Haus geführt. Hubert schaute sich vorsichtig um. Die Wände waren ganz nackt, nicht einmal ein Kreuz oder ein buntes Tuch hingen da. Alle Fenster standen offen, um Luft hereinzulassen. Das hatte eine seltsam beruhigende Wirkung.

Man bewirtete sie mit Rosenwasser und Honigküchlein. Die Frau, die sie bediente, kam Hubert bekannt vor.

»Haben wir uns nicht vor Trier gesehen?«, fragte er.

Denise hätte fast das Tablett fallen lassen. Sie sah erst zu der Frau hin und nickte dann.

»Ihr wart so freundlich, Eure Wanderung zu unterbrechen und meinem Freund zu helfen«, fuhr Hubert fort. »Wir wollten uns dankbar zeigen, aber da wart Ihr schon fort.«

»Dank war nicht nötig«, antwortete Denise. »Irdische Belohnungen zählen für uns nicht.«

»Das ist sehr nobel«, sagte Matthias. »Nicht genug von den so genannten Ordensleuten vertreten diese Ansicht in diesen korrupten Zeiten.«

Denises Augen leuchteten auf. »O doch, es gibt viele, die so denken wie ich!«

»Und ...«, fiel die Frau ein, »wir erzählen Euch gern von ihnen, wenn es euch interessiert. Doch gewiss seid Ihr nicht gekommen, um Euch bekehren zu lassen, da Ihr nicht einmal von unserem Orden wusstet.«

Matthias senkte den Kopf. »Ich fürchte, ich bin nicht für das mönchische Leben geschaffen. Mein Freund hier interessiert sich allerdings sehr für die Ansichten des Herrn Gerhardt und warum er dieses Haus für euch einrichtete.«

Die Frau taxierte Hubert mit hochgezogenen Brauen.

»Herr Gerhardt ist tot«, sagte sie. »Nur er hätte sagen können, was er glaubte. Er sprach davon, sich in dieses Haus zurückzuziehen, wenn die Zeit reif sei.«

»Und meinte er, dass das bald sei?«, fragte Matthias auf Huberts Wunsch.

»Sagen wir, dass mich die Kunde von seiner Heirat sehr überrascht hat«, erwiderte die Frau. »Ich hatte bis dahin den Eindruck, dass er nur wartete, bis sein Sohn alt genug wäre, um seine Pflichten zu übernehmen, bevor er sich aus der Welt zurückzog.«

Hubert wollte mehr wissen, doch die Frau lieferte keine

weiteren Informationen, nicht einmal ihren Namen verriet sie, merkte er. So konnte er ihr nur für die freundliche Aufnahme danken und fragen, ob er wiederkommen dürfe.

»Wer immer im Geist der Barmherzigkeit kommt, ist höchst willkommen«, sagte die Frau und gab Denise ein Zeichen, die Männer hinauszubegleiten.

Draußen auf der Straße bedankte sich Hubert bei Matthias für die Hilfe.

»Habt Ihr erfahren, was Ihr wolltet?«, fragte Matthias.

»Eigentlich nicht«, sagte Hubert. »Diese neuen Orden gibt es überall. Vielleicht ist er nur das, was er vorgibt.«

»Oder die Frau nutzte Herrn Gerhardts Frömmigkeit für ihre eigenen Zwecke«, überlegte Matthias. »Jedenfalls kam mir das Haus nicht wie ein Kloster vor.«

»Doch«, widersprach Hubert. »Die kleineren Klöster sind alle nur spärlich eingerichtet.«

»Das meinte ich nicht«, sagte Matthias. »Die Glocken läuteten zur None, während wir da waren, aber ich habe keinen Gesang gehört. Die Äbtisssin, falls sie denn eine ist, schien die Zeit nicht einmal wahrzunehmen. Ich kenne kein Ordenshaus, das die Stundengebete nicht einhält.«

»Das ist wahr.« Hubert nickte. »Es ist ungewöhnlich. Kennt Ihr jemanden, der Näheres über diese Leute weiß?«

»Nein, wir haben uns alle schon gewundert«, antwortete Matthias. »Es schien nicht wichtig genug, um den Erzbischof damit zu behelligen, aber wenn ich's mir recht überlege, könnte es ihn sehr interessieren. So ein Ort sollte einer Aufsicht unterstellt sein. Ich werde mit einigen höher gestellten Freunden sprechen, die sich deshalb an ihn wenden können.«

»Ich zweifele jedoch, dass es zur Aufklärung von Herrn Gerhardts Tod beiträgt«, sagte Hubert. »Selbst wenn er in dunkle Machenschaften verwickelt war oder etwas Böses bei

Ihnen entdeckte und es öffentlich zu machen drohte, wie hätte denn einer von ihnen sein Essen vergiften können?«

Darauf hatte Matthias keine Antwort. Er erbot sich, Hubert zu Hesekiah zu begleiten, vielleicht zuerst noch etwas Handfesteres zu trinken als Rosenwasser. Hubert willigte gern ein.

Die Schenke lag am Marktplatz und hatte Bänke und Tische draußen stehen. Es herrschte lebhaftes Treiben an diesem heißen Nachmittag, doch sie fanden noch ein Plätzchen zwischen einigen Kaufleuten aus Matthias' Bekanntschaft.

Während die anderen Gäste Neuigkeiten in ihrer eigenen Sprache austauschten, beobachtete Hubert die Tiere, die man zum Verkauf auf den Markt brachte. Plötzlich erregte ein Pferd seine Aufmerksamkeit. Der große Graue hatte offenbar nie einen Wagen oder Pflug gezogen.

Hubert stand auf und zeigte auf ihn.

»Das ist Walters!«, schrie er. »Heda! Woher hast du das Pferd?«

Der Mann verstand ihn nicht, doch die Gesten waren eindeutig. Alle starrten Hubert an.

»Matthias, das Pferd kenne ich«, sagte Hubert. »Vor einigen Tagen wurde es einem Freund von mir gestohlen, einem Ritter namens Walter von Grancy. Fragt bitte den Mann, woher er es hat.«

Matthias zögerte. »Seid Ihr sicher, Hubert?«, fragte er. »Das ist Meinwerk aus Aachen. Mann kennt ihn hier als ehrlichen Händler.«

»Ehrlich mag er sein«, sagte Hubert, »aber Walter hat eine Narbe an der Schläfe, weil ihm jemand auflauerte und ihm jenes Pferd stahl. Seht es doch an. Verkauft der Mann auch sonst derart hochwertige Tiere? Findet heraus, wer es ihm verkauft hat.«

Matthias setzte sein Bier ab und ging zu dem Pferdehändler, der sich offenbar nicht wohl in seiner Haut fühlte. Sie unterhielten sich, während Hubert seine Ungeduld zügelte. Endlich kehrte Matthias an den Tisch zurück, und Meinwerk wartete und hielt das Zaumzeug des Grauen.

»Er sagt, dass ihm ein Mann dieses Pferd erst gestern auf dem Weg hierher verkaufte«, berichtete Matthias. »Der Mann gab sich als Diener eines Adeligen aus, der Geld für die Begleichung einer Spielschuld brauchte. Meinwerk war misstrauisch wegen des niedrigen Preises, aber sein Wunsch, das Pferd zu besitzen, besiegte seine Zweifel.«

»Geht zurück und sagt ihm, wenn er es mir für den Einkaufspreis verkauft, bringe ich es dem Besitzer zurück, und er hat damit keinen Ärger«, sagte Hubert.

»Verzeiht, Hubert, aber wie kann Meinwerk sicher sein, dass Ihr ein edles Pferd nicht einfach billig kaufen wollt?«, fragte Matthias.

Hubert ärgerte sich, sah aber ein, dass die Frage berechtigt war. »Hesekiah bürgt für mich«, erklärte er. »Außerdem kann ich das Zaumzeug genau beschreiben, wenn es dasselbe ist, welches Walter benutzte. An jeder Seite befindet sich eine silberne Scheibe mit eingraviertem Walnussbaum. Das ist Walters Familienwappen.«

Matthias ging zurück und sah nach. Dann nickte er Meinwerk zu, der gleichzeitig erleichtert und enttäuscht wirkte. Hubert kam zu den beiden.

»Sagt ihm, ich zahle ihm auch etwas für die Unannehmlichkeiten«, wandte er sich an Matthias. »Der Besitzer möchte ihm vielleicht eine Belohnung für die Rückgabe zahlen. Er ist auf dem Weg ins Heilige Land und in großzügiger Stimmung.«

Bei dieser Nachricht lebte Meinwerk auf. Hubert regelte die Bezahlung und die Unterbringung des Pferdes in einem nahe gelegenen Stall.

»Nun«, fügte er hinzu, »fragt Ihr Meinwerk bitte, ob er den Mann wiedererkennen würde, der ihm das Pferd verkaufte. Wie sah er aus?«

Meinwerk kratzte sich das Kinn unter dem Bart. »Es war ein hoch gewachsener Mann«, sagte er. »Heller Teint, braunes Haar und kaum Bart. O ja, er sprach mit Akzent. Lothringisch oder vielleicht französisch. Aber sein Deutsch war gut.«

»Danke«, sagte Hubert. »Wahrscheinlich sieht er den Mann nicht wieder, falls aber doch, kann er es Euch dann melden, Matthias?«

»Gewiss«, sagte Matthias. »Nun lasst uns aber unser Bier trinken, bevor es in der Sonne verdunstet.«

Sie kehrten an den Tisch zurück, wo Matthias seinen Freunden erklärte, was geschehen war.

»Der Mann dürfte sich noch in der Umgebung aufhalten«, meinte einer. »Jemand wollte uns heute Morgen einen Sattel mit Walnussbaumsymbol verkaufen. Da ich nicht mit so etwas handele, lehnte ich ab. Doch ich erinnere mich gut an ihn, so wie Meinwerk ihn beschrieb. Wenn ich ihn sehe, werde ich Alarm schlagen.«

Hubert dankte allen und kehrte zu Hesekiahs Haus zurück. Auch wenn er für Agnes nicht viel erreicht hatte, so würde Walter sich doch wenigstens freuen, wieder standesgemäß reiten zu können.

Zur gleichen Zeit kam sich Walter selbst wie ein Lasttier vor. James und Edana ritten auf seinen breiten Schultern, auf jeder balancierte er ein Kind. Sie hielten sich an seinen Ohren fest, was sehr schmerzhaft war. Catherine und Edgar liefen hinter ihm her, stets bereit, ein herunterfallendes Kind aufzufangen. Margaret ging an seiner Seite. Sie trug einen Korb mit Essen und Gesichtscreme für Agnes.

Sie verlangsamten den Schritt, als sie an der Weggabelung eine stoische Figur vor einem Zelt sitzen sahen.

»Jehan, warum kehrst du nicht heim?«, fragte Walter. »Du weißt, dass deine Verehrung für Agnes es nur schwerer macht, ihre Unschuld zu beweisen.«

»Ich muss für sie da sein, falls sie mich braucht«, erwiderte Jehan, ohne aufzusehen. »Sie weiß, dass ich alles daransetze, sie zu retten. Im Gegensatz zu anderen, die ihre prekäre Lage als Vorwand für eine sommerliche Landpartie benutzen.«

»Das ist gelogen!« Catherine beugte sich über ihn, sodass er sie ansehen musste. »Wir machen uns alle Sorgen um sie. Ihre Schuld ist nicht erwiesen. Wenn du weggehen würdest, könnten wir Herrn Hermann vielleicht dazu bringen, sie in unsere Obhut zu geben.«

»Und sie würde für immer das Mal einer Mörderin tragen«, höhnte Jehan. »Das sieht dir ähnlich. Gehe immer nur den Weg des geringsten Widerstandes. Ich habe mich immer wieder erboten, sie als ihr Ritter zu entlasten. Sie muss wissen, dass jemand bereit ist, sie mit seinem Leben zu verteidigen.«

Catherine wollte freundlicher sein, obwohl Jehan sehr irritierend sein konnte.

»Das wissen alle«, sagte sie. »Es ist sehr tapfer von dir, dass du das Gottesurteil für sie auf dich nehmen willst. Aber manche werden immer den Beweis leugnen.«

Und außerdem, fügte sie in Gedanken hinzu, könntest du ja auch scheitern.

Er las den Zweifel in ihren Augen und spie ihr vor die Füße.

Edgar trat vor. »Wie kannst du es wagen, meine Frau zu beleidigen!«, schrie er mit erhobener Faust.

Jehan lachte nur. »Na und? Willst du mich in den Boden

rammen wie einen Nagel? Ich würde mein Schwert nicht mit deinesgleichen beflecken.«

»Moment mal!« Walter setzte die Kinder ab und baute sich vor Jehan auf. »Schluss damit! Ein Kreuzfahrer sollte sich nicht so benehmen. Wenn du Agnes helfen willst, dann bete für sie, statt dich lächerlich zu machen, wo jeder es sehen kann. Du bist ein Soldat Christi und solltest dich in Nächstenliebe üben.«

»Nur gegenüber denen, die sie verdienen, Walter!« Jehan stand auf, sodass Walters hünenhafte Gestalt ihn nicht mehr so überragte. »Als Soldat Christi solltest du deinen Umgang besser wählen.«

»Walter?«

Er wollte handgreiflich werden, aber Margaret schritt ein.

»Tu ihm nichts«, bat sie. »Er ist schon unglücklich genug.«

Catherine war beschämt. Natürlich wusste Margaret nichts von den Beleidigungen und Verletzungen, die Jehan ihnen über die Jahre zugefügt hatte. Doch das sollte keinen Unterschied machen. Wenn sie ihren Feinden nicht vergeben konnten, woher nahmen sie dann das Recht, anderen ihr unchristliches Benehmen vorzuwerfen?

Dennoch hielt Catherine es für das Beste, den Mund zu halten. Edgar bemerkte, wie sie die Lippen zusammenpresste, um nichts Sarkastisches zu erwidern. Er lächelte sie zärtlich dann. Dann seufzte er; sein Herz war noch nicht bereit, Nächstenliebe für Jehan zu empfinden.

Walter öffnete die Faust unter Margarets sanfter Berührung.

»Jehan«, sagte sie leise, »sie hat Recht. Und hier gibt es nichts, was dich glücklich machen könnte. Geh heim – Agnes zuliebe.«

Jehan wandte sich ab. Catherine glaubte, Tränen unter den Wimpern glitzern zu sehen.

»Das kann ich nicht«, sagte er barsch.

Er bückte sich, verschwand im Zelt und zog die Klappe hinter sich herunter.

»Nun, das war doch mal eine hübsche Abwechslung«, bemerkte Edgar, als er Edana wieder vom Wegesrand auflas, wo sie gerade Blumen futterte.

»Ich hoffe nur, dass Agnes unsere Gesellschaft mehr zu schätzen weiß«, sagte Catherine.

Agnes hatte die Wandbehänge in ihrem Zimmer von Herzen satt. Das blaugelbe Webmuster zehrte an ihren Nerven, besonders wenn die Sonne darauf schien und den ganzen Staub sehen ließ, der sich nach dem letzten Waschen angesammelt hatte. Sie wusste, dass sie sich nicht über schlechte Behandlung beklagen konnte. Jeden Morgen wurde ihr Nachttopf geleert und ein Eimer mit warmem Waschwasser gebracht. Einmal im Monat kam ein Junge, der die alten Binsen herausfegte und durch frische ersetzte. Sie aß sogar dieselben Speisen wie die Familie. In letzter Zeit hatte sie den Eindruck gewonnen, dass die Familie allmählich an ihrer Schuld zweifelte. Selbst Maria, die sie am heftigsten bezichtigt hatte, wurde milder. Vielleicht halfen ihr Vater und Catherine nach.

Warum also hielt man sie immer noch gefangen?

Am schlimmsten war es, dass ihr so viel Zeit zum Nachdenken blieb. Nie zuvor hatte sie das für nötig gehalten. Gewöhnlich hatte sie jeden Tag geplant, was zu tun sei und was sie schaffen wollte, aber dieses erzwungene Nichtstun brachte sie zum Nachdenken über Dinge, mit denen sie sich lieber nicht befasst hätte.

Sie sprach ihre Gebete, während sie das Tuch bestickte, das

ihr die Nonnen von St. Irminen geschickt hatten. Jede Blume und jedes Tier stellten ein Glaubenssymbol dar. Sie versuchte, sich auf Heilige zu besinnen, die auf wundersame Weise aus ungerechter Kerkerhaft befreit wurden. Doch unwillkürlich kehrten ihre Gedanken immer wieder zu ihrem Vater zurück. Jahrelang hatte sie ihm die Schuld an dem Unglück ihrer Mutter zugeschrieben. Doch Madeleine hatte bei ihrer Heirat von Huberts jüdischer Abstammung gewusst. Vielleicht hatte sie das eigene Schuldgefühl in den Wahnsinn getrieben?

Wenigstens hatte ihr Vater nicht bis zur Hochzeitsnacht gewartet, um ihrer Mutter alles über sich zu sagen. Er hatte ihre Mutter nicht verschmäht oder sie wüst beschimpft, weil sie sich darauf freute, ihre ehelichen Pflichten zu erfüllen. Wenn Gerhardt Agnes nicht wollte, wieso hatte er sich der Zeremonie unterzogen? Welcher Mann konnte so heucheln?

All dies kreiste in ihrem Kopf ohne befriedigende Antworten. An manchen Tagen fragte sich Agnes, ob man sie isoliert hielt, damit sie auch dem Wahnsinn verfallen und allen den Skandal eines Prozesses ersparen würde.

In diesem Geisteszustand befand sie sich, als sie anfing, sich auf Catherines Besuche zu freuen. Selbst die Eigenheiten ihrer Schwester waren den eigenen Grübeleien vorzuziehen.

Heute hörte sie von unten Hundegebell und Walters klare Stimme, die es übertönte. Wer wohl mit ihm gekommen war? Als sich die Tür endlich auftat, trat nur Catherine ein.

»Bruder Berengar konnte heute nicht kommen«, sagte sie. »Darum erlaubt uns Hermann nur einen kurzen Moment. Edgar hat Zutritt zur Bibliothek von St. Maximin, und ich habe alle medizinischen Handschriften durchgesehen, aber keine Krankheit mit den Symptomen gefunden, wie du sie beschreibst.«

»Nun, danke für den Versuch.« Agnes machte keinen Hehl aus ihrer Enttäuschung.

»Aber«, sagte Catherine, »wir sind auf Fälle von nervösen Zuständen gestoßen, die entweder aus einem ernsthaft gestörten Geist oder – und das ist die Crux ... – Agnes, bitte leg doch die Handarbeit weg.«

»Catherine, wenn ich das tue, dann steche ich dich sicher gleich mit der Nadel«, antwortete Agnes. »Ich wünschte, du würdest nicht immer so gebildet daherreden, sondern mir sagen, was du entdeckt hast.«

»Tut mir Leid, das geschieht unbewusst«, erwiderte Catherine. »Nun denn. Gerhardt benahm sich auf eine Weise, die auf eine schleichende Vergiftung schließen lässt. Wenn er täglich eine kleine Dosis Gift zu sich nahm, zum Beispiel Eisenhutextrakt, dann hätte sich genügend in seinem Körper ansammeln können, bis es ihn eines Tages tötete.«

»Bist du sicher?« Agnes sah einen Hoffnungsschimmer. »Aber was hätte er denn essen können, was die anderen nicht aßen?«

»Nun, etwas, was er besonders mochte und die anderen nicht«, sagte Catherine. »Fällt dir gar nichts dazu ein?«

»Nein, ich erinnere mich an nichts«, sagte Agnes. »An keine Leckerbissen. Er aß wirklich wenig. Es wäre leichter gewesen, mich zu vergiften.«

»Aber irgendetwas muss es doch gewesen sein«, beharrte Catherine.

»Aber ich weiß nichts davon«, sagte Agnes. »Glaubst du etwa, ich würde es dir nicht sagen? Glaubst du, es macht mir Freude, hier den ganzen Sommer eingesperrt zu sein und nur darüber nachzudenken, ob ich den Herbst noch erlebe? Und ist dir denn nicht klar, dass sie wieder an meine Schuld und Hexerei glauben, falls du nicht entdeckst, woran Gerhardt starb? Für so ein Verbrechen könnte man mich verbrennen.«

Catherine ließ sich zurücksinken. Daran hatte sie nicht gedacht. Sie hatte sich gefreut, ein Gift zu finden, das durch fremde Hand verabreicht werden konnte.

Sie holte tief Luft und reckte das Kinn.

»Dann müssen wir herausfinden, worin das Gift enthalten war, mehr nicht«, sagte sie mit Nachdruck.

Agnes hätte beinahe gelacht. »Mehr nicht? Ach, Catherine, ausnahmsweise bin ich mal fast froh über deine erstaunliche Selbstanmaßung. Du denkst tatsächlich, du könntest auf jeden Fall die Wahrheit finden.«

»Nicht allein«, sagte Catherine. »Edgar hilft mir dabei. Wir betrachten die Dinge aus unterschiedlichem Blickwinkel und kommen dann gemeinsam zu einer Lösung.«

Agnes spürte plötzlich einen Kloß im Hals. »Was für ein Glück«, sagte sie wehmütig. »Bist du überhaupt dankbar dafür?«

»Jeden Tag aufs Neue, Agnes«, erwiderte Catherine. »Und wir holen dich hier heraus.«

Es klopfte an der Tür, die Zeit war um.

Agnes erhob sich und umarmte die Schwester. »Ich bete heute Nacht darum, dass du Erfolg hast«, sagte sie.

»Du darfst nicht verzweifeln, meine Liebe«, flüsterte Catherine. »Sonst wird der Teufel triumphieren.«

Unten vergnügte sich derweil der Rest der Familie, soweit es die Umstände zuließen. Man hatte sie mit Weißwein bewirtet, den man in einem Bach in der Nähe der Burg gekühlt hatte. Außerdem gab es Fleisch mit Kräutern und Obst. Margaret war überrascht, neben Peter zu sitzen. Sie lächelte ihn schüchtern an. Er errötete und bot ihr eine Pflaume von seinem Teller an.

Maria quittierte es mit einem zufriedenen Lächeln. Sie winkte Walter heran.

»Peter sagte mir, dass das Kind nicht mit Frau Agnes blutsverwandt ist?«, begann sie.

»Das ist richtig«, antwortete er. »Sie ist Edgars Halbschwester.«

»Und ihre Mutter war ...?«

»Sie hieß Adalisa. Ich glaube, die Familie ihrer Mutter stammte von irgendwo nördlich von Paris.«

Maria leckte sich erwartungsvoll die Lippen. »Und wie wir hören, ist der Vater ihrer Mutter ein Mann von Bedeutung.«

Walter lief es kalt über den Rücken. Catherine hatte ihm den Namen von Margarets Großvater anvertraut, mit der Maßgabe, es niemandem weiterzuerzählen. Jetzt erkannte er warum.

»Soweit ich informiert bin, ist er aus Blois und der Champagne«, gab Walter zu. »Doch Margaret weiß nichts von der Verwandtschaft. Es liegt im Ermessen ihres Bruders, ob und wann sie davon erfahren soll.«

»Aber Adalisa stammt aus guter Familie und wurde doch von ihrem Vater anerkannt?«, fragte Maria.

Walter erriet, dass sie die Antworten schon kannte. Ein paar Fragen an Freunde in der Nachbarschaft würden den gesamten Klatsch der letzten dreißig Jahre zu Tage fördern. Es war doch überall das Gleiche.

»Ich glaube ja«, sagte er. »Aber ich weiß wirklich wenig darüber.«

»Sie ist ein liebenswertes Kind.« Maria lächelte in Margarets Richtung. »Und Peter ist von ihr ganz bezaubert.«

»Ich habe Peter zu verstehen gegeben, dass sie meiner Meinung nach beide zu jung sind, um an eine Verbindung zu denken. Sicher hat sich Herr Edgar bereits nach einem geeigneten Ehemann für Margaret umgesehen.«

Walter wusste nur zu gut, dass das nicht der Fall war und

Edgar sich über Marias Überlegungen aufregen würde. Er war dankbar, dass Maria seinen Freund nicht ohne Dolmetsch ansprechen konnte.

Doch Edgar hatte sie bei dem Gespräch beobachtet, besonders das Nicken und Lächeln in Margarets und Peters Richtung. Kaum war Walter Maria glücklich entronnen, tappte er direkt in die nächste missliche Lage.

»Du hast ihnen von Adalisas Vater erzählt, ja?«, beschuldigte ihn Edgar. »Hast du auch Margarets anderen Großvater erwähnt, der den Rest seines Lebens für einen Mord büßt?«

»Nein, aber ich glaube, das würde Maria nicht interessieren«, sagte Walter. »Solange er nur von edler Geburt ist und die Strafe irgendwo anders verbüßt.«

Edgar sah ein, dass Walter Recht hatte. »Du hättest aber Peter nichts davon sagen dürfen. Es war ja zu erwarten, dass er es seiner Tante erzählt. Die Frau hat doch auch Agnes' Hochzeit eingefädelt. Ich habe nicht die Absicht, Margaret hier in ihrer Obhut zu lassen.«

»Natürlich nicht«, sagte Walter. »Aber in einem hat sie Recht, Edgar. Das Kind ist kein Kind mehr, und du musst langsam an ihre Zukunft denken, bevor sie sie in die eigene Hand nimmt.«

Catherine war gerade hereingekommen und hatte den letzten Satz mitgehört. Sie gesellte sich zu ihnen und hakte sich bei Edgar ein.

»Das ist wahr, *carissime*«, sagte sie. »Oder Margaret erleidet dasselbe Schicksal wie ich und heiratet ganz allein den Mann, den sie anbetet.«

Weder Walter noch Edgar fiel etwas dazu ein.

Sechzehntes Kapitel

Im Haus des Hesekiah, Köln. Montag, Tag 2 vor den Iden des Septembers (12. August) 1146; 2. Elul 4906. Tag des heiligen Gaugeric, vulgo Géry oder schlimmer noch Guric, welcher in Trier geboren ward und Bischof von Cambrai wurde.

ויהי בחרש אלול בעת ההיא אשר בא רודולף הכומר ירדפהו אל
ויהדפהו לקלוניא והנה ר שמעון החסיד אשר מעיר טריברש שב
מאנגלטרא אשר עמד שם כמה ימים

Im Monat Elul, zu der Zeit, da Radulf der Priester – möge Gott ihn jagen und zerschmettern – in Köln eintraf, kehrte Simon der Fromme aus der Stadt Trier von einer mehrtägigen Reise aus England zurück.

Ephraim von Bonn
Sefer Zekirah

Bedaure, Simon«, sagte Hubert. »Da ich nun einige Männer gefunden habe, die mit mir nach Trier reiten, bringe ich Walters Pferd auf dem Landweg zurück. Dann riskiere ich nicht, es im Fluss zu verlieren.«

»Das ist eine kluge Entscheidung«, lachte Simon. »Ich gestehe, dass ich nicht unfroh bin. Ich war nicht sonderlich erpicht darauf, mein Schiff mit der Ladung von Wolle und Pelzen mit einem nervösen Hengst zu teilen. Auch den Hunden könnte das missfallen. Jedenfalls kommst du wahrscheinlich eher an als ich. Gehst du bei Mina vorbei und kündigst mich an?«

»Gewiss.« Hubert freute sich, dass Simon unbeschadet aus England zurückgekehrt war. Da sich das Land immer noch im Bürgerkrieg befand, konnte jede Reise dorthin tödlich enden. Er fragte Simon, wie die Nachricht von König Ludwigs Kreuzzug die Juden in England getroffen hatte.

»Seltsamerweise scheint das die einzige Sache zu sein, die König Stephan unter Kontrolle hat«, antwortete Simon. »Es war keine Rede von Verfolgungen, soweit ich weiß. Den Wanderpredigern, die die Pilger dazu aufrufen wollten, das Kreuz zu nehmen, untersagte der König, gegen die Juden zu hetzen. Vielleicht haben die Engländer auch einfach nur genug eigene Sorgen.«

Hubert schüttelte den Kopf. »Ich weiß nicht. Wenn die Zeiten schlecht sind, finden die Menschen immer einen Sündenbock. Allzu oft müssen wir dafür herhalten.«

»Ach, in England sind sie zu sehr damit beschäftigt, sich gegenseitig die Schuld zuzuweisen.« Simon streckte sich auf der warmen Bank aus und schloss zufrieden die Augen. »Warum sorgst du dich so? Hier gab es doch keine Probleme, oder?«

»Keine größeren«, antwortete Hubert. »Hauptsächlich mit *Routiers* und Tagedieben, die ja immer für Unruhe sorgen. In den letzten Wochen tauchte ein Mann in der Stadt auf, der die Massen mit seinen Hetzpredigten gegen uns anzog, aber bis jetzt ist es nicht zu Gewalttätigkeiten gekommen.«

»Nicht einmal die Nichtjuden wünschen sich eine Wiederholung der Morde unter Papst Urban«, sagte Simon, obwohl er zu jung war, um sich daran zu erinnern. Sie waren jetzt Teil der Legende wie Judas der Makkabäer und überstiegen sein Vorstellungsvermögen.

»Jedenfalls keiner vonseiten der Obrigkeit«, sagte Hubert. »Aber mir missfällt die Leidenschaftlichkeit dieses Radulf und der verzückte Blick einiger seiner Zuhörer. Sie sind wie Hunde, die darauf warten, auf die Beute losgelassen zu werden.«

Simon gab Hubert einen freundschaftlichen Klaps. »Köln ist eine Stadt mit zu vielen Fremden«, sagte er. »Wir sind bald wieder in Trier und unter Freunden. Der Kaiser hat kein Interesse gezeigt, sich an dem verrückten Heer von König Ludwig zu beteiligen. Ohne seine Unterstützung werden wenig andere ziehen, und die Predigten dürften bald aufhören.«

»Hoffentlich hast du Recht, Simon«, sagte Hubert. »Wann geht's denn nun nach Hause?«

»Morgen«, antwortete Simon. »Das Boot wird gerade beladen. Gleich nach Anbruch der Morgendämmerung legen wir ab. Ich kann es kaum erwarten heimzukommen. Mein Sohn fängt mit dem *Cheder* an, sobald ich wieder da bin.«

»Möge er stark in der Thora werden«, erwiderte Hubert.

Jeder hing wieder eigenen Träumen nach. Simon träumte von seiner Familie und Hubert von der Welt, die er nur vom Rand aus betrachten konnte.

In Trier marschierte Catherine im größten Zimmer der Unterkunft auf und ab und ließ dabei Binsenteilchen auffliegen.

»*Leoffest*, könntest du das bitte draußen machen?«, fragte Edgar. »Ich versuche gerade, James' neuen Spielzeugbogen zu lackieren, aber das Zeug, was du aufwirbelst, klebt daran fest.«

Catherine blieb stehen. »Na schön«, sagte sie. Aber statt hinauszugehen, ließ sie sich auf einen Hocker neben Edgars Arbeitstisch fallen.

»Das wird allmählich lächerlich«, jammerte sie. »Niemand glaubt wirklich immer noch, dass Agnes Gerhardt getötet hat. Alle wollen anscheinend ihre Freilassung, aber solange wir das Gift nicht finden ...«

»Oder beweisen, dass er krank war«, fügte Edgar hinzu.

»Oder das«, stimmte sie ihm zu. »Niemand lässt sie frei. Ich weiß, wie böse du darüber bist, dass ich mit Walter und er mit Peter gesprochen hat und so weiter, aber nachdem Maria von Margarets Großvater gehört hatte, zeigte sie sich sehr viel entgegenkommender und ließ mich den persönlichen Besitz ihres Bruders nach Indizien durchsuchen.«

»Nicht, dass das etwas genützt hätte«, brummte Edgar. »Meine Liebe, du kommst in meinen Lack.«

»Tut mir Leid.« Sie rieb die klebrige Stelle am Zopfende. »Es muss etwas Einfaches sein, etwas so Alltägliches, dass man gar nicht darauf kommt. Wenn wir es finden, sind wir bestimmt erstaunt über unsere Blindheit.«

»Mag sein.« Edgar glaubte nicht wie Catherine an ihre gemeinsame deduktive Fähigkeit. »Dennoch möchte ich betonen, dass Margaret nicht der Preis für Agnes' Freiheit ist.«

»Natürlich nicht!« Catherine war verletzt, dass er ihr so einen Gedanken überhaupt zutraute. »Sie scheint von Peter allerdings sehr angetan, und er ist ein netter Junge.«

»Er ist gerade erst vierzehn geworden«, gab Edgar zu bedenken. »In dem Alter schickte man mich zum Studium nach Paris.«

»Und?«

Edgar verdrehte die Augen. »Jungen werden in dem Alter nicht in fremde Städte geschickt, weil der Meister so berühmt ist, sondern damit sie ihre Dummheiten in der Ferne und ihrer Familie damit keine Schande machen.«

»Tatsächlich?« Catherine war belustigt. »Ist deshalb dein Freund John aus England gekommen?«

»John kam aus freien Stücken, Catherine. Das ist etwas anderes. Ich will Margaret nicht allein bei Peter lassen, wie ehrenhaft seine Absichten seiner Meinung nach auch sein mögen.«

»Du gefällst mir in der Rolle des Pater familias.« Catherine gab ihm einen Kuss auf die Nase. »Aber ich pflichte dir bei. Wir haben schon genug Sorgen.«

Catherine nahm ihren Marsch wieder auf. »Wenn ich doch nur wüsste, worin das Gift enthalten war.«

Edgar gab den Versuch zu arbeiten auf und hängte den Bogen an einen Haken über dem fliegenden Staub.

Die Sonne stieg gerade über den Horizont, als Simon seine Gebete beendete und zum Fluss ging. Die Jahreszeit war günstig, um auf dem Rhein flussaufwärts zu fahren. Der

Frühjahrsregen war vorbei, und der Strom floss ruhig dahin. Mit Segel und Rudern würde er binnen einer Woche zu Hause sein.

Er dachte an die Kinder und fragte sich, ob Minas Vorhersage wohl eingetroffen und wieder ein Kind unterwegs war. Er achtete nicht auf die Männer, die aus einer Seitenstraße am Stadtrand gekommen waren.

Erst als er sich außerhalb der Stadtmauern und auf dem Weg durch die Weinberge zum Hafen befand, wo sein Schiff wartete, wurde er gewahr, dass sie ihm folgten. Er trug keine Waffe und hatte geglaubt, in der Stadt keine zu brauchen. Er ging schneller und sah sich nach einem Haus um, in das er hineinlaufen könnte.

Nicht weit weg lag eine Scheune, um die ein Ring aus Gärungsfässern stand. Es war zu früh im Jahr für die Weinlese, aber vielleicht wäre jemand drinnen und könnte ihm helfen. Simon änderte die Richtung und lief zur Scheune.

Dann holten die Männer ihn ein.

Einer packte ihn am Arm und drehte ihn um.

»Ich kenne dich«, sagte er lächelnd. »Du bist ein Jude. Ein stinkender Jude. Ein dreckiger Christusmörder, der auf der Straße stolziert, als ob sie ihm gehört. Dabei solltest du für deine Sünden durch Dung kriechen.«

»Bitte«, sagte Simon. »Ich habe nicht viel Geld, aber ihr könnt alles haben.«

»Geld!« Der Mann bespuckte ihn. »Dreißig Silberlinge, nehme ich an?«

Simon begriff, dass er einen Fehler gemacht hatte. Diese Männer waren keine Diebe, die ihn gegen Bezahlung verschonen würden, sondern Eiferer, schlimmer noch, sie rochen nach Sauerbier. Vermutlich würden sie ihm am Ende alles abnehmen, aber zuerst wollten sie ihr Mütchen an ihm kühlen.

»Räuber!«, schrie er. »Hilfe! Hilfe!«

Ein anderer Mann packte ihn und zerrte ihn zwischen die Reben. Die anderen kamen grinsend hinterher.

»Keiner hilft dir, *Judeswîn*«, feixte der erste Mann. »Nichts erlöst dich außer der Erlösung.«

»Was wollt ihr von mir?«, brachte Simon heraus, als man ihn in den Dreck stieß.

»Dich taufen natürlich«, sagte der Mann. »Dass du die Erlösung durch Christus annimmst, und dann werden wir dir wahrscheinlich nichts tun, weil wir gute Christen sind.«

Ein Leben lang hatte Simon sich gefragt, ob er stark genug wäre, wenn die Zeit jemals käme. Nie hätte er gedacht, dass es in einem matschigen Weinberg geschehen würde.

»Bitte«, versuchte er es noch einmal. »Ich habe eine Frau und kleine Kinder.«

»Ach, ist das nicht nett, Andreas?«, sagte der erste Mann. »Eine ganze Familie wird zum Glauben gebracht. Wenn er Christus annimmt, müssen sie ihm folgen.«

Simon hatte keine Illusionen. Er argwöhnte, dass sie gerade noch nüchtern genug waren, um sein Leben zu schonen, falls er in eine Bekehrung einwilligte, und eben betrunken genug, um ihn umzubringen, falls er es nicht tat. Was war es denn eigentlich, etwas schmutziges Wasser auf seinem Kopf? Wog das sein Leben auf?

Zu viel.

»Nein!«, sagte Simon und funkelte seine Verfolger böse an. »Ich werde eure Götzen oder euren gehenkten Gott nicht anbeten.«

Mehr konnte er nicht mehr sagen. Sie schlugen ihn immer wieder. Er schmeckte das Blut im Mund und der Schmerz sagte ihm, dass sie ihm einen Arm gebrochen hatten.

»Beeilt euch!«, rief Andreas plötzlich. »Da kommt einer.«

Simon hörte es und betete, dass Gott ihm einen Engel

geschickt hatte, um diese bösen Menschen zu zerschmettern.

Die Männer hoben Simon hoch und brachten ihn in die Scheune, wo aufgestapelte Fässer und die Weinpresse für die nächste Lese bereit standen.

»Kein Wasser da«, sagte ein Mann, »aber seht mal, wir können ihn trotzdem salben.«

Er rieb den Finger in dem Blut aus Simons Mund und beschmierte ihm damit das Gesicht. »Da!«, sagte er. »Ich taufe dich im Namen des Vaters, des Sohnes und des Heiligen Geistes.«

Simon versuchte, das Blut an die Tunika des Mannes zu reiben, aber er war zu schwach.

»Schnell, bringt ihn hierher!«, sagte der erste Mann.

Sie zerrten ihn zu dem Fass und drückten seinen Kopf seitwärts unter die Presse. Zwei Männer hielten ihn dort fest. Grunzend kletterte der Anführer auf die Presse und begann, den Handgriff zu betätigen, sodass das Brett sich spiralförmig ins Fass hinein drehte. Simon gab einen Schrei von sich, der abrupt aufhörte.

Die Männer stierten auf ihr Werk.

»Großer Gott, Dieter«, stöhnte Andreas. »Du hast ihm ja den Kopf abgesäbelt. Mir müssen die Leiche verschwinden lassen, bevor man uns damit findet.«

»Sei nicht so feige«, sagte Dieter. »Gehabe dich als ein Mann! Das ist kein Mord. Das ist ›die Ungläubigen in unserer Mitte ausmerzen‹, so wie der Prediger uns geheißen hat.«

»Stimmt«, sagte der andere Mann. »Aber wir können in Teufels Küche kommen, weil wir eine Weinpresse demoliert haben.«

Sie versuchten, die Presse hochzuholen, aber sie bewegte sich nicht. Schließlich trugen sie Simons Leiche nach draußen und warfen sie in einen Graben, nachdem sie ihm erst den Geldsack und die Stiefel abgenommen hatten. Endlich gingen sie zum Fluss hinunter und wuschen sich das Blut ab.

Kurz darauf betrat der Aufseher der Feldarbeiter die Scheune mit einem seiner Männer.

»Also, hier ist niemand«, sagte er, als die Sonne in die Scheune flutete. »Hier gibt es ohnehin nichts zu stehlen.«

»Aber ich bin sicher, dass ich hier Männer hineingehen sah«, sagte der Leibeigene. »Sie hatten ein Bündel dabei, wie aus alten Kleidern.«

»Na, jedenfalls ist hier nichts beschädigt«, sagte der Aufseher. »Außer ... was um Gottes willen ist das für ein Gestank? Es riecht ja wie beim Metzger hier.«

»Es kommt von dort!« Der Leibeigene ging zur Weinpresse. »Die Bretter sind schief. Ob die Vandalen eine Katze hineingestopft haben?«

Er beugte sich hinunter und spähte in das Fass.

»Heilige Muttergottes«, schrie er und bekreuzigte sich eilig. »Das ist ein Mensch!«

Es dauerte einige Stunden, bevor Simons Leiche identifiziert war. Sein Gesicht war bis zur Unkenntlichkeit zermanscht. Der Aufseher hatte nach seinem Meister geschickt und hatte von ein paar Männern die verbogene Weinpresse lockern und den Kopf herausholen lassen. Man suchte nach dem Rumpf und brachte ihn in die Scheune. Da wurde es offenbar, dass der Mann ein Jude gewesen war.

»Oder zumindest als Jude geboren«, meinte der Aufseher.

»War er aus Köln?«, fragte jemand.

»Lass mal sehen!«, rief eine Stimme von hinten. »Vielleicht kann ich euch das sagen.«

Sie ließen den Mann durch, und er kniete nieder und untersuchte Simons Kleider und die Überreste seines Gesichts. Endlich fand er ein paar englische Münzen, die er in den Ärmel eingebunden hatte.

»Ja, er ist es«, sagte er endlich. »Er ist gerade aus England zurückgekehrt. Er mietete sich mein Boot, um nach Trier zu fahren. Als er heute nicht auftauchte, ging ich ihn suchen. In seiner Unterkunft erfuhr ich, dass er schon aufgebrochen sei.«

»Was fangen wir mit ihm an?«, fragte der Aufseher.

Einer aus der Menge schnaubte: »Werfen wir ihn in den Fluss mit dem übrigen Aas.«

»Nein, wir übergeben die Leiche dem Magistrat«, befand der Meister. »In dieser Hitze werden sie ihn schnell begraben müssen. Die Kosten übernehmen die Juden von Köln.«

Erst am Abend, als Hubert sich auf die Reise am nächsten Tag vorbereitete, erreichte Hesekiah die Nachricht von Simons Tod.

Er reagierte mit ungläubigem Staunen.

»Waren es Diebe?«, fragte Hesekiah entsetzt.

»Wahrscheinlich.« Der Beamte, den man ihm ins Haus geschickt hatte, fühlte sich unwohl bei solchen Nachrichten.

»Wahrscheinlich«, wiederholte Hesekiah.

Der Beamte zögerte. »Er wurde ausgeraubt, aber bevor er starb, malte ihm jemand mit Blut ein Kreuz auf die Stirn.«

»Bevor er starb.« Hesekiah versuchte, die Tatsache zu begreifen.

»Ja.«

Da niemand mehr etwas sagte, verbeugte sich der Mann und ging.

Hesekiah bemerkte es nicht. »Simon tot? Aber er war doch auf dem Heimweg. Es kann doch nicht sein.«

Doch während ihm die Wahrheit dämmerte, so ging ihm

auch die Bedeutung des Kreuzes auf. Er fiel auf die Knie und wiegte sich wehklagend vor und zurück.

»O Herr, hab Erbarmen mit uns wie ein Vater mit seinen Kindern! Verurteile uns nicht, denn vor Deinem Angesicht ist niemand gerecht! Bedenke, Herr, wie wir gegen die Kinder von Edom aufstanden, die da sagten: ›Zerstöret Jerusalem‹. Du wirst aufstehen und Zion gnädig sein, denn es ist an der Zeit, sich ihrer zu erbarmen. O Herr, nimm Deinen Märtyrer Simon den Frommen zu Dir!«

Seine Klage rief alle anderen im Haus auf den Plan und dann, als der Anlass ruchbar wurde, alle aus der Gemeinde.

Hubert sah ihnen zu, zu überwältigt für Tränen. Er bemerkte entsetzt, dass er die Gebettexte nicht kannte, die für Simon gesprochen wurden, obwohl er die richtigen Trauergebete für Christen gelernt hatte.

»Ich hätte bei ihm sein sollen«, flüsterte er.

In Trier wurde Catherine mittlerweile immer mutloser. Als Edgar fragte, ob sie mit ihm und Bruder Berengar mit einigen Dörflern sprechen wollte, schüttelte sie nur den Kopf.

»Was nützt es denn, die Leute zu befragen?«, jammerte sie. »Es ist immer dasselbe. ›Gerhardt war ein guter Mensch und hatte keine Feinde. Er behandelte seine Leute gut. Er und Agnes aßen vom selben Teller und tranken aus demselben Becher. Abgesehen davon, dass ihm die Gelenke bei schlechtem Wetter schwollen, war er bei guter Gesundheit.‹ Habe ich etwas ausgelassen?«

»Ja, dass er tot ist«, sagte Edgar. »Und wir beide wissen, dass es irgendwo eine Antwort gibt. Wir haben eben nicht die richtigen Fragen gestellt.«

»Dann gehe du und stelle sie«, sagte Catherine. »Ich brauche Stoff für eine neue Tunika für Edana. Die Hälfte ihrer

Kleider ist zu klein und die andere zu befleckt, damit kann sie sich nicht mehr blicken lassen.«

Edgar ließ sie in Ruhe, er hoffte, sie bei seiner Rückkehr in besserer Laune vorzufinden. Er traf den Mönch vor der *Porta Nigra*, dem Nordtor der Stadt. Berengar schwitzte in seiner schwarzen Kutte, und Edgar fühlte sich schuldig, weil er ihn gebeten hatte, in dieser Hitze den weiten Weg zum Schloss mit ihm zu gehen.

»Ach was«, sagte Berengar. »Es ist ein kleiner Preis für die Verbesserung meines Lateins, seit Ihr und Eure Frau hier seid. Ich habe so viele neue Worte gelernt. Es wird mir helfen, wenn ich als Vertreter meines Abtes nach Metz gehe.«

»Und wann wird das sein?«, fragte Edgar höflich.

»Im Herbst, glaube ich«, sagte Berengar. »Der Erzbischof hofft, dass der Papst nächstes Jahr hierher kommt und persönlich den Streit zwischen ihm und Burggraf Heinrich schlichtet.«

»Das ist doch kaum die Angelegenheit des Papstes, oder?«, meinte Edgar.

»Doch, wenn es die Rechtsprechung einer Abtei impliziert, die Rom unterstellt ist«, erklärte Berengar. »Und das ist bei St. Maximin der Fall. Eigentlich glaube ich, dass Erzbischof Albero mit der Autorität des Papstes seinen eigenen Stand in der Stadt verbessern will. Darum will Abt Suger einen Vertreter nach Metz schicken.«

»Ach so«, sagte Edgar. »Der Erzbischof scheint hier wohl keinen großen Respekt zu genießen.«

»Nun, er ist schließlich ein Ausländer«, sagte Berengar. »Ach, du liebe Zeit, ich wollte euch nicht kränken.«

Edgar lachte. »Keine Angst, nach all den Jahren bin ich überall und nirgends Ausländer. Nun«, fügte er hinzu, als sie ins Dorf unterhalb der Burg kamen. »Wo sollten wir anfangen?«

Das Dorf war nur eine Ansammlung von Hütten, die wie ein Keil zwischen Fluss und Berghang lagen. Ein Palisadenzaun trennte es von der Straße. Edgar war verblüfft.

»Wird das Dorf denn oft angegriffen?«, fragte er.

Berengar verzog das Gesicht. »Nein, das nicht«, erklärte er. »Aber die Wallfahrer, die den Heiligen Rock sehen wollen, bedienen sich allzu freizügig. Darum sind die Gemüsegärten und Hühnerställe gesichert. Ich kann es den Leuten hier nicht verübeln. Man kann nur so viel an Almosen geben, dass man die eigene Familie noch ernähren kann.«

»Gewiss.« Edgar hatte als Pilger immer für sein Essen bezahlt. Er hatte kein Verständnis für diejenigen, die unter dem Vorwand der Frömmigkeit stahlen.

Sie gingen durch das Tor beim Hafen. Edgar sah mindestens drei Häuser mit Hinweisschildern, dass hier Wein und Bier verkauft wurde. Die waren viel solider gebaut als der kleine Steinbau mit dem Kreuz über der Tür.

»Im Augenblick haben sie keinen Gemeindepfarrer«, erklärte Berengar. »Herr Gerhardt sollte eigentlich einen neuen suchen. Jetzt schickt der Dom einen Kanoniker bei Bedarf für Taufen und Beerdigungen.«

»Warum hat Herr Gerhardt die Stelle nicht umgehend neu besetzt?«, fragte Edgar. »Wollte er die Abgaben für sich behalten?«

»O nein!«, erwiderte Berengar erschrocken. »So war er nicht. Ich kenne den Grund nicht. Immer wenn ich ihn danach fragte, meinte er, dass er noch keine geeignete Person gefunden habe.«

»Interessant«, sagte Edgar. »Man möchte doch annehmen, ein armer Vetter oder aufgeweckter Pächter hätte das Amt übernehmen können. Doch das ist wohl unwichtig, wenn die Kanoniker die Sakramente erteilen können.«

Sie wanderten zwischen den Hütten herum und Berengar

begrüßte die Bewohner. Edgar blieb minutenlang bei einem Schmied stehen, der einen Traubenschneider reparierte. Ein Geselle betätigte den Blaseblag, bis die zerbrochenen Kanten heiß genug waren, um zusammengeschweißt zu werden.

»Er macht gute Arbeit«, kommentierte Edgar. Er wünschte, er könnte hingehen, die Zange nehmen und es selbst tun. Doch heutzutage brauchte er zu viele Zwingen, um ein Werkstück festzuhalten, er konnte kein größeres Stück glühendes Metall mehr halten, dazu brauchte man beide Hände.

Der Rauch aus der Esse brannte ihm in Lungen und Augen, doch er hätte viel dafür gegeben, jeden Tag diese saure Luft einatmen zu können.

Der Geruch erinnerte ihn an etwas. Edgar wandte sich an Berengar. »Mich deucht, wir betrachten Gerhardts Tod vom falschen Ende.«

»Und welcher Blickwinkel wäre der richtige?«, fragte Berengar belustigt.

Edgar ging nicht darauf ein. »Wir haben nur überlegt, was er gegessen hat. Das führte zu nichts. Aber man kann einen Menschen auch auf andere Weise vergiften. So mancher Goldschmied starb am Quecksilberdampf, während er das Metall walzte.«

»Hier gibt es keinen Goldschmied«, sagte Berengar. »In Trier, ja. Aber Herr Gerhardt hätte keinen Grund gehabt, einen aufzusuchen.«

»Das wäre auch nicht nötig.« Edgar fand Gefallen an seiner Idee. »Man braucht nur Quecksilber, das in einem anderen Element gefangen ist. Die meisten Goldschmiede haben es. Bekam Gerhardt zur Hochzeit etwas aus Gold geschenkt? Nein, nichts aus Gold, etwas, das Quecksilber enthalten könnte, vielleicht schöne Wachskerzen.«

»Wir können seine Schwester fragen«, sagte Berengar.

»Aber wie könnte man sichergehen, dass nur Gerhardt Schaden nähme?«

Edgar sank der Mut. Er war sich so sicher gewesen, dass er auf der richtigen Spur war.

»Ich weiß es nicht«, sagte er. »Es sei denn, er hatte eine private Kapelle, in der er allein betete. Vielleicht ist das etwas zu viel verlangt.«

Berengar wirkte nachdenklich. »Ich glaube das zwar nicht, aber viele Menschen wollen nicht öffentlich beten.«

»Gewiss«, sagte Edgar. »Das führt zur Hybris.«

Der Mönch lachte. »Stimmt. Ich müsste ja inzwischen an Euch und Eure Frau gewöhnt sein, aber ich gestehe, dass meiner Erfahrung nach solches Wissen nur im Kloster anzutreffen ist.«

»Weder Catherine noch ich würden lange in einem Kloster ausharren«, erklärte Edgar. »Besonders nicht, wenn es für Männer und Frauen ist. Wir geben uns keiner Selbsttäuschung hin, was die Fähigkeit zur Keuschheit betrifft.«

»Ich wünschte, andere würden ihre Schwächen auch so freimütig eingestehen, bevor sie das Gelübde ablegen«, seufzte Berengar. »Nun, zurück zu Gerhardt. Vielleicht hatte er tatsächlich eine Privatkapelle, in der Kerzen die Luft verpesteten. Allerdings ist die Chance gering. Doch vielleicht seid Ihr jetzt auf der richtigen Fährte. Wir haben nur nach Dingen gesucht, die der Mann gegessen haben könnte. Was, wenn er etwas Giftiges berührte oder einatmete?«

»Solche Geschichten kenne ich«, sagte Edgar. »Obwohl es meistens Zauber- und Wundermärchen sind. Aber es ist doch ein neuer Faden. Wo sollten wir als Erstes suchen?«

Margaret spürte, dass sie etwas falsch gemacht hatte, wusste aber nicht was. Ihr Bruder und Catherine waren nicht unfreundlich zu ihr, ganz im Gegenteil. Sie behandelten sie so behutsam wie in dem schrecklichen Jahr nach dem Tod ihrer Mutter. Aber wieso? Ihr erster Gedanke war, weil sie sich mit Peter angefreundet hatte, doch sie behaupteten, das sei nicht schlimm. Edgar sagte allerdings, sie solle ihn nicht sehen, bis die Sache mit Catherines Schwester geklärt sei, aber das ging sie ja nichts an, obwohl sie auf baldige Freilassung der armen Frau hoffte. Was also hatte sich geändert?

Sie und James waren zum Spielen in die Kaiserthermen gegangen. Die zerbrochenen Steine und Treppen eigneten sich wunderbar zum Versteckspiel. Andere Kinder spielten mit. Catherines Ermahnungen eingedenk behielt Margaret stets James im Auge. Doch bald wurde ihm langweilig, und er kletterte eine Treppe auf einer Seite eines kleinen Hangs hinauf und ließ sich auf der anderen Seite auf dem Gras herunterrollen. Damit vergnügte er sich, bis es dunkel wurde.

Margaret saß oben auf dem Hang, von wo sie beide Seiten überblickte, als sie plötzlich errötete. Sie wusste es sich nicht zu erklären, bis sie den Kopf wandte und Peter bemerkte, der unten stand und sie aus nächster Nähe beobachtete.

»Hallo«, sagte er.

»Hallo«, antwortete sie.

Er drehte einen Zeh im Staub.

Sie richtete ihre Röcke.

»Hallo«, sagte er noch einmal.

»Ich kann nicht hinunterkommen«, erklärte sie. »Ich muss auf meinen Neffen aufpassen.«

»Darf ich hinaufkommen?«, fragte er.

Sie nickte.

Peter stieg die Treppe hinauf und rollte mehrmals mit James zusammen den Hang hinunter, teils aus Schüchternheit, teils weil es ihm immer noch Spaß machte.

Endlich setzte er James mit einem onkelhaften Klaps ab und setzte sich neben Margaret.

»Seid Ihr mit Eurem Onkel in die Stadt gekommen?«, fragte sie.

»Nein, ich bin allein geritten«, antwortete er. »Jetzt, wo ich der Herr bin, kann ich tun, was mir beliebt.«

»Ja, gewiss«, sagte Margaret mit fester Stimme.

»Ich habe mich nicht davongestohlen«, erklärte Peter. »Ich habe gesagt, ich reite aus und komme spät zurück.«

Margaret war beeindruckt und sagte es auch. »Ihr habt natürlich ein Pferd«, stellte sie traurig fest.

Er hatte verstanden. »Für Frauen ist es anders.«

»Ich weiß. Aber in Paris gehe ich allein aus, ohne Probleme«, sagte sie und hielt es für wahr. »Und Trier deucht mich ein nettes, sicheres Städtchen.«

»Nun, nicht immer«, erwiderte Peter. Sie sollte nicht annehmen, er dürfe nur ausreiten, weil keine Gefahr drohte. »Vor wenigen Monaten wurde ein Kurier ermordet und unter unserer Burg in den Fluss geworfen.«

»Ja? Wer war das denn?«

»Das wissen wir nicht«, gab Peter zu. »Aber ich weiß ein Geheimnis.«

»Welches denn?«

Peter erwog kurz, sich eine Gegenleistung für die Information auszubitten, doch dann fiel ihm Walters Warnung wieder ein, dass Margaret mit Respekt zu begegnen sei.

»Onkel Hermann gab die Botschaft, die man bei dem Toten fand, an meinen Vater weiter«, flüsterte Peter und wartete ab, weil James zwischen ihnen hopste.

»Hat er sie gelesen?«, fragte Margaret. »Habt Ihr sie auch gesehen?«

»Mehr noch«, sagte Peter. »Ich habe sie. Vater versuchte, sie abzukratzen, aber ich konnte die Linien nachzeichnen.«

»Warum hätte er das tun sollen?«, hauchte Margaret.

Peter zögerte. Es passte ihm nicht, dass er keine Antwort darauf wusste.

»Das weiß ich auch nicht«, gab er endlich zu. »Die Botschaft war ohne Worte, es war eine Zeichnung von einem Mann, aber keine besonders gelungene.«

»Habt Ihr Euren Vater danach gefragt?«

»Nein, ich fand sie erst nach seinem Tod«, antwortete er traurig. »Doch ich habe das Pergament und die Stelle, wo sich das Siegel befand, wiedererkannt.«

»Aber Ihr solltet es jemandem erzählen, Peter«, beharrte Margaret. »Der Mörder des Kuriers hat vielleicht auch Euren Vater umgebracht.«

Sie hatte französische Vokabeln benutzt, wo ihr die deutschen fehlten. Daher brauchte Peter einen Moment, bevor er sie verstand.

»Aber wie?«, fragte er. »Es waren keine Fremden da, bevor Vater starb.«

»Nun«, sagte Margaret, »dann war der Mörder wohl in beiden Fällen jemand, den Ihr kennt.«

Ihr war nicht bewusst, wie sehr sich das nach Catherine anhörte.

Peter dachte darüber nach, versuchte es nachzuvollziehen.

»Ich hätte nie geglaubt, dass wir so bedeutend oder schlecht genug sind, dass man uns nach dem Leben trachtet«, sagte er endlich. »Wir haben doch nur ein paar Hektar Wein und einen stolzen Namen. Wer aus unserer Umgebung könnte uns den Tod wünschen?«

»Euch nicht!«, sagte Margaret besorgt. »Vielleicht war Euer Vater Teil einer Verschwörung gegen den Erzbischof, und der ließ ihn töten.«

Peter schüttelte den Kopf. »Alle wussten, auf welcher Seite mein Vater stand. Er war dem Erzbischof abgabe- und dienstpflichtig, doch machte er nie einen Hehl daraus, dass ihm der Hochmut des Mannes nicht behagte. Außerdem sagte ich ja bereits, dass wir nicht die Mühe lohnen. Darum fürchtet Onkel Hermann, dass Euer Großvater mich Euch nicht heiraten lässt.«

»Mein Großvater?« Margaret hatte den zweiten Teil nicht verstanden. »Der ist doch ein Laienbruder in Schottland. Was hat der denn mit mir zu tun?«

»Aber Walter sagte doch, der Vater Eurer Mutter sei der Graf von der Champagne!«, beharrte Peter.

»Wie kommt er nur darauf?«, fragte Margaret.

Dann fiel ihr der Tag ein, an dem sie der Gräfin vorgestellt wurde, und die seltsamen Blicke, die zwischen jener und Catherine hin- und hergegangen waren. Margaret wurde plötzlich übel. Sie stand auf und fiel hin, weil James sie umrannte.

»Alles in Ordnung?« Peter half ihr hoch.

»Ja.« Margaret klopfte sich geistesabwesend die Röcke ab. »Aber ich muss gehen. James! Komm! Zeit zu gehen!«

»Nein!«, rief James und lief weg.

Peter setzte ihm nach und brachte das strampelnde Kind in der Armbeuge zurück.

»Soll ich ihn für Euch tragen?«, fragte er.

»James«, sagte Margaret, »willst du wie ein Säugling getragen werden oder willst du laufen und mein Begleiter sein?«

James zappelte noch ein wenig zur Schau und wurde dann still.

»Laufen«, sagte er.

»Danke, Peter«, sagte Margaret, als er James absetzte. »Lass uns gehen, James.«

»Wenn Ihr am Freitagnachmittag in die Dorfkirche unter dem Burgberg kommt, zeige ich Euch die Botschaft. Ihr könnt sie Eurem Bruder und seiner Frau bringen. Vielleicht werden sie daraus klug.«

»Schön«, rief sie zurück. »Nach der Terz.«

Sie sah nicht mehr zurück, als sie mit James eilig durch die Straßen lief. Sie würde Catherine sofort zur Rede stellen. Warum hatte ihr nie jemand etwas von ihrem Großvater erzählt? Wussten es alle außer ihr selbst? Sie erinnerte sich jetzt, dass ihre Mutter wenig von ihrer Familie in Frankreich und überhaupt nicht von ihrem Vater gesprochen hatte.

Es war ein sehr merkwürdiges Gefühl zu erfahren, dass die eigene Mutter ein Bankert war.

Als sie aus einer Seitenstraße kamen, stießen sie beinahe mit einem Reiter zusammen, der noch ein zweites Pferd mitführte. Margaret und James blickten hoch.

»Großpapa!«, rief James und hob die Arme hoch.

Margaret hievte ihn hoch in Huberts Arme. Sie warf einen Blick auf das andere Pferd und rief: »Oh, du hast Walters Ross gefunden! Wunderbar!« Sie lief zum Haus und rief Catherine. »Komm schnell. Guck mal! Dein Vater ist zurück und hat etwas mitgebracht!«

Catherine kam mit Edana an die Tür.

»Vater? Bin ich froh, dass du wieder da bist«, sagte sie. »Und Walter wird überglücklich sein, wenn er sein Pferd sieht. Wo hast du es gefunden?«

Hubert hob James vom Pferd und saß ab. Er sprach kein Wort. Catherine sah ihm in die Augen und ihre Kehle schnürte sich zu. Bis dahin hatte sie ihren Vater nie als alt betrachtet.

»Vater«, krächzte sie. »Was fehlt dir denn? Geht es um Agnes? Was hast du gefunden?«

»Agnes?«, sagte er. »Ach so, ja. Ich habe etwas gefunden, aber ich verstehe es noch nicht. Später. Wenn ich zurückkomme, erzähle ich's dir.«

»Zurück? Von wo?« Catherine stand mit einem Kind auf dem Arm und dem anderen, das sich in die Zügel gewickelt hatte, und starrte ihren Vater an, als ob sie ihn noch nie gesehen hätte.

»Von Mina«, sagte Hubert. Er schloss die Augen und holte tief Luft, um sein schwaches Herz zu beruhigen. »Zuerst muss ich zu Mina.«

Er ließ die Pferde stehen, und Catherine sah ihm voller Angst nach.

Siebzehntes Kapitel

Trier, Dienstag, Tag 13 vor den Kalenden des Septembers (20. August) 1146; 9. Elul 4906. Gedenktag des Propheten Samuel, Verfasser des Buches Ruth.

וְטוֹב לָצֵאת וְלָבוֹא אֶל אֲבֵלִים מִבּוֹא בְּבֵית מִשְׁתֶּה וְגִילִים.

Rühmlicher ist es, ein Trauerhaus zu betreten, als ein Haus, in welchem eitel Freude herrscht.

Hai ben Sherira Gaon

Arg mitgenommen wirkte Hubert, als er von seinem Besuch bei Mina zurückkehrte. Liebend gern hätte er mit der ganzen Gemeinde getrauert, fürchtete aber, nicht willkommen zu sein.

Catherine stellte keine Fragen bei seinem Eintreten. Sie küsste ihn nur und hieß ihn Platz nehmen und einen Becher Weißwein trinken, in welchem sie Minze und Borretsch hatte ziehen lassen. Als sie sah, dass seine Hände zitterten, erschrak sie. Sie bat ihn, sich ein Weilchen hinzulegen.

»Nein, ich möchte die Augen nicht schließen«, widersprach Hubert. »Immer wenn ich sie schließe, sehe ich ihn, so heiter und fast schon zu Hause und dann ... und dann seinen armen geschundenen Leib!«

Er ließ den Becher sinken und verbarg schluchzend das Gesicht in den Händen. Catherine kniete vor ihm und schlang die Arme um ihn. Er legte den Kopf auf ihre Schulter und weinte seinen ganzen Jammer und sein Schuldgefühl heraus.

»Ich hätte bei ihm sein sollen«, weinte er zum wiederholten Mal.

»Bei wem, Vater?«, frage Catherine sanft.

»Bei Simon! Bei dem armen gepeinigten Simon!«, rief er aus.

Bruchstückhaft erzählte er ihr, was geschehen war. Zuerst war ihre einzige Reaktion Erleichterung, dass ihr Vater nicht gemeinsam mit seinem Freund den Tod gefunden hatte. Dann fielen ihr Mina und die Kinder ein, einschließlich dem ungeborenen. Hubert hatte sie vor ein paar Wochen gefragt, ob sie etwas wüsste, das Mina gegen die morgendliche Übelkeit helfen könne, aber alle Hausmittel, die Catherine hatte, waren den jüdischen Hebammen bereits bekannt. Doch dieser Schrecken zum jetzigen Zeitpunkt würde womöglich eine Fehlgeburt auslösen.

»Was wird aus ihnen, Vater?«, fragte sie. »Wie können wir helfen?«

»Die Gemeinde wird für sie sorgen«, sagte Hubert. »Und du kannst gar nichts tun; es waren die Predigten eures weißen Mönches, die dazu geführt haben. Und wenn ich daran denke, dass ich nicht zugegen war, um Simon zu helfen, weil ich einem Mann ein Pferd zurückbrachte, der ein Kreuz auf der Brust trägt!«

Er griff sich an die eigene Brust, wie um den Schmerz herauszureißen.

Kaum hatte Edgar Huberts Gesicht gesehen, schickte er rasch die Kinder nach oben. Dann ging er hinaus, um Erkundigungen zu machen. Als er durch die Judengasse kam, drang ihm die Totenklage in die Ohren, aus welcher blankes Entsetzen herauszuhören war. Wie lange noch, bevor noch mehr Tote zu betrauern wären?

Viele Menschen strömten über den Platz in die enge Straße, Männer wie Frauen, alle mit grimmigem Blick. Edgar stellte sich ihnen in den Weg, nicht sicher, was er tun sollte. Er sah Egilbert unter ihnen, den Mann, der Englisch sprach.

»Egilbert!«, rief er. »Was ist los? Ist die Pest wieder in der Stadt?«

»Hast du's denn nicht gehört?«, antwortete Egilbert. »Simon wurde auf dem Heimweg ermordet.«

»Und wohin geht ihr jetzt alle?« Edgar wünschte, Walter wäre hier, um ihm zu helfen, die Leute an Gewalttätigkeiten zu hindern.

»Natürlich zu seiner Familie«, sagte Egilbert. »Sie essen unsere Speisen nicht, darum können wir nichts zum Leichenschmaus beitragen, aber wenigsten können wir ihnen unser Beileid aussprechen und ihnen Geld anbieten, damit sie einen Leib auslösen können. Simon mag ein Jude gewesen sein, aber er war auch ein Trierer Bürger, ein ehrlicher Mensch und mein Freund.«

Verwirrt ließ Edgar die Leute vorbei. Er hatte gehört, dass im Jahre 1096 die Elterngeneration der jetzigen Einwohner von Trier die Juden niedergemetzelt und ihre heiligen Bücher und Kultgeräte zerstört hatte. Hatten sich die Verhältnisse in nur fünfzig Jahren derart verändert? Aber alles Verhalten in dieser Beziehung war Edgar fremd, der nie einen Juden gesehen hatte, bevor er nach Paris gekommen war. Er hatte es nie vermocht, Menschen, die er persönlich kannte, mit den Geschichten aus der Bibel in Zusammenhang zu bringen, nicht mehr als er den Papst von heute mit dem heiligen Petrus verwechseln oder den einen am Verhalten des anderen messen würde.

Nachdem Edgar sich vergewissert hatte, dass keine Ausschreitungen in der Stadt zu befürchten waren, ging er heim. Dort hatte Catherine ihrem Vater gerade noch einen Becher zu trinken gegeben, dieses Mal mit Baldrian, und jetzt schlummerte er.

»Vater bezichtigt mich auch, dass ich mich über den Tod dieses Mannes freue. Wie könnte ich? Ich versuchte zu erklären, dass ich mich nur über eine wahrhafte Bekehrung freuen würde, aber ich glaube, er sah da keinen Unterschied. Als ich ihn bat, nicht so viel Zeit mit den Juden zu verbringen, war ich nur um seine Sicherheit besorgt.«

»Catherine, das ist eine Kluft, die wir nicht überbrücken können.« Edgar strich ihr über das Haar und zog sie an sich. »Wir wissen dies von Solomon, einerlei, was wir füreinander empfinden.«

Catherine rührte sich nicht in seinen Armen. Dann rang sie bebend nach Luft.

»Wir verlieren ihn, ja?«, sagte sie. »All unsere Liebe scheint Vater nicht glücklich zu machen. Ich dachte, er würde versuchen, seinen Enkelkindern zuliebe ein guter Christ zu sein. Doch ich fühle, wie er jedes Mal weiter von uns wegtreibt, wenn eine neue Grausamkeit bekannt wird. Was kann ich tun?«

Edgar küsste sie auf die Stirn. »Ich weiß es nicht, *leoffest*. Ihn einfach weiter lieben, nehme ich an.«

Von jenseits des Platzes schallte die Klage herüber.

Denise war größtenteils zufrieden mit ihrem neuen Leben in Köln. Sie fühlte, dass sie mit Engeln leben durfte. Wenn dem Bischof plötzlich Flügel gewachsen wären und jener zum Himmel aufgestiegen wäre, hätte Denise sich überhaupt nicht darüber gewundert. Irgendetwas in diesem Haus gab ihr ein Gefühl des Geläutertseins. Langsam überwand sie die Schwächen des Fleisches. Es bestand Hoffnung, dass sie eines Tages auch eine *Perfecta* werden könne. Dies war eine wahre Christengemeinschaft.

So bekümmerte sie nicht der Umstand, dass sie im Augenblick die Wäsche wusch. Sie sorgte sich viel mehr um etwas, wofür sie selbst, Astolfo und Lanval womöglich verantwortlich waren: Dass ein Wolf in diese Herde von Unschuldigen eingedrungen war.

Sie erkannte jetzt, dass sie sich von Andreas' Feuereifer

und seinem Drängen, ihnen beizutreten, hatte blenden lassen. So viele andere hatten sich unfähig erwiesen, die Mühsal auf sich zu nehmen. Aber seit ihrer Ankunft in Köln waren ihr immer mehr Zweifel an seiner Aufrichtigkeit gekommen. Er hatte immer mehr Zeit außer Haus verbracht. Eines Tages beobachtete sie ihn vor einer Schenke. Er trank mit anderen Männern, die er offensichtlich gut kannte. Sie war sich fast sicher, dass er Fleisch aß. Und jetzt war er verschwunden und hatte seine zweitbesten Kleider zurückgelassen.

Denise hatte seine Tunika und *Brais* bis zum Schluss aufgehoben, und nicht nur deshalb, weil sie stanken. Sie hatte von der Ermordung des jüdischen Kaufmanns gehört und dass niemand wirklich ernsthaft nach den Männern suchte, die man vom Tatort hatte weglaufen sehen. Jener Vorfall stieß sie ab. Denise glaubte daran, für ihren Glauben zu sterben. Für ihn zu töten, weigerte sie sich entschieden.

Sie hielt Andreas' *Brais* hoch. Wie sie befürchtet hatte, waren sie steif von den braunen Blutflecken.

»Oh, Andreas«, stöhnte sie. »Was hast du getan? Und wohin bist du gegangen?«

Walters Freude über die Rückgabe seines Pferdes bekam durch Huberts Kummer und Schuldgefühl einen Dämpfer.

»Ich zahle dir zurück, was immer es kostete, ihn zu kaufen«, sagte er zu Hubert.

»Nein, danke, Walter«, antwortete er dumpf. »Gebt es Mina für die Kinder. Nein, wartet, nicht mit dem Zeichen des Kreuzes auf Eurem Gewand. Das wäre, als ob Ihr sie schlagen würdet. Bringt es dem *Parnas* der Gemeinde. Er wird dafür sorgen, dass sie es bekommt.«

Walter ging in den Garten hinter dem Haus, wohin sich der Rest der Familie vor der Hitze geflüchtet hatte.

»Ich hätte nie gedacht, dass ich mich einmal schämen würde, das Kreuz zu tragen«, sagte er. »Wie kann dieser Mönch behaupten, er sei ein Anhänger von Abt Bernhard und solche Dinge predigen? Der Abt machte sehr klar, dass wir die Ungläubigen bekämpfen, weil sie die heiligen Stätten mit Schwertern angegriffen haben. Was für einen Schaden hat Simon jemals irgendwem zugefügt?«

»Es muss etwas geschehen, bevor noch mehr Menschen sterben«, sagte Catherine.

»Ich glaube nicht, dass etwas Derartiges in Trier geschehen wird«, sagte Edgar. »Die meisten Stadtbewohner schienen ehrlich erschrocken über das Verbrechen.«

»Ich dachte, es könnte auch nicht in Paris geschehen«, erinnerte ihn Catherine. »Aber wir haben den Pöbel dort ja gesehen. Man braucht keine ganze Stadt für solche Dinge. Nur ein paar Leute voller Hass und viele Feiglinge.«

Edgar hörte den Selbstekel aus ihrer Stimme heraus. »Es ist schwer, alles für einen Glauben zu wagen, den man nicht teilt«, wandte er ein. »Würdest du dich zwischen einen Mob und seine Opfer stellen, wenn es deine Kinder mutterlos machen würde?«

Gerade kam Edana mit einer Schramme am Knie zu ihr gelaufen. Catherine küsste sie und drückte sie fest, bevor sie sie wieder spielen schickte. Edgar fuhr fort:

»Würdest du wollen, dass dein Vater sich entschieden hätte, bei Simons Verteidigung zu sterben? Oder dass ich gemeinsam mit Solomon sterbe, falls man ihn angreift?«

»Das ist nicht fair!«, sagte Catherine. »Wir könnten Solomon nie dem Pöbel ausliefern!«

Edgar lächelte. »Natürlich nicht. Aber könnten wir auch für Fremde so tapfer sein?«

Catherine wollte nicht darauf antworten, doch er wartete. »Ich weiß es nicht«, sagte sie. »Ich wünschte, ich könnte sicher sein, aber ich bin es nicht. Es stimmt, dass ich in Paris nur daran dachte, die Kinder zu retten. Es ist so viel leichter, wenn es niemanden gibt, den du liebst, der Schutz braucht.« Sie lächelte wehmütig. »Als ich von den Christenmüttern las, die ihre Kinder ermahnten, sich den Löwen mutig entgegenzustellen, dachte ich, dass mein Glaube vielleicht nicht so stark ist, wie er sein sollte. Ja, du hast Recht. Ich werde andere nicht für Feiglinge halten, wenn ich nicht beweisen kann, dass ich mich anders verhielte.«

Es klopfte an der Tür. Edgar ging öffnen.

Bruder Berengar lächelte ihm entgegen.

»Ich habe Neuigkeiten«, sagte er. »Ich sprach mit unserm Infirmar, Bruder Zacharias, und er weiß von allerhand Gebräu, welches einen Mann tötet, ohne dass er es zu sich nimmt.«

Er war so heiter darüber, dass Edgar lachen musste.

»Tretet ein«, sagte er. »Catherine wird Eure Neuigkeit auch hören wollen.«

Nachdem Berengar mit einem Teller Trauben und Käse gemütlich im Garten saß, nahm er seine Erklärung wieder auf.

»Zacharias sagt, dass viele Arzneien wirken, indem sie in die Öffnungen des Leibes eindringen und nicht eingenommen werden«, sagte er. »Und wenn Arzneien so wirken, dann gibt es ätzende Stoffe, mit welchen man auch den Tod herbeiführen kann.«

»Das ist logisch«, sagte Catherine. »Nach welcher Substanz sollten wir denn suchen?«

»Nun, dessen war er sich nicht sicher«, antwortete Berengar. »Ich glaube beinahe, er sorgte sich, dass ich selbst eine zu verwenden gedenke, so wie er mich ausfragte. Aber endlich verriet er mir dann, wir müssten nach etwas suchen, was Gerhardt oft nahm und nur ihm gehörte, so wie Edgar und seine Kerzen. Wenn er Hämorrhoiden hatte, gibt es da einen weichen weißen Stein, welchen man zu Pulver zermahlt und aufträgt. Es wäre einfach, ihn mit einem schädlichen Pulver zu vermischen.«

»Und nahm er dieses Pulver gegen Hämorrhoiden?«, fragte Catherine.

Berengar zuckte mit den Achseln. »Nicht, dass ich wüsste. Das war nur ein Beispiel. Es gibt Stoffe, die man bei Blutandrang in Nase oder Kopf inhaliert.«

»Der Punkt ist, dass Gerhardt das Gift, an welchem er starb, nicht durch den Mund aufgenommen haben muss«, schloss Edgar. »Jetzt haben wir mehr Möglichkeiten.«

Catherine war darüber nicht so froh. »Das weist nur wieder auf Agnes hin. Und selbst wenn wir wissen wie, es wird immer noch schwer sein, den Schuldigen zu entdecken. Wenn sich das Gift in einer Medizin befand, könnte er es überall erhalten haben, zu jeder Zeit. Es hätte nicht unbedingt jemand aus dem Haushalt aufbereiten müssen. Meines Erachtens haben wir die Zahl der Verdächtigen nur größer gemacht und unsere Chance, dieses Rätsel zu lösen, sehr verringert.«

Die beiden Männer sahen sie enttäuscht an.

»So dürfen wir nicht denken, Catherine«, sagte Edgar.

»Vielleicht nicht, aber es wäre viel nützlicher, wenn wir auch nur einen Feind dieses Mannes finden könnten. Niemand hat bislang nur ein Wort gegen ihn gesagt. Bald kommt der Herbst, und wir sind Agnes' Rettung nicht näher gekommen als am Tag unserer Ankunft.« Catherines Augen füllten sich mit Tränen. »Es tut mir Leid, Edgar. Bitte verzeih mir.«

Sie lief ins Haus zurück. Berengar blickte ihr voller Mitgefühl nach.

»Sicherlich ist das eine sehr schwere Zeit für sie«, bemerkte er. »Das Leben der geliebten Schwester so lange in der

Schwebe zu wissen und dann auch noch an einem fremden Ort zu wohnen.«

»Ja, ich glaube schon«, sagte Edgar geistesabwesend. Er argwöhnte, dass wieder ein Kind unterwegs war, obwohl Catherine es bestritt. Nach beinahe sieben Jahren, drei Geburten und zu vielen Fehlgeburten glaubte er, die Zeichen zu erkennen.

Er wandte sich wieder dem Mönch zu.

»Was sagtet Ihr?«

»Ich sagte, dass wir auf die Burg gehen sollten und herausfinden, ob Herr Gerhardt an Hämorrhoiden litt«, erklärte Berengar. »Sein Bruder weiß es vermutlich.«

Die Aussicht auf einen weiten langen Weg in der Hitze, nur um eine Frage zu stellen, beflügelte Edgar nicht. »Vielleicht könnten wir fragen, wenn wir Agnes wieder besuchen«, schlug er vor. »Ich will meine Familie jetzt nicht allein lassen, während sie so beunruhigt über Simons Tod ist. Wahrscheinlich kommt Hermann bald in die Stadt? Wir könnten dann mit ihm in Verbindung treten.«

»Möglich«, sagte Berengar. »Gerhardt ließ seinen Wein manchmal mit dem des Erzbischofs verschicken. Wie ich höre, hielt sich Hermann in jüngster Zeit oft im Bischofspalast auf, vielleicht, um darüber zu reden. Auf meinem Heimweg zum Kloster werde ich dort vorbeigehen und fragen, ob man ihn bald erwartet.«

Edgar erhob sich, um ihn hinauszubegleiten. »Danke, Berengar. Es dauert mich, dass ich Euch in dieser Hitze wegen einer solchen Kleinigkeit kommen ließ.«

»Durchaus nicht.« Berengar lächelte. »Ein bisschen Hitze auf Erden erspart mir später vielleicht eine größere. Und sprecht der Familie Eures Freundes mein Beileid aus. Ich habe es unterwegs gehört. Die bösen, bösen Menschen!«

Nachdem er fort war, ging Edgar hinauf, um nach Catherine zu sehen. Er fand sie bei Margaret. Sie half ihr gerade bei einem schwierigen Stickmuster. Von Tränen keine Spur mehr.

»Hast du mich bei Bruder Berengar entschuldigt?«, fragte sie. »Ich weiß gar nicht, was mit mir los ist.«

»Ich schon«, antwortete Edgar. »Und er war gar nicht beleidigt.«

Catherine sah zu ihm auf. Er hielt ihrem Blick stand, wollte wissen, ob er sich täuschte. Margaret beobachtete sie verdutzt. Schließlich senkte Catherine den Blick und nickte.

»Ich wollte nicht noch mehr Probleme aufwerfen«, sagte sie zu ihm. »Warum geschieht das nur immer, wenn wir auf Reisen sind?«

Er beugte sich zu ihr nieder und nahm sie in die Arme.

»Es wird alles gut«, sagte er. »Wenn wir nicht rechtzeitig heimkehren, bleiben wir so lange hier, bis du wohlauf bist.«

»Bis dahin beherrsche ich vielleicht diese schreckliche Sprache.« Catherine schniefte.

Margaret dämmerte etwas.

»Ach, das ist ja wunderbar!«, rief sie auf. »Hoffentlich wird es wieder ein Mädchen.«

Edgar streckte den linken Arm nach ihr aus und sie nahm ihn in beide Hände.

»Ich glaube, wir warten besser ein Weilchen, bevor wir es Hubert erzählen«, meinte er. »Er hat schon genug Sorgen. Versprichst du, es nicht zu erwähnen, bis ich es dir gestatte?«

»Gewiss, Bruder«, antwortete sie. »Aber ich würde nicht zu lange warten. Ich erinnere mich an das letzte Mal. Catherine mochte nichts essen, und alle merkten es nur zu sehr.«

»Besonders auf dem Schiff, das nach Frankreich zurückfuhr!« Catherine verzog das Gesicht. »Nie wieder.«

Edgar legte eine Hand auf ihren Bauch. »Versprochen. Dies Mal gibt es keine Schiffe.«

Er fragte sich bereits, wo sie eine Hebamme finden würden, die Französisch konnte. Die Muskeln in seinem Hals verspannten sich. Einerlei, wie sehr er sich über die Neuigkeit freute, es war auch eine neue Sorge für ihn.

Bernhard von Fontaines, Abt von Clarivaux, genoss einen seltenen Augenblick privater Meditation. Obwohl er seine Freunde gern hatte und stets an die Pflicht dachte, war er doch am glücklichsten, wenn er mit Gott allein sein konnte.

Er war sich der Unterbrechung lange vor dem Klopfen an seiner Tür in Metz bewusst. Der Streit wurde in einem Flüsterton ausgetragen, der durchdringender war, als es Schreie gewesen wären.

Bernhard setzte eine duldsame Miene auf.

»Geoffrey, Nicholas, was führt Euch während der Nachmittagsruhe zu mir?«, fragte er liebenswürdig.

Die beiden Mönche vermieden es, sich anzusehen. Nicholas trat vor.

»Es widerstrebt mir, Euch zu stören, Herr Abt«, sagte er.

Geoffrey gab einen Laut von sich, der wie ein Schnauben klang. Nicholas hielt inne.

»Das habe ich veranlasst, Herr«, sagte Geoffrey. »Die Botschaft kam soeben an, und im Hinblick auf die anderen Nachrichten aus Deutschland meinte ich, dass Ihr es sofort erfahren solltet.«

Bernhard war sofort hellwach. Seine Augen leuchteten auf. »Der Kaiser hat sich entschlossen, das Kreuz zu nehmen!«, rief er aus.

»Nein, Herr Abt«, sagte Nicholas. »Solch freudige Nachrichten hätte ich vom Glockenturm der Kathedrale gesungen. Geoffrey?«

Geoffreys Kopf glitt zurück in seine Kapuze wie bei einer Schildkröte, die versucht, einem Schlag auszuweichen.

»Verzeiht mir«, sagte er. »Aber ich fürchte, die Nachricht ist beunruhigend. Trotz Eurer Briefe setzte Mönch Radulf seine Aufrufe zur Ausmerzung der Juden fort. Letzte Woche ermordete ein Pöbel in Köln einen Händler aus Trier. Es gab auch andere Berichte über Verwüstungen und Schlägereien. Einer Frau in Speyer wurden Nase und Daumen abgeschnitten, weil sie sich weigerte zu konvertieren. Man sagt, Radulf sei nach Mainz weitergezogen, um seine falschen Predigten fortzusetzen.«

Die beiden Mönche warteten auf eine Reaktion des Abtes. Dieser presste die Lippen zusammen, als wolle er die Worte zurückhalten, welche ihm zu entschlüpfen drohten. Seine Rechte ballte sich zur Faust und öffnete sich mühelos wieder.

»Nicholas«, sagte er. »Triff sofort Vorbereitungen für unsere Abreise. Geoffrey, sieh zu, dass mein Reisealtar und die liturgischen Geräte gepackt werden. Alles andere kann später nachkommen. Wir werden auf dem Weg nach Frankfurt in Trier Halt machen. Schicke dem Bischof von Mainz noch einen Brief und warne ihn vor diesem Dämon. Man muss ihm einen Riegel vorschieben.«

Die Mönche verbeugten sich und gingen hinaus.

Als Bernhard allein war, hatte er alles andere als friedliche Gedanken. Er fiel auf die Knie.

»Ein Mann ist gestorben, Herr«, weinte er. »Durch meine Worte, auch wenn sie sehr verzerrt gewesen sein mögen. Schlimmer noch, diese Seele starb in Finsternis, bevor sie zu Dir geführt werden konnte. Das Volk folgte mir so eifrig, als ich es bat, für Dich zu streiten. Wie konnte es so taub sein, als ich ihm verbot, den Juden ein Leid anzutun? Hilf mir. Schicke mir Weisheit, auf dass dieses Übel sich nicht weiter ausbreiten möge.«

Er verharrte im Gebet, bis es zur Vesper läutete.

Während der Reisevorbereitungen machte Nicholas Geoffrey Vorwürfe. »Siehst du, was du getan hast«, klagte er. »Hättest du noch gewartet, dann hätte ich es ihm schonend beibringen können, zusammen mit anderen Dingen. Nun hat er beschlossen, die beschwerliche Reise auf sich zu nehmen, ohne genug Zeit zum Aufbruch zu haben.«

Geoffrey hatte kein Mitgefühl, obwohl er selbst die Juden nicht sonderlich schätzte. »Wir wollten ohnehin bald nach Frankfurt. Wenn eine verfrühte Abreise ein Leben oder eine Seele rettet, sollten wir sie mit Freuden auf uns nehmen.«

Nicholas murmelte eine Erwiderung. Geoffrey betete um den Tag, an dem er diesen unerträglichen Mann loswürde. Dann ging er, sich für die Reise zu rüsten. Ihm machte das Reisen überhaupt nichts aus, solange Nicholas auch darunter litt.

Außerdem hatte er schon immer einmal den Heiligen Schrein in der Kathedrale von Trier sehen wollen. Vielleicht würde sich die Gelegenheit nie wieder bieten.

Es war Freitagnachmittag. Hermann und sein Schwager nutzten Marias Abwesenheit, um unten am Fluss zu faulenzen.

»Wie lange, glaubst du, braucht sie, um Almosen an die Kätner zu verteilen?«, fragte Hermann.

»Den größten Teil des Nachmittages hoffentlich«, antwortete Folmar. »Sie hat es gern, wenn man ihr überschwänglich dankt.«

»Du hast sie in letzter Zeit nicht mehr begleitet«, bemerkte Hermann.

»Um ehrlich zu sein, ich bekam es satt, mir die Predigten anzuhören, die sie mit dem Brot austeilte«, gestand Folmar. »Manche Frauen können ohne Worte predigen und andere nicht, wenn du weißt, was ich meine.«

»Gewiss«, antwortete Hermann. »Sie ist ja meine Schwester.«

Eine Weile schwiegen sie. Ein Schiff segelte vorüber, stromaufwärts. Folmar lugte unter dem Hutrand hervor.

»Ist es nicht an der Zeit, dass jemand befindet, was mit der Frau in unserem Turm zu tun ist?«, fragte er. »Die Erntezeit rückt schließlich näher.«

»Um ehrlich zu sein«, sagte Hermann mit gedämpfter Stimme, »ich weiß, was ich gern mit ihr täte.«

Folmar stützte sich auf einen Ellenbogen und schob sich den Hut zurück.

»Du verblüffst mich«, sagte er. »Besonders wenn man berücksichtigt, was Gerhardt zustieß. Nun, wenn du genügend Mut hast, sie ist ja da und du hast den Schlüssel. Warum zögerst du?«

Hermann lugte unter dem Hut hervor und wandte sich an Folmar.

»Ich möchte sie zuerst heiraten«, sagte er.

»Es ist din spot – das ist nicht dein Ernst!« Folmar setzte sich auf. Er hielt die Hand hoch und fing an zu zählen. »Ich kann mir mehrere Gründe denken, warum ich sicher bin, dass du den Verstand verloren hast. Erstens war die Frau mit deinem Bruder verheiratet. Zweitens hat sie ihn möglicherweise ermordet. Drittens – selbst wenn die ersten beiden überwunden werden könnten, hast du sie jetzt seit Monaten gefangen gehalten. Sie ist vielleicht nicht dazu aufgelegt zu bleiben.«

»Das weiß ich alles.« Hermann schob sich den Hut zurück. »Aber ihr wurde kein Haar gekrümmt, während sie in unserer Obhut war. Außerdem glaube ich nicht, dass sie Gerhardt tötete. Schließlich könnte ich sie heirateten, wenn die erste Ehe nie vollzogen wurde.«

Folmar beugte sich vor und schob Hermanns Hut zur Seite.

»Wie kommst du denn darauf?«, fragte er. Seine Augen verengten sich. »Hat Gerhardt dir etwas erzählt?«

»Nicht direkt«, gab Hermann zu. »Aber ich bin mir jetzt fast sicher. Maria hat mir gestanden, dass die Laken im Hochzeitsbett unbefleckt waren. Wenn Agnes des Mordes für unschuldig befunden wird, dann vielleicht auch in anderer Hinsicht. Wir könnten den Erzbischof bitten ...«

Er hielt inne. In seiner Wunschvorstellung hatte er das nicht berücksichtigt. Erzbischof Albero würde kaum einem Mann aus niederem Adel zu Gefallen sein, welcher mit den Bürgern der Stadt Partei gegen ihn ergriffen hatte.

Folmar legte sich wieder hin. »Ich glaube, deinem Plan stehen zu viele Hindernisse im Weg. Warum vergewaltigst du sie nicht einfach und fertig?«

»Folmar!«

Der Ton verriet, dass er Hermann wirklich erzürnt hatte.

»Ich meinte es nicht ernst«, versetzte Folmar rasch. »Ich weiß, das würdest du nicht tun. Aber ich bezweifele sehr, dass du sie sonst bekommen kannst. Du hast nicht erwähnt, dass ihre Familie auch Einwände dagegen haben könnte, Agnes hier bei einem Mann zu lassen, der kaum etwas besitzt und noch weniger Aussichten hat. Selbst wenn du ihr gefällst, zeigt sie womöglich wenig Neigung, an einem Ort zu bleiben, wo sie so viel durchmachen musste.«

»Danke. Ich wusste, dass ich meinen einzigen Hoffnungsschimmer verlieren würde, wenn ich mich dir anvertraue.«

»Das Leben ist kein Minnesang, Hermann«, seufzte Folmar, »andernfalls wäre ich nicht hier.«

Bruder Berengar war entzückt über Peters Fortschritte im Französischen. Er merkte, dass die Fragen des Jungen bald weit über das, was er ihn lehren konnte, hinausgehen würden.

»Schade, dass Eure Stiefmutter Euch nicht helfen kann«, sagte er.

»Meint Ihr, das würde sie tun?«, fragte Peter.

»Vielleicht«, erwiderte der Mönch. »Es muss langweilig sein, so allein da oben.«

Peter sprang auf und rannte hinaus. Im Nu war er wieder da.

»Ich weiß, wo Onkel Hermann den Schlüssel aufbewahrt«, erklärte er. »Sollen wir hinaufgehen und sie fragen?«

Agnes hörte sie an der Tür flüstern und spürte einen scharfen Schmerz, als sie sich versehentlich an der Nadel stach. Als die Tür aufging, lutschte sie an ihrem Finger. Sie schien sich über Peters und Berengars Kommen nicht zu freuen. Peter brachte ein Tablett mit Brot, Obst und Bohnen.

»Ist es nicht zu früh zum Essen?«, fragte sie.

Berengar zuckte mit den Achseln. Agnes bedeutete Peter, das Tablett auf den Tisch zu stellen. Sie kostete einen Pfirsich.

»*Guot*«, sagte sie.

»*Merci*«, parierte Peter schüchtern.

Agnes brach sich ein Stück Brot ab. Sie sah auf. Peter und Berengar waren immer noch da.

»Nun? Was gibt's?«, fragte sie.

»Wir meinen ... dachten ... Peter will Französisch lernen«, erklärte Berengar.

»Von Euch?«, Agnes zog die Brauen hoch.

»Von Euch, hoffen wir«, sagte Berengar.

Peter lächelte. Agnes ließ ihr Nähzeug sinken und sah sich nach einem Lappen um, um ihren Finger einzuwickeln. Die beiden anderen warteten gespannt. Als sie fertig war, musterte sie die beiden.

Peter schien ein netter Junge zu sein. Und die Tage waren sehr lang.

»Sehr wohl«, sagte sie. »Was habt Ihr ihm schon beigebracht?«

Berengar erklärte es. Agnes korrigierte und Peter bemühte sich nach besten Kräften zu lernen. Der Nachmittag verging überraschend schnell. Insgeheim freute sich Agnes, als Peter sie fragte, ob er am nächsten Tag wiederkommen dürfe.

»Peter«, sagte Berengar schließlich. »Ich glaube, ich höre Eure Tante zurückkommen. Wir sollten hinuntergehen und sie begrüßen.«

»O ja!« Peter hob die Wachstafel auf, in die er neue Wörter geritzt hatte. »Ich weiß nicht, ob ihr das recht wäre. *À reviser, ma dame.*«

»Sehr gut«, sagte Agnes lächelnd.

Sie eilten hinaus. Keiner von beiden merkte, dass sie die Tür nicht verschlossen hatten. Aber Agnes.

Peter polterte die Treppe hinunter und hielt atemlos vor seiner Tante an.

»Was hattest du da oben zu suchen?«, fragte sie argwöhnisch.

»Du kamst so spät, Tante, da dachte ich, ich sollte Agnes das Abendessen bringen«, erklärte Peter. »Bruder Berengar begleitete mich.«

Maria bemerkte den Mönch, als er den Saal betrat.

»Das war großzügig von dir«, sagte sie zu Peter. »Es wird deinem Onkel Hermann die Mühe ersparen, bei seiner Rückkehr hinaufzugehen.«

»Es bleibt noch stundenlang hell«, sagte Peter leichthin. »Ich glaube, ich gehe noch ein Weilchen spazieren.«

»Wie weit?«, fragte Maria.

»Ach, nur ins Dorf hinunter«, sagte Peter. »Ich möchte sehen, ob der Töpfer einen Becher hat, um den zu ersetzen, den ich letzte Woche zerbrochen haben.«

Das klang plausibel, aber Maria spürte einen Eifer in dem Jungen, der nicht durch den Wunsch verursacht sein konnte, ein Missgeschick wieder gutzumachen. Doch sie war milde gestimmt, da ihr eine hübsche Mitgift von Margarets Großvater im Kopf herumspukte.

»Sehr wohl«, willigte sie ein. »Wenn du deine Onkel siehst, könntest du sie daran erinnern, dass sie die Fässer für die neue Ernte noch nicht bestellt haben?«

»Ja, Tante.« Peter rannte in das alte Zimmer seines Vaters hinauf und wühlte in einer Wäschetruhe, bis er das geheimnisvolle Papier fand. Dann benetzte er sich das Gesicht mit Wasser, plantschte etwas in der Waschschüssel und trocknete sich die Hände an der Tunika ab.

Maria besprach sich gerade mit der Köchin, als er durch den Saal zurückrannte.

»Vor der Vesper bist du zurück!«, rief sie hinter ihm her.

Er hörte es kaum noch.

Als er ins Dorf kam, bemerkte er einen Menschenauflauf am Brunnen. Ein paar Männer gingen dort auf und ab, anscheinend sowohl freudig erregt als auch verlegen. Er kannte sie alle bis auf einen und erwog, hinzugehen und zu sehen, worum es ging, aber er fürchtete, dann Margaret zu verpassen. Sie sollte nicht annehmen, dass er ihr Stelldichein vergessen hatte.

Die Vesperglocken klangen in Huberts Ohren wie Hammerschläge. Wie konnte die arme Mina den Klang ertragen? Er betrat den Torweg zu ihrer Straße und zuckte zusammen, als die Leute aus den Fenstern spähten und dann in den Schatten zurücktraten.

Die Tür stand auf, die ganze Nachbarschaft hallte von den Klagegebeten wider. Hubert wollte schon umdrehen, aber Mina kam aus dem Hinterzimmer und sah ihn auf der

Schwelle stehen. Sie streckte ihm die Hände entgegen, und dankbar trat er ein.

Er nahm Platz zwischen den anderen Trauergästen und senkte das Haupt. Nach wenigen Momenten begann er, sich mit den anderen im Rhythmus der Gebete nach vorn und hinten zu wiegen.

»*Baruch atta Adonai*«, murmelte er. »Verzeih mir, Herr des Universums. Verzeih mir meine Ignoranz. Ich kann nicht einmal in der Sprache zu Dir sprechen, die Du uns gegeben hast. Aber nimm mein Gebet für Deinen Märtyrer Simon und dessen Familie an. Halte Deine schützende Hand über sie in diesen finsteren Zeiten. Lass seine Söhne Ascher und Levi in der Thora stark werden, auf dass sie Weisheit erfüllen möge. Lass seine Tochter für ihren Ehemann kostbarer als Rubine sein; möge sie nie Kummer leiden, wie ihre Mutter ihn jetzt durchlebt.«

Er schloss die Augen und ließ die Worte um sich herum in sein Herz fließen. Nach einiger Zeit spürte er eine sanfte Berührung an der Schulter. Er sah auf. Mina lächelte auf ihn herab, obwohl ihr Gesicht mit Tränen verschmiert und ihr Schleier zerrissen war.

»Er hätte nicht gewollt, dass du zu deinem Kummer auch noch Schuld trägst«, sagte sie. »Der Heilige, gepriesen sei Sein Name, hat Simon einen Ehrenplatz im Garten geschenkt, zusammen mit deiner Mutter und seinen Schwestern. Wir sollten frohlocken, dass sie jetzt Heilige sind.«

»So ist es, Hubert«, meinte auch einer der Männer. »Du kannst nicht durchs Leben gehen und sagen: ›Wenn ich dies getan hätte, dann wäre es nicht geschehen.‹ Simon gibt dir keine Schuld und wir auch nicht.«

Hubert bedeckte das Gesicht mit den Händen. Als er sie sinken ließ, waren seine Wangen nass.

»Dank, Dank euch allen«, sagte er. »Ich bin gekommen,

um Mina ein wenig zu trösten und habe selbst Trost gefunden.«

Er blieb bei ihnen, bis die Sterne aufgingen. Mina zündete die Schabbatkerzen an, und der Schabbes-Goi erschien mit einer Fackel in der Tür, um den Männern heimzuleuchten.

»Bleibst du zum Essen?«, fragte Mina.

»Meine Tochter wird sich ängstigen, wenn ich nicht bald zurückkomme«, sagte er. Das Zimmer war immer noch voller Familienangehöriger, bereit, dafür zu sorgen, dass Mina ihren Kummer nicht allein tragen musste. Sie brauchten ihn. Catherine und – am meisten – Agnes brauchten ihn.

Er ließ sich in ihre Unterkunft ein und war überrascht, alle noch wach anzutreffen. Edana schlummerte im Schoß ihrer Mutter, aber James saß neben dem kalten Herd und beobachtete die Erwachsenen mit großen Augen. Edgar schnürte sich die Stiefel, als ob sie ausgehen wollten. Bei seinem Eintreten sahen alle hoch. Er las die Enttäuschung in ihren Gesichtern, als sie merkten, dass er allein kam.

»Was ist denn los?«, fragte er. »Warum sind die Kinder nicht im Bett? Ist Agnes etwas zugestoßen?«

»Hast du Margaret nicht mitgenommen?«, fragte Edgar und schnürte seine Stiefel weiter.

»Nein, ich war bei Mina. Wieso?«, fragte Hubert, und die Kälte kroch in seinen Magen.

»Margaret ging irgendwann am Nachmittag weg und ist nicht zurückgekehrt.« Catherines Stimme war brüchig, sie barg ihr Gesicht in Edanas Haar.

»Wir haben überall in der Stadt nach ihr gefragt«, fügte Walter hinzu. »Jemand dachte, er habe sie auf der Uferstraße gesehen. Dorthin wollen wir jetzt.«

»Bleib du bei Catherine«, sagte Edgar. »Einer von uns kommt zurück, wenn es etwas Neues gibt.«

Hubert nickte wie betäubt und ließ sich auf einen Hocker

fallen. Keiner von ihnen sprach aus, was alle dachten. Margaret war ein gehorsames Kind. Sie würde nie weglaufen, ohne es jemandem zu sagen. Margaret war fast schon eine Frau, und mehr Männer als Peter hatten das bemerkt.

Zum zweiten Mal an diesem Abend begann Hubert zu beten.

Achtzehntes Kapitel

Trier, früh am Sonnabendmorgen, Tag 9 vor den Kalenden
des Septembers (24. August) 1146; Tag des heiligen
Eptadus von Autun, welcher arianische Gefangene bei
König Chlodwig auslöste und sie unbekehrt heimschickte;
Paraschat Ki Tese.

Olimbrius et autre gent
qui o lui erent a torment
Quand il voient de sa char tendre
De totes pars le sanc espandre,
Lor ex et lor chieres covroient
Car esgarder ne le pooient.

Als Olimbrius und die anderen Zeugen der Folterung
sahen, wie ihr zartes Fleisch
sich ganz mit Blut überzog,
bedeckten sie Augen und Gesicht,
denn sie brachten es nicht über sich, hinzusehen.

Robert Wace
Das Leben der heiligen Margaret von Antiochia

Irgendetwas verheimlichen sie«, sagte Walter zu Edgar. »Und sie haben Angst.«

»Ich weiß.« Im Vollmondlicht wirkte Edgars Gesicht grau vor Sorge und Mangel an Schlaf. »Irgendetwas ist ihr zugestoßen, nachdem sie in dieses Dorf kam. Etwas so Schlimmes, dass niemand uns etwas darüber sagen will.«

Walter antwortete nicht. Der unstete Blick des Mannes, den sie befragt hatten, ließ ihn mit dem Schlimmsten rechnen; unnötig, das Edgar zu sagen, der sich ohnehin schon die entsetzlichsten Geschehnisse ausmalte.

»Was kommt jetzt?«, fragte er stattdessen.

»Hermann ist Herr über dieses Dorf«, sagte Edgar. »Wenn er diese Männer nicht zum Reden bringt, dann bitte ich ihn, hier alles auf den Kopf zu stellen und zu durchsuchen und nicht das kleinste Plätzchen auszulassen, was noch als Versteck dienen könnte.«

Walter schwang sich auf sein Pferd, und Edgar bestieg das Maultier. So brachen sie zur Burg auf. Hinter ihnen versammelte sich eine Schar von Dörflern. Sobald Edgar und Walter außer Sichtweite waren, marschierten sie in stummem Einvernehmen zur Kirche. Der Mond warf lange Schatten von hinten, sodass es schien, als ob Geister vor ihnen herzögen.

»Bist du sicher, dass das Mädchen Jüdin war?«, fragte ein Mann. »Was, wenn sie gerade dieses suchen?«

»Ich habe sie bei den Juden in Provins gesehen«, erwiderte Andreas. »Und dann wieder hier in der Stadt. Der alte Mann, der bei ihnen wohnt, war in Köln in einem jüdischen Haus. Diese Leute geben nur vor, so wie wir zu sein, um uns besser vernichten zu können. Du hast richtig gehandelt.«

»Walter von Grancy ist kein Jude«, sagte der Mann mit leisem Zweifel in der Stimme.

»Ach, aber den haben sie doch verhext«, flüsterte Andreas. »So wie jene Frau es mit eurem armen Herrn gemacht hat. Die Kaufmannstochter, sagen sie, aber er ist dunkel und sie ist blonder als du. Wer hätte je so etwas gehört?«

»Nun, da war doch Johann aus Pfalzel«, mischte sich ein anderer ins Gespräch. »Seine Mutter kam aus dem Süden, doch er war blond wie sein Vater.«

»Gewiss«, sagte Andreas. »Kinder sind das Ebenbild ihres Vaters. Das weiß jeder. Aber ich wette, diese hier ist dunkel geboren wie ihre Schwester und veränderte ihr Aussehen durch Zauberei, um euern Herrn zu umgarnen. Und das rothaarige Mädchen machte es ebenso.«

»Woher weißt du, wie die Schwester aussah?«, fragte der Mann. »Ich dachte, du bist erst einmal hier vorbeigekommen?«

»Ruft dich nicht deine Frau?«, fragte Andreas. »Ich sagte dir doch, ich sah sie in Provins und dann wieder hier, als ich auf meiner Wallfahrt dort am Heiligen Schrein betete.«

»Selbst wenn sie alle Juden und vom Teufel besessen sind und wir gut daran taten, dieses Mädchen zu töten«, sagte ein dritter Mann, »müssen wir immer noch die Leiche holen, bevor die von der Burg dahinterkommen. Wenn das stimmt, was du sagst, dann stehen die auch alle im Bann und werden uns nicht für diese Tat belohnen.«

Sie waren jetzt bei der immer noch verriegelten Kirchentür angelangt.

»Wir werfen sie in den Fluss«, sagte Andreas. »Sollte man sie je finden, weiß niemand, wo sie hineinfiel. Nun hurtig, bevor diese Männer mit Hilfe zurückkommen!«

Der Riegel wurde angehoben und die Männer drängten sich in die kleine Kirche. Einer schlug Funken mit seinem Feuerstein und zündete die Lampe an der Tür an. Sie sahen alle zum Altar hin, wo sie das Mädchen am Nachmittag wie ein Opfer zurückgelassen hatten.

Dort war nichts.

Alle bis auf Andreas bekreuzigten sich.

»Wer war denn hier drin? Sagt es mir«, forderte er.

Es ergab sich ein allgemeines Gemurmel. Dann sprach einer für alle.

»Keiner von uns«, sagte er. »Wir gingen alle wieder trinken. Dabei hast du uns ja gestört, als du uns auf sie aufmerksam machtest.«

Andreas überging den Vorwurf. »Einer von euch ist zurückgekommen und hat die Leiche weggeschafft.«

»Nein, denn wir gingen alle heim, um den Geruch des Blutes abzuwaschen«, beharrte der Mann.

»Jemand hat sie geholt«, behauptete Andreas. »Ihr habt gehört, dass die Juden gut dafür zahlen, um die Leichen ihrer getauften Toten zurückzubekommen, damit sie das Sakrament abwaschen können.«

»Tatsächlich?«, sagte der Skeptiker. »Das habe ich nicht gewusst.«

»Andreas, keiner von uns wollte noch etwas mit der Sache zu tun haben«, sagte der Wortführer. »Wir hatten alle unsere Arbeit zu tun. Keiner war hier, bis die Männer kamen und uns von unseren Familien wegriefen, damit wir ihnen suchen helfen.«

»Vermutlich kam Satan vorbeigeflogen, um sein Eigentum zu holen?«, höhnte Andreas.

Einige stimmten zu, doch der Neinsager schüttelte entschieden den Kopf.

»Jeder weiß, dass der Teufel keine Kirche betreten kann.«

»Bist du sicher?«, fragte ein anderer. »Ich dachte, er könnte nur nicht bis zur Erhebung der Hostie bleiben?«

»Das gilt für Dämonen«, verbesserte ihn der Erste. »Der Satan ist so sündig, dass er kraft der Heiligkeit des Kirchenraums in tausend Stücke zerspringen würde.«

Andreas verlor die Geduld.

»Schaut mal, ihr habt die Leiche hier liegen lassen und die Tür verriegelt«, sagte er. »Jetzt ist sie weg, also hat sie jemand weggeschafft. Wir müssen sie suchen.«

»Warum?«, ließ sich eine Stimme vernehmen. Andreas wusste, von wem das kam.

»Weil ...« Dann dachte er nach. Ja, warum eigentlich? Niemand im Dorf würde die Tat gestehen, falls Strafe darauf stünde und jeder, falls es Lösegeld dafür gäbe. Die Leiche des Mädchens könnte bleiben, wo sie war. Schließlich hatte er noch Größeres vor.

»Nun denn«, sagte er. »Jemand hat uns das Problem abgenommen. Jetzt geht heim. Ihr habt ein gutes Tagwerk vollbracht, denn ihr habt die Welt von einer von denen befreit.«

Sie zerstreuten sich rasch, doch im Gehen schnappte Andreas einen mürrischen Kommentar auf.

»Ich dachte, wir wollten sie nur taufen. Was hatte das für einen Sinn, sie auch zu töten?«

Andreas schüttelte den Kopf. Er hatte das Predigen für ein einträgliches Geschäft gehalten, weniger gefährlich als der Umgang mit Ketzern, doch wenn diese und die Männer in Köln die Art Leute waren, auf die er sich verlassen müsste, wäre es vielleicht sicherer, wieder auf dunklen Wegen Kehlen durchzuschneiden.

Agnes deuchte es eine Ewigkeit, bis die Glocken zur Komplet läuteten und die Burg verstummte. Den ganzen Abend war sie sicher gewesen, dass jemand kommen und die Tür unverschlossen finden würde. Dann, als die Dämmerung hereinbrach, musste sie an sich halten, um nicht zu bald zu gehen und vorzeitige Entdeckung zu riskieren. Sie hatte sich schon so lange in Gelassenheit geübt, dass ihr erst jetzt, wo die Freiheit zum Greifen nahe war, bewusst wurde, wie sehr sie sich danach sehnte.

In den dunklen Stunden hielt sie sich wach, indem sie überlegte, wohin sie gehen sollte. Nicht zu ihrer Familie. Dort würden sie zuerst suchen. Nicht zu Jehan, das wäre der zweite offensichtliche Zufluchtsort. Überdies, sagte sie sich, wenn sie bei ihm auftauchen und ihn bitten würden, mit ihr davonzureiten, würde sie ihn wahrscheinlich heiraten müssen. Das wäre ein zu hoher Preis für die Freiheit.

Am Ende beschloss sie, die Reste von Brot, Käse und Obst in ihrem Zimmer einzupacken und in südlicher Richtung am Fluss entlang zu wandern, bis sie wieder Französisch hören würde. Danach müsste sie sich dem Schutz der Jungfrau und der Heiligen anvertrauen.

Die Tür knarrte, als sie sie aufzog. Agnes erwartete einen Tumult und dass alle herbeispringen würden, um sie zu ergreifen.

Doch nur einen Hund hörte man von fern den Mond anheulen.

Eine einzige Fackel am oberen Ende der Treppe beleuchtete den Gang. Langsam tastete sie sich die Stufen hinunter und in den großen Saal hinein. Hier schien der Mond hell genug herein, um den schlafenden Gestalten der Dienerschaft auszuweichen. Sie wusste, dass das Haupttor verschlossen und verriegelt sein würde, doch sie erinnerte sich an eine kleine Hintertür, die in den Kräutergarten führte. Von dort würde sie nur eine Lücke im Weidenzaun suchen müssen. Danach wäre sie zwischen den üppig wuchernden Weinstöcken vor Entdeckung sicher.

Sie verließ den Saal und erreichte den Vorraum, wo Eimer und Trockenständer aufbewahrt wurden. Das Hintertürchen war nicht verschlossen. Sie schob den Riegel zurück.

In diesem Augenblick erhob sich ein lautes Getöse, dass sie beinahe in Ohnmacht gefallen wäre. Irgendwer pochte und schrie, begehrte Einlass. Jetzt hörte sie auch überall in der Burg die Geräusche, vor welchen sie sich gefürchtet hatte. Sie war versucht, zur Tür hinauszurennen, doch im Mondschein hätte man sie von jedem Fenster sehen können. Also kroch sie unter den Trockenständern, auf denen Kräuter ausgebreitet lagen, in eine Ecke und versteckte sich dort. Falls niemand darauf käme, in ihrem Zimmer nachzusehen, würde sie eventuell noch entkommen, wenn der Lärm vorbei wäre.

Am Tor warteten Edgar und Walter voller Ungeduld. Endlich hörten sie, wie sich ein Fensterladen öffnete. Eine Stimme rief:

»Beim stinkenden Leichnam des heiligen Lazarus! Was wollt Ihr zu dieser Stunde?«

»Hier ist Walter von Grancy. Ich verlange Einlass und Euern Herrn zu sprechen. Es ist dringend.«

Der Fensterladen schlug zu.

»Meinst du, sie holen Hermann?«, fragte Edgar.

»Wir haben die ganze Burg aufgeweckt«, sagte Walter. »Ich glaube, Hermann ist im Nu hier unten. Wäre ich jedenfalls an seiner Stelle.«

Kurz darauf ging das Tor hoch, und Walter und Edgar ritten in den Hof ein. Hermann stand barfuß an der Tür zum Bergfried. Er hatte sich eine kurze Tunika übergeworfen, doch keine Zeit gehabt, sich zu gürten.

»Walter!«, brüllte er. »Seid Ihr denn trunken? Was sucht Ihr hier mitten in der Nacht?«

Walter und Edgar saßen ab und eilten auf ihn zu.

»Ich möchte Euern Neffen Peter sprechen«, sagte Edgar mit grimmiger Miene.

»Peter? Weshalb?«

Walter zwängte sich zwischen Hermann und Edgar. Seine Hand lag schwer auf Edgars Schulter.

»Fräulein Margaret ist verschwunden«, erklärte er. »Sie wurde zuletzt gesehen, als sie in Richtung Burg ging.«

»Hier ist sie nicht«, sagte Hermann. »Wir haben sie nicht gesehen.«

»Ihr vielleicht nicht«, sagte Walter. »Aber wir wissen, wie sehr der Junge von ihr angetan ist. Es sieht Margaret nicht ähnlich, einfach wegzulaufen. Sie ist ein scheues Geschöpf und würde Bescheid sagen, außer wenn sie nur kurze Zeit wegbleiben wollte. Wir dachten sofort an Peter.«

Hermann schloss die Augen. »Ja, das sind die Dummheiten, die man in dem Alter macht. Ulrich! Sieh nach, ob Herr Peter im Bett liegt. Falls ja, dann bring ihn ... nein, er ist der Herr der Burg, bitte ihn, herunterzukommen.«

Er wandte sich wieder an Walter und Edgar.

»Ich weiß, dass Peter am Nachmittag ausging«, sagte er. »Und er war ungewöhnlich unhöflich beim Abendessen, was ich der Belastung durch seine neue Stellung als Haushaltsvorstand zuschrieb.«

Walter dolmetschte für Edgar.

Der Soldat erschien bald mit Peter, der sich in ein Laken gewickelt hatte, die Haare vom Schlaf zerzaust.

»Was gibt's?«, fragte er. »Schickt Margaret Euch?«

Mitten in Walters Erklärung stöhnte Peter auf.

»Das ist meine Schuld!«, sagte er. »Ich bat sie, mich im Dorf zu treffen. Sie kam nicht, darum dachte ich, sie will mich nicht sehen. Ich hätte jemanden fragen sollen! Warum habe ich sie nicht gesucht? Wachen! Alle Mann sofort mit Fackeln nach ihr suchen!«

Der Soldat warf Hermann einen Blick zu, doch bevor jener sich äußern konnte, brüllte Peter:

»Sieh nicht auf meinen Onkel! Ich bin der Herr hier! Sammele die Männer und beginn mit der Suche.«

Der Soldat verschwand auf der Stelle.

Peter stand im Türeingang, überwältigt von der Wirkung seiner Befehlsergreifung. Seine Unterlippe zitterte.

»Sie werden sie finden, nicht wahr, Onkel?«, fragte er.

»Gewiss«, antwortete Hermann. Er war froh, dass der Junge nicht gefragt hatte, ob sie sie lebend finden würden.

Jetzt kamen auch Maria und Folmar, verschlafen, aber angekleidet.

»Was hat das zu bedeuten?«, fragte Maria.

»Margaret wird vermisst«, sagte Peter. Er kämpfte immer noch mit den Tränen.

Die ganze Geschichte musste von Neuem erklärt werden.

Folmar lauschte mit wachsender Sorge. »Peter, war heute Nachmittag ein Fremder unter den Dorfbewohnern?«

»Ja, ein hoch gewachsener, schlanker Mann mit einem Gesicht wie knorriges Holz. Um den schienen alle Gespräche zu kreisen.«

»Was gibt es?«, fragte Edgar.

»Ich bin mir nicht sicher«, erwiderte Walter. »Peter sagt, da war heute ein Fremder im Dorf.«

»Margaret hätte sich nie von einem Unbekannten weglocken lassen«, behauptete Edgar.

»Doch, falls er vorgab, eine Botschaft für sie zu haben«, meinte Walter.

»Nein, nicht einmal dann. Den Trick kennt sie. Ich denke, wir sollten ins Dorf zurückkehren. Wenn sie so weit gekommen ist, dann muss jemand sie gesehen haben.«

»Stimmt«, sagte Walter und übersetzte es für die anderen. »Hermann, Peter, kommt Ihr mit? Vielleicht erzählen sie Euch, was sie uns nicht zu sagen wagen.«

»Selbstverständlich«, sagte Hermann, und Peter nickte. »Wir wollen uns ankleiden. Ich schicke Euch etwas zu essen hinunter.«

Edgar ließ sich auf eine Bank im Saal fallen. Er hob den linken Arm, um sich die Augen zu reiben. Verdutzt blickte er auf die leere Stelle, wo seine Hand gewesen war. Würde er sich je daran gewöhnen? Er wechselte auf den rechten Arm. Wenn Margaret gesund und munter wieder auftauchte, würde er nie wieder über seinen Verlust jammern.

»Bitte, Gott, beschütze sie«, flehte er und vergaß darüber alle früheren Gebete.

Wenig später kamen Peter und Hermann zurück. Maria war in die Küche gegangen und hatte ihnen als Proviant einen Beutel mit gedörrtem Wildbret, Käse und frischen Mohrrüben gepackt.

»Lasst etwas für Margaret übrig, wenn ihr sie findet«, sagte sie. »Ich werde unablässig für sie beten.«

Walter dankte ihr.

»Wo sind meine Reitstiefel?«, fragte Hermann plötzlich.

»Im Trockenraum«, antwortete Maria. »Sie waren dreckverschmiert. Hulda soll sie dir holen.«

»Nein, ich gehe selbst«, sagte Hermann, »sonst verlieren wir Zeit. Haltet die Pferde bereit. Ich treffe Euch gleich wieder im Hof.«

Müde richtete Edgar sich auf, bereit zu einem neuen Ritt.

Er warf Peter einen bösen Blick zu, der wie ein Häuflein Elend dahockte.

Peter sah zu ihm hoch. Seine Augen flehten um ermutigende Worte, doch Edgar war zu besorgt und wütend, um sie ihm zu geben. Er stand auf, zog sich mit den Zähnen den Reithandschuh über und ging mit hoch erhobenem Kopf hinaus.

Peter wandte sich an Walter.

»Er hält sie für tot, ja?«

Walter empfand auch kein Mitleid.

»Ja«, sagte er. »Ihr etwa nicht?«

Hermann schnappte sich eine Öllampe auf dem Weg zum Trockenraum. Sie spendete weniger Licht als eine Fackel, doch er dachte an all die leicht entflammbaren Dinge dort drinnen. Bei seinem Eintreten setzte er die Lampe auf einem Regal ab und suchte auf dem Fußboden nach seinen Stiefeln.

»Da wäre einer, verdammt«, murmelte er. »Und wo ist der andere?«

Auf allen vieren tastete er unter den Trockengestellen. Seine Finger fanden etwas und zogen fest daran.

»Heee!«, quiekte es.

Hermann zog sofort die Hand zurück und packte es erneut. Es war ein Stiefel, komplett mit Fuß.

»Komm sofort da heraus!«, befahl er.

Es raschelte. Dann tauchte ein Blondschopf aus den Kräutern auf. Agnes stellte sich hin und klopfte sich den Staub ab, in ihrer Miene mischten sich Trotz und Furcht.

»Wie seid Ihr hier hereingekommen?«, fragte er.

Der Sinn war klar, auch wenn Agnes die Worte nicht verstand.

»Ich halte das Eingesperrtsein nicht mehr aus«, sagte sie. »Ich habe Euren Bruder nicht getötet und weiß nicht, warum er starb. Lasst mich bitte gehen!«

Sie fiel vor ihm auf die Knie, streckte ihm die gefalteten Hände entgegen. *»Ich wil iuch biten flêhelich, mîn Herr«*, brachte sie vorsichtig heraus.

Hermann stand völlig verdattert da, mit dem Stiefel in der Hand. »Bei den nackten Visionen des heiligen Hieronymus!«, hauchte er. »Ihr seid so schön!«

Er ließ den Stiefel fallen und zog sie zu sich empor.

»Agnes, ich weiß nicht, was ich tun soll«, sagte er, sie immer noch in den Armen haltend. »Du kannst nicht da hinaus; das ist gefährlich. Aber ich will dich nicht vor deinen Freunden auf dein Zimmer zurückschleifen. Bitte, bleib hier, bis ich wiederkomme. Ja? Verstehst du, was ich sage?«

Ihre Miene drückte nur Verwunderung aus. Doch sie wollte nicht von ihm weg. Er spürte ihren Atem als kleine Wölkchen an seinem Hals.

»Hermann?«, sagte sie.

»Bitte, geh nicht fort«, antwortete er.

Seine Hände glitten zu ihren Schultern hinauf und um ihren Rücken. Sie wehrte sich immer noch nicht. Ihre Brüste zeichneten sich im flackernden Licht unter dem dünnen Sommerhemd ab.

Agnes musterte ihn voller Staunen.

»Hermann«, sagte sie.

Dann verlor er den Kopf und küsste sie. Die Intensität ihrer Reaktion erschreckte sie beide.

»Mein Stiefel«, sagte er, als er die Sprache wiedergefunden hatte. »Ich muss ihn finden. Edgar wartet auf mich.«

Er hob einen Stiefel auf und suchte nach dem zweiten. Agnes sah ihm zu, dann duckte sie sich unter die Kräuter und zog den anderen Stiefel hervor. Sie gab ihn Hermann.

»Danke«, sagte er. »Agnes?«

Sie lächelte. »Hermann?«

Er zog sich die Stiefel an und nahm ihre Hände.

»Geh nicht fort«, widerholte er. »Warte hier auf mich.«

Forschend las sie in seinem Gesicht. Dann legte sie ihre Hände auf sein Herz.

»Hier«, wiederholte sie.

»Hermann!«, ertönte Marias durchdringender Schrei. »Wo bleibst du denn?«

»Ich komme ja schon!«, rief er zurück. »Ich konnte die Stiefel nicht finden.«

»Du hättest einen Diener schicken sollen«, sagte Maria, als er in die Nacht hinaus kam. »Die wissen immer, wo alles ist.«

Früh am nächsten Morgen wurde Catherine aus einem unruhigen Schlaf gerissen. Mit Herzklopfen eilte sie zur Tür.

»Mina!«, sagte sie, als sie die Besucherin sah. »Was gibt es denn? Vater! Komm schnell!«

Die Frau stand ängstlich im Sonnenlicht und huschte zur Tür herein, sobald Catherine sie einen Spalt breit geöffnet hatte.

Hubert stieg die Treppe hinab, noch in den Kleidern, die er bei der nächtlichen Suche getragen hatte.

»Aber Mina! Du bist doch in Trauer«, rief er aus. »Was machst du denn hier?«

»Ich musste es euch einfach sagen«, entgegnete sie. »Ich habe gehört, dass die Kleine vermisst wird. Es tut mir so Leid.«

»Danke«, sagte Hubert. »Aber ...«

»Gestern Nacht hörten wir, dass ein junges jüdisches Mädchen in einem Dorf nördlich von hier überfallen wurde«, sagte Mina. »Männer in einer Schenke sahen sie und schleiften sie in eine Kirche, wo sie sie tauften, zusammenschlugen und für tot liegen ließen.«

»O lieber Gott im Himmel!«, stöhnte Hubert.

Beklommen stürzte Catherine auf die beiden zu.

Mina tätschelte ihr die Hand und redete weiter auf Hubert ein. Catherine stand starr vor Schreck da. Als Mina endete, dankte Hubert ihr noch einmal. Sie gab Catherine einen sanften Kuss zum Trost und verabschiedete sich.

»Sag mir, Vater«, meinte Catherine, als die Tür ins Schloss fiel. »Das ist doch nicht Margaret, oder? Was ist geschehen?«

»Mina sagt, dass ein paar Ungeheuer aus einem Dorf in der Nähe angeblich ein jüdisches Mädchen angriffen und zwangstauften. Aber die Gemeinde hier vermisst niemanden. Der Beschreibung nach schließt Mina nicht aus, dass es Margaret gewesen sein könnte.«

Catherine wankte. Sie fühlte, wie alle Säfte in ihrem Körper plötzlich durcheinander gerieten. Das Zimmer drehte sich. Hubert fing sie gerade noch auf.

»Ach, meine Liebe, gib die Hoffnung nicht auf«, sagte er. »Vielleicht war sie es doch nicht. Möglicherweise eine Magd aus der Stadt auf einem Besorgungsgang. Nicht Margaret. Sie hätte beweisen können, dass sie Christin ist.«

Catherines Kopf klärte sich langsam. Sie hörte den letzten Satz, den ihr Vater sprach.

»Du weißt doch, wie ein Pöbel reagiert«, sagte sie. »Vielleicht gab man ihr gar keine Gelegenheit. Sie spricht ja kaum Deutsch. O Margaret! Vater, geh zu Edgar. Sag ihm, er soll in der Dorfkirche nach ihr suchen. Und dann komm zurück, sobald du kannst, bevor ich vor Angst wahnsinnig werde.«

In der Kate am Rande des Dorfes hockte eine alte Frau auf dem gestampften Lehmfußboden, neben ihrem Strohlager. Trotz der Hitze brodelte draußen auf einem Feuer Wasser in einem großen Kessel, damit die Frau die Bett- und Tischwäsche der Herrschaft und reicheren Bauern waschen konnte. Auf dem Strohsack lag Margaret.

Sie war noch nicht ganz bei Bewusstsein. Sie spürte nur Schmerz und Entsetzen.

»Mama!«, rief sie. »Mama!«

Die alte Frau wischte ihr das Gesicht mit einem nassen Lappen ab.

»Ist ja gut, *süzelin«,* flötete sie. »Wir finden deine Mama schon, wenn es dir besser geht. Diese schrecklichen Männer. Du kommst eher in den Himmel als ihresgleichen, auch wenn du eine ungläubige Jüdin bist. Keine Bange, *trutgeselin,* ich verstecke dich vor ihnen. Vinta kümmert sich um dich. Bei mir bist du sicher.«

Edgar wischte sich das Gesicht am Ärmel ab. Er war erschöpft, doch um Margarets willen musste er sich zusammenreißen.

»Frag sie noch einmal, was sie mit ihr anstellten, nachdem sie sie zum Taufbecken geschleift hatten«, forderte er Walter auf.

Alle vier saßen in der Kirche mit einem etwas ramponierten Mann, der vor ihnen kniete.

Hermann sah Walter an, während jener die Frage wiederholte.

»Rolf kann uns nicht mehr sagen, als er weiß«, meinte er. »Aber wenigstens das soll er restlos auspacken. Nicht wahr, Rolf?«

Rolf war sich der postierten Soldaten hinter ihm und Walters hünenhafter Gestalt vor ihm nur zu bewusst. Aber keiner von ihnen ängstigte ihn so sehr wie der Gedanke an das, was er getan hatte und seine ewige Seligkeit gefährdete.

»Als sie das Zeichen des Kreuzes machte, dachten wir, sie will uns verhöhnen«, sagte er wieder. »Andreas sagte, dass man ihr eine Lektion erteilen muss und dann die Gnade Gottes, um sicherzugehen, dass sie es nicht vergisst. Sobald wir in der Kirche waren, traktierten wir sie nur noch mit Fäusten und Füßen. Vor dem Altar wollten wir keine Waffe ziehen.«

Edgar zuckte in der Erinnerung an seinen Vater zusammen. Der hatte beim Schein der Altarkerzen sein Schwert gezückt, bevor es Edgars Handgelenk durchtrennte. Zur selben Zeit schauderte es Peter bei der Vorstellung, wie Margaret von diesen Männern geschunden geworden war.

Der Bauer bemerkte beide Bewegungen und fügte hinzu: »Keiner hat sie geschändet. Darauf waren wir nicht aus. Wir hatten nur ihr Seelenheil im Sinn. Verzeiht mir, Ihr Herren. Ich war nur ein Mitläufer, ich selbst habe sie nicht geschlagen. Ich wusste nicht, dass sie Christin ist.«

Edgar stand auf. Rolf wand sich vor ihnen, erwartete einen Schlag. Stattdessen ging Edgar an ihm vorbei.

»Schafft mir diesen Wurm aus den Augen«, sagte er.

Walter folgte ihm hinaus. Er fand Edgar, wie er sich in einen Schweinestall erbrach.

»Wir haben Margaret mitgenommen, weil wir glaubten, in Troyes sei sie nicht sicher.« Er schluckte. »Ich hätte sie in Schottland lassen sollen, wo man sie kannte. Dies wäre dort nie geschehen.« Etwas Neues kam ihm in den Sinn. »Ach, Walter, wie können wir Solomon sagen, dass sie tot ist? Du weißt, sie bedeutet ihm fast so viel wie mir.«

»Geben wir die Hoffnung noch nicht auf«, bat ihn Walter. »Alle, mit denen wir gesprochen haben, sagen, dass der Leib verschwunden war, und keiner bekennt sich dazu, ihn fortgeschafft zu haben. Vielleicht war sie nur bewusstlos und hat sich wieder erholt. Vielleicht wandert sie ziellos umher und will heim.«

Edgar ließ sich nicht trösten. »Falls ja, warum hat sie dann niemand gesehen? Die Straßen sind doch voller Menschen, die zur Weinlese kommen.«

Hubert stieß kurz darauf zu ihnen und brachte ihnen Minas Neuigkeit.

»Das wissen wir bereits«, sagte Walter. »Leider sind wir fast sicher, dass es Margaret war. Doch besteht noch Hoffnung, dass sie am Leben ist.«

Hermann und Peter traten aus der Kirche, gefolgt von den Wachen, die Rolf in Gewahrsam hatten.

»Ich kann ihn bestrafen«, sagte Peter zu Edgar. »Doch Onkel Hermann meint, dass ich dann fast alle Männer hier richten muss. Ich werde sie zu Sühnegeld verurteilen und ihnen durch den Priester eine Extrabuße auferlegen lassen. Doch das Wichtigste ist jetzt, dass sie helfen, Margaret zu finden.«

»Das ist sehr weise von Euch, Herr«, sagte Walter. »Genauso hätte ich auf meinem eigenen Grund und Boden gehandelt. Ihr habt wunderbare Selbstbeherrschung gezeigt.«

Peter war alt genug, um die Ironie herauszuhören. »Ich weiß«, sagte er. »Dies wäre nicht geschehen, wenn ich sie nicht um ein Stelldichein gebeten hätte. Ich verdiene auch eine Buße.«

»Unsere Suche sollte sich auf Andreas konzentrieren. Anscheinend hat er alle überredet, das Mädchen zu behelligen«, fügte Hermann hinzu. »Er bezeichnete sie als Jüdin und schlug ihnen dann vor, sich gleichfalls als *Milites Christi* zu betätigen und sie zur Annahme des rechten Glaubens zu zwingen. Man muss ihn aufspüren, bevor er noch andere leichtgläubige Dummköpfe zu Gewalttaten verleitet. Den Mann würde ich gern baumeln sehen.«

»Die Dörfler hätten nicht auf ihn zu hören brauchen«, sagte Edgar. »Wäret Ihr auch so versöhnlich gestimmt, wenn der

Mann vorgeschlagen hätte, Eure Felder abzubrennen und sie ihm darin gefolgt wären?«

»Ich weiß es nicht«, erwiderte Hermann. »Doch ich will immer noch den Anstifter aufhängen.«

»Mir geht es nur um Margaret«, sagte Edgar. »Meine Rache kann warten.«

»Edgar, darf ich das Maultier reiten?«, fragte Hubert. »Ich habe Catherine allein gelassen, und sie ist krank vor Sorge.«

»Sie weiß doch hoffentlich nichts davon, oder?«, fragte Edgar.

»Doch.«

»Ja, nimm das Maultier und spute dich«, sagte Edgar. »Sag ihr, es gibt noch Hoffnung. Sie soll sich ausruhen. Ich will nicht, dass sie noch ein Kind verliert.«

»Bei Jesu Blut!«, rief Hubert aus. »Schon wieder schwanger. Ihr sucht euch aber auch die ungünstigsten Zeiten aus. Sorge dich nicht, ich werde verhindern, dass sie sich an der Suche beteiligt. Immerhin muss sie sich um zwei Kinder kümmern.«

Als er fortritt, wandte sich Walter an Edgar.

»Sollte ich dich beglückwünschen?«, fragte er.

»Erst, nachdem es gesund zur Welt gekommen ist«, antwortete Edgar. »Und dann auch nur, wenn Margaret wieder bei uns ist. Nun, wie sollten wir diese Suche angehen?«

Als Vinta aus ihrer Kate trat, graute schon der Morgen. Sie schnupperte. Wieder ein schöner Tag. So Gott wollte, würde sich das Wetter bis zur Weinlese halten. Das arme Kind schlief jetzt, doch wegen der vielen Blessuren wälzte es sich unruhig hin und her, sodass ihr wohl auch die Rippen schmerzten, die die schrecklichen Männer gebrochen hatten. Vinta wusste, wo mehrere Weiden am Fluss standen. Ein Umschlag mit in heißes Wasser eingeweichter Weidenrinde würde ihr gut tun. Rolfs Frau würde wohl eines ihrer schönen Leinen aus der Wäsche entbehren können. Sollte sie dagegen protestieren, würde Vinta ihr genau erzählen, welche Verletzungen der Stiefel ihres Mannes dem Kind zugefügt hatte.

Sie nahm ein kleines Messer und ging zum Fluss hinunter. Dort waren viele Leute, Männer und Frauen, die offenbar das Ufer absuchten. Wonach, das konnte Vinta sich denken. Doch sie würde das Versteck des Mädchens nicht preisgeben. Diese Bösewichte würden ihr übles Werk nicht vollenden.

Sie schnitt Borkenstreifen von einem jungen Bäumchen und brummelte als Antwort, wenn man ihr im Vorübergehen Fragen stellte. Niemand kümmerte sich um sie. Es war ja nur die alte Vinta, ohne Ehemann, ohne Kinder, etwas dumm, aber harmlos. Vor Jahren hatte es einen Skandal um sie gegeben, niemand erinnerte sich, was für einen. Nun war sie eine zahnlose Alte, immer noch rüstig genug, um ihre Wäsche zu waschen, und mit einer Begabung für die Zubereitung kleiner Mittelchen, um ihnen zu helfen, ihre Sünden zu verbergen.

Vinta hasste sie alle.

Als sie zur Hütte zurückkam, war das Kind wach und fieberte. Die Worte des Mädchens waren ein Gemisch aus Deutsch und etwas Unbekanntem. Vinta bemühte sich hinzuhören, ob es sich vielleicht um hebräische Zaubersprüche handelte. Alle wussten ja, dass von hebräischen Worten ein mächtiger Zauber ausging. Sie ging hinaus und warf die Weidenrinde in den Kessel.

»Nun«, sagte sie zu Margaret, als sie zurückkam. »Noch ein paar Stunden, dann mache ich dir den Umschlag. Er wird dir die Schmerzen aus den Gliedern ziehen und das Fieber senken. Dann versuche ich, dich heimzuschaffen, falls du ein

Daheim hast. Falls nicht, mein Schätzchen, gelobe ich dir, dass du bei mir eins findest.«

Hubert hatte für Catherine die Nachricht sorgfältig formuliert, dass noch viel Raum für Zuversicht blieb.

»Edgar sagt, du sollst ruhen und dich nicht zu sehr aufregen«, schloss er.

»Du weißt, dass ich das nicht kann«, sagte Catherine. »Aber ich werde Kamille in Wein ziehen lassen und sehen, ob ich ein Hühnchen finde, um Suppe zu kochen. Edgar und Walter werden hungrig zurückkehren, und falls Margaret krank ist, wird ihr Brühe gut tun.«

Hubert ließ sie gewähren, da er wusste, wie sehr ihre Hilflosigkeit sie verstimmte. Er nahm es auf sich, seine Enkelkinder zu amüsieren, obwohl es schwer war, sie abzulenken, als sie sich nach Margarets Verbleib erkundigten.

Es war fast dunkel, als Walter Edgar zurückbrachte, so müde, dass Walter einen Arm um den Freund legen musste, damit er nicht vom Pferd fiel.

»Wir haben sie nicht gefunden«, sagte Walter. »Keine Spur von einem frischen Grab. Seltsam, ich beginne zu glauben, dass sie vielleicht noch lebt. Edgar und ich brauchen ein wenig Schlaf, aber im Morgengrauen suchen wir weiter. Die Nacht ist warm und trocken. Vielleicht hält sie sich irgendwo versteckt und hat Angst, dass die Männer wieder zurückkommen.«

»Sie haben sie übel zugerichtet, nicht wahr?«, fragte Catherine ruhig.

Walter konnte nicht lügen. »Der Beschreibung nach ja, fürchte ich.«

Catherine schwieg. Ein Blick auf Edgar sagte ihr, dass er sich schon jede schreckliche Möglichkeit immer wieder ausgemalt hatte. Sie versuchte, nicht daran zu denken, wie ihre kleine Schwägerin besinnungslos in den Wäldern lag, Wölfen und anderen wilden Tieren ausgeliefert.

Der folgende Tag war ein Sonntag, und Catherine ging zur Messe im Dom, nachdem Edgar und Walter die Suche wieder aufgenommen hatten. Sie wunderte sich über die vielen Menschen, die ihr zunickten oder ihr kleine Geschenke zusteckten. Eine Frau hatte eine Tochter bei sich, die im selben Alter wie Margaret war. Sie schenkte Catherine ein Kreuz aus Perlen, dann legte sie schützend den Arm um das Mädchen und trat mit ihr den Heimweg an.

Auch Catherine ging heim und legte die Gaben auf den Tisch.

»Das verstehe ich nicht, Vater«, sagte sie. »Edgar sagt, dass viele der Männer, die Margaret überfielen, jetzt bei der Suche helfen. Und die Leute aus der Stadt haben uns vor einiger Zeit mit Gemüse beworfen. Wie können ein und dieselben Menschen denn so grausam und so fürsorglich sein?«

»Das fragst du mich?«, erwiderte er. »Du bist alt genug, um zu wissen, dass ich keine Antwort darauf weiß, besonders nicht, wenn ich versuche, die menschliche Seele zu begreifen. Ich kenne nicht einmal die geheimsten Winkel meiner eigenen Seele.«

Sie richteten sich auf einen weiteren Tag des Wartens ein, obwohl Catherine jedes Mal ans Fenster sprang, wenn sie Pferdegetrappel hörte. Am Nachmittag hörte man auf dem Kopfsteinpflaster Hufschläge, die unmittelbar vor ihrem Haus abbrachen.

»Vater!«, rief Catherine. »Das ist Solomon!«

Sie stieß die Tür auf und warf sich in Solomons Arme.

»Ich bin sofort gekommen, als ich die Nachricht bekam«, sagte er. »Ich wusste ja nicht, dass es dich so mitnehmen würde.«

»Wieso denn nicht? Aber ich verstehe nicht, wie du so

schnell hier sein kannst. Sie ist doch erst seit zwei Tagen vermisst.«

»Vermisst?«, sagte Solomon. »Wer denn? Ich bin losgeritten, als ich von dem Mord an Simon erfuhr und um Onkel Hubert Neuigkeiten aus Troyes zu bringen.«

Neunzehntes Kapitel

Trier, Sonntagabend, Tag 8 vor den Kalenden des Septembers (25. August) 1146; 14. Elul 4906. Vierzehnter Sonntag nach Pfingsten und Tag der heiligen Hundegunde, welche ihren Bräutigam vor der Hochzeit zu einer Wallfahrt nach Rom überredete, um dort statt seiner den Schleier zu nehmen.

Com ut of an hurne hibendliche towart hire un unwiht
of helle an dracon liche...
Thet milde meiden Margaret grap thet grisliche thing...
hef him up + duste him dunriht to ther eorthe ant sette
hir riht-fot on his ruhe swire.

Aus einer Ecke stürzte sich eine Ausgeburt der Hölle
in Gestalt eines Drachens auf sie...

Margaret, die sanfte Maid, ergriff das grausliche Ding,
hob es hoch, schmetterte es zu Boden und setzte den
rechten Fuß auf seinen rauen Nacken.

Altenglische Version des Lebens der heiligen Margarete von Antiochia

Ich muss sie suchen gehen«, sagte Solomon sofort.

»Nein, bitte bleibe bei uns.« Catherine hielt ihn an den Händen. »Edgar und Walter kommen zurück, wenn es dunkel wird, und halb Trier ist auch schon auf der Suche. Sie brauchen dich nicht, aber ich.«

»Du solltest hierbleiben, Solomon, nach deinem tagelangen Ritt«, fügte Hubert hinzu. »Du musst erschöpft sein und brauchst ein Bad. Vielleicht hat man sie inzwischen gefunden, und du willst doch sicher nicht wie ein toter Gaul riechen, wenn du Margaret begrüßt.«

Solomon gab widerstrebend zu, dass ihm ein Bad und ein paar Stunden Schlaf nicht schaden würden.

»Ich bringe dich zum Badehaus«, sagte Hubert. »Gegen einen kleinen Aufschlag können wir separate Zuber mit Vorhängen bekommen. Erzähl mir doch, was es Neues in Troyes gibt, während Catherine sich um das Essen kümmert. Sind Eliazar und Johanna wohlauf?«

»Als ich sie verließ, waren sie gesund. In der Stadt ist alles friedlich, aber der Rabbenu Tam in Ramerupt wurde kürzlich in seinem Haus überfallen.«

»Was ist geschehen?« Hubert beugte sich vor. »Hat er es überlebt?«

»Ja, aber er ist jetzt nach Troyes gezogen«, sagte Solomon.

»Eine Schar von Kreuzträgern brach bei ihm ein, als er ganz allein über seinen Forschungen saß. Vor seinen Augen zerrissen sie alle seine Bücher und die Thora in kleine Fetzen und schleiften ihn dann auf ein Feld bei seinem Haus. Zuerst wollten sie ihn zum Glaubensübertritt überreden, doch er konnte alle ihre Argumente zerpflücken, sodass sie ihn schlugen und ihn fünfmal in den Kopf schnitten, für die fünf Male ihres Erlösers, wie sie sagten.«

»Wie ist er denn entkommen?«, fragte Hubert entsetzt.

»Ein Ritter von einem benachbarten Gut kam vorbei, und Jacob rief ihn um Hilfe an«, fuhr Solomon fort. »Der Ritter kannte ihn und wollte nach dem Rechten sehen. Der Rabbenu versprach ihm ein Schlachtross, falls er seine Angreifer vertreiben würde. Der Ritter willigte ein und schlug sie in die Flucht.«

»Wurde noch jemand anderem übel mitgespielt?«

»Nein«, sagte Solomon. »Angeblich wählte sein Peiniger, dieser *Mesfée,* den Rabbenu bewusst deshalb aus, weil er der weiseste und gelehrteste Jude und das Oberhaupt der Juden in der Champagne ist.«

Hubert zog die Brauen hoch. »Hat Rabbenu Tam dir das selbst gesagt? Nun, er hat das ja lange genug von sich behauptet. Dennoch hätte ich ihm nicht gewünscht, dass seine Prahlerei auf solch bittere Weise auf ihn zurückfällt. Sonst gab es aber keine Zwischenfälle?«

»Graf Thibault hat sein Hoheitsgebiet fest unter Kontrolle«, erklärte Solomon. »Die meisten seiner Vasallen wissen, dass Verfolgungen geahndet werden.«

»Walte Gott, dass das so bleibt«, sagte Hubert.

Solomon nahm den Becher, den Catherine ihm hinhielt, und leerte ihn, ohne zu merken, was es war.

»Nun bringe mich zu den Thermen«, bat er. »Dann lasst mich schlafen, aber nur ein Weilchen. Wenn ich nichts für

Margaret tun kann, sollte ich Mina einen Kondolenzbesuch abstatten. Doch wenn man Margaret nicht bald findet, suche ich sie selbst und komme ohne sie nicht wieder.«

Catherine trat gerade mit dem Tablett ein und schnappte den letzten Satz noch auf. Zum ersten Mal seit Tagen lächelte sie.

»Das glaube ich gern«, sagte sie. »Ach, Solomon, ich bin ja so froh, dass du gekommen bist. Was auch immer geschieht, jetzt kann es die ganze Familie gemeinsam durchstehen.«

Als Hermann in die Burg zurückkehrte, ging er als Erstes in den Trockenraum, wo er Agnes zusammengerollt und fest schlafend in einer Ecke fand. Er versuchte, sie sanft zu wecken, aber schon bei leisester Berührung schrie sie vor Angst laut auf.

»Pssst!« Er legte den Zeigefinger an den Mund.

Es dauerte einen Augenblick, bevor sich ihre Augen an die Dunkelheit gewöhnten, aber dann lächelte sie ihn schlaftrunken an und so vertrauensvoll, dass er sich danach sehnte, sie sofort in sein Bett zu tragen. Stattdessen hielt er ihr die Tunika hin, mit der sie sich zugedeckt hatte.

»Zieh sie wieder an«, sagte er. »Ich muss dich wieder nach oben bringen, aber ich verspreche, dass ich die Türen nicht mehr verriegele.«

Er wünschte, sie könnte alles, was er sagte, verstehen, aber stattdessen schien sie alles zu wissen, was er sagen wollte.

»Du lässt nicht zu, dass man mir etwas tut.« Sie legte ihre Hand in die seine.

Als sie die Treppe hinaufgingen, kam ihnen Maria entgegen.

»Warum ist sie draußen?«, fragte sie voller Argwohn.

»Ich bin aus dem Dorf zurückgekommen und dachte mir, dass Agnes gern im Garten lustwandeln würde«, sagte

Hermann. Das klang zwar unwahrscheinlich, aber etwas Besseres fiel ihm nicht ein. »Ich hörte sie in ihrem Zimmer herumgehen und wusste daher, dass sie noch wach war.«

Zum Glück gab sich Maria damit zufrieden.

»Habt ihr Margaret gefunden?«, fragte sie.

»Nein, und Peter kommt vorher nicht wieder nach Hause«, antwortete Hermann. »Er hat mich zurückgeschickt, damit ich mich ausruhe und dafür sorge, dass sich die Vorbereitungen für die Weinlese nicht verzögern.« Er lächelte wehmütig. »Es ist nicht zu fassen: Er sagte mir, was ich tun soll. Nicht grob, aber mit Nachdruck. Gerhardt wäre stolz auf ihn.«

»Ja«, sagte Maria und warf einen viel sagenden Blick auf Agnes. »Dein toter, ungerächter Bruder würde sich über seinen Sohn freuen. Was würde er von dir und dieser Kebse halten?«

Agnes brannte unter ihrem sengenden Blick lichterloh. Es fiel ihr nicht schwer, sich die Worte vorzustellen, die Maria dazu sprach: Hermann reckte sich und funkelte seine Schwester böse an.

»Sicher würde Gerhardt auch wissen, dass ich alles tue, was ich kann, um sein Anwesen zu schützen«, sagte er. »Und bis wir eine andere Antwort finden, bleibt die Verdächtige meine Gefangene.«

»Ach ja?«, sagte Maria. »Für mich stellt sich das aber genau andersherum dar.«

Sie ging weiter hinunter in den Saal, wo sie auf Folmar traf.

»Ich kann's nicht fassen«, jammerte sie. »Unser Bruder ist erst wenige Monate unter der Erde, und Hermann freit um seine Mörderin.«

Folmar seufzte: »Maria, ist es für dich wirklich unvorstellbar, dass Gerhardt eventuell auch an einer Krankheit oder durch einen Unfall starb? Agnes gewinnt nichts durch seinen Tod. Ihre Familie hätte schon längst Sühnegeld gezahlt, um sie frei zu bekommen, hätte sie nicht so auf den Beweis ihrer Unschuld gepocht. Hermann hält sie nicht für schuldig, und ich übrigens auch nicht.«

»Aber wenn sie es nicht war, wer dann?«, hielt ihm Maria entgegen. »Keine Krankheit löst solche plötzlichen Krämpfe aus, und wenn es ein Unfall war, wieso haben wir dann die Ursache nicht entdeckt? Ihr Männer lasst euch durch ein hübsches Äußeres blenden. Ginge es nach mir, so würde sie jetzt in einem Kloster für ihre Sünde bitter büßen. Oder ein Gottesurteil hätte die Wahrheit an den Tag gebracht.«

»Ja, meine Liebe, ich weiß«, sagte Folmar traurig. »Aber es ging nun mal nicht nach dir. Inzwischen haben wir auch ihre Familie kennen gelernt, die von höherer Geburt ist als wir. Nun scheint es, als ob das hübsche Kind bestraft wird, das überhaupt nichts getan hat.«

Maria schloss die Augen und presste eine Hand an die Stirn. »Folmar, das kann so nicht weitergehen. Ich schlafe schlecht; ich kann nicht essen. Gerhardt kann erst in Frieden ruhen, wenn wir die Todesursache kennen.«

Ihr Mann streckte die Arme nach ihr aus und ließ sie wieder sinken. »Ja, Maria«, sagte er. »Ich bin zu demselben Schluss gekommen. Wir müssen eine Erklärung für seinen Tod finden.«

Solomon hatte Mina trösten wollen, doch stattdessen musste sie ihn schließlich trösten.

»Es tut mir Leid«, sagte er und wischte sich die Augen. »Ich trauere so um dich und Simon. Er wird mir bis an mein Lebensende fehlen. Aber dass Margaret gejagt und vielleicht auch getötet wurde, weil sie mit uns zusammen gesehen wurde! Es ist mehr, als ich ertragen kann. Mina, ich habe ihrer sterbenden Mutter geschworen, dass ich immer auf Margaret aufpassen würde. Ich konnte Adalisa nicht retten, und jetzt habe ich ihre Tochter doch nicht schützen können. Ich war nicht einmal hier, um mit Simon zu sterben.«

»Um wen trauerst du denn, Solomon?«, fragte Mina. »Um die beiden oder um dich selbst?«

Solomon sah Mina vor sich, kummerverzehrt, mit dunklen Schatten unter den Augen. Doch sein Schmerz ging ihr anscheinend noch näher als der eigene.

»Ich bin wütend auf mich selbst«, sagte er. »Auf meine eigene Feigheit. Ich hasse die uns aufgezwungene Lebensweise und verachte die Leute, mit denen ich reise. Es macht mich krank, mit Männern Handel zu treiben, die mich gern tot sähen, und zu wissen, dass liebenswerte, unschuldige Menschen brutal hingemetzelt werden. Und dennoch gibt es nichts, womit ich es verhindern könnte!«

Er legte das Haupt auf den Tisch und schluchzte, schlug mehrmals mit der Faust auf.

Mina wartete das Ende des Ausbruchs ab. Dann strich sie ihm sanft über die dunklen Locken.

»Ach so«, sagte sie. »Armer Solomon. Du ekelst dich vor dir selbst, weil du nicht der Allmächtige bist und die Welt nicht verbessern kannst. Wie schrecklich, das zu entdecken! Du bist am Ende doch nur ein Mensch.«

Solomon öffnete ein Auge. Sie lächelte ihn verständnisvoll an, und ihr Gesicht war tränenüberströmt.

»Ich will es einfach nicht wahrhaben, Mina.« Er lächelte wehmütig. »Ich wollte immer etwas Besseres sein. Aber du hast Recht. Gibt es denn etwas, das ich für dich und die Kinder tun kann, auch mit meinen bescheidenen Fähigkeiten und meiner Unvollkommenheit?«

»Ja, das kannst du«, sagte sie. »Simon sollte Ascher zu seinem ersten Tag im *Cheder* bringen. Ich glaube, sie würden es beide gern sehen, wenn du seine Stelle einnähmst.«

Solomon stand auf und beugte sich über sie, um sie auf beide Wangen zu küssen.

»Es wird mir eine Ehre sein«, sagte er.

Vintas Sorge wuchs. Der Umschlag aus Weidenrinde hatte zwar das Fieber gesenkt, und die Unruhe hatte sich gelegt, aber das Mädchen war immer noch nicht bei klarem Verstand. Vinta versuchte, mit ihm zu sprechen, doch das Kind sah sie nur mit leerem Blick an und wandte den Kopf ab, nicht ein Fünkchen des Verstehens glomm auf. Ob sie durch die Prügel Schaden an ihrem Geist genommen hatte?

Nun, da das Kind wach war, musste es essen, aber Vinta konnte dafür kein Interesse bei ihm wecken.

»Nun, *Friedel*«, bettelte sie. »Ich habe gehört, dass dein Volk sich für christliche Speisen zu gut ist, darum habe ich keine von den Sachen, welche ihr esst. Probiere dies. Ich habe es extra für dich angerichtet, schöner Brei mit ein wenig Honig.«

Sie hielt dem Mädchen den Becher an den Mund, doch der Brei floss wieder heraus und rann ihm übers Kinn. Vinta schnalzte mit der Zunge.

Mehr Erfolg hatte sie mit Molke, die sie dem Mädchen durch ein Stück Schilfrohr einflößte. Doch es reichte nicht, um sie am Leben zu erhalten.

Seufzend fuhr sich Vinta durch das schüttere Haar.

»Ich kann dich doch nicht sterben lassen, Mädchen«, verkündete sie. »Dann werden jene Schurken nicht zur Rechenschaft gezogen. Wir können sie nicht ungeschoren davonkommen lassen. Ich wickele dich jetzt ein und lasse einen Becher auf dem Fußboden stehen, falls du doch noch trinken willst. Ich komme so schnell ich kann zurück, aber ich muss die Deinen suchen. Vielleicht können sie dich kurieren. Ich habe alles getan, was in meiner Macht steht.«

Sie legte ein zerrissenes Kopfband an, nahm ihren Stock und machte sich auf den Weg nach Trier.

In der Hütte lag Margaret und starrte stumm ins Leere.

Catherine hielt das Warten nicht aus. Sie drehte im Garten eine Runde nach der anderen, als müsse sie Wache schieben. Hubert wurde schwindelig nur vom Zusehen.

»Ich hüte die Kleinen«, sagte er endlich, »wenn du dich mit Solomon an der Suche beteiligen möchtest. Dein Kummer ist schlimmer für dich, als jede Beschäftigung es sein könnte.«

Catherine blieb stehen. »Danke, Vater. Du solltest wissen, dass ich schon längst gegangen wäre, wenn ich nur an mich denken müsste. Gerade jetzt will ich aber James und Edana nicht aus den Augen lassen. So sehr ich etwas tun möchte, um zu helfen, kann ich sie nicht zurücklassen, nicht einmal in deiner Obhut. Ich will nicht, dass sie aus ihrer Familie gerissen werden so wie du.«

Sie nahm ihre Runden wieder auf, etwas durch Edana behindert, die sich an Mutters Röcken festhielt, und James, der in eigener Mission um sie herumsauste. Hubert sah erstaunt zu. Was war aus seiner eigensinnigen Tochter geworden? Durch Ehe und Mutterschaft hatte sie sich offenbar eine Besonnenheit erworben, deren er sie nie für fähig gehalten hatte.

Catherines Ausgeglichenheit beschränkte sich jedoch auf die Hingabe an ihre Kinder. Obwohl sie mit dem Körper bei ihnen blieb, schweifte ihr Geist frei umher, um ihn nicht wegen Margaret zermürben zu müssen; mit grimmiger Entschlossenheit sammelte er alle einzelnen Wissensfetzen, welche bis dato über Gerhardt bekannt waren.

Sie wusste, dass einige Teilchen fehlten. Doch nicht mehr

so viele wie zuvor, und langsam entstand daraus ein Bild. Sie zählte an den Fingern ab, welche Fakten sie bereits hatten.

Gerhardt hatte ein Keuschheitsgelübde abgelegt.

Er aß weder Fleisch, Käse noch Eier. Doch anders als die meisten Asketen trank er Wein. Vielleicht weil es sein eigener war, doch vielleicht hatte man ihm den nicht verboten.

Er gab Almosen, aber unmittelbar an die Armen, statt auf dem Umweg über sein Familienkloster.

Schließlich gab es das Haus, das er in Köln gekauft und einer Gruppe geschenkt hatte, deren Mitglieder sich »die Armen Christi« nannten und von einer Frau geleitet wurden.

Für sich genommen, bedeuteten die Dinge nichts. Viele Büßer gingen in ihren Fastengewohnheiten ins Extrem. Auf den Straßen wimmelte es von *»pauperes Christi«*, manche trachteten nach dem Himmelreich, manche hofften nur auf ein besseres Leben. Aber alles zusammen erinnerte Catherine an etwas, was sie schon einmal gehört hatte. Es war ein neuer Ketzerglaube oder ein sehr alter, je nachdem, mit wem man sprach. Er hatte irgendwo im Osten seinen Anfang genommen; Gerüchte von seiner Ausbreitung gingen in den letzten paar Jahren um. Seine Anhänger lehnten alles Leiblich-Weltliche ab und glaubten, dass auch Jesus ein Geist ohne Körper gewesen sei, welcher Menschengestalt angenommen hatte. Außerdem hielten sie die Hierarchie der Kirche für korrupt und fühlten sich nur ihren eigenen Priestern und Bischöfen verantwortlich, unter denen auch Frauen waren.

Tatsächlich verspürte Catherine eine gewisse Neigung, ihren Lehren in vielen Punkten zuzustimmen, nach allem, was sie darüber gehört hatte. Vieles ging offenbar auf die Zeit der Apostel zurück, als alle einfach lebten und nicht an Wohlstand dachten.

Doch Sakramente abzulehnen, besonders die Kindtaufe,

ging zu weit. Schließlich fand Catherine großen Trost in dem Wissen, dass ihr tot geborenenes Kind sicher im Himmel war.

Allerdings ging es hier nicht um ihren eigenen Glauben, sondern um Gerhardts. Hatte er diese Lehren angenommen? Falls ja, wäre das allein schon ein Grund, um ihm den Tod zu wünschen – eigentlich für viele Menschen.

Doch dies war reine Spekulation. Sie hatten keinerlei Beweise, dass Gerhardt ein Ketzer war, und noch weniger, dass jemand davon wusste. Fände sie doch nur noch ein bisschen mehr!

»Mama! James hat mich gehauen!« Edana riss Catherine aus ihren Gedanken und zwang sie, wieder in die Mutterrolle zu schlüpfen.

Vinta humpelte am Straßenrand entlang und nahm sich in Acht vor Reitern oder Wagen, die sich einen Spaß draus machen könnten, sie in die Disteln befördern. Sie bemerkte den Mann, der ihr aus der Stadt entgegenkam, lange bevor jener Notiz von ihr nahm.

Er war schon fast an ihr vorbei, als sie ihm zurief: »He, Mann! Warte!«

Solomon sah eine gebückte Vettel mit zotteligem Haar und nur wenigen Zähnen vor sich, das Gesicht von unzähligen Runzeln durchzogen. Falls er sie schon einmal gesehen haben sollte, dann in einem Albtraum.

Dennoch hatte Johanna ihn zur Höflichkeit erzogen. Er verbeugte sich und grüßte sie.

»Was kann ich für dich tun?«, fragte er.

»Das weiß ich noch nicht«, antwortete sie und musterte ihn. »Du bist dunkel genug für so einen, hast auch so einen Bart, aber man kann ja nie wissen. Bist du ein Jude?«

Solomon reagierte überrascht. »Warum fragst du?«

»Wenn du einer bist, hab ich was für dich.«

»Und was könnte das sein?«, fragte Solomon, sprungbereit, falls sie ihn mit ihrem Stock verprügeln wollte.

Vinta schüttelte den Kopf. »Das kann ich dir nur sagen, wenn ich's sicher weiß.«

»Was soll ich denn tun, Alte?« Die Situation fing an, ihn zu belustigen. »Etwa hier auf der Straße meine *Bruchen* herunterlassen?«

Vinta dachte nach. Sie hatte seit Jahren keinen schönen großen *Ocker* mehr gesehen, aber sie wusste, dass er diesen Wunsch falsch auffassen würde. Es gab keine Zeit zu verlieren.

»Ich habe etwas, das den Deinen gehört«, sagte sie. »In meiner Kate. Komm mit, dann gebe ich es dir. Das heißt, wenn du es an die zurückgibst, welchen es gehört.«

»In deine Hütte?«, fragte er und wandte sich zum Gehen. »Es tut mir Leid, aber ich muss wirklich weiter. Vielleicht kann ich später mit meinen Freunden vorbeikommen.«

Daraufhin erhob Vinta zitternd den Stock gegen ihn. »Ihr seid alle gleich, Juden oder Christen! Es gab eine Zeit, da wäret ihr Lumpenpack durch Jauchegruben gekrochen, um meine Hütte zu besuchen! Ich meine es gut und ernte nur Spott. Nun gut, geh und lasse dich mit deinen Freunden voll laufen. Ich humpele nach Trier und suche ihre Familie selbst.«

»Halt!« Solomon nahm ihren Arm. »Verzeih mir, gute Frau. Ich suche nach einem Kind, einem Mädchen. Vielleicht ist es schwer verletzt. Weißt du etwa, wo es ist?«

»Mag sein.« Vinta taxierte ihn vom Scheitel bis zur Sohle. »Was bedeutet sie dir? Es gibt wohl auch welche, die ihr noch übler mitspielen würden, fürchte ich. Damit sie nicht verraten kann, wer ihr das angetan hat.«

»Was sie mir bedeutet?« Die Antwort traf Solomon wie ein

Erdrutsch. »Die ganze Welt bedeutet sie mir, Sonne, Mond und Sterne und alles, was mir von der Frau blieb, welche ich von Herzen liebte. Bitte, bringt mich zu ihr. Ich flehe Euch an, liebe Dame.«

Vinta reichte ihm ihren Arm.

»Nun, so ist's recht, so soll man mich anreden.«

Hermann fühlte sich, als hätte man ihn in einen reißenden Strom geworfen. Er versuchte sich einzureden, dass Agnes ihn nur ausnutze, um frei zu kommen. Wie konnte sie etwas für ihn empfinden, nachdem er sie so lange gefangen gehalten hatte? Sie konnten sich ja nicht einmal richtig unterhalten. Und die ganze Zeit versuchte er zu verstehen, was zwischen ihnen vorgefallen war. Gleichzeitig musste er mit Edgar, Walter und Peter Schritt halten, während sie fieberhaft jedes Haus, jede Hütte, Scheune, Mühle, Küche, jeden Getreidespeicher und Taubenschlag nach Margaret absuchten.

»Ich glaube nicht, dass man sie im Dorf versteckt hält«, sagte er. Alle waren mit Vogelkot beschmiert, denn sie hatten eine Schar Hühner aufgescheucht, um hinter den Nestern nachzusehen. »Alle wollen helfen, selbst die Mittäter. Alles, um euch davon abzuhalten, die Wintervorräte zu vernichten.«

Edgar spuckte etwas Ekeliges aus und langte nach dem Wasserschlauch.

»Wenn sie wirklich schwer verletzt war, wie sie sagen, kann sie nicht weit gekommen sein«, sagte er. »Es sei denn, jemand trug sie. Entweder ist sie im Dorf, oder einer von Euren Leuten sagt nicht alles, was er weiß. Nun, wo sehen wir als Nächstes nach?«

Walter lehnte sich an einen Gartenzaun, der unter ihm ächzte.

»Edgar, wir haben alles auf den Kopf gestellt«, sagte er. »Wir waren gründlicher als die Steuereintreiber. Sie ist nicht hier.«

»Sie muss hier sein, Walter. Ohne sie kehre ich nicht nach Hause zurück.«

»Edgar, denk auch an den Jungen«, erwiderte Walter. »Er hat seit fast zwei Tagen nicht geschlafen. Er gibt sich die Schuld.«

»Gut«, sagte Edgar, »ich nämlich auch!«

Peter brauchte dafür keine Übersetzung. Niedergeschlagen saß er auf dem Boden und fragte sich, ob wohl irgendjemand daran Anstoß nehmen würde, wenn er sich bei Walter als Knappe verdingen und in Edessa fallen würde. Es deuchte ihn die einzige Art der Buße.

Teilnahmslos sah er zu, wie die alte Vinta über die Felder zwischen den Reben humpelte und sich ab und zu mit dem Stock den Weg frei schlug. Solange er oder sonst jemand zurückdenken konnte, hauste sie schon am Rand des Dorfes. Es gab eine Geschichte über sie. Einen Skandal, so alt wie sie selbst, aber er hatte nie gewusst, was für einen. Warum sie es wohl so eilig haben mochte?

Auch Walter beobachtete sie.

»Wer ist diese Frau?«, fragte er. »Ich erinnere mich nicht, bei ihr gesucht zu haben.«

»Sie wäscht für die Kirche und die Burg«, sagte Hermann. Ich glaube, sie hat keinen Platz, um irgendetwas zu verstecken.«

Vinta ließ ihnen keine Zeit, Fragen zu stellen. Sie kam direkt auf Peter zu und verneigte sich.

»Ihr seid wohl der junge Herr«, sagte sie. »Ihr seht genau wie Euer Großvater aus.«

Peter nickte.

»Ich weiß nicht, ob es recht war, ihn mit ihr allein zu lassen«, fuhr sie fort. »Er sagte, er ist mit ihr verwandt, aber ich habe keine Beweise. Ich meine, er hat mir nicht mal seinen *Ocker* gezeigt.«

»Nein?« Peter warf Walter einen Hilfe suchenden Blick zu.

»Nein! Wie kann ich da sicher sein?«, fuhr Vinta fort. »Aber er schien sie zu kennen und war sehr sanft. Er schickt mich, seinen Bruder zu suchen, der heißt Edgar oder so. Komischer Name.«

»Edgar!«, sagten Peter und Walter wie aus einem Mund.

»Wir haben sie gefunden!«, rief Peter und brach in Tränen aus.

Edgar wandte sich an Walter, wagte nicht zu hoffen.

»Es muss Margaret sein«, sagte Walter. »Aber ich weiß nicht, wer der Mann sein könnte.«

»Hubert?«, mutmaßte Edgar und rannte hinter Peter her, der schon die Richtung von Vintas Hütte eingeschlagen hatte.

»Einerlei!«, rief Walter zurück. »Wir kümmern uns um ihn, wenn wir da sind.«

Doch der Gedanke, ein Fremder könnte sie wieder verschwinden lassen, spornte sie alle an.

Hermann sah sie rennen und befand, dass jemand Agnes die gute Nachricht überbringen sollte. Mit dieser Aufgabe betraute er sich selbst.

Solomon hatte Vinta nur zum Teil deshalb weggeschickt, weil er Edgar informieren wollte. Die Alte sollte nicht dabei sein, wenn Margaret erwachte und ihn nicht erkannte. Sie war schon einmal in diesem Zustand gewesen, und er hatte sie aus diesem Albtraum befreien können, aber ein zweites Mal wäre das vielleicht nicht möglich. Er kniete bei ihr und streichelte ihre Wange, ließ den Finger über die Schnittwunde unter ihrem Auge kreisen. Einen weiteren Schnitt hatte sie an der Schläfe; die Nase war geschwollen, wenn nicht gebrochen. Er hatte Angst vor der Entdeckung, was man ihr sonst noch angetan hatte.

»Margaret, *cossete,* meine Liebe, kannst du mich hören?«, sagte er leise. »O Adalisa, hoffentlich weißt du nicht, wie schlecht ich auf deine Tochter Acht gegeben habe!«

Sie wachte nicht auf, drehte sich aber auf die Seite. Dabei fiel ihre Hand auf seine und ihre Finger umklammerten seinen Daumen. Solomon rührte sich nicht. Als Edgar in die Hütte kam, fand er die beiden so vor. Solomon hockte da in verrenkter Stellung, damit sie ihren Griff nicht wieder lockerte.

Da Margaret jetzt gefunden war, schickte Edgar Peter zum Schlafen nach Hause. Im Augenblick konnte er nichts weiter tun. Als Peter widerstrebend abgezogen war, lief Edgar zu Catherine und Hubert, während Walter Margaret vor sich auf dem Pferd in den Armen hielt und Solomon nebenher ging, um Acht zu geben, dass sie nicht durchgerüttelt wurde.

Vinta sah ihnen nach. Sie hatten ihr kaum gedankt. So waren die Männer, wie sie nur zu gut wusste. Sie kniete neben dem Strohsack und sammelte die Decken ein, um sie zu waschen.

Peter empfand weder Hunger noch Erschöpfung, als er den Berg hinaufrannte, um die Kunde zu verbreiten. Er winkte und schrie allen zu, die er sah. So manch einer bekreuzigte sich und gelobte, den Heiligen aus Dankbarkeit eine Kerze zu stiften, weil nun kein Mord auf seiner Seele lastete.

Maria sah ihn vom Tor aus und erriet die Neuigkeit. Sie ordnete rasch ein Bad und Essen für ihn an.

Sie empfing ihn an der Tür und wurde mit einer dreckigen Umarmung belohnt.

»Tante, ich habe keine Zeit für ein Bad«, sagte Peter und schnappte sich ein Stück Brot. »Lasst ein Pferd für mich satteln. Ich reite zu dem Haus in Trier, damit ich in der Nähe bin, wenn sie etwas braucht.«

Er nahm jeweils zwei oder drei Stufen auf einmal und stieß in der Biegung gegen die Steinwand. Er begab sich direkt in sein Zimmer, zog seine beste Tunika, Hosen und Hemd heraus, mit Beinlingen, welche zur Tunika passten. Allerdings ruinierte er alles, indem er es zusammen in einen Beutel stopfte. Dann wühlte er in einer Kiste, die sein Vater unter dem Bett aufbewahrt hatte.

»Ach, da ist es ja«, sagte er endlich. »Das wird hilfreich sein.«

Er steckte den Steinkrug auch noch in den Beutel und zog die Kordel zu. Er biss noch einmal vom Brot ab und hastete wieder hinunter.

»Schick mir ein Fass vom Vorjahreswein vom St.-Agathen-Feld hinterher«, sagte er zu Maria. »Ihr und Onkel Folmar könnt natürlich auch kommen, wenn Ihr möchtet.«

Sein Pferd war eilends für ihn gesattelt worden. Peter prüfte den Gurt, schwang sich hinauf und galoppierte davon.

»Was war das?«, fragte Folmar, der hinter seine Frau getreten war.

»Unser Neffe«, erwiderte sie. »Ich kann nicht glauben, wie dieses Mädchen ihn verändert hat.«

»Es ist nur die erste Verliebtheit«, sagte Folmar. »Die gibt sich wieder.«

Maria sah ihn forschend an.

»Ja, dessen bin ich mir sicher«, sagte sie traurig.

Der Staub, den Peters Pferd aufwirbelte, als er in die Hauptstraße abbog, rieselte sanft auf die Gestalt eines einsamen Mannes, der im Schneidersitz vor seinem Zelt saß. Das Kreuz auf seiner Tunika war dreckverschmiert, aber das auf seinem Schild hatte er blank poliert. Es verkündete allen, dass er weder Bettler noch Räuber war, sondern ein Soldat Christi in Ausübung seiner Pflicht.

Unterdessen hatten sich die meisten Einheimischen an Jehans Anblick gewöhnt. Die Meinungen über ihn waren geteilt. Manche Leute brachten ihm Essen oder schenkten ihm kleine Beträge. Andere spotteten über seine Hingabe, beschimpften ihn wüst oder bewarfen ihn mit Pferdeäpfeln. Vertrautheit hatte den früheren Verdacht aufgelöst, dass er in Gerhardts Tod verwickelt war. Nun war er nur eine weitere Merkwürdigkeit in der Gemeinde.

Er hatte sich die Zeit damit vertrieben, sich in der Schwertkunst zu üben. Dazu hatte er eine provisorische Strohpuppe an einen Ast gehängt. Die Dorfjugend fand das unendlich unterhaltsam. Meist sahen ihm drei oder vier aus sicherer Entfernung zu. Er sagte sich, dass er auf den Augenblick vorbereitet sein müsse, wenn Agnes zur Vernunft käme. Dann würde er für sie im Zweikampf streiten oder sich an ihrer statt dem Gottesurteil unterwerfen.

Die Wochen vergingen allerdings, ohne dass sie ihn zu sich bestellte. Sie schickte nicht einmal eine Botschaft. Niemand erlaubte ihm, sie zu sehen, und Jehan begann zu argwöhnen, dass er sich für eine Frau zum Narren machte, welche ihn genauso grausam behandelte wie ihre Schwester Catherine. Agnes machte sich nichts aus ihm. Daran würde sich nie etwas ändern.

Selbst wenn sie ihre Meinung ändern sollte, hatte er ihr nichts zu bieten als die Bereitschaft, für sie zu sterben. Ob es ihr wohl Leid täte, wenn er hier Hungers sterben würde? Doch er war zu sehr Soldat, um einem so ehrlosen Gedanken nachzugeben.

In dieser düsteren Verfassung fand ihn Andreas.

Trauerumflort starrte Jehan auf die Berge hinter dem Fluss, als seine Sicht durch einen hoch gewachsenen schlanken Mann mit einem wettergegerbten Gesicht blockiert wurde. Teilnahmslos wartete er darauf, dass der Wanderer weiterzöge.

Stattdessen hockte sich der Mann neben ihn, drehte den Kopf hierhin und dorthin, wie um ihn aus verschiedenen Blickwinkeln zu betrachten, bevor er einen Entschluss fasste.

»Was ist los?«, knurrte Jehan. »Ich habe keine Almosen für dich.«

Andreas grinste. »Ach, ich bitte ja nicht um Hilfe, ich biete sie Euch an. Ihr deucht mich wie ein Mann in Schwierigkeiten.«

»Nicht mit solchen, welche deinesgleichen beheben könnte.« Jehan erhob sich und wollte in sein Zelt zurück.

»Seid Euch da nicht so sicher, Freund«, sagte Andreas lauter. »Ihr leidet an einer weit verbreiteten Krankheit, der Verachtung einer Dame. Diese Waffe schlägt tiefere Wunden als ein spitzer Flegel. Ist es nicht so?«

Jehan drehte sich nicht um. »Das geht dich nichts an«, schnarrte er. »Rück mir von der Pelle.«

»Doch sollte sich jene Verachtung in Liebe, ja Anbetung verwandeln lassen, was würde ein Mann dafür geben?«

Gegen seinen Willen biss Jehan an.

»Ein Mann könnte sehr viel dafür geben, wenn es wirkt«, antwortete er.

Andreas lächelte zufrieden. Er öffnete einen Beutel, welchen er um den Hals trug, und zog ein zerknittertes Pergament heraus. Er hielt es außerhalb von Jehans Reichweite hoch.

»Seht Ihr dies hier?«, fragte er. »Könnt Ihr lesen?«

»Französisch ja, das hier nicht«, sagte Jehan.

»Natürlich nicht«, sagte Andreas. »Dies hier ist ein uralter

Zauber, geschrieben in der Sprache der Propheten. Was meint Ihr denn, womit König David Bathseba aus den Armen ihres Gatten in sein Bett lockte?«

»Mit Geld?«, riet Jehan.

Andreas hob den Blick gen Himmel. Nicht noch so einer!

»Nein«, erwiderte er. »Mit Geld kauft man keine tugendhafte Frau.«

»Dann war sie vielleicht keine ...«, begann Jehan.

»Nein, es war eben dieser Zauber!« Andreas wollte sich nicht auf eine weitere fruchtlose Debatte einlassen. »Mächtige Worte, von denen ein ewiger Zauber ausgeht, welcher jede Frau zu Eurer liebenden Konkubine macht ... oder sogar zur Ehefrau, falls Euch das lieber ist«, fügte er hinzu, als Jehan wieder den Mund öffnete.

»Was nützt mir das, wenn ich ihn nicht lesen kann?«, fragte Jehan.

»Das tut nicht Not«, antwortete Andreas. »Ihr esst ihn auf. Zuerst lasst Ihr ihn drei Tage im Blut einer Färse ziehen. Danach mischt Ihr ihn mit Rotwein und reibt die Buchstaben vom Pergament, sodass sie sich in der Flüssigkeit auflösen. Dann nehmt Ihr nachts bei Neumond, bevor mehr als drei Sterne am Himmel stehen, einen Becher, legt ihn mit Eichenlaub aus und trinkt daraus alles bis zur Neige, während Ihr Euch die ganze Zeit das Bild Eurer Liebsten ins Gedächtnis ruft. Wenn sie am nächsten Morgen erwacht, wird sie sich vor Sehnsucht nach Euch verzehren.«

Jehan kratzte sich am Kinn. »Das leuchtet mir ein«, sagte er. »Aber der neue Mond kommt erst in mehr als einer Woche. Wenn es nicht klappt, wirst du mit meinem Geld über alle Berge sein.«

Andreas hatte so viel Verstand nicht bei ihm vermutet. Er beschloss, ein Wagnis einzugehen. Er richtete sich auf und legte seine Rechte auf das Heft von Jehans Schwert.

»Ich schwöre Euch beim Kreuz, welches Ihr tragt, und beim Blute Unseres Herrn, dass dieser Zauber Euch alles erfüllt, was Ihr von Eurer Dame begehrt.«

»Nun denn«, sagte Jehan. »Ich nehme ihn.«

Der Preis war hoch, ein Paar Handschuhe aus schönem Leder, doch Jehan hätte noch viel mehr dafür gegeben, endlich Agnes' Gunst zu erringen.

Erst als Andreas verschwunden war und Jehan das Pergament prüfend betrachtete, erkannte er es als etwas Vertrautes, besonders die französischen Worte, welche auf der Rückseite nur zum Teil abgekratzt waren.

Empört sprang er auf, bereit, dem Schwindler nachzusetzen und sich seine Handschuhe zurückzuholen, am liebsten noch mit den Händen des Mannes darin. Da fiel ihm etwas ein. Falls dies war, wofür er es hielt, kam es sicherlich als ein Wink von Gott. Wie sonst konnte ihm ein vollkommen Fremder das Eine bringen, womit er Agnes vielleicht bewegen würde, ihm ihren Leib, wenn schon nicht ihr Herz zu schenken?

Catherine saß auf einer Seite des Bettes, Solomon auf der anderen. Sie hatten die ganze Nacht bei Margaret gewacht, doch ihr Zustand blieb unverändert.

»Was können wir sonst noch tun?«, fragte sie. »Ihr armer Leib beginnt zu heilen, doch ihr Geist ist geflohen.«

»Ich hoffte, sie würde beim Klang meiner Stimme sofort aufwachen.« Solomon biss sich auf die Lippe. »Das war hochmütig von mir, nicht wahr?«

»Es muss doch möglich sein, sie zurückzuholen«, seufzte Catherine. »Bruder Berengar sagt, dass er den Infirmar vorbeischickt, damit er sie untersucht.«

Als Edgar aufwachte, gesellte er sich zu ihnen.

»Wir müssen jemanden mit einem Geschenk zur Hütte der alten Frau schicken«, fiel ihm plötzlich ein. »Sie hielt Margaret für eine Jüdin, rettete ihr aber dennoch das Leben. Damit bewies sie viel Güte und Mut.«

»Ich werde mich erkundigen, was sie am nötigsten braucht«, sagte Catherine. »Und ich bringe es ihr persönlich.«

Hubert kam nach Sonnenaufgang nach Hause. »Der junge Peter ist hier«, sagte er. »Er möchte Margaret sehen. Erlaubt ihr es? Der Junge sieht so elend aus.«

»Es wird ihr wohl nicht schaden«, sagte Catherine. Solomon nickte zustimmend.

Hubert ging hinaus und kehrte mit Peter zurück. Der Junge stöhnte laut auf, als er Margarets zerschundenes Gesicht sah.

»Bleiben Narben zurück?«, fragte er.

»Innerlich gewiss«, antwortete Solomon. »Ob auch im Gesicht, wissen wir nicht.«

Nach kurzem Zögern knotete Peter seinen Ärmel auf und zog den Tonkrug heraus.

»Ich dachte, dass dies hier vielleicht hilft«, stammelte er. »Vater sagte, dass es ihm die Schmerzen in Händen und Schultern linderte. Er nahm es jeden Abend.«

Catherine nahm den Krug entgegen, löste den Bindfaden, der den Deckel hielt, und roch daran.

»Was enthält es denn?«, fragte sie. »Woher kommt es?«

»Vater bekam es von einem Freund, der das Rezept von den Rupertsberger Nonnen erhielt«, antwortete Peter. »Die Äbtissin dort ist für ihre Weisheit und ihr Geschick bei der Herstellung von Arzneien berühmt.«

Solomon dolmetschte, und Catherine schnupperte noch einmal. »Ja, ich habe von ihr gehört. Mutter Heloïse korrespondiert hin und wieder mit ihr. Es scheint sich um dieselbe Salbe zu handeln, mit welcher man Schwester Bertradas Leiden bekämpfte.«

Sie tauchte einen Finger hinein und leckte daran, verzog das Gesicht und wischte sich die Zunge am Ärmel ab.

»Etwas anderes kam mir nicht in den Sinn, aber ich wollte doch so gern helfen«, sagte Peter flehentlich.

»Vielleicht lindert es ihre Schmerzen.« Solomon nahm den Krug und bestrich die böse Wunde auf Margarets Wange mit der Salbe.

»Das schmeckt wie ... Solomon, halt!«, schrie Catherine und stieß ihm den Krug aus den Händen. »Peter, woher kommt diese Salbe? Wer hat sie zubereitet? Wie lange hat Euer Vater sie genommen? Solomon, frage ihn!«

Solomon tat wie ihm geheißen. »Was ist es denn, Catherine?«

»Ein Inhaltsstoff stammt mit Sicherheit nicht aus dem Kloster Rupertsberg«, antwortete sie. »Solomon, ich glaube, ich weiß jetzt, wie Gerhardt vergiftet wurde. Jetzt müssen wir nur noch den Täter finden.«

Zwanzigstes Kapitel

Montagmorgen, Tag 7 vor den Kalenden des Septembers (26. August) 1146; 15. Elul 4906; Tag des heiligen Roc-Amador, des ersten christlichen Einsiedlers in Frankreich, welcher vor dem Tod des heiligen Johannes ankam. Da er als Erster dort hingelangte, konnte er sich die Höhle mit der schönsten Aussicht wählen.

Homo, qui mollem carnem habet et de superuis potionibus de gutta, id est gich, in aliquo membro suo fatigatur, petrosilinum accipiat et quater tantum de rutha et in patella de oleo olivae frixet, vel si oleum non habuerit, cum hicano sepo infriaxi faciat, et herbas istas calidas loco, ubi dolet, imponat et panno desuper liget.

Bei empfindlichem Fleisch und Gelenkbeschwerden durch überschüssigen Gichtfluss, also »Gicht«, nehme man Petersilie und viermal so viel Raute und röste sie in einer Schale mit Olivenöl. Mangels Öl nehme man Ziegentalg und lege die so erwärmten Kräuter auf die schmerzende Stelle und darüber einen Verband.

Hildegard von Bingen
Liber compositae medicinae de aegritudinum causis, signis atque curis, liber V

Peter war entsetzt, dass Catherine seine Gabe für verunreinigt hielt.

»Aber Vater hat es jahrelang genommen«, beharrte er. »Es half ihm immer gegen die Schmerzen.«

»Bestimmt enthielt es ursprünglich keinen Eisenhut, Peter«, erklärte Catherine. »Aber jetzt ist er da drin. Ich erkenne ihn am Geschmack. Als ich so alt war wie Ihr, half ich im Paraklet in der Krankenstube. Schwester Melisande lehrte mich den Unterschied zwischen Meerrettich und Eisenhut. Viele essen ihn aus Versehen und werden sehr krank davon. Meistens sterben sie nicht daran, weil der Geschmack widerlich ist und sie ihn sofort erkennen. Aber seltsam ist an diesem Gift, dass es schon in ganz geringen Dosen wirkt, obwohl es länger dauert, auf diese Weise jemanden zu töten.«

»Eisenhut?«, fragte Peter. »Am Bach südlich der Burg wächst der. Margaret hielt mich davon ab, welchen zu essen.«

Die Erinnerung und der Anblick ihrer leblosen Gestalt auf dem Bett ließen ihm wieder die Tränen in die Augen treten.

»Peter, alles, was wir jetzt für Margaret tun können, ist abwarten und beten«, sagte Catherine. »Aber mit dieser Salbe hier können wir vielleicht den Mörder Eures Vaters überführen. Habt Ihr eine Ahnung, wann sie für ihn zubereitet wurde?«

Peter forschte in seinem Gedächtnis. »Nach Ostern, das weiß ich genau, denn er beklagte sich, dass die Salbe fast alle war. Er hatte angenommen, dass noch mehr da sei.«

»Ließ er sie immer aus jenem Kloster holen, oder kannte hier jemand das Rezept?«, fragte sie.

»Ach, das kennt jeder«, sagte Peter. »Es ist einfach in Ziegentalg geröstete Petersilie. Man erhitzt sie in einem Töpfchen und streicht die Mixtur auf ein Tuch, während sie noch heiß ist, als Umschlag. Aber Vater fehlte es meist an Geduld, also rieb er sich einfach damit ein, besonders wenn es draußen warm war. Die letzte Lieferung fand er am wirkungsvollsten. Sie verursachte ein Prickeln auf der Haut, und er spürte die Wärme in seinen Knochen.«

»Am Anfang wirkt das so. Hatte sonst noch jemand in der Familie Probleme mit geschwollenen Gelenken?«, fragte Catherine. »Hermann, Maria?«

»Nein, nur Vater. Er sagte, mein Großvater habe auch darunter gelitten.«

»Wer wusste, wo der Krug aufbewahrt wurde?«

»Ach, vermutlich jeder.« Peter zuckte mit den Achseln. »Er stand in einer Kiste in seinem Zimmer, zusammen mit dem Tuch für den Umschlag.«

Catherine seufzte. Das schränkte die Möglichkeiten nicht sehr ein. Selbst Agnes hätte Eisenhut zerstampfen und mit dem Talg mischen können. Selbst wenn sie also wusste wie und warum, fehlte immer noch der »Wer«. Solange sie den nicht fanden, kam Agnes auch nicht frei.

Indessen ergab sich die Frage nach dem Mann, der die Dorfbewohner aufgehetzt hatte, Margaret zu überfallen. Catherine hatte kein Verständnis für jene, welche auf ihn gehört hatten, war aber bereit, sie Peter und dem Abt von

St. Maximin zu überlassen. Wer allerdings die Ungeheuerlichkeit beging, andere zu einer solchen Missetat anzustiften, der hatte den Tod verdient. Zwar mochte die Rache die Sache des Herrn sein, aber Catherine wollte dabei sein und jauchzen, wenn er Andreas richtete.

In diesem Augenblick war Andreas nicht weit weg, völlig nichts ahnend in Bezug auf den Hass, der sich auf ihn richtete. Er ahnte auch noch nichts von seinem großen Fehler, dass er Margaret für eine Jüdin gehalten hatte. Die Männer, mit denen er sich in Köln gemein gemacht hatte, waren erpicht darauf, die Ungläubigen daheim zu bestrafen, statt bis nach Edessa zu ziehen. Die Männer aus dem Dorf bei Trier erregten sich mehr über Missernten und die ständigen Fehden zwischen dem Erzbischof und Graf Heinrich. Es war schwerer, sie für die Errettung einer Seele für Christus zu gewinnen. Und am Ende hatte das Mädchen nichts Wertvolles bei sich gehabt.

Andreas reckte und streckte sich. Zeit, woanders hinzugehen. Nach Süden vielleicht, nach Burgund. Er hatte sich nur den Ketzern angeschlossen, weil er geglaubt hatte, dass zu ihren Riten wilde Orgien zählten. Ein Mann in einer Schenke in Provins hatte ihm erzählt, sie seien wie die Manichäer, über welche Augustinus geschrieben hatte. Sie würden einen Gottesdienst abhalten und am Ende, wenn die Kerzen ausgeblasen waren, würde jeder Mann sich die nächstbeste Frau schnappen. Dann würden sie nach Herzenslust miteinander kopulieren.

Stattdessen stellte er fest, dass sie Geschlechtsverkehr rundheraus ablehnten, selbst in der Ehe. Das Essen war schrecklich. Überdies erwartete man von allen, dass sie all ihre Habe mit den anderen teilten, ausgenommen natürlich ihre Frauen. Andreas hatte sie voller Abscheu verlassen.

Wenn er sich so ein Leben gewünscht hätte, wäre er als Laienbruder ins Kloster gegangen. Dann hätte man ihm wenigstens Pflege im Alter gewährt. Diese Leute hier würden aber wahrscheinlich nie ein hohes Alter erreichen. Niemand hatte ihm vor ihrer Ankunft in Köln erzählt, dass vor nur drei Jahren einige Anhänger dieser Sekte auf dem Scheiterhaufen verbrannt worden waren.

Nun hielt er es für geraten, sich von ihnen zu distanzieren. Und was eignete sich dafür besser, als den da oben in der Burg zu denunzieren? Die reichen Ketzer waren die gefährlichsten. Sie konnten Beamte bestechen, um die eigenen Leute zu verschonen, genau wie es die lausigen Juden machten. Andreas schnaubte, wenn er nur daran dachte. Niemand hatte je bezahlt, um ihn vor irgendetwas zu bewahren, und er hatte Narben auf dem Rücken, um das zu beweisen.

Andreas rollte sein Bündel zusammen, stopfte die Handschuhe von Jehan tief in die Mitte. Zuerst würde er zum erzbischöflichen Palast gehen, wo der Erzdiakon ihm eine Belohnung für seine Informationen versprochen hatte. Dann würde er zum Südtor hinausschlüpfen und versuchen, bis zum Anbruch der Nacht möglichst weit weg zu kommen.

Peter war tief in Spekulationen versunken. Wer hatte die Salbe seines Vaters vergiftet, und was sollte er jetzt unternehmen? Er sah Andreas nicht über den Marktplatz kommen, bis er fast mit ihm zusammengestoßen wäre.

»Weg da, Bursche!« Andreas stieß ihn beiseite.

»Wie kannst du es wagen, Bauer!« Peter rempelte ihn ebenfalls an. »Und ich bin kein Bursche, sondern ein Herr. Es ist an dir, mir Platz zu machen.«

Andreas musterte Peters zerrissene Kleidung und staubigen Stiefel und merkte, dass sie feiner waren als alles, was er selbst je zu besitzen hoffte. Andreas schluckte seine Galle hinunter und trat aus dem Weg.

»Verzeihung, Herr!«, sagte er. Peter starrte ihm direkt ins Gesicht und stürzte sich auf ihn.

»Du mortraete!«, kreischte er. »Mörder! Hilfe! Edgar! Walter! Kommt schnell! Er ist es!«

Andreas drehte sich in Peters Klammergriff und verrenkte dem Jungen auf schmerzhafte Weise den Arm, sodass er loslassen musste. Der Mann rannte in Richtung des Palastes davon. Er wusste nicht, welche Missetat der Junge ihm unterstellte, doch war es besser, sich damit aus der Sicherheit der Kanzlei des Erzdiakons zu befassen, wo er seine Informationen im Tausch gegen Schutz präsentieren konnte.

»Ihm nach!«, schrie Peter den Bürgern zu, welche sich auf seine Schreie hin versammelt hatte. »Er hat versucht, Margaret umzubringen.«

Andreas ahnte, dass man ihn jagte, nahm sich aber nicht die Zeit, sich umzuschauen. Er stürzte auf die Tür des Doms zu und warf dabei einen Krüppel um, welcher am Eingang bettelte. Dann rannte er das Ostschiff entlang und durch den Lettner in den Chorraum.

»He! Hier darfst du nicht rein.« Einer der Kanoniker hörte auf zu arbeiten, um ihn hinauszujagen.

»Holt den Erzdiakon für mich!«, befahl Andreas. »Ich habe Informationen über eine Verschwörung gegen den Erzbischof. Ketzer haben den Adel unterwandert. Der Erzdiakon kennt mich. Sagt ihm, Andreas ist wieder da.«

Die Menge war inzwischen in den Dom geströmt. Ihre zornmütigen Stimmen ließen sich nicht durch Ehrfurcht dämpfen. Der Kanoniker dachte fieberhaft nach.

»Komm mit«, sagte er und brachte Andreas aus dem Chorraum zu einer schmalen Tür. Diese führte in ein Zimmerchen, wo Kutten und Messgewänder hingen.

»Warte hier«, sagte der Geistliche zu Andreas. Er ging hinaus und schloss die Tür hinter sich zu.

Andreas war selten so erleichtert gewesen, eingesperrt zu sein. Er wühlte in den Kutten und wählte eine aus, welche lang genug für ihn war. Zu seinem Leidwesen fand er keine mit Kapuze darunter. Er suchte weiter nach etwas, mit dem er sich das Gesicht verhüllen konnte.

Im Kirchenschiff hatten sich die Leute versammelt und verlangten lautstark die Herausgabe des Flüchtigen.

»Warum sollte er hier Zuflucht finden, wenn er sie dem armen Mädchen nicht gewährte!«, rief jemand.

Ein Chor der Zustimmung erscholl. Endlich trat einer der Kanoniker vor, von Wachsoldaten flankiert.

»Bitte geht hinaus«, sagte er nervös. »Der Mann, den Ihr sucht, steht momentan unter dem Schutz des Erzbischofs. Wir werden ihn vor Gericht stellen, wie es Brauch ist. Sollte er schuldig sein, wird er bestraft. Nun soll ich euch daran gemahnen, wo ihr hier seid. Geht heim oder, besser noch, bleibt hier und betet mit mir.«

Er kniete auf dem Steinfußboden nieder. Kurz darauf knieten die meisten Bürger ebenfalls nieder. Peter sprach ein schnelles Vaterunser und huschte hinaus. Er musste Walter finden. Falls überhaupt jemand mit dem Erzbischof verhandeln konnte, dann der Herr von Grancy. Er würde dafür sorgen, dass Margaret gerächt würde.

Drinnen merkte Andreas, dass der Tumult verstummt war. Er holte tief Luft und entspannte sich. Wenn er ihnen sagte, wer das Ketzerhaus in Köln besessen hatte und wer der jetzige Besitzer war, würde man ihm alles geben, was er verlangte. Ganz oben auf der Liste stand ein schnelles Pferd.

Agnes hatte sich eingeredet, dass Hermann seinen nächtlichen Augenblick des Wahns inzwischen bereue. Sie war sich überhaupt nicht sicher, wie sie darüber dachte. Dann kam er zu ihr ins Zimmer, und so wie ihr Magen rebellierte und ihr Gesicht errötete, merkte sie, dass sie verloren war.

»Stimmt etwas nicht?«, fragte sie, als sie in seiner Miene las.

»Die Soldaten des Erzbischofs kommen den Berg hinauf«, sagte er und erklärte es ihr pantomimisch. »Ich verstehe das nicht. Peter hätte sie bestimmt nicht geschickt. Was mit dir geschah, war doch unsere Entscheidung.«

Er nahm sie in die Arme und küsste sie.

»Ich werde nicht zulassen, dass sie dich mitnehmen«, schwor er. »*O mînes herzen trût*, komm mit mir, schnell!«

Er nahm ihre Hand und eilte mit ihr die Treppe hinunter und durch den Saal. Agnes verstand wenig von dem, was geschah, nur dass es einen Angriff gab und sie fliehen musste.

»Hermann!« Maria rannte ihm nach. »Wohin willst du mit dieser Frau? Siehst du nicht die Soldaten? Zweifellos kommen sie sie endlich holen. Folmar! Gebiete Hermann Einhalt. Er hat den Verstand verloren.«

Sie waren im Hof, als die Soldaten eintrafen. Hermann wollte gerade das Pferd besteigen und Agnes hochziehen.

»Was wollt ihr hier?«, fragte er. »Wer schickt euch? Diese Frau ist meine Gefangene, ich händige sie euch nicht aus.«

Der Hauptmann kam zu Hermann und bedeutete den anderen, sich im Kreis um ihn zu stellen. Kreideweiß vor Angst klammerte sich Agnes an Hermann fest.

»Wir kommen nicht wegen der Frau, Herr«, sagte der Hauptmann. »Auf Geheiß des Erzdiakons sollen wir Euch nach Trier überführen, damit ihr Euch wegen Ketzerei verantwortet.«

Hermann sah ihn erstaunt an. »Was?«

»Ketzerei, Herr. Man bezichtigt Euch, eine Bande zu unterstützen, welche den Leib Christi leugnet und sich weigert, einer weltlichen Macht zu gehorchen.«

»Aber das ist Humbug!«, schrie Folmar. »Hermann würde doch nie ...«

»Dann kann er dem Erzbischof Rede und Antwort stehen«, unterbrach ihn der Hauptmann. »Mein Befehl lautet, ihn mitzunehmen.«

Hermann schüttelte den Kopf. »Ein Katharer! Sie halten mich für einen verdammten Katharer!«

Er nahm sein Schwert und reichte es dem Hauptmann. »Ich kann beweisen, dass ich ein wahrer, rechtgläubiger Christ bin. Dies ist eine üble Verleumdung. Folmar«, rief er über die Schulter zurück, während sie ihn abführten, »kümmere dich um Agnes.«

Bestürzt beobachtete Agnes die Ereignisse. Bestraften sie etwa Hermann, weil er so freundlich zu ihr gewesen war? Sie wollte ihm etwas auf Deutsch nachrufen, das er auch bestimmt verstand. Doch unter den gegebenen Umständen schien ihr der Satz »Ich liebe dich« vielleicht etwas unklug. Und Agnes besaß anders als Catherine ein gerüttelt Maß an natürlicher Diskretion.

Stattdessen wandte sie sich an Folmar, der entsetzt und mit offenem Mund zusah.

»Hole Bruder Berengar«, sagte sie und sprach den Namen langsam und deutlich aus. »Ich möchte mit ihm sprechen.«

Jehan hatte die Wachen mit Hermann an sich vorbeiziehen sehen. Dann ritten die Burgwachen vorbei, Folmar an der Spitze. Er kannte nicht den Hintergrund für diesen Exodus, doch es war seine einzige Chance, und er wollte sie wahrnehmen.

Er baute das Zelt ab und packte es ein, zusammen mit dem Kochtopf und den Decken. Er schnitt die bereits zerfetzte

Strohpuppe ab, dann sah er sich suchend um, ob er noch etwas mitnehmen wollte. Er würde nicht zurückkommen, wie auch immer die Sache ausging.

Auf der Burg dünkte es Agnes, als ob die Welt sich auf den Kopf gestellt hatte und durcheinander gerüttelt worden war. Es war so schlimm wie in der Nacht, als Gerhardt starb. Sie ging wieder in ihr Zimmer, obwohl niemand sie dazu zwang. Alle schienen sie vergessen zu haben. Es war nur der einzige sichere Ort, weg von den Menschen, die wie Ameisen herumwimmelten, denen man gerade das Nest zerstört hatte.

Sie beschäftigte sich mit dem Umstellen von Bett und Tischen, faltete alle ihre Kleider zusammen, und als ihr gar nichts anderes mehr einfiel, fegte sie den Staub und die Binsen auf dem Fußboden von einer Seite des Zimmers auf die andere. Endlich öffnete sich die Tür.

»Ach, Bruder Berengar, erzählt mir doch...«, begann sie.

Doch dann sah sie bestürzt, wer es war. »Jehan! Wie bist du hier hereingekommen?«

»In dem allgemeinen Durcheinander hat niemand von mir Notiz genommen«, erklärte er. »Ich bin gekommen, dich zu retten.«

»O nein!«, rief Agnes. »Ich gehe nirgendwohin, bis ich nicht weiß, was mit Hermann geschieht.«

Jehan machte ein Gesicht, als ob er durch einen Vorhang direkt in eine Wand aus Stein gerannt wäre.

»Agnes, dies ist unsere Chance!«, sagte er. »Komm mit mir, und ich bringe dich sicher zu deinem Großvater zurück.«

»Jehan, ich gehe mit dir nirgendwohin«, erwiderte sie. »Ich habe es dir immer wieder gesagt, aber du wolltest es mir nicht glauben. Nicht einmal, um mein Leben zu retten.«

Jehans flehentliche Miene verwandelte sich jäh in eine zornige.

»Sehr wohl«, sagte er. »Aber ich habe zu viel von meinem Leben an dich verschenkt, um ohne Belohnung zu gehen. Du hast die Wahl. Entweder kommst du mit mir, oder ich übergebe dies hier dem Erzbischof.«

Er zeigte ihr das Pergament. Agnes schnappte danach, aber er wich zurück.

»Du kannst es von da aus auch sehen«, sagte er. »Auf einer Seite steht eine Botschaft von deinem Großvater, die ich Hubert überbrachte. Auf der anderen stehen magische hebräische Worte. Ich weiß, wie sie dorthin kamen und du auch.«

»Unsinn«, sagte Agnes, doch ihr Gesicht verriet sie.

»Das dachte ich mir.« Jehan lächelte. »Deine Wahl ist einfach, Agnes. Du brauchst nicht einmal darüber nachzudenken. Die Sicherheit deines Vaters im Austausch gegen Freiheit und Leben mit mir. Oder wenigstens ein paar schöne Nächte. Ich kann dir versichern, dass es dir Spaß machen wird. Neben mir wird dich dein deutscher Ehemann ein Eunuche deuchen.«

Agnes bewahrte die Fassung. Beinahe hätte sie aufgelacht, als sich Jehan mit Gerhardt verglich. Den Heiligen sei Dank, dass er nicht die Wahrheit kannte. Sie betete, dass er sie nie erführe.

»Du bist verabscheuenswürdig«, sagte sie ruhig. »Sicher hat mein Vater eine einfache Erklärung dafür, doch selbst wenn nicht, warum glaubst du, ich würde mich um seinetwillen erniedrigen? Habe ich mich nicht schon vor Jahren von ihm losgesagt?«

Jehan war entsetzt. »Aber er ist doch dein Vater!«

»Mein töchterliches Pflichtgefühl ist nicht stark genug, als dass ich meine Tugend dafür opfern würde.«

Agnes wandte sich ab und ging zum Fenster und ihrem Stickrahmen. »Jetzt geh, Jehan. Nimm deinen Fetzen Pergament und dein abscheuliches Angebot mit und tritt mir nie wieder unter die Augen.«

»Du *Bordeleuse*!«, flüsterte er und kam auf sie zu. Gleichzeitig griff sie nach der gebogenen Stickschere. Sie hielt sie an der Seite, bereit, ihn in seine empfindlichste Gegend zu stechen.

Berengars Kommen rettete Jehan. Der Mönch erfasste die Lage sofort und näherte sich Jehan in höchster Empörung.

»Nimm sofort das Kreuz ab!«, befahl er. »Du bist nicht wert, es zu tragen. Hat er euch etwas zu Leide getan, meine Liebe?«

Agnes verbarg die Schere in den Falten ihrer *Chainse*.

»Mir fehlt nichts«, antwortete sie mit bebender Stimme. »Jehan wollte sich gerade verabschieden, nicht wahr?«

Jehan presste die Lippen zusammen, aber er nickte.

»Ich bringe ihn hinaus«, sagte Berengar und nahm Jehans Arm.

Als sie draußen waren, sackte Agnes auf ihrem Stuhl zusammen. Sie war wie benommen von der Ungeheuerlichkeit ihres Handelns. Nicht nur, dass sie Hubert nicht gegen die Anschuldigung des Abfalls vom Glauben verteidigt hatte, sie hatte sich auch den einen Menschen zum Feind gemacht, der ihr in allen Stürmen ihres Lebens beigestanden hatte.

Dann kam Bruder Berengar zurück, und es zählte nur noch eins: Sie musste herausfinden, was mit Hermann geschehen war.

Es kostete einige Zeit, Peter davon zu überzeugen, dass er kein Heer aufstellen und Andreas aus der Kirche herausbrennen konnte. Zum Teil lag das daran, dass manche, welche ihn davon abbringen sollten, seine Idee insgeheim wunderbar fanden.

»Der Mann ist ein gemeiner Mörder«, sagte Catherine. »Der Erzdiakon hat kein Recht, ihn zu schützen.«

»Catherine?«, sagte Edgar. »Höre ich das wirklich aus deinem Munde? Willst du genauso barbarisch sein wie er? Was, wenn Peter ihn mit einem anderen verwechselt?«

»Glaubst du das etwa?«, provozierte ihn Catherine.

»Nein«, gab Edgar zu. »Ich hoffe selbst, dass er freigelassen wird, sodass ich sehen kann, wie er einen langsamen Tod stirbt, und jedes Mal, wenn er schreit, soll er wissen warum und wofür.«

»Möge Gott mir vergeben, Edgar.« Catherine legte die Hand aufs Herz. »Ich würde dir dabei helfen. Ach, warum kommt Margaret nicht wieder zu sich!«

Hubert und Walter hatten Peter nach Hause gebracht. Sie kehrten mit Kostproben aus der Gerüchteküche der Stadt zurück.

»Ich kann nicht glauben, was dort draußen los ist.« Walter setzte sich auf einen kleinen Hocker. »Wahrscheinlich steht der Weltuntergang bevor. Alle Dämonen der Hölle sind los und tanzen auf den Straßen.«

James hatte sich in der Ecke mit dem Bau einer Burg aus Bauklötzen beschäftigt, welche Edana zum Einstürzen brachte. Jetzt sah er zu Walter hoch.

»Ich will aber keinen Weltuntergang«, sagte er. »Ich will keine Dämonen!«

Er fing an zu weinen, und Edana stimmte mit ein. Edgar und Catherine beeilten sich, beide zu trösten. Walter wollte sich entschuldigen.

»Macht nichts, Walter«, sagte Edgar. »Wir haben James noch nicht beigebracht, was eine bildliche Redeweise ist.«

»Ach so«, sagte Walter. »Dann sagt mir aber Bescheid, wenn ihr das vorhabt. Ich würde das auch gern lernen.«

Er schenkte sich Bier ein und bedeutete Hubert, sich weniger übertrieben auszudrücken.

»Sie haben gerade Herrn Hermann in Ketten in die Stadt und zum erzbischöflichen Palast gebracht. Manche sagen, er hat seinen Bruder ermordet und wollte Peter töten, um das Land zu bekommen. Andere glauben, er habe den Erzbischof und die Stadt an Graf Heinrich verraten. Ich habe sogar eine wilde Geschichte gehört, dass er das Oberhaupt einer Ketzerbande ist, die die Kirche vernichten will. Dieser Andreas scheint darin irgendwie verwickelt zu sein, aber keiner weiß genau wie. Wo ist denn Solomon?«

»Bei Mina«, sagte Catherine. »Er wollte fragen, ob Freunde von ihr etwas wissen, was Margaret helfen könnte. Außerdem erwähnte er, dass er Aschers ersten Schultag vorbereiten müsse.«

Hubert seufzte. »Wenigstens stehen die Bürger der Stadt einmal nicht gegen die Juden auf. Vermutlich schwebt er nicht in Gefahr.«

Catherine war es gelungen, Edana zu beruhigen. Sie weinte immer aus Prinzip: Wenn James traurig war, konnte irgendetwas nicht stimmen. Catherine wiegte das Kind hin und her, während sie Huberts Bericht noch einmal durchging.

»Ich halte Hermann nicht für einen Ketzer«, sagte sie endlich.

»Das war das absurdeste von allen Gerüchten«, sagte Walter. »Ich glaube nicht, das er irgendetwas von dem hat, dessen man ihn zeiht. Vielleicht nimmt er an einer Verschwörung teil, um den Bischof dazu zu bringen, den Krieg zu beenden, doch das will jeder in der Stadt.«

»So unmöglich ist Ketzerei nicht«, sagte Catherine nachdenklich. »Aber Hermann ist wohl kein Ketzer. Vater, du sagtest doch, dass Gerhardt sein Haus einigen ›*pauperes Christi*‹ geschenkt hat. Nach allem, was ich von Agnes weiß, war er sicher selbst einer. Vielleicht wollte er irgendwann seine Familie deswegen verlassen. Falls Hermann davon wusste, wollte er womöglich seinen Bruder daran hindern, bevor sie alle mit in den Skandal hineingezogen worden wären.«

Edgar schüttelte den Kopf. »Ich kann mir Hermann nicht als Mörder vorstellen. Vor allem nicht so indirekt. Wie hätte er wissen können, dass Gerhardt sterben würde, bevor er seinen ganzen Besitz veräußert hätte?«

»Das stimmt«, räumte Catherine ein. »Je nachdem, wie oft Gerhardt die Salbe anwendete, hätte es Tage oder Wochen dauern können, bis das Gift wirkt. Vielleicht wird man nur krank davon, wenn man sie nicht so häufig aufträgt.«

»Aber wir wissen als Einzige, wie Gerhardt starb«, sagte Walter. »Hermann wurde erst festgenommen, nachdem Andreas zum Erzdiakon ging. Wie konnte der denn etwas von der Salbe wissen? Was hätte er sonst wohl anzeigen können?«

»Das schert mich nicht«, sagte Hubert. »Wenn Agnes dadurch freikommt und wir gehen können, ist alles andere einerlei.«

»Und was ist mit Andreas' Verbrechen?«, fragte Edgar.

Hubert rekelte sich im Sessel. »Das habe ich nicht zu entscheiden. Ich trauere mit dir um deine Schwester, Edgar. Aber ich trauere auch um Simon und meine Mutter und Schwestern und wegen des gemeinen Überfalls auf Rabbenu Tam. Und ich weiß, dass niemand jemals für diese Taten zur Rechenschaft gezogen wird, nicht in dieser Welt. Ich habe mich vor Kummer und Schuld verzehrt und habe keine Kraft für die Rache übrig.«

»Dann freue ich mich, dass ich noch Kraft dafür habe«, sagte Edgar.

Peter schlief noch im Stadthaus, als sein Onkel über den

Marktplatz zum erzbischöflichen Palast gebracht wurde. Daher erfuhr er erst davon, als sein anderer Onkel ihn unsanft weckte.

»Ich habe die Wachen mitgebracht«, sagte Folmar. »Aber ich weiß nicht, ob wir genug Leute haben, um ihn zu befreien.«

»Hä?«, machte Peter.

»Hermann wurde wegen Ketzerei verhaftet«, sagte Folmar. »Wir müssen ihn retten, bevor man ihn verhört.«

Sofort war Peter hellwach. »Aber warum denn? Onkel Hermann kann leicht nachweisen, dass er kein Ketzer ist. Das muss ein Irrtum sein.«

»So ist es, Peter«, sagte Folmar mit Überzeugung. »Aber diesen Irrtum beging dein Vater. Jetzt müssen wir anderen dafür büßen, es sei denn, wir hindern Hermann am Reden.«

»Ich verstehe nichts.« Peter zog sich die Tunika über, hob die *Bruchen* vom Fußboden auf und folgte Folmar in den Saal hinunter, wo die Wachen sich schon versammelt hatten. »Was hat mein Vater denn getan?«

»Der Narr empfing das *Consolomentum* und heiratete dann einfach«, sagte Folmar.

Peter setzte sich auf eine Bank, um sich die Hosen anzuziehen.

»Ich weiß nicht, wovon du redest«, sagte er. »Bist du trunken?«

»Ich wünschte, ich wär's.« Folmar ging in den Hof und spähte über den Holzzaun. »Auf dem Platz versammeln sich Leute. Mache haben Sicheln und Mistgabeln dabei. Ich sehe sogar ein paar Schwerter. Wofür halten sich diese Bürger eigentlich, dass sie sich mit den Waffen der Adeligen rüsten?«

»Was tun sie denn?«, fragte Peter.

»Sie proben den Aufstand«, sagte Folmar. »Los, es ist zu

gefährlich, Hermann jetzt retten zu wollen. Wir müssen auf die Burg zurück, packen und fliehen.«

»Onkel!« Peter packte ihn mit beiden Armen und hielt ihn fest. Er war von seiner eigenen Stärke überrascht. »Ich gehe nirgendwohin. Unsere Familie läuft nicht davon. Nun sag mir, was du über meinen Vater weißt.«

Folmar erzählte, doch nicht alles.

Zwischen Marias Zorn und Berengars holpriger Übersetzung verstand Agnes, warum man Hermann verhaftet hatte.

»Ich hätte es wissen müssen«, sagte sie. »Das ist mein Schicksal. Wenn nicht Ungläubige, dann Ketzer. Darum wollte also Gerhardt nicht mit mir ins Bett. Und Hermann ist auch so einer? Das kann ich nicht glauben.«

»Ich auch nicht«, sagte Maria mit grimmiger Miene. »Aber ich glaube, ich kenne noch einen. Der feige Hund. Kommt mit mir, Agnes. Ja, Ihr natürlich auch, Bruder Berengar. Wie könnte ich sonst mit ihr reden? Wir werden die Sache jetzt beenden.«

»Wird alles gut mit Hermann?«, fragte Agnes Berengar, als sie sich ein Kopfband und einen Schleier genommen hatte.

»Wenn es nach Frau Maria geht, dann ist er zur Vesper wieder daheim«, antwortete Berengar.

Agnes fragte sich, ob sie sich wirklich eine zweite Chance wünschte, diese Frau zur Schwägerin zu haben.

Walter und Edgar gingen hinaus, um zu sehen, was die Bürger vorhatten. Edgar entdeckte seinen Freund Egilbert unter ihnen.

»Mich dünkt, du tauchst immer auf, wenn es Ärger gibt«, sagte er.

Egilbert grinste. »Ich finde das Stadtleben langweilig im

Vergleich mit Seereisen und Handel. Wenn irgendein Ereignis für etwas Spannung sorgt, schaue ich's mir immer aus der Nähe an.«

»Und was gibt es jetzt?«, fragte Edgar.

»Eine verzwickte Lage«, sagte Egilbert. »Meine Freunde können sich nicht einigen, warum man ihren Herrn abgeholt hat. Wenn er gegen den Bischof ist, kämpfen sie für ihn. Ist er ein Ketzer, brennen sie sein Haus nieder. Du siehst also das Problem.«

»Leider wohl kein ungewöhnliches«, erwiderte Edgar. »Glaubst du, sie kommen bald zu einem Entschluss?«

»Nur wenn jemand herauskommt und etwas verkündet«, sagte Egilbert. »Wenn man auf den Bänken vor der ›Grünen Traube‹ sitzt, kann man vermutlich immer noch beobachten, was los ist und mitmischen, bevor es vorbei ist.«

»Ich bin dafür«, sagte Edgar. »Kommst du mit uns, Walter?«

Walter sprach gerade ernsthaft mit einem Mann, der einen Pfropfhaken trug. Er schüttelte den Kopf. »Halte mir einen Platz frei. Ich komme bald nach.«

Egilbert und Edgar holten sich einen Becher Wein und ließen sich auf der Bank nieder, um zuzuschauen. Wegen der Hitze hatten viele andere die gleiche Idee, sodass bald alle Bänke im Schatten besetzt waren.

»Jener Bursche Andreas«, sagte Edgar. »Der ist doch nicht von hier, oder?«

»Den habe ich nie zuvor gesehen«, erklärte Egilbert. »Ein Bekannter erzählte mir, dass er mit flandrischem Akzent spricht. Ich wette, der ist selbst ein Ketzer. Du weißt ja, wie die Flamen sind. Die Weber sind beinahe eine Sekte für sich.«

Edgar wollte sich nicht in ein Gespräch über die Flamen und ihren festen Zugriff auf den Tuchmarkt hineinziehen lassen und über ihre Neigung zu Laienfrömmigkeit. »Weiß jemand, wann er hier zum ersten Mal auftauchte?«

Egilbert überlegte. »Zur selben Zeit wie ihr, dünkt mich. Ich sah ihn damals, als ich euch vor den Jungen rettete.«

»Dann war er also nicht hier, als Herr Gerhardt starb?« Edgar war enttäuscht. Er wollte jegliches Übel auf diesen Mann abwälzen.

»Nicht, dass ich wüsste«, sagte Egilbert. »Aber ich kann mich mal umhören.«

Er rief die Frage den anderen Gästen zu. Sie hielten im Gespräch inne und antworteten etwas, das Edgar als negativ erkannte, und tranken weiter.

»Dann kennt er die Situation in Trier also nicht gut«, stellte Edgar fest. »Darum ist es unwahrscheinlich, dass er Beweise hatte, die Herrn Hermann als Ketzer überführen oder sonst etwas. Ich glaube, er hat ihn nur angezeigt, weil man ihn im Dorf erkannte und er den Schutz des Erzbischofs brauchte, um uns zu entkommen.«

Egilbert stimmte ihm traurig zu. »Dann ist bald Schluss mit lustig. Ich hole zum Trost noch mehr Wein.«

»Für mich bitte auch«, sagte Edgar.

Während Edgar wartete, ließ er seinen Blick über den Platz schweifen, sah verschiedene Stände, von ausländischen Händlern bis zu einheimischen Beamten und Bauern, die in der Stadt den Überschuss aus ihren Gärten verkauften. Er achtete auf nichts, doch dann bemerkte er plötzlich etwas, richtete sich auf und rieb sich die Augen. Als er wieder hinsah, waren sie verschwunden.

»Egilbert, hast du das gesehen?«, fragte er den Freund, als jener ihm den Becher brachte. »Ich hätte schwören können, dass ich gerade eine Schar von weißen Mönchen ins Judenviertel gehen sah.«

Egilbert nahm den Becher zurück und schnupperte daran.

»Ich glaube, du hast einen Sonnenstich, Edgar. Es gibt in dieser Gegend keine weißen Mönche und selbst wenn, würden sie keine Unterkunft bei den Juden suchen.«

Solomon und Mina saßen am Tisch und besprachen die Zeremonie für Aschers Einführung in die Thora, als der *Parnas* der Gemeinde an die Tür kam.

»Mina«, sagte er aufgeregt. »Du wirst es nicht glauben, aber Abt Bernhard von Clairvaux ist bei mir zu Gast. Er hat gefragt, ob er dich sehen darf.«

»Mich?« Mina erbleichte. »Was in aller Welt würde so ein Mann von mir wollen?«

»Das weiß ich nicht genau«, sagte der *Parnas*. »Doch ich habe das Gefühl, dass er dich um Verzeihung bitten will.«

Einundzwanzigstes Kapitel

Am Abend desselben Tages

וישמע ה׳ את
נאקתינו ויפן אלינו וירחמנו ברוב רחמיו וחסדיו וישלח אחרי זה הבליעל
כומר אחד הגון גדול ורב לכל הכומרים יודע דתם ומבין ושמו בירנט
תאכר מקלירבלש העיר אשר בצרפת

Der Herr hörte unseren Schmerz, und er wandte sich uns zu und erbarmte sich unser. In seiner großen Gnade und Güte sandte er uns einen ehrlichen Priester, welcher von der ganzen Geistlichkeit in Franzien geachtet ward, nämlich Abt Bernhard von Clairvaux.

Ephraim von Bonn
Sefer Zekirah

»Muss ich denn zu ihm gehen?« Mina zitterte.

Der *Parnas* war sich nicht sicher. »Es war wohl kein Befehl«, meinte er. »Aber vielleicht fasst er es nicht gut auf, wenn du es abschlägst. Solomon, du kennst die französischen Edomiter besser als ich. Was hältst du denn davon?«

»Ich meine, Mina sollte niemanden treffen, wenn sie es nicht will«, bemerkte Solomon. »Warum sollte sie diesem Mann vergeben? Ich habe ihn in Vézelay predigen hören. Seine Worte haben die Menschen gegen uns aufgebracht. Ohne ihn wäre Simon vielleicht noch am Leben.«

Der *Parnas* leckte sich die Lippen. Als reichster Mann in der Gemeinde war er auserwählt, als Sprecher für alle Verhandlungen mit den Nichtjuden aufzutreten. Das brachte ihn oft in eine unbequeme Lage. Gerade jetzt hatte er das Gefühl, auf einer Speerspitze zu sitzen.

»Ich glaube, das weiß der Abt«, sagte er. »Er scheint dafür Buße tun zu wollen. Wir haben gehört, dass er in ganz Lothringen gegen diesen kläffenden Mönch Radulf predigt. Er ist jetzt nach Frankfurt unterwegs, um den Mönch zu zwingen, ins Kloster zurückzukehren.«

»Und wie viel zahlen wir ihm dafür?«, fragte Solomon.

»Nichts, soweit ich unterrichtet bin«, entgegnete der

Parnas. »Jedenfalls gab es keinen Aufruf nach Abgaben, um ihn zu bestechen.«

»Das glaube ich nicht«, beharrte Solomon. »Kein christliches Oberhaupt hat je bei uns Abbitte geleistet. Und umsonst haben wir noch nie etwas von denen bekommen – ausgenommen Spott.«

»Solomon, das brauchst du mir nicht zu sagen«, erwiderte der Mann scharf. »Mein Großvater wurde 1096 vom Pöbel totgeprügelt. Als einzige Entschuldigung wurde ein Edikt erlassen, welches besagte, wir könnten zu unserem Glauben zurückkehren, falls man uns zwangsgetauft habe. Der Kaiser kam gewiss nicht, um meine Mutter zu trösten. Mina, ich werde dich nicht zwingen, aber ich glaube, du solltest dich mit diesem Mann treffen.«

Mina warf einen Blick zu Solomon. Der erhob die Hände.

»Die Entscheidung liegt nicht bei mir«, sagte er. »Aber wenn du gehst, begleite ich dich und dolmetsche für dich.«

»Sehr wohl«, sagte sie. »Ich ziehe mich um und hole meinen Schleier.«

Sie brauchte nicht lange. Kurz darauf kamen sie zu dem Haus, wo Bernhard mit seinem Sekretär Geoffrey und einigen anderen aus seinem Orden wartete. Er stand auf, als sie eintraten. Er sah eine kleine schmächtige Frau im Witwenpurpur mit verschleiertem Gesicht. Die Schwellung unter ihrer Taille erschreckte ihn. Er hatte nichts von ihrer Schwangerschaft geahnt.

Mina trat vor und nahm auf dem Stuhl Platz, den der Sekretär für sie frei gemacht hatte. Der Abt saß ihr gegenüber. Sie sagte nichts. So hatte sie sich ihn nicht vorgestellt.

Mina sah einen hageren Mann in den Fünfzigern vor sich. Seine Gewänder waren schlicht, nicht wie die des Erzbischofs und der Domkanoniker. Sie verstand nicht, wieso er als der mächtigste Mann der Christenheit galt. Sie hob den Schleier an, um ihn besser sehen zu können.

Und ihre Blicke trafen sich. Mina riss die Augen vor Verwunderung weit auf. Seine Augen waren dunkel; in ihnen brannte eine so tiefe Leidenschaft, dass sie das Gefühl hatte, von ihnen versengt zu werden. Da wusste sie, dass es keinen Widerstand gegen diese Leidenschaft gab, wenn sie erst entfesselt wäre.

Sie erschauderte unter seinem Blick.

Bernhard senkte das Haupt.

»Sagt ihr, bitte, dass ich nicht weiß, was ich sagen kann, um die Wunde in ihrem Herzen zu heilen.« Er wartete darauf, dass Solomon die Worte wiederholte. »Mir bleibt nur, für das, was in meinem Namen geschah, um Verzeihung zu bitten. Mehr kann ich nicht tun. Ich verspreche, alles daranzusetzen, dass keine andere Frau so leiden muss wie sie.«

Mina schwieg lange, nachdem Solomon geendet hatte.

»Ich glaube«, sagte sie endlich, »ich glaube, Ihr seid ein anständiger Mann, obwohl Ihr ein Götzenanbeter seid. Ich akzeptiere, dass Ihr wahrhaftig bedauert, was meinem Mann und unserem Volk angetan wurde. Wenn ich an meine verwaisten Kinder denke und an das jüngste, welches seinen Vater nie kennen wird, ist es schwer, Vergebung zu finden.«

Solomon übersetzte Wort für Wort, obwohl ihm der *Parnas* durch Zeichen bedeutete, den Inhalt abzumildern.

Der Abt beugte sein Haupt. »Ich verstehe. Es war viel von Euch verlangt.«

Mina streckte ihm die Hand entgegen. »Es ist schwer«, sagte sie abschließend. »Aber ich tue es. Der Heilige, gepriesen werde Sein Name, vergab Seinem Volk, als es in der Wüste von Ihm abfiel. Möge Euer Volk auch eines Tages einen Weg zu Ihm zurück finden. Bis dahin will ich Euch nichts Übles.«

Gottfried der Mönch schnaubte empört, aber der Abt gebot ihm Einhalt.

»Danke«, sagte Bernhard. »Ich habe darum gebeten, mit den Einwohnern der Stadt zu sprechen, bevor ich abreise. Ich werde ihnen von Eurer Großzügigkeit erzählen.«

Er gab den anderen Mönchen Zeichen.

»Wir haben diese Menschen lange genug aufgehalten.« Er nickte allen zu und führte die anderen hinaus.

»Mina!«, sagte der *Parnas* tadelnd. »Hättest du denn keinen versöhnlicheren Ton anschlagen können?«

Mina erhob sich. »Nein«, widersprach sie. »Das war das Beste, was ich tun konnte. Guten Abend.«

Die Kunde, dass der Abt von Clairvaux sich in der Stadt aufhalte, verbreitete sich wie ein Lauffeuer. Alle anderen Kümmernisse waren für den Augenblick vergessen. Die Menge zerstreute sich und ging sich schönere Kleider anziehen, um Bernhard zu empfangen.

»Man sagt, er ist ein lebender Heiliger«, meinte eine Frau zu ihrer Nachbarin. »Ob er wohl meinen blinden Sohn heilen kann, wenn er ihn segnet?«

»Nicht alle halten ihn für so heilig«, erwiderte die Nachbarin. »Aber du hast ja schon alles andere versucht. Bringe den Jungen mit. Ein Segen kann ihm nicht schaden.«

Als Catherine von der Anwesenheit des Abtes erfuhr, reagierte sie wie die Nachbarin.

»Er besitzt Überzeugungskraft«, sagte sie. »Und vielleicht ist sie von Gott gegeben. Aber er lässt sich zu sehr von anderen und seinen eigenen Gefühlen leiten. Er denkt nicht logisch. Und es ist schwer zu vergessen, wie er Meister Abaelard gepeinigt hat.«

»Ich weiß, Catherine.« Solomon rutschte unruhig hin und her. »Ich habe seine verhaltene Demut immer für eine andere

Form von Stolz gehalten, aber er hat Simons Tod aufrichtig bedauert. Dessen bin ich sicher.«

»Gewiss«, sagte Catherine. »Mich beunruhigt nur, dass er von Hermanns Festnahme hörte und ihn sein Abscheu vor Ketzern veranlassen wird, die Tatsachen zu ignorieren und den Erzbischof zu ermuntern, Hermann zu verurteilen.«

Edgar seufzte. »Vor Jahren verbrachte der Abt mehrere Monate damit, Ketzer in der Provence zu ermahnen, zum rechten Glauben zurückzukehren. Vielleicht gereicht es Hermann zum Vorteil, dass Bernhard die Ketzer so gut kennt. Ein paar Fragen würden Bernhard überzeugen, dass Hermann kein Ketzer ist.«

»Ihr scheint ja eine Menge über diesen Glauben zu wissen«, meinte Solomon.

Catherine schüttelte den Kopf. »Nicht genug. Dieser Tage ziehen so viele Vereinigungen von Asketen durch die Lande. Die meisten sind harmlos. Diese hier scheint besser organisiert zu sein als die anderen. Wie viele sind sie entschlossen, sich ganz von der kirchlichen Hierarchie zu entfernen, aber diese Gruppe hat auch ihren eigenen Orden gegründet. Sie wollen anscheinend eine andere Herrschaft errichten, außerhalb unserer Gesetze und Sitten.«

»Ach, so wie die Juden«, bemerkte Solomon.

Catherine sah ihn scharf an, sie spürte seinen Sarkasmus.

»Ja, schon«, warf Edgar rasch ein, bevor sie antworten konnte. »Aber ihr missioniert nicht und weigert euch nicht, Steuern zu zahlen. Sie dagegen schon.«

»Was ist denn schlimmer?«, erkundigte sich Solomon.

»Das erste führt zum zweiten«, sagte Edgar grinsend. »Das bedeutet, die Könige und Bischöfe wollen sie beide vernichten, wenn auch aus unterschiedlichen Gründen.«

»Wollen wir also den Abt bitten, uns bei unserem Problem zu helfen?«, fragte Solomon.

Catherine und Edgar sahen sich an.

»Vielleicht sollten wir zuerst mit Peter darüber reden«, schlug Catherine vor. »Seine Familie steckt genauso tief drin wie unsere.«

Solomon lehnte es ab mitzukommen. »Ich bleibe bei Margaret«, sagte er. »Onkel Hubert wird sich um eure Sprösslinge kümmern.«

Sie ließen ihn an ihrem Bett zurück, wie er ihre Hand hielt.

Walter trafen sie unterwegs. Sie erklärten ihm ihre Schlussfolgerungen. Er beharrte darauf mitzukommen.

»Ich war von Anfang an dabei«, sagte er. »Ich will das Ende nicht verpassen.«

Als sie das Haus erreichten, fanden sie Maria schon dort.

»Wo ist Euer Mann?«, fragte Walter. »Wir haben einige Fragen an ihn.«

»Auch Euch einen guten Tag«, erwiderte Maria, ohne sich zu erheben. »Ich glaube, ich kann Euch das meiste, was Ihr wissen möchtet, selbst beantworten. Bruder Berengar! Würdet Ihr Agnes und Peter bitten herunterzukommen?«

»Agnes ist hier?«, sagte Catherine überrascht.

»Man hat mich gezwungen, meinen Verdacht gegen sie fahren zu lassen«, sagte Maria. »Es gab keinen Grund mehr, ihr länger ein Zimmer für sich allein zu geben.«

Agnes betrat das Zimmer, und Catherine eilte auf sie zu, zögernd ein bisschen, als sie näher kam. Dann breitete Agnes die Arme aus und Catherine lief hinein. Keine sagte eine Wort, denn beide mussten zu sehr weinen.

»Nun, es scheint, dass wir erreicht haben, wofür wir gekommen sind«, sagte Edgar traurig. »Agnes ist frei und unversehrt. Aber Margaret ist in einem zerbrochenen Geist und Körper gefangen, dabei war sie viel unschuldiger. Was für eine Gerechtigkeit ist das?«

Walter legte den Arm um Edgars Schultern.

»Ich habe ebenso empfunden, als der Mann, der meine Alys tötete, freigelassen wurde«, sagte er. »Ich habe auch keine Antwort darauf gewusst.«

Er wandte sich wieder Maria zu. Jetzt hatte sich auch Peter zu ihnen gesellt.

»Euer Mann?«, wiederholte Walter.

»Oben«, antwortete sie. »Er sagt, dass er im Sterben liegt. Vielleicht stimmt das sogar.«

Walter wusste nicht, wie er ihre gleichmütige Bemerkung aufnehmen sollte.

»Peter, wie meint sie das?«, fragte er.

»Mein Onkel sagt, er habe Eisenhut geschluckt, mit welchem er meinen Vater getötet hat. Er sagte mir, er ziehe es vor, schnell zu sterben, bevor er seinen Eid breche, was immer das bedeuten mag«, antwortete Peter. »Ich kann es nicht glauben. Vater und er waren Freunde.«

»Seid Ihr sicher, dass er das Gift geschluckt hat?«, fragte Walter.

»Absolut«, antwortete Maria. »Ich war dabei. Ich dachte, er wollte sein Brot damit würzen. Zuerst zögerte er, aber dann würgte er es hinunter – diese Memme!«

Walter erklärte es den anderen. Catherine wischte sich das verweinte Gesicht mit dem Ärmel ab und kam an den Tisch.

»Ist Folmar bei Bewusstsein?«, fragte sie. »Sollten wir einen Priester kommen lassen?«

»Catherine, er muss mehr tun, als die letzte Beichte vor einem Priester ablegen«, sagte Agnes. »Er muss gestehen, dass Hermann nichts davon wusste. Sonst behaupten sie immer noch, dass auch Hermann ein Ketzer war.«

»Agnes?« Catherine hörte die Panik aus ihrer Stimme heraus. »Sag mir nicht ... er besitzt doch keine Ländereien. Du hast doch mal gesagt, dass du nie ...«

»Wirf mir nicht vor, was ich gesagt habe, Catherine«, sagte Agnes verärgert. »Mir ist es einerlei, wenn er nicht mehr als einen Mantel und ein Paar Sporen hat. Verspotte mich, so viel du willst, aber rette ihn.«

»Ich spotte ja gar nicht, Liebes«, sagte Catherine. »Wir finden einen Weg.«

»Peter«, fragte Walter, »ist Folmar bei Verstand? Würde er mit uns sprechen? Glaubt Ihr, er würde Euren Onkel Hermann entlasten?«

»Ich ... ich weiß nicht recht«, sagte Peter. »Vielleicht ist er bei klarem Verstand, aber als er zu mir kam und sagte, was er getan hat, fiel er auf die Knie und begann immer wieder, das Vaterunser zu beten. Er unterbrach sich nur einmal und bat mich, die *Perfecta* kommen zu lassen, wer immer das sein mag.«

Walter befragte die anderen.

»Ich weiß nicht, was er meint«, sagte Catherine. »Aber da gibt es einen, der es vielleicht weiß. Walter, du hast Abt Bernhard getroffen, und du hast das Kreuz von ihm empfangen. Glaubst du, dass du ihn dazu bringen könntest, zu uns zu kommen?«

»Sag ihm, eine Menschenseele schwebt in Gefahr«, sagte Edgar.

»Ich will es versuchen«, versprach Walter. »Wo ist er denn?«

»Bei den Kanonikern von Sankt Florin«, sagte Peter. »Ich bringe Euch hin.«

Ein Schatten huschte über Margarets Gesicht. Solomon sah zum Fenster hinaus. Zum ersten Mal seit Wochen zogen sich Wolken zusammen. Ein Windhauch bewegte die welkenden Rosen im Garten. Vor Anbruch der Nacht würde es regnen.

Diese Gedanken zogen flüchtig an Solomon vorbei. Eigentlich konzentrierte er sich vollkommen darauf, Margaret zurückzuholen. Er fuhr mit der Hand durch die Reste ihres einst so schönen roten Haars. Ein Teil davon war abgeschnitten, um die klaffende Wunde an der Schläfe zu nähen, und der Rest geschoren, damit der Haarwuchs ihre Kraft nicht anzapfte. Die linke Gesichtshälfte war geschwollen und größtenteils mit violetten und gelben Flecken bedeckt. Von den Schlägen auf die Nase hatte sie auch zwei blaue Augen davongetragen.

»Welcher Gott lässt so etwas geschehen?«, murmelte Solomon. »Welchen Sinn könnte es haben, gute Menschen sterben und ein strahlendes Kind wie dieses so übel zurichten zu lassen? Was für eine Lektion soll uns damit erteilt werden?«

Nicht zum ersten Mal hatte Solomon solche Fragen gestellt. Er hatte so viel Ungerechtigkeit in seinem Leben gesehen, dass die Notwendigkeit, einen Sinn darin zu sehen, ihn häufig beschäftigte.

Sanft streichelte er die unverletzte Seite von Margarets Gesicht; voller Staunen sah er, wie ausgeprägt ihre Züge bereits waren. Das Kindliche verschwand, die Frau darunter kam schon zum Vorschein.

Wenn sie weiterleben würde.

»In einer richtigen Welt«, fuhr er fort, »wärst du meine Tochter. Du würdest mit deiner Mutter und mir auf einem Berg weitab von der Stadt wohnen. Ziegen und Hühner hätten wir. Ich würde nur mit dem nächstgelegenen Bauernhof Geschäfte machen. Die Ernte fiele immer reichlich aus, die Trauben wären immer süß. In einer richtigen Welt würde es keine Edomiter, Ismaeliten oder Juden geben, nur Männer, Frauen und Kinder, die Sorge füreinander tragen, so wie ich für dich. O Margaret, ich wünschte so sehr, dass wir beide in einer richtigen Welt wieder aufwachen könnten!«

Mit einem tiefen Seufzer drehte sich Margaret auf die andere Seite. Solomons Hand blieb an ihrer Wange.

Langsam schlug sie die Augen auf. Sie sah sein Gesicht. Ihre Augen schlossen sich wieder, und mit einem schiefen Lächeln fiel sie in einen natürlichen Schlaf.

Mit offenem Mund saß Solomon regungslos da. Zwischen zwei Atemzügen war ein Wunder geschehen. Obwohl es keine andere gerechte Welt gab, deuchte ihn diese wieder erträglich.

Alle außer Folmars Ehefrau waren oben in dem Zimmer, wo jener lag und auf die ersten Vorboten seines Todes wartete. Maria hatte es vorgezogen, unten auf Walters und Peters Rückkehr zu warten.

»Im Augenblick hege ich weder ehefrauliche noch barmherzige Gefühle«, stellte sie fest. »Eher würde ich das Hinscheiden meines Mannes beschleunigen, als ihm sein Leiden zu erleichtern.«

»Ich muss gestehen, dass ich ihr beipflichte«, flüsterte Edgar Catherine zu. »Der Mann ist ein Ketzer und Brudermörder. Er verdient keine Totenwache.«

»Nun, ich will dabei sein, falls er erklärt, warum er seinen eigenen Bruder umgebracht hat«, warf Catherine ein. »Ich dachte, Folmar hätte entdeckt, dass Gerhardt den Grundbesitz an die Ketzer verschenkte. Aber wo wir jetzt wissen, dass Folmar selbst ein Ketzer ist, ergibt das keinen Sinn.«

Folmar lag in einem großen Bett mit Vorhängen und schien noch keine Schmerzen zu leiden. Allerdings war er bleich und voller Angst. Bruder Berengar beugte sich über ihn und fragte ihn noch einmal, ob er sich die letzten Riten wünschte. Folmar schüttelte den Kopf und fuhr fort zu beten.

»Berengar, lasst ihn beichten«, beharrte Agnes. »Er muss

zugeben, dass Hermann nichts von seinen Machenschaften ahnte.«

Der Mönch warf entnervt die Hände in die Luft.

»Wir haben ihn mehrmals gefragt, meine Dame«, sagte er. »Aber er wiederholt immer nur das Vaterunser und ruft hin und wieder nach der *Perfecta.*«

Das letzte Wort hörte Folmar. Er hob den Kopf.

»Habt Ihr sie gefunden?«, fragte er. »Kommt sie? Ich muss das *Consolamentum* haben, bevor ich sterbe.«

»Wie kann er mit einem Mord auf der Seele sterben?«, fragte Catherine. »Selbst die Ketzer müssen wissen, dass das eine Sünde ist.«

Berengar versuchte es noch einmal. »Bereut wenigstens den Tod, den Ihr verursacht habt«, flehte er.

»Es war ein Unfall«, wimmerte Folmar. »Er sollte nicht sterben. Ich wollte ihn nur vor der ewigen Verdammnis bewahren. Nachdem er in die Heirat eingewilligt hatte, wusste ich, dass er nicht keusch bleiben konnte. Die Salbe sollte ihn nur zu schwach zum Kopulieren machen.«

Catherine stieß einen befriedigten Seufzer aus und ging zur Tür, Agnes hielt sie auf.

»Dein Rätsel ist zwar gelöst, aber es ist noch nicht alles vorbei«, sagte sie. »Du und Edgar, ihr könnt jetzt nicht fort.«

»Agnes, wir wollten nicht fort«, erwiderte Edgar. »Wenn du dir deine Schwester mal genau ansähest, würdest du merken, dass sie sich übergeben muss. Wäre dir lieber, sie täte das hier drinnen?«

»Nicht schon wieder!« Agnes biss sich auf die Zunge, um diesen Gedanken nicht weiter auszuführen.

Sie trat beiseite, und Catherine rannte hinaus.

»Siehst du, was da auf dich zukommt?«, sagte Edgar. »Bist du sicher, dass du hier bleiben und heiraten willst?«

»Ich beabsichtige, meine Schwangerschaften besser zu planen als Catherine«, antwortete Agnes voller Zuversicht. »Fürs Erste werde ich sie nicht fern vom heimischen Herd austragen.«

Kurz darauf kehrte Catherine zurück und sah viel schlimmer aus als Folmar. Sie beugte sich über das Bett, um ihn besser zu sehen.

»Wie lange ist es her, dass er das Gift genommen hat?«, fragte sie Berengar. »Sollte er jetzt nicht Zuckungen und dergleichen haben?«

Ihr Blick brachte Folmar aus dem Gleichgewicht, er zog sich in seine Polster zurück.

»Das war um die Terz herum, sagt Frau Maria«, antwortete der Mönch. »Ich bin in diesen Sachen nicht bewandert. Ich weiß nicht, wie schnell Gift wirkt.«

»Wenn er viel auf dem Brot hatte, müsste er wenigstens ein wenig zucken.« Catherine wurde immer argwöhnischer. »Ist noch etwas davon in dem Behälter?«

»Ich sehe mal nach.«

Berengar kam mit einer Holzkiste zurück, in der eine dünne Schicht aus weißem Pulver lag. Er gab sie Catherine, die daran roch und davon probierte.

»Catherine, nicht!«, riefen Edgar und Agnes wie aus einem Mund.

»Keine Angst.« Catherine warf angewidert die Kiste hin. »Das ist ja nur gemahlene Meerrettichwurzel. Schlimmstenfalls verbringt man damit eine Nacht auf der Latrine. Berengar, heißt ihn aufstehen.«

Edgar wartete nicht ab, sondern schlug die Decke hoch und rollte Folmar auf den Fußboden.

»Was macht Ihr denn?«, brüllte er. »Ich sterbe!«

Catherine hielt die Kiste hoch. »Hiervon aber nicht.«

Folmar nahm die Kiste und probierte. »Aber das ist doch

unmöglich«, sagte er zu Bruder Berengar. »Gestern war da Eisenhut drin. Ich habe ihn selbst hineingetan.«

»Ich glaube, dafür könnt Ihr euch bei Eurem Neffen bedanken«, antwortete Berengar, dem gerade ein Licht aufging. »Peter kam gestern mit einer Wurzel zu mir und fragte, ob sie essbar sei. Ich bestätigte es, denn ich kann die Pflanzen auseinander halten. Vermutlich fand er Euern Vorrat und füllte die Kiste mit Meerrettich auf.«

Folmar machte ein dummes Gesicht.

»O nein! Ich muss irgendwie entkommen«, winselte er. Er rappelte sich auf und stand da in seinem ungegürteten Gewand. »Ihr könnt mich nicht der Obrigkeit übergeben, sie werden mich foltern, um die Namen der anderen zu erfahren. Ich muss hier raus!«

Er wankte aus dem Zimmer, Edgar dicht hinter ihm. Als sie die Treppe erreichten, schnappte Edgar mit der guten Hand Folmars Gewand. Der Stoff riss; Folmar stürzte in die Tiefe und landete unten auf dem Steinfußboden.

Edgar wollte ihn mit dem linken Arm festhalten, merkte jedoch zu spät, dass er mit links nicht greifen konnte. Hilflos musste er mit ansehen, wie der Mann taumelte.

Maria kam aus dem Sonnenstübchen und starrte auf die stöhnende Jammergestalt ihres Mannes. Dann sah sie Berengar fragend an.

»Er hatte sich doch nicht vergiftet«, sagte der Mönch. »Er lag gar nicht im Sterben.«

Maria sah sich noch einmal Folmar an und stieß ihn mit dem Fuß an. Er quiekte.

»Stirbt er denn jetzt?«, fragte sie.

Catherine kniete neben ihm nieder. »Sein Rückgrat ist gebrochen. Ja, ich glaube, jetzt stirbt er.«

Maria atmete langsam aus.

»Gut.«

Hubert saß unter einer Markise, die eilends vor der Schenke ausgerollt worden war, und sah seinen Enkelkindern beim Spielen im warmen Regen zu. Er liebte sie beide abgöttisch, besonders Edana, die ihrer Mutter ähnelte. Er sagte sich immer wieder, dass die Freude, sie aufwachsen zu sehen, die ständige Spannung aufwog, in zwei Welten leben zu müssen. Doch er spürte in letzter Zeit öfter, dass sich sein Herzschlag verlangsamte, und er fragte sich, wie viel Zeit er noch hatte. Eines Tages würden die Herzschläge weit auseinander liegen und schließlich ganz aufhören.

Wind war aufgekommen. Hubert wollte die Kinder ins Haus zurückbringen, als ihm ein Reiter den Weg verstellte. Hubert erkannte das Pferd und den Mann.

»Bist du endlich zur Vernunft gekommen, Jehan«, sagte er. »Es hat ja lange genug gedauert. Nun, viel Glück in Edessa. Mögest du Ehre und Ruhm erlangen und eine Burg im Heiligen Land.«

Er nahm beide Kinder an die Hand und wollte um Jehan herumgehen, doch jener saß ab und packte ihn an der Schulter.

»Noch ziehe ich nicht nach Edessa«, zischte er. »Zuerst muss ich zu Ende bringen, was ich in Paris begonnen habe. Ihr habt das hier geschrieben, ja?«

Er hielt Hubert das Pergament unter die Nase.

»Das ist ja lächerlich«, sagte Hubert und versuchte zurückzuweichen.

»Lügt nicht. Ich weiß, dass es Euch gehört«, sagte Jehan. »Und ich weiß genug, um Euch zu verderben. Kein Mann wird Agnes heiraten, wenn er erfährt, wer Ihr seid.«

»Du kannst nichts beweisen«, entgegnete Hubert ruhig. »Du hast dich hier zum Narren gemacht. Keiner glaubt dir irgendwas.«

»Das wird sich zeigen, *Chaim*«, sagte Jehan. »So nennen

sie Euch doch. Ich hab's gehört. Dachtet wohl, ich war blind und taub, die ganzen Jahre über, in welchen Ihr mich brauchtet, um Euren Besitz zu bewachen und Eure Nachrichten zu befördern? Bischof Stephan konntet Ihr vielleicht von Eurer Frömmigkeit überzeugen, doch dieses Mal habe ich genügend Beweise dafür, dass Ihr wirklich ein Jude seid und nur vorgebt, wie einer von uns zu sein. Ihr spuckt auf das Kreuz und entehrt das Sakrament wie alle Juden. Und Eure Töchter wissen davon und helfen, Eure Schande zu verbergen. Jetzt kommt alles ans Licht. Man wird Euch für Eure Apostasie hinrichten, und Eure Familie wird bettelarm.«

»Du bist von Sinnen«, sagte Hubert, jedoch mit bebender Stimme.

Jehan lächelte. »Mag sein, aber in dieser Sache täusche ich mich nicht. Hebräische Beschwörungen, von Eurer Hand geschrieben, werden den Bischof überzeugen, ganz abgesehen von Eurem ständigen Umgang mit Mitgliedern der jüdischen Gemeinde.«

»Beschwörungen?« Hubert merkte, dass Jehan nicht wusste, was auf dem Pergament geschrieben stand. »Jehan, das sind keine Zauberworte; es sind nur die Maßangaben für einen Kerzenhalter. Sie können nur den Silberschmied herbeirufen.«

»Ich glaube Euch nicht«, sagte Jehan unsicher. »Einerlei – dass Ihr sie lesen könnt, ist Beweis genug.«

»Nein, Jehan, und das weißt du auch.« Jetzt hatte Hubert wieder die Oberhand. »Der Bischof hört dich vielleicht an, aber Abt Suger nicht, und Graf Thibault wird mich auch unterstützen. Wenn du solche Lügen verbreitest, werfen sie ein schlechtes Licht auf dich. Möchtest du, dass Abt Suger mit König Ludwig über dich spricht? Vielleicht wünscht er sich keinen bekannten Störenfried unter seinen Rittern.«

Jehan schwankte. Er wusste aus bitterer Erfahrung, wie

viel Macht dieser Mann hatte. Sein Blick wanderte zu James und Edana, die fröhlich durch die matschigen Pfützen platschten. Hubert erriet, was Jehan dachte.

»Wage es nicht!«, sagte er. »Wenn meinen Enkelkindern auch nur ein Haar gekrümmt wird, kannst du dich nirgends auf der Welt verstecken, innerhalb oder außerhalb der Christenheit. Wenn du Recht hast mit deinen Anschuldigungen, dann weißt du, dass die Juden ein Handelsnetzwerk haben, auch in den Ländern, die nie ein Priester betrat. Und sie werden dich töten, das verspreche ich dir. Sie werden dich gefangen nehmen lassen, kastrieren und an den gemeinsten Sklavenhändler in Bagdad verkaufen. Glaube es mir.«

Sein Herz schlug langsam, seine Hände waren kalt wie Eis. Er betete, dass er nicht wieder im Beisein der Kleinen ohnmächtig würde.

Das Messer an seiner Kehle war ihm beinahe willkommen. Es klärte ihm den Verstand. Doch der Schnitt kam nicht.

»Wisst Ihr, was es heißt zu hassen?« Jehans Mund war ganz dicht an seinem Ohr. »Wisst Ihr, wie das ist, wenn man Euch alles entreißt, was Ihr je begehrt und geliebt habt?«

»Ja«, antwortete Hubert schlicht.

»Nein, das wisst Ihr nicht.« Das Messer drückte fester. »Ihr könnt es gar nicht wissen. Ihr denkt, dass Ihr mich aufgehalten habt, aber ich werde mich den Rest meines Lebens rächen.«

Das Messer ritzte einen dünnen Strich in Huberts Hals und hinterließ eine dünne Blutspur. Mit einem erstickten Wutschrei sprang Jehan aufs Pferd und ritt davon. Hubert sah ihm nach, bis er in den engen Gassen verschwunden war. Erst dann wagte er wieder zu atmen.

Er ging zur Schenke zurück und bestellte mehr Wein. Lange Zeit saß er da, mit dem Gelächter seiner Enkelkinder in den Ohren.

Als Walter und Peter zurückkehrten, hatte man Folmar eilends auf einen Strohsack im Saal gelegt. Sein Stöhnen war jetzt leiser, denn er wurde zusehends schwächer.

Catherine sah die graue Kutte zuerst. Sie hatte nicht bemerkt, dass Walter mit seiner Anfrage Erfolg gehabt hatte. Sie senkte den Kopf, als Abt Bernhard auf dem Fußboden auf der anderen Seite des Strohsacks kniete.

»Danke, dass Ihr gekommen seid, Herr Abt«, sagte sie. »Dieser Mann ist der Ketzerei anheimgefallen. Obwohl er im Sterben liegt, weigert er sich zu widerrufen und das Viatikum anzunehmen. Bitte, versucht, ihn zu erreichen. Er hat schreckliche Dinge getan, aber ich glaube, er ist eher dumm als böse. Ich will nicht, dass er in die ewige Verdammnis muss.«

Bernhard ergriff Folmars Hand. Sie lag schlaff in der seinen. Dann berührte er die Stirn des Mannes. Folmar schlug die Augen auf.

»Ich bin hier, um Eure Seele zu retten«, sagte Bernhard. »Versteht Ihr mich?«

Leichtes Zittern. »Nein, ich muss das *Consolamentum* haben. Sonst bin ich zur Wiedergeburt in diesem bösen Fleisch verdammt.«

Bernhard wippte auf seine Fersen zurück. »Ach, du liebe Zeit, ein Katharer. Das wird schwierig. Lasst mich und Bruder Berengar bitte mit ihm allein. Und lasst das Salböl aus dem Dom kommen. Falls ich Erfolg habe, kann ich ihm die letzten Riten geben.«

Catherine tat, wie ihr geheißen.

Agnes hielt sie im Türeingang auf.

»Wird Folmar Hermann entlasten?«

»Ich weiß es nicht«, sagte Catherine. »Er ist sehr schwach, und Abt Bernhard ist hauptsächlich darum besorgt, ihn zum wahren Glauben zurückzuführen, bevor es zu spät ist. Aber er hat schon gestanden, dass er Gerhardt vergiftet hat. Sicher gelingt es mit Folmars Geständnis und Hermanns Zeugnisablegung für den rechten Glauben, jenen Andreas zu widerlegen. Dann hat dessen Anschuldigung beim Erzdiakon kein Gewicht.«

Agnes rieb den Knoten in ihrem Nacken. »Ich wünschte nur, es wäre vorbei. Wenn Hermann frei ist, muss ich nachweisen, dass meine Ehe mit Gerhardt nie vollzogen wurde, und eine Annullierung beantragen. Ich will nicht länger warten als nötig.«

Catherine dachte daran, sie an den Sterbenden nebenan zu erinnern. Sicher war das wichtiger als Agnes' rechtliche Komplikationen. Sie holte Luft, um etwas zu sagen, und änderte ihre Meinung. Es war doch nicht wichtiger als Agnes. Folmar war ja die Ursache für all ihre Schwierigkeiten. Es war richtig, dass er dafür bezahlte. Doch das Wissen um die ausgleichende Gerechtigkeit machte Catherine nicht glücklicher.

Als Peter mit einem der Kanoniker zurückkehrte und das für die letzten Riten Erforderliche mitbrachte, war sie überrascht, dass er nass war. Sie hatte nicht bemerkt, dass es zu regnen begonnen hatte.

Agnes ging sofort zu dem Kanoniker und fragte ihn nach Hermann.

»Der Erzdiakon hat ihn heute Nachmittag verhört«, sagte der Priester. »Hermann hat jeden Punkt genau beantwortet. Für ihn spricht auch, dass der Ankläger geflohen ist und einen silbernen Leuchter und ein Salzfass mitgehen ließ.«

Vor lauter Glück brachte Agnes kein Wort heraus. Sie brachte den Geistlichen in Verlegenheit, weil sie ihn umarmte. Dann holte sie Peter ein und tanzte mit ihm durch das Zimmer, was dem Kanoniker den Rest gab. Er suchte sich einen Platz so weit weg wie möglich und richtete sich aufs Warten ein.

Es war schon fast dunkel, bevor wieder ein anderer Laut als gelegentliches Stöhnen aus dem anderen Zimmer herausdrang. Die Diener zündeten die Lampen an, als Abt Bernhard herauskam, müde, aber wohlgemut.

»Kommt mit«, sagte er zu dem Kanoniker. »Der Mann hat die Beichte abgelegt und wünscht sich, im Zustand der Gnade zu sterben. *Deo gratia*. Aber eilt Euch! Er hält nicht mehr lange durch.«

Catherine schlief schon fast mit dem Kopf in Edgars Schoß. Er wuschelte ihr das Haar und half ihr aufstehen.

»Es ist alles vorbei, *carissima*«, sagte er. »Ich glaube, es ist Zeit für unsere Heimreise.«

Epilog

Trier, Montag, Tag 5 vor den Iden des Septembers (9. September) 1146; 2. Elul 4907. Rosch Ha-Schanah, jüdischer Neujahrstag.

Omnes quidem homines, dum parvuli sunt . . . constat eorum hominum fidem vel consuetudinem sequi, cum quibus conservantur, et eorum maxime, quos amplius diligunt. Postquam vero adulti sunt, ut iam proprio regi possint arbitrio, non alieno, sed proprio committo iudicio debent.

Bekanntlich übernehmen alle in der Kindheit . . . Glauben und Gewohnheit derer, mit welchen sie Umgang pflegen, vor allem jedoch von denen, welchen sie höhere Wertschätzung entgegenbringen. Als Erwachsene sollen sie jedoch selbst eine Entscheidung treffen, sich auf ihr eigenes, nicht fremdes Urteil verlassen können.

Peter Abaelard
Gespräch zwischen einem Christen, einem Philosophen und einem Juden

Margaret saß in ihrem Bett, allseits von Kissen gestützt. Die Schwellung in ihrem Gesicht war abgeklungen, die blauen Flecken begannen zu verblassen. Bruder Zacharias hatte ihr mehrere Wochen Bettruhe verordnet, damit auch die übrigen Verletzungen heilen könnten. Ihre Rippen schmerzten und auch ihr Rücken, was den Infirmar besorgt mit der Zunge schnalzen ließ.

»Ich hoffe, Ihr plant hier wenigstens bis zum Fest der Geburt Christi zu bleiben«, sagte er. Er sah auf Catherines Bauch. »Vielleicht sogar ein paar Monate länger.«

Edgar versicherte ihm, dass sie nicht beabsichtigten, früher als im nächsten Sommer abzureisen.

»Ausgezeichnet«, sagte Bruder Zacharias. »Dann komme ich später mit einer Salbe wieder, damit die Schnittwunden heilen.«

Er begriff nicht, warum plötzlich alle hüstelten.

Als Margaret und die Kinder an jenem Abend schliefen, beschloss Hubert, Catherine und Edgar in seine Pläne einzuweihen. Er wusste, dass sie Einwände erheben würden, doch er musste versuchen, Verständnis bei ihnen zu wecken.

»Ich werde den Winter über nicht bei euch bleiben«, begann er. »Walter nimmt mich mit nach Paris.«

»Oh, gut!«, sagte Catherine. »Würdest du Samonie sagen, sie soll meine Pelze und Wollsachen einpacken und dir für den Rückweg mitgeben? Und frage sie, ob sie auf Willa verzichten kann, damit sie James und Edana hütet, wenn ich im Kindbett liege.«

»Gern«, sagte Hubert. »Aber ich kehre von Paris aus nicht hierher zurück. Ich gehe nach Süden.«

»Nach Süden? Aber wieso denn?«, fragte sie. »Ich dachte, Solomon und Eliazar operieren jetzt dort.«

Hubert nahm allen Mut zusammen. Er musste ihnen reinen Wein einschenken.

»Catherine, ich komme nicht zurück«, sagt er. »Ich habe bei der Gemeinde von Arles einen Aufnahmeantrag gestellt. Ich muss irgendwohin gehen, wo ich nicht als Christ bekannt bin.«

Zuerst begriff Catherine nicht. Doch dann sah sie ihn an, als hätte er sie geschlagen.

»O Vater!«, hauchte sie. »Tu das nicht. Bitte, ich flehe dich an.«

Sie fiel vor ihm auf die Knie und hielt ihn fest. Sanft schob Hubert sie weg.

»Ich muss es tun, mein Kind«, sagte er. »Ich kann nicht länger so leben. Ich liebe euch alle so sehr, als ob in meiner Seele ein Feuer brennen würde, aber ich bin Jude, einerlei wie sehr ich vorgebe, es nicht zu sein. Früher oder später wäre dies ans Licht gekommen, zu euer aller Elend.«

»Wenn du es nur versuchen würdest.« Catherine weinte jetzt.

Edgar zog sie hoch und legte den Arm um sie.

»Er hat es versucht, *leoffest*«, sagte er. »Wir können ihn nicht zum Glauben zwingen, weil er uns liebt, genauso wenig wie man die anderen Juden durch Furcht dazu bringen kann. Denke an die Predigt des Abtes.«

Catherine rief sie sich ins Gedächtnis zurück, eine anregende, starke Predigt. Manch einen Zuhörer hatte sie zu Tränen gerührt. Bernhard hatte versichert, dass keine Verfolgungen mehr stattfinden würden, wenigstens nicht in Trier. Doch es war leichter zu glauben, dass Gott den richtigen Zeitpunkt für die Bekehrung der Juden wählen würde, wenn einer davon nicht der eigene Vater war.

Hubert fuhr fort: »Ich bin sechsundfünfzig, Catherine. Ich wollte die Thora studieren wie mein Vater. Es wird mich zehn Jahre kosten, bis ich genug weiß, um damit anzufangen. Ich kann nicht länger warten. Ich weiß, dass dir das wehtut, aber es wäre mir ein großer Trost, wenn ich mit deinem Segen abreisen könnte.«

»Was wird aus dem Besitz in Paris?«, versuchte es Catherine noch einmal. »Was wird aus deinem Kontakt mit St. Denis?«

»Das ist einer der Gründe, warum ich zuerst nach Paris will«, erklärte Hubert. »Ich beabsichtige, dir und Edgar das Haus mit allem, was darin ist, zu überschreiben. Guillaume hat seine Burgvogtei und Agnes bleibt offenbar in Deutschland, darum sollte es dir gehören. Was den Vertrag angeht, so sollten wir warten, bis Solomon hier ist, um darüber zu reden.«

»Morgen also«, sagte Edgar. »Es ist spät; wir sollten alle schlafen, bevor wir noch mehr Entscheidungen treffen.«

»Aber Edgar!«, rief Catherine aus.

»Morgen«, antwortete Edgar. »Du siehst doch, wie erschöpft dein Vater ist.«

Sie gingen zu Bett, aber keiner konnte schlafen.

Als Solomon am nächsten Morgen kam, überfiel ihn Catherine gleich mit der Frage:

»Kanntest du den Plan meines Vaters?«

»Er hat was von Arles erwähnt«, gab Solomon zu.

»Warum hast du mir nichts davon gesagt?«, jammerte sie.

»Weil mir klar war, wie du das aufnehmen würdest«, sagte er und schnappte sich ein Stück Brot, bevor sie ihm das Tablett wegriss. »Nämlich so wie jetzt.«

»Er will, dass wir ihn für tot erklären«, sagte sie. »Das heißt, dass er uns nicht besuchen kann. Wir sehen ihn nie wieder.«

»Vielleicht nicht«, sagte Solomon. »Oder ihr kommt mal nach Arles.«

Catherine wollte sich nicht so leicht trösten lassen. Sie schmollte bei Bier und Graupenbrei, bis Hubert und Edgar herunterkamen.

»Solomon!«, sagte Hubert lächelnd. »Ich habe gerade mit Edgar darüber gesprochen, dass er meine Hälfte des Geschäfts übernehmen soll. Was hältst du davon?«

»Ich weiß nicht recht.« Solomon sah Edgar spitzbübisch an. »Er kommt ja ein bisschen spät dazu, nicht? Du hast mich mit auf die Reise genommen, als ich zehn war.«

Edgar zog die Brauen hoch. »Ich denke mal, dass ich genug lernen kann, um damit anzufangen«, sagte er. »Allerdings habe ich noch nicht zugestimmt. Ich habe zehn Jahre lang das Quadrivium und einen Teil des Triviums studiert. Den Rest meines Lebens im Im- und Export zu verbringen, kommt mir danach wie Verschwendung vor.«

»Edgar«, sagte Catherine. »Du bist als Adliger geboren. Du solltest dich nicht so erniedrigen, nicht einmal für mich.«

»Stimmt«, sagte Solomon. »Denk nur, was dein Vater dazu sagen würde, wenn er erfährt, dass du ein gewöhnlicher Kaufmann geworden bist.«

Edgar befolgte Solomons Rat. Bei der Vorstellung, wie sein Vater vor Ärger dunkelrot anliefe, musste er lächeln.

»Nun denn, Solomon«, sagte er. »Betrachte mich als deinen neuen Teilhaber.«

Nachwort

Catherine, Edgar, Solomon und ihre Familien sind erfundene Figuren. Doch die Zeit, in der sie lebten, und die Ereignisse, in die sie hineingezogen wurden, sind real. Der Zweite Kreuzzug wurde von Ludwig VII. angeführt, der im Mai 1147 von Frankreich aufbrach. Es gibt viele Chroniken über den Verlauf des Kreuzzugs. Allerdings nannten sich die Kreuzfahrer damals Wallfahrer oder Pilger.

Die Predigten des Mönchs Radulf und die daraus resultierenden Übergriffe auf die Juden sind auch in christlichen und jüdischen Quellen vielfach belegt. Ich erfand eine Familie für Simon von Trier, doch die Beschreibung seiner Todesumstände stammt von Ephraim von Bonn, der damals dreizehn Jahre alt war. Ich glaube nicht, dass ich so etwas hätte erfinden können. Ebenfalls von Ephraim stammt die Geschichte des jüdischen Mädchens, das für tot liegen gelassen und von einer christlichen Wäscherin gerettet wurde. Ich habe die Geschichte in die Handlung eingearbeitet, weil mich der Mut der namenlosen Frau, die das Mädchen rettete, sehr beeindruckt hat.

Bernhard von Clairvaux, der immer wieder in Catherines und Edgars Leben auftaucht, war bestimmt ein realer Mensch mit ungeheurer Wirkung auf das Westeuropa seiner Zeit. Er predigte für den Kreuzzug, doch was mir wichtiger erschien, er übernahm auch die Verantwortung für die Judenverfolgungen, die sich daraus ergaben. Er bereiste tatsächlich Lothringen und Deutschland, um sie zu unterbinden. Bernhard war sich der Macht der Worte durchaus bewusst. Zwar gibt es keinen Beleg dafür, dass er sich zu der von mir erwähnten Zeit in Trier aufhielt, doch Anfang November war er mit Sicherheit unterwegs nach Worms. Im Jahr darauf besuchte er Trier.

Nicholas und Geoffrey, Bernhards Sekretäre, waren auch Menschen aus Fleisch und Blut. Nicholas wird eines Tages die Quittung bekommen, Geoffrey wird später Abt von Clairvaux.

Zu jener Zeit gab es in Europa viele volkstümliche religiöse Bewegungen. Manche gingen von selbst wieder unter, manche bekamen das Ketzeretikett aufgedrückt, andere integrierten sich friedlich in den christlichen Glauben der Amtskirche. Die Katharer zählten zu den bekanntesten Gruppierungen. Von Anfang an stellten sie sich außerhalb der Orthodoxie, und im nachfolgenden Jahrhundert wurden die Kreuzfahrer auf ihre Vernichtung angesetzt.

Erzbischof Albero und Heinrich von Luxemburg und Namur befehdeten sich seit 1140 und bescherten damit den Einwohnern jenes Gebiets viel Ungemach. Eigentlich sollten sie in diesem Buch eine größere Rolle spielen, doch dann erkannte ich, dass Catherine und Edgar wie die meisten von uns nicht die Welt in Bewegung setzen und aufrütteln, sondern selbst von anderer Seite bewegt und aufgerüttelt werden. Daher kommen hier die Herrscher nur als Randfiguren vor, die das Leben meiner Protagonisten beeinflussen.

Wer mehr über die Epoche und die Quellen für dieses Buch wissen möchte, kann mir gern einen adressierten Freiumschlag an die Adresse des Verlags schicken.

Noch einmal Dank an alle Leser, die Catherine und Edgar durch die letzten fünf Bände begleitet haben. Hoffentlich war diese Reise auch unterhaltsam.

Sharan

Danksagung

Mein Dank geht an die folgenden Personen:

Dr. Christoph Cluse von der Universität Trier für seine Einladung ins Ayre-Maimon-Institut für die Geschichte der Juden und weil er seine Arbeit unterbrach, um mir bei meiner zu helfen.

Professor Susan Einbinder, Hewbrew Union College, Cincinnati, für den Rat über den *Derasch* von Ephraim von Bonns *Sefer Zekirah*.

Professor John Van Engen und Professor Michael Signer, Notre Dame University (Indiana), für die Veranstaltung des Kolloquiums: *In the Shadow of the Millennium: Jews and Christians in the Twelfth Century.* Die dort gehaltenen Referate sind jetzt bei Notre Dame Press erschienen.

Yoram Gordon, weil er die hebräischen Textteile für mich durchsah und die Zitate übersetzte.

Professor Dr. Alfred Haverkamp, Universität Trier, für den herzlichen Empfang und für seine schnelle und umfangreiche Zusammenstellung von Materialien über die Geschichte der europäischen Juden.

Annegret Holtmann, Universität Trier, weil sie mich über die deutschen Juden zur Zeit des zweiten Kreuzzugs beriet und ich mich in einer fremden Stadt wie zu Hause fühlen durfte.

Professor Stephen Jaeger, University of Washington, der meine Versuche in Mittelhochdeutsch prüfte, mich mit noch deftigeren Kraftausdrücken versorgte und mir auch gestattete, seine englische Übersetzung von Gottfried von Straßburg am Anfang des zwölften Kapitels zu verwenden.

Professor Jeffrey Russell, University of California at Santa Barbara, für seine Beratung in Bezug auf das Latein sowie für seine redaktionelle und einfühlsame Hilfe – mehr als ich je wieder gutmachen könnte.

Susan Shapiro, Krankenschwester, von der ich weiß, was Hubert fehlte und wie es zu behandeln sei.

Professor Kenneth Stow, Universität Haifa, weil er mich zu den Experten über Ephraim von Bonn geführt hat.

Professor Richard Unger, University of British Columbia, weil er meine Figuren immer auf den besten Weg gebracht hat.

Professor Bruce Venarde, University of Pittsburgh, weil er alles stehen und liegen ließ, um ganz eilig für mich zu recherchieren.

Frater Chrysogonus Waddell, Gethsemane Abbey, weil er das Rohmanuskript las und sicherstellte, dass die Mönche und Nonnen den Sitten der Zeit gehorchten; und auch weil er mir Bernhard von Clairvaux' Reiseroute von 1146–1147 geschickt hat. Der Mann ist öfter gereist als ich.

Luci Zahray, Apothekerin, Master of Science, Toxikologin, weil sie mich in Arzneipflanzenfragen beriet und mir einen Weg aufzeigte, das Geheimnis zu lüften.

Wie immer gaben alle diese Leute ihr Bestes, um mir bis ins Detail zu helfen. Alle Fehler sind nur meiner eigenen Unfähigkeit zuzuschreiben, das Wissen richtig zu übermitteln.

B49

Schlimm genug, daß Amelia Peabody allein nach Ägypten reist, aber ihre neue Freundschaft zu der mittellosen und verrufenen Evelyn Barton-Forbes sprengt nun wirklich alle Konventionen der viktorianischen Etikette. Als die lebenslustige Evelyn, die eigentlich nur vor ihrer mißglückten Verlobung fliehen wollte, bald nicht nur von unzähligen Verehrern, sondern auch von einer erstaunlich lebendigen Mumie verfolgt wird, ist ihre unerschrockene Beschützerin und Hobbydetektivin Amelia gefordert ...

»Peters versteht es meisterhaft, eine Liebes- und Abenteuergeschichte mit einer Kriminalgeschichte zu verflechten.«
The Philadelphia Inquirer

»Einfach köstlich!«
Library Journal

Elizabeth Peters

Im Schatten des Todes

Roman

Econon | ULLSTEIN | List

B50